U0527347

福宝朝朝

夏声声 著

图书在版编目（CIP）数据

福宝朝朝 / 夏声声著. -- 南京 : 江苏凤凰文艺出版社, 2024.8. -- ISBN 978-7-5594-8840-4（2024.10重印）
Ⅰ. I247.5
中国国家版本馆CIP数据核字第2024VP4070号

福宝朝朝
夏声声　著

责任编辑	曹　波
封面设计	46 设计
出版发行	江苏凤凰文艺出版社
	南京市中央路 165 号，邮编：210009
网　　址	http://www.jswenyi.com
印　　刷	北京盛通印刷股份有限公司
开　　本	700 毫米 ×980 毫米　1/16
印　　张	19.5
字　　数	403 千字
版　　次	2024 年 8 月第 1 版
印　　次	2024 年 10 月第 2 次印刷
书　　号	ISBN 978-7-5594-8840-4
定　　价	54.80 元

江苏凤凰文艺版图书凡印刷、装订错误，可向出版社调换，联系电话 025-83280257

目录

第 1 章　大佬穿书 _ 001

第 2 章　全家"炮灰"命 _ 004

第 3 章　他有两个家 _ 006

第 4 章　改舅舅命运 _ 008

第 5 章　同年同月同日生 _ 011

第 6 章　抢女主满月宴 _ 013

第 7 章　又来一个冤种 _ 016

第 8 章　退婚 _ 017

第 9 章　奶娃发怒 _ 019

第 10 章　雷劈恶人 _ 022

第 11 章　三哥赌博 _ 024

第 12 章　敲打老夫人 _ 026

第 13 章　我娘三品了 _ 028

第 14 章　抱上金大腿 _ 031

第 15 章　朝朝赐子 _ 033

第 16 章　恶毒小姑子 _ 035

第 17 章　重回娘家 _ 037

第 18 章　舅舅听心声 _ 040

第 19 章　嫁入火坑 _ 042

第 20 章　长公主怀孕 _ 044

第 21 章　大哥割腕 _ 046

第 22 章　大哥还有救 _ 049

第 23 章　宠她 _ 051

第 24 章　遇外室 _ 053

第 25 章　天才的母亲 _ 055

第 26 章　抓贼 _ 057

第 27 章　砸锅卖铁还嫁妆 _ 060

第 28 章　偷妹妹出门 _ 061

第 29 章　书院一日游 _ 064

第 30 章　中元惊魂 _ 066

第 31 章　婴语骂人真脏 _ 068

第 32 章　方丈被她骂瞎了 _ 070

第 33 章　嫁渣男 _ 072

第 34 章　报复恶爹 _ 075

第 35 章　剽窃哥哥的文章 _ 077

第 36 章　火烧明德苑 _ 079

第 37 章　太子疑惑 _ 081

第 38 章　触了逆鳞 _ 083

第 39 章　好戏来了 _ 086

第 40 章　强势报复 _ 088

第 41 章　气晕 _ 090

第 42 章　逃回娘家 _ 092

第 43 章　朝朝后台多 _ 094

第 44 章　搬起石头砸小姑子的脚 _ 097

第 45 章　火化真香 _ 099

第 46 章　见鬼的神迹 _ 102

第 47 章　这家没有我得散 _ 104

第 48 章　想得美 _ 106

第 49 章　朝朝被气哭了 _ 108

第 50 章　二哥归家 _ 111

第 51 章　二哥被骗了 _ 113

第 52 章　朝朝的提醒 _ 115

第 53 章　亲眼见证 _ 117

第 54 章　多智近妖 _ 119

第 55 章　疫病 _ 122

第 56 章　透露 _ 124

第 57 章　皇帝信朝朝 _ 126

第 58 章　想认她当闺女 _ 129

第 59 章　绿帽子给爹戴 _ 131

第 60 章　帮手成情敌 _ 133

第 61 章　夺舍太子 _ 135

第 62 章　太子成奴仆 _ 138

第 63 章　迷茫的方丈 _ 140

第 64 章　靠山超多 _ 142

第 65 章　祭天大典烤板栗 _ 145

第 66 章　宫宴骑脖子 _ 147

第 67 章　三元及第 _ 149

第 68 章　大哥站起来了 _ 151

第 69 章　朝朝不在乎钱 _ 153

第 70 章　自食恶果 _ 156

第 71 章　永坠地狱 _ 158

第 72 章　信朝朝什么都有 _ 160

第 73 章　朝朝打架 _ 162

第 74 章　抢狗饭 _ 165

第 75 章　神明要吃糖 _ 167

第 76 章　受害者是皇帝 _ 169

第 77 章　气哭陆远泽 _ 171

第 78 章　我，陆朝朝，给钱 _ 174

第 79 章　借遍全京城 _ 176

第 80 章　女债父偿 _ 179

第 81 章　陆远泽吐血 _ 181

第 82 章　拜神 _ 183

第 83 章　朝朝问神 _ 185

第 84 章　皇帝骗自己 _ 187

第 85 章　毁灭吧 _ 189

第 86 章　比邪祟更可怕 _ 192

第 87 章　邪祟哭了 _ 194

第 88 章　要了半条命 _ 196

第 89 章　大杀器陆朝朝 _ 198

第 90 章　朝朝的新朋友 _ 200

第 91 章　扶风山的劫 _ 203

第 92 章　掘坟 _ 205

第 93 章　掀起我爹的头盖骨 _ 207

第 94 章　叫姐姐 _ 210

第 95 章　求你回家 _ 212

第 96 章　好消息和坏消息 _ 214

第 97 章　驱散黑暗的一把火 _ 217

第 98 章　戏精朝朝 _ 219

第 99 章　和离 _ 221

第 100 章　朝朝立大功 _ 223

第 101 章　关门小弟子 _ 225

第 102 章　神仙骑狗拯救众生 _ 228

第 103 章　抓周 _ 230

第 104 章　瓮中捉爹 _ 233

第 105 章　抓个正着 _ 235

第 106 章　大孝女陆朝朝 _ 237

第 107 章　陆远泽下跪 _ 238

第 108 章　断亲书 _ 240

第 109 章　抉择 _ 242

第 110 章　祠堂断亲 _ 244

第 111 章　活阎王陆朝朝 _ 246

第 112 章　入不敷出 _ 248

第 113 章　乱套了 _ 250

第 114 章　侯府的另一个女儿 _ 252

第 115 章　尚书府大恩人 _ 255

第 116 章　不蒸馒头争口气 _ 257

第 117 章　打脸 _ 259

第 118 章　大哥站起来了 _ 261

第 119 章　讨国债 _ 264

第 120 章　史上最小讨债鬼 _ 267

第 121 章　没有秘密可言 _ 269

第 122 章　哭得最大声 _ 271

第 123 章　奶娃也要拿抽头 _ 274

第 124 章　敬酒不吃吃罚酒 _ 276

第 125 章　绿帽国舅 _ 278

第 126 章　气哭国舅 _ 279

第 127 章　陆朝朝引发的血案 _ 281

第 128 章　致命的安慰 _ 283

第 129 章　抢着还钱 _ 285

第 130 章　抓到了皇帝 _ 287

第 131 章　偷鸡不成蚀把米 _ 290

第 132 章　魂兮归来 _ 292

第 133 章　叫醒装睡的人 _ 294

第 134 章　七个弟子超厉害 _ 296

第 135 章　赌局 _ 299

第 136 章　册封公主 _ 301

第 137 章　唯一的封号 _ 303

第 1 章　大佬穿书

陆朝朝死了。

为救天下，为救苍生，作为修真界老祖，她献祭了自己的神魂。再次睁开眼，她好像泡在暖洋洋的水中，前方有一丝丝光亮。耳边隐隐听到几声："吸气……呼气……"

"夫人快使劲儿，马上就能看到孩子的头了。"

陆朝朝来不及反应，便随着暖洋洋的水流出去，眼前一片白光，刺得她忍不住眯起了眼睛，小嘴微动，便发觉自己被掐住了喉咙。

地上"哗啦啦"跪倒一大片人。"夫人，是个女儿，但是……"接生婆说话结结巴巴，有些迟疑，"孩子没有气息了，是个死婴！"接生婆颤巍巍地跪在地上，一只手死死捂住陆朝朝的口鼻。

"大抵是产程太久，孩子窒息了。"嬷嬷跪在接生婆身后，泪汪汪地说道。

床上的夫人许氏面色苍白，此刻更是惊恐又哀怨地瞪大了眼睛："死婴？我不信！快抱过来给我瞧瞧！"

身侧的大丫鬟哭红了眼睛："夫人，别看了。这一看，一辈子都忘不了，永远也走不出来了。"

"我对不起远泽，对不起侯府……老太太每日在小佛堂祈福，就是为了孩子平平安安。"许氏泪流满面，她生了三个儿子，现在终于得了这么一个女儿。

陆朝朝呼吸急促，小脸被捂得通红。

远泽？侯府？陆远泽！这不是她闲暇时看的话本里的角色吗？话本中，北昭王朝，宣平皇帝年间，忠勇侯陆家，夫人许氏生了三儿一女，幺女早夭。夫人自以为婚姻幸福、婆媳和睦，殊不知，这从头至尾就是一场惊天骗局。她被蒙蔽了一生！

侯爷自幼与表妹相爱，但表妹家世卑微，于他仕途无益。于是他便只将表妹安置在外，高调地娶了高门嫡女许氏为妻，生下三子一女。婚后，忠勇侯全家一边借着许家的势力往上爬，一边明里暗里逼迫许氏与娘家断绝关系。许氏的幺女一出生便被溺毙，侯爷将外室的私生女抱到她膝下抚养。她呕心沥血地将养女抚养长大，养女却诬告许家谋反，栽赃举报许氏与娘家勾连，导致许家全族一百多口被处斩！

而忠勇侯一家因举报有功，毫发无伤。忠勇侯续娶表妹，私生子女上族谱，成了嫡子嫡女。养女继承许氏的那份家产，之后嫁给男主，日子过得恩爱和睦。

陆朝朝突然明白："哦，我就是那天折的幺女……"一出生就等于死了！

"夫人，死婴不入祖坟，奴婢带下去处理了吧，免得夫人看了伤怀。"嬷嬷低垂着头，缓缓往门外退去。

陆朝朝试图挣扎，可被那双手禁锢着，丝毫动弹不得，气息越来越微弱，脸颊隐隐泛出青紫。"死婴？你才是死婴……你全家都是死婴！我还喘气儿呢……"

"娘亲……"微弱的声音让忠勇侯夫人睁开了眼睛。是她幻听了吗？这屋子里哪有小孩子？突然，她的目光落在屋中唯一的婴儿身上。

"我的亲娘咧，我还有救呢，快捂死我了……"陆朝朝只差一步就要被拎出产房了。

"等等！"她娘亲猛地开口，"把孩子抱过来给我瞧瞧。"许氏坐直了身子，脸上的眼泪都来不及擦，神色严厉地说道。

嬷嬷和接生婆两人对视一眼，动作一滞。"夫人，死婴不祥，会冲撞夫人的。"两人说完，同时跪在地上。

"登枝，快把孩子抱过来！"许氏只觉心跳如擂鼓，满心不安，好像要失去什么了。心急的她直接从产床上下来，浑身脱力，脚一软，差点儿栽倒在地。

大丫鬟登枝急忙上前："夫人您快躺着，奴婢去抱！您福大命大，刚缓过劲来，可不能乱动。"登枝将孩子抱进怀里，感受到孩子的体温，她身体一震，一低头便瞧见小姐满脸青紫，脖子上的五道手指印格外刺眼。

"夫人！"登枝尖叫一声，急忙将孩子抱过去，"小姐还活着！"

许氏一低头，只见女儿正眼泪汪汪地看着自己。

修真界老祖一边哭，一边咳："命苦啊……呜呜呜，命苦哇……一出生就被掐脖子……喀喀……"最可怕的不是掐脖子，而是灭门！现在不死，迟早也是个死啊！头上悬着一把灭她九族的大刀。呔！命比黄连苦！大抵是重新投胎了一回，她好似连心性都回归本原，真成了一个奶娃娃。

许氏双手颤抖，身形微僵，既有些震惊，又有些后怕。"该死的东西！谁给你们的胆子，竟敢对孩子下手！"许氏虚弱到了极致，此刻却忍不住抬脚踹在嬷嬷胸口上，"拖下去，审，给我好好地审！"

"咱家小姐一出生就遭受无妄之灾，一定要好好审那婆子，看她到底是谁派来的。夫人一生不与人结仇，竟被如此谋害！"登枝气得浑身发抖，小姐差点儿就被活活掐死了，光是想想都浑身发寒。

嬷嬷和接生婆两人鬼哭狼嚎地被拖下去了。许氏低头看向怀中的女儿，之前她生了三个孩子，没有哪一个如怀中这个一般白净精致，眼睛大大的、水汪汪的，与自己对视，咧开没牙的嘴，露出牙龈，笑得眉眼弯弯，眉心有一抹胭脂一般的红色。

而这个孩子差点儿就在她的眼皮子底下被害死了。

"娘亲真是大美人儿，好好看……"

她听到的声音真的是幻觉吗？这声音断断续续，模模糊糊，听不真切。许氏仔细观察丫鬟的神色，似乎只有自己能听到这声音。

"幸好娘救了我，不然您就要养对头的女儿啦，然后被她活活气死……"陆朝朝吐了个泡泡。

原书中，许氏产下死婴后，便得了心病。侯爷将外室的私生女抱回家养在她膝下。正是这个养女栽赃许家谋反，也是她捅了许氏最深的一刀。

许氏只是隐约听到"对头的女儿""活活气死"，惊得差点儿把孩子丢出去，又竖起耳朵继续听，可什么都听不见了。

几个丫鬟陆陆续续过来伺候，有人端来参汤，有人给陆朝朝洗澡。许氏不放心，不允许将孩子抱离自己眼前，只让在屋中的小澡盆里洗。看了一会儿，许氏抬起头，问道："老爷怎么还未回来？"

登枝笑着道："见您临盆，便着人请老爷了，老爷最疼夫人，只怕被政事绊住了脚。"

在这京城里，谁不艳羡忠勇侯府啊？老侯爷早早战死，老夫人一手养大几个孩子。堂堂侯府成了个空壳，好在陆远泽争气，建功立业，继承了爵位。唯一的意外便是当年陆家远房表妹前来投靠，据说对陆远泽心仪已久，非他不嫁，赌咒发誓时还一头撞了柱子。当时陆远泽已与许家订婚，后来对外宣称安排表妹远嫁他乡，此事也就成了京城人茶余饭后的谈资。

许氏是名门之女，嫁与陆远泽后，在许家的帮衬下，忠勇侯府迅速崛起。陆远泽与许氏号称京城中有名的恩爱夫妻，二人琴瑟和鸣，感情极好。只是因着陆远泽不喜，许氏渐渐和娘家生分了。

此刻，许氏含笑点了点头，没有丝毫怀疑："你说的是，兴许老爷被要事耽误了。"

"咱们小姐来陆家可是享福的命呢。侯爷与夫人恩爱万分，婆媳和睦，就连陆家小姑奶奶那般高傲的人儿，对夫人亦是真心相待。"登枝想，她家夫人大抵是满京城最令人羡慕的了。

然而陆朝朝洗完澡后，挥舞着两只小手，咿咿呀呀地叫着，看起来气愤得很。

"骗子，骗子！爹爹是骗子！"

他一直在欺骗娘亲呢，娘亲好可怜……

"爹爹他是坏蛋！他在青雨巷角落的院子里等外室生孩子呢……"声音带着哭腔道。

许氏闻言一滞。青雨巷？等外室生孩子？

她在府中九死一生，他却在等外室生孩子？

多年的恩爱被撕开一个裂口！

"他的心上人儿正在给他生孩子呢……"

第 2 章　全家"炮灰"命

许氏心里乱极了，茫然不知所措。她想要细听外室之事，可女儿小小的心声实在太难听清了，而且断断续续，思维跳脱，她只能尽力从中分辨出有用的信息。

今日的奇遇几乎颠覆了她过往所有的认知：女儿一出生就差点儿被掐死、她能听到女儿的心声，以及……她的相公正在等外室生孩子！

许氏心头发慌，嫁到陆家十几年，她从未与陆家人红过一次脸、闹过一次矛盾。她自以为嫁给了全世界最好的男人，可现在突然得知他有外室，她的第一反应便是抗拒：将她视作掌中宝的相公竟然一直在骗她。

"夫人，您怎么了？是不是有些冷，怎么全身都在抖？"登枝朝四处瞧了瞧，明明窗户和大门都紧闭着，并未漏风。

许氏嘴唇发颤，只强压抑着情绪道："让乳母过来给孩子喂奶。"

乳母是事先就选好的，统共三个。让人诧异的是，孩子只吃了一口奶，睁开眼睛看了一眼，便猛地吐了出来，之后又吐又咳，再也不肯吃了。几个乳母吓得跪在地上。"夫人，不知为何，小姐不肯吃奴婢的奶。"乳母吓得额间都冒出了冷汗。

"呜呜呜……"陆朝朝鬼哭狼嚎，眼睛里却没有一滴泪，"喀喀……要羊奶、牛奶，我不要人奶……"

许氏试探着道："拿羊奶、牛奶试试？"平时府中常备羊奶，去腥后味道不错。登枝立马吩咐下人拿来羊奶，把孩子抱到隔间喂奶。没一会儿，便听丫鬟来报："小姐喝了十几勺羊奶，一边喝，一边打瞌睡，这会儿已经睡过去了。"

许氏微微松了口气，吩咐丫鬟把孩子抱回自己的寝屋，不敢让孩子离开自己的视线。

陆朝朝打了个哈欠。现在她还是个婴孩，又遭逢大难，此刻早已困到了极致，嘴里吐着泡泡嘟囔两声，便睡了过去。

"登枝，现在我能信任的人只有你了。"许氏坐在床前，神色有些微妙。她不愿怀疑相公，可今日听到女儿的心声，又让她鼓起了一丝勇气。

"夫人，您怎么了？"登枝有些不安，她是夫人的陪嫁丫鬟，与夫人的感情非同一般。

"你找两个信得过之人，去青雨巷……"许氏艰难地说，"去青雨巷探一探，看看老爷可在那里。"许氏一字一顿地说道，这句话几乎用尽了她全身力气。

登枝心头一跳，打开房门左右看了看，说道："觉夏、映雪，你们守在房门三步外，不许任何人靠近。"这两个丫鬟都是陪嫁过来的，卖身契和娘老子都捏在夫人手里。

"是。"

随即登枝关了房门，脚步匆匆地走到许氏跟前："夫人怎会怀疑老爷？难道……有什么异样？"登枝有些担忧。这些年夫人心系陆家，几乎将所有心思放在老爷身上，可以说，老爷就是她的半条命。

许氏缓缓摇头："不要声张，不要被人发现。"她说话时紧紧捏着衣角，眼底弥漫着不安。

"夫人放心，奴婢乔装打扮一番，亲自带人去看看。"登枝心知此事非同小可，当即便让人进来伺候夫人，自己急匆匆地出了门。

许氏一直枯坐到傍晚，都未等来陆远泽，心头的凉意越发深了。

"娘……娘，我回来啦！娘，妹妹呢？"外头传来一阵欢呼声，一位小公子炮弹似的冲进房内。

"三公子，小心点儿，别摔了。小姐还在睡觉呢，别吵醒了她。"觉夏拉了他一把。

今年三公子陆元宵八岁，人如其名，元宵节出生，长得胖乎乎的，像个元宵，只是性子有些顽劣，不爱念书，只爱吃吃喝喝，平日里没少挨忠勇侯的骂。

陆元宵猛地捂住了嘴巴，用气声道："那我小声点儿，小爷的妹妹呢？"

映雪抿唇笑着，伸手指了指隔间的摇篮。

"娘，您辛苦了……您的脸色怎么这么差？"陆元宵对娘亲极孝顺，此时也发现了她的异样。

"今日娘亲累了些，好好休养便无碍。今日你怎么回来得这般早？"许氏强颜欢笑，又似乎想起什么，拧着眉问道，"你又逃课了？"

陆元宵嘿嘿笑了一声："反正祖母护着我，爹不敢打……元宵本就不爱看书。"为着不读书，他没少挨打。

许氏额角青筋直跳，眉宇间满是愁绪："元宵，你该学着懂事些了。或许你爹爹会更……疼爱你一些。"许氏心中还残留着一丝期望。

陆元宵哼了一声："不看书，死都不看！"书是绝不可能看的！

许氏轻轻地叹了口气。

陆元宵一路往隔间走去，趴在床边，一张小胖脸凑在陆朝朝眼前，把陆朝朝吓了一大跳。

"呀，是我那大冤种三哥啊……长得虎头虎脑，还怪可爱的。"

陆元宵一愣，回头往身后看了看，并没有人说话。陆元宵摸了摸鼻子，眼前只有他的妹妹。

"我好像能听到妹妹的心声咧！"陆元宵喜滋滋地想。谁知——

"可怜我三哥，真的好惨啊……从小被人惯坏了，不爱读书……明明是侯府之子，却大字不识，丢脸丢遍全京城，是个令侯府蒙羞的蠢蛋……唉，三哥看着就不太聪明的样子，难怪最后死得那般惨……"

陆元宵的手指头都在哆嗦，我死得惨？

"被人活生生拔了舌头、割了耳朵、嘴巴、鼻子，砍断了四肢，装进大坛子里做了人彘！好惨一男的……"

陆朝朝那三个哥哥一个比一个死得惨。陆朝朝幽幽地瞥了陆元宵一眼，这一个从小就笨，最后还被人算计丢了小命。

陆元宵嗷的一声跳起来。

"怎么了？"许氏回神，看向隔间的儿子。

陆元宵张了张嘴，结结巴巴地说道："我……我，我要回房了。"在许氏不解的目光中，他眼含热泪，小胖手握成拳头，"我、我要回去读书，我这就回去把书读烂！"

"呜呜呜呜，太惨了，我真的太惨了！"小胖子嗷嗷哭着跑开了。

第 3 章 他有两个家

许氏一时回不过神来。

觉夏笑着道："夫人，咱家三公子懂事了呢，要是老爷知晓，一定很开心。"夫人和老爷情深似海，唯一的缺憾便是三个孩子不成器。

许氏从嘴角挤出一丝苦涩的笑。映雪瞪了觉夏一眼，夫人枯坐一天，都没等来老爷，心里正难受呢。她正要说些什么，便听得门外回禀："夫人，登枝姑娘回来了。"

许氏坐直了身子。登枝进门，面色阴沉难看："你们去守在门外。"

两个二等丫鬟退了出去，大门一关，登枝"扑通"一声跪在地上，浑身都在颤抖，咬牙切齿道："夫人料事如神，那青雨巷中……"登枝红着眼睛，她亲眼瞧见那一幕，几乎要疯了。"奴婢去时，老爷正好扶着一个浑身裹得严严实实的女人上马车，她怀中还抱着一个刚出生的婴儿。"登枝都快哭出来了。

"哎呀，看来我没被掐死，两个婆子被抓，他们怕出意外，便转移阵地啦……"

这句小小的心声，许氏倒是听真切了。她深深地吸了口气，按捺着心头的震惊，问："你可看清楚了？当真是……侯爷？"她咬着牙，一张脸苍白如纸。

"奴婢听见那女人喊'陆郎'……奴婢便装作租赁房屋，向左邻右舍打听。听隔壁住户说，他们已经在此处住了多年，一直以夫妻相称。两人……"登枝抹了把泪，"两人极其恩爱。侯爷担心她受委屈，还亲自买了礼物去各家登门拜访，拜托大家多照顾她。"附近的住户都对他们印象极好。

许氏的胸口仿佛被生生剜开了。

"夫人……"登枝忍不住看向夫人，这样的消息，她听见了都如遭雷击，更何况夫人呢？

"漂亮娘亲咱不哭，不为坏人掉眼泪啊，好心疼娘亲……"陆朝朝吧唧吧唧嘴，这么美的娘，爹真是瞎眼了啊。

"那个女人，姓什么？"良久，许氏才幽幽地问道，语气里带着几分绝望。

"奴婢只听说姓裴，素日里侯爷唤她'姣姣'，兴许是她的小名儿。"

许氏眼中最后一丝希望也熄灭了。姣姣？前些年中秋，家中团聚，多喝了几杯酒，夜里陆远泽在梦中便喊了一声"姣姣"。许氏只觉嘴里一阵腥甜，她多年的恩爱、多年的信任都土崩瓦解了。

许氏靠在床头，眼泪大滴大滴落下，还来不及感怀，便听到女儿软软糯糯的声音又道："娘亲，您快别哭了，还有更要紧的事儿，您娘家那棵歪脖子树下藏了当今圣上的八字……"

陆朝朝只恨自己不会说话，比起外室生女，接下来这个故事还有更要命的情节：许家被抄家，歪脖子树下搜出大逆不道之物，大舅舅一人顶罪，被斩首示众，这就是许家败落的开始。

许氏听到"圣上的八字"，胸口一阵发麻。当年陆远泽求娶许氏，家中父兄不同意，但是她硬要嫁，才成就了这门亲事。这些年，因为陆远泽不喜，她便有意疏远娘家，生怕陆远泽不悦。可她并不愿娘家出事啊！

她瞬间坐直身子，想要多听两句，可半晌小家伙也没再吱声。

当今圣上最厌恶巫蛊之术，若从许家搜查出来……许氏来不及细想，招手让登枝上前，在登枝耳边低语："你假装去许家报信，就说我月子里想吃娘亲手做的参汤……然后偷偷去后院歪脖子树下把东西挖出来，不要被任何人瞧见……还有……"许氏眼中闪过一道光，挣扎着从床上起身。早春的天气不热，但她全身的衣服已经被冷汗浸透了。

许氏从最高的柜子里取出一页佛经，是她亲手抄写的，原本预备给婆母贺寿。此刻，她咬破手指，忍痛在上面写下了什么。待字迹晾干，她命登枝收好，并吩咐道："将树下的东西取出来后，将这血书放进去。不要被任何人发现端倪。东西取出来，立马回府！"

许氏面色凝重，登枝也不敢马虎，当即匆匆出了门。

这一夜，许氏彻夜难眠。直到第二日清晨，陆侯爷才满面疲惫地匆匆回府。

"芸娘，都怨我，昨夜朝中有要事，忙得彻夜未眠，未能及时赶回，委屈芸娘了。"陆远泽一进门便请罪，这样的场景何其熟悉。每次他这般认错，许氏都会极其贴心地安慰他政务要紧，可现在……

许氏仔细地看着陆远泽，今年陆远泽三十有四，可依旧身形俊俏，模样比年轻时还多了几分儒雅,更显得气质出众。他眼中的愧疚似乎要将她淹没。

"我这便宜爹,长得倒是人模狗样的,难怪哄了人家十几年。"陆朝朝不由得嘀咕。

"这便是咱们的小女儿吧?哎呀,快来,爹爹抱抱,这可是咱家唯……"陆远泽顿了顿。

许氏眼中泛起一丝冷意,唯一的女儿?"是啊,是咱陆家唯一的女儿。"许氏微敛着眉道。

"这眉眼像你,嘴巴像我。"陆远泽眼里闪过一丝不悦,但不得不说,这孩子长得确实好。

"前面三个你都没抱过,这个你倒是肯抱了。"许氏轻笑着道。

"儿子可不能惯着,但是女儿不一样嘛。"陆远泽步入官场十几年,同僚已经都是大腹便便的胖子,但他依旧身形瘦削,既带着几分儒雅,又有着上位者的气势。在京城,喜欢他的女子一向很多。所有人都赞他洁身自好,在京城中颇有名望。

"漂亮娘亲,他又骗您。他对哥哥们……"陆朝朝嘀嘀咕咕,许氏一句都没听懂,但涉及三个儿子,她的一颗心瞬间提了起来。他对儿子做了什么?许氏不由得头皮发麻,脑子一下子清醒了。她原以为陆远泽只是变了心,难道其中还有什么秘密?

素来心细的陆远泽并未发现她的异样,骗了她这么多年,他早就不需要费心想理由,往往随口胡说一句,她就十二分相信。

"孩子的名字可起好了?"许氏看着他。

陆远泽怔了怔,一愣神的工夫,便听到身后的小厮道:"老爷可关心夫人这一胎呢,孩子还未出生,就在书房彻夜想名儿了,把《诗经》翻了个遍!"

"多嘴!"陆远泽面色一沉,猛地呵斥出声。小厮一抬眸,便见老爷面色极其阴沉,一副山雨欲来的模样,心里直犯嘀咕:老爷确实光想名字就翻了三天书啊!

陆远泽见许氏一脸惊讶,摇了摇头,说道:"本想给你个惊喜,却让这蠢货捅出来了。"

第 4 章 改舅舅命运

"她可是咱陆家盼了许久才盼来的女儿,又是早上出生的,不如叫陆朝朝吧?朝为晨,一日之计,代表着希望。"

许氏微垂着头,眼眶通红,抓着床上的锦被,十指泛白。听到这个名字,她的心脏就像被死死攥住了一般。

她去过陆远泽的书房,书桌上压着厚厚的一沓白纸,上面写满了名字:陆景瑶,高山景行,瑶花琪树,一听就容貌出尘,聪慧过人,万千宠爱集于一身;陆知鸢,知书达礼，鸢飞鱼跃……每一个名字都精挑细选，寄托了所有的期待和祝福。

而她的女儿……只得了一个"朝"字。

当年三个孩子的名字，她都不满意，如今她不想再委屈女儿。"不如再……"话音未落，耳边便响起了欢快的咿呀声。

"呀呀呀，我要叫朝朝，我喜欢叫朝朝，娘亲娘亲，我想要叫陆朝朝……"小家伙用尽全身力气，伸出小手咿咿呀呀地喊着。

许氏轻叹了口气："瞧她这乐呵样儿，就叫朝朝吧。"她说完，刮了刮女儿的小鼻子，小家伙伸出手，死死地抓住她的食指，五根小手指勉强能握住。

陆朝朝抱着许氏的食指放在自己软乎乎的脸颊上，一副炫耀的模样："娘亲不哭，娘亲不怕，朝朝保护您……朝朝超超超超超级厉害……"

许氏的眼眶里含着泪，听到这话，忍不住弯了弯嘴角，心里暖洋洋的。

"芸娘，这段时日辛苦你了。朝中事情多，这个月我大概会有些忙碌。"陆远泽一脸愧疚。每每他露出这样的表情，许氏都会劝他顾全大局，不要拘泥儿女情长。谁知道他的时间都留给了外室？她的贤惠反倒捅了自己一刀。

"你我夫妻一体，我怎会怪你呢？就是委屈咱们的朝朝了。"许氏摸了摸自己的女儿，神色有些落寞。

陆远泽看了一眼襁褓中的陆朝朝，心里不由得对比起来。说起来，陆朝朝与陆景瑶都是昨日才落地。景瑶出生时全身红通通的，大抵是没长开，皮肤皱巴巴的，哭声像只小猫。而陆朝朝生得白白胖胖，肌肤似雪，眉毛和睫毛都长而浓密，一双眸子亮晶晶的，也不怕生，当真是冰雪可人，眉心还有一抹胭脂一般的红色，就像观音座下的龙女。

陆远泽心虚地移开了眸子。再怎么说，他的景瑶也是不一样的。他心念一转，还是笑眯眯地抱起了陆朝朝："委屈咱家朝朝了，爹爹给朝朝赔个不是。爹爹将温泉山庄送给朝朝，当作爹爹的赔礼，好不好呀？"

"还不快谢谢你爹？温泉山庄周围还有上百亩地呢。爹爹这可是大手笔啊，都归你这个小家伙了。"

许氏话语一出，陆远泽皱了皱眉头。本来他只打算给一座温泉山庄，可见许氏开了口，他也不好反驳。原本这温泉山庄是打算送给景瑶的，看来回头得换个礼物送那边了。

"哇哇，这冤种爹爹好有钱哦！"

陆远泽只走了个神，便感觉到身上一股湿热。他脸色一僵，瞪大眼睛看向怀里的奶娃娃，只见陆朝朝正咧着没牙的嘴朝他直乐呵。

"哎哎哎，尿了尿了，小姐尿了！"映雪急忙上前将孩子抱走。陆远泽眼前发黑，却又没法儿和刚出生的婴儿计较，只能咽下这口气。

· 009

许氏偷偷掩住了眉眼的笑意。"侯爷快去换身衣裳吧。"待陆远泽离开，许氏才轻轻拍了拍陆朝朝的屁股："顽皮。"

"活该活该，这么美貌的娘亲都不爱，他活该，让他欺负娘亲！"

陆远泽换了衣裳出来，略坐了坐，便起身离开了。许氏的眉眼耷拉下来："看看侯爷去哪儿了。"

映雪老实，觉夏机灵，放下孩子跟了上去，没一会儿便回来禀报："侯爷去了德善堂。"德善堂是老夫人的居所。"侯爷走时，还带着老太太的佛珠。听说老太太心情极好，赏给侯爷的。"

许氏闻言，心里沉甸甸的。觉夏见夫人面色不好，便劝道："这佛珠，侯爷定是留给大公子的。"

忠勇侯府有个禁忌：大公子。许氏的长子陆砚书生来聪慧，那几年，陆远泽大抵也对妻儿动了几分真情。可陆砚书九岁那年溺水，虽然保住了命，却成了痴儿，如今被关在府中，连大小便都无法自理，府中就这么一片谁也不能碰的"逆鳞"。

老夫人那串佛珠是护国寺方丈赠送的，共一百零八颗。护国寺是皇家寺庙，素来得全京城敬重，以忠勇侯府的身份，尚且高攀不上。可有一年，老方丈只瞧了老夫人一眼，便说忠勇侯府有泼天富贵，未来有大机缘，子孙后代有功德加身的贵人，才赠她这串佛珠。平日老夫人视若珍宝。当年陆砚书昏迷不醒，许氏去求老夫人赐佛珠祈福。老夫人只言，都是砚书的命。许氏跪了三天三夜，她也不给。而今日却送出去了。

许氏心里难受得紧。

夜里，登枝回来了，只见她脸色苍白，比之前多了几分恐惧，推门的手都在颤抖。

"夫人……"登枝一进门，便"扑通"一声跪在地上，一句话都不敢多说，哆哆嗦嗦地从怀里掏出白布包裹着的小木雕。

"哎呀哎呀，这不就是害死大舅舅的巫蛊邪物吗？"小朝朝吐着泡泡不肯睡觉。

许氏手一颤，差点儿将木雕掉落在地上。

"门外有人守着，夫人放心。"登枝强忍恐惧道。她发现这东西时，腿都软了。这若是被人发现，许家就完了。

许家手握重权，如今许氏的大哥已官居正三品，因着父辈余荫，朝中不少人敬重许家，这也是当年忠勇侯求娶她的缘故。然而功高盖主，许家一有风吹草动，就会被皇帝猜忌。许家老爷原本是当朝太傅，因皇帝忌惮，他便致仕回家养老。好不容易消除了陛下的戒心，若再生事端，只怕要以血来证许家清白了。

许氏仔细看着木雕，木雕似乎被鲜血浸泡过，带着几分森然的气息，正面被刀狠狠地划了几道，显得触目惊心，背面则刻着宣平帝的生辰八字。"这字迹……"许氏紧抿着唇，牙关紧咬，嘴角都溢出了丝丝血迹。

"这是大老爷的笔迹。"登枝在许家长大，自然认识许大人的笔迹。

许氏潸然泪下："不，是我的！"许氏身上起了一片密密麻麻的鸡皮疙瘩，有后怕，有恐惧，但更多的是……庆幸。

她是家中最小的女儿，由大哥一手带大，她的字也是大哥教的。嫁进忠勇侯府后，陆远泽赞叹她一手好字，经常让自己教他写字！而自己呢？因陆远泽不喜，成婚后，便与娘家渐行渐远了！

第 5 章　同年同月同日生

登枝也想起了此事，呆愣着，半晌回不过神来。大老爷教了许氏，许氏教了……陆远泽！

"夫人，会模仿字迹之人众多，或许这是误会。"登枝语气干涩。

许氏没有证据，她仅仅因着听了朝朝的心声，心底有所猜测。许氏眼眶红肿，声音沙哑地道："去拿个火盆来，不要惊动任何人。"

真的是他吗？是她曾为其背弃一切的枕边人陷害的吗？为什么？明明当年是他来求娶自己的！许氏心跳如擂鼓，双眼赤红，俨然气狠了。她一进府，陆远泽就殷勤地请她去书房教自己写字，他到底有没有真心待过她？当时觉得温馨，此刻，她却通体冰凉。

他一句"在许家感到压抑"，自己就十八年不回娘家。娘家送来的各种节礼，她都不曾打开！就连怀孕时孕吐，母亲送来的酸梅子，她都不敢要。

许氏觉得自己被一张细细密密的网困住了，喘不过气，仿佛置身一片谎言的陷阱之中，一步走错，便会粉身碎骨。

"漂亮娘亲，别害怕，朝朝会帮您的，朝朝爱您哇……"许氏一低头，便瞧见小女儿瞪着一双水灵灵的大眼睛，噘起嘴想要亲她。"我为我娘举大旗，看谁敢与她为敌！冲哇，娘亲！"

许氏胸口的压抑消散了几分，她何德何能，得来这么个宝贝？她没忍住，抱起陆朝朝亲了一口，随即抹了把泪。她放下孩子，将灯油倒在木雕上，再扔进火盆里，眼睁睁看着木雕烧得只剩一堆灰，许氏才缓缓松了口气。

"夫人，先去洗漱吧，您还在坐月子呢，就经常哭，又出了一身冷汗。"登枝心疼夫人，这两日，她所有的认知也被颠覆了。

许氏只觉浑身乏力，全身像散了架似的，却不忘嘱咐道："让人去看看砚书，别让人欺负了去。"许氏每天都要去看长子，唯有这两日起不来床。

"奴婢每日都去敲打下人，您放心。"

许氏叹了口气,眉心萦绕着几丝愁绪。

"娘亲,现在您可不能垮呀,您若垮了,咱们就死定了……呜呜呜……"

许氏心里明白,于是强忍着不安,好好坐月子。只是,陆远泽一次也不曾归家,她的心越发冷了。

"满月宴的日子可定好了?"许氏休养了一段时日,总算恢复了些许元气。

"定好了,已经向德善堂和侯爷禀报了。只是……老太太皱着眉头,好似想要改期。"映雪回道。

许氏怜爱地摸着女儿的脸。月子里,老夫人和老爷再没来看过她。老夫人知道外室也生了女儿吗?他们去看外面那个孽种了吗?对孽种视若珍宝,对她的朝朝不闻不问,只派嬷嬷送了些贺礼,而且都是些不入流的东西。

好在她会给女儿百分百的爱。

"满月后,小姐越发长开了,真好看。奴婢就没见过谁家孩子有小姐这般好看。"映雪不由得感叹。上天对小姐真偏爱。

正说着,便听到门外来报,老夫人身边的林嬷嬷来了。

登枝亲自将林嬷嬷迎了进来,林嬷嬷面上带笑,看着是个和善人。"夫人,这段时日,老太太身子不适,侯爷朝中也忙碌。不如这满月宴改个日子,等小姐百日再办?"林嬷嬷面上满是笃定,夫人一向大度和善,定会同意。这些年,他们早就把人拿捏惯了。

"哼,骗子骗子!爹爹想去参加陆景瑶的满月宴,娘亲不要被骗了!"

许氏呼吸微滞:老夫人知道这一切吗?

"麻烦嬷嬷回禀母亲,我啊,只得朝朝这么一个女儿,断然不能委屈了她。早些日子,我便让人请了长公主来给孩子添福,只怕不好变卦。"

林嬷嬷愣了愣,这还是第一次被夫人拒绝,有些不适应。可听到"长公主",顿时她眼睛微亮。长公主是宣平帝唯一的妹妹,婚后多年无子,宣平帝一直疼爱她。忠勇侯府若能与长公主结交,对侯爷自然百利而无一害。

"奴婢这就回去禀报老太太,想来老太太能通融的。"林嬷嬷用脚丫子都猜到老夫人会同意。原本老夫人和侯爷已经答应要去"那边",这下只怕要食言了。

她瞥了一眼摇篮中的婴儿,这一看便惊呆了,比外面那个生得好。胖乎乎的小奶娃,那手臂像藕节似的,唇红齿白的模样,谁见了都心喜。

林嬷嬷走后不过半个时辰,便有人来回,老夫人同意了。

夜里,许久不曾归家的侯爷也回来了,语气还有些幽怨。

"你怎么将日子定在了三月初六?那日……"那日是景瑶的满月宴啊。

"侯爷一月未归,回来就指责我,芸娘只是想替夫君谋划,特意请了长公主过府,怎么就成坏事了呢?"许氏捏着手绢抹泪,"我们夫妻一体,我一心想为侯爷出力。这么多年来,我是什么人,侯爷还不清楚?进门十几年,芸娘可胡闹过?便是撑着病体,都要孝顺婆母、照顾小姑子……"

陆远泽面上有些尴尬,表妹再温柔,可惜家世确实不如许氏。

"芸娘,我哪有埋怨你的意思?你我少年夫妻,你最懂我,也最体贴我。"陆远泽不由得出言哄着许氏。

"那三月初六,侯爷可一定要回来啊。大哥可能也会赶回京城。"许氏依偎在他怀里,闻到他身上浅浅的、不属于自己的香味,心如刀割。这些年她与娘家断了联系,很少提及长兄。

陆远泽当即应下。

"完了完了,许家就是三月初六被抄家搜出巫蛊邪物的。哎呀呀,我要召唤天雷劈死这群坏东西……"陆朝朝咧着没牙的嘴直瞪眼。

"这次大哥回来又该升迁了吧?"陆远泽沉声问道,眼底闪过一抹憎恶。

"我一个妇道人家哪里懂这些?大哥在边关做官,边关多战乱,就算升迁也是拿命换来的,提它做什么?"许氏笑了笑,"还好咱们朝朝是个有福气的。听说北边连年大旱,眼瞅着百姓要逃荒呢,偏偏朝朝出生那日就下雨了。"许氏欢喜得很,那日还在侯府门口散了不少喜糖。

陆远泽眉头微微一挑,轻轻地应了一声,随即看向门外,不知在想什么。

第 6 章　抢女主满月宴

三月初六很快到来了。一大早,忠勇侯府便忙开了。

"朝朝小姐似乎也知道今儿是她的好日子呢,大早上就乐呵得很。"陆朝朝出生一个月,能吃能睡,憨头憨脑,越发可爱,谁见了都忍不住抱一抱,尤其映雪,每次见了她,便眼睛亮晶晶的。

"抢了女主的满月宴,开心开心!"小朝朝挥舞着小胖手,咿咿呀呀地喊。

许氏笑着看了她一眼,这丫头还太小,心声时而听得清,时而听不清。许氏也不强求,来日方长,她能从中窥见半分未来,便已经是莫大的好处。只是之前那几条模模糊糊的预言,让她感觉脖子上始终悬着一把刀,十分不安。

"今儿人多,万万看好朝朝。"许氏吩咐了一声。自从分娩那日有人对朝朝下手,她便将映雪和觉夏留在身边,寸步不离。

"是,夫人。"

"夫人，前院来宾客了，老太太请您过去呢。"登枝在门外禀报。

说起来，忠勇侯府之所以有爵位可继承，全仰仗老侯爷跟随开国皇帝的从龙之功。陆家本是"泥腿子"，即便入京封了侯，也与京城世家格格不入，直到高娶了许氏。许氏八面玲珑，颇有才华，有她做贤内助，忠勇侯府才渐渐崭露头角。当年为了娶许氏，陆远泽在许家门外跪了三天三夜。

"老太太也真是的，朝朝小姐都满月了，也不来看一眼。"觉夏撇了撇嘴，心中不服得很。

"行了，出了听风苑，便不可再说这等话。"许氏严厉地扫了她一眼。觉夏低着头应下。

许氏一路朝着前院而去，此时已经来了不少宾客，长公主果然也在其中。陆远泽的嫡妹陆晚意早已殷勤地守在跟前。

许氏目光一闪，脚步顿了顿。

陆晚意亲昵地上前来挽着她的手臂："嫂子，您终于出月子了！晚意好想您啊……您生产时晚意来不及赶回来，心里真难受。"一个月前，陆晚意便回了清溪老宅，近来才回京城。

"你们姑嫂两人可真是少有的亲近。"长公主与许氏相识多年，是闺中密友。

陆晚意笑眯眯地说："长嫂进门时，晚意才两岁，说句长嫂如母也不为过的。晚意自然亲近嫂子。"陆晚意神色间皆是孺慕之情。

许氏心头稍安。至少晚意对自己还是真心实意的。陆晚意是老夫人的老来女，许氏进门时，她才两岁，几乎算是许氏拉扯大的。这些年，许氏尽力教导她，费了不少心思。

许氏拍了拍陆晚意的手，便听她问道："大哥怎么还未回来？今日可是小侄女的满月宴，误了时辰，我可不饶他！"陆晚意噘着嘴，颇有些不悦。

许氏笑了笑，没说话，只带着一众宾客入了门，纷纷进大厅与老夫人寒暄见礼。

老夫人是乡下来的，即便在京城中住了几十年，举手投足的气质仍旧比不上打娘胎里熏陶的众位贵夫人。

"母亲。"许氏深深地吸了口气，微垂着眉，在堂前屈膝拜了一拜。

老夫人着一身暗色长袄，此刻高坐堂前。"晚意，快扶你嫂子起来。我这身子啊，不争气。你月子里，老身都不敢来探望，生怕过了病气给你。"老夫人一伸手，亲昵地拉着许氏，"怎么瘦了这般多，可是下人没尽心伺候？"老夫人扫了登枝一眼，登枝立马跪下。

许氏不着痕迹地收回手，笑着道："母亲，您可别吓着这些丫头。她们尽心着呢，芸娘啊，自个儿吃不下。"相公在外面守着外室生孩子，她怎么睡得好、吃得下呢？

众人纷纷赞叹许氏嫁对了人家，忠勇侯府待她如亲生女儿一般。

"快到吉时了，怎么侯爷还未回来？"长公主微蹙着眉头，问道，"待我回宫，可得好好与皇兄说道说道，今儿可别耽误小朝朝的吉时。"

见长公主有些不悦，老夫人挑了挑眉，看了一眼身侧的嬷嬷，嬷嬷不动声色地退了下去。

没一会儿，侯爷便匆忙回府，这般冷的天，他的额间竟沁着细细密密的冷汗。

许氏唇角带笑，笑意却不达眼底。这人只怕刚忙着应付完外室。

"让众位久等了。为了庆贺小女满月，特意让人去寻南洋夜明珠，这才耽误了些时辰。"陆远泽看向许氏，满眼歉意。

"南洋夜明珠？这可是好东西，前年皇兄得了一颗，赏给太子当小夜灯了呢。"长公主不由得赞叹道。

陆远泽朝着长公主行了一礼："比不得陛下那颗。"

"快将小姐抱出来吧。"许氏摆了摆手，眼里对陆远泽的怨气少了几分。

不多时，映雪便抱着陆朝朝出来了。长公主有些惊讶，不由得上手要接。映雪看了一眼许氏，见她颔首，才将朝朝递过去。

"哎呀，这丫头可比前面三个都生得好。"肌肤雪白，胎发如墨，一双眸子滴溜溜地转，眉心的红痣透着一股灵气。长公主看了便心生欢喜。她多年无子，如今瞧见陆朝朝，简直喜欢到了心坎里，这就是她梦寐以求的闺女啊！

"喏，爹爹给你寻来的夜明珠，可还喜欢？"陆远泽笑着将夜明珠送上去，小奶娃两只手合拢才勉强握住，眼睛直勾勾地盯着。

"夜明珠！他给陆景瑶送了十二颗夜明珠做成的头面，只送一颗边角料给我？哼，别人不要的，我也不要！"

许氏听得这句心声，嘴角的笑容一滞，心头那点升起的希冀又熄灭了！她的女儿只配得到别人不要的东西吗？许氏只觉得胸口痛得厉害，连呼吸都针扎一般地痛。

陆朝朝朝着长公主咧嘴一笑，双手一抛。"叮"的一声，夜明珠便落在了地上。

陆远泽仿佛脸上被扇了一巴掌，面色一阵红一阵白。

众人皆愣了，长公主笑道："陆侯爷可要再上点心，咱家小朝朝啊，可看不上这东西。"她依依不舍地将陆朝朝交还给映雪，目光落在襁褓上舍不得离开。"本宫喜欢朝朝，与朝朝投缘，若得空，带朝朝来长公主府住几日。"她这句话给足了许氏脸面。

"是，等天儿暖和起来，一定登门给长公主请安。"许氏笑着应下。

正说着，便听到门房来报："太子殿下来了。"

第 7 章　又来一个冤种

陆远泽愣了一下，慌忙带众人起身去迎。

今年太子八岁，聪慧异常，自出生起，宣平帝便亲自教导，从不假手于人。陛下对他的期待从他的名字就能看出来——谢承玺。

"殿下怎么来了？"长公主时常入宫，自然与太子亲近。太子素来两耳不闻窗外事，一心只学治国策，怎会突然来陆家？

太子年纪虽小，但通身气度压得在场众人不敢直视。他摆了摆手，陆远泽便退到他身后。"姑姑来参加满月宴，承玺正好出宫，便顺路来看看。"太子淡淡地说道，目光落在襁褓上。

陆远泽眼底有些热，太上皇驾崩后，忠勇侯府凭借从龙之功得来的恩宠就用尽了。当今宣平帝对陆家不冷不热，若是能攀上太子……

许氏上前对太子行了一礼，太子微微颔首："许夫人，快起来吧，本宫恰好经过陆家，瞧见正在办满月宴，便来沾几分喜气。"

"快将朝朝抱过来。"许氏朝着登枝点头。

陆朝朝眨巴眨巴眼睛，一抬眼便瞧见一个相貌清俊的小哥哥正一脸认真地看向她。小哥哥生得极其好看，但小小年纪一副严肃的模样，让人不敢招惹。

太子看了两眼，便要移开目光。突然，耳边响起一阵叽叽喳喳的稚嫩声音。

"呀，是太子啊！出生时天有异象、生来早慧的小太子呀……只可惜命不好，啧啧……全都是为他人做嫁衣……"小家伙嘀咕两声，便打了个哈欠。

太子的眼睛瞪得圆溜溜的，少见地多了几分迷茫。他听见了什么？听见了婴儿的心声？你倒是说完啊？啧啧什么？本宫怎么了？

太子直勾勾地盯着陆朝朝，小家伙却打着哈欠犯迷糊，直接睡了过去。他好想上去抱着她肩膀摇啊摇："你倒是醒醒啊！把话说完啊！"

"小姐大概是困了。"登枝笑了笑。

太子眉头微皱，伸手拍了拍襁褓："今日恰好经过，未曾带贺礼，回头本宫派人将贺礼补上。"

陆远泽大惊，他都没抱上太子的大腿，陆朝朝竟然得到了太子的青睐。同时，他心中也有一抹不甘：这天大的运气本该是景瑶的……

"代小女谢过殿下。"许氏行了一礼，心中也踏实了几分。有太子的看重，应该不会再有人敢对朝朝下手了。

太子并未多待，陆远泽想巴结也没巴结上，只得亲自将太子殿下送出了门。

陆朝朝的满月宴办得极为盛大，许氏还传令施粥三日为她祈福。夜里，宾客散尽，陆远泽烦闷地质问许氏："朝朝才满月，你就这般招摇，当心折了她的福气！"

许氏脸一垮："侯爷此话怎讲？朝朝乃忠勇侯府唯一的嫡女，也是我许家唯一的外孙女，堂堂正正，又不是见不得人的私生子，风风光光地办场满月酒怎么了？"

许氏眉眼微垂，一番话却说得陆远泽在身侧握紧了拳头。"见不得人的私生子"，字字戳中他的心病！许氏知道自己不该刺激他，可她就是忍不住。

陆远泽勉强按捺住火气。今日的宾客皆是京中清流，看在长公主和太子的面子上，平日里对他不冷不热的老大臣对他都多了几分好脸色。陆远泽的眉眼挑了挑："芸娘，我不是怨你。只是怕侯府太过招摇，引得陛下不悦。"今日的满月宴上，陆远泽一直惦记着陆景瑶。同样是他的女儿，同样是满月宴，陆朝朝风风光光，盛大又奢靡，而陆景瑶躲在小宅子里，连一桌酒都不敢办，实在太委屈了。

"不过是一场满月酒罢了。何况她的三个哥哥都一切从简，只她一个女孩特别不同些，陛下也不至于怪罪。"许氏笑了笑，没再说话，心里却恨得厉害：难怪三个儿子的满月、周岁都不曾大办，只怕是外头那个女人不乐意。

陆远泽又在院中略坐了坐，便说还有政务未处理，回了书房。

直到深夜。

"夫人，侯爷出门了。"登枝早早留意着前院，听到禀报，许氏双眼微红。她在窗前坐了许久，不仅身上凉，心里也凉。"今儿他一日未归，现在定要回去哄哄心上人吧？"许氏轻轻晃着摇篮，心中一片荒凉。她好想问一问："当初，你可曾真的心悦我？"成婚十几年，外人眼中的恩爱夫妻，没想到全是假的。

"夫人，或许侯爷真有要事呢？"登枝艰难地劝道。

许氏轻笑一声。登枝担忧地看着她。许氏摆了摆手，正要歇息，便听到门外一片嘈杂。

"怎么回事？大半夜的吵吵闹闹！"登枝出门训斥。

"夫人，出事了！"内门的小丫头踉踉跄跄地冲进来。

"出了什么事？慌慌张张的，当心冲撞了小姐！"

小丫头面色惊惧："许家出事了！方才禁军统领带着人将许府包围起来，说是许家包藏祸心，府中藏有谋逆之物。此刻将全府严加看管，所有人不得进出！"

此话一出，满室皆惊。许氏身形微晃，终于来了……女儿所言成了真。她既觉得悲凉，又觉得后怕。

第 8 章　退婚

许氏彻夜未眠，站在大门口遥遥望着几条街外的许府。只见那边火光冲天，隐隐传来哀号。

"夫人，没事的。"登枝握着夫人的手，发现她双手冰冷，整个人都在发颤。

许氏嘴唇发紫，身子轻轻抖动，半响才从嗓子里挤出几个字："差一点……只差一点……"只差一点，许家就完了。幸好她听到了朝朝的心声，她的朝朝就是上天赐给她的宝贝。

一直到天色渐明，许氏才艰难地动了动僵硬的身子。登枝急忙上前扶住她。"侯爷回来了吗？"许氏面色苍白，有些脱力。

登枝摇了摇头："侯爷彻夜未归。"

许氏扶着登枝，闭上眼，压住心底的惊惧和怀疑，她不敢去想此事有没有侯爷的手笔。

"夫人，打听到了！昨夜禁军将许府翻了个底朝天，在夫人闺房外的那棵歪脖子树下挖出了血书。这会儿许老爷子已经跪在御书房外听审了。"映雪脚步匆匆地回来了，宵禁刚结束，她就赶过去打听消息。她和觉夏两个丫鬟都有些忧心，可此话一出，夫人面上却好似轻松了几分。她们再抬眸细看，夫人依旧皱着眉头，大概是看错了。

许氏紧抿着唇，没再说话，转身回房了。

一整天，许氏如坐针毡。嫁给陆远泽后，她渐渐没了主心骨，依附于他，为他生儿育女，为他洗手做羹汤，早已没了当年京都才女的锋芒，连最爱她的家人都舍弃了。今日，她竟然还想给陆远泽一次机会，一次坦白的机会。她再三差人去请陆远泽，可陆远泽始终不曾回来。

一直枯坐到傍晚，门房匆匆来报："夫人，姜家来人了。"

许氏猛地站起身。姜家是与长子陆砚书定亲的人家。这个时候来人，只怕没有好事。

姜家和陆家的祖辈都是开国功臣。姜家从文，后代争气，这一代坐到了正三品大理寺卿的位置；陆家从武，陆远泽却生来文弱，只得也走文官的路子，这些年不上不下，好在娶了许氏，才得以寸进，但比起姜家始终差了一些。

"当年砚书公子颇有才名，还是他们自个儿上门订下的娃娃亲。"登枝给许氏换了身衣裳，瞧见许氏精神了几分，才扶着她出门。

许氏吩咐道："把朝朝抱着吧。"如今小朝朝已经满了四十天，像吹气似的长了起来，圆圆润润的小脸，见了谁都咧嘴笑，看着就让人觉得喜气。

许氏到前厅时，姜夫人已经绷着脸坐了好一会儿。桌上还放着一只托盘，托盘上盖着红布。

许氏的脚步微微顿了顿。

"许妹妹，许久未见。令千金的满月酒，姐姐都不曾来，当真愧疚。"姜夫人叹了口气，脸上带着几分精明。当年她看好陆砚书，谁知道后来成了残疾，不能自理，还会发狂，她后悔得不得了。如今拖了这么多年，许家人下了狱，她才没了顾忌。

"咱们两家亲如一家，都是一家人，我哪能怪姐姐？"许氏笑着说道。

姜夫人微微敛眉，沉默了一会儿，才道："许妹妹，咱们明人不说暗话。砚书的亲事，我看还是罢了。"

许氏脸色微变。

"如今砚书人不人、鬼不鬼的，实在配不得我的云锦。云锦贵为姜家嫡女，怎能嫁给一个残疾！这门亲事早就该退了。"姜夫人瞥了许氏一眼，如今的许氏可比不得从前了。许家失势，陆砚书又是个残疾，退亲自然再没有什么可忌惮的。

"你！"许氏气得胸口生疼，咬着牙质问，"砚书落水，难道不是为了救云锦？"她聪慧过人的砚书是为了姜云锦而变成那样的！当年姜家女儿云锦落水，砚书奋不顾身把人救了上来，可自己溺水多时，大病一场，便成了残疾。许氏每每想起此事都心痛万分。

姜夫人的面色有些难看："这亲事你不退也得退！当时云锦也没让他救，是他自己跳下去的！一个残疾发起疯来不顾后果，就该关一辈子，娶什么妻啊，丧不丧良心？都是不光彩的过去，这亲事早就该退了，别祸害好人家的姑娘！"

"退亲，我不同意！"许氏红着双眼，咬着牙，砚书因姜家女儿而成了残疾，如今姜家却想撤下砚书！

"退退退，快快退……她可害惨我大哥哥啦……"这时，小朝朝从襁褓中探出了小胖手，"她嫁给大哥哥后，偷偷打大哥哥，让大哥哥学狗叫，让大哥哥钻胯，让大哥哥喝尿，还带人回家，让大哥哥看她和别人睡觉觉。大哥哥被活活气死啦……"

许氏端着茶的手一颤，呼吸变得粗重，茶水溅了出来。她摔下茶碗，死死地握紧拳头，指甲都掐进了肉里，丝丝鲜血从指尖溢出。

她的孩子到底遭了多少罪！

第9章 奶娃发怒

许氏只觉得喉咙里弥漫着血腥气。

"许妹妹，咱都是体面人，男人还同朝为官呢。结亲不成，也不要结仇啊。"姜夫人嘴角的笑意带着一丝嘲讽。许氏有什么高贵的？娘家倒了，大儿子有残疾，二儿子是个纨绔子弟，三儿子不通文墨，是京城里的笑话，唯一的小女儿似乎还不得侯爷喜欢。子孙后代不争气，众世家都等着看她的笑话呢！

许氏听出了她话语中的威胁。是啊，姜夫人的长女姜云锦容貌倾国倾城，儿子姜云墨十三岁就考中秀才,即将参加乡试。

小朝朝气得直咬牙——哦,她没有牙——把牙龈都咬红了。她若是有牙,一定要爬上去咬掉姜夫人的一块肉,臭不要脸!她大哥哥八岁就中了秀才,当年的风头可远远盖过了姜家。

许氏面无表情地摆了摆手,觉夏气红了眼睛,端着托盘走上前来。"退亲,但不是你姜家退我砚书的亲,而是砚书退姜家的亲!我儿砚书上对得起天,下对得起任何人。为救姜云锦而葬送了自己的一生,我儿无愧于心!姜家欺辱我儿,落井下石,不配和我陆家结亲,是我陆家退亲!"许氏拿过当年定亲时两家交换的玉佩,当着所有人的面直接摔得粉碎。

"好好好,娘亲干得漂亮!姜家会有报应的!"朝朝的小短腿一蹬一蹬的,映雪没抱稳,她差点儿从襁褓里掉出来,吓得映雪出了满头冷汗。

"你!"玉佩的碎片从地上溅起,擦过姜夫人的眉心,留下一丝血迹。姜夫人心头狂跳,只觉得一股不安在心中升起。她没想到向来柔弱的许氏竟如此果断。此事姜家理亏,她也不愿女儿留下忘恩负义的污名,但比起这些,更重要的是退婚。退了婚,才有选择的余地。"当年的婚书也拿来吧。"姜夫人铁青着脸说。

两人当面撕毁了婚书,姜夫人站起身,神色倨傲。"许时芸,你啊,就守着你那残疾儿子过吧。我家云锦,陆砚书不配!"姜夫人说完,冷笑一声,带着人高傲地离开了许家。

许氏的眼泪大滴大滴落下。她早已差人将此事告知陆远泽,此刻小厮来报:"夫人,侯爷说……"小厮眼珠滴溜溜地转,半天才说出口,"侯爷说,既然大公子救了姜姑娘,就不该挟恩图报,这是他的命,怪不得别人。"

听小厮说完,许氏生生吐出一口血,吓得丫鬟面无血色,急忙要请大夫。许氏抬手拦住丫鬟,脸上似哭非哭,似笑非笑。

"姜家真是忘恩负义,明明当年大公子是为了救姜云锦才落水的,如今她却要退亲!若不是大公子,她的女儿早死了!狼心狗肺的东西,看许家出事,就落井下石!"映雪抱着朝朝赶来,气得破口大骂。

许氏吐了一口血,心底的郁气也散了几分,淡淡地说道:"世人逐利,罢了。"她恨的不是姜家,而是陆远泽那一句"这是他的命"。

"哼,拿我哥哥的前途博自己的美名!天雷劈死他,怎么不劈死他……气死我了,气死我了……"小朝朝拧着眉头,光滑的小脸皱成一团,牙龈都泛出了一丝血迹。天雷劈他劈他!

突然,外头原本晴朗的天空乌云密布。转瞬之间,狂风大作,吹得人睁不开眼,卷起落叶打着旋儿冲上天空。

白日里,一道惊雷自天边炸响,一道刺眼的白光拖着长长的尾巴划过天空,直直地朝着京城某座小院劈去。

"轰隆隆!"

许氏心惊肉跳,女儿那句"劈死他"话音刚落,惊雷就下来了。

"哎呀夫人,城北起火了!外面都喊劈到人了!"外头的小丫鬟大声惊呼。

许氏眨眨眼,连哭都忘了。她擦了擦嘴角的血,只觉得压得心头沉甸甸的残余郁气都被那道雷劈散了,她看了一眼举着小拳头一脸怒容的婴孩,吩咐道:"去打听打听是谁家被劈了。"

这雷有点奇怪,就像……她女儿招来的。不会真的劈中了那个冤种吧?

觉夏立马应下,出门便吩咐下人去打听。

"小姐才醒,怎么又昏昏欲睡了?"映雪有些惊讶。陆朝朝召唤了那道天雷,感觉疲惫得厉害,眼皮子都抬不起来,当即便呼呼大睡过去。

夜里,登枝疲惫地回到陆府,向许氏禀报:"夫人,狱中已经打点妥当。老夫人受了些惊吓,奴婢送了药过去,已经没什么大碍。老爷让您别担心,他心里有数。对许家来说,或许在狱中待几日反倒是好事。老夫人和众位嫂子听到您派人去打点,都高兴得落泪呢。"

许氏悬着的心缓缓落回原处,心里对娘家十分愧疚。她竟然为了陆远泽而与娘家决裂,十几年不联系。她思索着,等此事过去,不管陆远泽开不开心,她都要回娘家看看。

这晚,许氏少有地睡了个好觉。而陆朝朝一觉睡了一天一夜,直接从傍晚睡到了第二日中午。其间大夫来了好几趟,每次都很无奈地摊手:"小姐无大碍,只是睡着了。"

"可她怎么不醒呢?平常两个时辰就要醒一次啊!"许氏急得嘴角都起了泡。

"大概是精疲力竭,太累了?"大夫说完,自己都觉得哪里不对:出生才四十天的婴儿既不会走,也不会爬,能有多累?

许氏一愣,想起昨儿的白日惊雷,轻轻地抿了一下唇。

"好饿啊啊啊啊……好饿好饿好饿……"突然,许氏耳边又响起了模模糊糊的呢喃。

"朝朝醒了,快拿羊奶过来。"许氏心中的大石头终于落了下来,她已经隐隐猜到是昨日召唤天雷消耗了女儿的体力——她这是生了个仙女啊!

陆朝朝打了个哈欠,刚一张嘴,就喝上了香甜的羊奶。

"谢天谢地,咱们小姐总算醒了。这一觉啊,可真是睡到了天荒地老。"映雪不由得打趣道。

陆朝朝心里落泪:"我是饿晕了啊!鬼知道召唤天雷会消耗这么多灵气,呜呜呜,当场饿晕了！"

许氏怜爱地抱起她，在她脸颊上亲了一口。香香软软的女儿啊，几乎填补了她整颗心，也挽救了……处在谎言中的她。

"夫人，昨天那雷还真的劈到人了！"觉夏一脸八卦地冲了进来。

第10章 雷劈恶人

"夫人，真的有人被雷劈了，是城北平安巷一处宅子的男主人！"觉夏急匆匆地禀报，"一个月前，有人一掷千金买下宅子。那家的夫人生得柔媚动人，好似刚出月子，女儿才四十天，与咱们小姐同年同月同日生。还有个长子，听说读书极其厉害，在京城中颇有才名。"

"哐当！"许氏手中的茶盏落在地上，应声而碎。

"夫人……"觉夏大惊，见许氏烫到了手，急忙端来凉水给她冲洗。

许氏却仿佛毫无知觉："有个……长子？多大了？"她声音干涩，双手抓得觉夏生疼。

觉夏不明所以，只见夫人面色凝重，急忙道："十七岁，和砚书公子同岁……说来真有些巧，那家人也姓陆。"

十七岁？许氏如遭雷击，张了张嘴，喉咙仿佛被卡住了，一个字都说不出来。

登枝瞪了觉夏一眼，急忙上前给夫人顺气："夫人，不一定是侯爷，不一定是侯爷……"这话说出来，她自己都有些心虚。

觉夏和映雪面面相觑，纷纷变了脸色。而觉夏更是脸色苍白，那个少年姓陆，名叫陆景淮。

许氏深深地吸了口气，下唇都被咬出了丝丝血迹。"为什么他要如此待我？我为了他与娘家决裂，为了他洗手做羹汤，为他敬婆母，为他抚育府中幼妹，为什么他要如此待我？"她甚至不敢想，或许从一开始，这就是一场骗局，"他在外面的孽种已经十七岁了，十七岁啊！"许氏光是想想都觉心寒，她为这个男人抛弃了一切，而他竟然在外面还有一个家。

"夫人，这不是您的错，是他负了您，您犯不着气坏自己的身子！"登枝和几个丫鬟红着眼睛劝慰。

陆朝朝轻轻地在心里叹了口气，她娘被欺瞒了十几年，真是可怜。

"夫人，这是上天都看不过眼呢。昨儿被雷劈的只怕就是侯爷！"觉夏急忙开口，之前抱着八卦的心思，此刻却是幸灾乐祸的语气，"听说昨儿那雷劈得巧，那狐媚子刚出月子，便急着勾男人，青天白日的，两人正好在床上，白条条的身子，啥也没穿，都被雷劈黑了！街坊邻居进去时，那狐狸精正捂着脸尖叫呢！"

许氏瞪大了眼睛，这么巧？

觉夏点了点头："上天开眼了，也知道夫人心里的委屈，这是给夫人出气呢！"

许氏擦了擦泪，冷哼一声："活该！"可眼底的不甘和委屈怎么也压不下去。恨吗？她是恨的，怎能不恨呢？可自她及笄起，眼中、心中便只有他，甚至和娘家断了联系，只为与他厮守。她不甘啊，她该怎么割舍呢？

"夫人，侯爷回府了，这会儿正在德善堂，请您过去。"门外的小丫鬟低声禀报。

许氏眉头微皱。登枝挑了挑眉，也不知侯爷被雷劈成什么样了。

"带着朝朝过去看看吧。"许氏起身，朝德善堂走去。

德善堂在忠勇侯府东边，老夫人喜静，在东院建了个佛堂，平日里两耳不闻窗外事，只顾礼佛。

穿过府中内湖，经过长廊。"呀，一股烧煳了的味道。"小朝朝吸了吸鼻子，空气中有股淡淡的焦味，离德善堂越近，这味道越是浓郁。

映雪扶直她的身子，将她抱得高了些，陆朝朝眼珠子一瞪："好大一颗卤蛋！吸溜……"她还狠狠地吸了吸口水。

许氏一愣，猛地抬头。只见德善堂正中央坐着个黑秃子，脑袋上没有一根头发，光秃秃、黑黢黢。

许氏心目中那丰神俊朗、清隽俊秀、一直让她难以舍弃的少年郎形象瞬间就坍塌了，愣在当场，半晌都没反应过来。

"怎么还不进来？站在风口做什么？"觉察到她的目光，老夫人第一次呵斥了她。

许氏满脑子都是女儿的惊叹：卤蛋卤蛋卤蛋……她恨陆远泽，可是已经被蒙蔽多年，见到他又忍不住心疼。一颗心就像被割裂成两半，一半恨他，一半爱他。可现在……心疼没了，满脑子都是挥之不去的"卤蛋"。

她眼皮子一颤，进门便道："侯爷这是怎么了？头发呢？遇上'鬼剃头'了？"

"我娘真会扎心窝子，干得漂亮！与其当个受气包，不如发疯气全家！"

陆远泽嘴角一沉："平安巷失火，我进去救人，被烧了头发，没什么大事。我给陛下递了折子，这段时日在府中歇息。"

"救人？真会往自己脸上贴金。"许氏冷冷地想。

"老爷也在平安巷？真是巧了，妾身听说平安巷有人被雷劈了。据说是一对男女白日宣淫，让人看了个精光。当时老爷正在救人，难道正好是那家？"听到女儿的摇旗呐喊，许氏忍不住又补了一刀。

果然，陆远泽脸色铁青，拳头捏得死紧："你一个妇道人家听那些做什么？"

许氏捏着手绢，唇角微弯："满京城都在传，妾身不过听个笑话罢了。"对面的母子两人瞬间黑了脸。

"嘿嘿嘿嘿……"小朝朝笑得没安好心。

许氏不由得竖起了耳朵,她只能偶尔听见女儿的心声,不聚精会神不行啊。

"他和外室被雷劈了,光屁股被人看光了,不敢回去。现在满城都在找他呢……"可惜的是,他跑的时候捂着脑袋,没人看见他的脸。

许氏拧紧了眉毛,真是污了她闺女的耳朵。

"你啊,最近就在府上多伺候着远泽。他一年到头为了侯府十分劳累,现在难得歇息。女人家不会伺候男人有什么用?"老夫人听到许氏的嘲笑,有些不悦,"至于你娘家那里,不许去接触,搞不好是什么砍头的罪名。"老夫人说完,严厉地瞥了她一眼。

"侯爷觉得呢?"许氏坐直了身子,幽幽地看着陆远泽。

陆远泽瞥了她一眼:"我自然心疼岳父受罪,但陛下震怒,谁也不敢多劝。我只能尽力保全侯府。芸娘,你是个懂事的人,莫要害了侯府。"他顿了顿,"砚书的事,你也别伤怀。砚书命不好,姜姑娘在京城中颇有才名,总不好耽误了姜姑娘。"

他的眼神有些闪烁,让许氏不由得起了疑心:退亲对他有什么好处?明明他是砚书的父亲,难道被打脸的不是他吗?

第 11 章 三哥赌博

"耽误?"许氏咽不下这口气,轻轻笑了一声,放下手中的茶盏,"当年砚书为了救她,体力不支而落水,她被救起来以后,不仅不叫人来救砚书,反倒躲进了假山中。砚书被发现时,已经没了气,险险捡回来一条命,却伤了脑子,人也成了残疾,侯爷,砚书是一个多么聪慧的孩子,你怎能说出这种话?当年他惊才绝艳,满京城谁不称赞?是姜家耽误了他!"许氏只替儿子感到不值。

"当时小姑娘不是故意落水的,躲起来也是因为害怕。砚书的事已成定局,不原谅,难不成要为了此事而与同僚再生嫌隙?芸娘,我在朝堂上举步维艰,你也替我想想。"

成婚后,许氏感觉到陆远泽的冷落,便逼着砚书用功。砚书小小年纪就心疼母亲,通宵达旦地看书,熬得眼睛通红,只为了在父亲面前给母亲争脸面。

"谁也没资格替砚书说原谅。"许氏紧紧抿着嘴,语气淡然,"谁说原谅,谁便也去池子里淹着,只有跟我儿一样的处境,才能感同身受。"

陆远泽眉头轻蹙,只觉得温柔贤淑的夫人变了,不再事事以他为尊。想来是这段时日冷落了她,心里存着气,故意要引起自己注意。看了一眼动怒的母亲,陆远泽轻轻地摇了摇头。"好,芸娘说不原谅,便不原谅。"他说完拍了拍许氏的手。

没一会儿，许氏便以给朝朝喂奶为由，退了出去，却没有立刻离开，只是掩身门边，听屋内的动静。

"非要过去，出了这么大的丑，现在可好？乖孙可吓着了？"老夫人轻声问，满口的亲昵和牵挂，还少见地带了一丝不满。

不用说许氏，就连登枝听到此话，也不由得气红了眼睛："大公子还在府上躺着呢，她们却还、还记挂着外头的……"

"慎言！"许氏扫了一眼左右，登枝闷闷不乐地闭嘴。"三公子呢？"许氏捏了捏眼角，问道。

身侧的丫鬟出来禀报："今日休息，三公子定然在汀兰苑看书呢。"

许氏带着几人往汀兰苑而去。垂花门外站着个书童，远远瞧见一行人浩浩荡荡而来，当即往屋内跑去。

"书童要去报信啦！"小朝朝挥舞着小手，一脸兴奋，"我那好哥哥正在干好事呢……"

许氏瞬间加快了脚步。"拦住他！"她话音刚落，便有人冲上去将书童踢翻在地，按在地上动弹不得。

"瞧见夫人，为何慌慌张张跑路？"登枝怒道。

书童哆哆嗦嗦，一脸焦急。许氏也不说话，径直入内。刚到门口，就听见了压抑的呼喝声："开大开大……大大大！"

被押着的书童面色铁青，腿肚子都在打哆嗦。登枝要去敲门，但被许氏抬手一拦，如今她只是一个气疯了的母亲，哪里还顾得上世家主母的派头，抬脚就将大门踢开。

"要死啊？吓着小爷要你们好看！"陆元宵一手抓着骰子，一手抓着钱，双眼赤红，俨然有了几分赌徒的架势，"是谁找死呢？当心爷……"他一抬头，便看见面色阴沉的母亲正冷冷地看着他，手里的骰子"吧嗒"滚落到地上。

陆元宵原本赌红了眼，此刻瞧见母亲，理智霎时回笼，只觉一股凉气直冲天灵盖，面色煞白，膝盖一软，跪在地上，身形微微颤抖，身后的书童小厮也跪了一地。

"你……你……"许氏大口大口地喘着气，仿佛被人掐住了喉咙，一阵阵眩晕。若不是朝朝提醒，她到底要被瞒多久？

"夫人……"登枝被吓到了。

"三公子，您糊涂啊！"饶是映雪都惊呆了，才八岁的孩子，竟然赌上了钱。

"赌多久了？"许氏的声音都在发抖，登枝扶着她，这才勉强坐下。

陆元宵哪里见过母亲这般模样，母亲失望又震惊的眼神让他无处遁形。他带着哭腔开口："娘，是儿子错了。儿子只学了三日。"三日前面色红润的小少年，此刻眼眶发黑，嘴角干得起了皮，连素来清爽的头发都灰扑扑的。

"你贪玩好事，顽劣不堪，娘念你年幼，从不与你计较。可你小小年纪，怎能沾惹赌博？"许氏咬牙切齿地说，"这害人的东西，你怎么敢？到底是谁教你的？"许氏气得胸口发麻，他身边最亲近的两个小厮、两个书童都是老夫人赐下的啊！

角落里，两个被捆住的小厮嘴里塞着毛巾，呜呜哭喊。觉夏赶紧上前给他们松绑。小厮头发乱糟糟的，当即跪在地上："夫人，是青语和青言。"

陆元宵身边有四个服侍的人，其中青语、青言既能言善辩，又识字，许氏便吩咐让他们在跟前做书童，引导陆元宵向学。另两个小厮清风和清书则负责打理起居，贴身伺候。

"那日三公子兴致勃勃地回来念书，一直到深夜，颇有些劳累。于是青语便以放松为由，教三公子赌博。青言说小赌怡情、大赌伤身，何况又不赌钱，只是放松放松。小的想劝阻公子，但青语和青言哄骗公子，还把我们绑了起来。"

"来人，把这两个背主的东西打一顿，赶出去，以儆效尤！让全府下人都来，看完全程方可离开！"许氏向来大度，从未如此动怒。

两个书童被堵了嘴巴，只能用眼神乞求地看着陆元宵。陆元宵想为他们求饶，从三岁起，这两个书童便跟着他，如今已经是不可缺少的玩伴了。

"这两个人一点也不无辜啊。从小就受人指使来到三哥身边，为了养废他……带他赌博，带他逃学，带他辱骂夫子，把三哥推到悬崖边上了啊……"

陆元宵愣愣的，仿佛傻了，听到这些话，瞬间把嘴边的求饶咽了下去。

许氏肃清了陆元宵身边的所有仆从。"清书、清风，这次你们做得很好。从本月起，月银翻倍，替我好好看着元宵。"之后许氏又让人取来五十两银子，以作嘉奖。陆元宵失魂落魄，许氏一眼都没看他。

"让所有下人都去德善堂外。"

第 12 章　敲打老夫人

奴仆在德善堂外集合时，老夫人正在用膳。

"外面吵吵闹闹的，成何体统？许氏是怎么管家的？越发不像话了。"老夫人脸上露出一丝不屑，"还说自己是什么京都名流之女，瞧着也就那么回事。当年我儿在她家门口跪了三天三夜，还说什么下嫁。如今啊，许家全族都下了狱。"

这几日，雷劈一事闹得满城皆知，她心里正存着气呢。唯独许家被抄，她心里痛快。

林嬷嬷回来禀报："老太太，说是三公子跟前的书童犯了错。这会儿让全院下人观刑呢。"说到这里，顿了顿，"奴婢记得那两个书童是从德善堂拨去的。"

这不是打德善堂的脸吗？老夫人面色微沉，让林嬷嬷扶着自己站起身，直接出门。

门外下人已经聚齐，面色皆有些惊慌，纷纷看向绑在院子中央的两个书童。

"你这是胡闹什么？他们犯了什么错，就要杖责？世家大族就是这般苛待下人吗？"老夫人拄着拐杖责骂道。当众杖责她送的小厮，这是什么意思？

"母亲，这两个畜生竟然欺上瞒下，带着宵哥儿赌博，把宵哥儿引入歧途。"许氏对着老夫人行了一礼，却一脸怒容，"他们都是从德善堂出来的，又是母亲精心挑选的，只怕有人故意欺瞒母亲。若不以儆效尤，岂不是人人都能欺瞒您？这不知道的还以为您故意教坏孙儿呢！"

老夫人听到"赌博"一词，眉头狠狠一皱，朝两个书童看去。两个书童眼底皆是恐惧和乞求，惊慌失措地呼喊："老太太救命，老太太救命！是裴……"话还没有说完，老夫人跟前的两个嬷嬷猛地上前堵住了他们的嘴。

老夫人眼皮子狂跳。这两个书童是陆远泽的外室裴姣姣送的。

许氏瞥了她一眼，缓缓握紧拳头。"今日，所有人都睁大眼睛看着背主是什么下场！"许氏一抬手，院里立马响起棍子敲打皮肉的"砰砰"声。

两个书童被捆在长凳上，额间满是冷汗，眼睛死死盯着老夫人，被堵住的嘴里不断发出呜咽声。

所有下人都噤了声，其中有丫鬟吓得哭了起来，老夫人也不由得后退一步。

"老太太，咱们先回去吧。"林嬷嬷感觉到老夫人的身子在颤抖，低声道。老夫人闭上眼，这棍子好似也打在了她身上，整个人被林嬷嬷半扶半抱地带了回去。

许氏狠狠地打了陆元宵一巴掌，又当着众人的面嘉奖了陆元宵忠心的小厮，才将人放回去。

"娘亲威武，娘亲好厉害……"

陆元宵一步步跟在母亲身后，眼泪汪汪地说："娘，我知道错了。"此刻他才惊觉自己到底有多危险。这三日，他完全迷失了自己，若不是母亲及时发现，只怕从此就无可救药了。

许氏心里沉甸甸的，一眼也不看陆元宵。

登枝偷偷抹泪。侯爷养外室，外室还生了儿女，满府都瞒着夫人，三个孩子又不成器，夫人处境艰难，谁又知道呢？

"娘，您别不理我。是儿子误入歧途，惹娘亲生气了。"陆元宵跟着许氏进了屋，直挺挺地跪在地上。

许氏眼眶发红，上前扶起儿子："是娘对你关注太少，让人钻了空子。"她心底的憋闷和委屈既无人可说，也无人可信。明明儿子三岁前非常懂事听话，怎么就成了这般模样呢？刚才亲自挑选了他身边的所有侍从，发现他院中竟然没有几个可靠的人，心底满是后怕。

"唉，父亲养外室，外室的儿女聪慧伶俐。母亲的孩子不是残疾，就是纨绔，不是被人退婚，就是不思进取，该怎么活啊？"陆朝朝幽幽地叹了口气，"三哥不争气啊……"

陆元宵哭泣的身形瞬间一滞："养……养什么？父亲，养外室？"

他猛地抬起头："不是母亲的错，是元宵意志不坚定，是元宵贪玩，是元宵仗着爹娘的宠爱而失了分寸。"他顿了顿，不动声色地打量着母亲。不知何时，母亲憔悴了许多，脸上也许久不见笑容。

"爹娘不能永远做元宵的后盾。元宵……也要努力进取啊。将来，娘还要靠你们呢。"许氏轻声道，眼神有些恍惚。

"爹爹疼爱娘亲，和娘亲是京城有名的恩爱夫妻。这京城谁不羡慕娘亲？娘亲也可以靠爹爹呀！"陆元宵故意说道。

"爹爹……"许氏摸着他的脸，身子微微晃了一下，沉默了。

陆元宵抿了抿唇。认完错，陪着母亲用了膳，他又偷偷在听风苑打听了一圈，惊讶地发现，母亲生下朝朝已有两个月，父亲竟然一次也不曾留宿院中，甚至连外祖父被抄家，父亲也不曾归家。

陆元宵越发不安了。在他的记忆里，父亲虽然严厉，但疼爱子女，爹娘和睦，感情极好。府中一个姨娘都没有，当年有丫鬟想要爬床，父亲震怒，直接将丫鬟发卖，母亲感动得落泪。这些年，父亲体贴入微，母亲也甘愿替他操持家务，满京城谁不称赞父亲是一心一意的好男人？可现在，乍得知父亲养外室，甚至生了儿女，他只觉得通体发凉。曾经书童哄着他逃学，哄着他辱骂夫子，哄着他赌博，他都不以为意，如今方知恐惧。他是母亲的左膀右臂，若被人斩断，不能成为母亲的倚仗，那么母亲该怎么活呢？

当夜，陆元宵便将积灰的四书五经翻了出来，坐在窗前认真研读。

第13章 我娘三品了

"夫人，奴婢瞧着三公子当真学好了。"登枝替许氏揉着眉心，"昨儿回去便认真温书，今儿一早就来院里请安，这会儿去学堂了呢。您啊，也该放心了。"

许氏没说话。昨夜陆远泽回来了一趟。老夫人观刑后受惊，夜里就发起高热。陆远泽怒冲冲地来问罪。许氏没忍住，问他："是制止元宵误入歧途重要，还是照顾老夫人的面子重要？"陆远泽一怒之下，剥夺了她的管家权，让陆晚意代理，并且斥责她不敬婆母，让她在院中面壁思过。

今儿一早，陆晚意还哭着上门，说她不想管家，是大哥无理取闹。许氏刚刚将她哄回去，还没思过呢，宫里的太监便上了门。

"夫人，夫人，宫里来人了，让你进宫呢！"陆远泽急匆匆地来请。

登枝撇了撇嘴：真是打脸，才禁足半天，侯爷就亲自来请夫人了。

陆远泽的面色也不好看，可他到底脸皮厚："芸娘，到底是何事啊？"方才他去打听，公公只斜斜地瞥了他一眼，什么也不愿说。

大约是自己放在歪脖子树下的血书起了效果。许氏心里想着，只淡淡地道："妾身还在禁足，侯爷去吧。"

陆远泽面色一僵。此刻太监在门外等着，他只得叹了口气，放低身段道："芸娘，我不是怪罪你。母亲年纪大了，亲眼见着送出去的书童被杖责，以为你在敲打她。所以吓着了。父亲年轻时征战四方，母亲辛辛苦苦将我们拉扯大。父亲死后，她更是一人撑起这个家。芸娘，你是善解人意的女子，怎能不理解母亲、孝顺母亲？"陆远泽的皮相确实好，放低身段时，眼中深情似海："你我夫妻一体，我拿芸娘当自己人，昨日才口不择言，还望芸娘莫怪。"

以前，许氏格外吃这一套，而今日……

"哈？你母亲吃苦跟我娘有什么关系？她的苦又不是我娘造成的。你的娘亲，你自己不孝顺，让我的娘亲来孝顺？"小朝朝咕噜咕噜地吐着口水。

许氏瞬间被点醒了：可不是吗？当年老夫人病重，她没日没夜地侍疾，最后得到"孝子"美名的却是陆远泽。

"孝顺？爹娘辛苦将我养大，如今全家下狱，侯爷却要我和他们撇清关系，这又算什么孝顺呢？"许氏没忍住，回敬了一句。

陆远泽眉头微蹙，狐疑地看着她。许氏好像和过去不一样了，可之前那十几年的顺从不是装出来的。她将自己奉若神明，说什么都听。最近脾气古怪，定然是气自己冷落她，想吸引自己的注意呢。想到这里，陆远泽竟然有一丝得意，他花了十几年时间调教许氏，她怎么会生出二心呢？"知晓你心里有气，明儿我便托人去打点。"

许氏没说话，出去接旨了。陆远泽想要跟上，太监看了他一眼："侯爷在宫外候着吧，无诏不得进宫。"说着又看了一眼登枝抱着的褟褓，"将小姑娘带着吧，长公主念叨许久，惦记着呢。"

陆远泽面色一黑，连两个月大的陆朝朝都受邀进宫了！

"哟嚯，活该！"小朝朝开心得直咧嘴。

许氏被迎进了宫内。

"劳烦公公照看朝朝。"许氏朝着登枝点了点头，登枝便在门外候着。

御书房内，气氛压抑。许氏进来时，余光瞥到父亲和大哥跪在一边，一抹威严的明黄色坐在堂前，是当朝的宣平皇帝。

她垂着头匍匐在地。"臣妇拜见陛下。"一通流程下来，出了一身汗，而宣平帝一直没说话，只是轻轻摆了摆手，太监便呈上笔墨纸砚，用尖锐的声音道："请忠勇侯夫人提笔写几个字吧。"

许氏心头狂跳，但她是见过世面的女子，此刻面上倒十分沉静，抬手提笔，众人看不到她写的什么，只有站在跟前的太监眉头微微一颤。

片刻，许氏放下笔，重新跪了下去。

太监将笔墨呈上。宣平帝瞧见纸上的八个大字，沉默良久。

许老太爷须发花白，虽是文臣，但铁骨铮铮，脊背笔直地跪在地上。他原本打算以死明志，可瞧见陛下请来女儿，又落下了一滴浑浊的泪。"陛下，老臣认……"

这"罪"字还未说出口，宣平帝便开怀大笑，抚掌赞叹："好！好！好一个'海晏河清，万象升平'！"说着，竟从桌后站起来，直接下了白玉台阶，亲自将跪在地上的许老太爷扶了起来。"老太傅，朕冤枉你了。你许家世代忠良，对北昭忠心耿耿，就连女儿也为北昭呕心沥血。"宣平帝感慨之余，眉宇间又染上一丝戾气，"这举报许家之人当真其心可诛！"

身后太监呈上血书："这便是从许家挖出来的东西。"

许老太爷颤抖着爬起来，看着血字有些愣了。这是一页用鲜血抄写的佛经，可见虔诚，最后还写着一句："愿以三十年寿命祈求北昭国泰民安，愿陛下平安康健、福寿绵长。"落款是许家所有子孙。每个人的字迹都不相同，每个人的名字上都按了血手印。

"许家子孙都是好样的。"宣平帝点了点头。

许老爷子心头一颤。他们全家人中，只有女儿许时芸能模仿全家所有人的笔迹。

许氏手心却满是冷汗。幸好能模仿全家笔迹一事她从未宣扬过，连陆远泽也不曾说。若不是她提前换下木偶，只怕今日许家必定血溅三尺。

"臣妇虽是女儿身，但自幼得爹娘教诲，许家儿女以报效朝廷为己任。臣妇居于内院，只能整日祈求上天为陛下添福添寿。"许氏说到这里，磕了个头，"让陛下见笑了。"

宣平帝似乎心情极好，爽朗地大笑："许爱卿，你们教出了一个好女儿。许家全族都是好样的！"他又将许意霆扶起来。许意霆便是许家长子，许时芸的大哥。"委屈许爱卿了。"许家身居高位，原本他还有些忌惮，可此刻这忌惮不知不觉地消散了。他拍了拍许意霆的肩膀："许家对北昭忠心耿耿，天地可鉴。来人啊，赐许爱卿尚书令一职，即日上任！"

许意霆眉目冷冽，气质沉静，此刻赶忙跪下高声接旨："臣，定不负陛下期望！"

"好！"宣平帝眉宇间皆是喜色，"许氏虽为闺阁妇人，但心系北昭，封以三品诰命，拟旨吧。"他对那句"三十年寿命换平安康健"大感快慰。

"啊哈哈哈，爹混了三十多年，靠着先世余荫，才得了个四品官。"门外竖起耳朵的陆朝朝忍不住大笑,"我娘三品了,气死他!"

突然,御书房内的许意霆陷入了迷茫。

他,幻听了?

第14章 抱上金大腿

许家人退出御书房,寻了个僻静的地方,谁也没提许家被冤枉之事。

许氏死死地咬着唇,才克制着没有哭出来。"爹爹、大哥,你们受苦了。"她红着眼睛,几乎不敢看父兄的眼睛。十八年啊,她拒绝娘家十八年了!

许意霆被冤枉没哭,全家下狱没哭,此刻瞧见妹妹耷拉着脑袋喊自己,差点儿猛男落泪。"别哭,刚出月子,否则以后会眼睛疼的。"他抬了抬手,声音干涩,"这便是朝朝吧?"许意霆偷偷爬墙看过,长得真好看,这也是他理想中的女儿啊!

许氏急忙擦了擦眼泪:"对,爹爹、大哥,这是朝朝。才两个月,还是个奶娃娃呢。"

"外祖父……大舅舅……"奶声奶气的嗓音在两人耳边炸开。

老祖父脚下一踉跄,差点儿摔倒在地上。果然老了,都幻听了!

许老太爷是前朝太傅,曾为帝师,位极人臣,如今早已致仕养老,许家只靠许意霆在朝堂上走动。今年许意霆四十岁,原本以为要以命相搏,保全许家,不承想一步登天,坐到了正二品的位置,一跃成为京城的"香饽饽"!

此刻两人皆目不转睛地盯着襁褓。陆朝朝也极其给面子,咧着没牙的嘴,牙龈全露了出来:"原本外祖父要撞死在御书房,大舅舅一人挑起全家罪责,斩首示众……现在真好,外祖父和大舅舅都活着……大舅舅还升官啦!"

两个大男人眼皮子直跳。老太爷打算以死明志,没告诉任何人;许意霆打算一人扛起罪责,也没告诉任何人。

"只可惜我的外祖母要死啦。她本就年迈,又在牢中磋磨一回,整日提心吊胆,怕是快撑不住了。"

许氏心头猛地一跳,还未说话,便听到长兄道:"母亲和族中长辈还在牢中,我先将他们接出来。妹妹……"

"明日我便登门。今日长公主要见朝朝,妹妹便不与哥哥去接母亲了。"许氏抹了把泪,此刻她只觉得,为了陆远泽而与娘家断绝关系是多么愚蠢的行为。"我进宫前唤了大夫跟着,此刻就在宫外,哥哥带大夫同去吧。"

许意霆深深地看了她一眼,只觉得今日妹妹显然有备而来,但此刻来不及深究,他看了一眼朝朝,便带着老父亲匆匆离去。

许氏寻了个小太监,给了些银子,找了个地方梳洗一番,随着嬷嬷去了坤宁宫。

许氏尚在闺中时,便与长公主有些情分,在坤宁宫也混了个脸熟。

"许夫人,还望多劝解公主。"路上,嬷嬷叹了口气,"她与驸马成婚十几年,至今无子。让驸马挑个通房或者妾室,生下孩子养在身边,也算有后啊。"即便贵为公主,膝下无子也是备受煎熬的。

陆朝朝想起满月宴上见到的温柔妇人,她子女宫黯淡,确实是无子无女的命。而许氏没应声,她当然知道长公主多么期待有一个自己的孩子。

进了殿内,长公主的哭声才稍稍停下。

"快将孩子抱上来,她啊,回来三日便惦记了三日。快给哀家看看,到底是多好看的女娃。"许氏刚刚拜下去,太后便开口赐座,她见长公主哭得厉害,有意转移话题,哪知陆朝朝被抱上来,她就愣住了。"这孩子眉心一抹红,可是点了胭脂?"她摸了摸陆朝朝的眉心。

许氏行完礼,浅笑一声:"太后娘娘,这么小的孩子,哪能给她点胭脂啊?这孩子生来眉心就有一抹红,妾身见了也颇为惊异。"

"这模样生得可真好。眉心一抹红,更有些悲天悯人的佛相。"太后忍不住取下长指甲套,朝陆朝朝伸出了手。小胖墩能吃能喝,长得圆滚滚、胖乎乎的,又被打扮得浑身喜气,看着便让人心痒痒。

陆朝朝挥舞着小肉手便扑了上去。

"哎哟,娘娘小心!"许氏被她的动作吓了一跳。小胖墩可不轻。

谁知陆朝朝吧唧一口啃在了太后脸上:"我亲到了世界上最高贵的女人!"

许氏面色剧变,扑通一声跪下,吓得差点儿晕过去。而太后笑得合不拢嘴:"不碍事,不碍事,哀家无事。"上了年纪的老人最喜欢孩子亲近,何况民间一直有传闻:孩子见了老人哭泣,那老人必定有灾;若孩子欢喜,老人便有福。太后威严,平日里谁见了她不战战兢兢?如今陆朝朝可把她哄得眉开眼笑。

连长公主都忘了哭泣,红肿着一双眼睛抬头看过去:"这便是儿臣的梦中闺女啊。"她对孩子的所有幻想,陆朝朝都占齐了。她怎么甘心把驸马让给通房,怎么甘心养妾室的孩子?这好比在她心上剜肉啊!长公主又要哭了。

而太后总是这样劝慰她:"你啊,就放宽心。若生下孩子,去母留子,养在跟前,与亲生的没有两样。哀家知晓你与驸马伉俪情深,可你膝下无子,驸马又能等你多少年呢?"太后也没有说错,这几年,驸马越发等不及了,与长公主闹了好几次。

小朝朝趴在太后怀里,眼珠子滴溜溜地看着长公主。长公主心如死灰,对她哀哀地呢喃道:"你也觉得姨姨生不了吗?"或许母后是对的。驸马已经给了她十几年时间。

"啊,啊啊……"细嫩的声音响起,陆朝朝看着长公主,嘴里急切地叫个不停,"生生生!生孩子多简单,回去我就给你赐个孩子,你想要男孩儿还是女孩儿?"

许氏眼皮子狂跳：她这闺女生气的时候能用雷劈人，敢情还能给人赐孩子？她想制止，可长公主偏偏问道："你说我生不了吗？"

话音刚落，小家伙双手叉腰，小脸憋得通红，嘴里咕噜咕噜地嚷个不停，口水都喷出来了。

长公主有些惊异，又试探着问道："你说姨姨能生？"她一定是疯了，竟然问两个月的孩子这种问题！

让她更惊讶的一幕出现了：小奶娃口水也不吐了，嘴角快要咧到后脑勺了，胖手疯狂地鼓掌，拍得啪啪作响。

"母后，朝朝都说我能生！"长公主欢喜得不得了，"再、再给儿臣三个月时间吧！三个月后，若儿臣依然没怀孕，便……便给他纳妾。一切都依母后！"长公主拿定了主意，跪在太后脚下。

她知道，她的婆婆已经进宫求了太后恩典。

这是她最后的机会。

第15章　朝朝赐子

太后呆呆地看着长公主，丝毫没明白她怎么和两个月大的婴儿交流，可瞧见向来骄纵的女儿卑微到了尘埃里，只得点头应下："依你便是。三个月后，再不得推托。"

长公主抹了把眼泪，从地上爬起来。"朝朝，你可真是本宫的心肝宝贝。芸娘，你生了个好女儿……"长公主说完，恋恋不舍地看着朝朝。

"生，十个八个都给你！"小家伙胖手一挥。

许氏眼皮子直跳，忙将女儿接过来。"长公主殿下，朝朝还是个孩子，什么也不懂。这……当不得真。"长公主成婚十几年，看过无数太医，都不曾有孕。若三个月内没怀上，怪朝朝怎么办？

长公主抿着唇笑："你放心，本宫明白。"她懂许氏爱女心切，但她莫名地相信朝朝。

"摆膳吧。"太后留许氏在宫中用膳，好多陪陪长公主。

宫宴烦琐，规矩众多，但御膳房的佳肴十分可口。嬷嬷抱着陆朝朝，陆朝朝闻见香味，黑黝黝的眼珠子便亮了起来。"肉！肉！好想吃肉，给我吃一块儿，给我尝尝！要不给我舔舔盘子也行啊！"

许氏冷汗都快下来了。

"快抱到本宫身边来。"长公主让嬷嬷将孩子抱给她，"馋嘴啦？你还没长牙呢，等百日开荤，给你沾点肉星儿啊。"长公主越看陆朝朝越喜欢，怎么就不能指定生个这样

· 033

的孩子呢？

　　长公主单手抱着她，单手执箸，皇室礼仪都顾不上了，举起银箸，夹了一筷子菜肴正要放进嘴里。哪知一只又短又圆润的小爪子从她怀里伸出来，飞快地攥住了筷子，抓住筷子上的那块肉，死命往嘴里塞。

　　太后都看蒙了。许氏吓出一身冷汗，冲上前抓住她的手："快来人！"自从听见她的心声，许氏就一直留意着，差点儿就让她得逞了。这不到两个月，牙齿都没长出来，若噎住了该怎么办？

　　"哎呀，手脚可真快！本宫都没反应过来。"长公主虽未养育过孩子，但也有常识，惊出了一身冷汗。两人生怕伤着陆朝朝，只得一点点掰开她的小肉手。

　　陆朝朝急得直流眼泪："肉，我的肉！"

　　她在许氏耳边嗷嗷哭，惹得许氏又气又笑。"等你长了牙，娘天天都给你做肉吃啊。快松开，这肉你吃不得。"许氏连哄带骗，才将她手上的肉块取出来。

　　只是陆朝朝坚决不让擦手上的油星儿，将手紧紧握成个小拳头，时不时塞进嘴里嘬两口。吸溜……好吃！精致白嫩的小脸上，表情很是满足。

　　重活一世，虽然实力保留了，但她的心性和想法还是一个孩子。这便是天道的束缚。

　　"世上最快的便是婴儿的手。这话果然不假。"长公主一脸震惊。为了防止陆朝朝抓碗，众人只得将她远远抱开，待许氏用了午膳，才带她出宫。

　　"这孩子讨喜，又是头一回进宫，哀家可得赏点东西。"太后大手一挥，便赏了无数金银珠宝。其中小家伙最喜欢的便是一只象征着平安健康的金苹果，抱着不撒手。

　　长公主有意敲打忠勇侯，便赐下一颗硕大的夜明珠。"芸娘，听说……侯爷原本购置了十八颗夜明珠。"长公主的语气顿了顿，她知道好友有多爱忠勇侯，几乎爱到失去自我，把他当作命根子，"可只有一颗送到了朝朝手里。"她也没多说，好友不爱听忠勇侯的坏话，她只能点到为止。

　　许氏低着头沉默。长公主叹了口气。

　　出宫的路上，陆朝朝双手抱着金苹果，啃得流口水："发财了，发财了！这金子是真的吗？"

　　许氏叹了口气，她怎么生出个财迷？她哪里知道，修真界最穷的就是剑修。何况陆朝朝还是剑修老祖，这辈子兜里就没装过钱！

　　"回许府瞧瞧，看看我母亲如何了。"许氏吩咐了一声，登枝立马差人去打听。

　　她们回到忠勇侯府时，已经华灯初上。许氏刚进门，陆远泽便收到消息迎了出来，累得满头是汗。"芸娘，岳父一家怎么出狱了？"说完觉得语气不对，忙又补了一句，"芸娘，下午我联合了几位大臣想要替岳父说情，这求情书还未呈上去，岳父便归家了，这是怎么回事啊？"他把求情书捏在手里，似乎焦急不已。

许氏微敛着眉，神色有些疲倦。"圣上知道是误会，已经释放了许家人，还给大哥升了官。"她仔细看去，果然发现陆远泽眼中闪过一抹憎恶。

"这就怪了！之前不知是谁举报许家的歪脖子树下有巫蛊邪物。"陆远泽惊叹道。

"哪有什么巫蛊之术？里面埋的呀……"许氏卖了个关子。

陆远泽的心都提了起来："埋的是什么？"

"埋的是许家为朝廷奉献一切的忠心呀。"

许氏说完，她身后的丫鬟觉夏又多嘴道："咱们还得感谢举报的小人呢，否则许家哪有这造化？大老爷升了正二品，比老太爷升得还快。许家啊，又要重振旗鼓了！"

忠勇侯面色霎时惨白，死死地握着拳头，强自面对突如其来的冲击。"真、真是好造化。"

"还不止这场造化呢，咱们夫人得了陛下的嘉奖，赐三品诰命。估计明日一早，圣旨就要下来了。"映雪高昂着头，她家夫人年轻时便名动京城，若不是常年被陆远泽打压，哪里会变成如今这菟丝花模样？

这次，陆远泽眼睛都红了。

"侯爷在朝堂上走动，芸娘也不能拖后腿呀。"许氏假装谦卑道。

"他嫉妒了，他嫉妒了！"陆朝朝在心里狂笑，"岳父家比他门第高，现在连媳妇都比他品级高，哈哈哈哈，他嫉妒得眼睛都红了！"

软饭硬吃，活该！

第 16 章　恶毒小姑子

陆远泽的自尊心极强。当年他求娶许家嫡女，便被人暗地里嗤笑。

当时许家老太爷官至一品，几个子弟皆是人中龙凤，老太爷对唯一的女儿许时芸千娇百宠，那是真正的高门嫡女。而忠勇侯府呢，老侯爷去世后，侯府便成了个空壳子，且因着陆远泽身子骨不好，自幼从文，更是举步维艰。他想求娶许家女，当真痴心妄想。

谁知许时芸被他那副好皮囊所骗，当真非他不嫁。出嫁后，无意得知陆远泽面对她父兄的窘迫和自卑，她为了照顾陆远泽的自尊心，便断了与娘家的联系。

现在，她成了正三品的诰命夫人，比陆远泽还高一阶。虽然官职与诰命不可混为一谈，但她心里有种隐秘的痛快。

"芸娘心性纯良，贤良大度，诰命是芸娘该得的。倒是我无用，不能给芸娘挣一个诰命回来。"陆远泽轻轻吐出一口浊气。当年他父亲也曾为母亲请封诰命，但被皇帝拒绝了。如今，他就像被扇了响亮的一巴掌。

许氏笑了笑，没说话。若是过去，只怕她又该为了取悦他而把自己贬低到尘埃里了吧？"爹娘出狱，大哥升官，明日我想回许府一趟。"许氏带着浅浅的笑意，她恨不得现在就回家。

陆远泽轻轻嗯了一声。"合该上门道贺。"

"爹要气死啦，偷鸡不成蚀把米！"陆朝朝欢天喜地地念叨个不停，"还给许家送了高官厚禄，活该活该……"

没过多久，陆晚意也迎了上来。"嫂子，您终于回府啦！这……这管家权不是我争的，而是大哥强行塞给我的。"她手足无措地解释，嘟囔着红了眼眶。

许氏是真心疼爱她的，她进门时，陆晚意才两岁。当时老爷子身子不好，老夫人彻夜照料。陆晚意便睡在许氏房中，是她一日日哄大的。"我怎会怪你？咱俩亲如母女，我还不知你的为人？"许氏见陆晚意手凉，还特意端来一杯茶给她暖身子，是她最喜欢的雨前龙井。

"大哥不分青红皂白怪罪嫂子，回头我找他算账！"陆晚意气呼呼地哼了一声，"他若敢欺负你，我便不认他这个大哥！"

她那气恼的样子倒让许氏心里暖洋洋的。大概陆家只有陆晚意真心对她吧？

"你大哥心里真的有我吗？"许氏神情恍惚，不自觉地呢喃道。

陆晚意怔了怔，随即亲昵地拉着许氏："大嫂，虽然我大哥混账了一些，但对您可是真心的。当年他在许家门前跪了三天三夜，才娶回来您这个宝贝疙瘩。您瞧，这么多年，他身边一个莺莺燕燕都没有。全京城都知晓他的痴情。他要是胡来，我头一个不答应。"陆晚意嬉笑一声，靠在许氏肩头。"我可是嫂子的贴心小棉袄，我给您通风报信，外面的小杂碎一个也别想进来！"

听到这话，许氏心头熨帖极了。而陆朝朝正好睡醒，咿巴咿巴嘴。

"小棉袄，不行！我才是娘亲永不漏风的小棉袄！她漏风，她漏风！娘亲生产前一个月，她压根儿没回老宅，她是去给外室伺候月子啦！谁也不能抢我小棉袄的位置！哼哼……欺负我不会说话，等我会说话了，骂你个狗血淋头！"

许氏抱着陆晚意的手突然僵硬起来，指尖轻轻地颤了颤。

"怎么了嫂子？"陆晚意笑眯眯地问。

"当年我穿着嫁衣进门，你刚学会走路，跌跌撞撞便冲上来抱住我的腿，叫我娘。"许氏摸了摸她的发梢，"这一幕，我至今忘不了。疼你总比疼几个儿子还多几分。"陆晚意是老夫人的老来女，而许氏对她倾注的心血比亲生母亲更多。

陆晚意一怔，似乎不敢看她的眼睛，移开了目光。"那时年幼，闹了笑话，幸好嫂子待我如亲女儿。"她的礼仪皆是许氏所教。

"对了，嫂子，上次新科状元的事……"陆晚意面颊泛红，隐隐含羞，轻咬着下唇。新科状元打马游街,她在围观人群中一眼看上,瞧这模样俨然动了心。今年她已经十九岁,不能再拖了。"上次嫂子说,帮晚意打听打听?"

若是刚才没听见陆朝朝的心声,只怕现在许氏早已满口应承了,可现在……

许氏深深地看了她一眼:"我会替你多相看相看新科状元,但我到底只是你的嫂子,亲事啊,还得母亲拿主意。"

陆晚意抿了抿唇,勉强答应。

许家在京中的地位有目共睹。由许氏说合,陆晚意的亲事可以更上一层楼。若是以前,许氏早已大包大揽,把全京城好男儿的家世品性查得清清楚楚,把画像送到她面前让她挑。可如今,许氏将这些事推给了老夫人。老夫人是乡下出身,在京城又没有手帕交,能给她找到什么好人家?

待陆晚意离开,许氏才沉下脸来。

"夫人,之前您不是说老太傅的关门弟子颇有才情,要将他说给晚意姑娘吗?"登枝刚去库房备好了明日的礼。

"你去查一查,二月她是否回了清溪老宅。"清溪距离京城三日路程,总能查到痕迹。

登枝顿了顿,随即应下。

晚膳时,陆元宵正好从书院回来,满身疲惫,好似褪去了一身反骨。

"母亲,我来陪您用膳。"陆元宵强撑起笑脸,他试图赶上过去落下的学业进度,可理想丰满,现实骨感,今日学得很吃力。

"元宵哥儿懂事了。"登枝心里估摸,有三公子陪着,夫人也好过些。

"也不知你二哥什么时候回来。"许氏叹了口气。

"二哥出门研学,年前定能归家。"元宵低声道。

母子俩吃完饭,陆元宵便道:"我要看妹妹。"说着便钻进了隔间。

"兄妹俩的感情倒是极好。"登枝捂着嘴直乐。

小朝朝一抬眸,就瞧见了冤种三哥。

第 17 章　重回娘家

陆元宵苦着脸趴在陆朝朝床前:"呜呜呜,妹妹,我好心累啊……读书好累好累,我心里苦哇……"

"虽然我没读过书,但读书能有多难?"陆朝朝吐着泡泡。

"妹妹,你还小,不懂。读书可难可难了,是天下最难的事。"陆元宵不服气,"我

· 037

给你念几句听听啊，保管你听得打瞌睡。"

陆元宵贼兮兮地掏出一本《三字经》，盘腿坐在摇篮前，低声背诵道："人之初，性本善。性相近，习相远……"才背了几句就磕巴，只得翻开书照着念。学了三年，他连《三字经》都不会背。"父子亲，夫妇顺……呃……十二支，子至亥……"

念完一遍，小胖墩挠了挠头，刚放下书，便听到小娃娃在他耳边絮絮叨叨地背了起来："人之初，性本善……父子亲，夫妇顺……"一模一样，一字不差，连他打磕巴的地方都背了出来。

"吧嗒！"陆元宵手里的《三字经》落在地上，目瞪口呆地看着摇篮里的娃娃。

"这不是有脑子就能学会的？我这三哥真的好笨哦。"陆朝朝幽幽地叹了口气，"算了，等我长大，养着他吧。当个吉祥物也挺好的。"

有脑子就能学会？陆元宵哇的一声哭了起来，随后抱着书，夺门而出。太受伤了，他连出生两个月的妹妹都比不过！

许氏皱着眉头，不知所措："快去看看元宵怎么了，方才不是还好好的？"怎么突然哭得天崩地裂？被她抓住赌博时都没这么难过。

陆朝朝一脸无语，只觉得三哥不仅蠢笨如猪，还情绪不稳定。

"男人心，海底针。将来我可不捞针！我要整片海！"

夜里，陆朝朝四仰八叉地躺在小床上，露出白净的圆鼓鼓的小肚子。泛黄的油灯下，许氏给她拉了拉锦被。而陆朝朝却似醒非醒地被拉到了一场梦中。

梦中白茫茫一片，有人对她祈祷："信女愿终生食素，一生供奉朝朝，只求朝朝赐下一男半女。若是……能长得有几分像朝朝，那就更好了。"

长公主默默祈祷，一睁眼，便瞧见陆朝朝出现在她眼前。

"朝朝？"长公主怔了一下。她求子十几年，看过无数太医，拜过满天神佛，这还是头一回梦见朝朝。

"你要孩子不要？"不承想，她梦里的朝朝说，"男孩儿？女孩儿？或是男女都可？"小家伙的声音比她想象的更软糯，甜丝丝的，甜到了心里。

"都行都行，我不挑。"她哪里敢挑，但凡给她个孩子，她就能高兴得跳起来。

陆朝朝朝着她摊开手，长公主身上放射出道道功德金光。"唔，你一生行善，得此麟儿是应该的。那就赐你一对双生子吧。"陆朝朝抽取完功德，将一抹光芒弹入长公主腹中，身形便直接消散。

"朝朝！"公主府中，长公主猛地从床上惊醒，满头大汗，心中惊疑不定。

驸马被她惊醒，丫鬟点了灯，屋中温暖一片。

"玉儿，可是梦魇了？"驸马与她成婚十四年，两人恩爱有加，除却没有子嗣，实在是一对璧人。"白日里你说喜欢朝朝，连梦里都喊着她的名字？"驸马知道她喜欢朝朝，没想到竟喜欢到这般程度。

长公主抬手摸着腹部,觉得腹中暖洋洋的,好似有一团火。

她钩着驸马的脖子,翻身而起,呼吸交缠,她低吟道:"相公,今日,我一定能怀上孩子!"油灯下,长公主面色潮红,眼中有种莫名的信念。

驸马心头微热,对她既疼惜,又心动。

丫鬟悄无声息地退了下去,成婚十四年的夫妇彻夜未眠。

第二日一早,待陆朝朝醒来,许氏已经穿戴一新,上了马车。

"夫人,您别担心。太老爷和老夫人不会怪您的。他们啊,最疼您了。"登枝见她忐忑不安,低声安慰。

许氏抿了抿唇,没说话,嫁出去十几年未归,她到底多糊涂啊!

"侯爷呢?"下了马车,瞧见许家门楣,许氏恍惚了一瞬。

"昨晚侯爷便不曾回府,早上差人来信,说是午膳前赶回来。"登枝低声道。

许氏面上毫无波澜,心头的剧痛只有她自己明白。

她刚出现,许家门房便大喊一声:"姑奶奶回来了!"又冲进门大声呼喊:"姑奶奶回家了!"

许氏一路走进大门,出嫁十几年,府中还是记忆中的模样。府中丫鬟见了她,皆行大礼:"芸姑娘安。"这是她尚在闺中时的称呼,家里所有人都亲切地这样唤她。

"砰砰砰!"她刚跨过垂花门,便瞧见门外放起了烟花。

"姑奶奶嫁出去十几年未归,这烟花啊,日日备着,您什么时候回来,就什么时候放!"嬷嬷匆忙赶来,瞧见她,便落下泪来,"老夫人和几位夫人都在等您呢。"嬷嬷抱过陆朝朝,不由得吃了一惊,这孩子模样真好。

六月的天有些热。陆朝朝露出藕节似的胳膊,咯咯笑着,让人见了便心生欢喜。

"谢谢王嬷嬷。"许氏眼眶含泪,站在大门口,心中有些胆怯。

"吱呀"一声,厚重的大门被推开。在牢中待了几日的许老夫人强撑着疲惫,殷切地抬头朝外张望。

与母亲对视的刹那,许氏泪如雨下。她颤抖着进门,跪在堂前,哭泣着唤了一句:"母亲,女儿回来看您了。"便哽咽着说不出话。

"你这个狠心的丫头,你要气死娘啊?"许老夫人素来稳重,举手投足皆是大家风范,但此刻哭得肝肠寸断,一边捶打许氏,一边哭,"你怎么就不回来看看啊?娘只不过在你成婚时拦了你,你便记恨我十几年。娘又怎会害你啊?娘等你等得头发都白了!"说是捶打,落在她身上的巴掌其实都极轻极轻。

"娘,快别哭了。小姑子回来是好事,可不兴落泪。"许意霆的发妻周氏红着眼睛上前扶起许老夫人。

许老夫人头发斑白,哭得几乎晕厥,许氏心如刀割。

· 039

第 18 章　舅舅听心声

"女儿不孝，女儿知错了。"许氏跪在堂前，满腹悔恨。

许家三兄弟的夫人纷纷劝道："芸姑娘，快起来吧。娘最疼你，她啊，日日惦记着你呢。"

"从你出嫁后，十八年来，家中日日不曾断过你喜欢的红豆糕和参鸡汤，就为了你回家随时能吃上。"二嫂李氏端来参汤，这碗汤可都备下十八年了。

三嫂岑氏伸出食指戳了戳她的额头："你啊你，以后可不许耍小性子了。我们去陆家看你，想给你长脸，结果……你还把我们赶出去！"

许氏出嫁第二年，三位嫂子上门看望她。结果许家好好一个明媚阳光的大小姐进了陆家一年，就畏畏缩缩没了主见。婆婆一瞪眼，便缩着脑袋不敢反驳，甚至端着洗脚水给老夫人洗脚！

三位嫂子气得与陆家理论，许氏竟然帮着陆家，把她们赶了出去，至此再无联系。明明身在京城，许氏却单方面与她们断绝了关系。

"是芸娘的错，芸娘枉费嫂子们一片苦心，芸娘知错了。"许氏郑重地给三位嫂子磕了头，倒是把嫂子们吓了一跳。这小姑子出嫁前，可是许家的命根子。

待许家的男人们回府，又是一番热闹。

许老夫人醒来，便拉着许氏不肯松手，精气神都好了许多，双眼也重新焕发出光彩。许家没有分席的规矩，一家人坐在大圆桌上，热热闹闹的，倒是族中的几个孩子今日皆在学堂，错过了。

"当年他在门前跪三日，你在家中绝食三日，就为了嫁他。幸好他待你不错，这么多年也未有妾室。"许老夫人坐在桌前，拍了拍小女儿的手。

许氏身形一僵，轻咬着下唇，登枝看了她一眼，知晓夫人不愿让家人操心。

屋中欢声笑语，陆朝朝却嘀嘀咕咕地念叨个不停。

"骗子！骗子！我爹是个骗子！呜呜呜，我娘被他骗了！我爹养外室，外室儿子十七岁，和大哥同岁。女儿和我同年同月同日生！而且本来要害得许家满门惨死！呜呜呜呜……"

"啪！"有人的筷子掉了。

"外祖父撞死在御书房。大舅舅一力承担罪责，被斩首示众。临洛暴雨，二舅舅出去赈灾，被人陷害，导致临洛决堤，生灵涂炭，被灾民生生撕碎了。三舅舅被人栽赃通敌卖国之罪，死在了番邦。三舅母一步一跪，受尽折辱，才找回三舅舅的尸首，然后抱着尸首跳入火海殉情了。三舅母肚子里还有宝宝呢。唉……"

许三爷猛地咳嗽起来,手中的筷子不断颤抖。

他身侧坐着的寡言少语的妇人便是陆朝朝的三舅母岑氏。她年轻时骄纵任性,喜欢上许三爷便执意要嫁。成婚多年,许三爷对她不冷不热,她一直以为自己要如此过一辈子。殊不知,从今日起,一切皆改变了。

许三爷双手颤抖,听到"受尽折辱""葬身火海"等字眼,满脑子都是"殉情""腹中有子"……

"怎么了?"岑氏淡淡地看了他一眼。她性格孤傲,贴了许三爷十几年冷屁股,早已习惯了。

许三爷深深地吸了口气,压抑住心底的震惊,却不自觉放低了声音,柔声道:"无事,不小心呛着了。"岑氏默默给他倒了杯水,没再说什么。

陆远泽养外室?许家惨遭灭门?许家三兄弟你看我、我看你,掩饰不住惊讶,最后,眼神齐齐落在陆朝朝身上。

许意霆没说什么,只是轻轻地摇了摇头,全程捏紧拳头。

晚膳后,父子四人火速齐聚老太傅的书房。

"你可有听见朝朝的心声?""你听见朝朝的心声了吗?"许二爷、许三爷异口同声地说。

老太傅额间冒出一丝冷汗,许意霆轻轻吐出一口浊气:"恐怕只有我们几人听见了。"

"也不知是真是假。"许三爷低声呢喃,眼前闪过妻子的容貌,恍然间,心头感到细细密密的疼。

许意霆眼神深邃,没人比他更清楚,此事为真。御书房里,他想过要一力顶罪,不曾告诉任何人。

"这恐怕是上天给许家的机缘,此事绝对不可外泄。"老太傅捻了捻胡子,"朝朝怕是异于常人哪。"他猜测,陆朝朝的心声只有直系血亲能听见。许老夫人之所以不曾听见,大抵是因为身子骨不好,常年缠绵病榻。

"先派人去查一查陆远泽。当年他指天发誓,求娶芸娘。若有负芸娘,我定让他生不如死!"许意霆眼底怒意汹涌,几兄弟彻夜长谈。

直到傍晚,陆远泽才姗姗来迟。按照他对许氏多年的了解,许氏总会想办法替自己开脱,此时应该早已替他找好了理由。

谁知上门以后,许氏并未替他开脱,老太傅少见地动了怒:"女婿贵人事忙,许家可不值得你跑一趟。"许家的女儿出嫁十八年,家都不敢回!

陆远泽的神态很是恭敬:"怕父亲不悦,自成婚后,芸娘便不许远泽登门,是女婿不孝。"他碰了一鼻子灰，却跪在门前，重重地叩头谢罪。

而陆朝朝在许家极其受宠，许家只有许三爷尚无子嗣，她的两个舅舅膝下有五个哥哥。陆朝朝是孙辈里唯一的女孩，被三位嫂子抱着亲了又亲。陆朝朝很喜欢许家温馨的氛围。

"要是爹娘和离就好啦。"小丫头在心底幽幽叹气，可她也明白，许氏被蒙骗了近二十年，迈出这一步还需要时机。

许氏听到女儿的心声，神情黯然，和离？谈何容易！真的离开了陆远泽，她的三个儿子又该怎么办呢？

宵禁前，陆远泽压着火气，接许氏回府。

刚上马车，他的脸就陡然垮了下来："芸娘，我们不是说好暂时不回许家吗？"成婚那夜，他掀开裤腿给许时芸看自己跪了三天三夜红肿的膝盖。他说，知晓许家看不起他，他见到父兄总抬不起头来，心中压抑得厉害，这才哄得许氏疏远了娘家。

"娘亲，他又要给您灌迷魂汤了！"陆朝朝气得大叫。

而此刻……

第19章　嫁入火坑

"我为了你一句话，便十几年不曾归家。如今父亲年迈，母亲白发苍苍。陆郎，我为你做得够多了。"许氏抱着陆朝朝，捏了捏女儿的脸颊，"再者，陆郎，你升迁不易，不若去求求大哥和父亲，他们定会帮你的。"

许氏此话刺激得陆远泽面色铁青。陆远泽看重她娘家的关系，但又不愿拉下脸，许氏还要哄着他接受许家的帮助，真正是"软饭硬吃"。但看在升迁的面子上，陆远泽还是压住火气，拉住许氏的手，满脸深情地说："男儿铁骨铮铮，怎能求人！况且，我这不是为了给你争脸面吗？"

许氏只觉得浑身不自在，不自觉地抽回手："我父亲是帝师，大哥正二品，我自己也有三品诰命，陆郎，我不缺这点脸面，我只是不愿你太过辛苦。"

许氏这话当真把陆远泽的自尊踩在了脚下。陆远泽浑身都在发抖，他觉得许氏变了，而那句"不愿你辛苦"又好似没有变。她依然心疼他、爱他入骨。

陆远泽心念一转，赔笑道："芸娘，你若真心不愿我吃苦，不如眼下帮我一个小忙，近日我朝中有事，需要些银子打点，若是有奇珍异宝，便更好了。"陆家那点家底寒酸至极。而许氏嫁妆丰厚，这些年拿出来不少贴补陆家，就连陆府的大宅院都是她进门后翻修的。

许氏点了点头，让登枝将一把钥匙交给陆远泽。"这是陆家库房的钥匙。"仿佛想起什么，又捂着嘴轻笑一声，"我啊，就不将私库的钥匙给你了。私库是我的嫁妆，用我娘家之物，怕陆郎心里又要难受。"

陆远泽的嘴唇动了动，最终什么也没说。他打的是许氏私库的主意，可不想自己开口讨要，想像过去那样，让许氏求着他收下。

陆远泽寻了个理由中途离开，他似乎越来越沉不住气了。

在回府的路上，许氏瞧见有人抬着贺礼，一路朝着姜府走去。

"姜家姑娘定亲，散喜糖咯！"姜家门前热热闹闹，众人蜂拥而上。

"哎呀，是那个与陆家残疾定亲的姜姑娘吗？"有人大声问道。

丫鬟端了个大篓子出来，笑眯眯地说道："今日我家姑娘重新觅到良缘，寻得佳婿，结秦晋之好。凡是来道贺的都有红包领。"说完，抓出一大把铜钱，众人的眼睛顿时亮起来。

"陆家的残疾怎配得上姜姑娘？退了好，退了好！"众人纷纷鼓掌。

许氏气得胸口不断起伏："姜云锦和哪家公子定了亲？"

陆朝朝睁开了眼睛。

登枝打听回来，神色为难，满脸愤恨："说是上个月刚中秀才的陆……陆景淮！还是侯爷亲自做的媒，说是他的远房表亲！"

"他是故意的！"许氏的指甲深深掐进肉里，"他要剜我的肉、挖砚书的心啊！将砚书的未婚妻说给外室的私生子！"难怪说最近缺钱打点，定亲可不是需要大量金银珠宝吗？他可真是好样的，拿发妻的嫁妆养外室的儿子！

许氏抹了把泪，忽然又想起来："陆晚意呢？她回清溪之事可查到了？"

登枝闻言，迟疑了一下。许氏喝道："说！"

"奴婢打听到，她并未回过清溪。她……一直在京中，从未离开。"登枝担忧地看着许氏，"且采购了许多婴孩所需之物。还去金铺打了一套婴孩戴的手镯、项圈、平安锁。"夫人几乎众叛亲离了，陆家全家都在骗她。

许氏哭都哭不出来，当年那个抱着她腿的孩子终究……负了她。

"娘亲不哭……娘亲，朝朝爱您哟，朝朝带您赢过他们。"陆朝朝噘着粉嫩的嘴，朝着许氏一本正经地喊，"朝朝可厉害啦，朝朝超厉害的！"

许氏把自己的脸贴在陆朝朝的小脸上，幸好她还有朝朝。

"娘亲，新科状元爱打媳妇儿。乡下有个发妻，被他活生生打死了。您上辈子劝阻陆晚意，陆晚意以为您嫉妒她，为此极其恨您。"小朝朝心疼极了，"后来，后来她划烂了娘亲的脸，呜呜呜……"

许氏还想听，心声却又没了，只牢牢记住了这几句。

她们刚回到陆府，陆晚意便期期艾艾地寻了过来："嫂子，您……您可打听清楚了？"陆晚意面色羞红，心心念念的还是状元郎。

许氏屏退了下人，才道："晚意，你可是动心了？"

陆晚意羞涩地跺了跺脚："嫂子！"

许氏在她看不见的地方，漠然地盯着她：我上辈子帮你逃出火坑，你却划烂我的脸？那这辈子就嫁进去吧！

"我打听到那新科状元幼年定了一门亲，是个童养媳，粗鄙不堪，大字不识。"

陆晚意轻轻地皱起了眉头。

"但那童养媳没福气，去年病逝了。只是乡下有些传言，说状元脾气不好，总是打骂童养媳。晚意嫁过去怕是要吃苦头。要不算了吧？嫂子舍不得你受气。"许氏似乎不太满意，"京中世家公子极多，总能找到配得上晚意的。"

陆晚意眼眸亮晶晶的，拉着许氏的手晃了又晃。"嫂子，好嫂子！男人的脾气那叫男子气概！再说……"陆晚意昂着头，对她意味深长地一笑，"这女人管不住男人，从来就不是男人的问题。"

许氏冷不防被她讽刺，死死地咬着牙。

"童养媳没才貌、没家世，字也不识，笼络不住男人是她没本事，活该！男人打女人，定是她犯了错！晚意有这个本事，有这个信心！"她出身高贵、容貌不俗，童养媳怎么能和她比？

"还是再相看相看吧，男人的才学官位不能放在第一位，最重要的是品性。"许氏故意与她对着干。

"不管了，我去寻母亲！母亲定会同意！"陆晚意当即便匆匆出了门，朝着德善堂而去。

"跳火坑，她自己跳火坑！"

第 20 章 长公主怀孕

入夜，许氏被请到了德善堂，老夫人想让她去探新科状元顾翎的口风。虽然老夫人是陆晚意的亲娘，可年事已高。如今许氏又是三品诰命，自然更能给陆晚意长脸面。

"母亲，顾翎虽有才华，可不堪为配，晚意值得更好的！"许氏直言她不看好顾翎，"娘，晚意嫁给他定会后悔的！晚意是我一手养大的，我还能害了晚意不成？"许氏甚至大声阻止，府中许多人都听见了。

"你养她又如何？晚意不是从你肚子里出来的，你怕是记恨砚书的亲事被退了，看不得她好吧！"

两人不欢而散，府里众人皆知，而许氏要的就是这个效果，她得把自己择出去。

第二日，老夫人便另请了人去探口风，结果极其顺利。顾翎无权无势，能娶忠勇侯府嫡女已是高攀，自然一口应承。当月便交换庚帖，直接将亲事定在了三个月后。陆家的急切可见一斑，毕竟陆晚意已经十九岁了。

府里言笑晏晏，众人欢欣雀跃，唯独许氏面沉如水，所有人都以为她不满意这门亲事，只有陆朝朝知晓其中的缘故——其实她娘每天晚上做梦都能笑醒。

春去秋来，陆朝朝已经五个月大了，脱下了厚厚的袄子，换上了薄薄的小裙子，露出了藕节似的白嫩胳膊，看起来娇娇软软的像个白面团，眉心一抹红，犹如小仙童。

"今儿是七夕节，好想看灯会呀……"陆朝朝听到外头丫鬟的声音，心里念叨个不停，"好想好想出门，朝朝从未看过灯会呢。"

她发现自己渐渐能发出声音了，只是发音不太准。现在她坐得也很稳，因着娘胎里养得好，又能吃能睡，还能稍稍爬一段距离。

"夫人，夫人！长公主来报信，说是……说是怀上了！"登枝急匆匆地进门，满脸喜色。

许氏猛地从榻上坐起来。"真的？"说着便双手合十拜了一拜，"菩萨保佑，菩萨保佑，这么多年来，玉儿施粥赠衣，行善无数。成婚十四年，终于怀上了！"许氏喜极而泣。当年她父亲是太傅，时常带她入宫，她和长公主自幼关系就极好。

"快，让人送贺礼去！"许氏满脸欢喜，"公主可有给宫里送信？"

"送了送了，报信的头一个就来的咱家，第二个才进宫呢。"登枝也不由得好奇，长公主好似格外看重夫人，连怀孕的消息都先报给侯府。

许氏愣了愣："怀孕多久了？"

"满打满算，今儿正好三个月，胎刚坐稳。"登枝还仔细问了时间。

许氏猛地朝陆朝朝看去，只见陆朝朝坐在床上，正津津有味地嘬手指呢。许氏张了张嘴，正好三个月前，长公主问朝朝要了个孩子。

"对了，公主还说要给小姐送份大礼道谢呢。"登枝有些好奇，"公主为什么要给小姐送大礼啊？"

许氏的眼皮子跳了跳，她不想让朝朝的秘密外泄，至少不是现在。她抬头看向窗外，侯府繁花似锦，绚烂如常。可她已经开始防备这家人了。"长公主与朝朝有些缘分，此事不可声张。"她还记得她的朝朝出生时差点儿丢了命。

登枝点头应下。

许氏想了想，玉儿难得怀上这一胎，她到底要亲自走一趟。

正好这会儿陆元宵来了，每日他下了学堂都要来妹妹摇篮前背书。

"元宵，今儿要麻烦你看着妹妹了。妹妹会爬，当心她摔下床。娘大概晚些才能回来。"许氏知道他和妹妹关系好，笑着道。

陆元宵眼睛一亮："娘，您放心，我一定照看好妹妹。"说完，还骄傲地一挺胸脯，哈，虽然背书背不过妹妹，可是……他是哥哥。这是他在妹妹面前唯一的自信了。

在妹妹摇篮前背了三个月书，他学了个半懂，妹妹……学了个十成十。他简直不敢想，妹妹若是进了学堂，该怎样"大杀四方"……他莫名地同情妹妹将来的同窗。

"朝朝妹妹，三哥又来看你啦。"他还未进门，就听见了妹妹的小心声，左右看了看，丫鬟都在门外。"想不想出去玩？你若是亲亲三哥，我就把你偷出去，怎么样？"陆元宵笑得像个狼外婆。

"哥哥哥哥哥哥……亲爱的三哥，求你偷我出去吧！"陆朝朝快被憋坏了，今儿是七夕，她好想去看外面的男男女女……啊呸，是少男少女。

她朝着三哥伸出藕节似的白胳膊，陆元宵将她抱进怀里。"好家伙，三哥养这身肉总算找到了用武之地！"陆元宵只觉得怀里抱了个香香软软又沉甸甸的宝贝。

陆朝朝开开心心地亲了三哥一口，在他脸上留下了一长串口水印子。

"还不够哦，再哄哄三哥。"陆元宵故意逗她。

陆朝朝嘬着手指头，小脸皱巴巴的，想了想，才恋恋不舍地将手指头从嘴里拿出来，递给三哥："喏，中午我抓了碗，手上还有点肉味儿，那就……分给你吧。"她可瞄准了好久，才抓到了碗里的肉！

"哈哈哈哈哈……"陆元宵瞧见伸到眼前的手指头，差点儿笑疯了，"你吃吧，你吃吧，三哥不和你争啊。"他的眼泪都笑了出来，天哪，妹妹怎么这么可爱！

陆朝朝咧着没牙的嘴，又把手指头塞了回去。

"朝朝要少嘬手指头啊，否则手指头会变小、会发白的。"陆元宵给她收拾了两件衣裳，天气有些热，又给她换了尿布。如今他做起这些极其娴熟。

他打开门，对着觉夏和映雪道："妹妹要午睡，我在屋中陪她，你们无事不要进来。"妹妹午睡时间长，正好偷溜出去。

丫鬟应下，他便关了门，将妹妹背在身上，鬼鬼祟祟地打开窗户，跳了出去。

"哟呵，自由的气息！出发……"陆朝朝欢呼起来，大眼睛里涌动着光芒。

第 21 章　大哥割腕

陆朝朝趴在三哥背上。陆元宵很了解府中下人巡守的位置，带着陆朝朝一路穿梭。快要踏出内门时，陆朝朝猛地直起了身子，差点儿从他背上摔下去。

"朝朝别动，当心摔下去。"陆元宵吓了一跳。

陆朝朝却吸了吸鼻子。"啊……"她指了指右手边的园子。这里巡逻的人极少，是忠勇侯府内院最偏僻的地方。

"这里……是明德苑，"陆元宵怔了怔，不自觉地压低了声音，"是大哥的院子，府中禁地。"陆元宵出生时，陆砚书已经出事了，祖母不许府上众人提起他。陆元宵只是时常听到外人议论大哥从小惊才绝艳，后来却又残又疯。

"不能去，大哥会生气的，就连爹娘也不敢打扰他。"陆元宵有些害怕。

陆朝朝却十分焦急，直直地指着明德苑的大门："有血腥气，有血腥气，快去看看大哥！"原书中，陆家兄弟的惨都是一笔带过。陆朝朝真正置身其中，才体会到了绝望。

陆元宵吓得一激灵，他知道妹妹有些神力，心中惦记大哥，也顾不得害怕，当即便去推门。而明德苑大门紧闭，他"砰砰"敲门，院内也毫无反应。

"不行。大哥残疾后，脾气极其暴躁，不许人伺候，院中丫鬟都被他赶出去了。"听说身边只留了一个贴身伺候的小厮。下人到院中洒扫，皆是夜里偷偷进来，天亮便离开。

"大哥心死，将自己封闭起来了。"陆朝朝心想。闻见空气中浓郁的血腥味，她越发着急，抬起小手指了指墙脚。

"钻……钻……钻狗洞？"陆元宵眼珠子一瞪，"不行，士可杀，不可辱！读书人怎么能钻狗洞？"

片刻之后，陆元宵趴在狗洞里，一边嘀咕，一边钻："读书人钻的洞怎么能叫狗洞呢？赶明儿在这里贴个条幅，'状元洞'！"

"你爬得太慢了。"陆朝朝不满地说。

陆元宵满头杂草，将妹妹从狗洞里拖出来抱在怀里，直直地朝明德苑内冲去。

四处荒芜，一片死寂。曾经陆砚书集万千宠爱于一身，如今……却成了许府的禁忌。

陆朝朝指向左，陆元宵便毫不犹豫地往左边狂奔，跑得满头大汗。靠近房门，闻见浓郁的血腥味，陆元宵心头一抖，隔着几道院门，朝朝是怎么闻见的？这也太离谱了！

"哐当！"陆元宵猛地撞开大门，浓浓的血腥气扑面而来。"呕……"他被熏得反胃，干呕了一声，随即便被眼前的一片血红惊得浑身发凉。

刺眼的大片大片的红。

"大哥！"

一道浓稠的血迹从床头躺着的男人身上一路漫延，直直淌到了他们脚下。陆元宵跄跄着踩过去，在地上留下两行脚印，抱着陆朝朝的手都在颤抖。

床头的青衣男子闭着眸子躺在床上，手腕耷拉在床沿，正在滴答滴答往下淌着鲜血。

"大哥，自尽了！"陆元宵几乎说不出话，浑身发软，"大哥！大哥！呜呜呜……娘！爹！快来人啊！"陆元宵哪里见过这样的场面，浑身抖得不成样子，跌跌撞撞地扑上去，伸手摸了摸大哥，浑身冰凉。

饶是陆朝朝也被这一幕深深地刺激到了。

床上的青年眉眼如画，犹如谪仙，偏生满脸死志，毫无生气。虽然他还活着，可心早已死去了。从天上跌落尘埃，任谁也接受不了如此落差。

"笨蛋！快拿手绢缠住大哥的手腕！"陆朝朝急得嗷嗷直叫。

陆元宵将她放在床上，一边抖，一边哭："大哥，大哥，你别死啊！你死了我们怎么办啊？大哥，我好害怕……娘亲快回来啊，呜呜呜……"陆元宵说着用手绢死死地将陆砚书的手腕缠住。"小厮，小厮呢？"

之前许氏生怕陆砚书寻短见，派了个小厮守在他身边，此刻却不见小厮的踪影。只见陆砚书手中紧紧攥着一块碎瓷片，瓷片上有血迹。

"大哥，大哥，你不要死……你死了，谁来帮娘亲，帮我们啊？"陆元宵嗷嗷哭叫。

陆朝朝偷偷瞥了他一眼，便将手指含在嘴里重重一咬。她身负功德，又有灵气傍身，说她的血是神药也不为过。

可这一口咬下去……她呆呆地看着手指上的口水，一脸蒙。哦，忘了，她还没长牙。

她只得悄悄将手指在瓷片上一划，痛得龇牙咧嘴。只见一滴鲜血涌出，闪着细碎的金光。她把手指直接塞进大哥嘴里，一点儿也不浪费。她的血可金贵了。

霎时，天地间风云涌动，天边一道金光喷薄而出，洒落大地，植物疯长，转瞬之间，满城花开。百姓纷纷走出家门，瞧见这神奇的一幕，不由得下跪参拜。

大哥苍白的面色肉眼可见地转而红润。

陆朝朝将胖乎乎的手指头拿出来，偷偷把口水蹭在大哥身上，若无其事地收回来。

"饮了我的血，阎王也不敢收你，嘿嘿……阎王得亲自送你回来。"小朝朝得意地想。可陆元宵哭得太认真，压根儿没注意到这句心声。

原书中，陆砚书这一次自尽，虽然被太医抢救回来了，但留下了更重的创伤。

而此刻，陆砚书只觉喉咙里涌入一股血腥气，其中夹杂着淡淡的青草气息，仿佛带着无穷的生机与力量。刚才他明明感觉到自己浑身血液流失、呼吸渐无，可现在……手腕动了动，一股暖意自上而下流淌，许久没有知觉的双腿也隐隐发痒。

连手腕都不痛了？

"呜呜，大哥你死了，谁给娘做主啊？爹养外室，娘要被气死了！"陆元宵一把鼻涕一把泪。

陆砚书缓缓睁开眼睛，便听见这一句。

第 22 章　大哥还有救

陆砚书轻轻睁开了眼睛，眼中平静无波。他静静地躺在床上，一如过去瘫痪的八年。

"大哥？大哥你没死？太好了大哥！呜呜呜……你吓死我了！"陆元宵一抬头，竟然对上了他的眼睛，急忙抢走他手里的瓷片丢得远远的。"小厮呢？太医呢？大哥，你看看我呀，我是元宵，是你三弟，你小时候还抱过我呢！大哥，我都快忘记你的样子了……"

陆元宵趴在大哥身边，生怕他再寻短见，东拉西扯，想吸引他的注意。

当年大哥溺水太久，打捞起来时已经没了呼吸。之后虽然被神医用金针救活，却再也无法动弹，整日瘫痪在床，变得喜怒无常，脾气暴戾。小厮偶尔用轮椅推他出去，他都极其抗拒。外人传说他又疯又残，谁都不敢接近。他休养了八年，只有双手能握紧。第一次能动手，他就割开了自己的手腕。陆元宵光是想想都觉得窒息。

"大哥，我去请太医，去找娘。你可以……帮我看着朝朝吗？"陆元宵将陆朝朝抱过来，陆砚书看也不看她，"朝朝就是我们的妹妹，四妹。她好小好小，香香软软的。你一定会喜欢她的。"

"不！"沙哑刺耳的声音响起，"不……不要太医，不要告诉娘……"陆砚书许久不曾说话，如今有些口齿不清。

陆元宵怔了怔："可是你的伤……"陆元宵瞧见大哥抗拒，便不敢再刺激他，只得答应下来。觉得大哥面色红润了不少，陆元宵便打了一盆水，拿了一块抹布，跪在地上清理血迹。

"我这大哥真是'美强惨'……"陆朝朝眨巴眨巴眼，一边摇头，一边叹息，"九岁的天才，为救人而溺水。偏生对方不去求援，害得他瘫痪在床。最惨的是，将来还要看着全家人死在眼前。侥幸逃过一劫，与男女主斗智斗勇，最后还是输了。"

陆砚书呆滞的眼珠一颤，费尽力气将头扭过去，发现三弟正吭哧吭哧撅着屁股擦地，屋中只剩一个能坐能爬、尚不会说话的奶娃娃。

感应到他的目光，奶娃娃咧开没牙的嘴，露出了一排牙龈："哇，我大哥真好看！"

他不仅瘫了，连耳朵都有问题了？陆砚书大惊。全家惨死？以及三弟说的，父亲养外室？

陆砚书封闭自己八年，对外界不闻不问，即便母亲哭倒在眼前，他都不愿多说一句话。可此刻……陆砚书自嘲地笑笑。那又如何呢？他是个残疾，是个瘫子！连吃喝拉撒都需要帮助！他浑身颤了颤，心里充斥着绝望和恐惧。

"出去！"他瞪大了双眼，死死咬着牙，浑身青筋暴起。

陆元宵正在擦地，便听到大哥突如其来的咆哮，弱弱地道："大哥，我……我不打扰你。"

陆砚书却仿佛陷入了狂暴的状态。"滚！滚！滚出去！"他癫狂地看着陆元宵，"给我滚出去！当我是哥哥，你便滚出去，再不许进来！我不想看见你们！"陆砚书声音沙哑，拳头紧握。

陆元宵被吓着了，委屈地抱起陆朝朝，眼眶通红，还未出门，便闻见一股异味。

陆砚书紧绷的弦瞬间断了，脸上似哭非哭，似笑非笑。哈哈哈哈……他连自理都做不到，多么可笑。曾经惊才绝艳的天才少年，如今瘫痪在床，他的自尊仿佛被人踩在脚下，反复摩擦。

陆元宵似乎懂了，将妹妹放在凳子上，轻声说道："朝朝，不要乱动。"然后打了一盆净水，拿了干净的衣裤，在陆砚书狂躁的怒骂中，给他擦洗身子。

陆砚书怒骂他，到后面甚至乞求他离开。待重新换洗干净，陆砚书整个人都崩溃了。曾经光风霁月，备受追捧，如今成了残疾。他之所以害怕看到别人的目光，拒绝所有人的帮助和亲近，便是不愿众人看到他如此狼狈、毫无尊严的一幕。

"大哥，我们是亲兄弟。"陆元宵也是锦衣玉食的公子哥，可半点不曾嫌弃大哥。

陆砚书偏过头，闭着眼睛不看他。

"这么好的三哥，真可惜，最后被人挖了眼睛，割了耳朵，剁去双手双脚，装进坛子里，成了人彘供人观赏。"

兄弟俩齐刷刷地一颤。陆砚书猛地睁开了眼。而陆元宵表情麻木，不想再关心自己的悲惨未来，他已经听腻了。

"大哥，屋内已经打扫干净。我去推轮椅，我们去屋外晒晒太阳好吗？"陆元宵小心翼翼地问大哥。常年不开窗、不开门，屋内一股阴冷的气息。

见陆砚书没说话，他便笑眯眯地将大哥扶起来靠坐在床头，然后把妹妹抱到他身边。

"唉，以后大哥还要被人喂尿，被别人压着钻胯。这一家子炮灰命啊！"

陆砚书神色漠然。

"幸好，我能治好大哥的腿！"陆朝朝美滋滋地说。

"喀喀喀！"陆砚书剧烈地咳嗽起来，转头猛地看向陆朝朝。她说什么？她知道自己在说什么吗？陆砚书甚至怀疑自己是不是疯了，幻听也就罢了，听到的消息竟然是自己还有救。

陆朝朝微偏着脑袋，朝他伸出了白白胖胖的小胳膊。

陆砚书自嘲地笑笑，他连手臂都抬不起来，康复了八年，刚刚能握紧拳头。

"抱……"婴儿含糊的呢喃让他浑身一震,"抱……抱抱……"

他的指尖轻轻颤了颤,努力地想要抬起手臂,但是累得满头大汗,手臂仅仅挪动了一寸。

可陆砚书差点儿激动得哭出来。八年!这八年,他的手臂不曾挪动过一分一毫,今日竟然能动了!

第 23 章 宠她

陆砚书莫名想起了那一句"饮了我的血,阎王也不敢收"。

陆朝朝不愿再等,像颗球似的,慢吞吞又笨拙地爬进了大哥怀里,似乎幸福地窝着还不满意,又拉起大哥的手把自己围起来。

可大哥双手无力,马上耷拉下去。她更不满意,小嘴噘得高高的,都能挂油壶了。于是,她抬起指尖,在大哥眉心轻轻一点。

大哥身体太弱,只能先给一点点润泽。

陆砚书微愣,只觉得一道暖洋洋的气息从眉心涌入,随即浑身热乎,干枯的身体好似得到了滋润。

陆朝朝又抓起他的手臂把自己圈起来。这次,双手十指紧扣,手臂没有耷拉下去,似乎有了力气,但也只是一丝。

即便如此,陆砚书眼含热泪地抱着朝朝,好似抱住了全世界。

"妹妹,你会把大哥压坏的!"陆元宵推着轮椅过来,吓了一大跳,主要还是怕大哥发怒。大哥脾气暴躁,连爹娘来了都冷着脸,谁都讨不到好。"大哥,妹妹不是故意的。她才五个月,还不懂事。"

谁知陆砚书声音轻柔,仿佛害怕吓到怀中的奶娃娃:"不妨事。"

陆元宵瞪大了眼睛。到底发生了什么!他转个身的工夫,大哥就护上妹妹了?

陆砚书坐上轮椅,陆元宵推着大哥在花园中走了走。大哥瘦骨嶙峋,衣袍都透着风,陆朝朝就趴在他怀中。

"大哥太瘦啦,抱着不舒服,大哥要多吃点肉肉……身上硌得慌。"陆朝朝心里想着,嘴上吸溜着口水。

园中萧条不少,早已不复往日的繁荣。

"哇,好大的池子,养鱼养王八就好啦……"陆朝朝趴在大哥怀里念叨,"怎么不开花呢?"

陆砚书感受到她蓬勃的朝气,第一次抬头望向天空。他已经许久不曾出门了。

"大哥笑了笑了,哇,大哥笑起来真好看!"陆朝朝猛地瞪大了眼睛。

陆元宵偷偷地朝大哥瞥去，大哥果然很喜欢妹妹。他就说嘛，这么可爱的妹妹，没人能抵挡住。唉……好想把妹妹偷去学堂哦。读书好无趣，而带着妹妹就很有意思啦。

兄妹三人转悠了一圈，便听到有人急匆匆地喊道："公子，公子……"是陆砚书的贴身小厮元宝。他跑得满头大汗，瞧见陆砚书坐在轮椅上，一颗心才落回原地。

今儿是去给公子取药的日子，元宝在路上遇到姜家的下人，打了一架，现在头发乱糟糟的，脸上还有可疑的红印，可瞧见公子竟然出了门，激动得眼眶泛红："公子，小的将午膳取了回来。要不就在亭子里用？"

陆砚书无法自理后，每天都只用清粥小菜，极少吃肉。他想要减少如厕的次数，从而维护自己仅有的体面。

"肉！今儿过节，想闻烤肉的味道！"陆朝朝皱着小脸蛋，瞪着大哥，捏紧了肉肉的小拳头，"不然，我就要撒泼了！"

陆砚书莞尔。元宝看呆了。八年啊，第一次见到大公子露出了笑容。他整日伺候大公子，知道大公子多想死。陆砚书无数次尝试着结束自己的生命，每一次都是元宝求着他再坚持一下。

"去亭子里支个烤肉摊子吧，给我备些肉粥。"他太瘦了，朝朝说躺在他身上不舒服。

"是是是！"元宝喜极而泣，一瘸一拐地往小厨房跑去。没多时，凉亭中便多了个小炉子。今儿正好有些凉风，也不算燥热。炉子上架着干净的铁盘。石桌上放着不少切成薄片的肉，还有酱料。肉粥也温在铁网上，正咕噜咕噜冒着泡。

陆元宵折腾了大半天，早已饿得前胸贴后背，现在瞧见满桌肉，眼珠子都发绿了。

元宝盛了一碗肉粥，他要喂陆砚书。陆元宵便自己夹着薄如蝉翼的肉片放在铁盘上。转瞬之间，铁网上便弥漫出滋滋的油香，撒上调料，空气中全都是孜然味。

"哇，这肉又嫩又香。咂咂咂……"陆元宵吃了一口，烫得他张牙舞爪，却又不肯吐出来。

陆朝朝狠狠地吸了口气，馋得口水哗啦啦直流。

"朝朝，喝牛奶。"陆元宵出门时，给她带了牛奶。

陆朝朝愤怒地瞪大眼睛，指了指桌上的肉，又指了指自己的牛奶，一脸控诉。两个哥哥看得直乐，虽然不会说话，可所有人都明白了她的委屈！

"你没长牙，吃不了肉啊，但你可以闻！哥哥对你好吧？我吃肉，给你闻味。"陆元宵贼不要脸，小家伙眼睛都气红了。

陆砚书瞧见他俩闹腾，心头的郁气都散了："元宝，去拿个甘蕉来。"

每日许氏都让人送新鲜好消化的水果来，元宝很快便取来了一个。

"三弟，你用勺子刮成泥，给妹妹吃一些吧。五个多月，可以吃果泥。"当年他还未瘫痪时，给弟弟们喂过。

陆元宵试探着刮了一勺，陆朝朝吃得眉开眼笑："呜呜呜呜，终于活过来了……好甜好甜，好好吃，大哥我爱你，我最爱大哥了。唔，三哥笨了点，但也好爱好爱呀。"

陆元宵喂着她吃了七八勺才停下："明儿再吃吧，吃太多不消化。咱们慢慢添啊。"说完，从石桌上拿了个烤鸡腿，把肉扒拉下来，把骨头给了陆朝朝。

陆朝朝直接爬起来亲了他一口，然后坐在大哥怀里，吧唧吧唧舔骨头，心里满足地吁叹："哎，这辈子值了……"

两个哥哥面上差点儿绷不住笑。陆砚书寻常只吃几口清粥吊着这条命，今儿却将一碗肉粥吃得干干净净，眼中的光芒好似重新活了过来。

一直待到下午，怕陆砚书精力不济，陆元宵才准备离开。"大哥，需要给你请个大夫吗？"陆元宵始终惦记着他手腕上那道恐怖的伤口，"我不告诉别人，偷偷的，好吗？"

陆砚书摩挲着手指，他的手指比以往更灵活了。

这一切都源于朝朝。

第 24 章　遇外室

"大哥无事，不用请大夫，也不要告诉母亲。"陆砚书看了一眼三弟，"从明日开始，你每日下学，便来我院中吧，我给你补课。"瘫痪后，他让人将屋中所有书搬出去烧了。

元宝将两人送走，陆砚书坐在轮椅上，掀开手腕上的纱布。不知何时，手腕已经光洁如新，鲜血淋漓的伤口已经愈合。他花了八年才勉强能动的手指，如今已极其灵活，手臂也可以抬起一寸。

八年了！他的手重新感觉到了力量！

溺水时陆砚书没哭，未婚妻躲在假山后导致他瘫痪没哭，被退婚没哭，被家人放弃他也没哭。可这一次，他哭了。

元宝回来后，陆砚书低声道："你拿金针来刺我的双腿。"

元宝的嘴唇动了动。刚瘫痪时，每日陆砚书都让元宝替自己敲打双腿，甚至拿针刺，但都毫无知觉，从那以后，他已经好几年没有再试了。

元宝从匣子里抽出金针，轻轻扎进陆砚书的腿。随着金针一点点刺入，陆砚书额间冒出一阵阵冷汗。

"公子？"

曾经整根金针没入肌肉他都毫无知觉，可现在……他双腿紧绷，感觉到一股隐隐的疼痛直达全身。

· 053

"公子，好像不太一样了。以前扎进去时，您的双腿软绵绵的，可现在……"元宝瞧见公子满头大汗，吓了一跳，"公子，是有知觉了吗？感觉到痛了吗？"他哇的一声哭出来，"我去请大夫，我去告诉侯爷和夫人！"这八年元宝苦啊，主子从天之骄子跌落尘埃，他这个贴身小厮也尝尽了人间冷暖。

"不！"陆砚书眼神深邃，"不要告诉任何人！不要泄露一丝一毫！也不要请大夫！"能救他的不是大夫。

元宝不解，但依旧点了点头。

此刻，陆元宵偷偷从窗户爬进去，将陆朝朝放回摇篮里。"过两日，我再来偷你。"这会儿许氏已经归家，陆元宵还陪着用了晚膳。

第二日一早，许氏便张罗着带陆朝朝出去置办首饰。长命锁、金手镯、金项圈，以及小姑娘将来要用的头面，她打算可劲儿地置办。她算是想清楚了，许府的钱，她不花，陆远泽便给外面的娇头花。

"夫人，您想得开就好。奴婢还担心您要拿私库贴补他们呢。"登枝偷偷松了口气，每次侯府缺钱，只要侯爷皱皱眉头，夫人便巴巴地送上私蓄，还要求着侯爷收下，当真卑微到了极致。

许氏面色难看："他把砚书的亲事说给了孽种，还想拿我的钱养外室一家，想得美！"

马车停在金品楼外，正巧另一辆马车也停在此处。

许氏刚下马车，便瞧见对面车上下来一个容貌娇美的年轻女人，戴着帷帽，穿着一身轻纱长裙，一副弱柳扶风的模样。身后的嬷嬷抱着个婴孩，有五六个月的模样。那婴孩身上的襁褓竟然绣满梵文，是寺庙中的东西。

年轻女人一抬头，眼神落在许氏身上，许氏眉头轻皱，她感觉到了对方眼中的恶意。可她明明从来没见过对方。

"两位夫人楼上请。今儿正好到了一批孩童戴的新款。"掌柜瞧见两人，便堆起笑脸，可见双方都是店里的大顾客。

"姐姐年长，姐姐先进吧。"女人语气娇柔，但"年长"两个字咬得格外重。

许氏对着她轻轻点了一下头。陆朝朝却趴在丫鬟肩头，爆发出土拨鼠般的尖叫："啊啊啊啊！是私生女和她那外室娘！是我爹的娇头！"

许氏脚步僵硬，身形一顿，只觉得心里冒起一股冲天的火气，整个人差点儿失去理智。她死死地咬着下唇，才克制住怒意。难怪对方要格外强调那句"姐姐年长"。

"说起来，两位可真有缘，女儿都差不多大呢。"掌柜笑着道。

许氏的眼神落在裹着梵文襁褓的婴孩身上：这就是朝朝所说的前世成了我孩子的私生女吗？那女婴生得有些瘦弱，一双眼睛……有种深深的违和感。

这双眼睛可以长在大人身上，但不该长在孩子身上。

那女婴手中还攥着一串佛珠。许氏一眼就认出那是老夫人的东西，老夫人极其珍重、不许别人触碰的宝贝。

许氏的呼吸逐渐变得急促。对方见状，甚至挑衅地笑了笑。

金品楼的掌柜是识货的，瞧见这一串佛珠，不由得狐疑道："传闻护国寺有一串灵珠，一百零八颗珠子上面刻满梵文，由历代方丈加持。中央还有一颗舍利子，更是珍贵无比。当年先皇临终前去求都不曾求到。"掌柜越看越觉得像，"这一串倒与那一串有些相似。"

"掌柜好眼力，"年轻女人轻轻抿唇，声音倒是极其动听悦耳，比少女也不遑多让，"这便是那串灵珠。"

众人哗然，都十分惊讶，这灵珠可是当年先皇都不曾讨到的宝贝。裴姣姣抬起一双如水的眸子和光洁的额头，享受着众人艳羡震惊的目光。她看向许氏。既要收拾侯府那个烂摊子，老夫人身子又不好，许氏日常在府中操持庶务，在老夫人跟前侍疾，看着比她苍老了许多。她浅浅勾起唇，摸了摸鬓间青丝。

登枝却皱起了眉头，目光落在她鬓边的发簪上。

"娘亲，她头上的簪子是您的嫁妆！嗷嗷嗷，气死我了！"

"方丈说我这个女儿身负大气运、大福气。这佛珠啊，便赠给小女玩耍。"裴姣姣轻笑着道。

裴姣姣怀孕时，与老夫人出门上香，在路上遇到一个老道。老道直直地跪在老夫人跟前，求老夫人赏碗水喝。说老夫人将会得一个孙女，乃上天至宝，蒙上天庇护，将来贵不可言。现在他讨碗水，就是讨一丝福气。

当时老夫人还半信半疑，谁知到了护国寺，连皇室都求见不得的方丈亲自迎接老夫人，并直言她府中将迎来一位娇客，乃上天厚爱之人，若是善待她，府中将会得到天大的造化，说完还将佛珠赠予老夫人，结个善缘。

老夫人激动得直哆嗦。离开护国寺后，老夫人拉着裴姣姣的手，郑重地承诺："姣姣，你的福气在后头呢。"

那时候她们都以为，贵不可言说的自然是老夫人身边、裴姣姣肚子里的景瑶。

谁也不曾想到，那时许氏的肚子里也有个女儿。

第 25 章　天才的母亲

"这位夫人有大富贵呢。"众人恭维着。

裴姣姣憋屈了多年，此刻眉宇不由得多了几分骄傲。"我那儿子更有出息，十岁便考取了秀才，今年十七，又与姜姑娘定了亲，明年就要参加乡试了。"裴姣姣瞥了眼面色发白的许氏，心中满是痛快。

"哎呀，可是大理寺卿的嫡女？前些日子听说夫婿是个少年才子呢。""是陆景淮公子的母亲吗？""原来陆景淮竟是夫人之子？"众人纷纷议论。

裴姣姣微微点了头。

"姜姑娘果然好运势，听说小时候定过一门亲事，可那未婚夫没福气，成了个残疾，瘫痪在床，屎尿都要人打理。如今退婚，又寻了个才华横溢的夫婿。"

裴姣姣轻笑一声，语气不屑："好姑娘当然要嫁给好男儿。那等残疾岂能婚配？"

众人越发热络了。陆景淮十岁中秀才，如今最有希望问鼎状元。今年新科状元三十三岁，而陆景淮才十七岁，一旦金榜题名，就是北昭开国以来年纪最小的状元了。

掌柜加意奉承道："令千金身上的锦被是平安锦吧？"平安锦是护国寺专门庇佑婴儿的吉祥法物，需要至亲跪千层梯一步一叩才能求得。

裴姣姣微笑着点了点头："这丫头生来体弱，相公疼她，便跪求了平安锦。"

当初，她怀上陆景淮，拼了命教导他，让他追逐许氏长子陆砚书的脚步，可陆砚书就像天边的一片云，凡人只可仰望，不可比肩。那是她和儿子的噩梦，没人比她更清楚。因为陆砚书，陆远泽的心也一度回到了许氏身边。陆砚书太过优秀，优秀到让一个父亲无法舍弃。那段时日，他不自觉地将忠勇侯府的荣辱都寄托到了陆砚书身上。裴姣姣没忍住，去偷看了那个惊才绝艳的少年，被打击得大病一场。

幸好……裴姣姣嘴角轻勾，幸好小贱种命不好。就如天边一抹彩虹，虽然惊艳，却转瞬即逝。这些年，每日她都不敢松懈，逼着儿子景淮一点点取代他的位置。等女儿出生，她的待遇更是如日中天。老夫人将她看得如珠如宝，侯爷疼她到了极致。

此刻，她摸了摸女儿的脸颊："她啊，从小就受父亲宠爱。我怀她时馋嘴，她父亲便托人从岭南送来一筐荔枝，路上跑死了三匹马。"

许氏眼眸微暗，她也曾收到几个荔枝。陆远泽巴巴地捧来，表皮干涩，果肉已经有些泛酸，她却如获至宝。哈，原来是别人吃剩的！

"夫人好福气。能得护国寺方丈吉言，这孩子啊，是有大富贵的。"众人不由得凑近了看，本想夸几句孩子，却瞧见她们身后还有一个白白嫩嫩、粉雕玉琢的小婴儿，像是观音座下的小仙童。对比之下，这平安锦中的孩子被衬托得像个猴儿，实在夸不出口。

陆朝朝趴在丫鬟肩膀上，感觉到母亲气得颤抖，小脸蛋皱成了一团："哼，那瞎了眼的老方丈，那双眼睛干脆别要了！"

"这一百零八颗佛珠都得过圣僧开光，在它面前，任何宵小都不敢造次呢。这马上就七月半了，岂不是邪祟都不敢靠近？"众人越发艳羡。

裴姣姣接受着众人的追捧，丝毫不把许氏放在眼里，毕竟她和侯爷在一起十七年，许氏并未发现异样。

陆朝朝瞅着那串佛珠,旁人看不见,可她看得清清楚楚。一百零八颗佛珠,每一颗周围都有淡淡的金光缭绕,是真正能护佑人的好东西。她只觉得怒火中烧:她们怎么配?那方丈老糊涂了!

"老东西,老东西,瞎了眼的老东西,欺我娘亲!"

许氏听得心惊肉跳,上次她骂亲爹可是引来天雷,把亲爹的头发都烧光了。

陆朝朝调动一丝灵气,直直地朝着那串佛珠袭去。

裴姣姣正享受着众人吹捧,突然……听见一道清脆的断裂声。众人一愣,众目睽睽之下,那串方丈加持过的佛珠竟生生断裂,噼里啪啦掉落一地。顿时金光四散,珠子落地的瞬间就黯淡下来。

"哎,怎么突然断了?这可不是好兆头!"众人大惊。有人捡起一颗珠子,方才摸起来温润光滑,还闪耀着一层淡淡的金光,可现在竟变得灰扑扑的,毫无神采,轻轻一捏,直接碎成了木屑。

所有人都觉得头皮发麻。裴姣姣仿佛被卡住了脖子,一副震惊恐慌的模样。老夫人把这玩意儿看得有多重,她是知道的。

许氏紧紧地抿着唇,生怕自己笑出来:"传言这加持过的灵珠坚不可摧,可现在,它无故断裂,灵气散尽。这位夫人莫不是触怒了什么神明?"

说完,许氏急忙往旁边躲开。她话音刚落,裴姣姣身边霎时空了一大片,众人一脸顾忌地纷纷避开。

"你!"裴姣姣呼吸微滞,呆呆地看着众人,瞬间红了眼睛。可许氏此话有理有据,她无法反驳。

掌柜也意味深长地看了她一眼:"这位夫人,不好意思,可否请您下次再来?不好意思……今日店中不大方便。"掌柜只觉得后背发寒,这马上就七月半了,鬼门大开,全城人都要闭门三日,他可不敢触碰什么邪气的东西,能把灵珠弄断,鬼知道她做了什么。

裴姣姣气得双眼发红,贝齿紧咬,死死地瞪着许氏。

"夫人,先回去吧。"身后的丫鬟拉了拉裴姣姣的衣袖,虽然侯爷对她足够宠爱,但绝对不许她闹事。他将脸面看得极重,否则不会养着她十七年,始终不敢接她回府。

裴姣姣转身欲走,许氏却轻轻地抬了抬手。

第 26 章 抓贼

"这位夫人留步。"许氏满含深意地看了她一眼。

"你还欲如何?"裴姣姣语气中带了几分不悦,眼神怨毒地看着许氏。

"此话有些冒犯，但事关夫人的脸面与尊严，不得不拦下夫人。"许氏摇了摇头，指了指裴姣姣头上的缠丝发簪，"夫人鬓边的发簪是哪里来的？"

发簪由一根根金线编织而成，贵气逼人。裴姣姣眉宇间闪过一抹心虚，但很快又直起了脊背："是我夫婿所赠，乃他族中祖传之物。怎么？忠勇侯夫人，您连这点东西都买不起？"这支簪子是景淮考上秀才的时候侯爷送给她的。

"可真是奇怪了，我的陪嫁之物怎会戴在你的头上？"许氏眼神凌厉，"登枝，报官！"这可是她私库中的东西，陆远泽好大的狗胆，吃她的，穿她的，还拿她的嫁妆养姘头！今儿她非要扒他一层皮！

"不许报官！"裴姣姣猛地呵斥，娇柔的嗓音差点儿喊破了，"这簪子是我相公所赠，你有什么证据证明它是你的？你怎能凭空污蔑我？"

裴姣姣梨花带雨，倒是惹得不少人心疼。许氏的美是端庄大方。而她胜在身段窈窕娇媚，即便只露出一双如水的眸子，都动人心魄。

登枝不敢离开，便让人偷偷跑出去报了官。

"证据？这簪子是我十五岁那年亲自画的图纸，亲自命人打造的，这世间绝无第二支！如今图纸还在我府中，你可要看？"许氏心底涌起一抹怨恨，十五岁的她初次动心，便飞蛾扑火，葬送了一颗真心，"或者，你大概从未仔细瞧过吧？这是我与侯爷的定情信物。金簪内部刻着我与侯爷的姓氏，象征着恩爱不移！"

真是讽刺啊。这支发簪是当年她为了纪念与陆远泽的爱情而亲自设计的，千丝万缕的金线重重叠叠，里面包裹的是她与陆远泽的百年之约。许氏胸口钝疼，突然，一双小手握住了她的食指。

"娘亲，不气不气。气坏身子，对头称心如意。"

许氏朝着陆朝朝笑了笑。

没多时，官差便来了。裴姣姣面色发白，身后的丫鬟猛地瞪了她一眼，这是陆远泽留下的丫鬟，既为了伺候她，又为了看管她。

"是谁报的官？"来人面色威严，瞧见许氏，对着许氏行了一礼。如今许氏有三品诰命，这些在京城里混的侍卫将惹不得的记了个清清楚楚。老太傅嫡女，当朝尚书令许意霆的亲妹妹。许意霆四十岁便坐到了尚书令之位，这京城谁不忌惮？这许家人可真是好命，原本陛下忌惮，谁知一朝因祸得福，反倒飞黄腾达。

"是奴婢报的官。这位夫人头上所戴的发簪乃我家夫人的嫁妆。不知为何，竟到了她头上！"登枝捂着嘴轻笑，"这位夫人可是京中少年才子陆景淮的母亲，总不能是个贼吧？"大名鼎鼎的少年才子，天纵之资，可惜却是踩着她家大公子陆砚书上位的。

裴姣姣面色通红，方才被称作少年才子的娘亲被捧得多高，此刻就摔得多惨。"我没有偷！"裴姣姣猛地瞪向许氏，她就是嫉妒自己有个好儿子。

登枝飞快地从她头上拔下发簪，哪知发簪紧紧地钩着发丝。登枝可不会心疼，直接扯下簪子扔在地上,一脚踩弯。簪子内部赫然铸着"陆"与"许"两个金字。

"这、这果真是许夫人的发簪!"围观众人惊愕不已,对着裴姣姣指指点点。"少年才子的娘竟然是个贼?"甚至有人高声议论,把裴姣姣刺激得浑身发抖。

"不!不是我!"她怒吼道。丫鬟抱着陆景瑶,慌忙朝着小厮使了个眼色。

"偷的还是别人的嫁妆!"围观众人讥笑出声。

"我没有,我没偷!"裴姣姣心头慌乱,如今儿子名声极好,平步青云,还攀附了贵人,却眼看要碰钉子了。

"没偷?那这东西怎么在你头上?"登枝不屑地瞥了她一眼,"你说没偷,那把你相公叫出来对质!"

裴姣姣一下子噤声,死死地咬着唇,不敢说出陆远泽的名字。这一句戳中了她的要害。

众人一听,嘿,这还真有猫腻啊!顿时来了劲:"嘴里喊着没偷,怎么不敢叫你相公来?""这位夫人打扮得人模狗样,竟然偷人家嫁妆!""哎呀,那位少年才子不会就是用偷来的东西供出来的吧?"金品楼大门口,来来往往的百姓不少,纷纷指指点点。

登枝不着痕迹地补了一句:"听说前几日他和姜家定亲,送了不少聘礼呢!这聘礼也是偷来的?"

裴姣姣眼皮子直跳。官差惹不起侯府,但又忌惮裴姣姣的儿子。陆景淮在天鸿书院念书,据说被院长收为关门弟子。院长直言,陆景淮的才能足以连中三元!于是官差道:"辛苦这位夫人随我走一遭。"

裴姣姣不想走,若走了,今日她有嘴也说不清。身畔的丫鬟看了她一眼,扯了扯她的袖子;若不走,留在此处只会越描越黑,对陆公子毫无益处,辛辛苦苦建立的名声将会毁于一旦。想到这里,裴姣姣还是不情不愿地走了。

"奴婢便也随官爷走一遭吧。"登枝代表许氏一同去了衙门,还让映雪回府取了当年的图纸,以及许氏的嫁妆清单。

许氏给朝朝挑选了礼物,便迤迤然回府。刚进家门,老夫人便让人请她到德善堂。

许氏站在德善堂外。林嬷嬷气势汹汹,眼神泛着凶光:"老太太正在午睡,辛苦夫人等一等。"林嬷嬷面色不善,看起来丝毫不打算让她进门。

许氏眼皮子微动。当年他们刚成婚,老夫人也是如此给她立规矩的。当时陆远泽劝着说老夫人孤身一人抚养他们兄妹长大,吃了很多苦头,就算有脾气,也请许氏担待些。于是许氏站在门外,被太阳晒到发晕。

而现在……

· 059

第 27 章　砸锅卖铁还嫁妆

"搬个凳子来。"她看了一眼觉夏，觉夏立马笑吟吟地应下。一会儿工夫，老夫人门前便架起小桌和躺椅，许氏躺在上头，登枝打着扇子。

许氏悠闲的模样刺痛了林嬷嬷，也刺痛了屋内人。不过半个时辰，老夫人便"悠悠转醒"。

"今儿你在外头跟人起了冲突？"许氏进门时，老夫人看不出半分疲态，眉宇间反倒盛着几分怒意，"你是我侯府的媳妇，代表的是侯府的脸面……听说你还把那陆景淮的娘送进了大牢？"老夫人的呼吸都变重了。如今，陆景淮可是她的大孙儿，她的心肝宝贝。许氏生的几个儿子不中用，她便越发看重陆景淮。

"母亲的消息真灵通。"许氏站直了身子，浅笑道，"不过是些小事罢了。谁把消息送来打扰母亲清修？"

林嬷嬷面色不悦。屋内有些闷热，老夫人喜静，又怕冷，这个天都不愿用冰盆。

"那陆景淮，人称少年才子，都说他最有可能连中三元。如今你将他母亲下了狱，岂不是坏了一个孩子的名声？你也是做母亲的，怎能这般狠毒？"

"母亲好没道理，他母亲头上戴着我的嫁妆，她是个贼！贼偷东西，下大狱有什么错？"许氏皱着眉头，"况且，谁知道他吃的用的是不是偷来的呢？"

此话一出，老夫人气得浑身发抖，眼睛都红了，差点儿一口气上不来。

"儿媳已经让登枝找出嫁妆清单，送去了县衙。听说咱家丢了不少东西。"

老夫人面色大变。许氏的嫁妆价值连城。当初进门时，为表诚意，许氏将私库的钥匙托陆远泽交与老夫人一把，想来便是老夫人私下取了不少东西送给裴姣姣。

"胡闹！这等事私下解决便是，何苦得理不饶人？那孩子乃人中龙凤，何必得罪他？"老夫人咬着牙，不甘心让乖孙子背上骂名，前途尽毁。

"母亲，您不知那些东西有多贵重。当初儿媳娘家的三个哥哥都拿出私蓄贴补芸娘，报官公断，大家无话可说；若私了，我那三个哥哥性子不好，将来对陆公子更无益处呢。"

老夫人眼神一滞。许大老爷，新任尚书令，执掌全朝，侯府可惹不起。

"儿媳的嫁妆流失在外，只怕府上也出了家贼，正好将他揪出来！"许氏此话说得老夫人心惊肉跳。

直到傍晚，老夫人传话来，说是抓着贼了。许氏带人过去一看，顿时了然。她早就猜到老夫人会把林嬷嬷推出来顶罪。

"她跟随我五十年，太让我失望了。你的嫁妆皆是她偷出去贩卖的。"老夫人面色极其难看，微闭着眼，"那陆景淮的娘想来是无辜的，只是买到了赃物。"她威胁似的看了一眼林嬷嬷。林嬷嬷的儿女皆在府中管事，是老夫人的心腹。为了保全陆景淮的名声，老夫人宁愿自断臂膀。

许氏心头苦涩，只淡淡道："送去府衙吧。林嬷嬷的儿女乃贼人之后，断不可留在府中。将来指不定会为母寻仇，反倒是祸患。"

林嬷嬷猛地瞪大了眼睛，却被老夫人命人堵住了嘴。

"儿媳丢了的嫁妆必然要一件不少地寻回来。"许氏扫了老夫人一眼，心头痛快无比。

"理应如此。"老夫人咬着牙，一字一顿地应下。

许氏回房，登枝早已从府衙回来，关上门，小声道："夫人，只怕对方要砸锅卖铁了。偷了十七年的嫁妆，如今尽数送回，恐怕要少半条命。"登枝眉间带着喜色，"奴婢还打听到，那陆景淮在外极其神秘，没有人知晓他爹娘是谁，只知他豪掷千金，又主张英雄不问出处，广交天下朋友，许多寒门学子都与他关系极好。"

"拿着我的钱豪掷千金，可真清高。"许氏嘴角露出一丝嘲讽，"不问出处？他有什么资格问出处？"

"前世，他结交寒门士子，连中三元，名声极好。他的亲妹妹，就是母亲的养女陆景瑶，陷害许家全族后，正正经经地进了侯府，一点污水也没沾……前世，我们家就是祭天的。"

许氏听着女儿的心声，心都在滴血。寒门士子？谁不知寒门举士最看重名声品行，若爆出他是外室的私生子，他还能这般如鱼得水吗？

夜里，许氏睡得安稳。而侯府其他人彻夜未眠。老夫人的私库大开，一件一件地往外搬奇珍异宝。

老夫人跪在小佛堂里，佛珠都快扯烂了："卖了，全都卖了，赶紧填补亏空。"

"姣姣还在狱里，景瑶哭得眼睛都肿了。景淮心里也不好受，若这次名声无法挽回，对景淮的影响太大了。"陆远泽面色难看。他的私库已经卖得一干二净，甚至将庄子都挂了出去。

这一刻，他不由得恨上了许时芸，害得他如此窘迫狼狈，害得景淮污名缠身，这个毒妇！

第 28 章　偷妹妹出门

天不见亮，陆元宵便来给许氏请安，脸上挂着两个黑眼圈。

"娘，昨儿夜里好吵啊，家里跟闹贼似的，窸窸窣窣吵个不停。"他揉了揉眼睛，一副没睡醒的模样。

"兴许是家里闹耗子吧。放心，娘放了耗子药，晚上就清净了。"许氏神清气爽，她当然知道为什么，"小点声，昨夜你妹妹没睡好，估摸早上要补觉呢。"

许氏陪着儿子用了早膳。陆元宵匆匆吃了几口，便背着书袋喊道："我去看看妹妹，看完就走。"

登枝不由得笑道："怀孕时，他念叨着不要妹妹，妹妹娇气爱哭；现在每日上学放学，看完才走。"

陆元宵蹿进了屋内："妹妹，我来啦。我给你带了一壶奶、尿布、换洗的衣裳。"

"开心开心，哥哥来偷我啦！还带了我最喜欢的花布袋来装我！"陆朝朝手一张，就被哥哥装进了袋子里，露出个小脑袋，"快走快走，不然映雪姐姐要来看我啦……"

陆元宵推开窗，跳了下去。今儿府上忙碌得厉害，竟真让他把妹妹偷了出去。陆元宵将布袋子挂在胸前，陆朝朝从袋子里探出脑袋，露出粉妆玉琢的小脸。

京城乃北昭最繁华的地带，熙熙攘攘，热闹非凡。陆朝朝眼珠子都不够用了。

糖人好看！买！陆元宵买了个糖人，自己吃一口，妹妹吃一口。陆朝朝看着小玩偶眼睛都移不开。买买买！空气中弥漫着自由的金钱的味道，以及纸钱燃烧的味道。

道路两侧有不少人跪着烧纸，家家户户都贴着崭新的门神，来往之人神情凝重、行色匆匆。

"妹妹别怕。每年七月十三到七月十五这三天是鬼门大开闹邪祟的日子，生人避让。大家没事不出门，夜里关门闭户。这些纸元宝、纸钱都是烧给先人的。而贴门神有镇压邪祟的作用。"陆元宵摸了摸妹妹的小脑袋，"放心吧，每年陛下都会请护国寺方丈出山在京城镇守，绝不会出问题。"

突然，背后传来一个声音："胖汤圆，你布袋里装的是什么？为什么会动？"

陆元宵嗖的一下把陆朝朝的头按进袋子里。"关你屁事？"他将袋子护在身前，神色满是防备。

"胖汤圆，你好娘哦！竟然背个花布袋，哈哈哈哈……读书不行，打算做女孩了吗？"对方的语气中充满挑衅，是护国公家的小孙子李思齐，身后还站着另外两个小孩。

一个是姜云锦的弟弟、姜家嫡子姜云墨。另一个是小和尚，宣平帝的四皇子，今年才六岁。他出生时命格不好，生来就体弱多病，日夜啼哭不止，眼睛都不愿意睁开，送到护国寺做小沙弥才勉强长大，但看起来依旧瘦弱。

"你才娘！你全家都娘！"陆元宵已经到了书院门前，吐了吐舌头。

"那你为啥背个花布袋？反正我死都不会背这么花里胡哨的袋子。"李思齐翻了个白眼。

姜云墨在旁边附和："就是。"

陆元宵压根儿不愿理他，姜家都是背信弃义、落井下石之人，呸！

"快把袋子打开给我看看！"李思齐想抢。正好此刻夫子手拿戒尺走进了门，他才怏怏地坐下，还狠狠地瞪了一眼陆元宵，心里越发好奇他袋子里到底装了什么宝贝。

这是国子监的启蒙班，学生年龄都不过七八岁。班上统共十二人。比起其他人，陆元宵家世只算得上中等，学业又差，又因为姜云墨在其中掺和，导致他被同窗排斥。最近他唯一的好朋友还病了，不曾来书院。

夫子在堂上摇头晃脑地讲课，陆元宵时不时低头看看妹妹。

李思齐越发好奇，对着远处使了个眼色，便有人挤眉弄眼，吸引陆元宵的注意。陆元宵一时不察，李思齐便将他的花布袋抢了过去。

"砰！"花布袋将桌上的书本撞落在地。

夫子面色严厉："元宵，你站起来，我问你，方才讲了什么？"

陆元宵愕然。

"讲的是《论语·为政篇》。孟懿子问孝，子曰：'无违。'樊迟御，子告之曰：'孟孙问孝于我，我对曰"无违"。'樊迟曰：'何谓也？'子曰：'生，事之以礼；死，葬之以礼，祭之以礼。'"

陆元宵照着背诵出来，夫子看了他一眼，摆手让他坐下。

李思齐朝着他挑衅地一笑，然后低头朝花布袋看去。

这一低头，便瞧见一个粉妆玉琢、白瓷般精致的娃娃正撅着屁股坐在袋子里，肥嘟嘟的小脸蛋正傻呵呵地乐着，抱着小脚啃着，黑黝黝的眸子看向他，一脸呆萌。

李思齐张大嘴巴：陆元宵把他妹妹带出来了！

陆朝朝瞥见他，小脸皱了皱，犹豫了一下，大度地将脚丫子递过去："啊……"

李思齐满脸呆滞，压低声音道："谢谢款待，但我……不爱啃脚指头。"婴儿爱啃手脚也就罢了，咋还请别人啃呢？或许，在他们眼里，这就是好东西齐分享的快乐？

"给我看看！"姜云墨戳了戳他，李思齐眼睛一瞪，抓紧花布袋挡住了他的目光。

陆元宵坐立难安，一直煎熬到下课，才猛地冲到李思齐面前。"还给我！"他额头上都冒出了冷汗。姜云墨在中间使坏，他一直被李思齐针对，万一李思齐欺负妹妹怎么办？他就不该把妹妹带过来。陆元宵眼眶发红。

"怎么跟齐哥说话呢？大呼小叫的，信不信……"姜云墨话还未说完，李思齐便狠狠瞪了他一眼。

"嘘……"李思齐在嘴边竖起指头，然后宝贝似的捂着花布袋，"陆元宵，你跟我来！"姜云墨抬脚跟上，他立马呵斥道："姜云墨，你不准过来。"

姜云墨气得跺脚，花布袋里到底是什么东西？竟然惹得李思齐斥责他！

国子监极大，园子里更是花团锦簇。李思齐让书童站在假山外放风，四皇子和陆元宵躲在花丛中，陆元宵的鼻尖都冒出了冷汗："快把妹妹还给我！"

"我又没欺负你妹妹！"李思齐瞪了他一眼，"你胆子可真大，居然敢把妹妹带来书院，是偷出来的吧？"这么漂亮可爱的妹妹，他要是敢带出来，他娘肯定得打死他。

第 29 章　书院一日游

"你会不会带孩子？你妹妹热到了，身上都长了痱子！"李思齐解开布袋，把小娃娃抱出来，让她舒服点。

陆元宵见陆朝朝趴在他怀里安然睡着，才松了口气。

"你妹妹真好看。"李思齐满脸羡慕，陆元宵竟然有个这么漂亮的妹妹。

"那当然了。我妹妹超可爱，还跟我亲。"陆元宵一脸骄傲。

李思齐心里不是滋味。他娘只生了三个儿子，父亲的妾室倒是生了女儿，可长得跟个猴儿似的。他看了又看，满脸不舍地将陆朝朝还给陆元宵。陆元宵又把她装进袋子，挂在了胸前。

"她叫什么名字？"李思齐眼巴巴地看着。

原本陆元宵不喜欢他，可见他喜欢妹妹，又忍不住炫耀："她叫朝朝，陆朝朝。"

"真好听。"李思齐赞叹道，又担心他照顾不好朝朝，提议道，"你妹妹吃什么？等会儿午膳，你与我坐一桌吧。"

四皇子诧异地看了他一眼，陆元宵却一脸尴尬："早上带出来的牛奶馊了。我不和你坐，我讨厌姜云墨！"天气太热，把妹妹的口粮捂坏了。

"等会儿我让人去厨房要。"李思齐顿了顿，"那姜云墨，中午不许和我坐。我替你保护妹妹，绝对不告诉别人！"友谊的小船就这么翻了。

陆元宵沉吟片刻，点头应下。

"那……你妹妹可不可以给我多抱抱？"李思齐眼巴巴地看着，她好可爱啊！

陆朝朝醒来时，便瞧见几个小哥哥把她围在中间，被吓了一大跳："好大一张脸，吓死我啦……"

李思齐是护国公的小孙子，护国公与许家政见不合，针尖对麦芒，是多年的死对头。之前李思齐对陆元宵也没好感，而此刻……

"嘘，朝朝妹妹不要哭，我给你喂牛奶……"

陆朝朝听到声音，咧着嘴冲着李思齐笑开了花。李思齐喜得眉开眼笑："你妹妹冲我笑了！你妹妹冲我笑了欸……"他忍不住轻轻贴了贴陆朝朝的脸颊，好软好香，浑身透着一股奶香。

"要不要换尿布？喝不喝水？"李思齐问个不停，"明天还能带你妹妹来书院吗？"

陆元宵直摇头："明儿就七月十三了，我们要出去游街。"

七月半，普通百姓这三日闭门不出。而京城书院的学子要轮流在街上巡游，大声背诵圣贤书，以浩然正气驱散鬼门的邪祟。

四皇子面色苍白，看起来十分恐惧。

"你别怕，等会儿放学就立马回护国寺。"李思齐对四皇子说。

四皇子摇了摇头："母妃身子不好，我要留在宫中陪她。况且方丈要进宫，也能护我周全。"

"啊，这是天阴之体啊……"陆朝朝眨巴眨巴眼睛，"阴年阴月阴日阴时出生，生来体弱，若不是生在皇家，有龙气护佑，只怕出生就夭折了。不过活着也受罪，天阴之体生来能见鬼，七月半岂不是要吓个半死？"

陆元宵瞪大了眼睛。难怪四皇子常年住在护国寺，今年若不是他母亲贤贵妃病重，只怕都不能回宫。"放学后你早些回宫，别冲撞了脏东西。这三日可千万别出门！"

果然，刚用完午膳，宫里便来人将四皇子接走了。

"三年前，他想家，七月半那日偷跑回宫。等他清醒过来，已经是三日后。那三日，他性情大变，据说贤贵妃娘娘被他吓得大病一场。"李思齐叹了口气，他知道得多一点。那次，四皇子双眼血红，活生生咬死贤贵妃的狗，吸干了血，整个人宛如恶灵，醒来后却记忆全无。他身子弱，又是天阴之体，很容易被恶祟夺舍，那三日便是被邪祟占据了身体，"最惨的是，三岁前他都不敢睁眼，每日拿纱布蒙着眼睛。"生来经常见鬼，受到惊吓便哭闹，所以他小时候极其难带。

"就没有办法挡住邪祟上身吗？护国寺的高僧也做不到吗？"以前陆元宵总觉得四皇子性情冷漠，如今倒觉得他可怜，生来就体弱多病，在冷清的寺庙住着，与父母常年分离，还要时刻担心被恶鬼夺去身体。

李思齐摇了摇头："方丈只能保他一时平安，贤贵妃娘娘遍寻天下，也找不到一劳永逸的法子。"

"这多简单！"陆朝朝跷着肉乎乎的小脚，嘴里"咕噜咕噜"，"把我的胎毛剪一撮给他带着，阎王见了都害怕。"

她发现，每日多"咕噜咕噜"，对她学说话有很大帮助。唉，只是婴儿啃手啃脚的天性简直无法克制。而且最近她总觉得牙根痒痒，估摸着要长牙了。陆朝朝烦躁地抓了抓头发。

"哎哎哎，别抓别抓，就这么两根，别抓秃了。"陆元宵赶紧制止，听她提到"胎毛"，忍不住多看了一眼。她的胎发并未剃去，可他还是有些怀疑，这两根软绵绵的胎发能挡邪祟，真的假的？

共同照顾了孩子，李思齐和陆元宵都觉得对方人不错。一个下午，两人就建立了深厚的情谊。直到放学，两人都腻腻歪歪地看着花布袋，笑得一脸温柔。

陆元宵十分开心，他又交到一个新朋友啦！结果刚走出书院大门，便瞧见许氏立在门口，沉着脸提着棍子。

"嗷嗷嗷嗷！"陆元宵前脚刚出大门，后脚便被打得嗷嗷叫，全城都能听见他的惨叫声。众人眼睁睁地看着许氏从他书袋里抱出一个白白嫩嫩的奶娃娃。

"陆元宵，你吃了熊心豹子胆，竟然把妹妹偷来书院！"许氏暴跳如雷，天知道今儿她多么恐慌，为了找女儿，几乎将半个京城翻了过来，"我看你是皮痒了！我让你胆大，让你偷妹妹出门！下次还敢不敢？下次还敢不敢？"

许氏抄起棍子追着打，陆元宵嗷嗷叫，心里却大声说："下次还敢！"

第30章 中元惊魂

"去跪在祠堂，没我的准许，不可出来。"许氏绷着脸，紧紧地抱着女儿。

陆元宵耷拉着脑袋，垂头丧气地哦了一声，默默去祠堂跪着。

今儿登枝腿脚都吓软了，这会儿才稍稍回过神来。

"娘亲不要怪哥哥，朝朝好想出门呀……"陆朝朝在许氏脸上"吧唧"亲了一口。

许氏看了一眼笑得没心没肺的女儿："今天就你最高兴，可把娘亲吓死了。"光是想想，她都后怕不已。

"三公子也是因为喜欢妹妹，夫人……"登枝想给陆元宵求情。平日里陆元宵嘴甜，从不摆少爷架子，几个丫鬟都极心疼他。

许氏嗔怪地瞪了她一眼："行了，跪到饭后吧。"

登枝立马喜滋滋地吩咐下去，今儿提前半个时辰开饭。"夫人这是人逢喜事精神爽啊。"她不由得偷笑，要不是今儿夫人心情好，只怕三公子要屁股开花了。

许氏抿着唇轻笑。今儿一大早，她私库丢失的东西尽数找回，还收了一大笔赔偿金。这些年她的付出至少得到了金钱上的补偿。侯府怕是只剩个空壳子了。

"唔，一大早，老太太眼圈都是黑的，便说要去上香，恐怕是看'那边'去了。夫人，要不……"登枝还是有点不服气，心里想了无数次，终于说了出来，"和离吧？"

"和离和离和离！"陆朝朝霎时在许氏怀里蹦起来，"换新爹，换新爹！"

"您看，小姐都偷着乐呢。"登枝实在不愿夫人再受磋磨，光是想想过去十几年生活在一场骗局之中，她便替夫人委屈。

许氏微怔："登枝，我有三子一女，自古和离，女子没有带走子嗣的。"除非对方自愿放弃。如今，她手上的筹码还不够，不足以让陆远泽舍弃几个孩子。

登枝见她没说话，便吩咐人摆了晚膳。

傍晚，老夫人和陆远泽回到了侯府，两人神色疲惫，眼底有着隐隐的怒意。许氏打乱了他们所有的计划。

"你那个媳妇实在太过恶毒，她竟然想毁了景淮！"老夫人捏着帕子落泪，"景淮可是我侯府的种,是侯府的希望!今日你瞧见景淮落寞的模样了吗?看得我心疼啊。"林嬷嬷是她的心腹,也被推出去顶罪,这次老夫人俨然伤筋动骨了。

"她也是做母亲的,怎么这般心狠手辣?"老夫人的拐杖砸在地上砰砰作响,"就因为她生的孽种不争气,便要毁了别人的孩子吗?"

陆远泽皱着眉头,神色有些犹豫:"娘,慎言!他们不是孽种,而是我的孩子!"

"砰!"老夫人一拐杖砸在他脑袋上,他痛得捂住脑袋,指缝间溢出一丝血迹。

"糊涂!若是当年的砚书也就罢了。现在他是个残疾!是个吃喝拉撒都要人料理的残疾!活着只会给我侯府蒙羞!景淮多聪明?名动京城!景瑶更不必说,方丈预言她贵不可言!而姣姣呢?没名没分地跟着你,委屈十七年了!"老夫人神色怨毒,"许时芸那个毒妇!这次差点儿害得景淮名声尽毁,全盘皆输。她娘家势大,原本我计划着,若她这一胎孩子早夭,便将景瑶抱来给她养,记在她名下。"

有了感情,便不会防备。将来景瑶大义灭亲,还能得个好名声!可惜……

"若景瑶在身边,咱们也能解解相思之苦了。好好的孙女却要养在外头,见不得光。"陆远泽眸子微动,却什么都没说。

天色渐暗,府中下人纷纷关紧门窗,检查门神是否贴好。

子时,天边涌现出一阵阵白雾,将一切遮掩起来。白雾之中隐隐出现了形态各异、张牙舞爪的骇人生物。其中有无头人漫无目的四处找头,有断臂残肢,有血盆大口……各种奇形怪状令人恐惧的存在尽数飘浮于天空。

耳边隐隐听到一声声尖锐的呼喊,许氏起身披着衣裳。登枝连油灯也不敢点,就着月色道:"夫人,您放心吧,四处都贴了门神,墙脚还洒了黑狗血,周全着呢。"

许氏看了一眼安然睡着的陆朝朝,只见她热得踢开了锦被,露出雪白的小肚子。"今儿怕是只有朝朝睡得好了。"许氏拉了拉朝朝的衣裳,为她遮住肚子,"元宵可出去了?他,有没有用膳?"

觉夏压低声音:"您放心,元宵哥儿早就休息过啦,这会儿应该游街去了。出门前,奴婢差人送了点心。"

门外风声呼呼,其中隐隐夹杂着鬼哭狼嚎,听得人头皮发麻。"每年七月半都人心惶惶,唉……"登枝叹了口气,"今夜好像比往年更骇人。这雾大得都伸手不见五指了。白茫茫一片,什么也看不见。"往年只要关上大门,还能在院里活动,可今年白雾竟然进入府内,院内也出现了许多莫名的东西。

"下人都进屋回避了?"许氏问道。明明是盛夏,她却觉得寒冷彻骨,摸了摸胳膊,起了一层鸡皮疙瘩。

"下午便吩咐下去了,让他们回屋。这会儿院里没人,只怕要等天明才会好转。"

"我这眼皮子跳得厉害,也不知道元宵怎么样了?"许氏有些担心。北昭有规定,读书人年满八岁，便可以自愿参加游街驱邪。这是陆元宵第一次去，"怎么迟迟听不到读书声？"往年这时，街上震耳欲聋的读书声回响不绝，驱散可怕的黑暗，带来一丝丝光明。

"没事的，还有得道高僧坐镇，一定会平安的。"登枝的神色也有些焦灼，低声说道。映雪和觉夏两个丫鬟抱在一起瑟瑟发抖。

突然，门外传来一阵尖锐的"咯吱咯吱"声，刺得人耳膜生疼。

几个人猛地朝房门看去，只见房门"咯吱咯吱"响着，门外似乎有什么东西正在拼命往屋里挤。

第 31 章　婴语骂人真脏

房门的响动从"咯吱咯吱"变成了"哐当哐当"。

登枝心惊肉跳地发现，房门上竟然裂开了一道缝。"怎么会这样？它们不怕朱砂画的门神吗？"门神竟然挡不住邪祟？

许氏面色一沉："哪里请的门神？"

登枝脸上的血色霎时褪尽："是……是侯爷拿来的。"此话一出，她浑身都快脱力了，只觉得一股凉意直冲天灵盖。"您生产前，侯爷就备下了门神，那时……"那时，她们还不知道侯爷有了二心，养了外室。

许氏心底一片冰凉。"咯吱咯吱……"房门快要被挤开了，映雪和觉夏浑身哆嗦着挡在许氏身前。

"嘻嘻嘻嘻……锵锵锵锵锵锵……找到你们啦……"四面八方传来的声音几乎要将她们淹没。大门摇摇欲坠，许氏死死地咬着嘴唇，舌尖上都冒出了一股腥味，额间冷汗淋漓。

"怎么还没有读书声？"映雪带着哭腔问，众人心头不由得一沉再沉。

陆朝朝双手高举过头，放在脑袋两侧，两只脚张开，像只小青蛙似的。肉乎乎的小手小脚烦躁地动了动，耳边一阵阵嘈杂，让睡梦中的她不胜其烦。

终于，她睁开了眼睛，大半夜被吵醒，一脸起床气，满身怨气比恶鬼还重。"嗒！"她气鼓鼓地绷起肉乎乎的脸颊，举着小拳头，一脸愤怒。

登枝吓得上前捂住了她的嘴。"嘘……"她一边哆嗦，一边哄陆朝朝。

可……转瞬间，铺天盖地的声音戛然而止。疯狂挤门的邪祟停了，嘻嘻哈哈吓唬人的声音停了，周围静悄悄的，没有一点声音，似乎连路过的风都安静下来了。

陆朝朝气鼓鼓地撇开登枝，抬起圆润的食指指着大门，张着嘴恶狠狠地怒骂。谁也不知道她在骂什么，只知道她极其愤怒，叽里呱啦地骂了一长串。看表情，似乎骂得极其脏。

只有许氏默默捂紧了耳朵,一脸迷茫和无助。

"小姐说的啥?"映雪偷偷与觉夏咬耳朵。觉夏挠了挠头,只觉得这会儿小姐格外凶,奶凶奶凶的,还挺可爱。

"我的小祖宗欸,可别骂了。外面可是邪祟,惹恼了的话,是要吃人的!"登枝又哄又劝。

而门外安静如鸡。陆朝朝打了个哈欠,满意地看了一眼门外。外面黑压压一大片,此刻,传说中最为恐怖、令天下人恐惧的邪祟匍匐在地,瑟瑟发抖。若是有人瞧见,恐怕要跪倒在地大呼神迹。

陆朝朝揉了揉眼睛,然后眼睛一闭,又倒头睡过去。不一会儿传来"呼呼"的声音,睡得很安稳。

房门外的白雾犹如潮水,毫无声息地退去了。登枝壮着胆子扒在门上朝外看:"夫人,它们怎么走了?难道真让小姐吓退了?"

许氏眼皮微跳:"胡说什么?朝朝那是说梦话呢。"

登枝傻乐:"那倒也是。"

劫后余生,大家都很庆幸,只有许氏不放心:"我去大门口看看外面的情况。"她披上外衫便打算出门。

"我陪您。"登枝知道许氏放心不下陆元宵。

两人不敢提灯,谁知道会不会引来邪祟。府内静悄悄的,唯有许氏寝屋的门神被邪祟撕得粉碎。

"夫人!"登枝惊叫。

许氏神色漠然:"以后,他送来的任何东西都单独存放。"

陆远泽,你八抬大轿娶我过门,让我全心全意为侯府付出,而你却带着外室坐享其成。我要让你身败名裂,一无所有!虎毒不食子,此刻的许氏已经对陆远泽死心了,却还不知道陆远泽到底有多恶毒。

院子里一片寂静,但府外的鬼哭狼嚎彻夜不停。许氏和登枝扶着侯府的大门,窥探着外面。"奇怪,咱们这条街好像格外安静。"登枝有些不解,明明之前还能听见邪祟的声音,可此刻却风平浪静。

"大概是有方丈坐镇的缘故?"许氏脑子里一闪而过朝朝的声音。

登枝点了头,忽然面露喜色道:"夫人,奴婢听见了读书声。"

果然,空中隐隐传来了震耳欲聋的读书声,一点点驱散白雾中的恶灵。两人担心陆元宵,便不曾离开,只坐在门口的台阶上等待。

这一夜格外漫长,每一刻都极其煎熬。直到天边出现朝阳,第一缕阳光洒落大地,白雾才开始一点点退回阴暗之中,蛰伏着,等待下次降临。

"呜呜呜……"街上传来压抑的哭泣声，是众人劫后余生的喜悦。

陆元宵头重脚轻地回到府里，马上被许氏接回了听风苑。"昨夜可还顺利？有没有被吓到？"许氏让人摆了早膳，陆元宵不想吃，但为了让许氏安心，到底吃了几口。

"娘，儿子无事。昨儿府上没事吧？昨儿我们游街，发现邪祟似乎比往年更厉害，甚至会进入民宅伤人，幸好方丈及时赶来了，不然要出大事。"此刻陆元宵还有些后怕，"说来可气，昨儿我被分在了陆景淮那一组。"陆元宵撇了撇嘴，他从妹妹的心声里得知，那少年才子陆景淮就是他爹的孽种。

许氏眼眸轻颤。陆元宵一脸诧异地继续说："娘，陆景淮名声极大，京城里许多人说他乃天定文曲星，暗中下注他会连中三元，之前甚至有人猜测他能凭一己之力驱逐邪祟，可您猜怎么着？昨儿，那些邪祟并不怕他！可真是奇怪！"

今年陆景淮十七岁，之前却深藏书斋，今年也是第一次参加游街。

陆朝朝坐在床上，正在抱着一个苹果啃。她的上龈终于冒出了米粒大小的莹白色尖尖，她经常用这颗可怜的小乳牙刮苹果泥吃。

"当然是因为他抄袭哥哥的文章啦……"

母子二人齐刷刷一怔。

"大哥八岁前，名动京城，谁也压不过大哥的风头。大哥瘫痪没两年，陆景淮'小神童'的名声就起来了，他十岁能中秀才，是因为偷看了大哥押的题。"

陆朝朝咂巴咂巴嘴，陆景淮的才名名不副实！

许氏的面色陡然一变。

第32章 方丈被她骂瞎了

陆元宵紧握着拳头。至今还有人拿当年的陆砚书与陆景淮比，将他们称作"双陆之才"。每每提起陆砚书，众人总会惋惜地叹息惊才绝艳之人成了残疾，又借机夸赞陆景淮，让陆景淮踩着大哥上位。

"娘，如今儿子觉得课业艰难，想要借大哥往日的书籍和文章看看，您知道它们放在哪里吗？"陆元宵轻咳一声，装作不经意地问道。

许氏抿了抿唇："当年你大哥出事后，极其抵触过去的一切，你父亲便差人将它们搬走了。"

"早就搬去给陆景淮啦，哼！"大苹果比陆朝朝的脸颊还大，她双手都抱不住。

"说起来，倒是许久不曾见你大哥了。"许氏的神色有些黯然。想起长子，她的心头依旧止不住地痛。她对长子倾注了所有心血，当初长子出事，她几乎丢掉了半条命。后来，长子不出院门，她也进不去，只能偶尔趁他熟睡后偷偷进去看看。看着他日复一日地消瘦，看着他一点点陷入绝望，一点点流失对生的渴望。

"八年了，他何时才愿意出门呢？"许氏轻叹一口气。

"或许大哥很快就会想清楚呢。"陆元宵不由得想起上次与大哥相见时，他好像很喜欢朝朝，甚至为了朝朝而打破了原有的规则。

许氏笑了笑，没说话，她不敢期待太多，长子能活着就是她最后的期望。

白日里，陆元宵狠狠睡了一觉，之后依旧昼伏夜出。三日过去，小胖子愣是瘦了一大圈。

"太遭罪了，年年都来这么一遭，哪里吃得消？这该死的邪祟怎么就除不尽呢？"许氏暗骂了一声。

陆元宵打了个哈欠，语气有些害怕："娘，儿子能全身而退已经极好了，听说今年方丈的眼睛都瞎了。"

"真的？"许氏吃了一惊。

"昨天方丈的眼睛上还蒙着黑布呢。"陆元宵倒头就睡。

许氏不由得想起陆朝朝上次骂方丈，骂他把佛珠给陆景瑶，一双眼睛不如瞎了……许氏打了个寒战。她家女儿好像……有那么一丢丢了不起。

中元节刚过，许家二爷便上门拜访。这次许氏并未婉拒，反倒大开府门热烈欢迎。她不知道陆远泽开不开心，反正她很开心。

彼时，陆朝朝刚满六个月，正好能吃辅食，每天抓着一根硬饼干磨牙，口水吸溜吸溜的。客人来了，她穿着一身大红裙，盘腿坐在榻上。许氏还别出心裁地把她的头发扎成了两个小鬏鬏。

"朝朝啊，想不想二舅舅？"许家老二监管水利，为人和善，与看起来严厉的大哥许意霆不同。陆朝朝双手摊开，便被他抱到怀里。

他身后还跟着两个少年，是他的双生子，许予衡和许予清，今年十六岁，生得一模一样，容貌极其俊秀。

可惜的是，当年这对双胞胎生得艰难，产程过久，落地后智力有些障碍，也就是俗称的"失魂症"。

"这是朝朝妹妹，叫妹妹。"许二爷摸着两个儿子的头，心头有些酸涩。若两个孩子能平安健康，那该多好啊！

两人眨巴眨巴眼睛，看着陆朝朝，眼神里的清澈与迷茫一览无余。

"朝朝莫怪，你的两位哥哥听不懂话。"许二爷叹息一声，如今儿子已经十六岁了，却连爹娘都不会喊。

"予衡哥哥？"陆朝朝偏着脑袋，"予清哥哥？"咦，他们竟然魂魄不稳？难怪看起来呆呆的，原来是缺了点什么。

突然，两个对外界毫无反应的哥哥抬头看向陆朝朝，目光灼灼。他们在自己的世界里十六年，什么也听不到，但陆朝朝的心声直达他们灵魂深处。

"哇，我有好多哥哥呀，一个比一个好看……哥哥抱……"陆朝朝见了谁都想扑过去，此刻朝着许予衡张开手臂。

许二爷叹气："朝朝，哥哥听不懂。"十六年了，什么都教不会，什么都听不懂。

可陆朝朝继续伸着手："哥哥，抱……"声音娇娇软软，固执又可爱。

许予衡皱了皱眉头，好似眼中只能看到那小小的人儿，然后……在父亲震惊的目光中，小心翼翼地摊开手，将胖乎乎的奶娃娃抱在了怀中。

"吧唧！"陆朝朝大方地亲了他一口。"我是朝朝妹妹，要叫我妹妹哟……"小娃娃把满是口水的磨牙棒伸过去。

许予衡手忙脚乱地抱紧她，呆呆地看着。"没……啊，妹！"他张开嘴，结结巴巴许久，竟然用沙哑的声音，口齿不清地喊了一声"妹妹"！

许二爷惊得目瞪口呆，泪洒当场："予衡，予衡，会说话了！我儿会说话了！"十六年了，他的儿子竟然会说话了！

陆朝朝又摊开手，对着许予清喊，同样收获了一个拥抱。

许二爷夫妇喜极而泣。虽然两个儿子对他们的呼唤依旧毫无反应，可是会与朝朝说话！这让绝望的他们再次看到了希望。"时芸，你生了个好女儿啊！"二嫂抹起了眼泪，她生双胞胎时伤了身子，这辈子就这么两个孩子，早就不抱希望了，如今事情竟出现了转机。

"二哥二嫂莫哭，以后予衡予清时常来府上玩耍，让朝朝与他们多接触。或是……我带朝朝回门也行。"许氏也十分惊讶，能帮到二哥，她自然乐意。

二哥二嫂抹了泪，与许氏闲聊。陆朝朝便趁机抓着两个哥哥的食指，为他们稳固神魂。笑话，这可是小姑奶奶的老本行！她一边施法，一边竖起耳朵听他们聊天。

"这次陛下派我去临洛治水，只怕年后才能回来。你在京中一切小心，陆远泽……"二舅舅神色凝重，"二哥说话不好听，但你一定要多加防备。"

许氏捏了捏手绢，深深吸了口气："二哥，妹妹一切明白，你也要多加小心。"

许二爷瞥向啃磨牙棒的陆朝朝。

这次外甥女有什么要说的？

第 33 章　嫁渣男

"临洛水患？原先的话本里，二舅舅就是在那里被灾民撕碎了！"陆朝朝在心底干着急，"二舅舅，一定要防备董佳明这个人呀，他会害你！"

许二爷眉头一松：嘿，来对了！董佳明？行，他记住这个人了！

许氏心里也思量着，得想个办法提醒二哥。

许二爷晚饭都没吃，略坐了一会儿，便急匆匆地走了，还与妹妹约好要多带朝朝来接触两个儿子。来这一趟，他觉得两个儿子都伶俐了几分。

夜里，陆朝朝睡得迷糊，听到外边传来窸窸窣窣的声音。许氏披着衣裳起来，登枝进门禀报："外边来了人，急匆匆往德善堂去了，说是谁病得厉害……"

陆朝朝打了个哈欠，翻身继续睡。会翻身了就是爽。

气运这个东西此消彼长。原先的话本中，许家落魄，许氏的三个儿子接连出事，而对头一家顺风顺水。如今许家加官晋爵，自己没有死，三哥没有误入歧途，娘还借机搬空了陆家和外室的库房，真是风水轮流转了。

外头闹了一夜，陆朝朝却睡得香甜。

一大早，许氏就被请到了德善堂。老夫人神色疲惫，看着神清气爽的许氏，气不打一处来。都是她！都是她害的！

"你倒是睡得安心，晚意的亲事马上要到了，你也不操持操持，还要我一个老太太忙活，娶你有什么用？"老夫人不轻不重地撑了她一句。

若是往常，许氏早就跪下请罪了，而此刻，她辩驳道："母亲，我疼她这么多年，京城谁人不知？说破大天，儿媳也没错，更何况……"许氏语气娇俏，带着笑意。"您怎么会老呢？您生晚意时的年纪，旁人都做了祖母，您还能生个闺女儿，才不老！"

老夫人怎么也笑不出来，她觉得许氏在嘲讽她，可她找不到证据，这么一来更憋屈！

"晚意到底是您的亲闺女，平日里我疼疼晚意还行，可操持婚事还是得亲生母亲来，免得外人指摘您呢。"许氏笑吟吟地说。全京城都知道她不同意陆晚意的亲事，她自然要一丝干系也不沾，将来陆晚意后悔也跟她没关系。

老夫人十分不悦。上次裴姣姣当众出丑，还在府衙被关了一夜，回来与陆远泽闹了一场。京中又出现闲言碎语，说陆景淮的母亲是个贼，甚至传言上次被雷劈的就是他家，着实影响了景淮的名声。三番五次下来，众人伺候陆景瑶也不尽心，昨夜景瑶高热不退，吓得她一夜未睡。这么一来，她越发不放心将陆景瑶养在外面了。若是能养在许氏膝下，既得许氏的财产，又得许氏的信任……自己也能时常看着这个心肝宝贝。

"你是晚意的嫂子，多帮她把把关。"

许氏笑了笑，没说话。

"今日叫你来是有事与你商量。"老夫人话锋一转，"清溪老宅送信来，有户远房亲戚遭了难，留下一个孤苦伶仃的女儿，年纪与朝朝差不多大，养得瘦骨嶙峋，族中又无人帮衬，想问问咱们能不能施个援手。我想着，府中没有与朝朝一般大小的孩子，不如给朝朝找个伴。朝朝那几个哥哥不成器，有个姐妹，将来也有人帮衬。你觉着如何？"

虽然老夫人是发问，但语气很笃定。许氏嫁进来十八年，从来没有拒绝过她的要求。当年老夫人感染风寒，病得下不了榻。大户人家儿媳侍疾，都是走个形式，指挥丫鬟奴仆动手就算孝顺了。而她见儿子碰过许府的钉子，有意要煞一煞许氏的威风，一定让许氏亲自伺候，端屎端尿，许氏从未有一句怨言。

"就当作双生子，到时候与朝朝同上族谱。"老夫人眉宇间含着笑，这样孩子的生辰也不必费心做手脚，可以名正言顺地回府认亲。

许氏的指甲死死地掐进肉里：她们怎么敢？竟然想把外室生的孽种抱回来让正妻教养！然后，她猛地想起，一开始他们就是这样打算的。是她听见了朝朝的心声，才躲过一劫。

"娘，我已经有了朝朝，何苦再多一个女儿？"许氏头皮发麻，面上却丝毫不显山露水，假装担心地问道，"再说，那孩子的爹娘真的都没了？"

老夫人"嗯"了一声。

"娘，不是儿媳不容人，只怕那孩子是克父克母的命。"许氏叹了口气，似有所指，"您瞧瞧，既然是咱们家的亲戚，她出生之前，自然一片大好，和睦恩爱；她出生后，家破人亡，事事不顺，怕是她命硬，克亲属呢。儿媳年轻，不怕。可娘……"

老夫人眉头微蹙，眼底闪过一抹不悦。陆景瑶和陆景淮可是她的心头肉，容不得外人说闲话。"罢了，既然你不愿，我也不逼你。"老夫人只觉得当初没溺死陆朝朝真是可惜了。

许氏出了门，脸上的笑容瞬间消失了。做梦！陆朝朝对此一无所知，要是知晓了，绝对不会让陆景瑶与她做姐妹。只要她不愿意，天道都别想勉强她！

陆朝朝满七个月了，长出了第一颗乳牙，能吃的辅食越发多了，偶尔还能吃半个蒸蛋。而陆晚意该出嫁了。

"嘿嘿，前世我娘阻止你嫁进火坑，结果你划烂我娘的脸！这次，看你后不后悔……"陆朝朝穿得喜庆，眉心那抹红衬得她越发呆萌可爱。

忠勇侯府热热闹闹，四处张灯结彩，挂满了红灯笼，贴满了红双喜。老夫人悲喜交加，母女俩哭哭啼啼了好一会儿，才送陆晚意出门。

许氏竟然在接亲的人中瞧见了陆景淮。陆景淮似乎与新科状元顾翎关系不错，那他知道顾翎打老婆吗？

许氏冷眼看着陆晚意一脸娇俏地走向她向往的婚姻。

第34章 报复恶爹

陆晚意出嫁后，府上冷清了不少。

陆晚意回门那日，面色娇羞，与新科状元站在一起似乎格外登对。瞥见许氏，陆晚意的嘴角嘲讽地扯了扯："大嫂，幸好当初没听您的！阿翎是多好的男人，大嫂您竟然说他'不堪为配'，还拦着晚意不让嫁。"她毫不犹豫地出卖了许氏。

顾翎锐利的目光看过来，神色间带着几分冷意，眉头轻锁："顾某不知何时得罪过侯夫人？"

"晚意长到这么大，都是我亲自教导的，虽不是母女，却胜似亲生。"许氏淡淡地道，"整个京城，谁不知道我疼她入骨？她被我宠大，任性娇气，仅仅凭着状元郎打马游街时看了一眼，就坚持要嫁，我怎能不拦呢？我是担心她后悔，这才出言提醒。至于'不堪为配'之类的话，完全是谣言。"许氏叹了口气，似乎被伤透了心。

陆晚意撇了撇嘴，面上涨红。她啊，哪里是打马游街时看上的顾翎？她去裴姣姣家时，遇上顾翎来寻陆景准，那时就存了心思。裴姣姣甚至专门请了顾翎上门，两人……私下早有接触，只是想要借许氏抬高身份，谁知她不愿插手。

陆远泽也早早回府，吃了一顿回门宴。

陆朝朝顺利捞到几口肉泥，兴奋地在登枝怀里扭来扭去："姑姑再嫁一次就好了，那样我又能吃一次肉！"

许氏莞尔，捏着手绢擦了擦陆朝朝嘴角的油。

"嫂子，不是我说，大哥都多久没回府了？您也要反思反思，是不是自己哪里做错了？"陆晚意的语气里多了一丝幸灾乐祸，多年来，她巴结着许氏，不就是为了让许氏帮忙给她说门好亲事吗？谁知道，许氏连这么点忙都不肯帮。而且，为了把裴姣姣从狱中捞出来，许家把陆晚意的嫁妆变卖了不少。"男人是要干大事的，女人受点委屈怎么了？"陆晚意亲昵地靠在顾翎怀里，一脸幸福。

"是的是的，以后你被打了，也要记得反思哟……想想自己为什么挨打！"陆朝朝开心得很，等着她挨揍。

"晚意说得对。"许氏甚至笑着看了顾翎一眼。以后可千万别哭着回来告状。

待回门宴结束已经是晚上了。

"奴婢得赶着给小小姐做几身冬衣，一场秋雨一场寒，马上就要变天了呢。"登枝坐在床前，就着油灯给陆朝朝绣虎头帽。

"叫娘？"许氏正哄着陆朝朝。

陆朝朝嘴巴一咧，露出唯一一颗小乳牙："凉……亲……*"吐字不清，但能开口

---

* 注：此类表述为婴儿口齿不清的形象表达。后文同。

了，好事！许氏心里美滋滋的。

"朝朝还不会说话？那丫头早就会说话了！"陆远泽刚进门，下意识地说了一句。

"当然会说话啦，她是现代人，来自两千年以后呢。要不是她用现代知识帮着爹，我们许家怎么会那么惨？"

许氏听不懂"现代"是什么，却听懂了"两千年以后"，轻轻吸了口气，眼眸微垂："哪个丫头啊？"

陆远泽将拳头抵在唇边，轻咳一声："同僚的姑娘。七个月便开口说话了，聪明得很。"他摆了摆手，登枝怔了一下，看了一眼夫人，见许氏点头，这才退下去。

"朝朝，叫爹，啊，叫爹……"陆远泽有些惊讶，朝朝比景瑶长得好多了，"叫爹……叫爹……"他对着朝朝哄道。

陆朝朝眨巴眨巴眼睛："叫爹……叫爹……"软软糯糯的声音，听得人心都化了。

陆远泽摇了摇头："是叫爹，爹，爹……爹爹……"他指了指自己。

而陆朝朝脆生生地开口："哎！"

许氏扑哧一笑，随即捂着嘴，笑得浑身都在颤抖。

陆远泽额角青筋直跳，良久才忍下怒意。长得好有什么用？景瑶多黏他，而陆朝朝一见面就用屁股对着他。

"朝朝，我才是爹。"陆远泽眼底有几分不悦。

朝朝无辜又天真地指着爹："狗勾……狗勾……"一副天真不谙世事的模样，气得陆远泽牙齿都快咬碎了。

"朝朝还小，你与孩子置气做什么？"

见许氏开口，陆远泽将陆朝朝抱到一侧，放低了声音，儒雅的面孔上多了一丝亲昵："时芸，生完朝朝后，咱俩都多久没住一块儿了？"

他轻轻抚着许氏的肩膀，许氏却只觉得恶心，强忍着拍下他的巴掌，瞅了眼目光灼灼的陆朝朝。"朝朝看着呢。"许氏轻笑着道，"女孩子娇气，黏我。侯爷一个人睡，莫不是孤单了？"

陆远泽瞥见陆朝朝的目光，想要温存温存，又没了兴致，讪讪地收回手："芸娘别瞎想。我怎会嫌孤单？况且，除了你，我谁也看不上。只是……"

"侯爷可有什么为难之处？"许氏"贴心"地问道。

陆远泽不知如何开口。他该怎么对许氏说，府里捉襟见肘呢？陆景淮与姜云锦的亲事已定，彩礼清单也已拟出，而陆府的积蓄却全部拿来还给了许氏。若是过去，许氏早就把私库钥匙给他，任他取用，绝不会让他没尊严地讨要。可现在就连陆晚意的嫁妆上不了台面，许氏也不曾拿出私房钱为她添妆。

"侯爷可是缺钱了？"许氏眼睛一亮，"大度"地开了口，"侯爷若是缺钱，定要告诉我。我们多年夫妻，一体同心，何必分你我？府里没钱，吃我的嫁妆也是应当的。

侯爷吃芸娘的软饭，芸娘还高兴呢！"许氏知道陆远泽自尊心强，最好面子，便戳着他的心窝子，假装无意地说道。

"不缺钱。芸娘的私蓄留着自己花。我还不到吃女人嫁妆的地步。"陆远泽果然脸色漆黑，拳头紧握，"是为另一件事，你让砚书出来做个证，就说是咱们不愿拖累姜姑娘，自愿退亲的。外头传言陆景淮抢了砚书的未婚妻，多难听。人家可是要连中三元的才子，别毁了人家的前程！"

"砰！"许氏面色一沉，摔了桌上的茶盏。

第 35 章　剽窃哥哥的文章

"侯爷便是来说这个的吗？让砚书出来做证？他被人退婚，被人嫌弃，你还要他出来做证？你这是往砚书伤口上撒盐！"

陆远泽好声好气地哄着："芸娘，砚书常年不出门，受些委屈又何妨？流言蜚语也传不到他耳朵里。"他语气轻松，气得许氏怒火中烧。"我见过那陆景淮。他才十七岁，非池中之物，他的才华、他的文章不弱于砚书！甚至有人直言，他就是第二个砚书！将来必、必定连中三元、一飞冲天，不如结个善缘。"陆远泽眼睛放光。

许氏漠然地看着他。这何止做证，简直是让陆砚书出来做垫脚石，为陆景淮扬名！他还记得当初砚书比陆景淮更聪慧吗？

"谁都不能踩着我儿上位！"许氏唇色发白，"即便砚书瘫痪，我也不许他沦为别人的垫脚石！那陆景淮在姜云锦还未退婚时就与她相识，谁知道他们是不是无媒苟合，有了首尾呢？少年才子？三元及第？不过是个偷腥的奸夫！还要我儿为他做证？做梦！"

"啪！"陆远泽一巴掌甩在许氏脸上。"你在胡言乱语什么？"陆远泽满面怒容，神色却有些慌乱。

许氏抬手轻轻抹去唇角的血，眼中的恨汹涌汇聚。

"我看你是疯魔了！芸娘，你怎么变成这个样子了？如此小心眼，容不得人？曾经的大度、曾经的贤良哪里去了？"陆远泽说完，便拂袖而去。

登枝猛地推门进来，瞧见夫人面颊青肿、嘴角带血，眼泪顿时滚滚落下。"侯爷、侯爷怎么敢动手？"急忙命人打了水，给她热敷消肿。

许氏面无表情，任由丫鬟们忙碌。

"才子？不过是剽窃大哥的文章得来的名声！"陆朝朝笔直地坐在榻上，神色严肃，连最爱的苹果都滚到了脚下。"现在偷大哥的，以后陆景瑶长大了，还会把中华上下五千年的诗词歌赋都教给他！"

屋外灯火通明，屋内气氛紧张，许氏嘴角一动，脸上便牵扯着疼："去查一查这些年陆景淮扬名的文章，将他从前作的文章一同抄回来。"

许意霆派来几个信得过的护卫，平日里许氏便让他们跑腿。

陆远泽这一出门，便半个月未归，似乎有意给许氏压力，想要逼许氏低头。

陆晚意还特意捎来了口信："这男人从不会无缘无故打女人，必定是女人犯了错。大嫂要好好想想，自己做错了什么？该认错就认错，女人嘛，向男人低个头不算什么的。"

"太过分了！枉费夫人教导她十几年！"登枝气得破口大骂，"夫人疼她像亲生的似的，她真是狼心狗肺！"

许氏反倒高深莫测地笑了笑："老太太可知道这口信？"

登枝没好气道："怎不知道呢？先去给老太太传了话，才来的听风苑。只怕老太太也是这个意思呢。"

"距离姑姑挨打不远咯……"陆朝朝坐在床上，眼珠子滴溜滴溜转，"打起来，打起来，打起来……"一边念叨，一边小手拍得啪啪响。

许氏捏了捏她肉嘟嘟的小脸，这小家伙真爱看戏。好吧，她也迫不及待地想看了。

"今晚好想吃肉泥哦……如果能吃到肉泥，那我一定是全世界最开心的孩子……"陆朝朝坐在床上，露着一颗牙，笑眯眯地看着许氏，别提多可爱了。"肉泥，肉泥，肉泥……"

"今儿是八月十五，给朝朝蒸些肉泥，做点她能消化的小点心吧。"许氏瞧见女儿，心都化了。若不是朝朝的到来，现在她……已经面临绝境了吧？

"耶，娘亲真好，棒棒棒……全天下最美最好的娘亲。"陆朝朝抱着她亲了一口，"如果今晚能让我出去赏月，就更好啦……"

许氏装作没听见，微敛着眉。她要和离，也要光明正大地带走四个孩子！虽然艰难，但是有朝朝，一切就都有希望。

"小厨房无意中买到一种黄豆，说是入口即化，只有指甲盖大小，正好适合小姐吃，晚点奴婢便取些来。"登枝给许氏捏着肩，"今儿一早，厨房便烤了月饼，今晚大家都期待着赏月呢。听说外边还办了赏月会，才子佳人各显神通。往年，长公主也是要大办一场的……"

许氏眉宇间带了几分笑意："她啊，今年好不容易怀上这一胎，哪里敢办灯会？今晚咱们去池子里放花灯，让厨房多备些吃食。再给大家双倍月银吧。"

登枝欢喜地行礼道谢。许氏低头看了一眼朝朝："能得来朝朝是我的福气。再从库房中取一万两银子，用朝朝的名义赈灾吧。听说临洛水患，来了许多灾民在城外安家，就当为她积德了。"

"夫人大善！"登枝郑重地行了一礼，转头便去办，直到傍晚才回府。

今日城里不宵禁，满城都挂上了红灯笼。

"夫人，灾民真可怜。如今他们在城外五十里的小镇上安家落户，为了感念小姐的恩德，把村名定为'朝阳村'。"

许氏点了点头。陆朝朝吃着黄豆，眼睛放光，难怪今儿感觉到细细碎碎的功德金光不断涌入她的身体。不过对灾民来说，福分还不止于此。冠上她的名，便得天道庇佑。如今他们还不知道，将来遇到灾难，只有朝阳村能幸存。

"夫人，侯爷……还是不曾回府。方才老太太借口礼佛，也去庙会了。"登枝迟疑了一下，低声说道。几个丫鬟都不由得肃然，生怕触怒许氏。

侯爷已经十日不曾回府了。若是以前，只怕许氏早已诚惶诚恐地反思，卑微地去认错。如今陆远泽还想压迫她，想得美！她恨不得吃他的肉，喝他的血！

"行了，不回便不回吧，咱们正好过个清净的节日。"许氏明白，今儿中秋，是团圆的日子，裴姣姣自然会想法子将陆远泽留在那边。陆远泽要给她难堪，逼她认错，自然顺势不回来。

登枝委屈得不行："夫人是正室，是八抬大轿娶进门的嫡妻。如今，侯爷竟然陪外室过中秋，这是在欺辱夫人！"

"登枝，你要明白，我所求早已不是他的真心了。"而是带着儿女全身而退。

陆远泽越嚣张，越肆意妄为，就越早下地狱。

第36章　火烧明德苑

中秋夜，府内没有侯爷，没有老夫人，众人只觉得轻松。

许氏让人在凉亭里支起一张桌子，桌上摆满了肥美的螃蟹和精美的各色糕点，炉子上温着热酒。她爱吃螃蟹，但老夫人不喜欢螃蟹味道，她已经十多年没吃过了。

陆元宵每日放学后都会去陆砚书的明德苑温书，此刻他抱着朝朝，又去寻大哥。

陆砚书坐在轮椅上，短短两个月，他便丰腴了一圈，隐隐能看出当初的风采了。他的手已经能慢慢抬起来，但他还没有告诉任何人。

"朝朝来了？快来，大哥抱。"陆砚书不爱笑，可一见到朝朝就冰消雪融。

"呜呜呜，朝朝好想放灯。放孔明灯，放花灯，朝朝也好想玩……"陆朝朝趴在哥哥怀里控诉。

陆元宵挠了挠头："自从上次我把妹妹偷出来以后，娘看管得越发严了。"

陆砚书瞪了他一眼。若妹妹真的出了什么事，可怎么办？"大哥备下了花灯，大哥带你去湖边放花灯可好？"转头对着陆朝朝又笑眯眯的，一副温润君子的模样，眉眼如画，俊美清隽，若不是坐在轮椅上，只怕能引得全城姑娘尖叫。

"全天下最好的大哥，如果能给朝朝画一盏观音菩萨灯就好啦……"陆朝朝的小脑袋瓜使劲点着，"天上有各种孔明灯，朝朝要放一盏与众不同的菩萨灯，一定很有趣。"

陆砚书带她放完花灯，便让人拿出了笔墨纸砚。瘫痪后，他再未握过笔，这是第一次。"大哥最擅长画佛像，今日就为朝朝画一幅菩萨像吧。"他直接提笔，在灯上作画。

小厮欢喜得眼里泛起泪花，大公子真正活过来了！

陆砚书的手不能长时间提笔，画画停停，直到天色全黑才画完一幅菩萨像，等上完色已是深夜。

陆朝朝手舞足蹈，胖乎乎的手腕上，铃铛不断响动。"点……点……灯等……"她发音不清晰，只能吐出几个模糊的字，看向大哥的眼神满是惊叹，真的好厉害！大哥画的菩萨栩栩如生，眉目慈祥，仿佛在静观世人。

陆砚书看到妹妹惊讶的眼神，不由得露出一丝浅笑。

陆元宵拿着一根蜡烛，点燃灯芯。那一刻，菩萨好似被注入了灵魂，浑身笼罩着佛光，悲天悯人的气息扑面而来。陆元宵后退一步，不敢直视，几乎想跪下参拜。传言大哥琴棋书画无一不精，果然……无人能与他争辉。

陆朝朝仰头坐在大哥怀里，哇哇惊叹。

菩萨灯一点点升高，飞到空中，汇入万千孔明灯中，泛着幽幽的白光，飘浮于天地之间。

陆朝朝眨巴眨巴眼睛，小手轻轻掐诀，一道灵气射入灯中。瞬间，所有孔明灯竟将菩萨灯拱到了中央，就像漫天星辰簇拥着它们的神明。

"你们看，天上是什么？"有人惊讶地望着天际，大声喊道。

此刻，众人正围在高台前欣赏陆景淮作诗，他原本正傲然听着众人的恭维，而一转眼，所有人都抬头看向了天际。满城的热闹喧嚣瞬间静止。

"是菩萨！菩萨显灵了！"众人大声呼喊，如疯了一般跪在地上不断磕头。"快看啊，菩萨显灵了！是来护佑我们的吗？"众人欢呼雀跃，而陆景淮尴尬地站在高台前，抿了抿唇，压下眼底汇聚的怒气。

满城人都在拜菩萨，而陆朝朝丝毫不知道自己放的菩萨灯引起了多大轰动，更不知道忠勇侯府老夫人在灯下跪了一整夜，就为了求陆景淮能三元及第。她打了个哈欠，神色有些疲惫，今儿府里热闹，她不曾午睡。

"大哥，我带妹妹回去睡觉。您也早些歇息。"陆元宵心疼地抱起妹妹，自从知晓父亲养外室，他便长大了许多——当然，还是要偷偷带妹妹去玩。

"睡在大哥院子里，不回家，不回家……"陆朝朝迷迷糊糊地呢喃，"不……肥……"

陆砚书正看着桂花酒发呆："让朝朝去我房中歇息吧。"

于是陆元宵便将妹妹抱了进去，留了两个丫鬟守门，才悄悄离开。

月光下，万籁俱寂，家家团圆。突然，不知哪里冒起一股浓浓的黑烟。

登枝皱了皱鼻子："哪里走水了？"夜里夫人多喝了两口酒，正在熟睡呢。她出得门外，抬头看见了浓烟，瞳孔猛地一缩。"夫人！快来人啊，明德苑走水了！"登枝浑身颤抖，尖锐的嗓音刺破夜空。

许氏吓得浑身一抖，瞬间清醒。"砚书，我的砚书！"霎时，她的面上毫无血色，一路跌跌撞撞地朝着明德苑跑去，浑身冰凉，如坠冰窖。

此刻明德苑大门处已经浓烟滚滚。丫鬟奴仆从四面八方赶来，不断提水浇泼，可熊熊大火并未示弱分毫。

"大公子呢？"登枝大声问道。

"都在屋内！小姐也在大公子屋内！"守门的丫鬟浑身哆嗦，跪在地上大哭，"奴婢亲眼看见三公子将她抱进去的！"

许氏身形一晃，倒在地上。

"夫人！"登枝吓坏了。

许氏喉咙干涩，一边爬，一边哭："我的砚书、我的朝朝，我要去找他们。不行，他们还在里面，我的孩子还在里面啊！"

"夫人，火势太大，您不能进去啊。"登枝死死地抱着许氏。

"砚书该怎么办？砚书还没出来！"许氏哭得肝肠寸断，"朝朝才七个月，她会害怕的，你放开我！我的朝朝、我的朝朝还在里面……"许氏疯了一般朝里面冲，熊熊大火仿佛要吞噬一切，入目皆是一片火红。

她的孩子啊！

第37章　太子疑惑

许氏倒在明德苑前。大火噼里啪啦地燃烧着。她挣扎着要爬起来，这时，一道身影飞快地冲进烈火中。

"殿下！"侍卫吓得面色大变。

正巧大门处的横梁落下，竟直接将众人挡在门外。

灼热的火焰一点点侵蚀谢承玺的肌肤，少年眉头轻蹙。"陆朝朝？"他大声喊道。

太子冲入火中，侍卫纷纷变色，从四面八方涌入救火。

谢承玺不知寝屋在何处，但他隐约能听到断断续续的心声："该死……该死，全都该死……"

他一路朝着心声的方向冲去，只觉得浑身滚烫。径直推开寝屋大门，火光中，他以为自己看花了眼。

陆家那个残疾陆砚书好像踉跄着站起了身，和朝朝一起被笼罩在一层淡淡的浅色光芒中，烈火无法靠近分毫。

他年纪轻轻就产生幻觉了？

陆砚书已是强弩之末，可依旧死死抱着朝朝不肯松手。谢承玺清楚地看到小丫头怒气冲冲的眼神。小丫头总是一副讨喜和善的模样，此刻竟让人有些胆寒。

"朝朝，别怕，我来了！"谢承玺上前扶住陆砚书，让他往角落里躲，这才发现他浑身冷汗，面色惨白如纸。"朝朝别怕，承玺哥哥来了。别怕啊。"谢承玺急忙接过朝朝，轻轻抚着陆朝朝的头发安慰她。

也不知是不是他的错觉，他们躲在寝屋最里面的角落，面前是熊熊烈火，而一靠近朝朝，周身的灼热就渐渐减弱，甚至有一丝凉意。

"轰隆隆……"天空中炸响一声惊雷，瓢泼大雨自天边倾泻而下，又急又猛的雨点飞快地将火焰浇灭。

外头的百姓脚步匆匆地往回赶，一边跑，一边喊："奇怪，钦天监明明说近来半个月都无雨啊！"

烈火熄灭的那一刻，陆砚书放下心来，强撑不住，倒在了地上。

"砚书！朝朝！"许氏跌跌撞撞地冲进门，在废墟中瞧见孩子，心都要碎了，"殿下，多谢殿下，多谢殿下……"许氏冲上前，哭得不能自已。

太医早已冲上前来寻太子，太子摆了摆手："先看陆家大公子。"

太医蹲在地上给陆砚书把脉，神色有些狐疑。奇怪，陆大公子原本是残疾之身，血脉干枯，如今却……他还想再仔细探探，便听到许氏问："砚书如何？"

太医这才收回手："夫人，大公子并无大碍，只是吸入了一些浓烟，又心神紧张，晕过去了，好好养养便能恢复。"

他还想再把脉，便听到太子道："给小丫头看看。"小丫头怏怏地趴在谢承玺怀里，白生生的小脸上糊满了黑色烟灰。

"孩子无恙，只是被吓着了，似乎……情绪波动大，被气着了。"太医心里琢磨着，这小丫头的气性可真大。

许氏一听两个孩子无恙，紧绷的那根弦猛地松开，当即瘫软在地上。

"侯爷呢？"太子眉头紧皱，这府中竟连一个主事之人都没有。

"侯爷未归。"登枝抹了把泪，让人将主子们背回隔壁院落休息。

谢承玺只得亲自抱着陆朝朝出了门。"别怕，我们安全了。"谢承玺不由得想起方才小家伙那毁天灭地的疯狂眼神，小小年纪怎么会这么可怕，大概是吓着了吧？

"这小太子倒是个好人咧……这么好一个人，怎么被别人控制了呢？成了女主的裙下之臣……"陆朝朝幽幽地叹了口气,"真惨啊,多么勤勉的一个人,偏生冒牌货占了他的身子,用天下来谈恋爱!害得北昭生灵涂炭……"

谢承玺脚步一顿。控制,什么控制?占他的身子,用北昭基业谈恋爱?一股凉意直冲谢承玺的天灵盖,竟然有人假冒他的身份?

他还想继续偷听,可此刻小姑娘困得厉害,打着哈欠便趴在他怀里睡了过去。

陆远泽匆匆赶回府时,明德苑已经被烧成了一片废墟。

"侯爷,侯爷……"奴仆纷纷跪倒在地。

那滔天的火焰,隔着几条街都触目惊心。"砚书……朝朝,我的朝朝……"陆远泽站在废墟里,满脸哀痛,仿佛一下子苍老了好几岁。

小厮面色一僵:"侯爷,小姐被太子殿下救了,大公子也毫发无伤,只是明德苑烧毁了。"

陆远泽怔了怔,随即扑通一声跪在地上:"真是菩萨保佑,真是菩萨保佑。谢殿下救了砚书和朝朝……"他使劲地朝着太子磕头。

"陆大公子和朝朝好得很。只是……"谢承玺抱着朝朝,严厉地说道,"中秋休沐三天,侯爷竟忙得连侯府也不回,若是本宫晚来一刻,只怕侯爷的儿女皆要葬身火场了!"

陆远泽红着眼眶,只得不住地叹息:"臣谢殿下救之恩,谢殿下救命之恩……"今日他陪着姣姣吃了顿团圆饭,这会儿哪里解释得清?

"陆大人好自为之。"虽然谢承玺年仅八岁,但自幼便被作为储君培养,他哪里看不出陆远泽心虚?

太子将小朝朝还给了登枝。登枝红着眼睛说:"待夫人醒来,必定亲自向殿下谢恩。"

太子摆了摆手,原本他只想来看看是谁放了一盏菩萨灯,引得全城百姓磕头参拜。谁知遇上陆家大火,更听到了朝朝的心声。这一趟来得值了。

"只要烧死我,就能把陆景瑶养在母亲膝下,太恶毒了!"许氏一睁眼,便听见小朝朝念叨,"哼,想要我腾位置,想得美!"

许氏红了眼眶,爬起身将朝朝抱在怀里,泣不成声:"娘差点儿失去你了,娘差点儿就失去朝朝了……"

第 38 章 触了逆鳞

陆朝朝被许氏紧紧抱在怀里。小家伙笨拙地抬手摸了摸母亲的头发:"不……怕……凉凉,不……怕。"许氏哭得更厉害了。

"夫人，侯爷在门外。"登枝低声说道。

"让他滚！滚出去！"许氏恶狠狠地说道，眼中出现一抹杀意，曾经爱得多么深，此刻就恨得多么强烈。他竟然敢对朝朝下手！

门外的陆远泽也听到了许氏的声音，内心十分不悦。这段时日，许氏当真和过去不一样了，是他太宠着她了！反观姣姣多么温柔体贴，景瑶多么聪慧贴心……

"芸娘，谁能料到会失火？这段时日，我会搬回侯府，好好照顾你们母女。"陆远泽强压着火气说。奇怪，明明说好的烧听风苑，怎么明德苑却着火了？

昨夜，许府便声称抓到了纵火之人，说是内院厨房的小厮，许氏责罚了他，他怀恨在心。

"哼，那小厮娘子二舅舅的儿子是陆景淮的书童。呜呜呜……烧死大哥的话，他抄袭的事就死无对证了。"

许氏眼神闪烁："朝朝，昨夜是大哥护着你吗？"

陆朝朝笑眯眯地点着头："好……大锅……走……走！"她指着隔壁陆砚书的房间，满脸心疼。明德苑被烧毁，陆砚书搬到了听风苑。昨晚为了保护她，陆砚书竟然扶着墙站起来走了几步，双手都被烫出了血泡。

"砚书他……竟然愿意护着你。"许氏又欢喜，又心疼儿子受罪。陆砚书出事后，变得极其冷漠暴躁，不许任何人靠近。

许氏抱着朝朝去了隔壁。屋里堆着许多从明德苑抢救出来的东西。其中有小木马，以及儿童常用之物。

"这都是从明德苑拿出来的？"许氏满脸惊讶。

丫鬟点了点头："大多是小姐的东西。"

许氏更加惊讶："朝朝，你时常来见大哥吗？"

朝朝点了点头。

待见到陆砚书，许氏越发震惊了。原本瘦骨嶙峋的长子，如今气色竟然好了不少，若不是依然坐在轮椅上，半点也不像病人。

"包……大锅……锅，包抱……"许氏还未站稳，陆朝朝便朝陆砚书飞扑过去。

"哎！"许氏吓了一跳。陆砚书全身瘫痪，无法行动，哪里能抱她？

可是，当年被无数太医诊断瘫痪无医的儿子竟然抬起双手接住了女儿。

"怎……怎么……怎么会这样？砚书，砚书，你好了？"见女儿熟稔地窝在大哥怀里，许氏惊得回不过神来，眼泪哗哗落下，哆哆嗦嗦地靠近陆砚书。她已经有许多年不曾靠近长子，也许多年不曾见到他如此平和。陆砚书瘫痪后，拒绝任何人探视，不愿见到至亲眼中的绝望和痛惜。

"母亲，您辛苦了。"陆砚书嗓音温和，看着母亲，眼眶亦有些湿润。原以为爹娘和睦，没想到母亲活在欺骗之中，他怎么忍心让母亲独自面对！

他抬了抬手,昨晚烫伤了,还包裹着纱布。轻轻提了提腿,已经渐渐有了力气。只是要恢复到往日的程度,大概还需要半年时间。

昨夜陆元宵偷喝了米酒,一觉睡到天亮,此刻耷拉着脑袋上前抱走妹妹,让母亲和哥哥叙旧。"以后我再也不喝酒了。"呜呜呜,妹妹差点儿被烧死了。

陆砚书和许氏关了房门,屋内时不时传来许氏压抑的哭声。

"唔唔……"陆朝朝指了指门,"偷听偷听偷听!"

陆元宵直摇头:"男子汉大丈夫,才不做偷鸡摸狗之事!"

结果没一会儿,他便抱着妹妹,把耳朵贴在门上。

"母亲,他越在意什么,咱们便越要摧毁什么!"屋内隐隐约约传来大哥的声音,"不止如此,我们还要全身而退。望母亲瞒住砚书好转的消息,在他眼中,残疾之人没有利用价值,咱们才能出其不意!"

"他千不该,万不该,不该动朝朝!他们想害死朝朝,让母亲心神俱碎,好抱养陆景瑶!"陆砚书面色阴沉,"至于听到的事,咱们一定要守口如瓶,保护好她。"陆砚书和母亲对证之后才发现,他们竟然能听到朝朝的心声!

"哇,大哥是怎么知道爹养外室的?大哥真聪明……大哥威武,大哥霸气,我为大哥……哎哟……"

许氏猛地打开门,两个小家伙脸蛋着地,摔了个嘴啃泥。

"糟糕,偷听被发现啦……"小朝朝无辜地抬起头,伸出手指指了指陆元宵,"都是三哥抱着我干的……"

陆元宵龇牙咧嘴,过河拆桥的妹妹!

"不过,他们说'听到',到底听到什么、保护什么呀?让我听完整啊!"陆朝朝一脸不开心。

许氏和陆砚书对视一眼,又看了一眼陆元宵,心中猜测他也能听到。

果然,晚饭后,陆砚书将元宵叫到了房中,严令他不许对外人透露朝朝的心声,一家子这才安心。

第二日,许氏并未知会侯府,独自去府衙报了官。许氏有三品诰命之身,府尹极其重视,亲自接见。

中午,当着天鸿书院学子的面,陆景淮的书童被带走了。此时正是午膳之时,大门口人来人往。

清风霁月的少年郎,此刻眉头轻蹙:"请问官爷,这是做什么?我家书童所犯何事?"如今他已是秀才,见官不拜,又是京中有名的少年才子,官差也极给他脸面。

"忠勇侯府报案,陆秀才你家书童命人纵火,谋害侯府大公子。咱们这是要带他去问话呢。"官差顿了顿,"到时,或许还会召陆秀才问话,还望陆秀才配合。"

"竟有此事？"陆景淮拳头微握，"那陆某必定配合。"

陆景淮神色如常，身边的同窗王阅川却开了口："忠勇侯府大公子？就是八年前惊才绝艳的陆家长子？"

"说起来，你们都姓陆，文风又极其相似，当年你还得了个'小陆公子'的称号，莫不是什么亲戚？"身侧的周家公子周麟戏谑道。

陆景淮沉了脸，扭头便走。

第 39 章 好戏来了

"哎哎哎，景淮兄，我就是开个玩笑。"周麟和王阅川急忙追上去。

"景淮，你那书童怎么和陆府有纠葛，莫不是有什么误会？"王阅川问道。他知道这位陆小才子极其讨厌别人拿他与陆砚书对比。当年他考秀才时，有人看了他的文章，把他当成了陆砚书。

"不会连累景淮兄吧？再有半年就是秋闱，院长可指着你拿解元呢。"周麟是寒门子弟，为人清高。陆景淮交朋友不看重家世，在寒门子弟中颇有名声，周麟一向十分推崇他。

几人入了茶楼，坐在二楼俯瞰众生。

身边有人谈论："昨夜不知道谁放了个菩萨灯，害得老子跪了半夜……让老子抓着他，非打得他屁股开花！"

"不知道哪个兔崽子干的，我的家人连脑袋都磕肿了，还以为是菩萨显灵呢！"众人议论纷纷。

周麟眼中满是笑意："可笑死我了，昨夜满城都在拜，今天大家都想抓住那放灯的兔崽子。"

陆景淮坐在人群中，俊脸上布满阴霾。昨晚他娘押着他跪了一夜，求三元及第。丢人。

"说起来，昨儿忠勇侯府那场火可真大啊，也不知有没有烧死人。"

听到这里，陆景淮没心思用膳了，寻了个理由便与众人分开了。

待他离开，王阅川轻轻哼了一声："装什么啊？抢了陆砚书的未婚妻，还说没有恩怨？"

周麟眼珠一瞪："怎么回事？"

"当年陆砚书为了救落水的未婚妻，才成了残疾。现在和陆景淮定亲的就是当年落水的姑娘。"

周麟"啊"了一声："人家为救她而成了残疾，大好的前程都不要了，她竟然抛下陆砚书，又和景淮兄定了亲？"简直不可思议。

"满京城还吹嘘男才女貌，极其登对呢。"王阆川不屑道，"陆砚书成了残疾，谁会帮他说话？谁又愿意得罪天鸿书院院长的关门弟子、极有可能三元及第的少年才子？当然都捧着陆景淮了。"

"景淮兄糊涂啊，"周麟紧皱眉头，只觉得心中陆景淮的形象坍塌了，"他为人不俗，从不看轻寒门子弟，还自己注书，供人传阅，怎么这般糊涂！"说到这里，周麟叹了口气，一脸艳羡，"唉，我什么时候才能开窍啊？据说景淮兄十岁前还泯然于众人，十岁后作的文章却极有灵气，想是水到渠成了。"

"陆姓真是出天才，而且一连出两个。"周麟念念叨叨，丝毫没注意到王阆川意味深长的眼神。

此刻，侯府却气氛紧张。

"你怎么又去报官了？堂堂侯府主母，总是牵扯这种事！闹起来，你觉得侯府的名声好听吗？"老夫人咬牙切齿，"砚书和朝朝又没受伤！还不快去撤了！"

昨夜那么大的火，竟一个都不曾烧死！

"母亲这话说得好笑，有人火烧侯府，欲置我儿于死地，为什么不报官？"许氏眼神冰冷，"难道这火是母亲放的？"

她随口说的一句话吓得老夫人面色惨白。陆远泽匆匆赶来，听到这句话，也惊得眼皮子直跳。

"芸娘，你在胡说什么？砚书和朝朝是侯府血脉，你怎能怀疑母亲？岂不是伤了母亲的心？还不快向母亲认错！"

许氏淡淡地说道："就事论事，对人说人话罢了。"对鬼自然说鬼话。

陆远泽面红耳赤，老夫人更是一口气上不来！许氏什么时候变成这样了？

"既然是侯府的血脉，被人纵火谋害，我还不能报官，这是什么道理？"许氏似笑非笑地看着陆远泽，"侯爷，您说，我能不能报官？"

"怎么不能报官？当然要报官！只是怎么把陆景淮的小厮这八竿子打不着的人抓了？夫人，我知道孩子是你的心头肉，可也不能冤枉好人啊。"陆远泽叹息道。以前许氏多么乖顺懂事，现在怎么变得这般难缠了呢？

"自然是查出了干系。厨房小厮娘子二舅舅的儿子就是陆景淮的书童呀！"许氏嘴角轻勾，仔细地看着陆远泽的表情。这九曲十八弯的关系，若不是有朝朝，只怕谁也查不出来。

"怎……怎么会？"陆远泽一怔，他自己都不清楚这千回百转的关系，许氏竟然真的查到了！"他、他为什么要谋害砚书？"

陆远泽十分茫然。他确实不知道陆景淮抄袭了陆砚书的文章，他引以为傲的宝贝是个假货。他一直只想烧死陆朝朝，为景瑶腾出位置。

"上次老爷还说他品行高洁，要砚书为他做证。这就是品行高洁？听说他出身不明，一直只与母亲同住，搞不好是京城谁家的私生子呢！"许氏神情冷漠，嗤笑一声，丝毫不在意陆远泽眼皮狂跳，"也不知哪家人糊了心、瞎了眼，生出这么个劣根祸胎！"

"够了！"陆远泽难掩怒火，额间冒出细细密密的冷汗，"芸娘，他们虽有干系，但没有证据，咱们别冤枉了好人。"

此刻，他见许氏暴怒，也不敢劝许氏撤诉，只是急匆匆地出了府。

许氏眼睁睁看着他离开，贝齿将嘴唇咬出了血："虎毒不食子，他竟然连畜生都不如，我到底嫁给了一个什么人！"

"哼，爹又要找人捞陆景淮啦……他和礼部侍郎陈大人私交甚好呢，若不是有人帮衬，他能瞒您这么多年吗？"

陈大人，正二品的礼部侍郎？这不是她娘家引荐陆远泽认识的吗？

许氏气得发抖。

许氏陪着朝朝玩了半个下午，便听到登枝来报。

"夫人，书童一力承担罪责被拘，但陆景淮……有人作保。"对方显然颇有势力，登枝咽不下这口气，"要不回去请大舅爷吧？"

许氏摆了摆手："你过来……"

她俯身在登枝耳边轻声说了几句话，登枝的眼睛越来越亮。

"哎，夫人您真厉害！"登枝说完，便身形雀跃地出了门。

第40章　强势报复

傍晚，城中突然传来一声凄厉的惨叫。

忠勇侯府正在用膳。

"怎么回事？叫得这般瘆人……映雪，去看看怎么回事？"许氏被吓了一大跳。

老夫人不悦地看向她："堂堂侯府主母，什么阿猫阿狗的事都关注，许家便是如此教你的？"

"打起来了，打起来了！夫人，外面打起来了！"老夫人话音刚落，映雪便满脸兴奋地回来禀报，"夫人，城北在抓奸呢。说是有官爷养外室，正室抓到了外面的姘头，打得可激烈了。"

"奴婢还听说啊，那外室生了一儿一女，儿子是大名鼎鼎的才子陆景淮，女儿才七八个月吧，啧啧……"

"哐当！"老夫人和忠勇侯面色剧变，手中的餐具掉在地上摔得粉碎。

"你说谁被打了？"陆远泽强装心平气和，此刻声音都在发抖。

"城北巷子里的一个妇人……不对，狐狸精，说是礼部侍郎养的外室，生了一儿一女。女儿才八个月，骂人利索得很，指着礼部侍郎的正室秦夫人骂。哎哟，气得秦夫人扇了她一个大嘴巴子！"

老夫人身子一抖："去看看，去看看……"

"母亲，别脏了您的眼睛！您可是侯府老太太，怎么能去看这等肮脏事？"许氏急忙"好意"劝道，用方才老夫人自己的话尽数堵了回去，"那外室不要脸皮，在外面给男人生儿育女，这等贱坯子，您去看什么？"

老夫人推开许氏，眼睛充血："放开！我去看看！"

许氏默默退了下去，掩下眼中的笑意。

"带我带我，带我去看看！"陆朝朝急得扒着床沿站了起来，胖乎乎的腿肚子直哆嗦，"我也要看，我要看！不带我就撒泼了！我要翻脸了！"

"哎哟我的小祖宗啊，这种热闹也是你能凑的吗？"登枝瞧见她那急切样儿，就知道她在想什么了。

"呜呜呜，你们不让我去，我就爬出去……"陆朝朝翻下床，手脚并用地往门口爬去，院子里的狗都被她吓了一大跳。

"快抱朝朝起来，地上凉。带她远远看看吧……"许氏无奈至极，只得将她带上。

忠勇侯全家出了门，一路朝城北奔去。许氏看着陆远泽轻车熟路的模样，心头冷笑。

半个时辰后，到了巷子外，看热闹的人已经围得里三层外三层，皆是满脸意味深长。

"哎呀，难怪上次被雷劈，合着上天都看不下去了。"众人讥讽连连。

屋子里头不断响起裴姣姣的哭声，还有秦夫人的怒骂："你没男人活不下去吗？竟然出来偷老娘的男人！还养出这么大的儿子！老不死的东西！老娘在府中操持家业、侍奉公婆，他竟然养外室，享齐人之福！"

今年秦夫人四十二岁，膝下只得一女，没有儿子是她心中的痛，此刻气得眼睛都红了："陆景淮，你竟然也自称才子？"

许氏听到这些话，笑眯了眼，简直骂出了她的心声啊！

陆远泽和老夫人却如疯了一般将围观之人挤开。

裴姣姣面颊红肿，神色悲戚："没有，我没有！我不是陈大人的外室！"

"你说，你不是外室，那你的相公是谁？"秦夫人神色倨傲，"你倒是说啊！"

裴姣姣浑身一抖，她不能说。

"死……你们……全……都要……死！"八个月大的陆景瑶气疯了，她凄厉的哭声

· 089

让秦夫人越发不悦。这孩子八个月便能言语，虽然说得磕磕巴巴，但神色间的愤恨让人心头发寒。

秦夫人一巴掌朝着陆景瑶扇去："妖孽，这孩子是个妖孽！"秦氏看着陆景瑶，这孩子的眼神仿佛大人，格外违和。

"景瑶！景瑶！你们敢伤害我的孩子？"裴姣姣被秦氏带来的人死死按住，此刻双目通红，"景瑶才不是妖孽！"

"有什么不敢的？私生子竟然也敢招摇过市，真是可笑。"秦氏不屑地看向陆景淮。少年的背挺得笔直，瘦削的身形扛住了一切打击，眸子古井无波，静静地看着她。

裴姣姣这两个孩子……秦夫人有些不舒服："给我打断孽种的骨头，看看他的骨头到底有多硬！"

"不！不！"裴姣姣声音惊恐，凄厉地惨叫。

陆远泽瞧见眼前这一幕，几乎晕死过去。他算计着许氏的一切，却从未想过裴姣姣会提前暴露在众人眼前。

"住手！"陆远泽大喝一声，让侍从给裴姣姣拿来衣物，瞧见儿子脸颊青肿，满身傲骨仿佛瞬间粉碎，陆远泽心头颤抖。

老夫人双手发颤："作孽啊，作孽啊，孩子是无辜的。"

秦氏嗤笑一声："老太太，这可不是你们那穷乡僻壤。"

老夫人面色铁青，她最忌讳别人提及她的出身。

"陆侯爷倒是怜香惜玉，怎么，您也和她有一腿？"

"秦夫人慎言！"陆远泽皱着眉头，他为人端方儒雅，看起来格外正派，"秦夫人，或许其中有什么误会？"

秦夫人瞥了他一眼，从怀中取出一张纸，施舍似的扔给裴姣姣。

第 41 章　气晕

"误会？她住的宅子在我相公名下；她那孽种陆景淮就学于天鸿书院，乃我相公举荐；就连前些日子，他的书童找人火烧忠勇侯府，试图害死陆家长子，都是我相公救他出来的。"秦氏嗤笑道，"陆侯爷可真大方，任凭杀人凶手谋害自己的儿子，还保护对方呢，说你们没一腿，大家信不信？"

陆景淮额间青筋暴起，仿佛被困住的幼兽。

"夫人，夫人，夫人……"人群外传来急促的呼喊声。陈大人官帽都没戴稳，急匆匆地冲过来，今年他已四十三岁，胡子都白了大半："大家散了吧，散了吧，此事乃误会、误会。"

陈大人急忙让奴仆清场，将所有人赶走。但众人远远观望着，目光中满是戏谑。"陈大人老当益壮啊。"甚至有人大声调侃。众所周知，陈大人是个"妻管严"。

陈大人急忙上前哄着盛怒的夫人："夫人，这全是误会。我与裴夫人毫无瓜葛啊。"他看了一眼陆远泽，眼底闪过深深的埋怨。陆远泽呼吸逐渐粗重。

"毫无瓜葛？这宅子可在你名下，给陆景淮作保的也是你吧？陈有粮，我可真是看错你了！你竟敢背着我乱搞，还搞出了孽种！"秦夫人气得上前便挠他的脸，"孽种也就罢了，你竟然任凭他在京城混得风生水起，你这是在打我的脸！"

陈大人捂着脸不断求饶："不是我，真不是我！我……"陈大人伏低做小地哄着妻子，心头气愤难当，可碍于陆远泽在场，又不好解释。

许氏站在拐角处，面色平静地看着这一幕。看着陆远泽极尽克制，看着奴仆将裴姣姣扶起来。看着那一家人面子、里子掉了个精光。

"夫人，有事咱们回去再说吧？夫人，有什么我们回去再说……"陈大人小心翼翼地哄着。

秦氏恨恨地看了一眼裴姣姣："回去好好跪着反省。"秦氏是出了名的母老虎，当年陈大人一朝升官，与人喝花酒，愣是被秦氏抄着擀面杖，一路从青楼里打出来，连裤衩子都没来得及穿，撅着腚满街跑，因此还被皇帝冷落了三年。此后陈大人再也不敢招惹她了。

此刻陈大人也不敢招惹她，有些愠怒，却不敢反驳。

"裴姣姣，平日里瞧你穿得端庄大方，你的儿子一副望族嫡子的模样。真不知你们哪里来的脸？就你也配？"此刻秦氏倒看出了些猫腻，陆远泽满脸愠怒，老夫人心疼得落泪，而她相公呢？几十年夫妻，她哪里看不出来她相公只是替人顶锅呢，真是个蠢货。只怕连她今儿抓奸都是着了人家的道。

不过……那又如何呢？秦氏摸了摸鬓间，她就是看不惯，是不是她相公的外室又如何？就当替不认识的姐妹打两巴掌。

"行了，我也不为难你，"她从兜里掏出二两银子，直接甩到裴姣姣面前，"就当替老爷们赏你的。他们要是喜欢，一顶小轿子抬回府上做姨娘不就得了？何苦出来偷呢？"秦氏语带讥讽，看了一眼陆远泽。相公在外面另安了一个家，儿女双全，并且儿子名声极好。换作是她，想想都要气炸了。

再深想，前不久，那陆景淮的书童买凶杀人。这……只怕是随时准备取代正妻的位置啊！

"别再让我看见你，走！"秦氏厌恶地扫了一眼，带着人大摇大摆地走了。

陈大人回头看了一眼陆远泽，便小步追赶秦氏去了。秦氏坐着轿子，他甩着老胳膊老腿，跑得满头大汗。

待众人离开，裴姣姣才捂着脸哭出了声。

"景淮……景淮……"她看着陆景淮，格外担忧。

陆景淮性情清高，在外从不敢暴露自己的身份，如今被人当众踢下云端……陆景淮漠然地看着母亲和陆远泽，大庭广众之下，甚至不敢叫一声爹。

"我的景瑶，我的孩子啊……"裴姣姣的头发都被人扯散了，抱着孩子满腹委屈。

众目睽睽之下，陆远泽却不敢再靠近了。"裴夫人怕是要请大夫来看看。"他低声说道，冲裴姣姣使了个眼色，便带着不愿走的老夫人匆匆离开了。

"冤孽啊，冤孽啊，都是毒妇，怎么忍心害我孙儿孙女……"老夫人小声哭泣。

陆朝朝高高仰着脖子，试图看远一点："哼，叫你们害我娘，叫你们害我娘！活该！"她的小胖手鼓掌鼓得手心都红了。

许氏脸上带着浅浅的笑意，眼神落在裴姣姣门前，却极其冷漠：既然你敢对我的孩子下手，那就别怪我无情。

许氏敢爱敢恨，但也有底线。即便恨得咬牙切齿，也从来没想过对裴姣姣的两个孩子下手。孩子无法选择自己的出身，他们是无辜的。

如今，她却不必再顾忌了。

"太好了，陆景瑶被当街扇巴掌咯……"朝朝欢喜得在登枝怀里直蹦跶，"哼，她怎么不是妖孽？小小的身体里住着成年人的魂魄。嘿嘿，现在全京城都知道她家见不得光咯，看他们还怎么嚣张！"

许氏摸了摸朝朝的脑袋，在她脸颊上亲了一口。

虽然书童一力承担纵火一事，但他们也遭到了更重的报复。这稍稍解了许氏心中之气。她仔细想来，只怕陆远泽还不知道陆景淮的才子之名是偷来的，那么，她暂时不想将陆景淮从神坛上打落下来。

唯有这般，她才有机会带走几个孩子。她的孩子被视为侯府的耻辱，等到和离之日，便是他们大放光彩之时。

而他们回到侯府后，老夫人已经气急攻心，晕了过去。

第 42 章　逃回娘家

许氏慢吞吞地过去侍疾，还未进门，便听到老夫人怒骂："毒妇，毒妇！一群毒妇！他们怎么忍心啊，两个孩子聪慧至极，他们怎么敢！"

老夫人气得心肝生疼。待许氏进门，她又住了嘴，只是脸色极其难看。

"这是谁惹母亲生气了？"许氏眉头微蹙，"我早就劝母亲别去看这些肮脏事，母亲定然气坏了。放心，咱们家可没有这些事。"许氏"亲昵"地笑笑，顺手给老夫人斟了一盏茶。

"我不过是可惜那两个孩子。毕竟他们没办法选择自己的出身。"

许氏眼眸微暗，哼，没办法选择自己的出身？可一个选择剽窃砚书的文章，还想烧死砚书；另一个试图取代朝朝，试图害死许家满门。

"母亲，您这可就错了。上梁不正下梁歪，那外室生的孩子也不知道品性如何，况且谁知道那孩子是不是正主的呢？"许氏轻笑。

老夫人面色微变，不悦地看了一眼许氏："你啊，别提外人了。远泽有半个月没回府了吧？你可要好好伺候远泽，妇道人家，多体谅体谅爷们儿，女人受些委屈又如何？"

"这女人嫁出门，就不是娘家的人了。你爹娘年迈，也别总是麻烦他们。"老夫人拍着许氏的手，语重心长，"这男人啊，就算犯了错，咱们做女人的也要大度，也要反思是不是自己做得不够好。当年远泽顶着多大的压力娶你回家，你说是不是？"

许氏抿着唇没说话。这时听到门外匆匆来禀。

"老太太，晚意姑娘回来了……"传话的丫鬟表情不太好看。

"这不逢年过节的，她回来做什么？"老夫人寻思，难道是听到裴姣姣受辱，特意回来的？

许氏却端起茶杯，遮住了微勾的唇角。

"开场了，开场了！大戏要开场啦！"陆朝朝趴在登枝怀里，眼珠子瞪得溜圆，激动地从怀里掏出两根磨牙饼干，一副看好戏的模样。如今，她那兜里藏着许多宝贝，不许丫鬟们看。

许氏莞尔。她的朝朝真是个活宝。

陆晚意刚进门，一瞧见老夫人，哇的一声便哭了出来。

"娘！"陆晚意泣不成声，跪倒在老夫人跟前。

老夫人大惊："这是怎么了？"她对这个老来女格外疼宠，此刻见陆晚意进门就哭，心都要碎了。

陆晚意哭得眼睛红肿，抬起头来，脸上印着硕大的巴掌印。

"这是谁打的？"老夫人大怒。

陆晚意眼泪哗哗直流，哪里还有出嫁前的骄纵任性？不过三个月的工夫，竟然瘦了一大圈。她轻咬着下唇，抽噎着说道："关上门。"丫鬟对视一眼，纷纷退了出去并关上了门。

陆晚意一件件褪下衣衫，老夫人惊得差点儿跳起来。

侯府窘迫，但许氏陪嫁极多，这些年大把大把砸在陆晚意身上，养得她一身肌肤犹如羊脂白玉。可现在……全身上下遍布鞭痕，新伤添旧伤，纵横交错，触目惊心。有的已经结痂，有的还鲜血淋漓，衣裳沾着血迹，撕下来一大块皮，痛得陆晚意满头大汗，哭声不止。

老夫人浑身抖得厉害，震惊地哀号："是谁？是谁胆敢将你伤成这般模样？"老夫人的心尖都在颤抖，昨儿还未平息的怒气，此刻又被挑了起来。她也并未留心，最近几次暴怒，自己的手脚都隐隐麻木，只是轻轻地抖了抖手。

以往许氏担心她中风，总是照顾她的情绪。此刻许氏看到她这个动作，脸上却露出浅浅的笑。

"是顾翎，是顾翎！"陆晚意神色悲戚，"他骗我，他装出一副端方君子的模样，实际上却……却是个疯子！"陆晚意近乎绝望，成婚以后，顾翎暴怒时，总会扇她巴掌，清醒后又跪在她身边认错，极尽温柔。她一点点被迷惑，拖了三个月，谁知道顾翎却越发无所顾忌，这一次将她绑起来，打得她浑身是伤，好不容易才逃出来。

"嫂子，嫂子，我知错了，都是晚意不知好歹，晚意辜负了您的良苦用心，晚意知错了。"陆晚意跪在她脚下，哪还有前段时日给许氏捎口信的嚣张？"那顾翎就是疯子，人前君子，人后疯子。在外受了气、受了委屈，回家便打女人。他的童养媳便是被他活生生打死的。娘，他会打死我的！"陆晚意想起顾翎狠戾的模样，便浑身起鸡皮疙瘩。这次她是逃出来的，她不能再回顾家了。

老夫人心疼得不行，这才想起许氏："芸娘啊，你做主，让他们和离，让他们和离！这是要把晚意磋磨死啊！打女人的男人要不得，必须和离！"

"活该！爹打我娘，你要我娘反思……现在自家女儿被打，就要讨公道，还要和离……"

"娘，话不是这么说的。"许氏叹了口气，神色忧愁，"这夫妻打架哪里当得真啊？床头打架床尾和，一时气话，当不得真。况且姑爷是个男人家，在官场受了气，女人受着点，也能分担。再说了……"许氏一边抬头，一边看向呆滞的陆晚意："晚意性子骄纵，嫁给谁都要磨一磨的。姑爷之所以打她，想来是她做得不对，是她犯了错。晚意改了不就好了吗？"

"宁拆十座庙，不毁一桩婚，我可不做棒打鸳鸯的恶人！"许氏摇着头，一脸拒绝，甚至劝着陆晚意，"晚意，你也是，母亲年纪大了，你别拿这些事刺激她。嫁出去的姑娘泼出去的水，这日子啊，咱们娘家不能掺和一辈子呀？你说是不是这个理儿？这可是晚意和娘教我的啊。"许氏将当初的话尽数还了回去。

"娘亲威武霸气，娘亲干得漂亮！"小家伙又想鼓掌，登枝飞快地按住了她的手。

第43章 朝朝后台多

"你？你！"老夫人气得一口气差点儿没上来，"你好狠的心，怎么能说出这种话？你看看晚意这一身伤，你怎么如此恶毒？有你这么做嫂子的吗？"老夫人双目赤红，只觉得许氏其心可诛。

许氏却淡淡地说道:"娘,这不是晚意亲口说的吗?男人怎会无缘无故打女人呢?必定是女人做错了事,活该被打。娘,这可是晚意告诉我的。还是说,我被打就是活该,晚意就不行了?"许氏脸上露出一丝苦涩。

"果然,这不是亲生的就是不一样。我进门时,娘说要拿我当亲女儿养着,原来是骗我的!"许氏抹了抹眼睛,一副受伤的模样,捂着脸便冲了出去。

大门砰地打开,门口的丫鬟不自觉地往屋内一瞥,便瞧见了衣衫不整、满身伤痕的陆晚意。

"废物,背过身去!"陆晚意尖叫一声,扯着衣裳遮挡住身体。

登枝将难过的事想了一万遍,才死死压住嘴角的笑,还伸手捂住了陆朝朝的嘴巴。陆朝朝笑得太开心了,嘴角都咧到了后脑勺。

登枝追着夫人跑了出去。刚回院里,陆朝朝便听到母亲说道:"这年轻小夫妻就是不行,吵了架怎么能往娘家跑呢?新婚燕尔,可莫要让姑爷担心才是。让人去请姑爷,就说晚意回娘家了,让他把人带回去。今年老太太病了几回,可别又惹得老太太生气。"

许氏这一手玩得连陆朝朝都瞪大了眼睛:"娘亲可真厉害哇,陆晚意拼死拼活才逃回家,现在娘家又把她送回去了。"

"朝朝会不会觉得娘心狠手辣呀?"许氏见朝朝在场,不由得叹了口气。

"我娘天下第一心善,多善良啊!"朝朝眨巴眨巴眼睛,"以前他们就是吃定了娘亲善良,哼……是他们太过分了!"

许氏心头暖热:"娘要去看长公主,你可要一起去看看?"

陆朝朝手一伸,便扑进了许氏怀里。她记得,长公主肚子里的宝宝还是自己赐的呢。

天气寒冷,登枝早已给朝朝备下许多冬衣,将朝朝打扮得极其可爱。"奴婢就没见过比朝朝小姐更好看的孩子。"所有人都想来伺候小姐,小姐性格好,不哭不闹,乖巧又懂事。

陆朝朝是二月出生的,如今满打满算有八个月了,嘴里长出了两颗小乳牙,娘胎里养得好,又时常吸收天地灵气,已经能扶着墙走几步了。天气变冷,小家伙被裹得像球似的,许氏几乎抱不住。

"时间过得真快啊,也不知政越何时回来?"许氏想起久久不曾归家的二儿子,心头有些惦记。

"将近年关,只怕二公子也在往家赶呢。想来不久就能归家。"登枝劝道。

"二哥?我那蠢货恋爱脑二哥啊……"

听见陆朝朝这句心声,许氏的心瞬间提了起来,但半天也没听见下文,只得作罢。

许氏抱着朝朝上了马车，不多时便来到了公主府。

"夫人快里边请，长公主等您许久了。今年这天气当真冷。"嬷嬷早已候在大门前，迎着许氏进了公主府。

"今年有大暴雪，天灾啊，唉……"小家伙的心声有些失落。许氏心里一动，郑重地记下此事。

屋内烧着银丝炭，进门便暖和起来。

"芸娘别多礼。"许氏还未行礼，便被长公主拦了下来，见地面上铺着羊毛毯子，她便将陆朝朝放到了上面。

怀孕五个月的长公主肚子格外大，整个人都变得柔和起来，她含笑看着陆朝朝，朝她伸出手："朝朝，还记得姨姨吗？"

陆朝朝飞快地爬到长公主身边，指着长公主的肚子，点着头，小声道："俩。"摇头晃脑地竖起三根手指头，想想觉得不对，又竖起两根手指头。"朝朝……朝朝，给的！"小家伙奶声奶气地说道，小胸脯拍得啪啪作响。

"姨姨知道。"长公主急忙点头，"这是你我的秘密，对不对？"做了那个梦之后，长公主便有了身孕。三个月后，太医诊断出她怀的是双胞胎，更不由得她不信。朝朝说两个就是两个！

"你们嘀嘀咕咕说什么悄悄话呢？"许氏狐疑地看着女儿。

朝朝笑眯眯的，什么也不说。长公主却叹息一声："本宫成婚十几年不曾有子，现在终于怀了这个孩子，便有朋友几次三番来打听。"

"那位夫人膝下有个病弱的小姑娘，自此再无子嗣，如今已四十二岁……她曾哀求本宫，想要个怀孕的方子。不拘男女，给女儿留个依靠也好。"家大业大，女儿病弱，若爹娘走了，只怕要被族亲吃得连骨头渣都不剩。

瞧见许氏紧张的表情，长公主急忙道："未经你同意，我可不会告诉她。"

许氏知道朝朝有些异于常人的法子，但不愿让朝朝博前程，生怕反受其害。

长公主见她抗拒，也不再请求，只是解释道："那秦夫人是个好人，就是命不好。成婚后，陈大人被人刺杀，是她替陈大人挡了一刀，自此伤了元气。后来陈大人官至侍郎，人虽糊涂，倒始终敬着她。"

许氏微微坐直身子："是礼部侍郎的夫人？"

长公主惊奇地看着她："你知道她？"

许氏颔首。陆朝朝扶着椅子缓缓站了起来，嘀咕着："是那个好心的夫人，帮她，帮她！朝朝愿意帮她！"

许氏嗔怪地瞪了陆朝朝一眼，陆朝朝却一脸乖巧地看着她。她只得顿了顿："那……不管成不成，此事都不能往外说。"

"本宫还不明白这一点吗？"长公主见她神色松动，心里猜测怕是有什么缘故，但也不再深究，只让人去请秦夫人。

秦夫人来得很快，行完礼，便瞧见长公主脚下坐着个女婴，头发扎成一对小鬏鬏，看上去还不足一岁，生得一副好相貌，让人见了便心生欢喜。

"喏，你要的生子秘方。"长公主朝着地上的奶娃娃努了努嘴。

秦夫人瞪大眼睛，一脸惊奇：我读书少，你可别骗我！

第 44 章　搬起石头砸小姑子的脚

"本宫还能哄你不成？"看见秦夫人的表情，长公主嗔怪地说，"这位是忠勇侯府的许夫人，这是她的女儿陆朝朝。本宫这一胎就是问朝朝要的。"她说着，还伸出两根手指。"要了俩。"菩萨都没朝朝管用，现在她已经改拜朝朝了。

秦夫人听到"忠勇侯府"，眼皮子跳了跳。瞧见许氏端庄贤惠的模样，心中对忠勇侯更加厌恶：家中贤妻你不爱，外面的骚狐狸倒是藏得好。

许氏站起身，朝着秦夫人深深地行了大礼："上次多谢秦夫人相助。"

"不碍事，顺手而为。"秦氏大喇喇地摆了摆手，又顿了顿，"许夫人，当断则断啊。"秦氏对许氏十分同情，瞧着陆侯爷将那一家人放在心尖上的模样，她就心寒。

许氏点了点头。长公主有些狐疑："你们认识？"

"因缘际会，颇有意思。"见许氏不愿透露，长公主便不再问了。

"哎哎哎，我说你们可别消遣我啊。我在护国寺磕了一千个头都没求来孩子。"秦氏与长公主关系不错，说话百无禁忌。她落寞地摸了摸肚子，这世道对女子不公平，她只想尽力给女儿留个依靠。

她上前抱起陆朝朝："朝朝，可愿给姨姨一个孩子？姨姨愿一生食素，为你点长明灯，供奉你。"秦氏说得极为认真，她知道长公主从不随便开玩笑，不管听上去多么离奇，她都想试一试。

陆朝朝伸手在她眉心一点，一道灵气没入她的识海之中，到达七经八脉。"妖妖……迪迪，还是妹？"小家伙吐字不清，认真地问道。

秦氏将陆朝朝抱在怀里："一个健康的儿子吧。"她的女儿体弱，要生养怕是很艰难。她不愿女儿受罪，不愿将女儿嫁出去，这些年也受了些非议，若没有儿子，将来府中的产业只怕要被族人瓜分干净。

陆朝朝点了点头，朝着秦氏咧嘴傻笑："好好……好！"她要报答秦氏。

"这就成了？"秦氏有些惊讶地摸了摸肚子。

长公主白了她一眼："回去找你相公吧。"

秦氏"扑哧"笑出了声，但当着陆朝朝的面，也不敢说得太露骨："朝朝啊，若姨姨能怀上，我秦陈两家的大门永远向你敞开。"秦氏是将军之女。

长公主不甘示弱："长公主府的大门也永远为你而开。"她甚至解下了腰间的玉佩，要赏给陆朝朝。

"这……这太贵重了，不能收。"许氏起身推辞。

长公主摆了摆手："这又不是给你的，是给咱家朝朝的。朝朝快拿着。"

小家伙摇摇晃晃地接下玉佩挂在了腰间，一脸开心："好……好看。"

"待姨姨怀孕，姨姨也送你秦陈两家的信物。若是那狗东西欺负你……"秦氏眉毛微挑，轻笑一声。

陆朝朝将圆乎乎的肚子拍得咚咚直响："生生……生！"

许氏一直待到晚上才回侯府，刚进门便听见陆晚意凄厉的哭声。

"我不回去，我绝不回去！我不回家，娘，娘，救救我……"陆晚意脸色煞白地被粗壮的婆子押住。

这会儿是老夫人吃了药昏睡的时间。

顾翎穿着一身青衫，一副君子模样："嫂子，我来接晚意回家了。晚意骄纵任性，给你们添麻烦了。"他看向陆晚意的眼神温柔体贴，而陆晚意却吓得浑身直哆嗦。

"嫂子，嫂子，我知错了，嫂子，求您救救我！"陆晚意小心翼翼地求着许氏，"若嫂子救我，我便告诉嫂子一个秘密。好不好，嫂子？"她试图讨价还价。

许氏心寒。陆晚意从头到尾都知道真相，却从未想过告诉自己，如今自身难保，才愿意开口。可她……已经不需要了。

"晚意，嫂子对秘密没兴趣。这夫妻哪有不吵架的？床头吵架床尾和，嫂子都懂。"许氏"大度"地开口，"姑爷，晚意被我们宠坏了，劳烦顾家好好教一教这规矩。陆家啊，没有意见。不信您问问侯爷，这陆家姑娘没教好，损的是陆家的脸面。"

陆晚意如坠深渊。而顾翎笑着看她："谢嫂子理解。"

待两人离开，许氏淡淡地说道："以后顾家来信一律送到我院内。今年老太太病了好几回，再受刺激，只怕要中风。"她的目光严厉地扫过下人，"若谁打扰老太太养病，仔细你们的皮！"

下人们战战兢兢地跪下："是。"

许氏用了晚膳，老夫人才悠悠转醒，听到陆晚意被姑爷接回去了，大惊失色，仔细传人问话，听闻两人"恩恩爱爱牵着手"回去，这才松了口气，又遣人去顾家问陆晚意的陪嫁丫鬟。如今，陆晚意的两个陪嫁丫鬟都成了顾翎的通房，自然都按顾翎吩咐的回话。

此事就这么瞒过去了。

晚上，陆远泽又来德善堂劝老夫人："让妹妹好好过日子。状元郎是男子，是朝臣，犯了错怎能让他下跪？让她收敛些脾气，还当在娘家一般任性吗？"

老夫人不安地问道："那顾翎当真值得托付？"

陆远泽眉头一紧："娘，顾翎乃新科状元，陛下正器重他，怎么不值得托付？"

老夫人有些不悦："都是你那媳妇容不得晚意，非要把晚意送回顾家。"

她原以为陆远泽会和她一同斥责许氏，哪知陆远泽却来了脾气："娘，当初芸娘拦着，是您和晚意执意要嫁！况且晚意和顾翎新婚，就气冲冲地回娘家，让外人怎么想？"

陆远泽说完，扭头出了德善堂。他有些烦闷，这几日，裴姣姣也不省心。

路过听风苑的垂花门，听到屋内欢声笑语，陆远泽心头说不清什么滋味。从求娶许氏开始，他便布下了一场骗局。而此刻瞧见坐着轮椅的陆砚书、憨憨傻傻的陆元宵、八个月大只会卖萌骗肉吃的陆朝朝，他轻轻叹了口气，转身离开了。

要怪只怪许氏的孩子不成器。

待陆远泽离开，陆砚书抬头看向门外。

屋内烧着银丝炭，陆朝朝昏昏欲睡，露出了雪白的小肚子，许氏急忙给她盖好。

"又……吃又……吸溜吸溜……"她在梦里一边念着肉肉，一边吸溜口水。

陆砚书森冷的眼神触及朝朝，变得温柔又安详。

第45章　火化真香

"呀……娃娃……"陆朝朝抱着手中的玩偶亲了又亲。

"昨儿夜里，砚书给你做的。"许氏满脸无奈，表情还有些嫌弃，"怎么做了个这么丑的娃娃？一只眼睛，张着血盆大口，真丑……"

"哼！"陆朝朝大眼睛瞪得溜圆，脸颊高高鼓起。

登枝笑道："这是小姐画的，大公子特意照着做的。"

许氏了然一笑，想要哄哄她，小家伙却气性大得很，嘴里叼着丑娃娃，手脚并用地往外爬。

"让她爬吧，九个月的孩子多爬爬对身子好。等年后换下厚棉袄，她就能走路了。"登枝劝道，"映雪、觉夏，你们跟着小姐。"

陆朝朝戴着手套，爬起来毫不费劲，就连遇到府里路过的狗都能嗷嗷吵上一架，爬累了，又扶着墙站起来走几步，不知不觉爬进了德善堂。

屋内传出阵阵馥郁，这是长期点香烛的味道。

陆朝朝"吭哧吭哧"推开小佛堂的门。佛堂常年关着门窗，有些阴暗。门口放着一个蒲团，中央点着香，烟雾缭绕，隐约能看见供奉的菩萨像。

"小姐，咱们回去吧，万一被老太太发现了，她要生气的。"映雪小声道。

陆朝朝看了她一眼，飞快地爬上凳子，又爬上供桌，想了想，将菩萨推到一边，将小丑娃娃放了上去，高矮正好与菩萨像差不多。她咧着嘴，笑得露出两颗乳牙，又转头拉了拉映雪的衣袖。

"啊？您让我把佛像带走？"映雪瞪大了眼睛，要是老夫人发现了，怕是会当场气死。

陆朝朝微噘着嘴，皱起两条眉毛，小脸上满是祈求，双手合十："拜托拜托啦……"忽闪忽闪的大眼睛，浓密的睫毛像两把小刷子似的，谁能抵抗得住啊？

觉夏胆子大，拿起菩萨像便藏在怀里。陆朝朝张开手，映雪赶紧抱起她。主仆三人偷偷跑了出去，躲过巡逻的侍卫，贼兮兮地回了听风苑。

路上见湖里有一只落单的小鸭子，大概巴掌大，陆朝朝喜欢得直叫唤，映雪便将鸭子捡起来带了回去。

"这天寒地冻的，哪里来的小鸭子？"许氏问道。

"湖里捡的，真可爱。"小鸭子白色的绒毛摸起来极为舒服，陆朝朝把它当成宝贝，抱起来在脸上贴了又贴。两个小家伙简直可爱到犯规。

"次、次……神马？"陆朝朝问小鸭子，拿出自己兜里藏的小点心想喂给它。而小鸭子看了一眼，就撅着屁股走了。

"小鸭子要吃粮食呢，登枝，给它端些来。朝朝要玩，给它洗干净点。"

小鸭子被洗刷得干干净净，浑身散发着香气。这下陆朝朝更喜欢了，就连晚上睡觉都要把小鸭子放在旁边，甚至准备了两个枕头，她睡一边，鸭子睡一边。

"小姐，鸭子不能睡在床上，这多……多脏啊。"映雪一脸纠结。

陆朝朝指了指鸭子："好……盆友，一、一起……"说完，连枕头都不用了，把小鸭子圈在怀里，没一会儿就睡了过去。

映雪几次想把鸭子拿开，可一有动静，小主子就迷迷糊糊地醒来，最后只得作罢。

第二天一早，陆朝朝睁开惺忪的睡眼，"哇"的一声哭出来。

"凉！"陆朝朝一把鼻涕一把泪，一边哭，一边指着浑身僵硬的鸭子，"呜呜呜呜……压、压……死了！呜呜呜呜……"

众人哭笑不得。其实昨儿拿回来的时候，许氏就发现这鸭子病恹恹的，只怕养不活。

"别哭了啊，你也不是故意的，我们把小鸭子埋了好不好？"许氏哄着她。

陆朝朝哭得鼻涕冒泡，双眼红通通的，小手指着地上："冷……"

"那我们把它火化了好不好？"许氏见她哭得伤心，抱起来哄道，"让它下辈子投胎当人，到时候再和你一起玩。"

见映雪拎起小鸭子往外走，陆朝朝从许氏怀里挣扎着跳下来："呜呜呜，我要去送一送……"困在婴儿的身体内，她实在控制不住自己的言行，渐渐回归本性，真的成了个顽童。

"看着她，天寒地冻的，别受了风寒。"许氏只得吩咐丫鬟。她正忙着看信，游学在外的次子陆政越来信，说三日后归家。许氏喜出望外。陆政越十六岁了，还是第一次离家这般久。

没一会儿，映雪抱着陆朝朝回来了。陆朝朝满脸黑漆漆的，刚哭过的眼眸犹如雨后晴空，极其澄澈。

"怎么脸这般黑？"许氏莫名其妙，又问道，"小鸭子可火化了？"

"烧……烧倒是烧了……"觉夏支支吾吾地回答，"小姐先是跪在地上给小鸭子认错，越哭越厉害。"

"可烧着烧着，那股香味越来越浓。她眼泪不流了，却口水直流……"映雪干巴巴地说，"最后，鸭子烧光了毛，皮肉焦黄，还滋滋冒油花……"

许氏猛然瞪大了眼睛，高声问："她吃了？"

映雪赶紧摇头："没有没有，没吃上。她一把抓过去，只抓了一把灰。"

许氏按着眉心，脑门上的青筋一跳一跳的："快带她去洗漱。三日后政越归家，他还未见过朝朝呢。"许氏摸了摸朝朝的脑袋。

"二哥要带着他的真爱回家咯……我那恋爱脑的蠢二哥……"

许氏眼皮子直跳，陆政越已经定了亲，对方是个好姑娘。

"三个月前二公子坠崖，当真把奴婢吓坏了。"登枝捂着胸口。

许氏又何尝不是？当时陆政越坠崖，失踪了三天，后来传回消息，说他被人所救，打算养好身子再归家。

"似……似什没？"突然陆朝朝结结巴巴地插嘴。这时，远处传来阵阵异响，陆朝朝眨巴眨巴眼睛，伸手指着天边一群飞舞的小黑点。

"还不是外面的野种搞的鬼？"登枝冷哼一声。

许氏横了她一眼，登枝心虚地低下头，在小姐面前说粗话，是她大意了。

裴姣姣被人捅破身份，指指点点，还有不少人猜她是谁的外室，一下子被卷进了旋涡中央。为了替她挽回颜面，陆景瑶使出了大招。

"不过九个月，说话便顺溜得很，据说啊……"登枝撇撇嘴，"飞禽走兽都极其青睐她。这会儿，她坐在广场上，引得京城飞来无数鸟雀在她上空环绕，成了一道奇景，似乎皇宫里都注意到了。"

陆朝朝的眼睛唰地亮起来。

许氏瞧见她这来了兴致的眼神，生生打了个寒战。

她家朝朝是个小祸害，怕是有人要遭殃了。

第 46 章 见鬼的神迹

"朝朝呢?"许氏瞧见床上无人,惊讶地问道,"她不是说下午要去看神迹吗?"大抵是有人推波助澜,将陆景瑶的行为称作神迹,引得不少朝臣出动了。

"小孩子心性,方才闹着要看神迹,这会儿端着一大盘子剩饭喂鸟去了,奴婢让映雪陪着她。"登枝笑着答道。

"也是,咱们去吧。广场人多,挤着朝朝也不好。"许氏点头。

登枝给许氏披上了厚厚的大氅,又拿来一把伞。许氏不由得笑道:"今儿难得出了太阳,带伞做什么?"天寒地冻的,难得出太阳呢。

登枝笑道:"还不是小姐?是她跌跌撞撞抱过来的。您若不带啊,她怕是要苦脸了。"

许氏笑着摇头,朝朝才不会苦脸,她只会撒泼,嘴里含着口水,气呼呼地咕噜咕噜吐水;气狠了,便抱着个小竹筒,一边喝,一边咕噜,还要一边骂骂咧咧。虽然大人听不懂她说什么,但是看表情骂的是脏话,别提多可爱了。

许氏不愿惹朝朝生气,当即便将油纸伞带上了。

主仆出得门去,正巧遇到陆朝朝盘腿坐在湖边,将饭撒了一地,一边撒,一边嘀嘀咕咕:"次……次……下……下雨……"一大群鸟环绕在她身畔,她手一招,小鸟便争先恐后地停在她身上。

许氏看得愣了。只不过,朝朝很快便把鸟赶走了,还一脸嫌弃:"搀……搀……"映雪给她打了把伞,不许鸟靠近她。而小鸟来来去去,吃了又走,旧的走了,又来新的。

如今京城上空盘旋着无数鸟类,倒也没人发现此处的异样。没人发现陆朝朝盘子里的米饭加了又加。

"咱们小姐就是有爱心。"登枝不忘夸赞一句。

许氏回头多看了她一眼。阳光下,陆朝朝穿着一身绿色小袄子,头上扎着小鬏鬏,鬏鬏上还挂了一串红色小铃铛,笑得格外灿烂。

"下雨吧,下雨吧,下雨吧……让娘亲开心开心。"

许氏坐在马车上,连连看天,难道今儿真的要下雨?

马车还未靠近广场,附近就开始拥堵起来。北昭百姓对神迹格外热衷,此刻不少人来凑热闹,挤得马车寸步难行。

"夫人,附近有两间铺子是咱们的。咱们去铺子楼上看吧。"登枝引着许氏在人群中穿梭，拐了好几道弯，才挤到一家粮店外。

"夫人，楼上请。"掌柜将许氏请到了楼上最好的观景位置。

小厮备好茶点，许氏坐在窗前，正好能看见百米外的大台子，隐隐听得楼下众人议论："天上好多鸟啊，从来没见过这么多鸟，各种鸟都有……"

前段时日还人人喊打的裴姣姣，此刻抱着女儿，一脸与有荣焉。

"还是夫人有福气啊，长子才华横溢，女儿又有如此能耐。要我说啊，这就是咱们北昭的祥瑞，说不定能为北昭带来福气呢。"身边有人恭维她。

裴姣姣哪里还有当日被掌掴的狼狈，浅笑道："若能为北昭带来福气，那是景瑶的荣幸。"

陆景瑶趴在她耳边，声音稚嫩，却透出一股恨意："瑶儿，帮您！"九个月的孩子，声带发育不完全，还有些结巴。

裴姣姣野心勃勃，听见陆景瑶此言，顿时心头安定，有聪慧的儿子、上天赐予的女儿，她还怕什么呢？

陆景瑶抬头看了一眼天际，哼，上天让她穿越，那她就是命定的女主角。

裴姣姣把陆景瑶放回高台上。陆景瑶盘腿坐在中央，深深地吸了一口气。围观的人越来越多。她知道，这里有普通百姓，有朝臣，也有皇室中人。她要报复许氏，要让所有人知道她娘和陆远泽才是真爱。

越来越多珍奇的禽鸟在陆景瑶头顶盘旋，各种异兽也向着京城奔来。人群中传来一阵又一阵惊呼，众人纷纷走出家门，惊讶地注视着这一切。

许氏心头沉了又沉。凭什么？若陆远泽与裴姣姣真心相爱，一顶轿子抬进门便是，为什么要瞒着她在外生儿育女，甚至要杀了自己和孩子为他们让路？她和孩子的命就不是命了吗？

如今，连上天也要帮她吗？看着漫天飞鸟，许氏不由得产生了一股挫败的情绪："下去看看吧。"她想出门去看个究竟。

登枝却拉了拉她，神情犹豫："小姐再三叮嘱，不许咱们下楼，大抵是怕人多冲撞了夫人。夫人……"登枝担忧地看着她。

越来越多的人涌上街头，看着四面八方汇聚而来的鸟兽。

一群穿着蓝色衣衫的少年簇拥着陆景淮，其中一个冲着皇城的方向努了努嘴："景淮兄，你家妹妹怕是要入那位的眼了。景淮兄要乘风而起了。"

陆景淮严肃地轻轻摇头："景淮只愿让妹妹依靠，而不是借妹妹的东风。"

"景淮兄有大才，自然不在乎这些虚名。"众人纷纷奉承，"明年乡试，景淮兄定能夺得解元。"

天空中乌压压的一大片鸟好似山雨欲来。城中的高台下，无数百姓蜂拥而至，甚至有人开始大喊神迹。

· 103

裴姣姣露出笑容，景瑶真聪明，小小年纪便善于玩弄人心，这神迹的传言也是她授意放出去的。

所有人都在大喊："神迹！神迹！"张着嘴，看着天，满脸狂热。

此刻，陆朝朝嘴里叼着一根狗尾巴草，坐在凉亭中，悄悄地捂住了鼻子。

"吧嗒……吧嗒吧嗒……"突然，小雨点从天而降，越来越多。

众人狐疑地看着天，此起彼伏地小声问道："下雨了？"

有人"咦"了一声，摸了摸脸颊，伸手搓了搓："怎么雨是白色的？"

"还有一股怪味。"有人咂巴咂巴嘴，只觉得一股奇怪的腥臭味在嘴里蔓延。

"不对啊，不像雨。"众人纷纷抬头看天。

小雨点越来越多、越来越密集，众人眼睁睁地看着那白色雨点从鸟屁股落下……

第47章　这家没有我得散

"啊！"方才还一脸狂热的众人，此刻瞳孔收缩，满脸抗拒和震惊，"是鸟屎，是鸟屎！快跑啊，快跑啊！天上掉下来的是鸟屎！"

数不清的鸟屎从天上落下，让人避无可避、藏无可藏。"下个屁的雨，是鸟屎，快跑啊！"众人甚至不敢抬头，低着头惊慌乱窜，生怕一仰头，鸟屎就落进嘴里。方才的狂热一瞬间烟消云散。

其中还有朝廷官员，顶着满头鸟屎，气得脸颊通红："什么神迹，都是狗屁！"

所有人惊慌失措地逃窜，前一刻直呼神迹，此刻却骂骂咧咧。刚才还失魂落魄的许氏一脸震惊地看着混乱的场面。登枝瞪大了眼睛，迟迟回不过神来。

"鸟屎雨……这怕是要变成全北昭的笑柄了。"眼睁睁看着这群狂热的人变得狼狈又清醒，登枝差点儿笑出声来，"真是菩萨保佑啊，给夫人报仇了。"

许氏却想起了她们出门前陆朝朝的怪异行为，抬手扶额：是朝朝干的，没跑了！为了给自己报仇，让自己开心……她真是贴心小棉袄啊！

这场鸟屎雨下了足足半个时辰，地上都没处下脚了。众人一边走，一边干呕，对陆景淮一家恨得咬牙切齿。宫里的马车疾驰而过，车里隐约传来怒骂声。

高台前的裴姣姣一脸惊慌，甚至被人踢了一脚，以示报复。"丧心病狂的女人，竟然骗我们出来看笑话！能给人当外室的果然不是好东西！"

陆远泽也没讨到好处。"陆侯爷，你怕是与本官有仇？故意哄本官来看劳什子神迹，结果淋了一头鸟屎！老夫与你没完！"几位大人捂着脸，狼狈地爬上马车，"陆大人，你且等着吧！好自为之！"

许氏打着伞，小心翼翼地上了马车。

回到忠勇侯府，许氏吩咐："打些热水先沐浴。"明明没沾到鸟屎，却总觉得整个京城都充斥着一股怪味。

许氏洗了两三遍，让人在屋内各处点上熏香，才觉得好受了一些。

"朝朝呢？"她刚问完，便看到陆朝朝趴在门槛处，死命地想往屋内爬，肉乎乎的小手里还紧紧攥着一根小细棍子。

"凉亲，抱抱……"正院门槛高，小家伙卡在门槛处，上也不是，下也不是，要哭不哭的样子，"救救……朝朝。"

登枝上前将她抱进来，便见她扶着凳子摇摇晃晃地站起身。还不足腰高的奶娃娃将棍子递给许氏，耷拉着脑袋，小心翼翼地说道："是……是，是朝，朝朝……错。"一字一顿，细声细气，发音还不标准。

她晃晃悠悠地伸出小手。婴儿的手脚肉乎乎的，一双手更是胖出了肉窝窝，此刻摊开小手，别提多可爱了。

"哪里错了？"许氏哪里肯罚她，瞧见小闺女这般模样，她的心都要融化了。

小家伙面上可怜兮兮，甚至狭长浓密的睫毛上还挂着亮晶晶的眼泪。但许氏明白，她心里正双手叉腰，仰天长笑："哈哈哈哈……我往鸟食里放了泻药。让她作妖，拉她一脸！"

"不……不该，放……药药。"陆朝朝结结巴巴说完一句话，然后皱着小脸，紧紧地眯着眼睛，还把脑袋扭到了一边，伸出小手，一副英勇受死的模样。"打……打、打吧。"

许氏心软，一把将她抱进怀里："娘的乖朝朝，娘怎么舍得打你？娘知道，你是想保护我，对不对？"许氏亲了亲她的脸颊，带着一股甜甜的奶香味。

朝朝睁开眸子，黑如曜石的眸子亮晶晶的，然后重重地点了点头。

直到天黑，陆远泽都不曾回府。

傍晚时，许氏收到一封百里加急的书信。

"临洛大水？"许氏面色苍白，抓着信纸的手猛然收紧，想起女儿所说，临洛大水，二哥去赈灾，被人蒙蔽，耽误了时辰。大河决堤，二哥被愤怒的流民生生撕碎。

"他怎么亲自上大堤了？大堤上多危险！"如今暴雨泛滥，随时都会决堤。

登枝急忙劝解："您别急啊，二爷说了，他若不上去，只怕发现不了即将决堤。他发现了问题，才避免了大难。"

"现在他日日守在堤上，简直是在拿命去搏。"许氏担心得落泪。

登枝也知此事危险，偏偏无可奈何："百姓都极其爱戴他，每日都给他送吃食呢。您且放宽心，二爷心里有数的。"

许氏擦了眼泪:"可给娘家送去书信了?"

登枝点头:"书信先送去的许家。"

许氏当即带着朝朝回了一趟娘家。许老夫人身子骨不好,家中似乎都在瞒着她。见陆朝朝憨态可掬地哄着许老夫人玩耍,许氏便去寻父亲,见父兄皆有成算,这才放下心来。

而她的憨憨女儿……正盘着腿坐在床上,将小肉手握成拳头拼命往嘴里塞,哄得许老夫人笑出了眼泪。

"外祖母,外祖母,我给您表演个吞拳头……"

"嗷呜……嗷呜……"口水顺着拳头滴答滴答往下流,她张大嘴巴,拼命将拳头往嘴里塞。

"哎哟,你这个活宝,快把拳头拿出来。外祖母的心头肉哟,你可真是……"许老夫人笑得直流泪,瞧见许氏进屋,又指着许氏笑:"你说说,你小时候就是个端庄娴静的丫头,怎么生的女儿如此活宝?"

许老夫人的脸都笑痛了。更让她欣喜的是,二房的双胞胎——许予衡、许予清竟然对此有反应。

这两个孙子最让她心疼。本是双生子,又遇上难产,落地便成了痴儿,许家请遍天下名医也不见效。两个孩子就像活在自己的世界中,对外界丝毫没有反应。

而现在他俩被陆朝朝逗得眉眼弯弯。许予清手中捏着一块糕点:"吃……妹、妹妹,吃……"许予衡偏着脑袋看向陆朝朝,为什么他能听到妹妹的声音呢?觉得吞拳头的妹妹又憨又可爱,他捏着手绢给妹妹擦口水。

陆朝朝为了吞拳头,小脸都涨红了,哎哟……哄大人真累!这家没有我得散!

第48章 想得美

"下次还吞拳头不?"许氏给陆朝朝擦着脸颊上的口水。九个月的奶娃娃小脸通红,满脸心虚。

"嗷嗷嗷,我的脸面丢尽了……"陆朝朝心里嗷嗷直叫。她把拳头塞到嘴里取不出来了。折腾了小半个时辰,才将小肉手拔出来。

"下次还顽皮吗?"许氏伸出食指轻轻点了一下她的脑门儿。

"呜呜呜……不……不、不敢……"小家伙可怜巴巴地抽泣。

"下次还敢!我就不信了,能放进去,怎么就取不出来呢?怎么可能呢?"

许氏一脸无奈。而陆朝朝表情无辜,极其诚恳地认错:"朝朝……"然后把自己的胸口拍得啪啪作响。"乖……朝朝,乖乖……"我最乖,我才不干那种事。

"咱们小姐真乖，还是姑娘贴心。"登枝只觉得小姐万分可爱。

许氏幽幽地叹了口气：要不是我听见她的心声，差点儿就信了！

晚上，陆府弥漫着浓郁的香气，其中夹杂着一丝淡淡的臭味。

许氏瞧见听风苑亮着灯，心头"咯噔"一下，果然……

"夫人，侯爷回府了。"觉夏对着夫人摇了摇头，这会儿侯爷的心情不大愉快。

许氏点了点头："将朝朝带下去洗漱睡觉吧。熬了一天，该歇息了。"陆朝朝已经睡着了。

许氏进门时，陆远泽穿着一身中衣，披散着头发，坐在灯下，神情冷漠。

陆远泽皮相极好，否则当初也不会把她迷得如失了心一般。即便过去了十七年，陆远泽依旧是儒雅端方的君子模样，岁月并未在他脸上留下痕迹，反倒为他增添了一丝成熟的气息。难怪裴姣姣甘愿等他十七年！

许氏掩藏好眼底的冷漠，故意弄出一点动静，陆远泽转身看过来。他有一双深情的眼睛，此刻看着她，好似冰山消融，好似整个世界只有她一人。

"芸娘，二哥可还好？今日在朝上，听说临洛大水，即将决堤，只怕要有大难。"他上前扶过许氏，许氏眉眼低垂，不动声色。

"临洛百姓排外，二哥是京城人氏，只怕要被百姓针对。我在临洛有一至交好友，名唤董佳明。若二哥有需要，尽可寻他。"

许氏手脚冰凉：董佳明？这不就是朝朝所说的害了二哥的人吗？

"嗯，明日我会传信给二哥。"许氏轻轻吸了口气，不敢露出异样，看向桌上的笔墨纸砚，"侯爷在写字？"

陆远泽笑了笑："是啊，芸娘是书香门第出身，一手好字可比为夫更优秀。"陆远泽放下笔。成婚后，两人也有过一段赌书泼茶的幸福日子。

许氏敛着眉："我那手字，你不是学去了吗？"甚至用那手字陷害许家。

"多年未写，生疏不少。芸娘，我好怀念当年你为我红袖添香的日子。"陆远泽轻轻抱住她的腰。

"是啊，成婚那日，我们还在月下跪着发誓，"许氏幽幽地说，"若背弃对方，便不得好死。陆郎，你可会骗我？"

"不会，我若骗你，我便不得好死。"陆远泽抱着她，心猿意马。

许氏露出一丝浅笑：陆郎，你可要好好受着啊。

陆远泽已经九个月不曾亲近许氏了。以前总嫌弃许氏不如裴姣姣娇俏可人，如今，他倒有些怀念许氏的乖顺。想起接连几次因裴姣姣而丢脸，加上今儿他在外受的气，陆远泽便满腹郁闷，觉得还是府中懂事的发妻好。

被他双手环抱，许氏浑身僵硬，细细密密的鸡皮疙瘩冒起，只觉得恶心至极。这

· 107

个人借许家的势往上爬，还借自己的手陷害许家。许氏死死地咬着舌尖，咬出一股血腥气。只是……还不到撕破脸的时候。

"呕……"陆远泽的面颊靠得更近，许氏捂着嘴，不由得干呕了一声。

陆远泽一怔。许氏急忙推开他，面带歉意："侯爷，方才妾身闻见一股恶臭……"她捂着鼻子，又干呕一声。

陆远泽只觉得一巴掌打在脸上，身子猛地后仰，鬼使神差地抬手轻轻嗅了嗅。

"侯爷，您身上……怎么一股……"许氏脸色晦暗。

陆远泽恼羞成怒，强忍着不发作，胸口不断起伏。

"一股屎臭味。"许氏捏着鼻子，一脸难以忍受的模样。

陆远泽面红耳赤，陷入自我怀疑，深深地吸了口气，不敢再靠近许氏，只是低声道："兴许是今儿在外淋到了鸟屎。"

"侯爷也被那个女人骗了吗？"许氏饶有兴致地看着他，陆远泽故作镇定的模样太可笑了，"就是上次秦夫人抓到的外室，老爷看到了吗？世人可真傻，她都能出来偷男人，怎会有神迹？这下淋了满头鸟屎，唉，大抵是神明都看不过眼了。"许氏自顾自地说着，仿佛没瞧见陆远泽越发僵硬的神情。

"芸娘说话怎么如此刻薄？"陆远泽露出一丝不悦。

"侯爷怎么能说出这种话？"许氏惊讶地瞪大了眼睛，"要我说啊，她那妍头才有能耐，竟然能欺瞒正妻多年，想来也是个烂心肝的玩意儿。"许氏啐了一口。"只可惜，陆景淮竟然是个私生子。啧啧……"

两声"啧啧"饱含深意。陆远泽一张脸被打得啪啪响，却又无可奈何。

"那陆景淮，是有真才能的，谁家得此男儿是光宗耀祖的事。"陆远泽抿了抿唇，他已经没有退路了，"若这个孩儿记在夫人名下，夫人可愿意？"突然，陆远泽问道。

许氏惊异地看着他。

第49章　朝朝被气哭了

"侯爷何至于这样欺辱妾身？妾身有儿有女，即便砚书身有残疾，也不是那等人可比的。他乃外室之子，见不得光，怎能记在我名下？侯爷，您可以不喜妾身，但不能侮辱妾身！"许氏说得陆远泽额间的青筋都鼓了起来。

"英雄不问出处，景淮是个好孩子。"陆远泽深深地吸了口气。

"荡妇的儿子可算不得英雄。"许氏淡淡地说道。

"够了！"陆远泽许是觉得语气有些重，又放缓了几分，"罢了，不过是开个玩笑。我有芸娘、有砚书就够了。"

许氏不置可否。

"芸娘，之前你腰间挂着的那块玉佩呢？"陆远泽转移话题道，"那上边花纹繁复，瞧着似有些来历，可否让我研究研究？"

许家有一枚龙纹祥云佩，一代传一代，传女不传男，不知传承了多少年。这一代传到了许氏手里。当年她出嫁前，许老夫人将玉佩交给她，叮嘱她不许送给任何人。新婚之夜，许氏曾将玉佩掏出来把玩，陆远泽也看了几眼。

许氏摇了摇头："此玉佩只传许家女，不可外借。"

陆远泽还想再说，可瞧见许氏时不时抬手扇鼻子，觉得屈辱，当即便说道："那我有空再来陪芸娘，芸娘可要保重身子。"

待陆远泽一番客套话说完，离开听风苑，许氏心中狐疑：他要龙纹祥云佩做什么？她想着想着，迷迷糊糊睡过去，直到天亮。

"龙纹祥云佩？夫人可不能给他，那是许家的传家宝。若老夫人知晓，怕是要打上门来。"登枝给许氏梳头时笑着打趣。

盘腿坐在榻上等映雪喂烤红薯的陆朝朝却抬起了眼睛："龙纹祥云佩？怎么听着有些耳熟？"现在她已经能吃些绵软的辅食了，比如烤红薯、烤板栗、米粉米糊，还有各种肉泥。其中她尤爱烤红薯，红薯烤熟后的甜香极其好闻。而此刻，她把烤红薯抛到了九霄云外，抓着头上的鬏鬏，头发都快被扯下来了，"咦，这不是娘亲给冒牌货女儿的玉佩吗？"

她竟把这块玉佩给了陆景瑶！

许氏赶紧打开一层又一层的柜子，从里面取出一个厚重的檀木匣子，又开了好几道锁，才将龙纹祥云佩取出。

龙纹祥云佩一出，陆朝朝陡然坐直，好浓郁的灵气！通体透明的白玉中仿佛飘浮着祥云，亦真亦幻，不似人间凡物，入手温热，让人心头舒坦。

"别的不说，这玉佩当真有些灵性。每每取出，奴婢都觉得心旷神怡。"登枝碰都不敢碰，想到陆远泽的心机，又恨恨地啐骂道，"怕不是要拿去哄外面的贱人！"

许氏冷笑一声："他想得美！这是留给我家朝朝的。"

可是，她时常把玩这玉佩，并没有觉察到哪怕一丝异样，难道它还有什么不为人知的神奇之处？

陆朝朝坐在榻上，嘴里吃着流蜜汁的烤红薯，又喝了些汤水，而目光却一直落在许氏身上。龙纹祥云佩，她总觉得有些耳熟，不是在书中读到过，而是打骨子里熟悉。

"给我看看，给我看看呀……娘亲，快给您的乖女儿看看呀……"陆朝朝一脸渴望。

许氏轻笑，这小丫头好奇心重得很。"给朝朝看……"许氏也不逗她，迟早这东西要传给她的。

玉佩塞到手里，陆朝朝缓缓低头，顿时一惊："啊！"

脑海里一声尖叫，许氏惊得捂住耳朵，只觉得耳朵刺痛得厉害，但其实什么也没听到。

陆朝朝大惊失色，这不是她的东西吗？这是她在修真界的储物玉佩啊！当初她献祭时，心疼这些宝贝，便将玉佩取了下来。不过，它怎么在这儿？

此刻，她嘴里不自觉地念着法诀，感觉一股庞大的力量从玉佩进入她体内，眼睁睁地看着玉佩渐渐变得黯淡无光。她轻轻闭上眼，唔……她的储物空间回来了！从龙纹祥云佩直接进入了她的意识空间。

陆朝朝气得直咧嘴，难怪话本中的女主拿出那么多宝贝，她看着都挺熟悉的，原来这些东西真的都是她的！当初她还以为是世人根据她的法宝写的呢！

"朝朝怎么浑身直哆嗦呢，冷吗？"许氏摸了摸女儿，只觉得她浑身发抖，两颗米粒大的牙咬得咯吱咯吱响，"再烧一盆银丝炭吧。"更让许氏惊异的是，她听到的心声也不对劲，全是磨牙的声音，好像要咬人。

小朝朝听到母亲的声音，一抬头，许氏便瞧见她气红了的眼睛。"哇……"许氏将她抱起来，她便"哇"地哭出声来。"呜呜呜呜呜呜……"眼睛鼻子通红，眼泪大颗大颗地掉。

"我真惨啊！我的储物空间竟然流落到了冒牌货手里！"

她小手颤巍巍地指着苍天："则……唠甜……"呜呜呜，贼老天，你不是个好东西！

"什么甜，什么甜？想吃糖了？"登枝心疼得不行，急忙来哄。

远处轰隆隆的雷声炸响，却不曾靠近京城分毫。

陆朝朝抱着她娘的脖子哇哇哭：可怜的娘啊，合着是我那储物空间帮了陆景瑶，害得许家人惨死，真冤啊！

"朝朝喜欢这玉佩？给你给你。娘不给别人啊……"许氏哪里不心疼，瞧见朝朝紧紧攥着玉佩，只以为她喜欢。

陆朝朝这一遭气狠了，直接哭到睡着。但这一世，她拿回了玉佩，只怕陆景瑶的路要难走咯！

陆朝朝醒来时已经是傍晚。刚睡醒还有些蒙，手中玉佩温热的触感让她清醒了几分。她不好意思地将玉佩递给登枝："藏……藏……"

"不哭鼻子啦？"登枝刮了刮她的小鼻子，赶紧将玉佩收了起来，"快起来吧，外边刚下初雪，多穿点衣裳。"登枝利索地给她换衣裳。"公子回府了，这会儿正在前院呢。"

陆朝朝的眼睛一下子瞪得溜圆。

"快快快，我要看史上最强恋爱脑！"

第 50 章　二哥归家

临近年关,初雪降落,京城仿佛披上了一件白袍,连花草上都覆着浅浅的冰霜。

陆朝朝十个月了,已经长开了,继承了许氏和陆远泽的全部优点。一双清澈的眸子圆溜溜的,灿若繁星,带着一丝丝懵懂。小脸肉嘟嘟的,鼓得像个小包子,让人见了忍不住捏一捏。此刻,她穿着一身红色小袄,兜里揣着两块板栗糕,头上扎着两个小鬏鬏,上面还挂了一串毛球,不需要丫鬟扶,就能摇摇晃晃走几步了。

"咱家小姐就像年画娃娃似的,真好看。"登枝赞叹道,她帮着夫人带大了三个公子,但没有哪一个像朝朝这般好看。

"朝朝小姐说话和走路比三位公子都早一些。"映雪不由得点头。

"奴婢抱您可好?"登枝见屋外下了小雪,即便丫鬟早早扫了雪,地上也有几分浅白,容易打滑。

陆朝朝兴奋得很:"走……走……寄几……走。"

登枝见她有主意,便和映雪一人牵着她一只手,慢慢往前院走去。

薄薄的初雪上,一踩一个小脚印。原本陆朝朝咯咯直笑,但经过花圃时,却突然蹙起好看的眉头,甩开丫鬟,蹲在一株蔫答答的花儿前,小脸都快贴到花儿上了。

"怎么了小姐?"映雪刚开口,小朝朝就伸出食指"嘘"了一声。

"哭哭……发发,哭哭……"她的小手指着一株兰花。

登枝不由得露出了笑容,孩子果然天真,觉得花草树木都会说话呢。"好,听小姐的。等会儿让下人将兰花移到暖房里去。"她哄着陆朝朝继续往前走,结果陆朝朝走不动了,没一会儿,登枝便将她抱起来,快步走向前院。

走近前院,陆朝朝听到了浅浅的啜泣声,听起来柔弱又无辜。绕过转角,便见一个穿着一身月白长衫的少年直挺挺地跪在门外,屋檐下还站着一个穿着白衣的少女,正捂着脸轻声啜泣。

屋内传来许氏暴怒的声音:"你的书读到狗肚子里去了!你订了婚,又带回个姑娘做什么?"

原本许氏还怀疑朝朝的心声,毕竟老二已经有了未婚妻,向来也不是顽劣之人。可此刻,他跪在门外,非要让另一个女子进门。

陆政越担忧地看了一眼母亲,可眼神落在门口的苏芷清身上,又坚定了信念。苏姑娘面色煞白,站在门外冻得瑟瑟发抖,仿佛一朵菟丝花要依附着他。

"娘,儿子与温宁并无感情,订婚亦不是儿子所愿。儿子只想娶一个两情相悦之人,过如爹娘一般的恩爱日子,而不是与陌生人相敬如宾。"

许氏气得脑袋一阵阵发晕。当年陆砚书与姜云锦的婚事是老侯爷指定的,这也就罢了。可陆政越与温宁本是青梅竹马,当年温家住在陆家隔壁,温家的小丫头整日

"哥哥哥哥"地跟在陆政越身边叫着，两家大人这才顺水推舟。后来温家外放，这才离京三年，陆政越便翻脸不认账了。

"我只把温宁当作妹妹，无法和她成婚。您打死儿子吧。"陆政越幽幽地叹了口气，他与温宁订婚时才六岁，那时他确实觉得温宁可爱，但丝毫不懂男女之情，如今想来，他只是把温宁当作妹妹。

"而且，娘，清清不能嫁给别人了。"陆政越神情严肃，"儿子游学途中遇险，从山崖跌落，是清清将儿子背回去，救了儿子。清清自小父母双亡，她养着儿子已经坏了名声。儿子不能做那背信弃义之人。"经过几个月的相处，陆政越对苏芷清颇有好感，觉得她温柔体贴，常年居住山中，极其单纯。

而许氏眼中都快喷出火来了。陆政越出门游学，带的两个小厮都会拳脚功夫，每到一处，也会给家中寄信。偏生坠崖之后，小厮怎么也寻不到他的踪迹。一连三天，周围每个村落都寻遍了，苏芷清所在的村落也已经搜寻过了，多半是有人刻意将他藏起来。这个苏芷清非常可疑。

"娘，儿子昏迷了三天。醒来后，便一直在清清家养伤。或许小厮来搜寻时，清清上山采药了。清清家中清贫，极其辛苦，是儿子加重了她的负担。"陆政越叹了口气。那时他高热不退，整日迷迷糊糊的，一睁开眼便瞧见面前的少女羞红了脸，满眼泪花地抱着他，肌肤相贴。

"是清清心善，救了儿子。"陆政越深吸一口气，他已经坏了清清的名声，必定要娶她进门。

"若是她不救，小厮可就找到你了。"许氏冷笑一声。

陆政越胸口一紧。

"你一身清贵，便是挂在腰间的玉佩都价值千两，一身衣裳更是不俗，你怎么知道她不是看上你的钱，刻意将你藏了起来？"

"夫人何必辱我？"门口的少女羞愤交加，哭着道，"虽然清清出身贫寒，但骨气还是有的。若不是政越央求我，清清本不欲上京。"苏芷清双眼含泪，神情决绝。"清清这辈子没打算嫁人，大不了铰了头发做姑子，一辈子青灯古佛。能遇到越哥已经是清清这辈子最大的运气。清清不敢奢求嫁给越哥，唯愿越哥此生幸福。"

苏芷清说完便哭着往外走，陆政越霎时红了眼睛。"不能走！"他死死地攥住苏芷清的手腕，感受到她在颤抖，他更是心疼不已，"娘，清清若走，儿子便与她一同走！"

他咬了咬牙，左右顾盼，正打算找根柱子以示决心，突然耳边响起稚嫩的声音："撞墙，撞墙，撞墙，撞墙……撞啊，快撞啊，快看恋爱脑撞墙咯……"语气里满是幸灾乐祸。

正想撞墙的陆政越默默弯下了膝盖，耷拉着脑袋继续跪下。

第 51 章　二哥被骗了

"欸欸欸，为什么不撞了？"陆朝朝气得挠墙。话本中，为了留下苏芷清，陆政越可是撞得头破血流。

到底哪里来的声音？陆政越四处看了看，深深地吸了口气。这年头，妖魔鬼怪都喜欢看笑话了吗？

"踢……"陆朝朝指了指面前的桂花树。

登枝愣了愣："踢树？"

陆朝朝点了点头。"一——起。"奶娃娃露着两颗小牙，一副"你不踢，我就在雪地里撒泼打滚儿"的样子。

登枝眼皮子直跳。见两个丫鬟抬起腿，陆朝朝眼珠子一转，手上凝聚了一抹灵气，在两个丫鬟装模作样踢树时，将灵气狠狠地打了上去。桂花树修剪得整整齐齐，上面落满了雪。灵气撞击的瞬间，一夜积雪从树上扑簌扑簌落下。

"嗷嗷嗷！"积雪劈头盖脸地落在陆政越和苏芷清身上。为了假装柔弱，苏芷清穿得格外少，更是冻得浑身打哆嗦。

"多吃点雪清醒清醒……"陆朝朝翻了个白眼。

登枝瞧见小姐噘着嘴，明白小家伙是在给夫人出气，便叹息一声，抱起陆朝朝进了院门，向许氏和陆政越道歉："夫人恕罪，方才奴婢不小心撞到桂花树，让二公子受了惊。"

陆政越正心疼地给苏芷清拍打身上的积雪，眼神落在陆朝朝身上就移不开了，这小孩真好看。

"凉亲……"她一开口，陆政越就像见了鬼似的。这不……不就是他刚才听到的声音？方才那是她的心声？

许氏没好气地看了陆政越一眼："这是你的妹妹朝朝。"

陆政越知道这个妹妹，许氏时常在书信中与他分享妹妹的趣事。比如，她最喜欢嘬手指头，遇到合心意的好朋友，会把满是口水的手指头递给人家。

"朝朝，我是二哥……"陆政越跪在雪地里，眼巴巴地喊了一声。妹妹比他想象中的更可爱。

陆朝朝脑袋一扬："笨……笨蛋。"

"笨蛋才不能做我的哥哥……哎呀，恋爱脑会不会传染啊？"

陆政越不懂"恋爱脑"是什么意思，但猜一猜，也就八九不离十了。瞧见十个月的娃娃一脸嫌弃，陆政越不由得心酸起来。

"越儿，你跌下山崖不过一刻钟，小厮赶去就寻不到人了，我很难不怀疑。"许氏看着苏芷清。

苏芷清背挺得笔直，看起来倔强又清高，认真地说道："当时我正巧在山脚下采药。"

"哈哈哈，笑死人了！她明明在山脚下蹲了三天，脸上都被蚊子咬了好多大包，才等到我二哥坠崖……"

蹲了三天？什么意思？陆政越大惑不解。不过，他醒来时，确实瞧见清清脸上有许多小红点……

"罢了，既救了越儿一命，便在侯府住下吧。但订婚一事绝不可能！"许氏淡淡地说道，她怎么可能看不透苏芷清这小白花的路数，可她儿子看不透啊。"登枝，你带苏姑娘去明馨园吧。"

苏芷清见陆政越点了头，才一步三回头地随着登枝而去。

待苏芷清离开，许氏并未磋磨儿子，只抬手让他起来。

"娘，儿子就知道您舍不得我。"陆政越笑眯眯的，膝盖在雪地里冻麻了，嘴里轻轻"咝"了一声，才扶着膝盖站起来，一瘸一拐地进了门。

映雪急忙给他端上热茶："暖暖身子，别留下病根。"

"娘，我与清清是真心相爱的。"陆政越语气诚恳。

许氏没好气道："你到底长没长脑子？我看她就是个骗子。"

陆政越笑着道："娘，天下有钱人那么多，为何她独独骗我一个呢？"说完又是一笑，"她不骗别人，只骗我一人，是不是说明她对我有好感呢？"

许氏差点儿气昏过去。之前她不懂陆朝朝说的"恋爱脑"是什么意思，可此刻她突然懂了！

"那可不？为了蹲你，她在山脚下等了三天呢！"

陆政越嘴角的笑一僵。

"你怎么会想到去爬山？"许氏皱着眉头问道。

陆政越犹豫了一下："是景淮兄说此处的朝霞极为好看。"他才临时改道去的。

听得陆景淮的名字，许氏咬了咬牙。越儿与陆景淮私交极好，以前她便知道。

"难怪啦，陆景淮巴不得他摔死……"

陆政越满脸狐疑：妹妹到底在说什么？景淮与他是多年兄弟、至交好友！

许氏叹了口气，让人将陆朝朝抱了出去。

母子俩在屋内谈了许久，出来时，陆政越深受打击。"怎么会？怎么会？父亲和母亲琴瑟和鸣、两情不移，是京中有名的恩爱夫妻。为什么啊？爹爹这是为什么啊？"他呢喃道。

他见过许多同窗的爹娘争吵，见过他们为姨娘通房反目，时常感慨自己家庭幸福、爹娘恩爱。可如今，这一切都被戳破了。他爹养了十七年外室，外室的儿子与哥哥同岁！而且……这个私生子就是自己的至交好友。

可仔细想想，他第一次认识陆景淮便是因为父亲引荐，说陆景淮极有才华，让自己多帮衬帮衬他。与自己交往时，陆景淮也不时打听侯府之事。

陆政越如遭雷击。他过往的一切认知都被颠覆了，甚至他的妹妹出生时差点儿被掐死，只为给陆景淮的妹妹让路。

看着面前眼眶通红的母亲，陆政越只觉得心如刀割，失魂落魄地出了门。

他来到明馨园，站在苏芷清门前，抬手敲了敲门。他想要见清清，想要与她倾诉。清清是此生最懂他的人，和别人不一样。清清这般单纯善良的女子不会是陆景淮安排的。

"我二哥被骗得好惨啊……不只把陆景淮当作至交好友，还把骗子当成心上人。"

第52章 朝朝的提醒

"吱呀——"苏芷清打开了门，脸上流露出几分无助、几分哀怨："政越哥哥。"

陆政越站在门前，原本无比期待见到她。可是，他听见了朝朝的心声，如遭雷劈，满脑子都是"把骗子当成心上人"。

"政越哥哥？你怎么了？夫人为难你了吗？"苏芷清想将他拉到屋内。

"我妹妹在外边。"陆政越顿了顿，叹了口气，将蹲在角落里看戏的妹妹抱了起来。十个月的娃娃还挺沉。

苏芷清眉宇间闪过一丝不悦，但转瞬即逝。"朝朝妹妹冰雪可人，真好看……"苏芷清嘴里说道，抬手想摸陆朝朝的脑袋。

陆朝朝小脸一皱，一脸嫌弃地往后躲开了。"脏……"小嘴里吐出的话更让苏芷清的面色猛地一白。

"朝朝，不可如此无礼。"陆政越急忙将朝朝放在椅子上，上前哄道："朝朝年幼，清清你别放在心上。"

"是清清不该妄想摘天上明月。"苏芷清眼眶通红，却咬着下唇，倔强地不肯落泪，惹得陆政越越发心疼，"清清与政越哥哥云泥之别。清清还是回去吧，能得政越哥哥相伴数月，已经是清清的福分。清清不该打扰政越哥哥的家人，惹得你们生分。"

"可你为了救我，已经失了清白。"陆政越满脸急切，甚至竖起三根手指发誓，"清清，是我误了你！我定要对你负责，我要娶你！"陆政越想问她与陆景淮之事，可瞧见她泪眼蒙眬，怎么也无法开口。清清好意救自己，自己却怀疑她，岂不是对她的侮辱？

"政越哥哥，我不愿你为了我而与家人产生矛盾。"苏芷清叹了口气，佯装坚强，

"我只愿你此生安好，不奢求做你的妻子，也不愿破坏你与温姑娘的感情。清清愿留在你身边做一个贴身婢女，为温姑娘端茶倒水，只要日日能看见你，我就是幸福的。"

见苏芷清哀哀地看着他，陆政越有些情动。

"亲上去，亲上去，亲上去……"耳边传来摇旗呐喊，陆政越霎时红了脸，急忙退开。一回头，果然，陆朝朝正瞪着铜铃似的眼睛，目光灼灼地看着他。

陆政越脑子一抽，霎时清醒，与苏芷清保持距离。坠崖后，他高热不退，苏芷清脱了衣裳，羞涩地抱着他，用体温帮助他退烧。这般单纯羞涩的姑娘，这大概是她此生最大胆的行为了吧？两人相处三个月，虽然他恋慕清清，可是不敢越雷池一步。

苏芷清眼里闪过一抹烦躁。

"清清，你怎能做她的婢女？清清是好人家的姑娘，自尊自爱，我又岂能作践你？"陆政越定定地说道。

"嘻嘻……"陆朝朝咧着嘴直乐。

苏芷清莫名其妙地不喜欢陆朝朝，偏生陆政越问道："朝朝笑什么？"

陆朝朝嘴巴一翘，奶声奶气地道："笑她……想倒，二锅锅怀里。"

苏芷清面色通红，十分恼怒。

"哈哈哈哈哈……二哥是不是想当接盘侠？"

陆政越眉头一挑：什么是"接盘侠"？

"天可怜见的，我这二哥真惨啊……"陆朝朝的眼神里满是怜悯，"二哥若是不信，约上好友，带上心上人，就明白咯……嘻嘻嘻……"

陆政越深深地吸了口气，抱起陆朝朝："清清，今日我们好不容易回到京城，先好好歇息吧。明日，我带你见我的至交好友。他文采斐然，你一定很喜欢。"

苏芷清轻哼一声："清清最喜欢政越哥哥。"

陆政越抱着朝朝离开。苏芷清倚靠在门前，痴痴地看着他，直到他走远。

陆政越一边走，一边问："朝朝不喜欢她？"

"嗯！"小家伙重重地点着头，"坏！"

陆政越将朝朝送回听风苑，又去明德苑见大哥。等他给大哥讲完这段时日的风风雨雨，已经是半夜了。

深夜，陆政越回到听风苑，站在角落里，看着屋内的光亮，一言不发。

许氏正在给朝朝喂鸡蛋羹，听见登枝问："二公子在门外，要请他进来吗？"

"请他进来干什么呀？冻一冻，说不定脑子就清醒了。原本他可是为了这个女人而将娘气病了。"

许氏摇了摇头，示意不管他。

不知何时，陆政越才离开。

第二日一早，陆政越便带着苏芷清去赴约，会他此生的"至交好友"。

瞧见穿着一身湛蓝色长裙的苏芷清，陆政越心头一动。陆景淮最喜欢蓝色了。

"政越，我不想让人看轻你，特意打扮了，你觉得好看吗？"苏芷清咬着下唇，一双眸子楚楚动人。

"好看，比以往都好看。"陆政越的指甲都快掐进手心里了。

"还不是为了你？"苏芷清娇嗔地抛下一句，随着他走进了酒楼。

店小二引着他们进了陆政越早已订下的雅间。推开门，一身蓝色长衫的少年正在欣赏墙上的字画。

陆政越死死压抑住眼中的愤恨，昨夜他已经知晓父亲的所作所为了。"景淮兄……"他唤了一声。

"政越。"陆景淮转过身，眉眼带着浅浅的笑意，翩翩君子，温润如玉。

苏芷清微低着头，一眼也不曾看他，跟在陆政越身后，似乎拘谨得厉害。

"政越的伤势可还好？"三人落座，苏芷清坐在陆政越旁边，正对着陆景淮。

"幸好有清清相救，侥幸捡回一条命。"陆政越笑着说道。

陆景淮目光清澈，对着苏芷清行了一礼，语气十分钦佩："我与政越是多年好友，救他便如救我一般。这杯酒敬姑娘，多谢姑娘大发善心。"

"公子谬赞。一条人命，清清怎能见死不救？"

两人举止有度，客客气气。

第53章 亲眼见证

酒过三巡，陆政越喝得上了头，拍着陆景淮的肩膀，打着酒嗝："嗝……还是景淮兄，最知我……嗝，懂我啊！得友如此，夫复何求？"

"说来惭愧，政越兄不在京城的这几个月，景淮与侯府闹了些误会。"陆景淮轻轻地叹了口气，"家母喜爱首饰，时常买一些稀奇玩意儿，哪知侯府的下人将许夫人的嫁妆偷出去变卖，正巧被家母买到，还闹到了府衙。前些日子，我那书童被家母训斥，便怀恨在心，祸水东引，竟然给侯府放了把火。如今，景淮是有理也说不清了。"

"这算什么误会？"陆政越喝得迷迷糊糊，钩着陆景淮的肩膀，"咱哥儿俩可是兄弟，嗝……兄弟。如果你母亲喜欢那件首饰，我便给你讨来。别说首饰，就是侯府世子之位，你也是当得的。"

"政越兄喝多了，说胡话呢！这世子之位可是砚书公子的。砚书公子惊才绝艳，满京城谁没听过他的大名？"陆景淮也多喝了几杯。

"如今他可比不得你。"陆政越嗤笑一声，"比……比不得。爹……爹爹，天天骂我们不……不争气。嗝，若你真是我兄弟就好了。嘿嘿，这世子、世子之位非你莫属。"

陆政越身子打晃，苏芷清急忙上前扶住他："政……陆公子，陆公子，你喝醉了，清清扶你去躺着。"

陆政越跟跄着，眼神恍惚，脚下一软便倒在雅间的榻上，打着呼噜，不省人事。

"陆、陆公子，劳烦您帮忙唤一下小厮。他喝多了……"苏芷清不太确定陆政越是不是真的喝醉了，不敢轻举妄动，语气羞涩，却意有所指地看着陆景淮。

陆景淮唇角一勾，一伸手便将她带进怀里："还叫我陆公子？这般见外，我可要惩罚你了。"他在羞红了脸的苏芷清唇上狠狠一啄。

苏芷清轻咬着下唇，双目含春，偷偷看向床上打着呼噜的陆政越，轻声道："我怕他装醉，坏了你的大事。"

"我与他相识多年，他是什么样，我能不知道？"陆景淮嘴角露出一丝轻佻的不屑，"他信你我信到了极点。且不说他，他那娘亲亦是个笨的。"陆景淮轻笑一声，"十七八年从未怀疑过。当年父亲与她成婚，上半夜入洞房，下半夜就去了隔壁我母亲的房间。"所以他和陆砚书的生日相差无几。

"裴夫人温柔善良，善解人意。若不是许氏家世高贵，裴夫人何必委屈多年？"苏芷清环抱着陆景淮，哪里还有在陆政越面前的矜持清高？"幸好景淮你争气，能替她谋来一切。"

"他有没有动你？嗯？"陆景淮伸出食指挑着苏芷清的下巴，"可亲了这儿？亲了这儿？抑或……这儿？"他在苏芷清身上点来点去。

苏芷清嗔怪地瞪了他一眼："我这身子是你的，怎能让他动？他怎配？"陆政越将她护在心尖上，连和她拉个手都会脸红，觉得冒犯了她。想到这里，苏芷清心里莫名其妙地有些不舒服，不想在此处与陆景淮相处。"我们去隔壁吧？"

陆景淮却轻轻扯开了她的衣裙："不，就在此处。在他面前行事又不是第一次了。上次他坠崖昏迷，你可比现在放浪得多。清清，快让我看看你的本事。"

那一日，陆景淮故意在陆政越昏迷时折腾苏芷清。偏生陆政越醒了，苏芷清在慌乱之际跳到床上抱着他，而陆景淮便站在门后，看着陆政越坠入情网。他的计划便是让陆政越为苏芷清而与侯府反目。陆政越最是知恩图报，绝不会委屈苏芷清。

"你就不想我？"陆景淮狠狠咬了一下她的唇。

苏芷清惊得叫出声来，随即死死地捂住嘴，带着哭腔道："我怎么不想你？我连身子都给了你。可你……已经与姜姑娘定亲了！"

陆景淮淡淡地道："姜云锦？她就是一块木头，哪里比得上你？"

"真的？你碰她了吗？"苏芷清面色潮红，抿着下唇。

"我怎会动她？"陆景淮捏了捏她的脸颊。笑话，姜云锦是世家嫡女，岂会做出这等事？"我娘也惦记着你，她啊，只认你这个儿媳妇。"陆景淮将她哄得心花怒放。

此刻，"醉醺醺"的陆政越背对着两人，幽幽地睁开了眼，眼神里带着一股寒意。他们确实很了解自己，若不是听见妹妹的心声，他怕是一辈子都要被蒙在鼓里。

身后规律的律动传来，伴随着苏芷清死死压抑的啜泣，陆政越心中毫无波澜。全都是假的，从头到尾就是一场阴谋。

陆政越轻咳一声，身后两人动作猛地一顿，仿佛被一盆凉水从头浇下。

"唔……清清……"陆政越假装迷迷糊糊地呢喃一声，然后翻身躺平，眼睛轻轻睁开一条线，余光瞥见两人的身影紧紧贴在一起。

陆景淮猛地清醒，差点儿误了大事！他一把推开苏芷清，飞快地穿好衣裳。苏芷清亦浑身哆嗦着穿上长裙。两人一前一后出了门，衣衫不整，面色潮红，头发散乱。

酒楼对面坐着一群老头儿，见状纷纷议论道："真是有辱斯文，大白天便不知羞耻。"

"这是酒楼，不是客栈，真是晦气。"另一个白胡子老头儿一脸嫌恶。

这几人便是北昭的监察御史，也称言官，是一群让皇帝都头痛的老顽固，负责纠举百官，肃清吏治，皇帝言行不当他们也会进谏，更有甚者一头碰死在金銮殿上。

"方才那人是京中有名的少年才子陆景淮吧？"几人面露不悦，白日宣淫，并且是在酒楼里。

"嗯，天鸿书院对他极其看重。他若能连中三元……"其中一个老头儿挑了挑眉，"只怕陛下有意让他为太子传授课业。"

几人眉头微皱，暗暗将此事记下。

第54章　多智近妖

陆政越躺了半个时辰，才揉着脑袋坐起身，见苏芷清静静地坐在窗前，画面极其美好。

"政越哥哥，你终于醒了，快来喝点醒酒汤。"苏芷清上前扶起他，见他宿醉后头疼，心疼不已。

"等久了吧？清清你真好。"陆政越见苏芷清蹲下身子给他穿鞋，掩盖住眼底的晦暗。

"陆公子有事，便先行离开了。他特意嘱咐我，要给你熬醒酒汤。"她还不忘给陆景淮刷好感。

陆政越笑着点头："我与景淮兄是至交。"

喝完醒酒汤，两人才出门。回到府上，苏芷清借口身上黏糊糊的，先回院沐浴歇息。

· 119

她刚走，陆政越脸上的笑容就垮了下来，拳头紧握，指骨隐隐泛白。

"爱是一道光，绿到你发慌……啦啦啦……"

还未进听风苑，陆政越就听到陆朝朝欢快地哼着歌，刚抬脚要进门，一个"小炮弹"便冲上来抱住了他的双腿。

"二锅……"稚嫩的声音响起，小家伙咧着嘴直乐。

小肉手轻轻招了招，陆政越便蹲下身子："想二哥啦？"

"她啊，念叨着要给你送礼。"陆砚书坐在轮椅上，指尖捏着一本书。

话音刚落，陆朝朝便把一顶绿油油的帽子戴在了陆政越头上："好……好康！"

"格外应景，和我二哥极其相配！"

陆政越心头一堵，一口老血差点儿吐出来。

陆砚书唇角微勾，眼底弥漫着笑意，只轻声问："见到他了？"

陆政越抱起妹妹，闷闷地点了头。一场骗局，全都是骗局，一场针对母亲、针对他们家布置的骗局。

陆砚书眼神冷漠："既然她想要你感恩，那便重重谢她一回吧。"他可是费了不少心力，才将几个言官请到酒楼外。

"谢她？大哥，我气不过！他们恨不能将我们逐个击破！"陆政越气得咬牙切齿，他们甚至在自己眼前苟合！

"我可没说要你亲自谢。"陆砚书慢条斯理地翻开书，神色淡然。他猜测，陆景淮和裴姣姣对侯府子嗣下手定然瞒着父亲。男人重子嗣，陆远泽再看重陆景淮，也不会允许裴姣姣害死自己的三个儿子。所以，陆远泽不认识苏芷清，也不知道她的存在。

"你莫要多言，明日府中便安排一场答谢宴。她不是想要一个家吗？那就给她一个家。"

"妈呀，大哥怎么什么都知道？"陆朝朝听得一脸蒙，"我大哥真厉害。全家的脑子都长在我大哥身上了呀……幸好救了大哥，也救了他的心。不然……不然娘亲就要受辱，大哥就要钻胯喝尿，二哥就要含冤而死，三哥就要被挖眼剁手脚做人彘，外祖父一家就要被满门抄斩了……"

陆政越的胸口不断起伏。而陆砚书目光温柔：不是哥哥聪明，朝朝，你才是我们的救赎呀。

"走，大哥带你吃肉肉……想吃什么，肉泥？"陆砚书抱起朝朝，推动轮椅往外走。

"咯咯……"陆朝朝学了声鸡叫，然后拍了拍自己的大腿。

哦，陆砚书明白了，鸡腿。

自从上次火化了鸭子，陆朝朝就发现了新大陆，非要烤鸡腿吃。吃腻了小厨房给她炖的鸡汤，她便爬进厨房，缠着厨师，抱着人家的腿喊"伯伯、伯伯、好伯伯……"

小脸上满是期待。

奶娃娃这模样谁顶得住？小厨房的厨师甚至挖空心思，用调料和蜂蜜腌制鸡腿，烤得嫩嫩的，滋滋冒油。陆朝朝经常进小厨房偷吃，吃完回来就不喝奶了。登枝蹲了好几天才发现异样，把小厨房的主厨调到了大厨房，换了个冷面老嬷嬷来掌勺。嘿，才撑了三天，老嬷嬷又给小家伙开小灶了！再换一个人，这次撑了半个月。许氏只得投降，每日给点健康的零嘴哄哄她，又让小厨房做了不少肉干，供她每日磨牙，免得她整天满院卖萌讨吃的。别以为她不知道，就连她房里的几个丫鬟都偷偷省下点心给陆朝朝吃。

就这样，陆朝朝兜里还藏着几个拇指大的红薯，以及花生、板栗之类的，见哪里生火，她就将吃的扔进去。

"闹饥荒也不会饿着你。"陆砚书摸了摸她的衣兜，左边装着花生、红薯，右边装着板栗，还挂了个荷包装点心。

陆朝朝眨巴眨巴眼睛，又从怀里掏出几个银角子，小手一挥，豪气地说："买！"

"好好好，买买买。"陆砚书喜得眉眼弯弯，以前他的爱好是看书，现在他爱上了养娃，当然，仅限于养朝朝。

第二日一早，许氏便张罗着大摆宴席。

苏芷清红着小脸："这……这会不会太过破费了？"

许氏笑眯眯地说："苏姑娘，你是我家政越的救命恩人，怎么都不为过的，我已经命人请侯爷回家，一起答谢苏姑娘的大恩。"

苏芷清红着眼眶说："从未有人对我这般好过。"

"你啊，来了侯府，就当是自己家。"老夫人横了许氏一眼，"若有人欺负你，老婆子我给你做主！"苏芷清一来便给老夫人捏肩捶腿，说话做事极其对老夫人胃口。老夫人格外喜欢她，觉得这丫头伶俐聪明，比许氏得她欢心。

苏芷清抿着唇羞涩地笑了笑。她当然对老太太胃口，裴姣姣早就将陆家所有人的喜好都告诉了她，就是为了让她顺利攻下侯府。

"侯爷回府了。"丫鬟在门外禀报。

"快请侯爷进来，这天寒地冻的，别着了寒气。"老夫人喜笑颜开。

陆政越拉了拉苏芷清的袖子，低声说："你放心，只要我爹同意，谁都阻止不了我们的婚事。"又强调道，"在侯府，我爹说了算。"

苏芷清心头也有些期待。裴夫人十几年来甘愿守着这个男人，做他背后的影子，这个男人到底有多优秀呢？她着实好奇。

"嗒嗒嗒……"门外传来了脚步声。

第55章 疫病

"府里来了客人？"陆远泽声音温润，比陆政越这种小毛头成熟得多。而这成熟是致命的。

随着话音，一道高大挺拔的身影进了门。宽肩窄腰，肩上落了几星雪花。抬起头来，剑眉星目，双眸仿佛含着星光。

儒雅稳重，是她从未见过的模样。苏芷清眼神一颤，不自觉地移开了目光，仿佛被烫伤了一般。她明显感觉到那个男人的目光落在了自己身上。明明只是随意的一眼，她却浑身似火烧一般。

"用膳吧。"忠勇侯上前对老夫人见了礼，便吩咐道，"苏姑娘就坐在我身边，你救了政越，这个位置你坐得。"这个位置原本是许氏的。

苏芷清看了一眼许氏。许氏端庄地笑道："苏姑娘且安心坐着，侯府子嗣金贵，这都是应该的。"今日苏芷清的衣裳首饰都是许氏送的。这一身穿着打扮是陆远泽的心头好。像年轻时的裴姣姣，但胜过裴姣姣。不得不说，苏芷清皮相极好，裴姣姣一定下了不少功夫才寻来这般优秀的一个女人。

陆远泽瞥了苏芷清一眼，并未说什么。苏芷清红着脸坐在老太太身边，十分体贴。

陆朝朝抱着她的小碗碗，一脸不服气。"小……"她控诉道。小，这碗真小。

许氏哄着她："小人用小碗，大人用大碗。"

陆朝朝气不过，猛地站起来，立在凳子上。"大！"她抬手比了比，自己站在凳子上，和许氏坐着一样高，"一样，大！"

陆政越默默地拿过小碗，将饭菜倒进一个大碗里递了过去。

陆朝朝眉头皱成一条蚯蚓，总觉得哪里不对。她敲了敲脑袋，咋回事呢？穿越以后，她的脑子好像不够用了，经常有两种念头在里面碰撞。明明脑子有自己的想法，但是……管不住手啊，管不住嘴啊，管不住天性啊！

陆朝朝不想了，捧着比她脑袋还大的碗，龇着两颗小牙，"吸溜吸溜"地吃起来。

陆远泽不悦地看了一眼，但忍了又忍，到底没说什么。

午膳后，陆远泽离府。陆政越陪着苏芷清在府内散步："清清你放心，你这般聪慧伶俐，爹娘都会喜欢你的。"

"我们成婚后，每个月有六十两零花，到时候我养着你。只可惜，我的才学不如景淮，不然还能考个状元，给你争脸面。以后陆家的爵位是大哥的，不过大哥有残疾，府中做主的还是父亲。但你放心，我这颗心值万金！有没有钱不重要，我相信清清不是爱慕虚荣之人，我们一定能做一对恩爱夫妻！"

这些话都是大哥教给他的，据说每一句女人都爱听。

苏芷清脸上的笑容有些许僵硬,原本想哄着陆政越娶她,此刻,话在嘴边,愣是一句没说。她寻了个由头,回院子歇息了。

陆政越撇了撇嘴,揣着大哥给他的文章,去了国子监。

皇室和官员之子开蒙多在天鸿书院。国子监只收秀才以上的学生。

陆朝朝抓着两块玉佩晃荡。

"这块是秦夫人给的,那块是礼部侍郎陈大人给的,娘给你收进小匣子?"许氏问她。

陆朝朝毫不在意地将玉佩一推。

许氏无奈地说:"你啊,还不知道这些玉佩的分量呢。"长公主一块,武将世家秦夫人一块,礼部侍郎一块,这些都是陆远泽求都求不来的,是各大家族的承诺,对朝朝的承诺。

陆朝朝捏着一块烤红薯:"不……不如,红红。"

许氏"扑哧"笑出了声。重如千金的承诺不如烤红薯。

年关将近,各家都有宴会,而这一次……许氏瞧着手上的帖子轻笑。往年的帖子都是发给她的。现在可好,帖子上都写着陆朝朝的大名,许氏只算是捎带的。

"奴婢听说陈大人当街给了侯爷一巴掌,两人决裂了。"登枝喜滋滋地说,"陈大人还朝他吐了口水。"

"活该。"映雪翻了个白眼。

陆朝朝抱着红薯吃得开心,压根儿不知道发生了什么。

"将盒子收起来,万万不可被侯爷看到。"幸好许氏和陈大人夫妇都将这些事瞒得严严实实,怕给朝朝带来灾难。

正说着,突然门外传来急促的声音。"夫人,出事了。"觉夏脚步匆匆,面色泛白,"夫人,赶紧进宫。太后病危,各府亲眷都入宫了。这次太后娘娘怕是不好了。"宫里已经来人了。

"怎么会这样?前几日还好端端的……"许氏猛地站起身,急忙吩咐更衣,准备进宫。

"夫人,长公主问……能不能带着小姐?"丫鬟有些迟疑。许氏也犹豫了,朝朝才十个月大,这个时候入宫怕冲撞贵人。

"是疫病!会传染!"陆朝朝的心声突然响起,惊得许氏浑身瘫软。疫病?宫中怎会出现疫病?

"带我,带我,带我!我百毒不侵,嘿嘿,我才不怕疫病。"陆朝朝乐得跳起来,"不带我,太子死定了!"原先的话本中,小太子就是今日被穿越的。天啊,她真想去瞧瞧那个冤种!

宫中有疫病？太子死定了？许氏头皮发麻，眼珠子都瞪圆了，双手轻轻颤抖，哪里还敢答应带她入宫？

"一起……"陆朝朝攥着母亲的手指不肯松开，"带我或许还有救，不带我，要死好多好多人……娘也要大病一场。"

"求求凉亲……"陆朝朝哀求道，她一定要进宫！

许氏心头慌乱无比，偏偏朝朝的心声又听不见了，只得抱起她："罢了，入宫吧。"

许氏扯了几条面纱偷偷藏进怀里，又吩咐道："将大哥送来的两个小丫鬟带上。"许意霆送了两个十岁小丫鬟过来，虽然年幼，但三岁习武，不弱于成年人。

"你们跟着小姐，不可离开半步！"许氏严厉地说。

"是！还请夫人赐名！"两个丫鬟是双胞胎，生得一模一样。

"你是姐姐，便叫玉琴。你是妹妹，便叫玉书吧。"

第56章 透露

宫门外停满了马车。

临近年底，大雪纷飞，许氏一出马车便感觉彻骨寒冷。登枝急忙给许氏披上大氅，又给陆朝朝裹了一层衣物。

众位命妇依照身份在外列队等候。别看许家门第高，但许氏已经嫁作陆家妇，陆家在朝中也不过中流，算不得什么。各府的女眷表情都有些忧愁，也无心彼此打探消息。"真冷啊。"有几位老诰命吸了吸鼻子，本就年迈，站在这冰天雪地里更是难熬。

"夫人，带个汤婆子吧。"映雪递过来一个汤婆子，让许氏藏在袖子底下。

此刻宫门大开，一个老嬷嬷笑吟吟地走了出来，是长公主身边的奶妈，在宫中颇为得脸。她一步步越过众位命妇，走到许氏身边："许夫人，朝朝年幼，又恰逢大雪，长公主特意请夫人乘轿子入宫。"果然，她身后跟着长公主的仪仗。

众人一脸惊愕，长公主最重规矩，竟然邀请许氏乘坐自己的轿子？

许氏低头看了一眼正在嘬手指的陆朝朝，得，她沾女儿的光了。她和长公主做了二十年好友，长公主都没有坏过规矩。

"那便谢过嬷嬷，劳烦长公主费心。"许氏行过谢礼，抱着朝朝上了轿子。

宫内不断有宫人扫地，但路上依旧铺着一层薄薄的积雪。越往里走，许氏心头的凉意越重。许多宫人都轻轻咳嗽，面色不好。

穿过宫墙，来到坤宁宫，还未进大殿，便闻见了浓浓的药味。

"太后如何了？"许氏抱着朝朝下了轿子。

"太后原本体质不错，极少感染风寒。可到了年底，兴许是因为天降大雪，太后大病一场，至今高热不退，咳嗽不止，今儿早上更是喘不上气来了。"嬷嬷红着眼睛答道，"陛下甚至停了早朝，守在身边。太医署全部到了坤宁宫，可太后依旧高热不退。"

当今宣平帝乃太后亲生，最是孝顺，天下皆知。若不是皇帝尚存理智，只怕太医署的脑袋都保不住了。

"是肺病，是肺病！有传染性，症状像风寒，但后期逐渐加重，咳嗽不止，高热不退，然后器官衰竭而死。"陆朝朝趴在登枝怀里，眼睛亮晶晶的。

许氏心头发寒："陛下尚在坤宁宫？"

嬷嬷点头："是，陛下一直不曾离开。"

"长公主呢？"许氏想起长公主，不由得更加担忧了。

"长公主原本要来。但太后娘娘尚未昏迷时，就下了懿旨。长公主好不容易怀上身孕，不许她入宫。"她等了十几年才怀上这个孩子，太后哪里敢让她入宫？

许氏这才松了一口气。

"去……去……"陆朝朝知道她娘在想些什么，登时闹了起来。

许氏知道她有些奇异之处，定了定心，抱着她入了坤宁宫。若陛下和太子都出了事，只怕国中要大乱了。

紧闭的大门打开，屋内浓浓的药味挥之不去。

宣平帝眉头紧锁，眼眶发红，跪在床前，怒目而视："整个太医署连风寒都治不了吗？朕养你们何用？"皇帝向来事母至孝。太后出身不高，生下他后，两人在宫中的日子一度极为艰难。

太医署跪在地上瑟瑟发抖。屋内已经站了一群命妇，都是来侍疾的，许氏行过礼，便站到了她们身侧。

"喀喀……"太后已经陷入半昏迷状态，高热不止，脸色发红，依旧咳嗽得厉害。皇帝揪心不已，紧紧抓着太后的手不放。

屋内充斥着一股病恹恹的味道，时不时还能听到一声压抑的轻轻的咳嗽，令许氏心惊肉跳。

"哎呀，果然是肺病。"陆朝朝抱着母亲的脖子，心里琢磨着怎么提醒众人，"隔壁南国战乱已久，死伤无数，尸体堆积，细菌滋生，便有人将尸体焚烧。之后一场大雨污染了水源，导致南国许多人患上肺病。但因为南国朝廷封锁消息，如今邻国还都不知道呢。"

"退下吧。"皇帝摆了摆手。

众人正要离开，许氏深深吸了口气，站出来跪在中央："陛下，臣妇有一事禀报。"

许意霆眉头一皱，担忧地看着妹妹。

宣平帝看着她，他当然对许氏有印象。许时芸，许家嫡女。十多年前嫁与忠勇侯陆远泽为妻，承许家太老爷教导，对北昭忠心耿耿。

然而，前些时日，因着京城闹出礼部侍郎陈大人养外室的纠纷，他顺手查了查忠勇侯。这一查还查出不少东西。陆远泽在京中以专情著称，他这一查，竟查出了陆远泽的另一个家，对另一个女人的深情。在他眼里，许氏成了个糊涂人。被男人蒙蔽近二十年，竟然无知无觉，真是愚蠢。

此刻，连陆朝朝都被抱了下去，屋内只剩皇帝和许氏。

"陛下，太后所患只怕是疫病。"许氏道，"南国征战已久，死伤无数，尸体堆积，疫病已经流行。但南国封锁了消息。若陛下派人查探，便能知晓。"

皇帝一听"疫病"，心头猛地一沉，可转念又有些狐疑，许氏一个大门不出、二门不迈的妇道人家怎会知晓？

许氏手心直冒冷汗，她不知该如何向皇帝解释。可皇帝什么也没问，只招了招手，大太监王元禄便进来了。

"传护国公。"

"是。"王公公到殿门外传话，唤来了护国公李大人。

"护国公，南国近来可有异动？"皇帝问道。殿内气氛凝重，许氏额间已经冒出丝丝冷汗，身子微微发抖。

护国公已经年迈，但连年征战，看起来精神抖擞，气度不凡："回禀陛下，南国上一场征战已是三月前，近来安分得过头。各座城池紧闭城门，我们的探子进去便不曾出来。"

皇帝眼皮子微跳。

"兴许是过冬的缘故，他们在外大肆屯粮和药材，只怕要休养生息。"

皇帝猛地站起身，感到一阵阵眩晕。

第57章　皇帝信朝朝

疫病！果真是疫病！宣平帝深深地吸了口气："你知道是疫病，依旧入宫来禀报。许氏，你是好样的。"皇帝的一句话让许氏松了口气。

护国公眼皮子一跳。疫病？联想起南国的异样，护国公心头猛地一揪："皇上？"

"禁止与南国有接触之人入京，边关严禁南国来往。所有人佩戴面纱，暂时闭门不出，减少接触。如有咳嗽发热等症状，统一治疗。"皇帝摆了摆手，许氏已经退到了一侧，"让太医进来。"

"陛下，您的身体？"护国公心惊，若皇帝出了事，只怕北昭要大乱啊！

皇帝点了点头，也不敢拿天下基业开玩笑，即便依依不舍，还是退了出去。

疫病的消息一出，宫内哗然。所有人被暂时安置在宫中，不得出入。太医署偷偷松了口气，疫病虽难，但有了方向，便有了希望。

皇帝看了许氏一眼，想起长公主所言，又看向不远处的陆朝朝。

最近陆朝朝长牙，牙龈痒得厉害，此刻正嚼着一块小饼干。感觉到皇帝的视线，她咧着没几颗牙的嘴，朝皇帝笑了笑，笑得丫鬟直哆嗦。

长公主的话在皇帝耳边回响："许氏是个有福气的人，她的女儿颇有奇异之处，若皇兄有无解之事，或许她能给您带来希望。"

难道真是她？

皇帝出了坤宁宫，京城内外很快便封锁了。宫中彻查，许氏和一众女眷都被安置在长公主出嫁前居住的寝殿中。

"这可是疫病，要传染、要死人的啊！"

"许夫人，这消息是你禀报的？"有人偷偷来打探。若是许氏报的信，那便是天大的功德、忠勇侯府的造化。

许氏摇头道："我哪有那般大的能耐？芸娘年幼时经常入宫陪伴长公主，感念太后娘娘照拂。刚才是在央求陛下，想要留在太后身边侍疾报恩呢。"她绝不会让忠勇侯占她一丝便宜，况且这是朝朝的功劳。

问话的人一想也对，许氏一个大门不出、二门不迈的后宅妇人怎会知晓这些消息？可能是护国公吧，护国公一直在南国边境，定然是护国公禀报的。

宫门内外一片慌乱，好在北昭没有传染源，很快就控制住了势头。只是太后依旧高热不退，大抵是发现得太晚了，病得格外严重。

"抱我去，抱我去……"陆朝朝拽着许氏的袖子。许氏戴着面纱要去侍疾，本想撇下她，可她坚持要去，"不带我的话，他们就死定啦！"

许氏叹了一口气，只好也给陆朝朝戴上了面纱。

再次来到坤宁宫，太后已经瘦得不成样子。侍候的众人全部戴着厚厚的面纱避免传染。

宣平帝眼眶发红，这段时日，太后的生机肉眼可见地渐渐消退，躺在床上甚至听不见呼吸声了。

他抬头看向许氏，又看见了陆朝朝。入宫时，许氏明知是疫病，却带上了女儿。陆朝朝不过十个月大，许氏视她如掌上明珠，却愿意带着她冒险。还有长公主，求子多年，对天下神佛失望不敬，却极其推崇陆朝朝。

皇妹不是无由盲信之人。宣平帝想。或许根源就在陆朝朝身上。

"朝朝，过来。"憔悴的皇帝朝着陆朝朝招了招手。他想，自己一定是疯了，太医都说太后无救，可他却相信一个十个月大的奶娃娃。

陆朝朝戴着一顶毛茸茸的帽子，脚一蹬，便从登枝怀里滑下来，趴在地上，飞快

· 127

地朝着皇帝爬去。双脚走路摇摇晃晃，哪有四肢爬得快？她飞快地爬到了皇帝脚下，然后伸出了手……两人大眼瞪小眼。

许氏慌了，这可是皇帝，连太子都没有抱过！她正想硬着头皮上前，便见宣平帝弯腰将她抱入怀中。陆朝朝笑眯眯地钩着他的脖子，一副极其亲昵的模样。

连皇帝都惊讶了。这小丫头是头一个不怕他的。他这身气势，那群皇子没一个不怕他的，别说抱了，就是他多看一眼，他们都吓得哇哇直哭。

"朝朝，要不要陪陪太后娘娘？你瞧，太后病了。"皇帝红着眼睛问。如今，太医已经制出了药，轻症很快便能痊愈，可太后年迈，又感染已久，恐怕药石无医了。

陆朝朝点了点头，便由着皇帝将她放在软榻上，随后遣散众人。许氏一步三回头，心头慌乱不已："陛下，小女年幼，当心冲撞娘娘……"许氏后悔了，她的朝朝不会出事吧？

"太后喜欢朝朝，便留她一会儿吧。半个时辰后，你便带她出宫。"皇帝也不过是死马当作活马医。

陆朝朝趴在太后床头，感受到太后浑身死气，小手挥了挥。她的玉佩空间内有许多灵药，可皇帝在此处……小家伙犯了难。

皇帝瞧见她一脸明晃晃的嫌弃："可是要朕走？"

小家伙眼睛弯成月牙，小脑袋点个不停。

皇帝轻笑一声，这丫头还真是早慧，竟然听得懂。他也不迟疑，直接去了帘子外。

陆朝朝这才小手一摊，一颗晶莹的灵药出现在她掌心。灵药只有手指肚大小，一出现，屋内便充斥着一股浓浓的青草香气。皇帝深深吸了几口，浑身疲惫一扫而空：皇妹说得果然没错！

陆朝朝将灵药放在太后唇边，灵药化作一道浅绿色的光芒，直直地没入太后体内。

香气消失，皇帝便听到陆朝朝喊："咕噜……"他一转身，便瞧见陆朝朝指着自己圆鼓鼓的肚子："咕噜咕噜……它……咕噜咕噜……"

皇帝脸上肌肉抽动：肚子圆鼓鼓的，你说它饿了？他抱起陆朝朝，看向太后，方才苍白如纸的唇，此刻重新恢复了红润。皇帝心头澎湃，激动不已，可是按捺住了。

"朝朝，你是上天赐给北昭的宝贝。"他解开面纱，轻轻贴了贴小家伙的脸，"你想要什么，告诉朕？"

"想不想做北昭的神女？想不想做北昭一人之下、万人之上的公主？"

第58章 想认她当闺女

宣平帝话音未落，便听到怀中软软糯糯的声音掷地有声道："又！"双手张开，比了个超大的手势。"次又又！大大大鸡……鸡腿！"她要吃肉！

皇帝脸上的笑容缓缓凝固。

"次糖糖……偷偷……嘘……"还比了个"嘘"的动作，让皇帝不要告诉她娘。

皇帝只觉得头痛，又道："朝朝啊，当公主有无上的权力，前呼后拥，被人爱戴哦。你想不想做公主？"皇帝循循善诱，这样神奇的小家伙被上天眷顾，他当然要哄着，上了玉牒，成了皇室一员，那多好！

"泥……泥……"陆朝朝双手叉腰，小肚子一挺，"想……当当当……沃沃爹！不不不嚎！"她的小脸皱成一团，爹爹不是好人，不要当爹！

皇帝脸一皱：忠勇侯，朕要抽死你！让这小家伙对爹都有阴影了！

"你不喜欢忠勇侯那个爹？"夫妻和离总归是家事，即便是皇帝也不好插手。"朕跟你爹不一样，朕……是个好爹。"皇帝努力笑得和蔼，当然，他绝不会告诉别人，他自己的儿子见了他都吓得腿肚子直打哆嗦。但见小丫头抗拒，他也不想强求，免得弄巧成拙，横竖多哄着便是了。

陆朝朝眨巴眨巴眼睛，她娘才不喜欢那个垃圾呢。

"你拿着此玉佩，如朕亲临。"皇帝从腰间解下玉佩，"你不愿做公主，朕便给你把公主之位留着，等你什么时候回心转意了，就来找朕。"皇帝好意哄着，他连自己的亲生儿女都没哄过呢，可现在他心甘情愿。

陆朝朝随意将玉佩塞进怀里，小手一摊："又又，糖糖……"

皇帝："……"咱就是说，公主之位不如一个大鸡腿？

"吃吃吃，咱们吃御膳啊。"皇帝一手抱着她，瞧见太后唇色红润，心中更加喜悦，唤了亲信过来伺候太后，不许外人探视。

"你还太小，不宜锋芒毕露，要平平安安地长大才好。"皇帝轻轻摸了摸她的小脑袋，一头软软的绒毛让人心里软乎乎的，与那群猴子一样的皇子一点也不同。

待了大半个时辰，皇帝才恋恋不舍地将陆朝朝还给许氏。许氏十分惶恐，皇帝和蔼得让她头皮发麻。朝朝做了什么？

"许氏，你的后福等着你呢。"皇帝摆了摆手，"你先出宫吧。"他的眼神落在陆朝朝身上，小家伙捂着嘴打哈欠，一副困倦的模样。

皇帝离开了坤宁宫，一众女眷才被送出宫，此时距她们进宫已经三日了。

许氏面色疲惫，应付了一众命妇，让人给长公主送口信："让她安心养胎，太后似乎有些好转。她这一胎得来不易，莫要让太后担忧。"

许氏回到忠勇侯府时已经华灯初上。

忠勇侯府灯火长明，刚进门，陆远泽便派人来请。

"陛下留朝朝做什么？"当时他也跪在殿外，对此很好奇。

许氏打了个哈欠："太后喜欢朝朝，便留朝朝多待了一会儿。后来啊，小家伙尿床了，陛下就让臣妾抱了回来。"

陆远泽眉头一皱："不懂事，怎么能尿在太后床榻之上？罢了，毕竟不是景……"他刚想说陆景瑶，赶紧闭上了嘴。看着陆朝朝笨拙的模样，他有些烦躁。

"朝朝才十个月，尚且是个不懂事的婴孩，尿床怎么了？"许氏瞥了他一眼，轻手轻脚地让人将朝朝抱了回去。

陆远泽压下眼底的烦躁，问道："太后如何了？"

"陛下已经派人去求护国寺方丈祈福，大抵是能化险为夷的。"许氏出宫时，听见皇帝派人去寻方丈了。

陆远泽点了点头，看了一眼许氏，欲言又止。

"侯爷可有话要说？"许氏带着几分浅浅的笑意，但若是细看便能发现，她的眼睛没有笑。

陆远泽摇了摇头："无事，临近年关，辛苦芸娘操劳了。前些日子是我糊涂，惹芸娘生气了。"

"芸娘与侯爷一条心，不辛苦。只是……"许氏叹了口气，"芸娘如今忙着照顾朝朝，侯爷身边连一个可心人都没有。芸娘……"

"芸娘！成婚之时我便说过，此生只有你一个妻子！纳妾，万万不能！"陆远泽微微一怔，"义正词严"地拒绝，甚至眼神看起来有些受伤。

许氏若没有听到朝朝的心声，只怕又要被感动得落泪了。他真当自己是傻子啊？

待陆远泽离开，许氏才冷漠地勾起唇角。

夜里，陆政越抱着朝朝，与苏芷清月下漫步。

苏芷清死死地捏着手绢，她好不容易打定主意要与陆政越跨过最后一步，谁知……陆政越怀里抱着个奶娃娃。

"朝朝黏我，我便带着她来了，清清，你不会介意吧？"陆政越仿佛看不见她郁闷的模样。

苏芷清扯起一个尴尬的笑容，她的衣襟微微敞开，陆朝朝的眼神直直地落在她身上，指着她说："吃……吃、吃奶奶……"

苏芷清面色爆红！她想拿下陆政越，可不是想拿下陆朝朝这个奶娃娃！

陆政越猛地捂住妹妹的眼睛："清清，快把衣襟拉上！"

苏芷清差点儿吐血。在乡下，她只不过无意露出香肩，陆政越便羞得面色通红。

而此刻，他一本正经地训斥她，活像个和尚。

陆朝朝趴在哥哥肩膀上："哼，想勾引我锅锅，做梦！"

"哼，原先的话本里，她将我哥哥灌醉，扒了哥哥的衣裳，两人躺在一张床上。这才如愿嫁进了侯府。"

陆政越听得瞠目结舌，而苏芷清红着眼睛低声说道："政越哥哥，明日是我爹娘的忌日，清清可否寻个地方拜祭爹娘？"那我见犹怜的模样简直正中陆政越的心房。

是的，她的举手投足、一言一行皆按着陆政越的喜好来。

第59章 绿帽子给爹戴

"明日就是我哥哥被灌醉的日子咯……二哥对她不设防，她端来一杯酒，并在其中下了药。"

陆政越越发警觉了，却不动声色地说："在侯府就像在你家一样，就在院中祭拜吧。明日我过来陪你。你救过我的命，这是应该的。"

两人又在雪中漫步了好一会儿，陆政越才将她送回院子。

她站在雪中，凄婉地看着他渐行渐远的背影，只要陆政越回头便能瞧见——果然，陆政越回头了。直到陆政越走远，她脸上的笑容才垮了下来。

身后的小丫鬟上前道："苏姑娘，奴婢伺候您洗漱吧？身上浸了雪，容易受寒。"

苏芷清轻轻点头。

洗漱完回到屋内，苏芷清坐在铜镜前，披散着头发。

檀木桌子上压着一沓纸，隐隐散发着墨香。

"这是什么？"她翻开一张，龙飞凤舞的字迹映入眼帘。与陆政越这种毛头小子的字迹不同，这字迹极具张力，透着一股信手拈来的魄力。

"是侯爷写的。"丫鬟恭顺地回答，"这里原本是侯爷的书房，侯爷偶尔会在此小憩。这些都是侯爷的笔墨。"

苏芷清脸上发热，指尖从纸上划过，仿佛被烫到了。

夜里，她躺在床榻上，蒙眬间，仿佛被一股强烈的异性气息包裹。

这是陆远泽睡过的床。

第二日，苏芷清气色极差。她穿着一身浅色长裙，整个人柔柔弱弱，像一朵依附乔木生长的小白花。

陆政越过来陪伴她，眼神真挚，不住地叹气："清清，不要难过，你还有我。我会替伯父伯母照顾好你的，你相信我。"

苏芷清红着眼眶点头。

天色将暗，丫鬟奉上素斋。陆政越屏退左右，亲自拿着铜盆和苏芷清在院中祭奠。

纸钱打着旋在空中飞舞，瘦弱的少女跪在雪地里，无声落泪："爹娘……清清遇到了政越，政越哥哥是好人，你们在天有灵，也能安心了。"苏芷清轻声啜泣，将两杯清酒倒在铜盆前。

陆政越陪着她将纸钱烧完，苏芷清已经冻得嘴唇发白。

"用些晚膳吧，你身子不好，别冻坏了。"陆政越将她扶到室内，桌上已经摆满了晚膳。他的眼神落在两个酒杯上，马上移开了。

"政越哥哥，谢谢你来到我身边。虽然我救了你，但清清在世间孤身一人，是你让清清有了活下去的勇气。你，也救了清清。"苏芷清亲自将酒端给陆政越，"这杯酒，清清敬你。"

陆政越面色坦然："清清，该我敬你才是。"他端起酒杯，与苏芷清轻轻相碰。

两人一饮而尽，苏芷清轻轻呼了口气，好似放下心来，又劝着陆政越用了不少素斋。兴许是银丝炭烧得太旺，兴许是酒醉人，她只觉得屋内闷热，眼前的少年成了重影，连耳边的声音也渐渐恍惚，不再真切。

她好像听见少年叹息："清清，你醉了。"她好像被人抱到了软榻之上，吹熄了蜡烛，好像听到了房门关上的声音。脚步渐行渐远，她觉得自己的胸腔里有一团火，将她烧得灰飞烟灭，让她理智全无。

"热……"她低声呢喃，渴望一丝清凉。扯开衣襟，脱得只剩一件里衣，依旧觉得屋内燥热不已。

"吱呀"一声，门开了，屋内泛起一丝凉意。她微微回神，身体比理智更快，只见她飞快地爬起来，将来人紧紧抱在怀中。

来人一愣。而她紧紧贴着对方，没有一丝缝隙，吸取那一丝凉意。"不要推开我。"她的声音都在发颤，熨帖又舒服地叹了一口气，声音是让人无法抗拒的娇软。

来人死死掐着她的腰："你可知我是谁？"那声音低沉，带着一丝成熟男人的儒雅和压迫感。

怎么又做梦了？苏芷清羞红了脸。昨夜，自从知晓这是陆侯爷曾经的书房，是陆侯爷曾经睡过的床榻，她便羞涩不已。今夜，怎么竟做了这般大胆的梦？

"是……是侯爷。"她轻咬着下唇，眼神水光粼粼，声音颤悠悠的，双手在对方身上摸索，颤抖着解开对方的衣裳，软软地倒在对方怀里。"是陆侯爷。不要推开我，不要推开清清。"她低声呢喃，仿佛乞求，踮着脚，钩着对方的脖子，一点点靠得更近。

陆远泽额头青筋暴起，十几年来他如鱼得水，近来却被许时芸和裴姣姣折腾得心神俱疲，今夜与同僚多喝了两杯，有些犯迷糊，但作为男人，他很清楚自己在做什么。

不同于许氏高门嫡女的古板和端庄，也不同于裴姣姣的温柔小意。这是年轻至极、带着卑微的青涩少女，十六岁风华正茂的少女，与她们都不同。

少女灵巧的小舌钻入他口中，陆远泽那根理智的弦当场绷断，弯腰将苏芷清抱起。苏芷清惊呼一声，紧紧搂住他的脖子。

小丫鬟提着灯回来时，听到屋内一阵高过一阵的呻吟，先是羞红了脸颊，随即吓得面色煞白，急忙回主院禀报。

"夫人，夫人……出事了！"小丫鬟带着哭腔，"不知哪个蠢货将侯爷带回原来的书房，进了苏姑娘的屋子！"

许氏捂住陆朝朝的耳朵，登枝立即将小家伙抱了下去。

"哭哭啼啼的做什么？大过年的，莫要坏了喜气。"许氏"咬牙切齿"地道，"侯爷守着我近二十年，这已经够了。我不能一人霸占侯爷的宠爱……"她似乎叹了口气，眼眶通红。话虽如此，可所有人都瞧见她落泪了。

许氏一夜未眠，站在院内，披着满身白雪，痴痴地看着远方。

那是书房的方向。

背地里，登枝给她狂灌了好几次姜汤。

第60章　帮手成情敌

许氏站在院中，一夜未眠。积雪落在肩头，她恍若未闻。

"夫人，进去吧。"登枝跪在雪地里，哀求她进屋。

许氏只觉浑身冻得发麻，但她知道，自己不能走。

小丫鬟颤巍巍地回话："昨夜……侯爷叫了三次水。"

许氏一张脸煞白，说不清是冻的，还是因为心碎。

陆府静得瘆人。

陆远泽睁开眼，瞧见怀中娇俏的女子，理智瞬间回笼。

苏芷清醒来也吓了一跳。不是梦！昨夜不是梦！她脸色煞白，瞧见自己满身青紫，更是惊愕得死死咬住下唇，浑身瑟瑟发抖。错了，错了！全都错了！她仿佛被卡住了喉咙，整个人陷入了恐惧之中。

"你别害怕，昨夜是我失态了。"原本陆远泽还有些怨气，可到底对惶恐的她心存怜惜，急忙将她揽进怀中，"我会向夫人解释，你别害怕。夫人心善仁慈，此事是我的错。"陆远泽抿了抿唇，昨夜的美好让他忘却了烦恼。

苏芷清这下真的哭出声了。完了，完了，全完了……裴夫人告诉她陆家所有人的喜好，让她讨陆家人的欢心，但绝对不希望她抢自己的男人啊！可瞧见陆远泽，她又有些愣神。陆侯爷满身成熟男人的气息，不是陆政越、陆景淮那种青涩小子能比的。

小丫鬟敲响了房门，声音带着哭腔："侯爷，夫人在院子里站了一夜，您快去瞧瞧吧。夫人在雪地里冻了一夜……"

陆远泽赶紧爬起来，慌乱地穿好衣裳，只留下一句："清清，我会给你个交代。"

苏芷清感受到丫鬟鄙夷的目光，如芒刺在背，浑身抖个不停。更让她惶恐不安的是，她真正心悦的是陆景淮啊！她是陆景淮的女人，她不能嫁给陆远泽！她揣着这个大秘密，一旦爆出来，那便死无葬身之地了！

陆远泽连鞋袜都不曾穿，急急忙忙冲回主院。

果然，院中站着一个满身白雪的女子，摇摇欲坠，漠然地看着他。

"芸娘……昨夜是我进错了房门，"陆远泽心里有点慌，"我将她认作了你。"

许时芸浑身如冻僵了一般，声音沙哑，眼神笼罩着一层水雾："侯爷……侯爷守着我近二十年，芸娘不该如此自私。侯爷，暂且让芸娘冷静冷静吧。"

登枝扶着她，轻轻一动，身上便扑簌扑簌掉下许多白雪。许氏刚一转身，便软软地倒下，慌得登枝红着眼睛大喊："夫人！"

陆远泽本想进院门，又听登枝愤怒地喊道："侯爷，您不要再刺激夫人了！自从您进了苏姑娘的房门，夫人便在外面等了一夜。"说完，登枝便抱着夫人进了内室。

进了门，许氏幽幽地睁开眼。几个丫鬟立马无声地上前给她换下衣裳，用热水暖手暖脚。姜汤下肚，许氏这才缓了过来。

陆朝朝心疼得要命，抱着娘亲那如冰坨子一般的手贴在自己脸上。"嚏……"小家伙打了个哆嗦。

许氏忙抽出手："傻丫头，别冻坏你的脸。娘亲不冷，娘亲故意做戏给他看呢。"若不做戏，他怎会放心地纳苏芷清为妾？

登枝在门口看了一眼："夫人，侯爷走了。"他在院门外站了半个时辰，听到小丫鬟来禀，说苏芷清要自缢，这才脚步匆匆地离开。"夫人，您算得真准。那苏姑娘果然把目标转向侯爷了。"

陆朝朝眼睛里直冒星星："乖乖咧，我娘真聪明！"

许氏没忍住笑出了声。哪里是她聪明，是她的朝朝未卜先知。

陆景淮再有才名、再有天分、前途再广阔，可现在还未长成，与陆远泽这个成熟男人比起来，到底差了一头。况且，苏芷清与陆远泽春风一度，自己在雪地里站了个通宵，早已满府皆知。苏芷清没有其他留在侯府的机会了，只能紧紧抓住陆远泽这根救命稻草。

陆朝朝见母亲虽然病恹恹的，但眼睛明亮，这才放下心来。

下午，苏芷清便穿着一身桃红衣裳来听风苑请罪。昨日还是一身未出阁的打扮，今日却是遮掩不住的春风满面。

"夫人，她还有脸来？"登枝气得直瞪眼。

许氏轻笑一声："当然有脸来，有侯爷给她撑腰呢。"

苏芷清轻咬着下唇，身子不大爽利，依旧一步一摇地入了听风苑，一进门便跪在堂前，脖颈间的红痕极为显眼。

"夫人，这一切都是清清的错，与侯爷无关……"苏芷清犹如一朵饱受摧残的小白花，摇摇欲坠，"今日一早，清清知晓自己犯下大错，原本打算自缢谢罪，是侯爷阻止了清清。"

许氏红着眼睛，心里却窃笑不已。苏芷清的一举一动、穿着打扮皆按着侯爷的喜好来，裴姣姣，你费尽心思将苏芷清送到侯府，告诉她侯府所有人的喜好，却唯独没想到最后她会和你抢男人、打擂台吧？

许氏站起身，红着眼睛将苏芷清扶起来，面露难色："苏姑娘，你是好人家的姑娘，我也不愿为难你，只是……你与政越哥儿的事……"

苏芷清表情微僵，轻轻地打了个寒战："我与政越清清白白，从未逾矩。"真正逾矩的……是陆景淮。

"那便好了，苏姑娘不必惶恐。"许氏松了口气，"我与侯爷成婚多年，他啊，是个专情之人，从未有过闲花野草。说起来，苏姑娘还是头一个呢。如今我养育着三子一女，也没有心力再伺候侯爷了。你与侯爷也算有缘分，进了门便好好照顾侯爷，若能再生个一子半女，侯爷必定开怀。"许氏轻轻地拍了一下她的手，苏芷清羞涩地点头应下。

"而且，你对政越有救命之恩，做姨娘真是太委屈你了。"

苏芷清猛地抬起头，许氏却状若未闻。

第61章　夺舍太子

"苏姑娘是清白人家的女儿，此事又是侯爷孟浪，让你做姨娘岂不是侯府忘恩负义、恩将仇报？"许氏一副全心全意为苏芷清着想的口吻，"我有意抬清清做平妻，但如今侯爷正值升迁，担心他人非议，只怕不愿意大操大办。眼下，咱们一切依照平妻的规矩来，对外暂且不提，你觉得如何？等将来侯爷同意，再风风光光抬你进门。"

苏芷清当即盈盈一拜："清清谢夫人成全，感念夫人恩德，愿为奴为婢伺候夫人。"她几乎能听见自己的心脏狂跳。果然，许氏就是个蠢货。

· 135

"为奴为婢便罢了。你救政越一命，便是救了我。从现在起，那院子便改名清平院，供你长住着。我不拨丫鬟了，你去账房支三百两银子，自己择买吧。"许氏诚意十足："你可要挑个中用的，将来和裴姣姣打擂台啊！"

苏芷清羞涩地一一应下。她当然听懂了许氏的言外之意，只要侯爷没意见，那她就是侯府的平妻。她对侯爷的一切了如指掌，这简直是天降的良机。

待苏芷清离开，许氏面上的笑容才缓缓消失。

"夫人，她还一路念叨您的好呢。"登枝偷笑。

"对外暂且瞒着，不要透露她的身份。她在府内的一切待遇都和我一样。"许氏下定决心要给裴姣姣一记痛击。

此后数日，许氏以此事为由，闭门不出，对外称大病一场。

而陆朝朝盘着腿坐在小匣子前，将皇帝给的玉佩塞了进去，心里还嘟囔着："皇帝小气，鸡腿都不给，给块破玉佩有什么用？"

天知道外面众人为了这块玉佩打破了头，也不知道小太子怎么样了。

原先的话本里，小太子彻夜照顾太后，回去便高热不退，因此被人穿越。可现在，母亲禀明南国疫病，陛下连夜彻查，小太子应该躲过这一劫了吧？

陆朝朝抱着奶壶，"咕咚咕咚"喝了几口。嗐，现在她还是个什么也不懂的奶娃娃，除了喝奶，万事不管。

直到一日下午，陆政越来寻许氏，说今儿是腊八节，外面热闹着呢。

陆朝朝攥着哥哥的手，眼巴巴地看着他，想要出去凑热闹："求……求，二锅啦。"

陆政越有心逗她："唔，那你拿什么求啊？"

"吧嗒"一声，小家伙膝盖一弯，跪在地上便给他磕了个头。"朝朝给您磕头咧……""咚！咚！咚！"磕得一个赛一个地响。

"折寿啊，折寿啊，你这家伙……"陆政越猛地跳开，急忙将她拎起来，"罢了，罢了，带你出门啊。但你要听话，不然下次二哥就不带你了。"

陆朝朝欢喜得直点头。

他们出得门去，在外院正巧碰见苏芷清从陆远泽书房出来，面色红晕，嘴唇泛着水光，一双眸子如水如画，撞见陆政越，当场怔住。

陆政越死死地盯着她，一双眸子赤红。出门前，他特意打理仪容，故意把自己弄得憔悴一些。

而陆朝朝大喇喇地喊了一声："小……小娘！"惊得两人后退几步。

陆政越张了张嘴。是啊，她已经是父亲的女人了。他声音干涩，一字一顿道："小娘！"说完，便红着眼眶落荒而逃。

苏芷清不知所措。从今日起，府上几位公子都开始唤她小娘，直接坐实了她的身份。她不知道，陆政越在她看不到的地方撇了撇嘴。

"朝朝，好戏在后头呢。"陆政越抱着朝朝在街上闲逛，小朝朝憨态可掬，来往众人都会多看她一眼。

"是我二嫂，是我二嫂，二嫂！"突然，陆朝朝激动起来。

陆政越一愣，见陆朝朝指着远处的马车："快！康康，让沃康康！"

"那是二哥的官配，与二哥订婚的嫂子！温宁姐姐！"陆朝朝在心里嗷嗷直叫。

陆政越的眼神落在马车上，果然是温家的标志。温家回京了？

在他的记忆中，温宁总是胖乎乎的，跟在自己身后唤着政越哥哥。而此刻……马车内伸出一双手，白皙细长，仿佛闪着细碎的星光。少女露出面容，一双眸子灿如繁星，面容精致又带着几分矜持，嘴角噙着一丝笑，依稀能瞧见两个小酒窝。

"啊啊啊，是我二嫂！蠢货二哥，快上去，快上去啊！二嫂回京了！"陆朝朝眼睛发红，"二哥是个笨蛋，大笨蛋！温姐姐从小便喜欢二哥，偏偏二哥为了小白花而以死相逼退亲！后来……娘和哥哥们被抓，即将处斩。温姐姐四处求救，害得温家被连累……还被别人拖进小巷子，呜呜呜呜呜……死在小巷子里了……"

温宁，温宁她！陆政越嘴里一股腥甜。此刻，他远远看着温宁，那般明媚美好的女子，却为了救他而赤条条地死在昏暗的巷子里。陆政越觉得胸口沉甸甸的，被什么压得喘不过气来。

"欸欸欸，二哥你别跑啊，二哥你怎么跑了……"陆朝朝无语，她二哥竟然落荒而逃了。

陆朝朝指着远处："二……二、嫂！"小脑袋瓜一点一点的。

"朝朝，那不是二嫂。"陆政越摇了摇头，"二哥不配。"他摸着朝朝的脑袋，朝朝很聪明，之前见过温宁的画像，现在就认出来了。

朝朝偏着脑袋，她不懂。

"温宁是个好姑娘，是二哥不配，她值得更好的。"陆政越远远地看着温宁，心头苦涩万分。

陆朝朝眨巴眨巴眼睛，似懂非懂。

正说着，一个小厮急急忙忙寻来，跑得满头大汗，气喘吁吁："二公子，总算寻着您了。快，大公子去了东宫，让您将朝朝小姐带过去。"

"呀，小太子要不行了吗？"陆朝朝有些惊讶，太子明明避开了疫病，难道剧情又将他推了回去？

陆朝朝这句心声吓得陆政越魂飞魄散，撒腿就往东宫跑。

东宫禁卫森严，寻常连大门都难进，此刻却畅通无阻，人心惶惶。

"怎么回事？"陆政越拉着人问道。

"太子落水，醒来后好似失了魂……"仆从惶恐不安。

方才太子醒来，明明身侧一人也无，却猛地捂住脑袋，大喊："滚出去！快滚出去！离开我的身体！"仿佛身子里藏着两道不同的神魂，在拉锯抢夺控制权。

"朝朝别害怕，是太子寻你。"陆砚书坐在轮椅上，面色严峻，从陆政越手里接过朝朝。这段时日，他与太子走得极近，今日正好在东宫。不知为什么，太子神志不清时，竟然急呼朝朝的名字，一声比一声急促。

"太子抢不赢，要死咯……"陆朝朝抱着奶壶猛喝几口，毫不在意身后哥哥们苍白的脸色。

第 62 章　太子成奴仆

陆砚书深深地吸了口气。

殿内传来痛苦的哀号声。谢承玺的眼神时而狰狞，时而恐惧，好似身体里有两股势力在交锋。"滚！滚出去！全部滚出去！"说话的声音带着一股狠戾，丝毫没有七八岁孩童的天真。

宫人远远跪着，半点不敢靠近。其中已经有人去请宣平帝了。

屋内的茶盏碎了满地，太子穿着一身常服，大口大口地喘着粗气，跪在破碎的瓷片上，膝盖满是血迹。可他半点不曾在意，好似没有痛觉一般。

穿！竟然是孤魂野鬼穿他的身子！谢承玺只觉得有一股无形的强悍力量要将他从身体里扯出来。"什么魑魅魍魉，竟敢来本宫面前作祟！速速滚出本宫的身子！"谢承玺死死地抱着脑袋，"朝朝，朝朝……快……快寻朝朝！"他浑身都在颤抖，大滴大滴冷汗往下落。

"你便安心离去吧，我会替你保管好这身子的！"争夺他身体的鬼魅声音阴沉，替他发号施令，屏退了所有宫人。

"滚出去！"谢承玺只觉眼前一阵恍惚，头痛得指尖都在发颤，眼神渐渐迷离，好似灵魂即将被抽离。

突然，有人进来了。

他努力睁开眼睛，只依稀瞧见圆滚滚的一团费劲地越过门槛爬了进来，手中还攥着个小奶壶，时不时喝两口，一脸满足。

带着奶香和温热的小手落在他的眉心，将他即将离散的神魂禁锢在原地。

"呀，快死了……"陆朝朝惊讶地瞪大了眼睛，"原本你该死于疫病。可我明明改变了你的命运轨迹……我明白了，天道拨乱反正，又将一切掰回来了。"她蹲累了，干脆抱着奶壶盘腿坐在谢承玺身边。太子不能死，否则就变成陆景瑶的傀儡啦！

"嘿嘿……"陆朝朝眨巴眨巴眼睛，大大的眼睛里流露出一抹顽皮，笑得贼兮兮的，"太太……太纸锅锅，泥……想……不，想活吖？"

谢承玺气得直翻白眼，不想活，难道想死吗？他想要说话，可不能掌控身体，另一半魂魄死死地咬着他的唇，渐渐渗出丝丝血迹。他急得焦头烂额。

陆朝朝似乎看出了异样，抓了抓头上的小鬏鬏："点头？"她话音刚落，太子就飞快地点起头来。

"可是，就算朝朝再救你一次，天道还是会将你掰回正轨啊。除非……除非，你与朝朝共享生命。"陆朝朝功德大过天，想救个人轻而易举，只是……"不过，凡人不配共享朝朝的生命，只能……做奴仆！成为朝朝的奴仆，追随朝朝，便不再受天道束缚，可重获新生。"

"泥，泥……愿意……"陆朝朝头上的小鬏鬏都快被她抓掉了，她盘腿坐在地上，结结巴巴，断断续续，努力吐字清晰地问，"做，朝朝……的奴仆吗？"

谢承玺不停地喘气，他的手脚已经无法自控，浑身气息变得陌生。他，即将被抹除了。

"我，谢承玺，愿侍奉朝朝左右，生生世世做朝朝的奴仆！"他咬着牙，眼眶充斥着血丝，站起身，踩在瓷片上，"如违此誓，天打雷劈！"

话音刚落，漆黑的夜空中突然团团乌云汇聚，降下惊雷。这不是太子宣誓成功，而是天道在阻止陆朝朝。

"闭嘴！"陆朝朝双手叉腰，把奶壶扔在地上，小圆脸表情烦躁，右手指天，"再，再吵吵……抽泥！"

汇聚的乌云缓缓一僵，好似受了天大的委屈，四散而去。

谢承玺惊呆了，翻身跪地，"吧嗒"向她磕了两个响头，磕得格外真诚。天道都吃瘪，他只是个小太子，磕两个头怎么了？当奴仆怎么了？天道都不敢吭声，他不亏！

陆朝朝把手指伸进嘴里，小脸表情狰狞，狠狠地咬了一口。拿出手指一看，沾满口水的指尖上只有两个牙印。咬不破？只有两颗牙？陆朝朝小小年纪，还不懂得什么是尴尬，只觉得脸上火辣辣的。小婴儿也是要脸的啊！她气得把手在瓷片上一划，鲜红的血珠霎时冒了出来。

空气中顿时浮动着一股浓浓的令人心旷神怡的气息，吸一口就神清气爽。陆朝朝将指头戳在太子眉心："气气……契约成！"

那滴血直接没入谢承玺的额头。他感觉到一股强悍的力量注入，将他的神魂稳住，叫嚣的异世之魂瞬间被踢了出去。

"谢承玺愿追随朝朝，成为朝朝的奴仆。谢朝朝救命之恩。"太子浑身脱力，坐在地上，郑重地对着朝朝行了大礼。怕陆朝朝不自在，他没有告诉她自己能听到她的心声。他算是明白了，陆远泽这个女儿大有来头，而陆远泽这个蠢货错把鱼目当珍珠。

谢承玺取下腰间的玉佩挂在陆朝朝腰间："朝朝，此玉佩代表本宫亲临，有了它，你在北昭可随意行走，谁都不能伤你分毫。"

"哦。"朝朝淡淡道。你父皇已经给了我一个，没什么稀罕的。

"你好像不太喜欢的样子？"谢承玺摸了摸脑袋，"那你喜欢什么？"他蹲下身子，小心地问。

"肉肉！"朝朝眼睛一亮，目光灼灼地看着谢承玺，"大鸡腿，大鸡腿，大鸡腿！糖葫芦，糖葫芦！糖人儿，糖人儿！"

谢承玺当场拒绝了。虽然他没什么带孩子的经验，可也明白，十个月大的娃娃哪能啃鸡腿啊？于是，他眼睁睁地看着小朝朝眼里的光熄灭了。

陆朝朝"哇"的一声，眼泪鼻涕横流。遭到了无情的拒绝之后，上可怒斥无情天道、下可脚踹阴冷地府的陆朝朝被气哭了！

原本陆朝朝算计着，救命之恩总能换个鸡腿吧？谁知被骗了！说好的签订契约，奴仆什么都听主人的，连个鸡腿都不给！他连个鸡腿都不给！

"哇……"

第 63 章　迷茫的方丈

谢承玺心里拔凉拔凉的。他完了，死定了。第一天，他就把小主子给气哭了！

陆砚书推着轮椅进来时，陆朝朝气得直打嗝，方才还怒斥天道不公，这会儿一边抽泣，一边控诉："坏……坏……劈洗他，劈洗他……"

陆砚书将她抱进怀里，眼底的笑意快要溢出来了："小妹顽劣，殿下见笑了。"他仔细打量着太子，见太子的神情虽然疲惫，但依旧熟悉，轻轻松了口气。

"不不，朝朝真性情，是本宫惹恼了她。"太子小心翼翼地偷看朝朝，朝朝气得用屁股对着他。

"晚膳吃四喜丸子。"陆砚书淡淡地说道。陆朝朝一顿，继续捂着脸嗷嗷哭。

"再加蜜汁乳鸽。"朝朝的哭声变小了。

"今儿天冷，再准备个锅子吧。看来朝朝是不想吃，只能……"

陆朝朝顿时挂着两行眼泪，鼓着脸颊大喊："次次次！"

太子偷偷松了口气，急忙吩咐宫人准备晚膳。

陆砚书眼底藏着一抹狐疑。这段时日，他与太子交往颇深。他颇有才学，太子很敬重他。可……面对朝朝时，太子太不一样了，亲自给朝朝夹菜喂饭剔骨头，端热水给朝朝洗手洗脸，处处透着一股殷勤，有意把朝朝捧得很高。直到朝朝用完膳回府，他还恋恋不舍地站在门口，等朝朝离去才敢转身。

坐在马车上，朝朝趴在二哥陆政越怀里打瞌睡。

"朝朝，今日在东宫发生了什么吗？"陆砚书问道。

朝朝咂巴咂巴嘴："次鸡腿！"

"除了鸡腿，还有别的吗？"

半晌，陆朝朝憋出一句："鸽子……"还吃了乳鸽。

"除了吃！"陆砚书简直让她气得脑瓜子疼。

小家伙蹙着眉头想了半天："哭哭……太纸哥哥哭哭。"然后指了指脑门："砰砰……"这是磕头的意思。

陆砚书无奈：要不你在心里说两句？

"东宫的伙食真好啊！脆皮乳鸽真好吃，入口即化，嘎嘎好吃。今晚的锅子汤好喝，唉，肚子好撑啊，为什么不长两个肚子呢？今晚的烤羊腿没吃上，好遗憾，闻着好香好香……吸溜吸溜，长牙长牙长牙，快点长牙……"

陆砚书默默堵住了耳朵。算了，不听也罢。

马车回到忠勇侯府时，已经月上柳梢头。

今日陆远泽依旧歇在了苏芷清房中。自从许氏许下平妻之位，苏芷清便使出了浑身解数，日日让陆远泽留宿她房中。裴姣姣将陆家所有人的喜好都告诉了她，正好方便她行事。

说起来，近来陆远泽当真是春风得意。陆景淮的未来岳丈姜老爷子从大理寺卿升任翰林院掌院，成了从二品。近来陆景淮又作出一首好诗，冠绝天下，谁人不知陆景淮的名字？

"《将进酒》……"远远地便能听见清平院中传来的声音，"君不见，黄河之水天上来，奔流到海不复回。君不见，高堂明镜悲白发，朝如青丝暮成雪……好诗好诗啊，千古绝句啊！"陆远泽多喝了几杯，此刻眉宇间满是欢喜。他的景淮，他的景瑶，这一双儿女当真给他争脸面。这首诗传进宫，连陛下都问了陆景淮的名字。

"陆景淮竟然能作出这等绝句？"陆政越初听此诗便惊呆了，更何况外面的世人？

"他妹妹可是来自拥有五千年文明的现代中国！"陆朝朝打了个哈欠，"无数名作供他抄袭。"

陆政越的双拳缓缓握紧。

陆砚书坐在轮椅上，表情淡然："科举，只会作诗可不行。"

陆政越的不安缓缓散去，在大哥面前，一切好像变得简单起来了。

夜里，护国寺方丈站在月色下，他的一双眼睛无缘无故地瞎了，如今只能由弟子代劳观天。

"师父,紫微星闪烁,光芒时而强烈,时而微弱,这是为什么啊?"小沙弥打扮的四皇子仰着头看向漫天繁星,"师父,紫微星的光越来越弱,已经完全变暗了……"四皇子有些不安,紫微星代表帝王和皇室。

"咦……"突然,四皇子的眼睛一亮,"师父,师父!天生异象,天生异象了!好奇怪!"四皇子猛地跳起来,和尚们从护国寺里涌出来,看着天空中的奇景。

"师父,好奇怪啊。不知从何处冒出一颗灿烂的星星,比所有星星都亮!将紫微星托起来了!原本黯淡的紫微星重新焕发光芒,比之前更亮了!"

不少和尚双手合十,在异象下祈求百姓平安,风调雨顺。四皇子"吧嗒"一声跪在地上,磕了几个响头。

方丈一愣:"那颗星星是什么样子?"原本他推算出皇室有一大劫,此劫将导致江山易主,四海动荡,谢家的天下将万劫不复。他之所以将四皇子留在佛门,正是为了保留皇室血脉。

"师父,是天空中最亮最闪的一颗星星,不知从哪里冒出来的,所有星星围绕着它转动。"四皇子仰望着那颗星星,"就连紫微星都屈居它之下,甘愿为它做配。师父,天下出什么奇人了吗?"星象代表天下局势,这颗星星必然不是无名之辈。

"破局之人出现了。"方丈双手合十,面上露出一丝浅笑,"此人能化解天下的困局,救黎民于水火,天下有救了!"

"师父,他能治好您的眼睛吗?"四皇子心疼师父,不由得问道。

方丈摇了摇头:"此等避世不出的大能人性情古怪,不要为小事而求他。"至今他不知道自己为什么瞎了。

此刻这位大能人一定在为拯救天下而苦恼吧?方丈心想。

此刻,救黎民于水火的大能人,十个月的陆朝朝,双手捧着奶壶,"咕咚咕咚"喝饱了,"咚"的一声,奶瓶倒在一边。

"鸡腿都不给,小气。"她梦里还在念叨,"再也不救了……劈死他……酱肘子、火爆腰花、酸辣臊子蹄筋、麻酱凤尾、葱爆海参……"

她正在为长牙啃肉肉而苦恼。

第 64 章　靠山超多

除夕,京城鞭炮连天,四处贴上了喜庆的窗花。孩子们穿着崭新的衣裳,四处打闹。

陆朝朝十一个月了!可喜可贺,她又长出了一颗牙,已经是有三颗牙的宝宝了,无论见了谁，她都咧着个嘴，露出三颗莹白的小牙。

"开心开心，距离啃大鸡腿又近了一步。"

许氏看得腮帮子疼："行行行，娘知道你又长了一颗牙啊。晚上回来就给你啃鸡腿。"这丫头做梦都在喊，长牙长牙……

陆朝朝眉开眼笑，得到了想要的鸡腿，整个人都开心起来，繁复的穿着都没让她烦躁。

"今儿要进宫祭天，晚点还有宫宴，你可要听话啊。"许氏给她穿上了厚厚的袄子，祭天很冷，她担心陆朝朝被冻坏了。

穿着完毕，陆朝朝看了母亲一眼，偷偷钻进床底，手脚并用地推出一个小匣子，掏出脖子上挂着的小钥匙，"吧嗒"一声，匣子被打开了，里面放了一串玉佩。这串玉佩随便哪一块都能惹得她爹流口水，而她却嫌弃地扔在角落积灰。

"占地方！"陆朝朝撇了撇嘴。

许氏正在沐浴更衣，只能看见她撅着屁股埋头"吭哧吭哧"找东西，头上的两个鬏鬏一晃一晃的。

陆朝朝从匣子里掏出一把栗子，说是一把，其实也就两个，小胖手还握不住。她抓了好几把栗子塞进怀里，又抓了两把花生塞进小荷包，又抓了一根拇指大的小甜薯，忙乎了好一阵，兜里装得鼓鼓囊囊的，才重新锁上匣子，将其推进去。

祭天极其烦琐沉闷，并且中途不许离开。许氏不敢喝水，生怕中间要如厕，只喝了两口浓稠的米粥垫垫肚子。

"今年怎么要求嫡子嫡女也参加祭天啊，朝朝才十一个月，走都走不稳。"登枝叹了口气，忙着给朝朝戴上一条围巾。

许氏看了一眼蹲在地上戳蚂蚁的陆朝朝，她觉得或许是皇帝想见朝朝，但……陛下没那么闲吧？

许氏抱着朝朝，正准备出门，便瞧见苏芷清面上含着喜色走来。

"夫人……"苏芷清面色红润。这半个月，她使出浑身解数讨好陆远泽。而陆远泽竟有些沉溺温柔乡的模样，连许氏的房门都不曾踏进。

"夫人新年安康。"苏芷清欲言又止，眼中的喜色几乎掩饰不住。

"有话直说吧。耽误祭天可是重罪。"许氏有三品诰命，是要入宫拜祭的。

"嘿嘿，她变成了陆景准的小娘……要把裴姣姣气死了。"培养出来的利器将矛头对准了自己。

苏芷清对着许氏行了一礼："昨夜……侯爷说，想要将清清抬为平妻。夫人年长，又养育着几个孩子，只怕分身乏术，想让清清替夫人分忧……"

裴姣姣虽然貌美，却不再年轻。而苏芷清年轻貌美，放得下身段，还饱读诗书，几乎集合了许氏和裴姣姣双方的优点，更在裴姣姣的指点下刻意迎合侯爷的喜好，让侯爷觉得两人颇有缘分。昨夜，陆远泽冲昏了脑子，竟当场应下了平妻一事。

"既然如此，明日是初一，便将苏姑娘记上族谱吧。只是这婚事……"许氏迟疑了一下。

苏芷清马上接口道："姐姐，新年繁忙，婚事不急。"只要上了族谱，那便是正儿八经的平妻了。于是她顺口就喊上了"姐姐"。

"呸，什么阿猫阿狗也敢胡乱攀亲戚？"登枝没忍住，啐了一口，"夫人出自名门，是许家千娇万宠的嫡女，可不曾有姐妹。"

苏芷清羞红了脸，眼中却带着怜悯和幸灾乐祸。哼，正妻又如何？不得男人宠爱又有什么用？她还不知道侯爷在外养了快二十年的外室吧？侯爷说许氏爱他入骨，果然是真的。

"登枝姑娘教训的是，是清清没看清自己的身份。"她低着头，嘴角噙着一丝冷笑。

"好了，你好好伺候侯爷便是。"许氏不曾多看她一眼，便带着众人出府去了。

今日，皇帝带着朝臣祭天。

女眷带着子嗣，站在祭台另一侧，既隔绝了朝臣的视线，又避开了寒风。许氏依照位置站好，心里暗暗赞叹这位置真好。她哪里知道，这是皇帝和太子特意给陆朝朝留的。

朝臣皆跪在寒风中。虽然陆远泽爵位高，但官位低，跪在后排，压根儿看不清前面。

"陆侯爷，等会儿宫宴后，一同喝几杯？一同品鉴品鉴《将进酒》！每一句都是千古绝唱啊！"令他深感欣慰的是，刚才在宫门口，朝臣纷纷与他寒暄，"那陆景淮当真有真才实学。去年中元节无法凝聚正气，必定是意外。毕竟是第一次参与游街。"

陆远泽与有荣焉，心头火热。这是他的儿子！

"听说陛下极其喜爱《将进酒》。那陆景淮还未参加乡试就被陛下看重，若果真三元及第……"有个臣子偷偷看了一眼太子，"只怕祖坟要冒青烟啊。"

"也不知陆景淮到底是谁家的孩子，这般争气出众的儿子竟然养在外头。"自从上次礼部侍郎被当众抓奸，所有人知晓了陆景淮的外室子身份，"当年许家的辉煌要落在陆景淮头上咯。"

陆远泽掐着掌心，面色微沉，没说话。许氏的娘家走上巅峰，便是因着老太爷辅佐陛下登基，一跃成为帝师，成为"三公"之一的太傅。

蠢货！只有礼部侍郎陈大人瞥了一眼忠勇侯。他帮着陆远泽养外室，得罪了陆朝朝，更蠢。他摸了摸耳朵，夫人把他的耳朵都掐肿了，可想起夫人的身孕，他又咧着嘴直傻笑。这一胎，太医已经验过了，是儿子。老年得子，他这辈子死也值得了。

陈大人才不想提醒陆远泽，他家闺女有一大堆后台，气死他拉倒。

祭台上，钦天监监正念着祭文，祈祷来年风调雨顺。

宣平帝带着太子，神情肃穆。皇帝已知晓是陆朝朝救了太子，心头正感谢上天赐下陆朝朝，刚低头便瞧见硕大的青铜大鼎后冒出个奶娃娃。

奶娃娃还咧着嘴，露出三颗小牙直乐。

第 65 章　祭天大典烤板栗

宣平帝一怔。太子本来念着祭天词，低头瞥见陆朝朝的小脸，嘴里打了个磕巴，瞬间恢复正常，偷偷移步挡住陆朝朝的身形。

她咋爬到上面来了？

"下面冷，上面暖和。"陆朝朝将小手缩在唇边吹了吹，指了指祭台底下，又指了指祭天的大鼎。

皇帝张了张嘴，他知道，这一刻自己该暴怒，该砍她脑袋！可是，想起昨儿夜里那场梦，他又默默闭上了嘴，甚至横了祭台上震惊的礼部尚书一眼。

老尚书白发苍苍，看着铜鼎前白胖的奶娃娃，瞪大了眼睛，偏偏还不敢吭声。我的乖乖，谁家娃娃爬到祭祀台上了？陛下还护着她！若是皇子，只怕要被当场打个半死，连母妃都要被打入冷宫，而此刻，陛下刻意挡着她，不让她被人发现。

他哪里知道，昨晚宣平帝做了一场梦。

昨天夜里，皇帝梦到了北昭的结局，真是闻者伤心、听者落泪啊。梦里，太子疫病后悄然死去，不知哪里来的孤魂野鬼占据了太子的身体，顶着太子的身份谈情说爱，将北昭老祖宗辛辛苦苦打下来的基业拱手让给了那个女子。

皇帝还梦到了死去多年的先皇。先皇握着他的手，激动得唾沫横飞："有救了，有救了，我老谢家的祖坟冒青烟了！有了陆朝朝，我老谢家的江山定能千秋万代！好好养着朝朝小祖宗，不然老子非爬上来抽死你！"

皇帝摸了摸脸，在梦里，他差点儿挨了先皇一巴掌。所以，此刻，他看向陆朝朝的眼神格外和蔼。

天空又下起了小雪。积雪落在肩头，众人本就没用膳，此时更是冻得直打哆嗦。

陆朝朝喝了两口奶，只觉得肚子里空落落的，突然眼珠子一亮，盘着小短腿坐在地上，将烧纸的铜盆拖到脚边。

眼睁睁地看着她从怀里抓出一把板栗扔了进去，皇帝张了张嘴，整个人呆住了。

没一会儿，冒着寒风、顶着大雪的朝臣们便闻见空气中多了一股烤板栗的香味。好香好香……在众人饥肠辘辘的时刻，霸道的香气直往鼻子里钻。

陆朝朝用仅有的三颗牙磕开小板栗，吃一口板栗，喝一口奶，眉眼都舒展开来：

"哇哇哇，这板栗好香好甜，粉粉糯糯的……"

念着祭天词的小太子直咽口水。他觉得自己正在经受这辈子最大的考验，他眼前的文字变成了一颗颗炸开的板栗。

板栗吃完，祭天词还未念完，陆朝朝又掏出一把花生。花生的香味更霸气，弥漫全场，甚至有人琢磨道："此刻就差二两小酒了。"

陆朝朝坐在铜盆前，小脸被火烤得通红，又将拇指粗的小甜薯扔进火盆。没一会儿，众人便闻见了空气中的红薯香味。

皇帝的眼皮子直跳，心里默念："老祖宗勿怪啊，这可是您让朕宠着她的。"也不知这丫头吃的什么红薯，这味道真霸道啊。

朝臣几乎饿得昏厥过去，到底谁这么没公德心，在严肃的祭天大典上，竟然偷带零嘴，吃独食？往常看不上眼的板栗、花生、小红薯，在这冰天雪地里，格外想来两把。

陆朝朝攥着小奶壶，打了个嗝，拍了拍鼓起来的圆润肚皮，朝着皇帝父子摆了摆手，顺着角落的梯子爬了下去。

太监吓得魂飞魄散，脸色惨白。她什么时候上去的？可瞧见陛下和太子神色和蔼，更是震惊万分。

大太监默默地记下了陆朝朝。哎呀，忠勇侯陆远泽才能平平，却这么会生！不显眼的忠勇侯府要迎来泼天富贵咯！

他哪里知道，陆远泽正筹谋着怎么将许氏赶出家门呢，这泼天的富贵轮不上他。

此刻，许氏跪在祭台底下，一扭头，吓得面无人色，朝朝呢？

"凉亲……"陆朝朝拉了拉她的衣角，偏着脑袋，一脸可爱。

许氏偷偷松了口气："朝朝不要乱跑，祭天出不得差错，会受罚的。"前年，有人祭天时失仪，皇帝的面色极其难看，当场将他革职，拖下去打了三十大板，既丢了官，又丢了半条命，家族多年的努力毁于一旦。

陆朝朝皱着眉头："怎么会受罚？皇帝伯伯和太子哥哥多和蔼、多慈祥啊。"

"嘴巴怎么这么黑？"许氏抚了抚她的嘴角，漆黑一片，也不知道偷吃了什么。

陆朝朝摸了摸脑袋，红薯烤煳了，牙齿都黑啦。

许氏没说什么，她知道陆朝朝荷包里经常藏着吃食。

一片雪花落在陆朝朝肩膀上，凉意袭来，她不由得打了个喷嚏。

台上的太子身形微微一滞，加快了念诵的节奏。没一会儿，祭天大典就结束了。

"今年结束得真快。"许氏心里犯嘀咕。往年需要半天才结束的祭天大典，今年只用了半个时辰。许氏揉了揉肚子，饿得胃里泛酸，真难受。"也不知谁这般大胆，竟然带烤板栗、烤红薯来，十个脑袋都不够砍……"许氏饿了一早上，闻得直咽口水。

朝朝眼珠子咕噜咕噜地转，绝口不提自己去祭台烤的，还亲自在皇帝伯伯、太子哥哥面前吃了！"反……反正，不素，朝朝！"她将自己鼓鼓的小肚子拍得啪啪作响,"朝朝!好、好宝宝!"脑袋微扬,一脸乖巧。

许氏眯着眼笑:"娘当然知道你是乖宝宝,咱家朝朝乖巧可人,从不做出格之事。"她家朝朝出生时就不爱哭,饿了尿了都不哭,全京城找不出第二个这般懂事乖巧的孩子。

许氏丝毫不曾想到,她家闺女便是祭天大典烤板栗的"罪魁祸首"。

第66章 宫宴骑脖子

宫宴上,言笑晏晏,丝竹声不绝于耳,甚至有人把《将进酒》编成了剑舞,众人看得惊叹不已。

"那位陆公子当真有大才,年仅十七,便有如此神作,才名确实当之无愧。"

陆远泽坐在殿前,听到众人赞扬陆景淮,微微昂起了头。

"说起来,上一位如此出众的是陆侯爷的长子吧?年仅八岁的秀才,而且是第一名。"有一位大臣见到陆远泽那副与有荣焉的模样,开口讥讽道,"慧极必伤,陆侯爷的长子当真可惜,如今残疾之身,还占着世子之位,当真可惜,可惜啊……"

陆远泽仿佛被卡住了喉咙,雀跃与骄傲瞬间被人击碎并踩在了脚底。

"听说陆侯爷的长子不能自理,大小便都要人伺候。"说话之人叹了口气,气得陆远泽额间的青筋鼓了起来。

"是啊,可惜砚书没那个命。"陆远泽深深地吸了口气。偌大的侯府,一个残疾的世子如何撑得起?

"太子殿下已经八岁,陛下四处物色太子少师。若陆景淮当真能三元及第,恐怕……"几个官员对视一眼。

陆远泽拳头紧握。三元及第,那便是未来的太子少师,一颗冉冉升起的新星。

"不过,那陆景淮出身低微,只怕略有阻碍。"众人叹了口气,"据说陆景淮乃外室之子,就算三元及第,要做太子少师,只怕也难。这样出众的少年郎,没有一个名正言顺的出身,当真可惜。说起来,还是姜家有远见,女儿退亲改嫁陆景淮,算是赚了!"

众人丝毫不曾发现,陆远泽终于下定了决心。

"咦,今日竟然有烤板栗?"朝臣看着桌上的小碟,烤板栗、烤红薯、烤花生,大眼瞪小眼。这等市井小零嘴竟然上了宫宴?他们哪里知道,皇帝也被陆朝朝馋到了。

陆远泽不过四品之身,此刻坐在靠近殿门的位置。许氏与长公主交好,反倒坐在女眷那桌的上首。

长公主亲昵地拉着朝朝,眼底满是慈爱:"还未多谢你救了母后呢。"长公主扶着腰，腹中的双胞胎是她甜蜜的负担。"母后大病一场，尚不能出门。但她心中感念你的恩德，特意让人将此物拿来。"

陆朝朝眼皮子一跳："可别是玉佩！"

陆朝朝心里刚嘀咕完，便见长公主从怀中掏出一块碧绿的玉佩。

"啊啊啊啊啊！"陆朝朝心里发出土拨鼠似的尖叫，大抵是情绪太过激动，连高台上的太子都不由得揉了揉耳朵，"皇室是有什么大病吗？全家都爱送玉佩！"

太子一愣？全家？谁全家？

"长公主送玉佩，皇帝伯伯送玉佩，太子哥哥送玉佩，连太后都送玉佩！没地方挂啦！"陆朝朝瞪大眼睛看着眼前的玉佩。

太子茫然地张开嘴：啊？他全家都送过了啊？

"一不送钱，二不送吃的，玉佩都集齐啦。"陆朝朝一脸悲伤。

长公主捏了捏她肉嘟嘟的小脸："你爹娘还未和离，给你的恩宠尚不能摆出来，暂且委屈我们朝朝了。"若陆朝朝得宠，只怕陆远泽会紧紧抓着她不放手。

许氏眼眶微热。是的，从一开始，她就没打算将孩子们留在陆家。

"你啊，尚不知这些玉佩的分量呢。"这都代表着承诺和权力。她皇兄如此多疑谨慎的一个人，都将玉佩赠予了陆朝朝。

"玉佩又不能吃。"陆朝朝摇了摇头，满脸嫌弃。

长公主不由得轻笑。若是你爹知晓，只怕恨不得将你供起来，偏偏你这小家伙如此嫌弃。

宫宴过后，宫中照例要燃放烟花。

灿烂绚丽的烟花冲天而起，陆朝朝仰着头看去，越仰越后，终于一屁股坐在地上。她眨巴眨巴眼睛，趁着众人都在观赏烟花，便一路顺着台阶爬去。最高的位置，视野最好。

大太监王公公站在观景台上，瞧见她手脚并用地爬上台，发了个呆的工夫，她就爬向皇帝，扯了扯皇帝的龙袍，朝着皇帝伸出手："伯伯……抱抱。"奶娃娃的声音格外软糯，还带着天真的笑容，皇帝都看愣了。

皇帝弯腰将她抱起来。观景台上视野极好，底下群臣围绕，皆昂首看着烟花。烟雾之中，台下众人只能隐约瞧见高台上的身影，看不真切。

陆朝朝抓着皇帝的头发，王公公看得心惊胆战。"不够！不够！"她仰着头，笑眯眯地在皇帝脸颊上"吧唧"亲了一口，留下一个口水印子，然后指了指皇帝的脖子，"高高！"皇帝还未反应过来，她便手脚并用地往皇帝脖子上爬。

"当心，当心摔着。"皇帝急忙扶稳她，若摔下去，只怕地下老祖宗的棺材板都按不住了。

148

御前侍候的王公公也是一方人物，即便是朝臣见了他都要客客气气，此刻却惊得张大了嘴。陆朝朝！骑在皇帝脖子上！啊啊啊啊！太子都没有这待遇！

王公公偷偷看了一眼谢承玺，果然，太子的脸都黑了。"都怪本宫，都怪本宫长得矮，朝朝都不骑本宫的脖子！"太子气愤地想。

"哇……好康好康……"陆朝朝满脸兴奋。

"朝朝还是第一次过新年、第一次看烟花呢。"太子酸溜溜地说。

原本皇帝有些后悔，不该让她骑脖子，丢皇帝的脸，闻言一想，转而大喜：第一次看呢！第一次骑脖子！朕是第一人！不丢人！

看台下的陆远泽不经意间回过头，揉了揉眼睛。烟雾朦胧中，他似乎瞧见皇帝脖子上骑了个奶娃娃，好像是陆朝朝？

他又仔细看去，烟雾笼罩，半点也看不清了。

陆朝朝骑皇帝脖子？他眼花了吧！

第 67 章　三元及第

烟花放完，陆朝朝便回了许氏身边。

方才好几个小皇子瞧见陆朝朝骑皇帝脖子。五岁的小皇子迈着小碎步冲上前去，冲着"和蔼可亲"的父皇张开了手臂："父皇，抱……"

他这一声喊，他的亲娘荣贵人吓得差点儿当场跪下。呔！她这蠢儿子吃了什么熊心豹子胆？太子都没被皇帝抱过，他竟然想被抱？

更让她恐惧的是，接下来，她儿子更疯了。

小皇子想了想，难道是自己的语气不对？方才那小妹妹理所应当地伸出了手，但语气娇嫩柔软。

于是，大庭广众之下，小皇子学着陆朝朝的样子坐在地上，捏着嗓音，冲着黑脸皇帝喊道："父皇——抱抱——儿子要抱抱嘛……"声音拖得长长的，嘴巴噘起，还在荣贵人几欲崩溃的目光中，攥住了皇帝的龙袍，学着陆朝朝的样子，拉着衣角摇晃，一摇一摇……越摇越厉害！嘶啦……

荣贵人眼前一黑，"吧嗒"直接瘫倒在地。

小皇子看着撕烂的衣角一愣。啊哈？眼睁睁看着父皇的脸色黑如锅底，完了，完了！

"滚！"皇帝咬着牙瞪了他一眼，扭头就走。

小皇子狐疑地摸了摸脑袋："明明一模一样，为什么结果不一样？"

唯独几个瞧见皇帝抱陆朝朝的嫔妃震惊地对视一眼。

· 149

宫宴结束，陆朝朝已经打起哈欠，趴在许氏怀里乖顺无比。

今日陆政越和陆元宵也参加了宫宴，只不过他们在天鸿书院就读，便与同窗一起用膳。

"父亲呢？"陆元宵问道。

"侯爷说他有事，先出宫一步。"小厮禀报道。

许氏心底冷笑。今儿陆景淮出尽风头，陆远泽等不及了。三元及第，太子少师，这几剂重药下去，足以动摇陆远泽最后的犹豫。

"娘，您还有我们兄妹四人。"陆政越以为许氏难过了，紧张地看着母亲。

许氏轻笑一声，含笑点头。

一行人出宫时，正巧遇上了姜家人。更"巧"的是，陆砚书坐在轮椅上，亦在门口等候朝朝。他腿脚不便，不曾进宫。

"陆砚书，你竟然还有脸出门？你身上的屎尿味都快盖不住了。"姜云墨扇了扇鼻子，"瘫子还想娶我姐姐，也不看自己配不配！我姐姐要嫁全天下最有才学的公子，可不是你这种瘫子能肖想的。"姜云墨知道他姐姐为这个瘫子流了多少眼泪，姐姐想退亲，可父亲担忧外人指责姜家忘恩负义，便迟迟不肯，逼得姐姐要自缢，父亲才吓得同意了。

"我姐姐和要三元及第的才子定亲了，将来可是状元夫人。"也幸好陆景淮有足够的才学让父亲看重。

"好了，云墨。"一个悦耳的声音传来。姜云锦坐在马车内，微蹙着眉头。透过帘子，她清楚地看到了坐在轮椅上的陆砚书。

少年穿着一身白衫，眉宇淡然，即便坐在轮椅上，也比当年更出众。瘫痪多年，似乎并未让他如传言般阴郁。

如果他不是瘫子该多好。姜云锦掩下眼底的锋芒。当年落水，她很感谢陆砚书相助，可她不能为此赔上一生啊！

"不准欺负我哥哥！哼，要不是为了救你姐姐，我大哥何至于瘫痪？忘恩负义的东西！"陆元宵像个炮弹似的冲出来，眼眶红红的。

"呸，你们陆家还想怎么样？"姜云墨大骂，"陆砚书救了我姐姐，可我姐姐也给他磕头了啊。年年都去陆家磕头，我姐姐为此愧疚多年，你们还想怎样？非要我姐姐铰了头发做姑子吗？你们想逼死我大姐！"

姜云锦掀开马车帘子，下了马车。

"姐姐！"姜云墨想要说什么，姜云锦却摆了摆手，一步步踏着雪，走到陆砚书面前跪下，重重地对着陆砚书磕头。

"陆公子，此生得你所救，云锦才捡回一条命，云锦生生世世感念你的恩德。如果可以，云锦宁愿拿自己这条命换陆公子平安。陆公子心里有气、有怨恨，求你冲着云锦来吧，是云锦愧对你。"正巧众人都出了宫门，她跪在雪地上，惹得众人频频回头，"云锦这条命，你拿回去吧……就当还了陆公子的大恩大德！"

看到这一幕，谁不皱眉？许氏气得面红耳赤。命怎么还？姜云锦无非是想胁迫她的儿子，救人竟救出仇了！

"姜姑娘，救你，我心甘情愿。"陆砚书神情淡漠，静静地看着她，"生命无轻重，即便不是你，而是旁人，陆某一样会救。姜姑娘心悦他人，想要退婚，陆某同意了。如今，又谈何还命？我拼死救你，你就这般轻贱这条命？"

姜云锦在他的注视下，心头突突狂跳。陆砚书仿佛从未瘫痪，依旧站在巅峰俯瞰众生。众人都惋惜地叹了口气，陆砚书当真是清风霁月的少年郎，他的品性比才能更可贵。轮椅困不住他。

礼部侍郎陈大人摇了摇头："陆公子，陈某不如你。"惊才绝艳，天资卓越，心里还怀着对世人的大爱。陆远泽选择陆景淮，真的押对宝了吗？

"陆公子，张某也不如你。"围观之人皆是官员，不少人为陆砚书所折服，"陆公子，有朝一日，抛弃你的人会后悔的。"

"姜姑娘大概是捡了芝麻，丢了西瓜。"甚至有人直言。陆景淮、陆砚书，同是陆公子，但品性差得太多了。陆景淮与谁订婚不好，偏偏选了姜云锦，无非是想压曾经的才子一头。

姜云锦面色难看，眼底涌动着嘲讽，看着陆家的马车走远，不由得嗤笑。后悔？可笑！她绝不会后悔！

景淮三元及第那一天，便是她扬眉吐气的日子。

第68章　大哥站起来了

除夕夜，忠勇侯府张灯结彩，人人面上洋溢着欢笑。

"辞旧迎新，这一年，大家辛苦了。所有人都寻登枝领红包吧。"许氏大度，本月发了双倍月银，喜得众人磕头道谢。

苏芷清亲自过来领了月例，穿着侯爷最喜欢的长裙，春风满面。"夫人吉祥安康，侯爷怎么还未回府呢？"苏芷清行了一礼，说了吉祥话，便眼巴巴地问起了陆远泽。

"侯爷早早便出宫了，大抵有政务要忙。今夜兴许回来得晚，你别等了，回房歇息吧。"许氏淡淡地说道，一副贤良的模样，"明日初一祭祖，若侯爷不曾归家，我便亲自将你记上族谱。你是越儿的救命恩人，总归不会亏待你的。"

裴姣姣！他定然寻裴姣姣去了！苏芷清脸上闪过一抹狠戾，恼怒地咬着唇，谢过许氏，便扭着腰回了清平院。

许氏唇角微勾，笑意不达眼底：陆远泽，我在侯府操劳半生，你在外却另安了一个家，吃两家饭，你可付得起这个代价？

"夫人，已经将清溪老宅的族老们请来了。"登枝低声禀报道。陆家是清溪人，当年陆老侯爷有从龙之功，随军进京。族老们便留在清溪镇守大本营，每年年底都要来陆家齐聚。

"将他们安置在隔壁院吧。老太太呢？"

登枝眼底闪过一抹不悦："她说今儿要彻夜祈福，进了小佛堂。奴婢瞧着，必定是上那边守岁去了。"如今陆景淮风头正盛，老夫人将那宝贝孙子看得很重。

"不要紧，正好我们一家安安静静吃顿年夜饭。"许氏面上露出一丝温情。这些年，她遗失了自我，为陆远泽而活，已经许久没有好好陪孩子们了。

"小厨房早就备好了席面，还在院里支了个烧烤架，温着青梅酒……"登枝笑眯眯地说。

听风苑内热闹非凡。

"这可是朝朝过的第一个新年。"陆政越抱起陆朝朝，"真好啊，咱家有了朝朝。若不是朝朝，只怕这满屋温馨便要支离破碎了。"

只有陆砚书在自己房中，手中拿着书，坐在窗前，轻抚双腿，深深吸了口气。放下书，修长白皙的手扶着桌沿，微微用劲。

"公子，奴才帮您吧？"小厮见他要起身，急忙开口。

"退下！"陆砚书的声音不容拒绝。他手上青筋毕现，死死地撑着身子，一点一点……大滴大滴的冷汗自鬓间滑落，陆砚书的眼神却极其坚定。他有要守护的家人，有自己的使命。他只觉得膝盖钻心地疼，可是越疼，他越开心。瘫痪以后，他再也不曾感觉到疼痛。

终于，他的双腿能使上劲了。陆砚书死死抓着桌沿，一点点站立起来。膝盖不停地颤抖，痛得他整个人倒抽凉气，可一双眸子亮得惊人，几乎要将人灼伤。

小厮欢喜得结结巴巴，半晌说不出来话，如疯了一般冲出房去，站在饭厅门口，眼中含着热泪："呜呜……公……公，公子他……"

许氏几人一慌，急忙朝屋内冲去。"砚书，怎么了？"

"大哥你怎么了？"陆政越扛着陆朝朝冲进了门。陆朝朝正抱着奶壶骑在他脖子上，本来喝得一脸开心，这一抖，打了个嗝，直接吐奶了。

"辛辛苦苦吃的咧，可不能吐出去了。"陆朝朝赶紧捏住自己的嘴巴，一抬头，便瞧见一个如清风明月般明朗的少年正扬起浅浅的笑容，看着众人。

"砚书、砚书站起来了！"许氏捂着嘴，眼泪霎时滑落。

陆元宵直接跳了起来："大哥不瘫了，大哥不瘫了！谁再说我大哥瘫，我揍死他！"为了大哥，他不知在书院打了多少架，被忠勇侯罚了多少次。但凡有人骂他哥是瘫子，他就要与人干架。

瞧见家人落泪，陆砚书的眼眶也红了，晃晃悠悠地挪动着，踏出了一步，身子一软便要倒下，众人急忙上前扶住。

"不急不急，能走一步就能走两步，就能走三步，就能恢复。"许氏哭着道，"娘这辈子竟然还能看见你重新站起来。"长子一直是她心头的痛，即便听朝朝说大哥能救，她依旧不安，她已经有过太多次失望了，不敢再希望，不敢再奢望。

陆砚书重新坐回轮椅，面上的激动渐渐褪去，恢复了以往的冷静。"娘，再有半年，儿子便能恢复正常，自由行走了。"他语气淡然，可眉宇间的傲气丝毫不掩饰，"八月秋闱，儿子给您拿解元回来。"他依旧站在众生之巅。

"砚书恢复之事暂时不要走漏风声。"许氏冷静下来，低声道。此刻，登枝守着房门，屋内只有自己人。

"娘，我们绝对保守秘密！哼，定要打烂他们的脸！"陆元宵举着小拳头。

屋内言笑晏晏，所有人都明白，他们即将大杀特杀了。

只有抱着奶瓶的陆朝朝笑得一脸茫然。

夜里守岁，陆朝朝痛快地给大家磕头。

"凉亲，新年阔乐。大锅锅，新年阔乐。二锅锅，三锅锅，新年阔乐。"她说话已经颇为流利，只是吐字不清罢了，脑袋磕得咚咚直响，小手一摊，红包拿来。

拿到厚厚的红包，陆朝朝喜得眉飞色舞："沃要去藏钱！"说罢，便迈着小短腿，一晃一晃地进了屋。

"肯定藏在床底的小匣子里。她的宝贝都在匣子里。"登枝抿着唇直乐。

陆朝朝嘿嘿一笑，爬进床底，笑眯眯地将红包和零嘴全收进储物空间，看了看半匣子玉佩，嫌弃地皱了皱眉头。这些破东西不值得藏！

她扭着小身子钻出了床底。

第69章　朝朝不在乎钱

大年初一，许氏将一众族老请进侯府，老夫人也出来主持大局。

"远泽呢？今日初一祭祖，他怎么不曾回府？"族长问道。忠勇侯是陆家最有出息的一脉，清溪极其看重远在京城做官的这门分支，每年都会特意来侯府一趟，当然，主要是打秋风。

清溪老宅还特意修了一所书院，供陆家子弟免费就读。往年都是许氏自掏腰包，用陪嫁填的窟窿,至于今年……许氏暗暗翻白眼。

老夫人看了一眼许氏,笑着道:"今儿远泽在外应酬呢。慢待了各位族老,明儿让远泽回来赔罪。"

许氏赶紧将苏芷清的生辰八字拿出来。"侯爷答应抬苏姑娘为平妻,今儿正好祭祖,便将她的名字记上吧。将来她就是侯府半个主母、几个孩子的半个母亲了。"

老夫人一愣:"平妻?我怎么不知此事?"看了一眼苏芷清,她的眼眶红红的。老夫人又有些心软了,别的不说,她是喜欢苏芷清的。

"娘,这是侯爷做的主。"许氏笑着道,"再说,侯爷守着芸娘十几年,芸娘……如今不便伺候侯爷,也不能让侯爷身边无人啊。"

见许氏神情落寞,老夫人反倒放下心:"既然是侯爷的主意,便记上吧。"

于是,大年初一,在众族老的见证下,苏芷清的生辰八字上了陆氏族谱,几个孩子都唤了她一声小娘,她便是正儿八经的长辈了。

陆朝朝一脸惊恐地站在后头,眼睁睁地看着老夫人带着一众族老,对着她的布娃娃磕头祈福,忍不住捂住了眼睛。

陆政越狐疑地看了她一眼:"小家伙使什么坏呢,怎么瞧着很心虚?"

侯府热闹非凡,城西的小巷子里却冷锅冷灶,裴姣姣委屈地抹着眼泪。

这段时日,明明景淮越发出众,可陆远泽的心好似不在她身上了。往常来小院,总是猴急猴急地与她回屋,对她总是食髓知味,恋恋不舍,可现在……陆远泽的眼神极其干净,看都不曾多看她一眼,好像有什么东西脱离了掌控,裴姣姣有些心慌。

"泽哥,景淮该如何是好啊?原本与他亲近的同窗都嫌弃他的外室子身份,不愿与他结交。姣姣身份卑微,只要能待在侯爷身边伺候便已经心满意足。可景淮不能啊。他有大抱负、大才能,如今却被人指指点点。"裴姣姣抬手拭泪,过去,这个动作能惹得陆远泽心疼,将她揽进怀里,此刻,陆远泽却轻轻皱了皱眉头。

如今裴姣姣年过三十,到底被岁月磋磨出一丝老态,哪里比得上苏芷清肌肤似雪、白皙光滑呢?如今,他就像被喂饱了的猫,毫无反应。

裴姣姣心头一沉再沉,却还对陆远泽看重陆景淮怀有一线希望。"泽哥,要不我去求求芸姐姐,能不能将景淮哥儿记在她名下?我可以做奴婢,伺候侯爷和她!"裴姣姣的姿态低到了尘埃里,眼泪不停地滑落,"姣姣受委屈没关系!只求她能善待景淮、善待一双儿女,不能让侯府的血脉流落在外啊!"

"你怎么能做奴婢?你教养出一双优秀的孩子,她也配?"陆远泽叹息道,"你放心,景淮断不能一直流落在外。"他心里自有打算。砚书是个瘫子,却占着世子之位,这怎么能行?政越能力不足,元宵年岁过小……只有景淮。只可惜,上次的巫蛊之物竟然不曾扳倒许家。

"昨日，景淮送出去的拜帖全部被退回了。景淮房中一夜亮着灯，只怕心里难受。他啊，嘴上不说，心里定然是想拿个解元回来给你争光的。"裴姣姣拭泪。

"姣姣，你放心，你等我十八年，你的心意，我都明白，"陆远泽心里暖洋洋的，"绝不能让你白受委屈。这世子之位必定是景淮的。还有咱们的景瑶，她可是被国师亲口预言过的，贵不可言，天下至宝。这样优秀的孩子怎能流落在外？你啊，是咱侯府的大功臣呢。"

陆远泽的一番话勾起了裴姣姣的笑意。她看了眼陆远泽，转身进房。屋内无人，她羞涩地换上了景瑶设计的衣裳。

真不知景瑶这小脑瓜怎么长的，不只能帮哥哥作诗，还会做衣裳。这衣裳……裴姣姣看了一眼就面红耳赤。一根细细的带子，只刚刚能遮盖，偏生又极好地勾勒出身材，举手投足，欲露未露。原本裴姣姣还迟疑，此刻却毫不犹豫地换上了。

陆远泽一回头，便被勾得失了心神，瞬间恍惚。这一幕的冲击太大了。

满室春光，春意盎然。

而此刻的听风苑里，陆朝朝绷着小脸，一脸严肃地看着二哥。

"二锅……上午，你喝多啦。"她欲言又止，几次张口，才慢吞吞地道，"头，还痛痛吗？"小家伙一脸关切。

陆政越心里暖暖的，摸了摸朝朝的脑袋："二哥头不痛了。"

朝朝眼巴巴地看着他："醒，酒汤，好喝吗？"

陆政越一愣，猛地想起，今儿上午陪族老多喝了几杯，临时有事出门，兜里没带散碎银子，便向朝朝借了银钱买醒酒汤。

"多谢朝朝，差点儿忘记了。"陆政越急忙从兜里掏出五两银子递给朝朝。

朝朝摇着脑袋，看了一眼银子，不接。"二锅锅！朝朝，不是，在乎六两银子的人！"小奶娃娃说完，还重重地点了一下头。

陆政越又默默掏出一两。对面的小人儿飞快地将六两银子揣回兜里，大义凛然地摆摆手："一家子，不在乎，钱钱！"

"我二哥怎么是个老赖呢？连小孩子的红包都要借，借六两，还五两！哼！不要脸！"

陆政越："说好的不在乎钱呢？"

第 70 章 　自食恶果

"今晚有灯会，娘，我想带朝朝出去看看。"陆政越正抱着朝朝在厅中用晚膳。

今儿来拜年的客人极多，许氏忙得脚不沾地，见陆朝朝眼巴巴的模样，便笑着答应了，只是嘱咐让她多穿些衣裳，带几个奴仆，身边不能离人。

陆朝朝喜滋滋的，怀里鼓鼓囊囊的，塞满偷偷带的零嘴。大过年的，许氏权当没看到。

"夫人，侯爷一夜不曾归家，会不会遇到什么事了？"今日苏芷清格外用心地打扮了一番，偏偏等了一天，陆远泽也不曾回府。

许氏淡淡道："男人在外有自己的事业，想来是朝堂上有事绊住了。我抬你做平妻，是让你好好照顾侯爷，可不能拖他后腿。"

苏芷清急忙道："怎么会呢？夫人，清清只是担忧罢了。"

正说着，便听到门外来传："夫人，侯爷归家了。"

话音刚落，苏芷清便提着裙摆，踩着雪，朝门外跑去，仿佛一只灵动的花蝴蝶。"侯爷，您一夜不归家，清清担心您。"眼眶红红的，声音娇娇的，言语间满是少女的崇拜和爱慕。

陆远泽不着痕迹地按了按腰。苏芷清闻见他身上的香气，心底一沉。"今儿清清被记上族谱，便是侯爷的女人了。清清……何其有幸，能遇见侯爷。"她揽着陆远泽要往清平院去。

"今日府中来客，暂且先去看族老。"陆远泽说完，竟落荒而逃了。他的腿肚子还在打哆嗦，腰肢还酸软着，裴姣姣真是个妖精！

苏芷清不经意间瞥见他脖子上的红痕，气得眼眶发红。

许氏瞧见陆远泽，有些惊讶，原以为苏芷清要使出浑身解数留住他呢："侯爷怎么瞧着极其疲惫，可是没歇息好？"

陆远泽神色尴尬。他也没想到裴姣姣竟如此大胆，也如此……动人，比往常十几年都动人。身上穿的衣裳实在让人销魂。

"昨夜陪着几个下属议事，忘了时辰，今儿又多喝了几杯。幸好府中有夫人操持，芸娘辛苦了，能娶得芸娘是陆某三生有幸。"陆远泽的一双眼睛看狗都深情。以前许氏沉溺其中，如今却只觉得恶心。

"侯爷还是先去看族老吧，明儿族老要回清溪。清溪那边说是要修缮祠堂，老太太口快，当即答应掏钱，侯爷顺带给了吧。"许氏笑了笑，一脸无奈，"妾身想着，到底是修缮陆家祖宅，芸娘不好插手，免得外人说闲话。"

陆远泽好脸面，当即道："怎能让芸娘掏钱？"以前芸娘总是说，她的就是陆家的，不分你我，甚至求着他用，他也用得心安理得。可现在她说出口了，陆远泽怎么拉得下脸？"等会儿我一道给族老便是。"

陆家家底薄，侯府的产业全部是许氏打理的，赚钱的大部分是她陪嫁的铺子。以前用许氏的嫁妆可以养景淮、养侯府，如今却捉襟见肘了。听到族老要三千两，陆远泽的脸都绿了："三千两？"

"往年你媳妇给的都是一千两。今年要修缮老宅和祠堂，三千两不多。"族长眉头微皱，陆侯爷怎么这般抠门儿？

老夫人叹了口气："你爹也葬在清溪，先辈的祖坟都在清溪。远泽，这钱省不得，让你媳妇拿嫁妆便是。"

陆远泽烦躁地扯了扯衣襟："用媳妇的嫁妆修祠堂，这叫什么话？"往常都是许氏掏钱，哄得一众族老开开心心地回清溪，他从不觉得有什么。可让他自己掏钱，他就有些肉痛了。一年到头他才几百两俸禄。

"族长，每年族学怎么要花一千两？"陆远泽皱着眉头问，"这十八年了，一个举人都不曾中。"

族长眼皮子一抬："当年不是你说每年一千两的吗？"

陆远泽被噎住了。当年许氏刚进门，族老来打秋风，见许氏答应掏钱，他特意摆阔。"行了行了，明日就把钱送来。"陆远泽摆了摆手。若不是大年初一，他恨不能将他们赶出去。

几个族老气得面红耳赤，当即道："还不如你媳妇会做人！"他们哪回过来，许氏不是恭恭敬敬的？走时还要包个大红包。

待族老离开，陆远泽的脸马上垮了。

"你那么大反应做什么？反正许氏对你信服，你哄哄，她就把钱拿出来了。"老夫人毫不在意。陆家没有家底，之前一直过得抠抠搜搜的。自从许氏嫁进门，侯府的吃穿用度提升了好几个档次，"对了，景淮什么时候回家？三元及第是要出在我侯府的，可不能让他流落在外。"

陆远泽烦躁道："娘，我有成算。"

"对了，今日你妹妹还未回娘家，你过去看看怎么回事？"老夫人盼了一天，都不见陆晚意回娘家。

"娘，晚意被您养得太娇纵，您别老惯着她。"陆远泽摆了摆手，直接走出门，把老夫人气得直叹息。

一直到天色黑透，陆家摆起了饭，顾家的马车才出现，顾翎和陆晚意两人携手进了侯府大门。

陆晚意嫁出去半年，整个人瘦了一圈，身侧站着翩翩状元郎顾翎。顾翎表情温柔，目光落在陆晚意身上，陆晚意却狠狠打了个哆嗦，瑟缩着上前给老夫人磕头拜年。

陆晚意一跪下，眼泪便"唰"地夺眶而出。"娘，娘！求您救救我，求您救救我！"她跪着上前，拉着老夫人的裤腿，声音颤抖绝望。

顾翎的脸色陡然一沉。

第71章 永坠地狱

老夫人还未反应过来，陆远泽便沉了脸："晚意，怎么回事？"

顾翎的表情有些受伤："晚意，是我哪里做得不好吗？"

他想要伸手，陆晚意却惊慌失措地往后一退，直接躲开他的手："大哥，大哥，顾翎打人，顾翎他打人！我要和离，我要和离！"陆晚意"哇"地哭出声来。这半年，她是活在地狱里啊！

刚嫁过去三日，顾翎温柔体贴，她别提多开心了，甚至暗恨许氏挡着她嫁给好男人。谁知才过半个月，一日，顾翎喝醉了回府，逼她把衣服脱得干干净净，用藤条抽她，打得她死去活来。酒醒后，就抱着她认错。

后来，她回府求救。许氏却请顾翎来接她回去，之后，顾翎便不再打她，但……

"他打你了？伤在何处？"陆远泽凛然问。

陆晚意哭声一滞，死死地咬着下唇。自从那次被接回府，顾翎便不再打她了，但……她无法启齿。她的伤皆在无法示人的地方。全因许氏那一句，她的脸面乃侯府脸面，状元郎还是有了些"顾忌"。

"大哥，都怪许氏，都怪她！是她，是她指使顾翎打我的！"陆晚意哭着大喊。

"晚意，你这话好没道理，怎能胡乱泼脏水？"许氏站在一旁，一脸茫然，"我将你疼得如珠如宝，比亲生女儿都不差。顾公子身有才学，但家世清贫。我害怕顾家委屈你，当初你看上顾公子，我还拦着你啊。是你和母亲执意要嫁，如今怎么怪上我了？"许氏捏着手绢，低头拭泪，"我疼你十几年，你竟如此冤枉我！"

陆远泽对此事有印象，此刻看着陆晚意的眼神极其不悦："晚意，你这是做什么？是你自己看上顾公子的！你倒是说，伤在何处啊？"

上次老夫人见过陆晚意受伤，心中知晓陆晚意受了委屈，此刻抱着她哭作一团。

"侯爷，顾某真的不曾亏待晚意。自嫁进门，晚意便掌管中馈，整个顾家都是她做主。即便是顾某无意犯了错，都要罚跪的。"顾翎一副难以启齿的模样，深深地叹了口气，"晚意下嫁顾家本就委屈，顾某怎么舍得打她？即便晚意性子娇纵了些，顾某也是疼着宠着的。犯了错，晚意让顾某下跳，顾某便下跪，从未忤逆过她。"

陆远泽一听，就来了火气："让你说伤在哪儿，你又不吭声。你在家娇纵也就罢了，怎么嫁出门了，还如此不懂事？顾翎是朝廷命官，上跪君王，下跪父母，怎能给你下跪？"

陆晚意抽抽噎噎地道："每次他都是打伤了我才下跪的！"可伤的部位，她说不出口。

许氏看了她一眼："不如给妹妹请个医女？"

陆晚意猛地后退一步："不不不，不要医女！"她哪里敢给医女看？一旦此事传出去，向来骄傲的她比死了还难受。

"妹妹，咱们疼你宠你，可你也不能胡乱泼脏水啊。顾大人是朝廷命官，你会害了他的。"许氏不由得摇头，口气变得严厉，"你说他打你，又不说伤势，又不许医女看，就闹着要和离，你将陆家的脸面置于何地？如今侯爷正要升迁，你可别败了侯府的名声！"

听完许氏的话，陆远泽的眼神当即就变了，亲自将顾翎扶起来，说道："是陆家教女无方，让你受委屈了。"更重要的是，有顾翎在朝堂上相助，他才有机会升任三品啊。

老夫人一边抹泪，一边哭："上次晚意回门，身上就带着伤。远泽啊……"

"那次是晚意不熟悉顾家，无意中摔了一跤。"顾翎急忙解释。

"怎么会摔成那般模样？"老夫人怒目而视，只恨当初没留下证据，便让顾翎将人接走了。

"行了！"陆远泽怒斥，"娘，您别老纵着晚意。晚意都被您惯坏了！您瞧瞧现在她像什么样子？"

许氏微敛着眉，她最了解陆远泽了。自私自利，用妹妹献祭升迁算什么？在他眼里，能让陆家飞黄腾达就是好的。

"大哥，您信我，您信我！他打我，我不回去，我不回去！我会被他打死的，大哥！"陆晚意跪在地上，惊恐地认错，"嫂子，嫂子，我错了，我真的错了！我该听您的，顾翎真的不是好东西，嫂子，我知道错了，嫂子您救救我啊！"

"来人啊，把晚意带下去。真是胡闹，婚姻岂是儿戏？"陆远泽笑着请顾翎入席，"晚意被我们宠坏了，没想到嫁过去折腾你。她犯了错，你便好好教她，我们陆家没有意见。"

顾翎温柔地点了点头。

"这丫头竟然还冤枉你，真是糊涂。"

酒桌上推杯换盏，许氏去了隔壁。

陆晚意被人关在屋内，将屋内所有东西摔得粉碎。瞧见许氏进门，她眼神怨毒地骂道："许氏，你害我！你害我！是你故意将我送回去的，是你故意让顾翎打我不留痕迹的！"

"妹妹，你这话真不讲理。"许氏淡淡地道，"当初是你说的呀，男人打女人必定不

· 159 ·

会无缘无故，定是女人犯了错，女人要反思啊。你要反思自己到底哪里做错了呀！是不是没伺候好男人？是不是没照顾好老太太？"许氏满脸关切。

"你不得好死，你不得好死！"陆晚意气得浑身发抖，指着许氏，不断哆嗦，"你以为你就幸福了吗？哈哈哈哈，蠢货，你以为自己就幸福了吗？"陆晚意眼神疯狂，"许时芸，我等着你坠入地狱那一天！"

许氏心中一片平静。看吧，这就是她疼在心尖尖十几年的小姑子，背地里与裴姣姣亲如母女。

我要你们永坠地狱！

第72章 信朝朝什么都有

饭桌上的气氛有些诡异。许氏表情淡漠，老夫人垮着老脸，唯独陆远泽和顾翎推杯换盏，极其尽兴。

"喝喝喝，喝死你得了！怎么还不下桌子，怎么还没喝完？我要去看灯会，看灯会，看灯会，看灯会！"

陆砚书、陆政越和陆元宵三兄弟不约而同地默默抬手摸了摸耳朵。

许氏瞧见陆朝朝已经开始磨牙，俨然到了难以忍耐的地步。

"我要撒泼了！姑奶奶不撒泼，你们当我是没有牙齿的猫？"

"让几个孩子先下去歇息吧，别扰了侯爷和姑爷的兴致。"许氏笑着抿了抿嘴，登枝便把即将撒泼的陆朝朝抱了起来。

陆砚书偷偷松了口气。听到朝朝要撒泼，他的心便提了起来。知道朝朝怎么撒泼吗？他有幸见过，那就是嘴里含着一口饭菜乱喷。

陆朝朝眉开眼笑，慢吞吞地咽下了嘴里的饭："嘿嘿，我娘果然和我心有灵犀一点通，爱娘亲哟……"

"爹爹，姑父，砚书带弟弟妹妹退下了。"陆砚书坐在轮椅上，目光平静地说。

陆远泽的眼神触及他，有一瞬间的凝固，眼底的欢喜散去了几分。

"我也去瞧瞧晚意。"老夫人借故离开。

顾翎的眼神随着陆砚书走远，叹了口气，说道："大哥，若砚书不曾残疾，侯府交到砚书手中，那该多好啊！"顾翎喝了一口酒，"可惜了，大哥别怪我多嘴，顾某多喝了几杯，便口不择言了。"

陆远泽摆了摆手："你说得对，偌大的侯府不能交到一个瘫子手中。"景淮，他的景淮已经长成，顶得上十个陆砚书。

他们谁也不知道，此刻，陆砚书扶着窗沿，身姿挺拔，手中捧着书正在苦读。

陆政越和陆元宵抱着朝朝出府去了。

京城内灯火通明，四处挂着喜庆的红灯笼，道路两旁摆满了小摊，百姓大声地吆喝着。今儿，不拘少男少女，都笑着走出了家门。

陆朝朝的眼睛都快看直了。"糖糖……糖糖……"她指着糖葫芦说。橘子瓣、山楂球……晶莹剔透的糖衣上面还撒着芝麻。

陆元宵直接将整把草垛买了下来，扛着满满一草垛糖葫芦走在街上，喜得陆朝朝在他脸上重重亲了一口。见陆政越发笑，她当即也亲了二哥一口。

"啊啊，买！"陆朝朝指着店铺内亮晶晶的蔻丹，眼睛都亮了。

陆政越一愣："那是女子涂指甲的，你还小呢！"

陆朝朝嘴巴一噘，可怜兮兮地看着他。陆政越哪能顶得住，当即给她买了一小瓶大红色蔻丹，陆朝朝直接将其揣进兜里。大概是天性使然，如今一岁的她很喜欢这些艳丽的东西。

一扭头瞧见一个娉婷少女正在旁边选首饰，陆政越猛地将脸藏在陆朝朝后面。

陆朝朝一愣，原来是二哥的未婚妻温宁。温家外放归京，上午已经来陆家送过拜帖，陆政越见到温家人就心虚，便急忙避开了。

"二二扫……"陆朝朝刚想说话，便被二哥捂住了嘴，抱着她躲进了隔壁铺子。

"讨厌！泥讨厌！"陆朝朝气得满脸通红，眼睛都要喷火了。

"为什么不见我二嫂，为什么要避开她？"

陆政越眼神黯淡："朝朝，我喜欢过苏芷清，我背叛过温宁。"他曾心悦苏芷清，即便两人清清白白，可他到底动摇过这场婚约，他不配。

他不懂为什么，明明曾经与温宁感情极好，可见到苏芷清就像失心疯了一般，眼里心里只能看到她，脑子里只有她的一颦一笑，就像被强行塞满了，无法再腾出位置装别人。直到朝朝让他看清真相，好似从噩梦中脱离，逐渐变得清醒。如今见到温宁，他不仅觉得心虚，更觉得愧疚，无法面对温宁的感情。

"可是，二哥……错不在你啊。"陆朝朝偏着脑袋，似懂非懂，"你抛下二嫂，为苏芷清而神魂颠倒，本就是天道使然。那时候，你压根儿不能摆脱命运呀。"天道的力量是很恐怖的，会推着人向前，背离初心，二哥小小一个凡人怎能对抗命运？

"现在有朝朝，朝朝斩断了你被控制的轨迹，你可以过你想要的日子啦。"

陆政越一怔。

"辣不素，二锅锅，真正的寄儿！"

"错过二嫂，那她就要两世悲凉啦，你真的不想保护她吗？"

陆政越深深吸了口气，不敢想象温宁原本遭遇了什么。"可是……我……我不敢。"他吞吞吐吐地说。

至今他不明白，明明看到温宁便会脸热，为什么敢像疯了一样为了苏芷清而对抗母亲？那时整个人都浑浑噩噩的。如今，他清醒了，他是喜欢温宁的，正因为喜欢，反而不敢靠近。

陆朝朝眨巴眨巴眼睛："朝朝，帮泥！"

"我要把二哥哥打扮得漂漂亮亮的，让温宁姐姐眼前一亮！让温宁姐姐一看你就爱得无法自拔！"

陆元宵也瞪大了眼睛，妹妹竟然有这般能耐？

陆政越不信，可一想，妹妹好歹是个女孩，虽然差一个月才一周岁，但总比自己靠谱儿。他掏出兜里的钱，眼睁睁地看着三弟抱着妹妹买回一堆东西。

"首先，要展现二哥哥的才学，读书人都喜欢拿扇子。"

陆政越手拿扇子，看起来文绉绉的，微微点头。确实不错，就是……下雪天手持扇子，像个疯子。

"嗯，接下来就要让二哥吸引她的目光了。"

陆朝朝将镶了金边的长衫递给二哥，陆政越略有怀疑，却听话地进里屋换上了。他出来的时候，众人都愣了，目光集中在他身上。

"康康，康康，有用吧？"陆朝朝拍着胸脯，一脸骄傲。原本陆政越还有些怀疑，可瞧见众人投来的目光，不由得点头。

"然后，要展现侯府的财力！这可是讨老婆最要紧的东西哦。"

陆朝朝严肃地从怀里掏出大金链子和大戒指，一一戴到了陆政越身上。

嗯，她已经把所有好东西堆到了二哥身上，一定会让嫂子惊喜得掉眼泪！

第73章　朝朝打架

"真……真的好看吗？"陆政越低头看了看自己，衣服上的金线闪着光，刺得他睁不开眼。

陆元宵从原本的激动变成了目瞪口呆，一言不发。以后，他死也不要让妹妹帮他搭配穿着！

"都在康……康二锅。"陆朝朝指了指四周，果然，所有人对他投来了目光，满脸笑意，极其和善。

陆朝朝推着二哥，让他去寻温宁。陆政越心里打鼓，一扭头，见到小家伙举着拳头为他加油打气，于是重重地点了点头："我去了！"

他一出门，整条街都安静了。灯光下，他身上的金线闪耀着刺眼的光芒，流光溢彩，活像个行走的大财神。

陆政越走到温宁挑首饰的店铺门口，摆了个造型，轻轻打开了扇子。店内众人齐刷刷地朝他看来。陆政越硬着头皮，众人的眼神怎么不大对呢？

温宁身侧的小丫鬟瞪大了眼睛，呆滞地扯了扯小姐的衣角，小声道："小……小姐，快……快看啊。"

温宁抬眸看过来，饶是她见多识广，这一刻……也恍惚了。

"小姐，哪里来的疯子，大雪天扇扇子？浑身戴满金子，总觉得不像好人……"小丫鬟都快哭了，为什么他直直地盯着小姐看？好害怕！

温宁猛地后退一步，瞧见陆政越受伤的眼神，又默默上前一步，眼里星河流淌，汇聚浅浅的笑意，然后开始笑得合不拢嘴："政……政越哥哥，是你吗？"温宁几乎笑岔了气，眼泪也流了出来。不敢认啊，真的不敢认，会被大家嘲笑吧？

陆政越轻咳一声："宁妹妹。"他的眼睛亮晶晶的，虽然总觉得哪里不对劲，但这一刻，他极其清醒，清清楚楚地想起了与温宁的点点滴滴，既没有面对苏芷清时的疯狂，也没有面对苏芷清时的浑浑噩噩。陆政越的眼眶突然红了，曾经他以为自己真的喜欢上苏芷清，背叛了温宁。

温宁吓了一跳："政越哥哥，你怎么了？怎么哭了？你、你别哭啊。阿宁没有笑你，阿宁……见到你很开心。"虽然……陆二哥好像傻了。

温宁羞红了脸，曾经追着陆政越跑的小姑娘，如今也长成了大姑娘。陆政越想起朝朝心声提到的结局，心疼得无法自已，眼眶通红，嘴唇颤抖。他想要抱抱温宁，可生怕吓着对方，只得尽力控制自己。

"我、我也很想你。阿宁，我很想你。"陆政越说。在原本的故事里，他从未对温宁说过一声"我很想你"吧？

温宁轻抿着唇，眼底荡漾着笑意。

陆朝朝趴在门口，露出小脑袋，瞧见二哥和二嫂聊得开心，欣慰不已。温宁瞧见了她，对着她温柔地笑了笑。

"啊，二嫂好温柔啊……"

陆政越急忙把朝朝抱过来："这是我妹妹，陆朝朝。朝朝，快叫二嫂。啊呸……"陆政越脸一红，"不是，叫阿宁姐姐。"

"朝朝妹妹，"温宁将手腕上的碧玉镯子褪下来递给朝朝，"阿宁姐姐没给朝朝带合适的见面礼，下次给朝朝补上。"这孩子真可爱。

陆朝朝抓着镯子，甜甜地喊道："二嫂……"温宁和陆政越两人都红了脸。

"小姐，该回去了，老爷还在等着呢。"丫鬟拉了拉温宁的袖子，心里寻思着：小时候好好的少年郎，怎么长成了一个土财主？不行，对于这婚事，还得再劝劝小姐！

待温宁离开，陆政越才恋恋不舍地收回目光。"朝朝，我觉得大家看我的眼神怪怪的……"陆政越拉了拉衣裳，为什么所有人都捂着嘴跑了，还时不时回头看他？

"因为，二锅好康！"陆朝朝也好奇，但她毫不犹豫地竖起了大拇指。

"肯定好看啊，阿宁姐姐都笑了，而且笑得多开心啊！眼泪都笑出来了，应该对二哥挺满意的吧？"

陆政越一回头，便看见陆元宵离自己远远的："元宵，你走那么慢做什么？你离这么远，人家还以为我们不认识呢。"

"认识你们是我的福气。"陆元宵回过神来，小声嘟囔着。他巴不得不认识二哥呢。这大概是他人生中最引人注目的一天吧？

此刻，全城的贼被引到了这条衔上，都想来看看这个土财主。有好几个人盯着陆政越浑身的金子，眼睛发光，正要靠近，便见一个面上无须、嘴角带笑的男人迎上来，跟他们说了什么。

两个少年有些惊愕，便抱着小丫头随着男人走了。

今儿宣平帝吃到一道八宝鸭，就想起了爱吃甜食的陆朝朝，特意派王公公来请。

王公公可是御前伺候的大太监，朝臣见了他客客气气的，陆侯爷见了他都得低头赔笑。可如今，王公公面对他不看重的女儿，笑得一脸谄媚。

此刻，皇帝坐在殿前，一旁的谢承玺皱着眉头："陆景淮心术不正，枉有才能，即便三元及第，儿臣也不愿尊他为师。"他已经听到风声，若此届有人三元及第，极有可能被钦点为太子少师，将来若太子登基，便是帝师，可谓天大的机缘。

"他？三元及第？"皇帝放下手中狼毫，"他一个不曾出京的少年并未受过任何蹉磨，吸着许氏的血，过得逍遥自在，怎能写出那般豪迈壮阔的诗词？"皇帝心底冷笑，若《将进酒》是许太傅写的，他尚且能信，可说是一个初出茅庐的少年写的，除非他的脑袋被门夹了才信。

"他剽窃？"太子惊得站起来，这对读书人来说可是丑闻。

皇帝摆了摆手："尚无证据，便不提此事。但他是陆远泽的亲儿子乃不变的事实。"皇帝冷笑，好一个陆远泽，真会享齐人之福。

"许夫人似乎有意和离，可……"太子顿了顿，"可自古以来，没有女子和离能带走子嗣的。"更何况是三子一女。

"天下熙熙，皆为利来；天下攘攘。皆为利往。承玺，利益足够大，他便能舍弃一切。"三元及第、太子少师足以冲昏陆远泽的头脑。

正说着，王公公急匆匆地赶来，"扑通"一声便跪在殿前："陛下，朝朝姑娘打起来了！"王公公御前伺候，素来沉稳冷静，此刻竟有些慌乱。

皇帝和太子腾地站起来。

"打起来了？和谁打起来了？谁那么大的狗胆，竟敢对朝朝动手？"太子连连问道，神色恼怒。而皇帝的面色也漆黑如墨。

王公公苦哈哈地说道："朝朝姑娘和贤贵妃娘娘的狗打起来了！"

和狗打起来了？

第 74 章 抢狗饭

陆朝朝被抱过来的时候，小鬏鬏软趴趴地耷拉在头上，垂头丧气的，眼睛里含着一大滴眼泪，强忍着不肯落下，嘴里还"呸呸呸"不停地吐着狗毛。

贤贵妃一脸惊慌地进殿，瞧见皇帝面色铁青，便果断跪在殿前。祭天时，她亲眼看到皇帝让陆朝朝骑在自己脖子上，那是太子都没有的待遇，她怎么敢针对陆朝朝？犯不着得罪皇帝的心头好。

"陛下，臣妾冤枉啊，臣妾啥也没干啊，也没有放狗咬她。臣妾真的没有放狗咬她！"贤贵妃委屈得直落泪，冤枉啊，真的冤枉啊。

皇帝沉着脸不说话。谢承玺上前从陆政越手中接过陆朝朝，小心翼翼地问道："可有受伤？"

被人一问，陆朝朝强忍的眼泪霎时流了下来："呜呜呜呜……"她疯狂地点着头。

皇帝一惊："伤着哪儿了？还不快请太医？"

贤贵妃心头一哆嗦。她是四皇子的生母，四皇子生来体弱多病，在护国寺当小沙弥。她若是出了事，她儿子该怎么办啊？

陆朝朝呜呜呜直哭，还抬手拍着胸口。

"狗咬着胸口了？哪里疼？告诉皇帝伯伯！"皇帝心疼不已，今夜老祖宗不得入梦抽死他？

贤贵妃瞧见皇帝如此模样，心里更慌了。而陆朝朝只是摇头。

"呜呜呜，我心里疼，我心里疼！我心疼！我的心受伤了，我不要面子的吗？"

"咳咳咳……"听到心声的太子猛地咳嗽起来。

一路上陆政越都在后悔，后悔没保护好妹妹，让妹妹和狗打架。原以为她伤得很重，此刻，简直哭笑不得。

太医过来给她检查，发现她竟然毫发无伤。

贤贵妃小心地举起手，看起来快要哭了："太医，可不可以给我的狗看看？"

宫人将那条狗抱过来。本来毛发油光水润的狗子，此时身上这里秃一块，那里秃一块，见到陆朝朝，吓得嗷嗷叫着，直往贤贵妃怀里躲。

"别怕别怕啊，她不扯你毛，不扯了！"贤贵妃面露尴尬。

"到底怎么回事？"皇帝扶额，"陆家老二，你来说？"

陆政越和陆元宵还是头一回私下面见皇帝，原本心头恐惧，可瞧见妹妹的两只手在皇帝龙袍上擦鼻涕，那股敬畏感一下就冲淡了。

"我们进宫时，路过贤贵妃娘娘殿门口，正巧娘娘的宫人在喂狗。"陆政越捂住脸，尴尬得说不下去。

贤贵妃急忙道："狗饭是宫人专门做的，有鸡肉肠、鱼肉糜之类。"闻着是香，谁知道把这家伙招来了。"她伸手就抓了一把狗饭往嘴里塞，拦都没拦住。吃完发觉味道不错，便非要和狗抢食。狗可不得挠她吗？但也没真挠，就嗷嗷叫着吓唬她。她为了吃口狗饭，愣是和狗打了起来，将臣妾的狗都抓秃了。陛下，您要为臣妾……呃……"贤贵妃顿了顿，"您要为臣妾的狗做主啊！"无妄之灾啊。

皇帝听得嘴角直抽，又问道："那她哭得如此厉害，是打输了？"

"那倒没有。也不知这狗怎么回事，极其怕她，只敢护着食，没敢抓她挠她。"贤贵妃一脸憋屈，"朝朝姑娘打赢了，但是……把饭打翻了，没吃上。"这不就气哭了吗？

听着听着，陆朝朝更气了，她也不放肆，只笨拙地抬手擦泪，小声啜泣："狗勾……骂，嗝……骂沃。"

皇帝乐了："你还知道狗骂你？"

陆朝朝怒道："奏是，奏是，骂了！"骂得可难听了。

这时，大殿之上，贤贵妃怀里的狗又"汪汪"叫了两声。

陆朝朝当即暴怒，挂着两泡眼泪："骂，又、又骂！"若不是太子紧紧地抱住，她又要往狗身边冲。"嗷……"她举起小拳头，嘴巴一张，"汪汪汪！汪汪汪！汪汪汪汪……"龇牙咧嘴，凶巴巴地朝着狗叫。

狗一听，也在贤贵妃怀里叫起来："汪汪汪汪汪……"

一奶娃娃一狗，在大殿上当着皇帝的面对骂起来。虽然皇帝听不懂，但是从她们的脸上能看出骂得极脏。皇帝的脸色很难看，天天给朝臣断公道也就罢了，现在还得给陆朝朝和狗断公道？不知道为什么，他有种不祥的预感，以后不会经常发生这样的事吧？

"快快快，还不快把狗抱下去，戳在这儿做什么？"王公公大喝一声，急忙给贤贵妃使了个眼色。这才来了两个嬷嬷将狗抱走。

陆朝朝脸颊气得通红："骂沃！哼！"骂我没牙的小东西，骂我抢狗饭，骂我不要脸！所有人都以为她在和狗胡咧咧，谁知道人家是真吵。除了对方，谁都听不懂的那种。

"爱妃啊，你将那狗饭方子拿给御膳房，让御膳房研究研究婴儿的辅食。"皇帝寻思要安慰贤贵妃，"让人给护国寺传话，将四皇儿接回来陪你一段时日吧。"

"扑通！"贤贵妃膝盖一软，直接跪倒在地："谢陛下！谢陛下！"她满心欢喜地看着陆朝朝，就像看着一块金疙瘩。这狗饭抢得好，抢得好！这些年她思念孩子成疾，梦里都是孩子的身影，可就算上回她病重，四皇子也只回宫住了七天。没想到，今年又能母子团聚了。

外人都说四皇子命不好，一生下来便体弱多病。而她明白真相并非如此。四皇子

166 ·

出生那日，先皇薨了。同年，北昭大旱。国师护国寺方丈直言这孩子命格不好，只怕于北昭国运有碍。于是宣平帝不得不将他送到护国寺做沙弥，镇住这奇异的命格。

幸好宣平帝不算昏庸，不然，恐怕要拿他这条命祭天。

第75章　神明要吃糖

"呜呜呜……"

"别哭了，别哭了，把御膳端上来。"宣平帝见陆朝朝哭得眼睛都肿了，生怕老祖宗深夜入梦，便让御膳房端了不少吃食过来。

"父皇说你肯定喜欢甜口八宝鸭，特意召你入宫来尝尝。"谢承玺亲自给朝朝夹菜，见陆家兄弟拘谨，便请他们去隔壁用膳。陆元宵猜测，可能也有二哥打扮得太辣眼睛的缘故……

陆朝朝哭得小脸都红了，谢承玺作为她的侍从，与她共享生命，自然也能感受到她的情绪。唉，对大人来说不值一提的，对孩子来说却是大事。她是真惦记那口狗饭。

太子拿起银箸，在王公公震惊的目光下，亲自喂到朝朝嘴边。"啊？哭着用膳容易呛着，快尝尝……"太子眼巴巴地哄着，那轻言细语的模样，哪里像传闻中那般正经严肃？

对此，皇帝眉头都没皱一下。太后痊愈，连太医都喊神迹。太后还偷偷告诉他，现在她一顿能吃三碗饭，只觉得浑身有用不完的力气。但皇帝对外人瞒住了消息。

唉，他好羡慕。

陆朝朝打着哭嗝，一边抽噎，一边吃："好好次……"

"等会儿出宫，给朝朝带一份回去。"皇帝想了想，"给八宝鸭的厨子看赏。"

王公公笑着应下了。他认识做八宝鸭的厨子，是他的同乡，为人木讷，但厨艺不错，擅做甜口菜，在御膳房总受排挤，每次做的菜都被放到离皇帝最远的地方。如今他的厨艺迎来了知音，怕是要一步登天了。

"去承天殿看看，神花开了吗？"皇帝似乎想起什么，又吩咐道。

王公公知道此事重要，便道："奴才亲自去看。"

陆朝朝偏着脑袋，好奇地问道："什么发发？"

"是花花，神花，北昭供奉的神明。"太子摸了摸她的小鬏鬏，"三界神明无数，北昭唯有祈求神明庇佑，才能抵御邪祟，风调雨顺，国泰民安。每年神花开了，第二年国运才会昌盛，天灾也不会出现。去年神花未开，北昭地震，水患，百姓流离失所。"

陆朝朝似懂非懂。

"神花开，就代表神明会庇佑。"太子见她不懂，又解释道，"与北昭相邻的南国专

· 167 ·

门供奉神明，他们的使者每三年来一趟北昭，为北昭祈福。"北昭回回都要捧着他们。

陆朝朝"哦"了一声，还是不懂。太子便不再解释了，让人端走八宝鸭："如今你尚不满周岁，吃多了油腻之物会肚肚疼。"

陆朝朝气得嘴巴都翘了起来，哼了一声，手脚并用地爬到了皇帝的桌前。

皇帝正在批阅奏折，便见陆朝朝鬼鬼祟祟地从怀里掏出一瓶蔻丹，颜色鲜红，极其打眼。

"小孩子可不能涂蔻丹。你经常吃手，蔻丹有毒。"皇帝伸手拿过瓶子。

陆朝朝急了眼："还、还沃！"

皇帝摇了摇头，蔻丹是用花泥和明矾制成的，孩子吃手是天性，容易中毒。

"想……"陆朝朝抱着他的大腿，眼睛发亮，"想玩……伯伯，皇伯伯……哪，开发发，涂涂……"

"我给你开神花，你就给我涂指甲油！"

太子猛地站起身："父皇，朝朝的意思是她有办法让神花开放。"

皇帝怔了一下："此话当真？"

小家伙下巴一抬："抱抱沃，过去康康。"

皇帝亲自弯腰将她抱起来，带着太子，一路摆驾祭祀大殿。

大殿内有不少宫人，礼部尚书和太常寺卿更是疲惫地守在此处，瞧见皇帝一行人浩浩荡荡地过来，连忙禀报道："陛下，神花还未绽放。我们已经用尽了方法，献舞、献供品，神花都没有反应。"神花不开代表神明不回应北昭的祈求。

"难道真的要童男童女？"太常寺卿艰难地说。

皇帝眉头一皱："不可能！"

"北昭供奉的乃正神，又不是邪神，定不能用童男童女。"太子也一口否决。

"可神明不愿回应，这可如何是好？"老尚书愁眉苦脸，早知道，他也学许太傅告老还乡算了，省得面对这个烂摊子。

陆朝朝滴溜溜转着眼珠子，打量着北昭的神殿。供桌上放着鸡鸭牛羊，一束绿色的花枝无根无叶地立在琉璃瓶中，上面的花骨朵儿紧闭着，看不出颜色。

"朕带皇儿亲自祈求。爱卿出去吧。"皇帝摆了摆手，众人相继退下。

待众人离开，殿内只剩他们三人，太子才道："北昭供奉的是司法天神宗白，掌管三界律法，最是恪守律己，严明公正。他的光辉洒下一缕，便能让北昭国运昌盛，一切顺遂。"太子叹了口气，"但他也是最难供奉的。供奉他的人极多，极少被回应、被庇佑。"

"宗白？为什么没有他的雕像啊？"好耳熟的名字。

"神明的雕像都在南国。南国是最接近神的国度，他们是神仆，凡人可不配。"太子揉了揉陆朝朝的脑袋。

陆朝朝眨巴眨巴眼睛，努力回忆着宗白的名字。恪守律法？公正严明？三界执法者？

"供品，错啦……"陆朝朝脆生生地说道。

"不可能！传闻宗白天神极重规矩，民间皆传诵他的喜好，北昭一直恪守规矩进献供品。"太子当即摇头。

皇帝不由得苦笑，他们真是病急乱投医。

陆朝朝慢吞吞地从怀里摸出一把奶糖。想了想，又拿出一颗。犹豫了一瞬，又拿出一颗。还摸出一颗吃剩的糖葫芦，已经咬了一小口，上面有个牙印。

"祂爱吃介个……"她踮着脚，想要将供品送上去，可举起手来也没有桌子高。

"不可！每年的供品都是各地千挑万选送来的珍宝。这……若触怒神明，怕是会降下罪来。"太子心惊肉跳。一把糖、咬了一口的糖葫芦，这算什么供品呀？

"信我，信我，祂爱吃。"陆朝朝眼神坚定。她认识的宗白最爱吃糖了！

太子抿了抿唇，看了一眼皇帝，咬了咬牙，将这两样东西呈上供桌，恭恭敬敬地行了一礼："司法正神，若有罪责，便降在信徒身上吧。"

太子还未磕完头，便见琉璃瓶中的花苞缓缓绽放。

神明回应了？不对啊，恪守天规的司法天神喜欢吃零嘴？千百年了，神书上也没写啊！

陆朝朝："我和祂熟得很，我知道的才是真相！"

第76章 受害者是皇帝

"爱卿辛苦了。"皇帝走出祭祀大殿，脸上的笑藏也藏不住，"神花已开，爱卿回去过年吧。"

礼部尚书惊得合不拢嘴，迈着小碎步急急忙忙朝殿内看去。只见神花早已绽放，姿态比往年更娇艳。

礼部尚书瞪大了眼睛，浑身颤抖，和太常寺卿"扑通"一声就跪下了："北昭之福，北昭之福啊！黎民苍生会感激神明的，谢神明赐下恩泽……"五体投地，拜得格外虔诚。

"陛下，您是怎么让花开的？"礼部侍郎眼神灼灼。

皇帝摆了摆手："以后详谈，周老快回去过年吧。这会儿还能赶上灯会……"说完，亲自接过陆朝朝，笑吟吟地走了。

一路回到御书房，皇帝的笑就没停过。"送些不占肚子的零嘴过来，适合奶娃娃吃。"皇帝将陆朝朝放在龙椅上。卧榻之侧，岂容他人酣睡？但陆朝朝可以。

皇帝屏退左右，亲自拿出一本古书，纸页上画着玄奥的图案，看着颇有些年头了。"这便是神书，南国送来祭祀神明的。南国供奉神仆，最了解神明，这是传承多年的宝贝，神明的喜好、禁忌都记录在上面，各国都按照上面的规矩祭祀。"皇帝郑重地将神书放在陆朝朝面前。

陆朝朝大眼瞪小眼，伸出手指指了指自己。她坐在龙椅上，脑袋都碰不到桌子。扶着桌子站起来，头顶才勉强和桌面齐平。

皇帝没法子，只得将她抱上桌，用她爹忠勇侯的折子垫屁股："反正你爹写的都是屁话。"

陆朝朝一脸茫然地看着皇帝。"沃！"她将小胸脯拍得啪啪作响，大声喊道，"不识字！"一本正经，义正词严！

皇帝一怔。"扑哧……"太子没忍住，你那么自豪做什么？

太子接过书，给她解释道："宗白天神主司法，严肃，重规则。他的祭祀最难，必须一丝不苟，不能出一分一毫差错，但他降下的气运也最可观。神书上说，每年祭祀都必须杀猪宰羊，香火不断。这样才能彰显对神明的尊敬……"

"福说！"陆朝朝气得双手拍桌子，只不过小手软绵绵的，拍得生疼，小脸都拧了起来。全都是假的！以前他还偷吃我的豌豆黄呢！还偷我种的灵瓜，偷偷在灵瓜上挖个洞，用勺子挖光果肉，再撒泡尿进去！她采摘果子时……脸都绿了。重规矩？呸，最顽劣的就是他！

"还有主管四季更替的春神，她是众神中最超然脱俗、一尘不染的仙子，喜爱清风雨露，每年给她的祭品，提前一年就要准备。按照立春、雨水、惊蛰、春分、清明、谷雨、立夏、小满、芒种等二十四节气收集雨露。但凡节气顺序错误，第二年的收成就会极差。"

超然脱俗？陆朝朝一脸嫌弃："假的，全部素假的！"哼！陆朝朝捂着两只耳朵，不听不听，全部是假的！

皇帝无奈，让太子将神书拿下去。而陆朝朝来了劲。"涂涂……"她朝皇帝摊开手，"涂涂！甲甲！"见皇帝装傻充愣，她摸着粉嫩的小指甲。

"娃娃不能涂蔻丹，你要啃指甲，有毒。"眼见陆朝朝要哭了，皇帝急忙又道，"你可以给别人涂。"

陆朝朝顿时止住了眼泪，惊喜地看着他。

太子只觉得浑身毛骨悚然，好似被什么恐怖的野兽盯上一般。他悄悄地后退一步，果然——

皇帝一抬手："朝朝，你给他涂了，就不能给朕涂了。"

"吧嗒！"谢承玺双腿一软，跪在地上："父皇……儿臣的命也是命啊！"父皇，儿子是亲生的，丢脸也有您一份啊！

陆朝朝抱着蔻丹瓶，嘴角咧到了后脑勺："好康，好康，红红的……"多好看啊，她可是挑了颜色最鲜艳的一瓶咧。

太子硬着头皮说："朝朝，要不咱换个人吧？给王公公涂……"

王公公腿肚子一哆嗦："太子殿下，老臣没得罪您啊？您饶了奴才吧！"他看了那鲜红的蔻丹就头皮发麻。

"皇帝伯伯……"陆朝朝瘪着嘴，"泥，和太纸锅锅，一起！"

太子强忍住笑意，将悲伤的事想了一万遍。虽然躲不过，但只要父皇涂了指甲，就没人敢笑！朝朝敢得罪父皇，因为她是父皇的心头好。但他可不是，父皇要揍他是真揍啊！

"伯伯……伯伯……下次，沃不开发发了哦！"小家伙软绵绵的一句话直接让皇帝伸出了手。为了黎民百姓，为了祖宗基业，为了苍生……

陆朝朝打开瓶盖，拿出小刷子，点兵点将，点到了皇帝，皇帝先染。

皇帝全程闭着眼，伸着手指头，任由陆朝朝染上凉凉的蔻丹。指尖凉凉的，心也凉凉的。皇帝只觉得今日格外漫长，只觉得今儿不该吃八宝鸭。唉，老祖宗啊，要哄她开心真难。她真是个魔王！

"真好康……"小家伙摆了摆手，"太纸哥哥，该泥啦。"

太子抖了抖，默默上前。在他的记忆里，宣平帝严肃古板，不苟言笑，即便是母后，也不敢在父皇面前造次。后宫妃嫔，以及他那十几个兄弟姐妹，没有一个人被父皇抱过。啧啧，此刻，一身龙袍的父皇一脸宠溺地吹着指甲……若外人看到，只怕眼球都要掉下来了。

只是许氏没有与陆远泽和离之前，父皇不会让她暴露的。

于是，太子心甘情愿地摊开手，任凭朝朝涂指甲。

"拖鞋鞋……"陆朝朝一句话，两人又默默脱了鞋袜，齐刷刷地露出脚趾，排着队等着她涂大红蔻丹。

王公公望天。外人见了这一幕，那冲击该多大啊？陆远泽，这泼天的富贵，你是一丁点儿不接，还反手泼了出去！

皇帝幽幽地叹了口气。至今他没想明白，陆朝朝和狗打架，为什么他和太子成了受害者？

第77章　气哭陆远泽

大过年的，皇帝和太子喜提红指甲。

天空又下起了大雪，宫门快要关闭了。陆政越在殿前徘徊，见谢承玺抱着个娃娃出来了。陆朝朝像八爪鱼似的挂在太子身上,手上抱着热腾腾的小奶壶,狭长浓密的睫毛盖住眼睑,已经快要睡着了,可嘴里还在喝个不停。她还未戒掉夜奶。

"太子殿下,将朝朝给我吧。"陆政越压低了声音。

"朝朝还未睡熟,当心惊醒她,本宫送你们出宫。"太子摇了摇头,小心翼翼地道,"坐本宫的轿辇吧,等会儿宫门就关了。"

朝朝背上披了件白色大氅,浑身热乎乎的。陆政越心中狐疑:"太子对朝朝当真客气啊,忠勇侯府有这么大的脸?"

"今夜朝朝吃了不少东西,回去莫要再给吃食了,喝些热水便是了。"太子嘱咐完,陆政越等着接手,可太子依旧定定地看着他。

"殿下还有话要说?"陆政越不由得开口问道。

太子似乎有些尴尬,半响才道:"你们介意给朝朝换个爹吗?"他是认真的,这是他和父皇讨论的结果。许氏把陆远泽踹了,进宫嫁给皇帝,把朝朝名正言顺记在皇帝名下,那不妥妥的吗?

"嘭……"陆元宵摔倒在雪地里。陆政越一副被雷劈了的神情,半响反应不过来,顶着满头雪,惊恐地看着太子。

"罢了,罢了,是本宫糊涂。今儿这话就当本宫没说过。"太子摆了摆手,正色道,"但陆远泽不配做朝朝的父亲。"

陆政越点了点头:"母亲亦如此想。"

太子不由得浅笑,那就好。他恋恋不舍地将陆朝朝还给陆政越,眼睁睁地看着他们上马车,一点点没入夜色中。

回到侯府,他们正巧遇见陆晚意哭着出门,一步三回头。

"顾公子可要好好教导晚意,如今她是状元娘子,不懂规矩,丢的可是顾家的脸面。"许氏与顾翎相视而笑。他不是什么好东西,许氏迟早会料理他,但先借他的手收拾陆晚意,真是两全其美。

待顾家的马车离开,陆政越才将妹妹抱回去。

"一切可还顺利?"许氏知道朝朝被请进宫,也知道她救了太后,或许皇帝有些喜爱她,但完全不知道皇帝喜爱她到了什么地步。

"还算顺利吧。"除了和贤贵妃娘娘的狗打了一架。

几人小声地交谈了一会儿,便抱着陆朝朝简单洗漱,放回寝屋。

陆政越倒在床上,想起苏芷清成了陆家名正言顺的小娘,又想起温宁,眼里流露出的温柔连自己都不曾注意到。

夜色袭来,陆政越陷入了梦境。

梦中,他隐约听到乞求声和哭喊声:"求求您,求求您,求您救救许家,救救政越！许家不会谋反，陆家几个子孙亦是满腔正气，他们不会谋反……他们是被冤枉的，求您彻查此事啊！"

大雪天，衣着单薄的温宁狼狈地跪在雪地里，一次又一次地拦住过路马车。

"冤枉？许氏的女儿陆景瑶姑娘大义灭亲，亲自举报，怎么会是冤枉呢？"众人指指点点，议论纷纷，"许太傅满门谋反，连累忠勇侯府。幸好太子仁义，只斩了陆家嫡系。"

有人偷偷找上温宁："只要你从公子胯下钻过去，公子便替你呈奏折上去，如何？"

"您此话当真？"温宁鬓发散乱，咬着唇，不知是冻的还是恨的，"许家是冤枉的，求您救救许家。我钻，我钻……"温宁跪在雪地里，在众人的哄笑声中，屈辱地钻过对方胯下。

一道道淡黄色暖流自她头顶而下，还散发着臭气，众人笑得越发放肆了。"就这样，还想递折子呢？兄弟们，将她拉下去。景瑶姑娘可说了，明儿啊，温家便发配岭南了！"众人把惊恐尖叫的温宁拖进了小巷子。

"不不！不要！你们不得好死，你们不得好死。"温宁刺耳尖锐的声音在巷子里响起，里边传来无数恶劣的笑声。

"放开温宁！放开温宁！"陆政越如疯了一般朝着众人挥拳头，却仿佛一道影子，轻飘飘地穿了过去。耳边听着温宁崩溃绝望的哭声，眼睁睁看着他们撕碎温宁的衣衫。

"啊！"陆政越满头大汗地从梦中惊醒，心跳如擂鼓，整个人处在悲伤愤怒和绝望之中，全身抖得无法控制。温宁！他的温宁！不是梦，这一切都不是梦，是他选苏芷清之后的命运轨迹，是假如没有朝朝，他原本的命运。

陆政越的眼泪落了下来，他的温宁到底吃了多少苦？他未穿鞋袜，踩在雪地里，披散着头发，只穿着一身中衣，便朝隔壁跑去。

陆家和温家本是邻居，小时候温宁为了追着他跑，偷偷在墙上开了一扇小门。后来温家外放，小门便被锁住了。此刻，他紧张地找出钥匙打开小门。这一次，他要紧紧抓住温宁的手，绝不放开。什么天道，什么命运，他绝对不会松开温宁的手。

他要用一世来偿还温宁的情。

北昭新年只放五天假，年前三天，年后两天，元宵还有三天。宣平帝勤政，算是个好皇帝。

大年初三，陆远泽早早换上官服，踏着雪入宫上朝，沿途遇见同僚，便会停下互道一声"新年快乐，恭喜恭喜"，讨个好彩头。

这一回该轮到自己升迁了吧？陆远泽心里琢磨着，与百官站在金銮殿外，等待王公公宣他们进殿。

"陆大人，这回要升迁了，王某提前恭贺陆大人了……"有官员提前向他道贺。

"还待圣上决断呢。"陆远泽嘴上谦虚，心头却是欢喜的。

· 173

王公公报一声"上朝"，众人依照官职，有序地入了金銮殿。

陆远泽左脚刚踏进金銮殿，便听到高台上一个威严的声音道："忠勇侯，去殿外站着！"

陆远泽一脸茫然，将自己犯下的过错在脑海里过了一百遍。收受贿赂被发现了？养外室被捅出来了？他心中惶惶不安。

皇帝看着手上刮不掉的大红蔻丹，怒从心头起："北昭以右为尊，你右脚先进殿，怎么，还指望着朕尊你呢？"

大年初三，忠勇侯因为右脚先踏进金銮殿而被皇帝斥责。

他的升迁机会没了。

第78章 我，陆朝朝，给钱

陆远泽在殿外冻得脸都麻木了。他到底做错了什么？陛下，您倒是说啊？

退朝时，群臣纷纷绕开他，生怕受牵连。开年就触陛下霉头，谁敢搭理他？

陆远泽冻得浑身僵硬，抬手搓了搓脸颊，上前唤住了王公公："还望王公公点拨，陆某到底何处惹陛下生气了？"陆远泽偷偷往他袖子里塞了张银票。

王公公见皇帝已经走远，捏了捏袖子里的银票："侯爷真不该右脚先进殿，您这是不敬圣上啊……"

陆远泽苦着脸："可是……可是陆某是左脚先进去的啊！"

王公公绷着脸想：咳，陛下要罚你，你连喘气都是错的，还管你哪只脚先进去？即便你是双脚离地跳进去，陛下也会嫌你错了！可他又不能明说，只笑着道："咱们当差的哪敢揣摩圣意呢？"你女儿造的孽，你就受着呗。昨儿皇帝让太监给自己磨了一夜指甲，红蔻丹都没磨掉。

陆远泽见王公公笑得高深莫测，心里越发不安了，浑浑噩噩地回到侯府，发现族老们竟然又回来了。

"三千两银子还要分三次给，偌大的侯府掏不起钱？怎么，你们发达了，就瞧不起我们这些穷亲戚了？嫌我们打秋风了？"族长破口大骂，"还没你媳妇大方！"

"陆远泽，当初你爹出去打天下，可是将咱们族内的年轻子弟和粮食银钱都带走了！若不是族里倾力帮扶，你们能有今天？你别忘恩负义！"族老面色阴沉。当年战死在外的族人家属每年都要领十两抚恤金，否则孤儿寡母怎么活？

陆远泽强压着火气："三日后便差人送回清溪，绝不少你们一分！"

几个族老这才怒气冲冲地离去。

今日陆远泽两头受气，自然没有好脸色。侯府上下都死气沉沉的，不敢闹出动静。

还好苏芷清惯会小心奉承，当即将侯爷拉到了清平院。

"哼，在外受了气，回来撒泼呢，幸好如今夫人您不当受气包了。"登枝不由得庆幸道。

"就你多嘴！"许氏笑着瞪了她一眼，好奇道，"只是不知他做错什么事触怒了陛下？"

"奴婢不知。"登枝摇头，宫里的事打听不了。

陆朝朝手上捏着小刷子，坐在地上给登枝染指甲："朝朝，朝朝也不知。"

许氏偷笑，你才一岁，你当然不知道。

"二锅呢？"陆朝朝又问。

"二哥啊……"许氏皱起了眉头，夜里，她好像听见了老二的哭声。老二似乎一夜之间长大了，整个人变得内敛深沉许多，"陆家没什么家底，娘的陪嫁里倒有不少庄子铺子。你二哥说，大哥会读书，他便不走这条道了。他想去南边做做生意，正好看看二舅舅在临洛如何了。"

陆朝朝想起原先话本里的剧情，赶紧举起小手："沃、沃也要赚钱钱……"

许氏刮了一下她的鼻子："你赚什么钱？你才一岁。"

陆朝朝噘起嘴："沃会，沃奏是会。"可谁也没当真。

"哼！"陆朝朝钻进床底，从小匣子里拿出红包，把碎银子全部倒出来，撅着屁股，认真地数道："一，二，三……"统共才十六两银子。

真是可惜啊，她的储物空间里什么都有，就是没钱。修真界谁用钱啊？

她鼓起圆圆的小脸蛋，像只小青蛙，生气地将床底的小匣子踹了一脚。皇帝伯伯一家真穷啊！长公主送玉佩，皇帝伯伯送玉佩，太子哥哥送玉佩，太后送玉佩。难道集齐皇室全部玉佩能召唤神龙吗？

陆朝朝连踹了好几脚，攥着钱袋子，从床底爬出来，走到许氏跟前，摊开手，一本正经地道："沃，陆、陆早早……"

"天上的小仙女，借钱！"

"也、也阔以，投资！分钱钱！"陆朝朝眼神灼灼。

"你助我一臂之力，等我回归仙界，定会百倍还之。"

许氏紧抿着唇，差点儿笑出声，让登枝拿五两银子给她："喏，小仙女啊，就当娘送你的，不用还了。"

陆朝朝嫌弃钱少，可依旧伸手接过。"玉玉，记。"她一挥手，玉琴便掏出账本，在上面写上：忠勇侯府许夫人，五两。

玉书道："小姐说了，等她回本，一定加倍奉还。"

许氏点头，并不在意："嗯嗯嗯，娘等着你大赚啊。"

陆朝朝见她不上心，气呼呼地走了，直接去找陆砚书，眼巴巴地摊开手："大锅

· 175

锅，借钱……"

陆砚书坐在轮椅上："怎么了？要买什么东西？大哥给你买。"

陆朝朝摇着脑袋，奶声奶气地说："钻钱！"

陆砚书"扑哧"笑出了声："咱们朝朝也要养家了？真棒！"他让小厮拿二十两银子给陆朝朝。玉书接过银子，玉琴记账。

"粗门，沃要粗门。"接下来，陆朝朝找到三哥，要求出门。

"这大雪天，你要去哪儿？"陆元宵很惊讶。

"借钱，创业！"陆朝朝心里嘀咕，"不知道三哥最有钱的朋友是谁……"

"喏，三哥正好看书疲惫了，带你出去串串门。"陆元宵见她捧着小脸，一副可怜巴巴的模样，便差人向许氏打了个招呼，带着丫鬟小厮出了门。

"她出门去了？"许氏笑得合不拢嘴。

登枝捂着嘴："咱家小姐早慧，说话早，爱学人。听到二公子做生意赚钱，她也闹着要去呢。"

许氏哪里知道，陆朝朝真的办成了一件救国救民的大事。

当然，也惹得全城孩子的屁股都开了花……

第 79 章　借遍全京城

陆元宵的第一站是京城首富林家。

林家是商人，这些年生意越做越大，有了钱就想有权，如今上下走动，就想拿个皇商的名头，改换门庭，偏偏几年来一直不得法。

当然，这一切与首富九岁的小儿子没有一点关系，他才刚开蒙读书，什么也不懂。

林晏阳将好友迎进门，目光落在陆元宵怀里的娃娃身上："上次李思齐说你带妹妹来书院，竟然是真的！快给我瞧瞧！"

陆朝朝拿人手短，咧着嘴露出几颗牙，讨好地笑道："阳阳锅锅……"

"真可爱，陆元宵，你妹妹长得真可爱。"林晏阳是林家最小的儿子，瞧见这软乎乎的小女孩，喜笑颜开。

"那是，我妹妹像我。"陆元宵一脸自豪。

林晏阳撇了撇嘴："像你？像你就不好看了！"

"我妹妹想借点钱做生意，你要不要入伙呀？"陆元宵和他要好，不在乎口舌输赢，笑得像个狼外婆。

林晏阳一愣："做生意？我们自己？"

陆元宵点了点头："对呀，我拿你当朋友，才第一个找的你。"当然，绝对不是因为你家钱多。

"赚，大大大大钱……"陆朝朝比了个"超大"的手势。

"你妹妹借？"林晏阳一脸惊异。

陆朝朝点着头："锅锅，你有妹有，压岁钱吖？"

林晏阳点了点头，他年年都存着压岁钱呢。他带着陆元宵进了屋，让丫鬟看着门，拿出一个匣子，比陆朝朝的大多了，打开来，里面装着不少银票。

"有钱！"陆朝朝"哇"的一声叫起来。

林晏阳不好意思地摸了摸脑袋："平日里我爹给得多，我花得也多，还剩六千两，都借给你！"他将银票全部递给了朝朝。

陆元宵也没多待，拿了钱便抱着朝朝出门了。

临出门时，正好遇见林伯伯回府，喝得烂醉如泥。

"这段时日，我爹天天醉醺醺地回府。"林晏阳如小大人一般叹息道，"林家做了一辈子商户，我爹想改换门庭，哪有那么容易呢？前些年本想捐个官，但没成。如今想一步登天做皇商，更是难上加难。"

林伯伯醉得站不稳，林晏阳他娘心疼得直落泪。

"这……嗝，这是晏阳的同、同窗啊？"林伯伯一说话就满嘴酒气。

"爹，这是我的同窗，忠勇侯府的公子陆元宵。这是他妹妹，陆朝朝。"林晏阳扶了他爹一把。

"第、第一次，来咱家啊？"林伯伯打了个酒嗝，晃晃悠悠地从兜里掏出钱，"新、新年快、快乐啊。新年，又是头、头一回来，喏，见面礼。这、这孩子长得，真、真好看……"林伯伯将银票塞给陆朝朝，便被夫人扶着走了。

林晏阳一脸歉意："我爹喝多了，平时他不这样……"

陆朝朝却一脸兴奋，哇，林伯伯真好！谁家红包给两千两银票啊？她愿意年年来首富家拜年！

林晏阳傻笑，他爹喝多了，掏错了……

陆元宵抱着她走到门口，陆朝朝扒着大门深深地吸了一口气。

"怎么了？"陆元宵问道。

走路都不稳的小家伙一本正经地扒着门猛吸："吸吸……"财气。

林晏阳看得好笑不已，瞧着两人走远，却叹了口气。皇商啊皇商，怎么就不能来个贵人，帮林家一把呢？

陆元宵抱着朝朝又去了护国公府，借走了八岁的李思齐的全部积蓄，共两千六百三十两。

去礼部尚书方大人家，借走了对方三岁小孙子的五百六十两。

去户部侍郎吴大人家，借走了对方五岁孙子的六百二十一两。

去内阁学士府上，借走了对方三岁孙女的八百两。

去光禄大夫府上，借走了对方两岁孙子的二百八十两。

去太常寺卿府上，借了对方一岁孙子的八个铜板，以及一壶牛奶。

因为陆朝朝走得饿了。

……

玉书手里的荷包鼓鼓的，玉琴的账本记满了好几页。他们借遍了全京城孩子的压岁钱！

"多少钱了？"陆元宵都麻木了。

玉琴吞了吞口水："两万两千三百六十八两，还有八个铜板。"其中的大头来自林家，八千两。

陆元宵蒙了，不由得伸手捂了捂屁股："妹妹，咱们什么时候去做买卖啊？"陆元宵快哭了，恐怕他的屁股要先遭殃了。

陆朝朝让玉书把钱全部交给玉琴："大舅舅，让大舅舅，买！"她趴在玉琴耳边，悄悄说了什么。玉琴怔了怔，随即应下。

"买什么呀？到底买什么？"陆元宵十分好奇。

"嘿嘿，很快三哥就知道啦。我肯定比二哥赚得多……"陆朝朝贼兮兮地一笑。

"今儿你们去哪儿野了？一天都不回家，瞧妹妹累得眼睛都睁不开了。"许氏问道。

陆元宵捂着屁股，心虚地说："就、就看了看朋友，去朋友家拜年。"还骗了朋友的压岁钱，完了，屁股保不住了。

陆元宵哪里知道，保不住屁股的是他爹。

陆远泽休养了一夜，好不容易调整好情绪，送信请上司和同僚帮自己美言几句，然后雄赳赳、气昂昂地去上朝。

谁知刚踏进金銮殿，雪花一般的奏折便劈头盖脸地朝他飞来，全是弹劾！

"陛下，您要为我们做主啊！忠勇侯纵女行骗，骗光了臣孙子的压岁钱！"

"陛下，忠勇侯的女儿骗了我孙子八个铜板！"

"还有臣孙女的八百两！"

"还有臣……"

"陛下，忠勇侯太过分了！"

大殿之上，早已不管事但地位极高的开国功臣们哗啦啦跪了一地。整个朝堂一大半人都是苦主，全都弹劾他。

陆远泽看着满地同僚，头皮发麻，咬牙切齿：你们说谁？我一岁的女儿骗了你们家孩子的压岁钱？

骗了多少？

第80章　女债父偿

"吧嗒！"陆远泽直挺挺地跪在朝堂上，心里比黄连还苦："陛下，臣冤枉啊！臣从未纵女借钱，从未啊！"果然，他就不该生下陆朝朝，景瑶才是他的福报。

宣平帝冷冷地看着他："你的意思是全部是陆朝朝自己借的？"

陆远泽糊涂了："陛下，当然是她自己借的啊！"

"混账东西！"皇帝猛地站起身，抓起奏折，直直地朝着他的脑门儿摔去。

奏折的封壳颇硬，边角尖锐，皇帝砸人又颇有经验，用了十成的力气。陆远泽被砸得头破血流，可是听到皇帝怒斥，吓得连脑袋都不敢捂，急忙磕头。

"她才一岁，懂得什么？若不是大人教唆，她知道借钱？她连路都走不稳当，说话都磕磕巴巴，还能借钱？"皇帝又顺手抄起一本奏折，砸到陆远泽身上，借机出气，真爽！"陆远泽，你有没有心？竟然拿一岁的孩子敛财，你好大的狗胆！"

陆远泽有苦说不出。他真的没有啊！可瞧见王公公偷偷朝他摇头，他也不敢再解释。

"陆大人，你怎么能借孩子敛财？孩子存了七八年的压岁钱，你也好意思借？"

"你女儿不只借钱，还给了一张符呢，说什么保平安，真是胡闹！"

"陆大人，同僚一场，咱也不说什么。但是这钱总得还给孩子吧？"

几位官员围着陆远泽七嘴八舌。

"还有本官家的八个铜板、一壶奶！"太常寺卿急忙表态。

陆远泽有苦说不出，可想着一岁的孩子连牛奶都借，想必统共也借不了多少，当即一边擦汗，一边表态："还还还，我陆某一定还！明日就送到府上，不会少各位同僚一分一毫！"

"本官已经四处问过了，她借了不少，每家都写了欠条，等会儿我们就把欠条给你。"礼部尚书淡淡地道。他是朝廷元老，连皇帝都要给他几分薄面。

"借女敛财，此事要重罚，以儆效尤。"皇帝瞥了陆远泽一眼，"来人啊，罚陆侯爷杖责三十！"

陆远泽不敢喊冤，被宫人拖了出去。一记又一记的闷棍打在他身上，他痛得脸发白，嘴唇都咬出了血，心中只恨陆朝朝不争气，不如景瑶懂事。

早朝结束，皇帝唤几个被借了钱的苦主去御书房。

"她给你们符了？"皇帝坐在龙椅上，越想越委屈。符咒？这么好的东西，她为什么不给朕？是朕哪里做得不好吗？朕明明连贴身玉佩都赏给她了，此玉佩如朕亲临，她能随时进宫，调动十万禁军，还有什么不满意？

几位大臣面面相觑,不知道皇帝的葫芦里卖的什么药。太常寺卿反应快,赶紧掏出一张黄色的符纸,上面画着古朴玄奥的图案,此时已经被捏成了皱巴巴的一团。"喏,臣的孙子借了她八个铜板和一壶牛奶。她给了一张……什么……'真话符'?说是'符咒之下无谎言'?"

王公公直直地走到了他跟前。太常寺卿一愣,这等糊弄孩子的玩意儿,皇帝要看?他只得双手递给王公公。

皇帝又看向众位大臣。

光禄寺周大人也呈上一张符纸:"她向臣的孙子借了二百八十两,给了一张'镇宅符',说是贴上以后,魑魅魍魉便不敢进府。"

内阁大学士禀报道:"她向臣的孙女借了三百两,给了一张'天气符',说是能呼风唤雨。臣的孙女相信极了,宝贝得很,不许臣弄坏,要臣还给她。"所以他没有把符给王公公。

户部侍郎和礼部尚书都交出了一张"增寿符"。小家伙说,贴了此符能增寿三年。

皇帝捏着四张符纸,嘴角的笑意掩藏不住,轻咳道:"这些符都是物证,朕就收下了。众位爱卿退下吧。"

满头白发的礼部尚书狐疑地看着皇帝,只觉得此刻皇帝莫名愉悦。

几位大臣一同出宫,御书房距离宫门有一段距离,地上还有积雪,偏偏今儿又下起了倾盆大雨。

"这雨啊,已经连下了七日,临洛传来几次加急文书,只怕水患更严重了。"老尚书叹了口气。

内阁学士刘大人捏着符纸,随口道:"是啊,若是这雨能停下来,出几天太阳该多好。"

刚说完,他便感到手上一股灼热的疼痛。"哎哎哎!"他吓得一甩手,那张黄色的符纸竟然在雨中自己燃烧起来,瞬间便燃尽了。

更令人惊异的是,符纸燃尽,灰烬落地的那一刻,连下三天的倾盆大雨停了。乌云散去,露出高悬的太阳,阳光一点点洒满大地。

"这……这……这!"刘大人呆住了,指指天,又指指灰烬,"这……这符……不会是巧合吧?"刘大人结结巴巴地问。这实在太巧了啊,巧得他无法说服自己!明明钦天监说这场雨至少还要下半个月!

众位朝臣面面相觑,突然想起刚才皇帝的怪异行为:把他们的符全部收走,而且心情显而易见地好。

礼部尚书扭头就往回走:"本官有事要回去一趟。"本官的头发和胡子都白了,本官需要"增寿符"!陛下,把本官的符还回来!

此刻众人哪里还肯出宫,纷纷回头,可御书房早已大门紧闭,王公公笑吟吟地站

180

在门口:"陛下累了,早已歇息。众位大人请回吧。"顿了一顿,又道,"众位大人,什么该说,什么不该说,可要明白呀。"皇帝可不打算声张呢。

大早上的,皇帝就歇息,骗谁呢?一众大臣悔恨不已,气得在殿门外直拍腿。

这符是真的!

第81章 陆远泽吐血

陆远泽被抬回了侯府,额头带血,屁股都被打烂了。

"该死的东西,该死的东西,她克我!陆朝朝克我!"陆远泽气得双眼发红。

老夫人听到消息,哭着跑出门,瞧见陆远泽的惨状,嗷地叫了一声,便晕了过去。

"老太太晕倒在雪地里了。"登枝过来禀报。

许氏看着太阳:"外头暖和,别让人惊醒老太太,让她原地躺着晒太阳吧。瞅着要醒了,再扶她到床上去。"半点不提她躺在积雪上。

登枝捂着嘴偷笑:"是。"

本来众人要将陆远泽抬回正院,可是半路被苏芷清截了和。许氏也不恼怒,只是不咸不淡地问:"侯爷怎么了?"

"今儿他在朝堂上犯了错,被陛下杖责了。这会儿闹着要朝朝小姐过去,"登枝眼里流露出厌恶,"非说是小姐克他。"

许氏当即便去了清平院,站在院外就能听到他的怒骂:"小小年纪心术不正,当初就该溺死她!快将她带来!真是个祸害,死丫头,生来克父!若景……"声音戛然而止,大抵是想起陆景瑶还不算他名正言顺的女儿。

"夫人来了。"苏芷清对许氏还算客气。许氏不得侯爷欢心,正好。现在她算是侯府的半个主人,平日里许氏也不管侯爷来她院里,她过得极其舒心。

"芸娘,芸娘,你来了!你可知陆朝朝在外面做了什么?她竟然寻我同僚的孙辈借钱!无法无天,简直该死!快让她过来跪在雪地里,没我的允许不准起来!"陆远泽大喊大叫。

"侯爷,朝朝才一岁,跪在雪地里,她还活不活?您想要她的命?"许氏大怒。

"夫人,你不知道,朝朝克父啊!自从有了她,我事事都不顺心!"他被雷劈,许氏不再听话,一切都不顺心了。陆远泽眼底满是阴郁。

"是吗?芸娘反倒觉得朝朝是我的福星!有了朝朝,一切都有了盼头。"才能看清你的真面目!

正说着,便听到门外小厮来报:"侯爷,户部侍郎吴大人来了。"

陆远泽一愣。这可是稀客,户部侍郎是有实权的二品官,平日里与他并无往来啊。

"快请进来。"他想起身，可一动，屁股便疼得厉害。

"是尚书大人叫我来的。所有的欠条和账单都在这里了。"吴大人笑眯眯地左右看了看，没看到陆朝朝，就对着陆远泽点了点头，极其客气。"朝朝呢？"吴大人的眼睛闪闪发光，能不能再给一张符啊？他也想增寿！

"吴大人，小女年幼无知，陆某必定给大家一个交代。"陆远泽以为吴大人是来兴师问罪的，"这死丫头不知天高地厚，我一定让她在雪地里跪三天三夜，再到各位府上磕头认错。"

吴大人一愣。侯爷，你还不知道自家闺女的能耐吗？想起王公公那句耐人寻味的话，突然，他明白了，皇帝想瞒着陆远泽。

"不不不，陆侯爷，这样太过分了。才一岁的孩子，跪三天三夜岂不是要她的命？"吴大人满脸不悦，"你让她借钱也就罢了，竟然还罚她？你若这般，明儿我便继续弹劾你！"

陆远泽气得要吐血，他没有让朝朝去借钱，他一分钱也没有拿到。

"陆侯爷好自为之，朝朝是无辜的！"吴大人站起身，拂袖而去。唉，还是护国公和首富运气好。护国公生病没上朝，首富不配上朝，他俩反倒把符保住了。

陆远泽气得浑身直哆嗦："我没拿钱，一个铜板也没拿！"低头一看账单，两万两千多两！

他们有病啊，借给一岁的娃娃两万两银子？尤其首富林家，是不是有病？陆远泽当场气晕过去。

许氏瞧见账单，也瞪大了眼睛。朝朝竟然真的借到钱了！

半天，陆远泽才醒来，上气不接下气地骂道："孽障，孽障！这个孽障啊！快把孽障找来，她到底将这钱藏到哪里去了？"

许氏怎么可能真的把朝朝找来，此刻陆远泽情绪不稳定，万一伤着她怎么办？再说，那天朝朝可是空手回来的。

许氏唤了登枝去问，半个时辰后，登枝回来禀告："夫人，小姐说，钱全花出去了，一个铜板都没剩。"登枝也很震惊，这么多钱，小姐到底是怎么花的？

"你听到了？钱没了。"许氏淡淡地道。

"你就护着她吧，这孩子都被你惯坏了！两万啊，两万两啊！"陆远泽勃然大怒，"许时芸，你看看自己将孩子养成什么样了？老大残疾，还占着世子之位！老二纨绔，老三脑袋空空，陆朝朝小小年纪便会骗钱。侯府迟早要败在你手里！"

"侯爷这是要改立世子？"许氏心头恨意翻涌。

陆远泽一顿，压低了声音，叹息道："芸娘，我没有别的意思。既然你护着她，那就动用你的嫁妆替她还债吧。"

"侯爷，昨日我不是告诉过你，政越要出去经商吗？"许氏摇了摇头，"经商自然需要本钱，我将嫁妆都给了政越。"

陆远泽的心都在颤抖："全、全部给他了？"许氏是许家幺女，从小得宠，嫁妆极其丰厚。这些年，他心安理得地花着许氏的嫁妆，甚至用来养活裴姣姣一家，只可惜前段时日全部吐了出来。如今裴姣姣那边过得抠抠搜搜，就连给姜云锦的聘礼都在定亲之后变着法儿讨了一部分回来，让陆景准很没脸。

"穷家富路，芸娘的嫁妆本就是留给孩子们的，便都给他了。难不成侯爷还惦记芸娘的嫁妆？"许氏故意让陆政越将财产全部带走，一分都不给陆远泽，气死他！

陆远泽的脸绿了。两万两千两，他要自己还！老家还有三千两的坑！

第82章 拜神

直到傍晚，老夫人才醒来，浑身麻木，好似冻僵了，可是睁开眼发现，屋里烧着地龙，身上盖着锦被。自从林嬷嬷被撵了出去，她身边便没有一个体贴的人。

许氏听到老夫人夜里高热，还说什么身子发麻，便让府医过去看看。

府医开完药，忧心道："夫人，老太太怕有中风之虞，再受不得刺激了。"

许氏捏着帕子擦了擦泪，一脸心痛。而府医一走，她的表情就冷淡下来："没事多刺激刺激，养养猫和狗，时不时放出来吓她一跳。"谁不知道她是个孝顺媳妇？谁也不会怀疑她。

"朝朝说了吗？"许氏问道。

"什么也没问出来。"登枝摇头，"鸡腿吃了，但什么也没说。"

许氏只得亲自去问。此刻朝朝正在沐浴，坐在盆里拍着水，极其开心。

"朝朝，今儿借的钱都去哪了呢？"许氏温柔地问道。

"娘亲好像有点担心哦，朝朝是好孩子，不骗娘亲……"

"舅舅，大舅舅买东东啦……"陆朝朝吹着泡泡说。

许氏一愣。给了她大哥，那就没什么好担心的了。

"凉亲……沃，不稀饭爹爹，爹爹能换吗？沃，要一个会赚钱的，要一个陪沃玩的，要一个当官的！"她眼巴巴地看着许氏，"阔以，要三个爹爹吗？"

许氏笑眯眯地端来茶盏："朝朝，洗澡的时候嘴里含一口水对身子好，别咽下去哦。"

真的吗？朝朝迷茫地看着她，端起茶盏"咕咚咕咚"喝了一大口含在嘴里，脸颊鼓鼓的，一脸乖巧地坐在盆里看着娘亲。

待登枝给她洗完澡，穿好衣裳，许氏才说道："可以将水咽下去了。朝朝真棒……"

待陆朝朝躺在床上，许氏熄了灯，便退了出去。

"夫人，洗澡的时候含一口水真的对身体好吗？奴婢竟然没听过这等方子。"登枝惊讶地问。

"她话太多了，含一口水就没法儿说话了。"许氏笑道。

夫人，您怎么是这样的夫人？登枝又好气又好笑。可怜的朝朝小姐吃了不懂事的亏，被唬得一愣一愣的。

陆朝朝沉沉地睡了过去，而宣平帝彻夜未眠。

"皇儿啊，我把'真话符'用到了质子身上，竟然真有效果！"皇帝眼里闪着光芒，"你说朝朝是不是上天赐给北昭的吉祥物？她是来解救咱们北昭的！只是……"突然皇帝迟疑了。

谢承玺狐疑地看着他。

"朝朝有这般能力，若落在外人手里，对北昭只怕是大害。"皇帝神色凝重。

太子立马站起身，跪在皇帝面前："父皇，朝朝只是个孩子，儿臣可以保证，她对北昭绝无二心。"

"你胡说什么呢？"皇帝摆了摆手。可别胡说！让太上皇听见了，不得托梦来抽他？每天夜里，太上皇都入梦耳提面命，让他好好对陆朝朝。

"朕的意思是……你觉得朕娶了许氏怎么样？"反正陆远泽有了外室，和离是迟早的事，"或者，给你和朝朝定个娃娃亲？"

"喀喀喀……"太子猛地噎住了，急得面红耳赤，"父皇，不行，不行，不行！我不行！儿臣……儿臣本是必死的命，是朝朝逆天改命，救了儿臣。儿臣……"太子咬了咬牙，"她为了救儿臣，让儿臣与她共享了寿元。如今，儿臣只能做她的奴仆。"

皇帝大惊，虽然没有完全听懂，可想起太上皇所言，只得颓然叹道："先让他们和离吧。和离了再说。"

陆远泽哪里知道，他嫌弃的糟糠之妻早就被人盯上了。

过完年，为了归还那两万两千两银子，陆远泽东拼西凑，变卖了不少家当，将送给陆景瑶的庄子都讨了回来，甚至借了印子钱！

他整个人阴沉了许多，不只因为要还这么大一笔钱，更因为怎么也想不通，他都借不到这么多钱，陆朝朝怎么借得到？

很快便到了正月十五，既是元宵，也是拜月祈神的日子，整座京城的人家都有条不紊地准备着，比过年还认真。

许氏早早便备好香案，按照往年的规矩呈上供品，提前三天便开始焚香沐浴食素。而老夫人一大早便前呼后拥地出了门，说是去礼佛。许氏知道，其实他们去了裴家，就连苏芷清也拦不住。

陆朝朝对拜神没兴趣，但对供品很有兴趣。为了表示诚意，供品都是当天现做的：鸡鸭鱼肉，各种酥酥脆脆的饼……陆府里飘满香气。

"什没……时候拜拜？"陆朝朝双手合十，止不住地流口水。

"要夜里满月之时。你可不能偷吃，神明都看着呢。"

"拜、拜什么，神明呢？"陆朝朝偏着脑袋问，趁人不备，伸手摸了摸烧鸡，又将手指塞进嘴里，顿时眼睛一亮，好吃！

"唔……其实，我也不太清楚。"许氏摇了摇头，"元宵节拜的是天地主神，主管所有神明，民间并无祂的传说。"

陆朝朝盼啊盼啊，终于盼到了天黑，圆月当空，满城点起了灯。

许氏指挥下人将供桌放在院子中央。供桌上铺着桌布，长长地垂到地上，上面摆满了供品。

下人在供桌前摆好蒲团，许氏正要带着众人叩拜，突然问："朝朝呢？"她不是早早就等着拜神吗？

"方才还在呢，估摸着又回房去了。"登枝答道，"夫人放心，院门口有人守着，小姐定然不会乱跑。"

"先拜神吧，不能误了吉时。"许氏点头。

谁也不知道，陆朝朝趴在供桌底下沉沉睡去，嘴里还念叨着："烧鸡，烧鸡……"

第 83 章　朝朝问神

京城中央的神台高耸入云，站在上面，仿佛一伸手就能触到天上的星辰。宣平帝携着一众朝臣，面色肃穆地准备登台。

"为何每年元宵节都要拜神呢？今日是祂的生辰吗？"台下围观的皇室成员中，有个小皇子低声问母妃。

"不是哦，"贤贵妃身边站着的小沙弥答道，"是因为有个传说，曾经祂降临凡间六次，六次都是在元宵节。"

"四皇兄，你懂得真多。"小皇子一脸羡慕。

四皇子抿了抿唇，一脸不好意思："护国寺有座藏书阁，我经常去那里看书。"他也很羡慕小皇子，羡慕兄弟们可以常伴爹娘身边。

贤贵妃紧紧拉着四皇子的手。她乃护国公李大人之女，当初入宫时声势浩大，心高气傲。众人私下揣测，她要是产下皇子，就能与中宫皇后争个高低了。谁知这个儿子排行第四，出生时命格不好，自幼到护国寺出家。往年春节，京城无论贫富都阖家团圆，只有她依然骨肉分离。她思念儿子，年年都要大病一场，还时时担忧北昭国运，生怕天灾不断，皇家要拿她儿子祭天。

这几年，她磨平性子，静心礼佛。终于等到今年，宣平帝开恩让四皇子回宫陪伴她，她面上这才有了笑容。只是这元宵节一过，明日四皇子又要回寺庙了。想到这里，贤贵妃偷偷拭了把泪。

"母妃，您冷不冷呀？"四皇子天生孱弱，寺庙生活又清苦，每日他都要跟着师父做早晚课，即便有侍从照顾，依旧瘦得可怜。

"母妃不冷，皇儿冷吗？"贤贵妃忍住眼泪，对着儿子挤出笑容。

四皇子抿着唇摇头，小小的光头格外可爱。贤贵妃更加心疼了，她既不求皇儿大富大贵，也不求皇儿能坐上那至高无上的位置，只求皇儿能承欢膝下。

"嘘，仪式开始了……"所有皇子安静下来，乖乖地站在母亲身边。

宣平帝一身明黄，身后跟着太子谢承玺，双手恭敬地握着香，虔诚地念着祷词，祈求神明降临，庇护北昭。

祷词念罢，皇帝仰头望天，天上依旧毫无动静。他轻轻叹了口气，神情失落。

"上次神降还是三十四年前的冬月初八。"许意霆看着天空，眼神深邃。

"许爱卿记得可真清楚。上一次确实是三十四年前。"

那日，天空出现一道虚影，万民朝拜。神明巨大的身影俯瞰众生，片刻就消散于天际。每一次神降都是受感召而来，而那一次是例外，不知道是谁发下了愿心。

许意霆低下头，敛眉不语。今日天下百姓都满怀期待。可神明没有丝毫回应。

深夜，陆朝朝被冻醒了。

她伸手揉了揉眼睛，四周黑漆漆一片，什么也看不清。哦，她想起来了，她趴在供桌底下等着偷烧鸡呢。

也不知道拜完神没有。陆朝朝吸了吸鼻子，空气中还飘荡着烧鸡的味道。

突然，她耳边响起一阵空灵缥缈的声音，仿佛踏碎虚空，近在眼前，有些熟悉。

她拍了拍脑袋，那声音更加清晰了。可她怎么也想不起来这是什么声音，只觉得脑子里浑浑噩噩，仿佛被抽去了一部分记忆。

"是神明，是神明降临了！"突然，外头传来惊叫，"天啊，三十多年了，神降再次出现了！"

正走下神台的皇帝猛地抬头看向天际。

天空中乍然出现一道虚影，仿佛在九重天外，看不清面容。祂居高临下地俯瞰众生，凡人只看一眼便不敢再抬头。

"快，回神台！"皇帝率着文武百官快速地回到神台上，心跳如擂鼓。神明回应了？神明为谁而来？神明选中了哪个幸运儿？

"快，马上派人去找，到底是谁向神明发下了愿心。要不惜一切代价让他为北昭祈福,朕给他加官晋爵!"

一声令下,便有无数人领命出宫。

"他想要什么呢?"太子低声呢喃,"想要延年益寿,想要加官晋爵,想要……开疆拓土?"隔壁大越的太祖皇帝便是神降时祈愿称帝,最后真成了开国太祖。

这时,空中的神明缓缓开口问道:"你,有何愿?"

好吵。陆朝朝掏了掏耳朵。真的好吵,就算她把耳朵捂得再紧都能听到。

"你有何愿?"神明的声音冷漠空灵,"吾可以给予你世间的一切。你想要什么?长生、名望、财富?"

皇帝听到神明发问,更加焦灼:"有消息了吗?找到祈愿者了吗?"

"陛下,还不曾有消息。"群臣战战兢兢地答道。

"你想要的一切,吾都可以给予你。"神明的问话带着回声,好似跨越了时空,"说出你的愿望,吾可以满足你的所有愿望。"

长生、名望、财富?我要那些做什么?陆朝朝想了一圈,眼睛猛地一亮,从供桌下爬了出来。

此刻院中只剩她一人,大家都出门看神降去了。她指着桌上的烧鸡,认真又严肃地问道:"阔以,把泥的烧鸡,给沃次吗?"

神明沉默了。

第84章 皇帝骗自己

多么朴实无华的愿望啊。神明沉默了。

祂极少降临人间,人间承受不住他的力量。祂每一次降临都会被南国的神侍记录下来,每一次为凡人实现的愿望都会被载入神书,世代流传。而这一次的愿心是……吃烧鸡?

"吾,可以赐予你无尽的钱财,你可以买无数烧鸡。"祂顿了顿,好不容易降临一次,就赐下一只烧鸡,祂丢不起这个人……不,这个神。

"泥好笨。"陆朝朝嘴一撇,"钱钱,凉亲会收走,会保管。烧鸡,才是沃的!"

"要什么烧鸡?朕让你吃个够!"皇帝听到"无数烧鸡",在神台上气得直跺脚,"暴殄天物,暴殄天物!快,扶着朕,朕要被气晕了!"

而陆朝朝打了个哈欠,渐渐没了耐心:"烧鸡,给不给?"不给的话,我就走了,神可真小气,连只烧鸡都舍不得,说好的世间一切都可以给呢?

陆朝朝踮着脚,伸手摸了一把桌上的烧鸡,然后闻了闻手,真香。她决定今晚不洗手了,要带着烧鸡的味道睡觉。

神明沉默许久，惨然道："吾，遂你所愿。"

烧鸡飞到了陆朝朝手里。陆朝朝眼睛发亮："沃，以后就是，泥的信徒啦！"她抱着鸡屁股，狠狠地咬了一口，只觉得鲜嫩无比，幸福得眉眼都舒展开了，整个人快要跳起来了。

然后，她将嘴里的鸡屁股拿出来："你次吗？"

神明的目光落在鸡屁股上，身影渐渐消散在夜空中。

陆朝朝偏着脑袋，这个神明的声音有些熟悉，但她还是没有想起来。她已经被这个世界同化了。

"拜神真好。"她双手捧着烧鸡，啃得满脸油光。

皇帝气得按着胸口，面色铁青："找，掘地三尺也要把那个蠢蛋找出来！"

太子表情古怪，低垂着头不吭声。

"烧鸡，烧鸡，烧鸡，烧鸡，烧鸡真好吃……"

他满脑子都是陆朝朝的碎碎念，他知道罪魁祸首是谁了。

满城都在猜到底是哪个憨憨问神明要烧鸡，估摸着是个孩子。

"陛下，寻到了。"皇帝回到宫中没多久，便听到禁军首领来报，"方才在宫外遇到一个娃娃抱着一只烧鸡，说是神明赐下来的。"

"将人带进来。"皇帝眉头紧皱。

不多时，便有一个妇人牵着一个女童晃晃悠悠地上前。女童大概一岁，眼睫毛扑闪扑闪的，明明是个孩子，眼神却老成得有些不自然。

"你说是神明赐给你的烧鸡？"皇帝站在高台上，神色威严。

"陛下，这是……"王公公低声提醒道，"这是陆景淮的妹妹，名唤陆景瑶。牵着她的妇人是她的母亲裴夫人。"

皇帝和太子的眼神不约而同地闪过一丝凌厉，陆远泽的私生女？

裴姣姣牵着陆景瑶匍匐在地，规规矩矩地磕了两个头。"陛下万岁万岁万万岁……"裴姣姣不敢抬头，牵着陆景瑶的手有些哆嗦，"回禀陛下……"

"住嘴，陛下没问你！"王公公立马打断她。

裴姣姣慌了，而陆景瑶捏了捏母亲的手，学着大人的口吻答道："是的，陛下。是景瑶，问……神明要的烧鸡。"

皇帝本就不待见陆远泽的外室，此刻看着她们，心里满是厌恶。陆景瑶的眼神格外世俗、格外功利，这真的是个一岁的孩子吗？哪里像陆朝朝，眼睛里满是清澈的愚蠢。

"蠢货！"皇帝暴怒，两人吓得一哆嗦，"北昭不给你吃穿了吗？竟然问神明要烧鸡？不识大体、分不清场合的蠢货，真给北昭丢人！你作为娘亲，是怎么教导她的？她不懂事，你也不懂事吗？"皇帝怒斥裴姣姣。

裴姣姣的脸都吓白了。她只想着冒领功劳，没想到会挨骂啊。陆景瑶抿了抿唇，眼神茫然，为什么与她想象的不一样？

"滚出去！小小年纪满嘴谎言，毫无教养！"

王公公立马将人送出去，一边走，还一边埋怨："这位夫人，你说自己是陆景淮的母亲，我才信了你。你怎么敢欺君？编造这样不着边际的荒唐事，若不是孩子年纪小，只怕你们要受罪了。"

裴姣姣面红耳赤，灰溜溜地被赶出宫了。陆景淮的妹妹自称向神明要烧鸡一事传遍了京城。

"父皇，您怎么知道不是她？"

"朕不瞎，也不蠢。这件事，除了陆朝朝，还有别人能干得出来？"皇帝没好气地看了太子一眼，"去将陆朝朝请进宫，不要惊动旁人。"

王公公赶紧领命，心里琢磨，这次陛下怕是要迁怒小丫头了。

陆朝朝被抱进皇宫，满嘴是油。得，就是她，没跑了。"伯伯，吃鸡……"她甚至将鸡骨头递给了皇帝。

太子不由得扶额，他该怎么劝父皇饶了朝朝？

而皇帝开门见山道："朝朝，是你找神明要的烧鸡？"

小家伙直点头："对对对，似沃似沃啊。好好吃哦……"

太子正要上前求情，竟然听到皇帝说道："朝朝真是个好孩子。"

"不重名利，不重权势，好孩子，真是个好孩子呀……换成旁人，定然要朕的皇位。而朝朝只要了一只平平无奇的烧鸡！"

太子大惊失色，方才您可不是这么说的！

父皇，您自己骗自己是认真的吗？

第 85 章　毁灭吧

宣平帝慈爱地看着朝朝。这孩子怎么就不是他的闺女呢？

"朝朝想换个爹吗？"皇帝蹲下身子，温柔地问道。

太子狠狠地打了个哆嗦，他从未见过父皇这般狼外婆模样。

朝朝烧鸡吃多了，口渴，正抱着奶壶"咕咚咕咚"喝水，头上的小铃铛随着动作一摇一晃，发出清脆的声音。

"泥会陪，沃玩吗？"朝朝咽下一口水，好奇地问道，她爹爹从来不陪她玩。

"当然陪，朕会狩猎、会下棋、会打仗、会武功、会蹴鞠……还会做文章呢。"皇帝卖力地"推销"自己，"绝对不比你现在的爹差。"

陆朝朝摆了摆手,一脸嫌弃:"泥会扎辫子吗?"她指了指自己的头发。

"呃……"皇帝一怔,慢吞吞地答道,"朕可以学。"

"辣……辣还差不多。"

"那今夜,住在宫中可好?"皇帝喜出望外,"让人回许氏一声。承玺,将几个小皇子唤来,好好地陪朝朝在宫里玩耍,让她熟悉熟悉。对了,近日御膳房出了几道新菜,酸酸甜甜的,味道极好,也给她尝尝。"皇帝招了不少新御厨,专门制作婴儿的零嘴。

陆朝朝眼睛一亮:"好好好!"

太子眼皮子直跳。许氏带着四个孩子改嫁皇帝,可真刺激!要是那群老古板谏官听说了,估计要撞死在朝堂上!

"父皇……"四个小皇子规规矩矩地进了御书房。

皇后虽是正宫,但怀孕晚,太子谢承玺排行第三,今年才八岁。大皇子是惠妃所生,今年十五岁,早已搬出宫去另有府邸。二皇子是秦贵人所生,今年十二岁,如今在国子监就读。四皇子就是贤贵妃的儿子谢君安,六岁,明天就要出宫回护国寺去。除去这几个不在的,皇帝特意唤来的五皇子和六皇子皆是五岁,七皇子四岁,八皇子三岁。这几个孩子都生得极好,皇帝深以自豪。

"你们好好带朝朝妹妹,若惹哭朝朝妹妹,当心你们的屁股。"皇帝摆了摆手,每个皇子都有奶嬷嬷和宫人跟着,倒也不必担心。

"父皇,小六一定好好照顾妹妹。"几个娃娃被母妃耳提面命,心中都记着呢,千万别得罪陆朝朝。

几个人牵着陆朝朝走出了御书房。

五皇子猛拍胸口,不断地给自己顺气:"天哪,天哪,父皇居然对我笑了!"

"看到父皇,我的腿都打哆嗦,父皇好可怕。"六皇子缩了缩肩膀。

"朝朝妹妹,你不怕父皇吗?"七皇子一脸好奇。

"伯伯不可怕,好伯伯……"朝朝迷茫,皇帝伯伯怎么会可怕呢?皇帝伯伯可会夸人了,他给自己吃八宝鸭,还夸自己聪明,知道问神明要烧鸡吃。

"朝朝妹妹,你竟然不怕父皇……"几个皇子满脸崇拜,"你真厉害!"

"你来了,父皇都会笑了。你就住在宫里好不好,给我当妹妹?"五皇子很喜欢朝朝,胖乎乎、软绵绵的,真可爱。

朝朝点着小脑袋:"好呀,好呀……"

"我爬树给朝朝妹妹看,我可会掏鸟蛋了。但你们不许告诉我母妃,母妃会生气的!"

"我也会,我要和你比一比!"五皇子此话一出,小家伙们纷纷响应,"我也和你比!"

出发之前,他们的母妃都交代了,一定不能输给别人。几个小家伙争相展示才艺,比爬树、比背诗、比跑步、比蹴鞠、比掰手腕……凑在一起叽叽喳喳,时不时爆发出一阵笑声。

嬷嬷们对视一眼,默默退远了几分,既能看到皇子,又给了他们足够的空间。

而御书房里,太子坐在榻前,手中握着书,半晌一个字也没看进去,终于小心翼翼地问道:"父皇,您想让他们一起长大?"

"朝朝是上天赐下的宝贝,绝不能流落在外。朕若娶不到许氏,便做两手准备。"皇帝点了点头,"这几个皇儿相貌生得好,青梅竹马,两小无猜,长大后多少会有几分情谊。将来若有缘分,那便是他们的福气了。"

太子紧紧抿着唇,拳头紧握,想说点什么,却只低低地叹息了一声。他一直不明白,自己和陆朝朝没有血缘关系,为什么也能听到朝朝的心声?他总觉得冥冥之中自己与朝朝有某种关系。

他们是同龄人,现在应该玩得很开心吧?

"他们在做什么?"皇帝问道。

王公公笑着道:"几个小主子在池子边捏泥人呢。捏了朝朝姑娘,还捏了几个小皇子。"

正说着,殿外传来嘻嘻哈哈的笑声。

"父皇,我们回来啦……"五皇子手里抱着一对泥人。

"我们把妹妹照顾得可好啦,妹妹和我们玩得好开心。"

"父皇,这是妹妹的泥人。"

陆朝朝捧着个泥人,除了头上有个小鬏鬏,甚至看不出是个人。

皇帝见他们如此开心,不由得多了一丝期待:"朝朝很喜欢宫里?"

"稀饭,玩泥巴,比赛!"陆朝朝的眼睛亮晶晶的。

"嘿嘿,我们赢过朝朝妹妹啦!"几个皇子抬头挺胸,一脸欢喜,"一点也没丢了父皇的脸面。"

"比什么了?"皇帝来了兴致。

"比站着尿尿啊!看谁尿得最高最远!"

五皇子举起手,一脸兴奋:"父皇,儿臣赢了,儿臣尿得最远!"

皇帝缓缓石化:比站着尿尿?

"我们还用尿和了泥巴,做了泥人。剩下的泥巴做了叫花鸡,已经送去御膳房啦。"

皇帝看着王公公方才端来的御膳。叫花鸡,热气腾腾,已经咬了几口。

贪吃的陆朝朝闻了闻手中的泥人,又趴上去闻了闻叫花鸡,默默后退几步,一副老实巴交的好孩子模样。

可真是他的好大儿啊!皇帝一阵眩晕。他想要的是两小无猜、青梅竹马,不是比谁尿得更高、尿得更远！呸，一群不争气的东西！

累了，毁灭吧。

第 86 章 比邪祟更可怕

"父皇，您为什么不开心？"五皇子捧着尿泥人，追问道。

六皇子小声道："是因为撒尿没带您吗？"

皇帝："……"

太子不忍心，偷偷拉了拉两个弟弟。

皇帝深深地吸了口气，压下心底的绝望和崩溃，摆了摆手："退下吧，退下吧。"别让朕看到你们。

太子嘴巴紧抿，不敢松开，他怕自己笑出声。

"父皇，朝朝想去见四皇弟，儿臣送她过去吧。"太子认真道，"明日四皇弟回护国寺，儿臣也想送送他。"

都说贤贵妃与皇后不和，其实太子挺喜欢贤贵妃的。大抵因为他和四皇子年岁相当，相貌又相似，贤贵妃见到他就想起在寺庙苦修的儿子，对他也极其疼爱。

"去吧，劝劝贤贵妃。"皇帝按了按眉心。

他哪能不疼爱四皇子呢？他不顾文武百官的进谏，将四皇子送到护国寺，已经承受了极大的压力。每次北昭出现天灾，都有朝臣出来指责四皇子命格不好，求皇帝杀他祭天。

"不知道贤贵妃又要哭成什么样。可是四皇弟再不回护国寺，恐怕要有危险了。"太子有些担忧，"他出生那日，贤贵妃宫中的鲜花尽数凋零，出生以后，宫里时常出现鬼魂邪祟，直到去了护国寺才好了，现在一年也回宫住不了几日。朝朝，你不害怕他吗？"

"朝朝胆子大，不怕不怕！"陆朝朝拍了拍胸口，天下有什么东西能让她害怕？

"不要待得太久，早去早回。别吓着朝朝。"皇帝见朝朝想去，倒也没有阻拦。

于是陆朝朝便挂在太子身上，一路去了贤清宫。

越接近贤清宫，路上的宫人越少，见朝朝有些疑惑，太子便道："四皇弟煞气重，吸引邪祟，只有八字硬的宫人能在此伺候。"甚至曾有宫人被活活吓死。

果然，还未走进贤清宫，众人就感觉到阴风阵阵，耳边仿佛传来低低的哭声。太子抱着朝朝的手收紧了几分，而陆朝朝好奇地东看看、西看看。

"哇哇哇，池子里有水鬼……呀呀呀，水井里也有，哈哈哈哈，它们在往外爬！啊，还有浑身焦黑的，被烧死了……"

陆朝朝兴致勃勃地念叨，吓得太子脊背发冷，越走越快，一路冲进主殿，才松了口气。殿中四角挂了护国寺方丈送来的铃铛，能抵御邪祟。

殿内，贤贵妃轻声抽泣，哭得几乎喘不上气："君安，君安，你怎么就不能安呢？母妃多希望能替你受过，你出生没多久便去护国寺苦修，从未过过一天好日子。"

"母妃，您别哭，儿臣不苦，儿臣一点也不苦。"小沙弥跪在地上替母亲拭泪，"安安不能承欢膝下，愧对母妃。这半个月是儿臣长这么大最开心的日子。师父的铃铛只能支撑十五日，安安不能久待了，外面聚集的冤魂越来越多，安安会害了母妃的！"

太子轻叹一声，殿外贤贵妃的贴身大宫女已经红了眼眶。

"母妃，安安的衣裳够多了，您不要再给安安做衣裳了，眼睛会坏的。"安安身上穿的每一件衣裳都是贤贵妃一针一线缝制的，从不假手于人。

"母妃不在身边，为你多做几件衣裳又算什么呢？"贤贵妃眼睛红肿，一边哭，一边亲自给儿子收拾行囊。六年了，六年啊！她一次次送走儿子，一次次看着他的背影渐行渐远。

"师父说，待我十八岁，便能过正常日子了。母妃……"虽然谢君安嘴上这样说，但心里还是很害怕，随着年岁的增长，他身上的煞气越来越重了。

"贤贵妃娘娘……"太子低声唤道。

贤贵妃这才站起身，对着太子点了点头。

"太子哥哥。"四皇子也对他行礼，太子哥哥常去寺里看他，两人很熟悉。

"本宫和朝朝来看看你，明日你就要回护国寺了……"太子朝身后伸出手，突然愣住了，一转头，身后空落落的："朝朝呢？"明明方才还在此处！

"哎呀！莫非进后殿去了？"贤贵妃吓得收住了眼泪，四皇子谢君安更是脸色煞白。

三人急匆匆赶往后殿，还未开门，便听见小家伙在里面咯咯直笑："好玩……高高，更高高……"

一推门，便见一道白色的身影挂在房梁上，是宫中的吊死鬼！

吊死鬼吐着猩红的舌头，流着血泪，脖子上套着白绫，陆朝朝紧紧抓着她的腿，双脚离地，嘴里不断地喊："荡高高，更高高……好玩！"

一旁还站着一个披头散发的水鬼，端着果盘，一副谄媚相。陆朝朝荡一个来回，水鬼便拿着叉子，叉一块水果喂给她。

陆朝朝的笑声响彻了贤清宫。

四皇子惊愕地张着嘴巴，半晌回不过神来。师父怎么也除不尽的厉鬼，在陆朝朝面前却乖顺无比。

"妹次饭啊，连我都荡不动？"陆朝朝嫌荡得不够高，生气地骂了一句。

吊死鬼哭得更厉害了。

· 193

"血泪，滴沃身上了！哭哭哭！"陆朝朝更生气了。

众人沉默了。四皇子摸了摸脑袋。他师父来驱过四次邪，都不曾将这群邪祟赶出去。上次这吊死鬼还大放厥词，气得师父吹胡子瞪眼……

而此刻，吊死鬼哭得更大声了，贤清宫闻风而来的其他邪祟悄无声息地退了下去……

第87章 邪祟哭了

"太纸哥哥……"陆朝朝瞧见谢承玺，当即松手落地，径直奔来，太子急忙将她抱起来。

"稀饭这里！好玩……沃，交到好朋友了！好、好朋友！"陆朝朝一扭头，便发现那群邪祟在一点点后退。

"泥们，不要走呀。"陆朝朝很想把它们介绍给太子，"喂、喂，你们为什么跑？"陆朝朝越喊，那群邪祟跑得越快，甚至离开皇宫，落荒而逃。

陆朝朝小脸一垮："为神马走了？不稀饭朝朝？"

玉琴面色苍白，良久才提醒道："小姐，您拿人家的头当球踢……"

陆朝朝不服："是它寄几摘下脑袋，递给沃的！"

玉琴无语。人家摘下脑袋是想吓唬你，而你把人家的脑袋当球踢。而且不知道为什么，陆朝朝竟然可以触碰邪祟，真是奇怪。

"好桑心啊，它们不稀饭沃。"陆朝朝趴在太子怀里，一脸伤心。

"邪……邪祟走了？"贤贵妃目瞪口呆，"离，离开贤清宫了？"护国寺方丈怎么也除不尽的邪祟就这么走了？

太子赶紧对贤贵妃使了个眼色，贤贵妃回过神来，"吧嗒"一声跪倒在地："朝朝，朝朝，你有法子克制邪祟，对吗？你能救救君安哥哥吗？他才六岁，你救救他好吗？姨姨为你当牛做马，姨姨和护国公府用一辈子偿还你的恩德！"

"邪祟？"陆朝朝偏着脑袋想了想。她身上功德无数，一根头发丝上都有功德的气息，自然能克制邪祟。于是，她龇牙咧嘴地拔下几根头发，痛快地说道："喏，给泥。"

"它不能抵御大邪祟，但抵御一般的邪祟没问题哦。"

"头发？头发能抵御邪祟？"太子问道。

陆朝朝点头，拍着胸脯，一脸骄傲："沃，邪祟克星！"

贤贵妃病急乱投医，急急忙忙地接过头发并塞到谢君安手里。谢君安愣了，手握几根发丝，只觉得周身阴冷的气息开始散去。

太子眉头微蹙，赶紧提醒道："贤贵妃娘娘，快将头发用护身符装起来，若旁人问起，您便说寻到了大能之物，可以克制煞气。万万不可对外人透露朝朝的消息，否则……您知道父皇的手段。"

"殿下放心，朝朝于君安有大恩，妾身不会恩将仇报。"贤贵妃紧紧攥着儿子的手。这下她明白了，难怪皇帝如此宠爱朝朝。

"今日朝朝来了贤清宫，为了避免引人怀疑，四皇弟依旧随方丈回护国寺吧。等五月贤贵妃娘娘生辰，你再借机回宫。"太子心中揣摩着，那时，陆侯爷定然已经与许氏和离，便不用再隐瞒了。

虽然贤贵妃很想留下儿子，可也知道太子的意思便是皇帝的意思，当即答应，眉宇间的阴郁散去，逐渐涌上欢喜。谢君安亦感激地看着陆朝朝，对着她行了个大礼。

"朝朝，这是护国公府的信物。你若有需要，护国公府会倾力相助。"贤贵妃看着陆朝朝的眼神宠溺又和蔼。

陆朝朝看着面前的玉佩，面无表情。

太子赶紧替她接了过来。护国公可是有实权的武将，他的信物重如泰山。

陆朝朝被抱回寝宫时已经昏昏欲睡，困得眼睛都睁不开了。太子亲自照顾她洗漱，给她盖上被子才离宫。

第二日一早，天不见亮，许氏便进宫接人来了。

陆朝朝吃完御膳，瞧见母亲到来，顿时飞扑上去抱住母亲："凉亲，朝朝想泥……"

昨儿许氏一夜没睡好，见她面上欢喜，知道没受什么委屈，心里的一块大石头才落了地，出言打趣她："还知道想娘亲呢？娘看你玩得可开心了！"

陆朝朝咧着嘴直乐："宫里的饭菜真好吃！"

两人一道谢过皇恩，这才亲昵地出宫。

而此刻，陆远泽出门上朝，与护国寺方丈打了个照面。

方丈兼任国师，地位崇高，朝臣见了他都得行礼。听到陆侯爷拜见，他却摆了摆手："侯爷不必多礼。侯爷有大福，贫僧当不得侯爷一拜。"虽然他的眼睛瞎了，但仍能感应到陆府的冲天气运，这气运甚至与国运相纠缠。

陆远泽按捺住心头狂喜，与方丈寒暄两句，便自送他进宫了。

果然，他的景淮景瑶命格贵重，而许氏……陆远泽握紧拳头，暗下决心。

他该行动了。

许氏带着朝朝刚回到府里，便被老夫人派丫鬟传了去。

"芸娘啊，我这身子骨怕是不行了，今年一病再病，拖累你们……"老夫人一见许氏便叹气。这几日，她偶感风寒，大病一场。许氏只是笑着劝慰了她一番，说她一定长命百岁。"娘不由得想起当年你给我侍疾的日子，丫鬟伺候得哪有你尽心呢？"

登枝紧抿着唇，眼中满是怒意。富贵人家，丫鬟嬷嬷一大堆，何必主母亲自动手伺候？婆婆刻意刁难儿媳妇有得是法子。

"但如今你已是三品诰命，我啊，哪里配呢？罢了，罢了，是娘想多了……"老夫人摆了摆手。

"娘，这有什么配不配的？"许氏"贤惠"地答应道，"儿媳伺候母亲是应该的。从明儿起，儿媳便亲自给娘煮膳熬药。"

老夫人如愿地舒展了眉头：世家嫡女又怎么样，还不是要为我端屎端尿？

而许氏皮笑肉不笑：侍疾？也要你受得起！看你有几条命！

第88章　要了半条命

"娘，娘……"天还未亮，许氏便在门外轻轻喊了起来，"娘，该起床喝药了。"

老夫人年迈，一有风吹草动便会惊醒。此刻，窗外风声呼呼，夹杂着幽幽的呼喊，吓得她一哆嗦。

"老太太？老太太，您没事吧？"嬷嬷在帘子外问道。

"还不快给我拿条裤子过来？愣在外头做什么？"老夫人怒道。

嬷嬷皱起了眉头，赶紧送上干净的亵衣亵裤，不敢瞧老夫人的脸色。这几个月，老夫人失禁过好几次。

"还不快扶着？我身子麻了。"老夫人只觉得没睡醒，脑子昏昏沉沉的。

"老太太？"嬷嬷一怔。这几日，老夫人似乎时常抱怨身子发麻。

老夫人劈手打了嬷嬷一巴掌："怎么？嫌我脏嫌我臭了？你也配嫌弃主子？"她发现尿湿了裤子，正难堪呢，便对上了嬷嬷震惊的目光。

嬷嬷抿了抿唇，低着头，不再说话，脸上的巴掌印极其明显。

"天还未亮，在外头喊什么？"老夫人抬头看了一眼天色，鸡都没叫呢！

"娘，大夫说，您一定要按时吃药啊。"许氏柔声道，"既然儿媳亲自侍疾，自然事事要记在心上。"

老夫人定了定神："进来吧。"

许氏进了屋，手上端着一碗汤药。"娘，儿媳从未下过厨，还望娘莫要嫌弃。"

老夫人瞥了一眼，碗里黑漆漆的，也看不出是什么，只觉得味道比往日更难闻。她接过碗，只喝了一口，便差点儿呕出来。"这是什么怪味？"

许氏不好意思道："娘，儿媳子时便起床熬药，彻夜未睡，在灶台前打了个盹儿。这药熬得煳了些。但娘放心，不影响药性。"

老夫人心头鬼火直冒，可明明是她自己让许氏侍疾的，只得忍着恶心，将药喝了下去，心里还是气不过，不想让许氏消停，于是又淡淡道："娘想吃你亲手做的早膳。"

许氏抿了抿唇，答应得很痛快："是，娘，儿媳这就给您准备。"

老夫人再次躺下，可喝下去的药在肚子里翻腾，难受得紧，翻来覆去睡不着，到天色渐明，才好不容易合上眼。

"娘……娘，该起床用膳了。儿媳亲自做了早膳，还请娘起床用膳……"

老夫人眼皮子直跳，拳头紧握。

嬷嬷见她手脚发抖，本想上前安抚，可想起方才挨的打骂，便默默移开了眼，帮着许氏催道："老太太，起床用膳吧。"

老夫人只觉胸口压着沉甸甸的一口气喘不上来，有气无力地吩咐道："传膳吧。"还是按老规矩，她坐着，许氏站着。

"娘，儿媳许久不曾下厨了，还望娘莫要嫌弃儿媳一片心意。"许氏神情疲倦憔悴，面上却含着笑，让人端上饭菜，"昨日母亲说想喝蘑菇鸡汤，这是庄子上刚送来的蘑菇，儿媳一宿没睡，煨了一个时辰，鲜着呢，儿媳一口都没舍得尝。"

许氏亲自给她盛了一碗，老夫人尝了一口，味道不错，胃口大开，喝了一碗蘑菇汤，又用了些点心，心里才畅快了。当初外人都说自己的儿子高攀许氏，哼，那又怎么样？她儿子把许氏拿捏得服服帖帖，说一句话，许氏都奉若圣旨。如今的侯府主母恭恭敬敬地伺候着她……

突然，她抬手捂住了肚子，面容扭曲。

"怎么了，娘？"许氏赶紧问道。

突然，老夫人的脸色惨白如纸："怎么、怎么回事？肚子、肚子疼……"刚说完便放了个屁，屋内霎时弥漫开一股难闻的味道。

"呕……"陆朝朝趴在门槛上，将刚喝下去的牛奶吐了出来，"祖母，祖母拉裤裤啦……"

被陆朝朝一句话戳穿，老夫人又羞又怒，只觉得浑身发麻，像有蚂蚁在咬，努力一定神，那感觉又消失了。

"噗……"她又放了个屁，肚子里开始剧烈疼痛，仿佛有一双大手在搅动。"啊！"她瘫倒在地。

"快！"许氏急忙喊道，"今儿府医休息，请太医又要一来一回，快，将娘送到医馆去！"

众人急忙抬着老夫人出门。忠勇侯府惊慌失措，路人一脸迷茫。

"祖母，拉裤子啦……"陆朝朝站在大门口喊道，"祖母羞羞……"

听到外边的童言童语，马车内的老夫人气得昏了过去。

直到抬进医馆，大夫施了针，老夫人才悠悠转醒。

"听说今儿早上老太太用了山珍？只怕是菌子有毒。用些汤药，上吐下泻，将毒物排出，便无事了。"大夫小心翼翼地建议道，"只是老太太火气大，日常要留意修身养性，平心静气，避免中……"

大夫一个"风"字还未说出口，老夫人就气急败坏地坐起身："许氏，你个丧良心的东西，天打雷劈啊！你给我下毒？"

许氏一听，当即红了眼睛："娘，您怎能这般污蔑芸娘？"她抬手擦了擦泪，众人瞧见她手上红肿一片。"娘说身子不爽利，要儿媳侍疾。您说汤药要久熬，药效才好，儿媳子时便起身熬药，通宵未眠。喝了汤药，您说想吃儿媳亲手做的早膳。儿媳从未下过厨，只能学着做。蘑菇是陆家庄子送来的，儿媳只是洗净下了锅。儿媳从昨夜忙到现在，眼睛都不曾合一下。嫁过来十八年，一直将您当亲娘孝顺，您怎么如此污蔑我？"

登枝红着眼眶帮腔道："夫人的手都被烫伤了。"

陆府这样的富贵人家，怎么让当家的儿媳妇亲自下厨？更何况当年这位忠勇侯夫人为了情郎而与爹娘决裂，京城谁不知道？她怎么会害自己的婆婆？

医馆来往的众人交头接耳，纷纷侧目打量老夫人，眼神中满是指责。

第89章 大杀器陆朝朝

老夫人感受到众人鄙夷的目光，气得面红耳赤："她、她侍什么疾？她故意折腾老身！天不亮就催老身起床喝药，老身只让她伺候了一日，便中毒进了医馆！"

"你都让人家通宵熬药了，你起来喝口药还嫌早？"有人讥讽道。

老夫人正想破口大骂，就看见顾家的马车停在了医馆门口。

马车里，陆晚意呆呆地看着窗外，她被顾翎软禁了，就连出门，身后也跟着两个肥硕健壮的嬷嬷。

车才停稳，陆晚意就如疯了一般跳下来，冲进医馆，两个嬷嬷都来不及反应。

"许时芸，你是怎么照顾我娘的？"陆晚意指着许氏大声责骂，"你是不是故意磋磨我娘？才侍疾一日，娘就中了毒，你不安好心！"

许氏低着头没说话。

"姑奶奶，您怎么这般不讲道理？"登枝委屈道，"当年夫人进门时，您才两岁，是夫人一手将您带大的。夫人生下大公子，您还吃过夫人的奶呢！如今，您怎能这样说夫人？"

"忘恩负义啊……这是顾状元的媳妇吧？"围观众人怒目而视，指指点点。

陆晚意急忙拉着母亲："娘，晚意回来伺候您好不好？"正好她不愿意再在顾家待下去了。顾翎有病，他是个疯子！如今她听到顾翎的名字都会打哆嗦。

陆晚意不顾嬷嬷们危险的目光，和老夫人一起回了陆府。

第二日，天还没亮，侯府便响起了刺耳的哭声。

"老太太吐血了！快快快！寻太医！"

府内乱成一片。府医匆匆赶来，但无计可施，只得将老夫人送到了太医署，与昨日的情形如出一辙，而且更严重。

老夫人大口大口吐着血，骇得陆远泽面无人色。他是个孝子，只不过习惯让别人替他尽孝罢了。

"到底怎么回事？"陆远泽劈头盖脸地怒骂许氏，"你到底是怎么侍疾的？你是不是想害死娘？许氏，你的心怎么这么狠？"

许氏冷漠地道："你问妹妹，昨天她回来伺候娘了。"

陆远泽的声音戛然而止。

太医匆匆出来，连施几针，止住了血。只是老夫人早已面无人色，一条命俨然丢了大半。

陆晚意都快哭了："大哥，我、我……我是按照方子熬的药啊！"

下人将药罐子抱来，太医仔细检查，发现其中多了一味药材。

"这是什么？快说，谁知道这是哪里来的？"陆远泽冲着下人大喊。

"奴婢、奴婢……瞧见晚意姑娘不小心打翻了药包，就在院子里的树底下，兴许……兴许是落叶混进去了。"一个小丫鬟跪在地上，战战兢兢地回答道。

"有些树种在那里，不过供人观赏。可叶子落地，就成了药材。侯爷，府上是不是……"太医小心翼翼地说。

陆远泽当即说道："晚意，你回顾家吧！"

这次老夫人差点儿丢了命，也顾不得陆晚意哭哭啼啼不肯走。她疲惫得什么都不想听，只想留一口气多活几年，等着景淮三元及第，做太子少师。

见陆晚意被嬷嬷拖走了，许氏顿了顿，低声道："娘，晚意被千娇万宠着长大，她哪里会侍疾？要不还是儿媳来吧？"

老夫人骇得立马瞪大眼睛，连说三声："不用了，不用了，不用了！"甚至支起身子往后挪了挪，想离许氏远一些。

许氏叹息一声，情绪低落。陆远泽还劝了她两句。

众人各怀心事，谁也没发现，陆朝朝趁着早上一片混乱，偷偷跟在他们身后出了府。

她手里紧紧攥着一把树叶，就是在侯府院子里捡的。

陆朝朝随手将叶子揉得稀碎，正要回家，便听到一个和善的女声问："小姑娘，那边有马戏，要不要去看看？"

朝朝一愣，仰起头傻乎乎地看着对方。

妇人手上还牵着一个三四岁的男童，论档次，男童的穿着打扮与妇人截然不同，正偏着脑袋问："马戏在哪里？"

"这是我家小公子，要不一块儿去看看？"妇人使了个眼色，从身后冒出来一个壮汉，二话不说便抱起陆朝朝。

遇见人贩子了？陆朝朝眼睛一亮，伸出小手指："看马戏、马戏……"

见旁人看过来，壮汉笑着道："这是我家小姐，差点儿跑丢了。"说完，也不等陆朝朝点头，撒腿就跑。

陆朝朝和男童被丢到了街角的一辆马车上。

"怎么带回来两个小孩？"接应他们的男子皱着眉，一道长长的刀疤横贯脸颊。马车内还有好几个年轻女子，此刻都昏睡着。

"长得好，值钱货。养养就大了。"妇人笑眯眯地说，眼底闪着精光。

"瞧着像是富贵人家的孩子，不会惹事吧？"

"能惹什么事？即便是北昭的公主，上了咱们扶风山，也叫天天不应！"壮汉哈哈大笑。扶风山是北昭流寇聚集地，易守难攻，朝廷几次剿匪都不曾攻下。

几个盗匪见得了手，便开始在脸上涂涂画画，没一会儿，人人都换了一副面孔。

真好玩，真好玩！陆朝朝新奇地摸摸脸，嘴角都咧到了后脑勺。神明不好玩，烧鸡都不想给。邪祟也不好玩，见了她全部绕道走。老夫人倒是好玩，可是一把老骨头不经玩。

扶风山一定很有趣吧？

"那女娃不会是个傻子吧？"妇人有些担忧，怎么笑得像个傻子？

感觉到妇人的目光，陆朝朝笑得越发开心，牙龈都露了出来。

妇人移开了目光。她哪里知道，请神容易，送神难！

要送陆朝朝，难上加难！

第90章 朝朝的新朋友

马车堂而皇之地离开了京城。

陆朝朝抱着小奶壶，乖巧地蹲在马车角落。

穿着华丽的小男孩眼中挂着泪，看向四周："他们是人贩子，我们被拐走了！"语气发颤，难掩惊恐。

陆朝朝诧异地看着他："小锅锅，你才知道呀……"

小男孩一愣。她早就知道？可是看着牙都没长齐的陆朝朝，他又吸了吸鼻涕。知道了又怎么样？都已经被拐走了！

"爹爹和娘亲该着急了。"他越想越害怕，"我……我的祖父是首辅，我家十代单传，你说，我告诉他们，他们会放了我吗？"

首辅？陆朝朝一怔。这是真正的勋贵啊！她外祖父老太傅没致仕时，兴许能和首辅平起平坐。但外祖父致仕后，她大舅舅即便贵为二品大员，比起首辅也差了十万八千里。

陆朝朝同情地看着小男孩："那……他们会，杀掉你哦。"

小男孩的眼泪"唰"地落下来了。

"泥叫，什没名字？"陆朝朝好奇地问。

"呜呜呜，我叫袁满，你可以叫我满满……呜呜呜呜，我们能不能逃出去啊……"袁满哭得伤心极了。

陆朝朝喝完壶里的牛奶，打了个嗝。

此刻马车越来越颠簸，隐约能听到外头的鸟叫。马车内的女子也纷纷转醒，惊惧地哭了起来。

马车内有三个十五六岁的女子，相貌都极好。有两人衣裳上打了补丁，显然出身贫寒。还有一个虽是丫鬟打扮，但妆容精致，看着倒像富家小姐。

"这是哪里？你们是谁？快放我回去……"那两个女子哭哭啼啼，丫鬟打扮的女子却缩在马车角落，警惕地看着四周，瞧见陆朝朝和袁满两个孩子，眉头微微皱起。

"哭哭哭，哭什么哭？老子接你们是去山上享福的！"刀疤脸掀开车帘，龇牙咧嘴地恐吓道，"去了我们扶风山，吃香的，喝辣的，那是福气。别想着逃！"

女子们小声啜泣，浑身哆嗦得更厉害了。

而陆朝朝爬到窗前，伸出小手："奶！"

刀疤脸幽幽地看着她，陆朝朝瞪了回去，指了指自己："沃！一岁，喝奶！"

刀疤脸无奈地从她手里接过奶壶，嘴里嘀咕："下次别拐这么小的，路上还要喝奶！"

"她长得好看啊，可以卖出去当童养媳。"妇人笑道，"她不哭不闹，就是瞧着脑袋不太好使，坐在那儿时不时傻笑……"

路过一个小镇，他们给陆朝朝装了一壶牛奶。陆朝朝也不嫌弃，抱着就喝。这一路过来，旁人哭哭啼啼，她却喝个不停，捏了捏腰间的软肉，拍了拍肚子，衣裳好像变小了……

深夜，马车停在了山脚下。

几人被推搡着下了马车，四五个拿刀的男人围了上来。

"上山！快，立马上山！"几人神色紧张，"你们离京才半日，京中就封锁了城门，全城搜捕，也不知出了什么事，幸好你们走得快。"

· 201

"求求你们了,放过我吧!你们要钱可以说,让我家里筹钱好不好?"有个女子跪在地上不断哭诉。

"筹钱?"几个男人不怀好意地笑了笑,"兄弟们可不缺钱。如果缺钱,出去抢便是了。兄弟们缺的是人!"

"快,上山!别多言,不走便剁去手脚,扔到山上喂熊瞎子。咱们这扶风山里最不缺的便是熊瞎子。"刀疤脸开口。夜里,隐约能瞧见四面都是悬崖峭壁,只怕这山上去就下不来了。

几个女子哭哭啼啼地往前走,袁满跟在后头,脚被地上的荆棘刺破,流出了血。只有陆朝朝朝着刀疤脸张开了手臂。

刀疤脸愣愣地看着她。

"抱啊……"她嘟囔道,指了指草丛,又指了指自己,自己还没草高,他不会指望自己爬上去吧?

"抱吧,她走不动。"妇人使了个眼色,"把那小子也扛起来,免得耽误时间。今儿大当家正好回寨子,让大当家高兴高兴。"

旁边一个男人扛起袁满,众人大踏步上山。山路崎岖,几个女子一路跌跌撞撞。四周时不时还传出狼嚎,几个女子吓得浑身直哆嗦,只有陆朝朝时不时学一声鸟叫。

"今儿晚上怎么这么多鸟啊?"妇人伸手赶了赶,他们头上全是鸟在盘旋。

"盆友,沃的盆友……"陆朝朝指了指小鸟,"沃和它们,说话……沃又交新盆友啦!"

"嗷呜嗷呜……"她又学了两声狼嚎。

众人都没当一回事。一岁的孩子说胡话不是很正常吗?

谁知山的那一边传来了狼的呼应,且一声比一声急促,听起来似乎越聚越多。

众人霎时变了脸色:"快快快,有狼群!快走,快!不想走就喂狼!"此话一出,即便是拖拖拉拉不愿上山的女子也纷纷加快了脚步。

"嗷呜嗷呜……"陆朝朝趴在男人背上,"嗷呜嗷呜……"

"这狼群怎么紧追不舍啊,今天运气真差!"妇人累得满头大汗,不断回头听声音辨别狼群的方位,"这小崽子瞎叫唤,不知道的还以为是她招来的狼呢!"

"小孩子就爱瞎叫唤,别管她,不哭就行!"众人谁都没把陆朝朝当一回事。

"沃交到新盆友啦……"陆朝朝拍着小手,一脸兴奋,眼睛亮晶晶的,"它们叫嗷嗷,它们可热情啦……"竟然来欢迎我哦,真好玩啊,扶风山真好玩!

袁满看了一眼陆朝朝,又看了一眼身后紧追不舍的狼群。

他怎么觉得有些不对劲?狼群的叫声与她……一唱一和!

她一叫,狼群就追;她一停,狼群就停了。

第 91 章　扶风山的劫

"到底怎么回事？狼怎么紧追不舍，离我们越来越近，还越来越多！"妇人脸色煞白，她时常在山上行走，擅长听声辨位。

"快回去，赶紧通知大当家派人巡山！"刀疤脸大口大口喘着粗气。扶风山易守难攻的很大一部分原因是地形复杂，野兽众多，谁知道今天请君入瓮了。

陆朝朝"嗷呜"了一路，口干舌燥，摇了摇奶壶，空空如也。她失落地叹了口气，蔫答答地趴在刀疤脸背上。

说来也怪，她安静下来不久，狼群的声音也慢慢消失了，仿佛不再紧追。

妇人一边擦汗，一边扶着腰喘气，靠在石头上不断地骂："今儿真是见鬼了，它们发什么疯呢？"要是狼群真的围攻寨子，寨子也吃不消。要是他们这几个人和狼群对上，还不够狼塞牙缝呢！

折腾了半夜，他们终于爬到半山腰，被村头巡逻的村民发现了。扶风山偏僻之处有许多村落，民风极其彪悍，村长便是土皇帝，村子里的媳妇都是从外头拐来的。

"谁？"黑暗中走出一伙人，手上拿着火把。

妇人摆了摆手："是老娘！快放行，我们找到几个好货，正好给大当家送上去。"

妇人的地位似乎相当高，巡逻的村民闻言急忙退开，只有一个脸上长着大痣、大痣上长着毛的男人，尖嘴猴腮，眼神直直地看着几个被拐来的女子。

"董姐，这批货可真好啊。"男人咽了咽口水，"比你送到村子里的女人强多了，要不给咱们兄弟玩玩？"

"呸！你也配？这是给大当家的！"董姐啐了一口，带着众人继续往上爬。

直到他们走远，男人才骂道："给脸不要脸的东西，还不是为了巴结大当家！"

难怪说扶风山易守难攻。他们一路过来，经过了无数关卡，四周还弥漫着大雾，直到天边露出鱼肚白，寨子的大门才隐约出现在雾中。

众人一脸狼狈，董姐上前和守门的山匪攀谈："这批货可靓，大当家一定喜欢。还有两个孩子，生得极好，养在山上，将来有用。"

"放行吧。"守门的在董姐腰肢上捏了一把，惹得董姐娇笑不止。

"你们跟了大当家，算是享清福了，董姐我啊，是帮你们呢！要是我再年轻二十岁，我也去伺候大当家。"

几人被推着上前，女子的脚底都渗出了血，表情绝望。谁都知道，上了扶风山便有去无回。丫鬟装扮的女子更是紧咬着唇，满脸后悔。

"行了，先给她们仨洗干净，看看大当家什么时候想要。至于这俩孩子……"董姐皱着眉头，"直接送去见大当家吧，大当家会喜欢的。"她记得大当家有过一个女儿，冰雪聪明，可惜两岁时夭折了，几乎要了大当家半条命。她怀里的陆朝朝竟与那女孩有几分相似，所以她一见陆朝朝，便决定将其拐回来。

此刻，扶风山山寨的大当家宋钰正坐在大厅内，看着手下清点刚掠夺来的财物。

"金银珠宝都搬进仓库，粮食分下去。"

宋钰身量极高，浓眉星目，眼底透着一丝匪气。董姐赔着笑说明来意，他轻笑一声，随手拿了个金锭子扔过去，董姐慌忙接住，笑得见牙不见眼。

"留下吧。"宋钰扫了一眼，目光停在陆朝朝脸上，"叫什么名字？"

"沃、沃，陆朝朝。"陆朝朝需要仰起头才能看见他的脸。

"小丫头胆子倒是不小。"宋钰淡淡道。

"喀，哪里是胆大？才一岁，不懂事呢！"董姐急忙道，"昨儿夜里遇见了狼群，她非说狼是来欢迎她的！"

"我、我、我叫袁满。求求你了，送我回去吧！我家十代单传，不能没有我。呜呜呜……"袁满低声啜泣。

"回去？入了我扶风山就没有能回去的。"宋钰摆了摆手，不屑地道，"养在山上吧。"

董姐赔笑应下，拖着两个孩子出了门。

"先关起来吧，关顺了再放，免得总想着逃跑。至于那几个女子，先打三日，调教好了再送给大当家。"董姐说完便起身了，多半是要去如厕。

"沃、沃也要去。"陆朝朝举起手。

"你都不怕吗？"袁满跟在后头，抽噎着问。

"好玩，好玩！"陆朝朝一脸新奇，"沃的新盆友，你康到了吗？"

袁满哭声一滞，小心翼翼地问："你指的是那群狼吗？"

"是呀，是呀，是沃的新盆友。"她学了一声鸟叫，天空中便飞来一群小鸟围绕在她身边，叽叽喳喳的，似乎在说什么。

"你能听懂？"袁满不哭了，满脸惊讶。

陆朝朝狐疑地偏着脑袋，这不是有耳朵就能听懂的吗？

"沃带你玩，嚎不嚎呀？"陆朝朝的眼睛贼兮兮的，四处乱转。

董姐带着他们到了茅房外，自己先钻了进去。

陆朝朝吸了吸鼻子，嫌恶地"噫"了一声。真臭呀！炸起来一定好玩！

陆朝朝从储物空间中摸出一个火折子，他们没有搜她的身，搜也搜不到。她推开董姐隔壁的那间茅房，将火折子"嗖"的一下扔进了茅坑，然后拉着袁满狂奔，怕小短腿跑不赢，她便在雪地里一路打滚儿。

"轰……！砰……！"一声接一声的爆炸在扶风山上回响，一道道火光直冲天际，随即一阵阵恐怖的臭气弥漫开来。

茅坑在地下是连通的，又封闭多年，充满沼气，点火便炸。

远处传来董姐疯狂尖锐的叫声。陆朝朝捏住鼻子,眼睛亮得灼人,哈哈大笑:"好玩,真好玩……"

袁满一脸蒙。

拐到你是扶风山的劫!

第92章 掘坟

北风呼呼地刮,整座扶风山弥漫着浓浓的臭味,干呕声此起彼伏。

陆朝朝很有经验地掏出两块白布,递给袁满一块,自己把脸蒙上,双手插兜,一脸冷酷。袁满看着眼前的白布,十分无语。

"谁干的?"

"是那两个小崽子,今儿刚送上山的,快把人找出来!"

"呕……太臭了,不行,太臭了,受不了……"

"竟然炸粪坑,她是怎么想的?"

……

宋钰正双手捧着香,高举过头顶,突然又放了下来,眉头紧皱:"外面出了何事?怎么如此臭?"

二当家捂着鼻子:"方才上山那俩小崽子往茅坑里丢了火折子,当场把茅厕炸了。"

宋钰摆了摆手:"差人去处理,今日是亡父忌日,莫要惊扰父亲。"顿了顿,又道,"莫要伤了那小妮子。孩子顽劣,不算什么事。"那小女娃像极了他早夭的女儿。

二当家当即应下,急忙退了下去。

宋钰看着亡父灵位,一旁的宋母叹了口气:"今儿是你爹的五十岁冥寿。你爹啊,死前曾说,有个老瞎子给他算过一次命,说他二十岁落草为寇,能闯出一片天下,但时运不济,寿数只有四十岁。更让人惊讶的是,这还没完,那老瞎子说,他五十岁时还有一劫。"

宋母摇了摇头,百思不得其解:"你爹四十岁去世,已经应验。可五十岁这一劫是什么意思呢?死人还能有什么劫?"宋母夜里无数次辗转反侧,都想不出缘由。

宋钰摆摆手:"江湖骗子罢了,入土十年能有什么劫?娘,您莫要忧心,好好保重身子才是。"

"为娘过够打打杀杀的日子了。你当真不接受朝廷招安?"宋母叹了口气,"若归顺朝廷,以你的才能,还能谋一线前程。世世代代为寇终究不是个办法。"

"娘,莫要再提了。当年父亲落草为寇,幸得扶风山收留,宋家的香火才延续到现在。如今没道理抛下他们。"宋钰苦笑,"何况……为朝廷当牛做马哪里有在扶风山做土皇帝快乐？"

陆朝朝拉着袁满上了后山。

小家伙累得直喘粗气，坐在一个圆圆的大土包上，抱着奶壶喝了两口，忽然眼睛一亮："满满锅锅，有肉咧……"土包旁边竟然摆着香烛纸钱，还有供品鸡鸭。她抓起烧鸡便啃了几口，还热着呢。

"哎哎哎，这不能瞎吃！快下来，这是坟头。"袁满吓了一跳，急忙将她拉下来，"这是给死人的供品，快吐了。"

"能次，能次。"陆朝朝抱着烧鸡不放手，但还是被袁满抢走，放回了盘子。

袁满环顾四周，乌鸦啼叫，坟包林立，生生打了个寒战。

"有蘑咕咕……"陆朝朝指着坟包上长出来的蘑菇，一脸惊喜。

袁满却不想再理她了，蹲在角落，"吧嗒吧嗒"掉眼泪："呜呜呜，我好想爹娘啊……祖父祖母，你们什么时候来救满满啊？"十代单传，取名袁满，可见爹娘对他的重视。

"满满好想家，满满好害怕……呜呜呜……"这几日忙着赶路，又是惊惧，又是念家，他趴在树下哭累了，竟靠在树边直接睡着了，脸上还挂着眼泪。

陆朝朝一脸嫌弃，噘起嘴："哭包。"说完，她看看左右无人，从储物空间里拿出一把小铁锹，精巧无比，是她以前挖灵草用的，虽然看着小巧，可再坚硬的岩石都能轻松撬开。

"嘿哟，嘿哟，嘿哟……"她蹲在坟头边，埋着头一铲一铲认认真真挖泥巴，"哇，真的有蘑菇耶……"没一会儿，她便挖出一口纯黑的棺材。棺材边上长了不少小蘑菇，一丛丛扎着堆。

陆朝朝欢喜极了，她还没棺材高，踮着脚才摘得到。摘完，她又盯着棺材盖琢磨："里面是什么呀？"

不管了，先打开看看。陆朝朝手心涌出一丝灵气，踮着脚，一点一点推开棺材盖。

棺材里的森森白骨上也长了不少小蘑菇，大概因为不见天日，长得更好。陆朝朝当即便嗷嗷叫起来，手脚并用地爬进棺材，将蘑菇一股脑儿摘下，将骨头踩得稀碎，临走时又将头骨摘下来，揣进怀里。

陆朝朝把摘到的蘑菇摊在地上，心头满是成就感，直到装了满满一兜蘑菇，才上前把袁满唤醒。

袁满醒来，一脸迷茫，见她满身泥巴，吓了一跳："怎么回事？你摔到坑里了？"

"锅锅，蘑菇……"陆朝朝只是傻笑，奶声奶气地道，"肥去，肥去炖蘑菇。"

袁满见她要走，急忙跟上去。身后全是坟头，他根本不敢回头看。

两人回到寨子，马上被凶神恶煞的土匪抓住，拎着脖子便送到了正堂。

折腾了一天，空气中依旧弥漫着淡淡的臭味。

"臭丫头，瞧瞧你干的好事！"二当家怒斥，他已经被臭得一天没吃饭了。

"信不信老子抽死你？小小年纪怎么如此顽劣？"三当家抬起手来。

宋钰手一扬，众人便噤了声。

他看着陆朝朝，来时虽有些狼狈，但能看出是千娇百宠长大的。如今不过一天的工夫，便满身都是泥，头上的小鬏鬏也耷拉着，就像天上的小仙女跌进了泥泞里。

"沃、沃不是故意的……"陆朝朝双眼盛满泪水，长长的睫毛轻轻抖动，看得人心都要化了。

宋钰愣了愣。他曾有一个女儿，冰雪可爱，娇俏天真。为了以后孩子能安稳地生活，他甚至想过接受朝廷招安。谁知孩子两岁那年感染风寒，未保住性命。他妻子思女心切，不久也追随女儿而去。

"泥，要次蘑菇吗？"陆朝朝小心翼翼地靠近，踮着脚，把蘑菇递给他，"朝朝，给泥摘哒。"

宋钰仿佛又瞧见了女儿。

多可爱、多乖巧的孩子啊！

第 93 章　掀起我爹的头盖骨

"大当家，这孩子太过顽劣，要不送到村子里养一段日子？"

"不懂事罢了。"宋钰抬手给陆朝朝擦了擦眼泪。这孩子像极了他的女儿。不是他自负，一岁的孩子能翻天？他连一个孩子都管不住？

"你也约束一下村民，不要再拐卖人口了。"宋钰一向看不惯此等行径，但扶风山的村民与世隔绝，不受律法管束，世世代代以此为生。他和一众流寇在外烧杀抢掠，只选富户和贪官下手。原本与住在山腰的村民井水不犯河水，只是需要他们偶尔通风报信，现在是为了抵御朝廷围剿，才将他们纳入了保护范围。

"我房里那三个女子也寻个机会送下山吧，莫要让别人瞧见。"宋钰也不是好色之徒。其实他偶尔带回山寨安置的女子都是富户贪官的妾室，实在无处可去了。

"将这兜蘑菇拿下去熬鸡汤吧。"陆朝朝一直举着蘑菇，宋钰见她宝贝似的，开口盼咐道，"再给她热壶牛奶，把今儿的烤乳猪撕一块给她。"

陆朝朝霎时笑开了花，抱着宋钰的大腿脆生生地喊了一句："爹爹……"

宋钰："？"

小家伙抱得死紧："爹爹，爹爹！"

· 207

这一声"爹爹"仿佛与记忆中的声音重叠。宋钰心头一颤，烧杀抢掠都不曾心软的土匪头子，这一刻竟红了眼眶。他没答应，只是握着陆朝朝的手，深深吸了口气："乖孩子。"这一次董娘子倒是拐对了，这一个，他不打算还回去了。

宋钰单手将她抱起来。陆朝朝也不怕生，抱着"新爹"的脖子，拍了拍自己的胸口："朝朝，一岁啦。"

宋钰一愣："什么时候？"

陆朝朝掰着手指头数了又数，随即肯定地道："明日，明日沃过生辰啦。"

宋钰揉了揉她的脑袋："那，明儿给你过生辰？"

"沃要请盆友，好多好多新盆友。"陆朝朝兴奋得手舞足蹈。

袁满浑身一抖，惊恐地看着她：好多新朋友？你认真的吗？

宋钰没有注意到袁满恐惧的目光，点了点头："好好好，都来给你贺寿。你叫朝朝？真好听。"这个孩子是上天送到他身边，弥补他失去女儿的痛苦吧？

"大当家，山下来了好些人。"突然，有人进来禀报。

宋钰神情一凛。

"大当家，县令和京里都送了信来。这次，咱们怕是闯祸了。"三当家脸色发白，抓着信的手微抖。他们能在扶风山安稳过活这么多年，不仅本地县令得了他们的好处，在朝廷中当然也有保护伞。

"怕什么？当年抢了二品大员也没见你害怕。"宋钰瞥了他一眼。

"大当家，只怕问题出在这俩孩子身上。这男童是当朝首辅的孙子，十代单传，就这么一根独苗苗。"

宋钰神情冷漠："将他送回去便是。"

"还有您怀里这个……"三当家站着没动，艰难地道，"她是忠勇侯府的嫡女，虽然不大受忠勇侯宠爱，可就是她惹来的事。京里的大人送来密报，说立即将人送回，不得有误。"

宋钰看着怀里的陆朝朝，面露狐疑。

"那位大人直言，若大当家不愿送回，只怕扶风山保不住了。"这个小女孩为何如此重要，三当家也百思不得其解。

"忠勇侯在朝中并无多大势力啊，真是奇怪。"二当家摇头。

"不知道为什么，听闻皇帝和太后都为此震怒。但也并未声张，只有少数皇家心腹知晓。"

"明日再议吧。"宋钰摆了摆手，看起来不想再讨论这件事。其他几位当家十分着急，却无可奈何。

"你怀里是什么？"宋钰看陆朝朝怀里鼓鼓囊囊的，问道。

陆朝朝哑巴哑巴嘴："球，踢球玩。"

"爹爹陪你踢。"宋钰把给早夭女儿的那份小心都给了陆朝朝。当年女儿年幼，他时常在外，极少陪伴。女儿生病，妻子三封急信才召他回来。女儿强撑着一口气等他。他满身鲜血，抱着奄奄一息的孩子，看着她安心地在他怀中咽气。

这个陆朝朝，他不会还回去的。

"你从哪里捡来的头盖骨？拿来当球踢……"宋钰笑着踢了一脚，陆朝朝追着头盖骨到处跑。

他听见小家伙嘟囔："挖的……"

"也不知道是哪个大冤种的。"宋钰才不在乎什么头盖骨，甚至打趣了一句。他占山为寇，死人见得多了。

踢了没一会儿，手下便来禀报："鸡汤已经熬好，大当家，该用膳了。"

今儿吃了烤乳猪，有些燥热，正好用些蘑菇炖鸡汤润润喉咙。

厨子端上小炉子，汤"咕咚咕咚"冒着泡。满室飘香，众人拿起汤匙大快朵颐。汤的味道极其鲜美，让人眼睛一亮。陆朝朝咽了咽口水，但宋钰将汤碗端给她，她却不停地摇头，连连拒绝。

"小丫头，你在哪里采的蘑菇？"有人问道。

"后三。"陆朝朝指了指。

"后山哪里有蘑菇？雪还未化，蘑菇还未长出来呢。"厨子疑惑道。

"盒子，盒子里长粗来……"她比画了一个长方形，又"噔噔噔"迈开小短腿，将角落的头盖骨抱回来，"泥土，挖开……骨头，长哒！"

"噗……"

"喀喀喀……"

一瞬间，屋内的呛咳声此起彼伏。众人惊愕地看着她手中的头盖骨。

"这……这，这是尸骨上长出来的？"三当家的声音都破了，眼珠子都快瞪出来了。袁满吐了一地。

"等等……"宋钰声音发颤，惊恐地看着她，"你在后山哪个坟头挖的？"突然，宋钰有股不祥的预感。

陆朝朝眨巴眨巴眼睛："最大最圆的辣个！"

宋钰"嗖"地站起身，朝着后山奔去。

爹啊！他爹啊！

他爹的五十岁大劫应验了！

第 94 章　叫姐姐

"爹啊！儿子不孝啊！"宋钰一路狂奔，瞧见自家被掘开的坟，差点儿栽倒在地。

他爹的五十岁大劫是真的！那瞎眼先生竟然算中了！死了都不得安生，被掘坟，暴尸荒野，脑袋被当球踢！

想起方才踢"球"的快乐，宋钰整个人都不好了。

"是、是泥爹爹呀？"陆朝朝可怜兮兮地跟在他身后，挠了挠头，"对、对不起噢……"

"不亏不亏昂。"她默默地将头盖骨扔回棺材里，试图安慰宋钰，"头盖骨，泥也踢啦；蘑菇，泥也次啦……"

这是安慰还是火上浇油？宋钰感到一阵阵眩晕。

"你爹说，大劫来临时，宋家将会失去一切。你真的不送她下山吗？"宋母幽幽地问道。

"大当家，送她下山吗？"二当家也幽幽地问道。

"不送！"宋钰咬紧牙关，"只是个一岁的孩子，还能翻天？"难道他之前发的誓就不算数了？

"把我爹的坟修好。"宋钰下令，又跪下对着坟包磕了几个头，擦了擦额头上的冷汗，"爹，您大人有大量。她年纪小，不懂事，惊扰了您老人家。幸好没把您老人家的头盖骨弄丢了。"

袁满偷偷松了口气，低声道："我、我以为你会挨揍呢。你胆子真大，连大当家的祖坟都敢掘！"

陆朝朝意味深长地瞥了他一眼，袁满一愣，可再看时，她又低下了头，抱着奶壶喝奶。

这眼神可不是小妹妹。

"姐姐。"袁满看着她，定定地喊道。

陆朝朝不明所以地抬起头，听见袁满又喊了一声："姐姐。"

"哎！"

宋钰抱着陆朝朝回到寨子，正好撞见手下送三个被拐来的女子下山。

三个女子衣衫凌乱，神情恐惧。

"沃要她们。"陆朝朝指着她们说。

"既然朝朝喜欢，你们便留下吧。"宋钰的目光扫过她们。

三人"唰"地跪倒在地，身子颤抖，手指关节泛白，死死捏着衣角。只有那个丫鬟打扮的女子仿佛松了口气。

准备送她们下山的匪徒不甘心地看了一眼，退了下去。

"你们伺候朝朝，若朝朝有什么不舒心的，唯你们是问。"宋钰派人守在门外，让袁满住到另一处小院，两处只一墙之隔。

待土匪离开，三个女子顿时浑身脱力，瘫坐在地，抱着膝盖，咬唇压抑着哭声，眼泪大滴大滴落下。

朝朝平静地看着她们。

"先别慌，我听看守说，这小姑娘长得像大当家早逝的女儿，"丫鬟装束的女子强压着恐惧，分析道，"大当家一心要哄她高兴。刚才，若不是这小姑娘突然出声，就算他放我们下山，我们也走不出去……"走出山顶的寨子，宋钰就管不着了，要是遇上山腰的村民，她们还是逃不出魔掌。

"我叫玄音，你们呢？"

"我叫燕子，是家中的老大，爹娘皆是农人。"一个女子擦干了眼泪说道。

"我叫秋儿，爹爹是个秀才。"另一个女子说话细声细气，看起来识文断字。

"这扶风山是个狼窝，他们全部不是好东西。"燕子咽了咽口水。

"玄音姐姐说得对，或许我们跟着这小姑娘还有条活路。"秋儿说。

"我家一定会派人来救我的。"玄音语气笃定。

"若这小姑娘年纪大些便好了，让她说说情，大当家喜欢她，兴许能放过我们。可她……"秋儿叹了口气。

见陆朝朝脑袋一点一点的，几人也不再多谈，生怕隔墙有耳，只得轻手轻脚地抱起朝朝帮她洗漱。

子时，万籁俱寂。

三人缩在榻上，紧皱眉头，梦里也不安稳。

陆朝朝悄无声息地睁开眼，赤脚下了床，手脚并用地爬上椅子，再爬上桌子，站在窗前。

这个院子在扶风山最高的位置，依稀能瞧见山腰零零散散的光点。每一点光都是一户人家。但这光并不温暖。

她仿佛能听到棍棒抽在皮肉上的声音。

"让你跑，让你跑，再跑打断你的腿！"

"来了扶风山，便老老实实给我生儿育女！"

"以后，你就脖子套着铁链，做我家的看门狗吧。让你跑，好好的人不当，非要当狗！"

"求求你，放过我吧，求求你，放我回家吧，呜呜呜呜……"

无数声音涌入耳朵，陆朝朝静静地听着。

不知何时，小鸟飞到了她肩膀上，轻声诉说着什么。

陆朝朝随手从窗前的树枝上摘下一片干枯的叶子，轻轻吹了口气，叶子仿佛披上了一层金光。

"小叶纸，呼呼，给你呼呼就不痛痛啦。"陆朝朝低声呢喃，"去吧。沃过生辰，邀万兽同贺。"

叶子顺着风飞了出去。林间的树，树上的鸟，无形的风，清冷的月好似都在回应她。

她笨拙地爬下桌子，站在三个小姐姐面前。小手一挥，一道金光涌入三人的梦境，三人紧皱的眉头瞬间松开，面容变得轻松欢快。

就让这阵风来得更猛烈些吧！陆朝朝眼底散发出奇异的光芒。

她是孩子，但不是傻子。

她还想让事情变得更好玩一点。

第 95 章　求你回家

"嗷嗷嗷……"

"嗷嗷嗷……"

天还没亮，扶风山上下便被一阵阵吼叫声惊醒了。

"是狼嚎？"

"不对啊，怎么四面八方都有狼嚎？"

三个女子猛地睁开眼睛，第一反应便是看看自己身上的衣裳是否完整，瞧见衣裳完好无损，才松了口气。

"我还以为自己会睡不着呢，谁知竟比在家中睡得还好。"燕子挠挠头。三人这一觉睡得极沉，疲惫和恐惧一扫而光，竟然感到神清气爽。

"外面好像又有狼群？"玄音仔细聆听。

外边的人声也渐渐嘈杂起来，土匪似乎在奔走相告。

陆朝朝正在笨拙地给自己穿衣服，她长得胖乎乎、圆滚滚，累得满头大汗都穿不上。

她上能移山填海，下能驾驭飞禽走兽，偏偏不会穿衣裳，哦，也不太会说话。

"奴婢来帮您。"三个女子很快注意到，上前帮陆朝朝穿衣洗漱。

陆朝朝打扮停当，乖乖地坐在桌前，一脸期待地看着她们。

三人对视一眼，迷惑不解。

还是玄音反应快，想起昨日听到的传言，试探着道："祝您……生辰快乐？"

陆朝朝霎时喜笑颜开,从怀里摸出一枚铜钱递给玄音:"宝贝!大大大宝贝!"虽然只有一枚,但上面满是功德之力哦。

玄音有些狐疑:衣裳都是新的,还是她们帮忙穿的,她从哪里摸出来的?更让她惊讶的是,等燕子和秋儿说完"生辰快乐",陆朝朝又摸出两枚铜钱,一人一枚。

虽然三人不明所以,但都小心地将铜钱放进了怀里。

"今日是您生辰,大概大当家准备为您庆贺呢。"玄音抱起陆朝朝出门。

四面八方的嚎叫声越发响亮了,令人不安。

到了山寨正堂外,玄音三人不敢进去,陆朝朝也不强求,自己迈着小短腿进了门。

几个当家齐聚正堂,似乎在商议正事。

"山里的野兽暴动了,纷纷朝寨子冲来。咱们寨子里仿佛有什么东西吸引着它们。狼群从四面八方聚拢而来,冬天从来不下山的棕熊也出来了,就连冬眠的蛇都醒了,在寨子外面转悠。"

陆朝朝踮着脚,严肃地说:"爹爹,沃的盆友来了。"

宋钰没空哄她,以为她在说那三个女子,随口道:"让她们进来便是,寨子里已备好了吃食。"

朝朝定定地看着他,慢吞吞地"哦"了一声。

刚出正堂,便听到袁满喊道:"姐姐,姐姐,你等等我!"

袁满听到四面八方传来的嚎叫,吓得要命,虽然不知道发生了什么事,可他知道待在陆朝朝身边最安全。

"姐姐,这些东西是你招来的吗?"

"盆友,生辰。"陆朝朝指了指自己。

袁满"哦哦"两声:"姐姐,我也没什么可送你的。等家里人救我回去以后,再送你生辰礼物!"

陆朝朝默默地看着他:你是会画大饼的。

"你……"袁满顿了顿,"你真的想让宋钰当你的爹吗?可是,我瞧他不是好人。"袁满扭扭捏捏,他不喜欢背后说人。

"凉亲,是我凉亲。"陆朝朝抱着奶壶摇摇晃晃,"但素,爹阔以是任何人。"

玄音瞪大了眼睛,一脸震惊地看着她。更让她震惊的是,小家伙站在一块大石头上,神情肃穆,小手轻轻一指:"开席吧。"

话音刚落,半山腰便传来一阵阵恐惧的哀号。狼群冲破防守,冲入了村庄。

"啊啊,救命啊!"凄厉的惨叫声响彻云霄,"大当家,救命啊!"

山寨自顾不暇,所有野兽拼命往寨子里冲,像疯了一般。

陆朝朝咧着嘴笑。

突然,玄音产生了一种诡异的感觉,仿佛野兽都为她而来。

袁满默默地向陆朝朝挪近了一点，远了没有安全感。

"真是疯了，这些东西到底怎么回事？它们发狂了吗？"有土匪拖着断臂怒骂。

宋钰端坐在正堂，焦头烂额，他可以组织手下应对朝廷的攻打，可野兽的袭击毫无章法，还不怕死、不怕痛。

"难道寨子里有什么东西吸引着它们？"二当家紧皱着眉头，"可昨日就来了三个女子、两个孩子，难道是抢回来的那批财物有问题？"

忽然宋钰站起身。

"大当家，可想起了什么？"

宋钰并未搭理他，大踏步朝着门外走去，脚步逐渐加快，直接在寨子奔跑起来。

"朝朝在哪里？"宋钰心跳如擂鼓，抽出腰刀砍杀地上的蛇。

"往石台去了。"

宋钰刚靠近石台，便听到陆朝朝喊道："盆友们，快快来呀……"

"辣里，辣里有人哦！"她的手指哪儿，野兽便去哪儿，还此起彼伏地回应她的呼喊。

宋钰眼中闪过一抹惊惧，这是人能做到的事吗？

他想起了自己的梦。梦中，他女儿的身影与朝朝重叠。他一见到朝朝，心中就油然而生一股亲切感。如今却细思极恐，驭兽，入梦？她到底是什么人？

宋钰眼皮子猛跳。他真傻，真的！不管是什么人，都不是他能招惹的！

宋钰轻轻吸了口气，换上笑容："朝朝，想不想爹娘？离家这般久，该想家了吧？"

"不，不肥！家里不好玩。"陆朝朝转头看向他，一本正经地回答，"我玩，她们会害怕哒。"

宋钰嘴角抽动：所以，你就来玩我们吗？土匪的命也是命啊！

"爹爹说过，绝不送朝朝肥家呀。"

宋钰急得挠头，抬手便抽了自己一巴掌：让你嘴贱！请神容易送神难啊！

快走吧，快走吧！求你了，祖宗！

第 96 章　好消息和坏消息

扶风山山寨地势本就高，又处在密林之中。此刻，四处都能听见哀号和惨叫，让宋钰头皮发麻。

陆朝朝咧着嘴直乐，拍着小胖手："它们好开心呀……"

"朝朝，这些东西是你招来的吗？"宋钰只觉得胸口发冷，蹲下身子，轻声问道。

"盆友，沃的盆友。"朝朝天真地眨着眼睛，拍着自己，"生辰，沃！"

宋钰没再说什么，抱起朝朝往回走。来时还有野兽攻击他，可抱着朝朝返回时，所有野兽都给他让开了路，还臣服地匍匐在一边。

"大当家，不好了！朝廷也派了兵马来，此刻已经到了山脚下。"报信之人气喘吁吁，满脸不安。

宋钰的一颗心跌到了谷底。内有野兽肆虐，外有朝廷围剿，这该如何是好？扶风山归安宁县管辖。县令他们早就打点好了，和他们穿一条裤子。可这次县令发来的密报上只有一个字：危！

"大当家，京城的内应联系不上了！"

宋钰摩挲着手上的玉扳指，喉头发紧。

"内应被发现了？"有人问道。

报信之人迟疑了一下："并未。他似乎自己切断了与扶风山的联系。"

"上次围剿二品大员的时候他都没吭声。这次竟然害怕了？"

扶风山到底闯了多大的祸？

"是不是这些人引来的？照我说，就应该将他们全杀了！"三当家眼神狠辣，死死地盯着陆朝朝，"带她们上山时便遇到了狼群。如今群兽大闹山寨，连京城那边也断了联系，定是她们引来的祸事！"

此刻袁满和三个女子也被带来了。其中玄音最冷静，站在陆朝朝身边不吭声。

"杀？怎么能杀？谁知道杀了她们会不会激怒那群野兽，会不会引发与朝廷的大战？"二当家反对道。

众人都沉默了。宋钰看着陆朝朝："小丫头，你上头有人啊。"

陆朝朝抬头看向上空，迷茫地摇了摇头。人在哪里？

"没想到，小小一个你竟能惹出这么多事。"

陆朝朝以为对方夸自己厉害，还羞涩地抿着唇笑，简直太气人了。

宋钰一边摩挲扳指，一边问道："朝朝，许家是你的什么人？"

陆朝朝如实回答："外祖父。"

"你与皇室竟有牵连，倒是让我诧异。"宋钰低声呢喃，他已经派人连夜回京查探，就连皇室都对她极其看重。

陆朝朝眼睛一亮："皇帝伯伯……"

宋钰大惊：什么伯伯？什么皇帝？

"伯伯给了玉！打架的时候阔以喊好多好多人……"

宋钰一怔，如皇帝亲临的贴身玉佩？

"公主姨姨，玉！太纸锅锅，玉！太后凉凉，玉！"陆朝朝表情夸张，嫌弃地摆了摆手，"好多好多玉玉……不稀饭，朝朝不稀饭……"

几个当家面面相觑。

"董娘子到底拐了个什么人回来？怕是公主都不如她受宠！"二当家"啐"了一声。

"兵临山下，赶紧将她送回去！"三当家一张老脸黑着。

袁满脸色一喜，却听陆朝朝眼泪汪汪地道："不肥不肥，沃不肥家！沃不，沃不，沃不要！"她生辰还未过完呢，讨厌，讨厌，讨厌！

宋钰也快哭了。此刻两面夹击，他着实吃不消。费了九牛二虎之力，勉强将野兽赶出寨子，可山脚下还有兵马集结。

宋钰对着众人摇了摇头，命人备下一桌吃食，全是孩子喜爱的。

众人只得按捺住火气，眼睁睁看着宋钰小口小口给她喂饭，看她吃得眉飞色舞，没一会儿，便眼皮子打架，嘴里嘟囔着："困……好困。"还未嘟囔完，就倒在桌上，打着呼噜睡去。

"快马加鞭将她送回京城，扔在城门口，便速速返回。"宋钰只觉得疲惫不已，让二当家将陆朝朝扛出去，现在寻找她的各方人马极多，她不愁回不了家。

宋钰又瞥了瞥三个女子和袁满："一同送回去。"看到他们就心烦。

陆朝朝再次睁开眼睛，她是被冻醒的。

她只觉得自己做了一场梦，梦里极其辛苦，好似颠簸了一整夜。

"呜……好冷啊，朝朝好冷。"小家伙抱着胳膊，发现自己躺在冰冷的地面上。不远处就是高耸的城门。

"玄音姐姐？"她睡得迷迷糊糊，小脸上还有口水印，伸手一摸，兜里的奶壶也没了。

四处黑漆漆的，只有城门内有一线光亮。

陆朝朝手脚并用地爬起来，脑袋晕乎乎的。她正要朝城门走去，便听到身后有一个女声问道："小姑娘，这是走丢了吧？"

"这天多冷啊，谁家这么粗心？"妇人从黑暗中走出来，上前抱起了陆朝朝，"走走走，跟着姨走。姨给你暖暖，别怕啊，我带你回家。"

她仔细打量着陆朝朝，眼中笑意更甚。真是好相貌，定能卖个好价钱。她轻轻捂住陆朝朝的嘴巴，飞快地上了一辆牛车。

牛车朝着城外驶去，道路越发陡峭，景色越来越眼熟。

陆朝朝的小脸垮着。

坏消息：她又被拐了。

好消息：拐回扶风山了。

宋钰躺在床上，心满意足地想：天一亮，扶风山就能恢复往日的安稳吧？

第 97 章 驱散黑暗的一把火

"大当家,大当家,出事了!"

大门被一脚踹开,宋钰猛地睁开眼睛。滚滚浓烟涌进屋子,他顿时呛得剧烈咳嗽。"喀喀喀,怎么回事?"这几日宋钰心神俱疲,难得休息一夜,"官兵放火攻山了?"

曾经朝廷试图放火攻山,但山寨以扶风村几百口人的性命要挟,逼得官兵退了下去。朝廷自诩正义,绝不会不顾百姓的性命。

宋钰正打算故技重施,却见手下面色恐惧,声音颤抖:"大当家,扶风村被烧了。"

几百口人,老弱妇孺,皆在其中。

宋钰的动作猛地一滞。不可能是朝廷!他奔出门,抬头望去,太阳都被浓烟遮蔽,伸手不见五指。

"可有法子引水灭火?"山上有几处水源。

"水源没了,一夜之间全干涸了。"二当家一边咳,一边吐,手中抓着湿毛巾,一双眼睛通红,"火从四面八方一起烧起来,根本灭不了。"

三当家冲过来,手上包着纱布:"库房!库房被搬空了!"所有家当啊,山寨抢来的所有家当啊!

"怎么回事?昨夜并未有人上山啊!咱们寨子里出了内鬼吗?"

突然,宋钰想起了那笑意吟吟一脸天真无邪的小丫头:"陆朝朝可送下山了?"

"送下山了,是我亲自送到城门口的。"二当家一脸肯定。

宋钰来不及细想:"扶风山保不住了,快,带兄弟们下山!"

满山大火,无处容身。山腰的扶风村更是恐怖,四处惨叫哀号,犹如炼狱。

山路上,玄音一身劲装,怀里抱着陆朝朝,身后跟着七八个年轻女子,有的手上还牵着瘦骨嶙峋的女儿,眼中毫无生气,好似一潭死水。

"你们……你们可要歇一歇?脚都被石头磨出血了。"玄音小声问道。

她被拐上山时,就发现村民愚昧无知,不事生产,全村的壮劳力都在外坑蒙拐骗。村里的大多数女子是被拐来的,想逃就被打断腿,直到屈服为止。她们生下的女儿只是可随意置换的物品,被卖掉或者随便嫁人换彩礼,生下的儿子便是村里的宝贝。一代又一代,甚至这些女人自己也参与了拐卖妇女的罪行,接受了村里的一切,从受害者变成了加害者。

瘦弱的女童依偎在母亲身边,恐惧地看着四周的一切。

"他们不会追出来吧?"有人低声问道。

"当然不会。即便出来,外面还守着狼群呢。"要是在过去,她们费尽力气逃出来,也不过是成为野兽的口粮。

"呜呜呜……"人群中响起低低的啜泣声。

"我……我只不过送怀孕的她回家，她为什么要打晕我，为什么要拐卖我？"女子坐在地上，不住地捶打地面，神情绝望又癫狂。

"我只是送一个走丢的孩子回家……为什么要这样对我？"

"我走在路上就被人打晕了……"

此起彼伏的啜泣声响起，她们都在怒斥命运的不公，怒斥扶风村的人毫无人性，怒斥自己的好心。

"为什么要这样对我？我做错了什么？"

"活着又有什么用呢？我被拐进扶风村，早已失了名节，回去也只能是白绫一根。"

女子们面如死灰。即便逃出去，她们所经历的一切也只会成为重伤她们的利剑。

"不会……不会有人知道。"陆朝朝趴在玄音怀里，"都死掉，那就好啦……"她第一次说长句子，磕磕绊绊，但所有人都听懂了。

"沃，不会放过，一个人！"陆朝朝眼神灼灼。她有累累功德，可以看到所有人身上的善恶。扶风村仅有的善念都在这里了。真是可笑，这个村子里，就连孩童都是加害者。

"你们若是害怕归家，可以跟着我，就算不能保你们荣华富贵，保你们衣食无忧也没有问题。"玄音抱紧了朝朝。

她的真实身份是和亲公主。在家中不受宠，替长姐嫁来北昭。趁着还未进京，与侍女偷换衣裳，想着看看北昭的风光。谁知刚出门就被拐了，若不是遇见朝朝，她的遭遇也和这些女人一样。

陆朝朝朝着地上的女子伸出了小手："欢迎，回到人间。"小家伙说话软软糯糯的，但眼神极其坚定。

只一句话，便将崩溃的她们从边缘拉回。所有人跪在地上，对着陆朝朝磕头。

陆朝朝也没有拒绝，这样能让她们心里好受些。

"快走吧，山下有人接应。"

整座扶风山火光冲天。

陆朝朝面色平静。无数求救声，无数痛苦的哀号，并未让她有一丝不忍。她虽小，可她不傻，她要尽力驱除眼前的黑暗。

山脚下，许氏站在寒风中，红肿着眼睛，瞧见陆朝朝，眼泪便轰然决堤。

"朝朝！朝朝……"许氏猛地冲上前，身上冻得冰凉，抱着失而复得的女儿痛哭流涕，"娘的朝朝啊，受罪了。娘没保护好朝朝……都怪娘，让朝朝被拐，朝朝受苦了。朝朝，你瘦了……"许氏紧紧抱着她，再也不敢松开。

朝朝捏了捏腰间紧绷的衣裳，不好意思地笑了。哪里受苦了？她还搬空了扶风山的金库呢！

"快，抓住宋钰！"

扶风山覆灭了。山脚下，宋钰目光定定地看着陆朝朝，天真烂漫的笑脸后是冲天火光。

爹，我要回家啦！该你颤抖了！

第 98 章　戏精朝朝

宋钰被抓了，仅仅因为他三天前抓了个孩子上山，就颠覆了扶风山的基业，他爹的棺材板都按不住了。

宋钰坐在囚车内，脸上黑黢黢的，眼神幽幽地看着陆朝朝。

"老瞎子算命真准。"宋母坐在囚车角落里，头发丝都散发着烧焦的气味。

宋钰愧疚："娘，都是宋钰不中用，让您临老还受牢狱之灾。"

宋母幽幽地叹了口气："我只是想问问，那个老瞎子死了没？他算得这么准，当真该被供起来。"死了被掘坟都能算到。"你也别担心娘，娘这辈子什么苦没吃过？当初跟着你爹被流放，如今跟着你坐囚车，一样的。"

宋钰心中的愧疚更深了："娘天天吃斋念佛，求儿子平安，儿子却不争气。"

宋母背对着儿子，藏住偷偷翘起来的嘴角。整天带着一群土匪有什么出息？她天天吃斋念佛拜菩萨，求的哪里是平安？而是朝廷赶紧抓了她儿子，让他早日回归正道。

她相公原本是前朝将军。前朝皇帝荒淫无道，将他们全家流放边疆，路上被土匪所救，她相公这才落草为寇。后来新朝建立，新皇几次派人前来招安，宋父都拒绝了。宋父去世后，招安的对象便换成了宋钰，朝廷看重他的才能，抓住他也不会为难……

宋母如释重负地叹了口气，儿子终于有机会走上正途了。

陆朝朝坐在马车内，如芒在背，总觉得有人在盯着她。

可她没有太在意。盯着她，定然是因为她可爱又乖巧。

天亮之时，众人正好回到了京城。

马车停在忠勇侯府门前，陆朝朝双手叉腰："哈哈，沃陆朝朝，又肥来啦！"

听到她的声音，就连道路两旁的狗都一哄而散。

门口，陆砚书坐在轮椅上，手上捏着一本书。陆政越和陆元宵皮笑肉不笑。

"朝朝，离家三日，身体还扛得住吗？路上喝牛奶了吗？"陆砚书穿着一身单薄的长衫，想来知道她回城，便急匆匆出了门。

"大锅，朝朝吃过了。"陆朝朝十分感动，"朝朝扛得住，朝朝不累。"

话音刚落，便见她大哥手一摆："打吧，她扛得住。"

陆朝朝："？"

· 219

陆政越手握一根软软的小竹条，上前将她抱下马车，一边走，一边念叨："让你胆大包天，让你偷跑出府，还甩开丫鬟！你胆子怎么这么大？一个人上了土匪山，竟然还敢放火烧山，小胳膊小腿的，万一跑不出来怎么办？你要二哥怎么办？"说着，就用竹条打起她来。

明明竹条打在身上不痛，陆朝朝却觉得委屈，眼睛霎时红了，像只河豚似的鼓着腮帮子："呜呜呜呜……"翻手可驱赶恶鬼、覆手可烧光扶风山的小恶霸成了个小哭包。

"知道错了吗？二哥问你，知道错了吗？"听到妹妹哭，陆政越手一抖，抽在自己手背上了。

"呜呜呜，知道错了。朝朝，知、知错了……"其实陆朝朝一滴眼泪也没有，她纯粹觉得丢人。

陆砚书捏着书的指骨泛白，恶狠狠地盯着陆政越。

陆政越心里叫苦：大哥，是你叫我打的啊！

陆元宵早已蹲在地上，眼泪哗哗直掉，哭得比陆朝朝还大声。

许氏心疼得抹泪，可也知道朝朝生来不凡，若不多加教导，将来出事怎么办？

谢承玺进门时，便瞧见此等景象：陆朝朝干打雷不下雨；陆家三兄弟泣不成声，哭成泪人；许氏把脑袋扭到一边不敢看，亦在抹泪。

"我来得不是时候。"太子心道。

陆朝朝一抬头，便见太子站在门口。门房正苦着脸，太子不让通报就进来了。

陆朝朝想了想，用胖乎乎的小肉手从嘴里蘸了点口水抹在脸上，继续捂着脸装哭。她也知道这次惹家人担心了，但就是哭不出来啊。

许氏最先调整好情绪，红着眼睛请太子进门，行了一礼："您是来找侯爷的？"

太子笑眯眯地说："来见朝朝。"他并不担心朝朝，或许是两人共享生命的缘故，他一直能感知到她快乐的情绪，知道她很安全。

陆砚书偷偷拭泪，如今府内都是自己人，也不必担心穿帮了。见许氏将朝朝抱下去洗漱，他当即训斥弟弟："你怎么打得那么重？朝朝都哭了！"

陆政越："你叫我打的！"明明我也没用力啊！

陆元宵："你们真狠，妹妹好可怜……"

"一点也不痛，我总不能笑吧？给哥哥一点面子……"陆朝朝趴在许氏怀里说出了真心话，"唔，这次确实让大家担心了，以后朝朝再也不乱跑了。"

三人听到妹妹知错，心头这才轻松了几分，将太子请到大厅一叙。

许氏在内院给朝朝擦洗身子，登枝和几个丫鬟忙忙碌碌地为她准备吃食。

"小姐在外吃苦了，快将熬好的鸡汤端进来！"

帮她穿衣裳时，众人却犯了难："这衣裳小了点……"

陆朝朝拍了拍鼓鼓囊囊的小肚子，狠狠吸了口气，脸都憋红了，带子也系不上。

"衣裳缩水了。"登枝思考良久，得出这么个结论。开什么玩笑？被土匪掳上山还会长胖？登枝寻了几件宽松的衣裳给她换上，吩咐绣娘赶紧做些春装。

玉书和玉琴红着眼眶上前行礼："小姐，下次可不要再甩开奴婢了。"至今她们没想明白，她们都会功夫，一岁的小姐到底是怎么甩开她们轻而易举逃出去的？

陆朝朝咧着嘴直乐：你们走的是凡人路子，我开启的是修仙模式啊！

"不跑，朝朝，不跑。"她举着手指发誓。

"以后奴婢可得将您看紧了。"玉书幽幽地道。小姐丢了，长公主寻她问话，太后寻她问话，太子寻她问话，皇帝都寻她问话，唯独侯爷这个亲爹问都没问。

"奴婢看的不是小姐，而是奴婢的命根子啊！"

第99章 和离

夜里，谢承玺陷入了深深的梦魇。

自出生起，他便时常做同一个梦，梦见一个让他心痛的场景：一个仙风道骨的少女飘浮于天地之间，周身燃烧着熊熊火焰，以身证道，献祭三界。

他仰头看着天空，看着她在广阔的天地间犹如沧海一粟，却毫无畏惧地冲向天际。烈火焚烧，肉身破碎，消散于人间。天地悲恸，三界陷入黑暗，为她悲鸣。

梦里，他捡起她破碎的发簪，为她立起了衣冠冢，每日参拜之人络绎不绝。

太子猛地从睡梦中惊醒，熟悉的心悸再次涌来。他抬手抹了把泪，脸上早已湿透了。宫人赶紧为他奉上毛巾。

他坐在床榻上，久久不能平静。

"殿下，又做那个梦了吗？说起来，您好久不曾做梦了。"近身伺候的宫人都知晓太子的毛病。年幼之时，他还会从睡梦中惊醒，哭着喊"救救她，救救她"。随着年岁渐长，他才能控制情绪。

是啊，许久不曾做梦了。自从遇见陆朝朝，他便不再做梦了。

他终于明白，为何自己遇见朝朝便心生欢喜，极其亲近，随着她的悲喜而悲喜，原来是他们的神明来到了人间。

自己之所以能听见她的心声，是因为立了衣冠冢，与她结下了缘分吧？

"殿下，您还要出去吗？"宫人想要上前，太子却摆了摆手，不许任何人跟随。

谢承玺一路来到忠勇侯府。瞧见侯府的灯光，他心头的恐惧才散去了。

这一次，信徒会守护好他们的小神明。

侯府里，丫鬟们正议论纷纷。

"小姐逢凶化吉，定然有后福。"

"可惜小姐的周岁宴得改期了。"登枝叹了口气。

"正好便宜了那个贱人。"映雪看了一眼主院。

今儿也是陆景瑶的周岁生日，老夫人和陆远泽欢欢喜喜地过去参加周岁宴，毫不在意府中这个刚被拐跑过的小孙女，偏心得没边了。

"改期就改期，朝朝才不要跟她同一天庆贺。"许氏摆了摆手，"只要朝朝平平安安的便足矣。"

许氏让人给娘家送信报了平安，把周岁宴的日子定在了三日之后。

"那个宋钰果然被朝廷招安了。听说他想见朝朝姑娘。"登枝低声道。

许氏眉头轻蹙："推了吧。"她不愿朝朝与土匪头子再扯上干系。

此刻，陆朝朝躺在熟悉的床上，睡梦中连嘴角都向上勾着，口水长流。

救世？献祭？不不不……我要鸡腿、四喜丸子、烩鳗鱼、鲜虾丸子、樱桃肉……

第二日，天还没亮，老夫人和忠勇侯便派人来唤陆朝朝去德善堂。

朝朝早已换好了新衣裳，许氏亲自抱着她过去。

还未进门，便听见屋内传来孩子的声音，许氏的面上瞬间凝起了寒霜。

丫鬟打起帘子道："夫人到了。"

屋内的笑声顿了一顿。许氏进门，瞧见一个小女孩躺在老夫人怀里，老夫人笑得又亲切又纵容。

"陆景瑶，是陆景瑶！她怎么来了？按照原本的故事，现在她正在剽窃名人文章，帮陆景淮造势呢！"

许氏撇了撇嘴。陆景瑶自己送上门来了？

"不会叫人吗？哑巴了？"老夫人瞧见陆朝朝，气不打一处来，"小小年纪如此不安分，活该被拐子带走！"陆朝朝每次见她都是一副爱搭不理的模样，而陆景瑶却与她亲昵极了，每回离开她身边都依依不舍。老夫人越对比越觉得陆景瑶贴心。

陆朝朝瞥了她一眼，眉心发黑，重病缠身，还在造口业呢。

"为老不尊……"陆朝朝眨巴眨巴眼睛。

"长了嘴不会说人话！喉咙里怎么不生个疮？"

"怎么和祖母说话呢？还有没有规矩？喀喀……"老夫人动了怒。

许氏劝道："娘，朝朝才周岁，什么都不懂，您不要和她计较……"

而陆景瑶摇摇晃晃地便要去端水："喝水，老太太喝水……"

"瞧这孩子多机灵！"老夫人看见她，转而喜笑颜开，横了一眼陆朝朝，介绍道，"这是陆景淮公子的妹妹陆景瑶，昨儿她周岁生日，陆公子给侯府送了帖子。我们见面瞧着有缘，便将她带回侯府了。陆公子前途无量，侯爷十分看重他，希望将来他能提携侯府。你能比得上景瑶半分，侯府的祖坟便要冒青烟了！"

陆景瑶眼巴巴地看着许氏，认认真真地行了个礼。

许氏冷淡地点了点头："我家朝朝天真烂漫，不似别人，小小年纪便精通谄媚之道。"

陆景瑶一愣，眼泪汪汪地看着老太太。

"朝朝被拐，受尽委屈，娘不问一句，反倒满口夸赞外人，不知道的还以为陆景瑶是您的亲孙女呢。"许氏冷笑道。

"胡说什么？这府里都是你把着，远泽连个通房都没有！"老夫人厉声道。

"娘，您着急什么？芸娘就是随口一说罢了。"许氏笑着摆手，"朝朝的周岁宴定在三日后操办，儿媳特来告诉娘一声，给陛下、太后娘娘、太子殿下、长公主、文武百官都要送帖子的。"

陆景瑶眼底闪过一抹嫉妒。原本这都该是她的！她的周岁宴，除了家人，只有哥哥的同窗好友来参加，而陆朝朝呢？

幸好按照她的安排，周岁宴后，这一切都将回到她手里。她的母亲见不得光十八年，终于能正大光明地站在人前了。

她要许氏身败名裂，灰溜溜地被赶出府，连娘家都回不去。

陆朝朝，你大哥是瘫子，二哥是纨绔，三哥不学无术，谁能做你的靠山呢？

第100章 朝朝立大功

天黑前，陆景瑶被送回了裴家。

她眼泪汪汪地站在门口，抱着老夫人舍不得离开。

"景瑶不想离开祖母，景瑶舍不得祖母。为什么我们一家人不能住在一起？"陆景瑶趴在老夫人肩头小声啜泣，老夫人心疼得直喊"心肝"，"见了爹爹和祖母还要装不熟，景瑶好难过……"

"都怪那些贱人占了咱们景瑶的位置。可莫要哭了，你是咱侯府的宝贝，护国寺方丈说你有福气呢！可不能哭了，祖母心疼。"老夫人心疼不已，这个乖孙女多可爱，哪里像陆朝朝，嘴笨还气人！

"瑶瑶，跟哥哥走吧。"陆景淮站在侯府门外，翩翩少年郎穿着一身青色长衫，惹得路人频频回头。

"委屈你们兄妹了。"老夫人的嘴唇动了动，看着陆景淮，欲言又止，"快了，快了。"听说皇帝有意要替太子寻夫子，景淮若三元及第，便是妥妥的少师。

"景淮带妹妹回府了,还望老太太保重身子,莫要受凉。"陆景淮温和地对老夫人行了礼,语气中满是疏离。

看见他身上穿的还是往年的旧衣,老夫人心疼地叹了口气。都怪许氏,莫名其妙地查账,害得裴姣姣将家中的财物全部拿来填补漏洞,连带着两个孩子的日子都十分难熬。

送走陆景淮,老夫人看着听风苑,眼中满是怨毒。都怪许氏挡了道。唉,今儿不知道怎么回事,她的喉咙无故疼痛,喝水都疼。

陆砚书坐在轮椅上,神色平静地看着一切。

"走吧,回去看书。"和过去不一样,现在不论何时何地,他手里都捏着一卷书。而他的父亲和祖母竟然毫无察觉。

母亲软弱,她的孩子可不好欺负!

第二日,陆朝朝穿得严严实实地进了宫。

"穿、穿多了……"陆朝朝气急败坏,"像……像颗球。"小胳膊小腿被厚棉袄束缚得动弹不得。

"小姐,别看开了春,这下雪不冷,融雪才冷呢。"登枝哪里敢大意,虽说陆朝朝从出生到现在从未生过病,但小心些总是好的。

宫里的积雪被宫人扫开,堆在道路两旁。陆朝朝下了轿辇,正要上台阶,身子一晃,一头栽进雪堆里,"扑通"雪花四溅。

"救……救……救命啊!"陆朝朝脑袋朝下插在雪里,一双小短腿在空中不停地蹬。

"哈哈哈哈哈……快看,有人栽在雪堆里出不来了!"有人肆意张狂地大笑,"哈哈,像个大萝卜!"

登枝吓了一跳,急忙上前像拔萝卜似的将她从雪堆里拔出来。

陆朝朝一张脸通红,气鼓鼓地看着大笑之人:"不许笑!"

对方的穿着打扮似乎不像北昭人,透着一股异域风情,一双瞳孔也泛着金黄色的光。

"这是东凌国来的质子。"玉琴低声道。

"质子是什么呀?"陆朝朝一脸迷茫。

玉书扫了对方一眼:"弱小国家的皇子,来北昭做人质的。"

"哦……"朝朝拖长了语调,一脸同情,"原来是个没人要的哥哥啊。"

质子玄霁川:你礼貌吗?

见小家伙动怒,玄霁川急忙收敛笑意:"对不起,本宫不是故意笑的,我一般不笑……"除非真的忍不住。

小家伙穿得圆滚滚的，栽进雪堆里……不能想，再想还会笑出声来。

陆朝朝瞥了他一眼，觉得有些眼熟："沃，好像见过你哦……"

玄霁川认真地看着她，郑重地道："谢谢你救了我姐姐，我姐姐是玄音。我叫玄霁川。"少年看上去十一二岁的模样，姐姐来和亲，他来做质子，谁让他们的母妃不受宠呢？

听见玄音的名字，陆朝朝霎时没了火气，小孩子的脾气来得快，去得也快。

"不、不客气。"她乖巧地摆着手。玄霁川啊，本来他也是陆景瑶的爱慕者。

"陆姑娘，陛下在御书房等您呢。"宫人看了一眼质子，笑着提醒道。

"哎呀，忘记啦。"陆朝朝拍拍脑门儿，急急忙忙往台阶上爬。实在走不稳，登枝急忙上去抱起她。

进了御书房，殿内的暖意让陆朝朝满意地嘘出一口气："真暖和呀……"小家伙脱下外衣，欢喜地摆了摆胳膊，穿得多真不舒服。

"朝朝，快来，你看看皇帝伯伯给你准备的礼物喜不喜欢？"宣平帝语气喜悦，"你啊，这次可为皇帝伯伯立了大功！救了被拐妇女，招安了宋钰，还救了袁首辅的独苗苗和玄音公主，有功，有功！"

听皇帝连喊几句"有功"，陆朝朝眼睛一亮。有功？有礼物？我最喜欢礼物了！可是一转头，便瞧见一个白发苍苍的老头板着脸坐在殿前，目光沉沉地看向她。

"这个老爷爷是谁呀？"陆朝朝小心翼翼地问道。

"这是袁满的爷爷。"皇帝笑道，"也是与你外祖父并驾齐驱的老首辅，袁大人。"

陆朝朝默默后退一步。不祥，她有种不祥的预感。

"袁大人乃当代大儒，天下学子都以成为他的弟子为荣。你啊，天生聪慧，只是缺个名师引导。朕费了九牛二虎之力才说服袁首辅替你开蒙，你开不开心，惊不惊喜？"

陆朝朝瞪大眼睛，小脸上满是气愤。

恩将仇报啊！

第101章　关门小弟子

"沃不要！沃不要念书！"陆朝朝双手叉腰，小脸气得通红，恨不得直接和皇帝拍桌子，"什么恩……什么报？"

"你瞧瞧，你不念书，气急了连词都不会用！"皇帝紧抿着唇，忍住笑，"那叫恩将仇报。"

"恩将仇报！"陆朝朝鼓着腮帮子，"气气气死沃啦！"

"朕也没说现在就上学，开蒙嘛，好歹得等你会说话啊。"皇子都是三岁开蒙，朝朝两岁开蒙不过分吧？

袁首辅摸着白胡子："你这小家伙不识好歹。要不是你救了老夫的孙子，老夫才不教你呢！"过去他和许太傅可是对头，虽说许太傅卸任回家养老了，可两府历来不和。

陆朝朝摆着小手退后："不教，不教，不教！"什么惊喜，什么开心？简直是惊吓！她不打算再与他们多说，当即迈着小短腿，从御书房的门槛上爬了出去，越想越气，走着走着，"哇"的一声哭了出来。

五皇子和六皇子正在御花园里堆雪人，循声跑过来，瞧见她坐在地上，眼泪鼻涕横流，哭得可伤心了，嘴里骂骂咧咧。

"呜呜呜呜……沃不要读书……"呜呜呜，上辈子才读了书，这辈子为什么还要读书？

"你才一岁，父皇就叫你读书啊？"六皇子一脸同情，他三岁开蒙，手掌都被先生打红了。

五皇子瞪了他一眼，还火上浇油？

"小姐，地上凉，快起来，别哭了。"玉琴和玉书赶过来，想扶起陆朝朝，可她赖在地上不起来。

"朝朝，别哭呀。你要是读书，可以与我们一起。"五皇子劝道，"读了书，坏人就骗不了你了。而且，国子监的膳食很好……"

五皇子正绞尽脑汁哄着呢，陆朝朝的哭声却猛然停了，眼神灼灼地看着他："好次？真好次？"

五皇子一愣，干巴巴地回道："对啊，国子监的小皇子多，饭菜都是小孩爱吃的。"

陆朝朝脸上挂着眼泪，咽了咽口水，好像读书也不是那么可怕了。

"世人都以进国子监为荣，袁首辅偶尔还去讲课呢。母妃说，我若能被袁首辅收为关门弟子，便是天大的福分了。"首辅大人桃李满天下，拜在他门下，会得到天下读书人的推崇。

"别想啦，大皇兄都被首辅大人拒绝了。"六皇子笑眯眯地说。

袁首辅？陆朝朝嘴巴一瘪："沃不要，他做夫子。"

五皇子瞪大了眼睛："首辅大人要做你的夫子吗？为你开蒙？"

陆朝朝嘟囔着不情不愿："嗯……"恩将仇报！我救他十代单传的孙子，他却想教我读书！

陆朝朝哪里知道，她这个机会足以把陆远泽和陆景淮气死。当初陆景淮想要拜在袁首辅名下，但袁首辅看都不看他一眼。最后他只得拜在天鸿书院院长门下，院长还是首辅的学生呢，哦，首辅自己不承认的那种。

五皇子见朝朝情绪平复，牵着她在花园中溜达。

"真好看……"陆朝朝往梅园中望去，简直看直了眼。

一个美艳的宫装女子在梅树下祈福，身影若隐若现。

"那是秦贵人，年轻时艳绝后宫，是二皇兄的母妃。"

"犹抱琵琶半遮面。"五皇子认真地赞叹道。

"油爆枇杷……拌着面？"能好吃吗？陆朝朝对此很是怀疑。

五皇子无奈扶额："你……还是早日开蒙吧。"不过，她真的不会气死夫子吗？

玉琴与玉书对视一眼，瞧见小姐眉眼带笑，才偷偷松了口气。

"沃周岁宴，泥们来吗？"陆朝朝邀请自己的小伙伴。

"一定来。"五皇子乖乖巧巧的，颇有哥哥样子。

"当然来，参加你的周岁宴，又可以请一天假了。"六皇子不爱上学。

三人站在长廊前，看宫人清除房梁角落的蜂窝。不知何时，此处结了个蜂窝，冬天冷，蜂子早已飞走，徒留蜂窝。

"殿下，娘娘唤您回去呢。"宫人来报，五皇子便与两人道别。

此刻，蜂窝被戳下来，蜂蜜淌过柱子，流了一地，晶莹剔透，在暖阳下散发着诱人的光芒。

六皇子和陆朝朝咽了咽口水，两人齐刷刷回头看向侍从，侍从都在一丈开外。

"你猜它甜吗？"六皇子眼神直勾勾的。

"肯定甜。"陆朝朝掷地有声。

两人轻手轻脚走到柱子前，宫人正背对着两人清理地上的蜂巢。两人趴在柱子上，偷偷舔了一口，眼睛马上就亮了。

片刻工夫，宫内又响起陆朝朝狼嚎似的哭声："呜呜呜！"

"呜呜呜……"还有另一个声音与她一唱一和。

袁首辅从御书房出来，脑海里回荡着皇帝的话。

虽然朝朝才一岁，但极有天赋，她能从扶风山全身而退，且带着众人安全归来，必定有大智慧。聪慧有底线，确实极为难得。

袁首辅心想，自己临老还收了个难得的好苗子。

然而，刚出殿门，就瞧见他的关门弟子，他的好苗子，正抱着柱子号啕大哭。她和六皇子的舌头都被蜂蜜粘在了柱子上！

袁首辅：抗旨和教她，哪个更危险？

他想要的是关门弟子，不是关棺材盖的弟子啊！

第102章 神仙骑狗拯救众生

袁首辅是抹着眼泪出宫的,外面顿时传开了袁首辅被皇帝斥责的流言。

始作俑者捧着一小罐蜂蜜,挂着两泡眼泪,笑得吹起了鼻涕泡。

"他为什么哭了?"是因为要收我这么聪明的弟子吗?陆朝朝抬头挺胸,一脸骄傲,还不忘伸手摸了摸舌头,"舌头还在……"

六皇子也惊喜地点头:"幸好还在,我还以为要把舌头割掉呢。"

宫人端着热水,一点一点往下淋,才将他们的舌头和柱子分开。

皇帝面无表情:什么两小无猜、青梅竹马?他俩凑到一起,丢脸都能丢出新高度!

皇帝脚下躺着一只毛茸茸的大狗,颇为壮硕,浑身泛着油亮的光泽。

"哇……"陆朝朝一脸赞叹,比画了一下,狗站起来竟然比她还高。

"这是庄子上送来的,送给你当宠物吧。"这狗体形极大,但看起来乖巧温顺,认主后极其护主。

"谢皇帝伯伯。"小家伙声音里满是惊喜,摸了摸狗狗,真可爱啊,"它,叫什么?"

"它叫追风。"

陆朝朝软软糯糯地唤着:"追风,追风……"

狗狗低下脑袋,亲昵地蹭了蹭她。皇帝将狗赠给陆朝朝前,已经拿她的旧衣裳对狗狗做过嗅觉训练。它明白,这是小主人。

皇帝摸了摸她的脑袋,想起暗卫传来的消息,眉宇间满是笑意。忠勇侯终于要作死了。

陆朝朝出宫时,天色已经暗了。

"小姐,夜里风大,披着斗篷吧。"登枝给她披上一件白色斗篷,斗篷有些长,将她从头到脚罩在里面,只露出一张小脸。

她想了想,唤道:"追风,蹲下……"她攥着追风身上的白毛,笨拙地爬上了狗背。

"好玩……"小家伙霸气地挥了挥手,"你们,马车。沃,骑狗!"

登枝哪里敢让她骑狗,当即说道:"不行。"

她皱巴巴的小脸犹豫了一瞬:"马车,跟后面。"马车跟在后面,她在前面骑着狗,完美!

玉琴和玉书了解自家主子,当即便说道:"是。"

登枝说不过,只得随她去。假如不让她过瘾,夜里她都要爬起来骑。横竖马车跟在她后头,看得见她,出不了事。

228

于是，奶娃娃双手攥着狗毛，骑着狗在街上游荡，马车悄无声息地跟在她身后。

经过长安街，遇见一个独行的女子。

见女子走在黑暗中，陆朝朝便跟在她后头保护她。小姐姐走得快，她便骑得快；小姐姐走得慢，她便骑得慢。然而……女子越走越快，越走越快，还时不时回头看一眼，脚下都跑出了残影。

陆朝朝急了，生怕跟丢了，干脆骑着狗奋起直追。

"嗷嗷嗷……"前面的女子嗷嗷大哭，如疯了一般冲进家门，扭头就无情地"哐当"关上了大门。

"送泥，肥家，"陆朝朝的小脸被寒风吹得生疼，指着大门一脸气愤，"不说谢谢？哼！"

回到忠勇侯府，她还在气哼哼地在心里嘀咕："今天遇到的姐姐真没礼貌，我好心送她回家，她竟然不说谢谢！"

登枝向许氏说明原委，许氏笑得合不拢嘴，眼泪都要笑出来了："你……你……""你"了半天都没说出话。

"娘到底在笑什么啊？"陆朝朝百思不得其解。

"快来试试新衣裳，等周岁宴的时候穿。"许氏给朝朝换上了新衣裳，衬得她越发机灵乖巧。

"唉，可惜你二舅舅来不了了。"许氏担忧地道，"临洛的官府都是些蛀虫，粮仓空空，赈灾的粮银皆无。若不是他，只怕都要决堤了，到时必定生灵涂炭。"

这几年，北昭灾害不断，宣平帝几次赈灾，国库里的银子属实不多了。虽然粮仓还能支撑，但京城离临洛极远，远水救不了近火。

"粮食？我有我有啊！上次借了哥哥姐姐们的压岁钱，全部让大舅舅买粮食咯。而且就买在临洛附近！"陆朝朝心头嘀咕。

许氏猛地坐直身子。全部买了粮食？如今糙米八文钱一斤，一两银子可买一百二十五斤，那两万两千两……

"我好像有八座粮仓……"

"朝朝，你先睡觉，娘亲有事出门一趟。"许氏急忙哄睡朝朝，趁着还未宵禁，赶紧回娘家去。

"大哥，朝朝是不是将银子交给你了？"

许意霆正在撰写奏折，便听妹妹闯进来问道。

"对，但不是给我，而是给了曲凡。"曲凡是他的亲信。许意霆并未过问，他觉得或许孩子有自己的秘密。

被叫来询问的曲凡摸了摸后脑勺："回主子，小姐让属下尽数买了粮食，建了八座粮仓。"

"全买了粮食？"许意霆诧异地看着他。

"对，粮仓都装满了，就在临洛附近。"

许意霆眼睛一亮："临洛不是正好缺粮赈灾吗？让朝廷给朝朝打欠条！"

"还真让她们大赚了一笔！"许氏难以置信，一群孩子的压岁钱竟然解了朝堂赈灾的燃眉之急。何止大赚一笔，还赚了皇帝的人情呢！

"粮食已经有了，可赈灾的银子又从哪里来呢？"许意霆挥了挥手上的纸，"国库不丰，户部那群人天天哭穷。说起来，还有不少朝臣借了国库的银子，但都是几十年的旧债了，只怕不好讨……罢了，罢了，此事自有陛下操心。朝朝的周岁宴可准备妥了？"

"一切都准备妥当了。"许氏的眼睛闪着光。

第103章 抓周

周岁宴那日，陆朝朝早早便被许氏唤起来，换了新衣裳。头上扎着两个小鬏鬏，上面还挂了两个小铃铛，穿着一身红色小裙子，像年画娃娃似的。

"朝朝才一岁，待过几年立住了，再开祠堂记名吧。"陆远泽看着许氏，认真地说。

陆家的所有孩子皆是周岁时开祠堂记上族谱的。许氏意味深长地看着他，但并没有多说，只是点头应下。

"我请了陆景淮一家，那孩子颇有才能，与他交好并无坏处。咱家砚书残疾，多结交些青年才俊总是好的。"陆远泽语重心长地说道，偷偷观察许氏的表情。

"妾身都听侯爷的，只是……"许氏淡然地说道，"陆景淮一家的名声极差，侯爷可要爱惜羽毛，免得被外人不齿。"

陆远泽不爱听，皱了皱眉头，烦闷地摆了摆手："知道了。"

陆远泽亲自去大门前迎接陆景淮，姜家人竟然也来了。

陆砚书坐在轮椅上迎客，瞧见姜家人下了马车，表情冷淡。

"儿女姻缘自有天定，这是砚书没福气，与姜家无关。"陆远泽亲自迎着众人进门，气得陆元宵捏紧了拳头。

"他将大哥的脸面置于何地？"陆元宵眼眶发红。幸好大哥的腿脚已经好了，否则心里该多难受？

"以大局为重。"陆砚书握着轮椅的指骨泛白，可见他的内心并不平静。

陆景瑶瞧见侯府的奢靡排场，眼都花了。明明侯府这么富有，自己一家却过得如此清贫，她怎么甘心？陆朝朝怎么配？

裴姣姣本来就十分眼红，瞧见许氏被众人恭维，更是嫉妒得咬牙切齿。

陆远泽迎着陆景准一家人进了正堂，堂内已经坐着不少宾客。陆景准一家行过礼，陆景准便被陆远泽带到了外院，只留下陆景瑶和裴姣姣。

裴姣姣便道："这便是芸姐姐吧？果真端庄大方。"

"裴夫人可莫要乱攀亲戚，许家是名门贵胄，可不好随便与人攀亲……"许氏淡淡道。

周围的宾客都忍着笑。裴姣姣脸色一僵，眼中闪过一抹愤恨，又快速敛眉，捏紧了拳头。许氏，你得意什么？你男人爱的是我！

"来者是客，时芸，你说话莫要如此刻薄。"老夫人亲昵地拉着裴姣姣，为她撑场面。

"娘，不知道的还以为裴夫人是您儿媳妇呢。"许氏整理了一下鬓发，"况且时芸也没说错呀。许家不在外面结交来路不明的女人，那是要被人戳脊梁骨的。"

"你不许欺负我娘！"陆景瑶拦在母亲面前，眼神凶狠地看向许氏，像个狼崽子，"打死你，打死你！"

"这孩子怎么如此无礼？"满堂哗然。

"上梁不正下梁歪。"甚至有人当众斥责。

陆景瑶还想说什么，裴姣姣却猛地捂住了她的嘴。

"景瑶爱护母亲，见不得母亲被为难，不过是孩子的一片孝心罢了。"裴姣姣紧紧牵着女儿的手，将其藏在自己身后，一副被为难的模样。

"行了，今儿大喜的日子，你也是做娘的，别为难孩子。"老夫人瞥了许氏一眼，轻轻干咳一声，也不知为什么，这几天，她总是觉得喉咙干涩疼痛。她朝陆景瑶招了招手，亲昵地拉着陆景瑶坐到自己身边。

吉时还未到，便有无数礼物往侯府送来。

"护国公府贺礼到。"

"户部尚书贺礼到。"

"户部侍郎贺礼到。"

"长公主贺礼到。"

"太后娘娘贺礼到。"

……

原本皇帝和太子都想亲自来的，可又怕陆远泽看出端倪，只得作罢。

贺礼源源不断地从门外搬进来，陆远泽的表情从呆滞变为狂喜，随即抬头挺胸，满脸自豪。陆朝朝才一岁，能有什么面子？贺礼自然不可能是给她的。许氏一个大门不出、二门不迈的妇道人家，自然也不可能结交这么多朝臣。这些贺礼定然是同僚看在他的面子上送的。

陆远泽心头狂喜，一一上前道谢。而陆景瑶早已嫉妒得喘着粗气，明明这都应该是她的！她娘和侯爷天生一对，是许氏拦了他们的路！

周岁宴的流程本来极其烦琐，但天冷，许氏不想折腾孩子，就尽量简化了。先是在供桌前祭天保孩子平安，又让人端来浴盆，不顾陆朝朝羞愤的目光，将她扒了个干净。

原本应该由家中长辈为孩子洗浴，象征着洗去所有病痛，但陆景瑶眼泪汪汪地拉着老夫人的手，老夫人当场推托了。

许氏差点儿拉下脸来。好在长公主出面，亲自抱着陆朝朝给她洗澡。

"啊啊啊，丢人啊！"陆朝朝面如死灰地进了澡盆子，"孩子的脸就不是脸吗？快闭上眼睛，快！"这么多人围观洗澡，好可怕！陆朝朝吸了吸小肚子，糟了，肚子藏不住了！

好在只是走了个过场，许氏很快便给她穿上了衣裳，又在她眉心点了朱砂，代表着开智。

"抓周了，快快快，抓周。"

长公主怀胎八月，即将临盆，陆政越赶紧过来接过陆朝朝，将她抱到桌子上。

桌上摆着鞠球、刀剑、笔墨纸砚，还有珠宝、金锭。

长公主笑眯眯地从怀中掏出一物："今儿本宫也给你添个物件，凑个热闹。"她把一枚扳指放到了桌上，扳指看起来中规中矩，毫不起眼。

"朝朝，快去抓个喜欢的东西。"众人笑着催道。

陆朝朝一步三晃，蹲在金锭子旁愣了愣："不行，抓到了金子要交给娘。"

许氏差点儿笑出声。

"笔墨纸砚，不喜欢；鞠球，累……"看来看去，陆朝朝伸手拿起那枚平平无奇的扳指。

陆景瑶展开了笑脸，裴姣姣亦与有荣焉地挺起脊背，仿佛将陆朝朝踩在了脚下。前日陆景瑶抓周抓到了一本书，为裴姣姣争足了脸面。

"毫无上进之心。"老夫人淡淡地说道。

突然，有人惊诧地喊道："这扳指瞧着是陛下之物？"

此话一出，众人皆愣了，老夫人的一张脸霎时憋得通红。

长公主笑眯眯地答道："朝朝与皇兄有缘呢。"

朝朝，介不介意换个爹？

第104章 瓮中捉爹

陆朝朝抓周抓到了皇帝的扳指。

陆景瑶攥着老夫人的手,眼泪汪汪的。她贪婪地看着府内的一切,亭台楼阁,小桥流水,连院内的一棵大松树都价值连城。

"委屈咱家瑶瑶了,明年生辰定给你大办。"陆景瑶的周岁宴比起朝朝的可寒酸多了。这些年忠勇侯府本就靠许氏的嫁妆过活,如今许氏将嫁妆管得紧,可不就难了吗?

"瑶瑶不羡慕别的,"陆景瑶的语气软软糯糯,一副小鸟依人的模样,"瑶瑶只羡慕她可以叫您祖母。"

老夫人心疼坏了,赶紧抱住她。

"这老太太怎么不抱亲孙女,却抱外人?"众人无不诧异,"瞧朝朝眼巴巴的样子,多可怜……"

老夫人撇了撇嘴,你们懂什么?护国寺老方丈,那可是国师,大能之人。当初裴姣姣怀着孕陪她去上香,站在她身边,方丈预言侯府的血脉贵不可言。

宴席刚开始,下人来报:"宋将军来了,说是来喝一杯薄酒。"

陆远泽一怔。宋将军?陛下招安几次都不曾成功的宋钰?前段时日,阴差阳错,他手底下的人拐了朝朝,他反而因祸得福。

"快请进来。"

宋钰一身蓝色长衫,刚进门,眼神便落在陆朝朝身上。陆朝朝看他咧了咧嘴,一副无害的模样。

"宋将军怎么来了?听说近日陛下要派宋将军出征……"忠勇侯神情热络。如今宋钰在朝中颇有威名,只不过对谁都冷淡无比。

宋钰看都不看陆远泽,也不回话,径直走到陆朝朝跟前:"朝朝,生辰快乐。你可有瞧见我的……"语气亲昵,颇为熟稔。

"沃没拿!"陆朝朝小手往身后一背,一副做贼心虚的模样。"沃没康见!没去你的库房!"

宋钰眉头一挑:"是吗?我没说库房失窃啊!"

陆朝朝顿时双手捂着嘴,气自己嘴快。她不只烧了扶风山,还偷了宋钰的财物,搬空了扶风山的库房!当然,她也没花这些钱,全部拿来安置被拐的妇女儿童了。

"怎么?不叫我爹爹了?"

陆朝朝心虚得不敢看他。

"算了,我欠你一次。"宋钰从腰间解下一块玉佩,挂在陆朝朝裙边。

当年宋家被赶尽杀绝,得亏扶风山出手相助。这些年,即便他知道村民在外坑蒙

· 233

拐骗，也一直无法下手，是朝朝替他做了决定。

待宋钰离开，陆远泽才走到陆朝朝身边："朝朝，玉佩给爹，爹给你收着。"宋钰的信物啊，这可是陛下眼前的红人。

陆朝朝哼了一声，屁股对着他，不知从哪儿搬出一个小箱子，将玉佩塞了进去。

陆远泽看到小箱子内装了六七块玉佩，虽然颇为眼熟，却怎么也想不起来是谁的。

此刻已经开席，男宾一桌，许氏与女眷坐在另一桌，出嫁的陆晚意也回来了，坐在许氏下首，正低着头给许氏斟酒。

"侯爷，那便是你的长子吧？"喝了些酒，有人感叹起来，"与陆景淮公子站在一块儿倒像是兄弟。只可惜命运不公，一个天，一个地。"

陆远泽先是微微勾起唇角，转念一想，却心惊肉跳。

女眷一桌亦是暗流涌动。

"裴夫人，当初是妾身不懂事，抓错了人，您可不要怪罪呀。"秦夫人笑吟吟地道。如今秦夫人身怀六甲，全托朝朝的福，当然要借机拆裴氏的台，"您的长子如此出息，不知何时能认祖归宗啊？"

裴姣姣的指甲掐进了手心里。

"这般出众的孩儿流落在外当真可惜。裴夫人，即便是做个姨娘，也比无名无分的好啊。"秦夫人慢悠悠地说道。

"我家景淮不用旁人操心！"裴姣姣憋出一句，"他行得正、走得直，没什么见不得人的！"

陆朝朝捏着母亲的酒杯把玩，谁都没发现，她耍了个障眼法，交换了酒杯。

裴姣姣端起酒杯一饮而尽，辛辣苦涩，呛得难受。

"老太太，姣姣失陪，出去换身衣裳。"想起近日陆远泽的疏远，裴姣姣心里还是有点慌。

待裴氏离开，登枝才低声道："夫人，苏芷清不愿来宴会。"

许氏眉宇含笑："不来？不来才好。"她知道，苏芷清害怕遇见陆景淮，刻意避着他呢。但有些事可不是想避就能避开的。

裴姣姣离开主院，走在梅林中，只觉得心头苦涩万分。十八年啊，她躲在许氏的影子下有十八年了。许氏雍容华贵，而她见不得光，走到哪里都要被人耻笑。

大抵是喝了酒的缘故，此刻酒壮尿人胆，她竟起了贼心。许氏不是高高在上、自信无比吗？她要亲自打破许氏的美梦。

她进了陆远泽的书房。

酒桌上，陆远泽的衣裳被打湿了，此刻正在换衣。一双滑腻的小手轻轻地攀住了他的肩膀，一道暖暖的呼吸缓缓贴近。

"侯爷……"裴姣姣低声喊道。

陆远泽浑身一震。虽然喝了些酒，但仅存的理智让他抓住了裴氏的手："姣姣，今日不可。"

裴姣姣面色红润，眼神仿佛牵着丝。

"侯爷，一门之隔，门外是许氏，门内是姣姣，岂不是更有趣、更刺激？"

第105章 抓个正着

许氏喝了两杯薄酒，便撑住脑袋，喊着头晕。

陆晚意心头一喜："嫂子，晚意送您回房吧。"

许氏摆手："今儿宾客众多，劳烦晚意替嫂子关照着。嫂子不胜酒力，回去歇歇。"

"好，晚意在这里，嫂子去歇息吧。"陆晚意见她面色酡红，不似作伪，便点了点头。

许氏身子微微摇晃，刚要进听风苑，突然，她怀里的陆朝朝皱起了眉头。

"院子里来了三个男人，朝朝不认识他们……他们躲在娘亲寝屋内！哼，坏蛋！"

自从上次听风苑失火，陆朝朝便分出一缕神识，不分昼夜地关注听风苑。

许氏心头一跳，进门的脚步停了下来，指尖轻轻颤抖，她到底低估了陆远泽的狠毒。

"凉亲，院子里有坏人……"朝朝趴在许氏耳边说道。

许氏赞赏地亲了她一口："好，娘亲知道了，朝朝真棒……"

许意霆早已在府中安插了护卫，许氏不动声色地唤来他们。"朝朝，娘亲想要歇息片刻，你先去玩耍一阵可好？"有些事可不能让朝朝看见。

登枝连哄带骗地牵走了陆朝朝。刚回前院，便听陆晚意惊慌地喊道："府里进贼了，快来人啊，府里进贼了！"

"什么事大呼小叫？"登枝上前问道。

"还不快让人去捉贼？"陆晚意凶神恶煞地看着她，"今日来了如此多贵人，长公主和一众诰命夫人都在府中，若是冲撞了她们，该如何是好？"她一巴掌推开登枝，带着人往后院冲去。

见登枝满脸急切，陆晚意走得更快了。

前院宾客听到动静，纷纷差人来问怎么回事。

"侯爷呢？"有人问道。

"哎呀，侯爷离席好久了，莫不是撞见了贼人？快，瞧瞧去！"

陆晚意瞧见人多，越发欢喜了。做戏做全套，她命人把每一间屋子都打开搜查。

到了听风苑门外，被映雪拦住了。

"夫人正在屋内小憩，贸然冲进闺房算什么事？这里是主母的正院，我们一直守在门口，怎会有贼人？"

陆晚意眉一挑："怎么？不让搜，难道嫂子在屋里藏了男人？"

"你！"映雪正要发怒，便听到"吱呀"一声，许氏打开了房门。

"进来搜吧。"许氏看着陆晚意，面无表情。这是她养了十几年的小姑子，当作亲生女儿疼的孩子！

"嫂子得罪了，晚意也是为了抓贼。"陆晚意硬着头皮，让人将听风苑搜了个底朝天，却什么也没有。

不对啊，大哥说让三个男人进来了啊！到底哪里出了差错？

许氏顺势从她身边走过："走吧，一同搜。"

陆晚意想拦，可现在已经由不得她了，只得硬着头皮跟在后头，眼睁睁地看着她们搜完德善堂，又搜到了侯爷院内。

院内静悄悄的，一个人都没有。

"书房便不去了吧，估计侯爷在房内小憩。可不能打扰他，他办公辛苦。"许氏抿着唇笑道。

"夫人倒是心疼侯爷，成婚十八年，感情依旧。"众人打趣道。

"来都来了，便推开瞧瞧。可别让歹人伤了侯爷。"秦氏扶着肚子，淡淡地说道。

许氏无奈，"吱呀"一声把门推开，便听到书房内传来隐晦压抑的闷哼声。

众人都愣了。许氏更是犹如雷劈，呆在原地，张了张嘴，一句话都说不出来，仿佛受了极大的刺激。

秦氏是个火暴脾气，拉着许氏就要上前："什么人敢在今儿找事？挑孩子的周岁宴，还要不要脸了？"

秦氏一边骂，一边拖着许氏往前走。看热闹的众人对视一眼，当即跟了上去。

"不要进来！"陆远泽大吼，语带惊恐，"不，不要进来！"

"啊！"同时，屋内传来一声尖叫。

"侯爷，竟然真的是侯爷……"许氏身子一晃，"到底是谁？是谁敢勾引侯爷？"

"侯爷真有意思，敢做不敢认，让咱们瞧瞧啊！"秦氏当即掀开了帘子。

"啊！"裴姣姣尖叫着捂住了脸。

"哎，这不是裴夫人吗？裴夫人怎么和侯爷……"众人惊愕不已。

许氏呆呆地看着两人，仿佛遭受重创："裴夫人？侯爷，你怎么会和裴夫人混在一起？她、她是别人的外室啊！"

"我娘才不是外室！"陆景瑶大声骂道，"你这个坏女人，我爹娘才是恩爱夫妻！"

此话一出，满座皆惊。爹？娘？

第106章 大孝女陆朝朝

"你喊……喊谁？"许氏直愣愣地看着她。

"侯爷是我爹！"陆景瑶轻哼一声，"我是侯爷的亲生女儿！"陆景瑶拥有一个成年人的灵魂，自然要抓住机会往上爬。

众人惊愕地看着她，以及摇摇晃晃如遭雷劈的许氏。

"裴姣姣竟是侯爷的外室？"

"难怪侯爷如此看重陆景淮，这是他陆家的血脉啊！"

"说起来，陆景淮确实与陆家的孩子长得相似。原来他们竟是亲兄弟啊！"

众人想起陆景淮和陆砚书的年纪相差无几，看向许氏的目光多了一抹同情。十八年的恩爱竟然是假的！

"混账！道貌岸然的东西！"长公主黑着脸，当众怒斥陆远泽。长公主早早查出端倪，只可惜许氏深陷其中，无法自拔。如今，许氏也该做个决断了。

陆远泽不敢看许氏的泪眼。今日，被众人抓奸的原本该是许氏啊！

裴姣姣捂住脸，她想上位，可不是这样上位啊！

许氏当着众人的面，丢下烂摊子，直接倒在了地上。

许氏一倒，众人手足无措，陆晚意的一张脸更是青白交加。"我……我去请娘。"陆晚意哪里见过这阵仗，连头都不敢抬。

老夫人被请来，瞧见两个赤条条的人，急忙上前给他们盖上被子。

"蠢货！"老夫人暗骂一句，声音发颤，对着众人行了个大礼，"今日事发突然，还望众位贵人能守口如瓶，不将此事外传。嬷嬷，送大家出府吧。"

丢人啊，丢人啊！儿子被众人捉奸在床，传出去像话吗？饶是老夫人再喜欢裴姣姣，此刻都恨了起来。裴氏再好，哪里比得上儿子？儿子才是她的一切。

"还不快把景瑶抱出去，这是她能待的地方吗？"老太太气得直哆嗦。

小丫鬟赶紧将陆景瑶抱走。只不过知晓她是侯爷外室女，再不复之前的恭敬。

"许氏可醒了？"老夫人问道，她竟然妄想让许氏来给陆远泽收拾烂摊子。

身后嬷嬷道："醒了，可夫人哭得几近昏厥，只怕……"

"不成器的东西，男人睡个女人怎么了？"老夫人大怒，"怎么就吓成这样？一点不经事！姣姣委屈了十八年，她还想怎么样？她占着正妻之位，残疾儿子还占着世子之位，有什么不满足？"

裴姣姣早已恢复理智："侯爷……姣姣……"她终于回忆起来，喝完那杯酒，好似欲望被放大到了极致，整个人浑浑噩噩的不清醒。

见陆远泽面若寒霜，裴姣姣便不敢再提了。

忠勇侯府陷入了诡异的寂静。

许氏坐在床头，表情冷漠："开始清点嫁妆，以及入府后的所有开销，将买卖字据一应找出来。"

"夫人，侯府是您翻修的，府内的一应家具，连带茶盏都是您买的，院子里的那棵大松树也是您栽的。"登枝翻着账本，"嗯，只有这几堵墙属于侯府！"

一旦和离，忠勇侯府就真正家徒四壁了。登枝甚至有点期待呢。

侯府所有人好似知晓了同一个秘密。

老夫人撑着病体敲打满府下人，不许将此事外传，唯独漏了陆朝朝。

于是，陆朝朝身后带着两个丫鬟，骑着狗在外面晃荡。

"伯伯，我爹爹的外室，我应该叫她什么？"

"姨姨，我爹在外面还有儿子和女儿。"

"爷爷，我爹爹在外面有儿女。"

"叔叔，我爹爹在外面有儿女……"

陆大孝女一边走，一边说，不过半个时辰，忠勇侯有私生子女的消息便传遍了全京城。

第107章 陆远泽下跪

陆远泽气晕了。

参加宴会的贵人都自恃身份，那晚所见顶多在圈子里流传。

可陆朝朝这一宣传，竟满城皆知。

"你听说了？陆侯爷养了外室！"

"哎哟，玩得可真大，还是在他女儿的周岁宴上，被客人当场抓奸！"

"喀，还有更刺激的呢！你知道京城大名鼎鼎的少年才子陆景淮吗？原来他是陆侯爷的私生子！"

"许氏可是许家独女，从小养在心尖尖上的。当年许太傅直言陆远泽不是良配，陆侯爷在门前跪了三天三夜，许氏绝食，才嫁给了他。"

"听说闹得太难看，陆侯爷多年不登许家门，许氏也不回娘家，嫁妆倒是丰厚得让人眼红。"

"可怜天下父母心，有一回啊，我还瞧见许太傅守在街角偷看女儿呢。"

"谁知陆侯爷竟是这种人！那陆景淮与陆砚书年纪相仿。只怕他跪在许家门前求娶的时候，就和其他女人勾搭上了。"

"陆景淮挥金如土，原来挥的是许氏的嫁妆！后来还被许氏状告，一家人砸锅卖铁还债呢。哎呀，他们到底哪里来的脸，敢在侯府干那档子事？"

……

整个京城都在唾骂陆远泽。而许家便在此刻登门了。

许意霆带着妻子周氏，面若寒霜地站在大厅里。

陆远泽撑着病体起床，刚一进门，便被许意霆一脚踹翻在地，满口腥甜。

"当年你求娶芸娘时怎么说的，还记得吗？"许意霆是个读书人，但文武双全，挽起袖子，竟有一种强烈的反差感，"她寻死觅活，就为了嫁给你！你怎么敢辜负她？"

"别动手，好好说话。"周氏慌忙上前去"拉架"，"陆侯爷冷静冷静，相公，您也冷静冷静……"

她紧紧攥住陆远泽的手臂，陆远泽费了好大劲才甩开，躲闪不及，又挨了许意霆两脚，飞出去撞在门框上，"轰"的一声，痛得整个人蜷缩起来。

"儿啊，我的儿啊！"老夫人听到动静，慌忙跑过来，"许家小儿，你什么意思？竟敢来侯府伤人！还不是许时芸自己没出息，管不住男人？"

周氏拉了许意霆一把，轻轻地摇了摇头。老夫人到底占了个长辈身份，他若动手，明儿御史的折子能把他弹飞。

"我妹妹呢？"许意霆压着火气问。

刚说完，登枝便应声道："大老爷，昨儿夫人气急攻心，昏过去了，还请大老爷移步听风苑。"其实她早就来了，故意等陆侯爷挨完揍才出现。

许意霆随着丫鬟奴仆去了后院，原本以为会看见妹妹凄凉地落泪，谁知许氏正拿着一本账册到处清算。

"这青石板可花了不少钱，记得撬出来带走。还有后院那口井，填了。桌椅板凳也不能留下。对了，府上的床都是我买的……大哥？大哥你怎么来了？"

许意霆又高兴又有些失落。曾经在他们的保护下娇气任性的妹妹终于长大了。"再不来，怕你要被人吃干抹净了。幸好你还不算傻。"

"昨儿夜里，全家都气得睡不着。"周氏上前亲昵地拉着许氏，见她面色红润，看起来一点也不难过，十分欣慰。这小姑子从小娇生惯养，当初见到陆远泽，仿佛中了邪，如今总算重新擦亮了眼睛。"你啊，总算清醒了，没受委屈就好。"

许氏摸了摸自己的脸，裴姣姣保养得犹如二八少女。而她却为侯府操劳多年，即便天生丽质，到底苍老了许多。

许意霆两口子见她神色轻松，心头总算松了一口气。

"芸娘，许家的大门永远向你敞开，我们永远是一家人。"周氏拉着她的手，认真地说。

许氏笑着点头。

待她将哥嫂送走，丫鬟便来禀报，老夫人唤她去德善堂。

陆远泽和老夫人坐在上首。陆远泽神色尴尬，不敢正眼瞧许氏。老夫人不吭声。

"芸娘，事已至此，是我陆远泽对不起你。"陆远泽轻声道，缓缓站起身，"芸娘，我是真心爱慕你的。我不愿伤你的心，才一直将裴姣姣养在外头。她小门小户出身，当不得侯府的主母，芸娘，将景淮和景瑶记在你名下，好不好？"

裴姣姣哪里想得到，经此一事，陆远泽回回见到她，都会想起那日的不堪。本以为自己能挤走许氏，做侯府的主母，谁知现在陆远泽竟打算撇下她了。

"芸娘，砚书已经瘫痪，政越不思进取，元宵更是资质愚钝，不及景淮半分。景淮知书达理，定会将你视作亲生母亲，将他记在你名下，承继侯府世子之位好不好？"陆远泽低声哀求。

许氏面无表情。

陆远泽咬了咬牙，屏退下人，"扑通"一声跪倒在地。

老夫人猛地坐直身子，眼神如利刃一般瞪着许氏。

"芸娘，你我十八年夫妻，你救我一次、救侯府一次，可好？侯府不能没有继承人！"

老夫人耷拉着脸，阴沉沉地道："他不过犯了全天下男人都会犯的错，他都给你下跪了，你还想怎么样？"

第108章　断亲书

"许氏，人要知足。男儿膝下有黄金，他都跪下了，你还想做什么？侯府偌大的家业不可能交到一个瘫子手上。你好好养育景淮，他也不会亏待你。要怪只能怪砚书没那个福气。"老夫人伸手摸了摸喉咙，不知怎么回事，最近喉咙长疮，痛得厉害，口水都咽不下去，一说话更是痛得像针扎似的，下火的药吃了一服又一服，却没什么作用。

饶是许氏有心理准备，此刻都被她不要脸的语气惊呆了。

"养外室是远泽错了。可他都认错了呀，都给你下跪了。"老夫人"语重心长"地劝道，"他把裴氏养在外头是为了什么？还不是怕你生气！他那是惦记你、顾忌你……"

陆朝朝趴在门口偷听，小脸都绿了："一家人都是骗子，难怪这么多年把我娘哄得团团转！太不要脸了，还在宴席上往娘的酒里下药！"

"上奏将世子之位给景淮，芸娘，我们还是和和美美的一家人，可好？"陆远泽小心翼翼地看着她。

原本他的计划是将许氏和三个男人捉奸在床，再以许氏犯了通奸之罪为由而休妻。她留下的几个孩子，瘫的瘫，蠢的蠢，不足为惧。虽然裴姣姣没什么脑子，可陆景淮需要一个嫡母，他正好名正言顺地续娶。可现在……

"啪！"许氏一巴掌甩在陆远泽脸上，用了十成十的力气，手掌都震得发麻了。

"和和美美？你是怎么有脸说出这句话的？"

陆远泽脸上霎时出现五道手指印。老夫人目眦尽裂，指着许氏，浑身发抖。

陆远泽对着老夫人使了个眼色。老夫人强压着火气，转过身去，背对着许氏，胸口不断起伏。

"芸娘，你打我是应该的。你打吧，若打我能消你心头之恨，你便打吧！"陆远泽满脸愧疚，"深情"地看着许氏。

许氏轻哂一声。年少无知的她就是被他的皮相迷惑了。当年，她参加庙会，与随从走散，身边只带了一个丫鬟，遇到登徒子轻薄，是陆远泽救了她。于是她春心萌动，便搭进去半辈子。

"消我心头之恨？陆远泽，你想得可真美！陆景淮与砚书同岁，你怎么敢？"许氏眼中泛起泪光，她恨啊，恨自己被蒙蔽了十八年。她简直不敢想象，若没有朝朝的心声，她该怎么办？

"陆远泽，我要和离！"

陆远泽一怔。他对自己一直很有信心。许氏对他死心塌地，这么多年从未怀疑过他。裴姣姣的事败露，他想到许氏会发怒，但想不到她竟然会提和离！

"和离？我陆家没有和离，只有下堂妻！"老夫人冷笑，"你已经有三子一女，快要做祖母的人了，这一大把年纪被休回娘家，你还要不要脸？不管世子是谁，你都是正室，这已经是远泽对你的恩赐了！你若被休弃了，以后你那几个孩子都想打光棍不成？"

许氏面色一沉："既然如此，那陆景淮也别想进门！再有半年便是秋闱，让他自寻出路吧！"

"许氏，我好意求你，你不要不识好歹！景淮前途无量，将来要是在朝堂上大展宏图，你后悔就来不及了！"软肋被戳中，陆远泽终于露出了狰狞的嘴脸。

"好，想要我为你的私生子腾位置，那便拿出诚意来！"许氏咬着牙看向他，眼中满是恨意，"你骗我十八年，从未真心待我，你不配做四个孩子的父亲！你若想让陆景淮进门，那便逐我们出门，开祠划名，写断亲书，正室连带着世子之位都给他们便是！"

"你做梦！"老夫人第一个反对，"他们是我陆家的子孙，你休想带走！你要滚，就一个人滚！我陆家的子孙与你无关！"虽然老夫人眼里只有陆景淮和陆景瑶，但她才不愿让许氏称心如意。

"芸娘，你别闹了。自古以来，和离就没有女人带走子嗣的，况且……"陆远泽眼底满是嘲讽，"景淮的前途不可限量，他奉你为母，不好吗？你亲生的儿女呢？一个瘫子，一个不学无术，一个愚钝，还有个奶娃娃，你带着他们回娘家，岂不是自取其辱？"

许氏冷笑。瘫子？不学无术？愚钝？奶娃娃？到底谁过得更好，且走着看呢！

"陆远泽，划族谱，断亲书，缺一不可，我只给你三日时间考虑！"

第109章 抉择

许氏从德善堂回来时已是深夜。

可听凤苑里的所有人都没有睡，连她的三个儿子都在院里等着。

瞧见满院众人皆担忧地看着她，许氏胸口的郁气顿时散开了。

"娘，您还好吗？"陆元宵上前扶住她。陆侯爷眼中愚钝不堪的儿子却是一片赤诚。

许氏拍了拍儿子的手，给大家一个宽慰的眼神："娘还好，只是……听他们贬低你们，心中难受。"

"娘，他越看不起我们，我们就越有希望离开，这是好事。"陆砚书手中拿着书，自从手上恢复了力气，他便日日读书不辍。曾经的他恃才傲物，经过这一番磨炼，他反倒沉静得犹如一潭寒水，深不见底，拥有了震慑人心的力量。

"是，砚书说得对。他越轻看我们，我们就越有机会取得自由。"

话虽如此，其实许氏从未想过要回娘家。陆砚书已经十七岁，若不是姜云锦退亲，恐怕她快要做祖母了。拖家带口地回娘家，即便兄嫂不说什么，她也要顾及几个孩子的自尊心，寄人篱下多么凄凉。

许氏打起精神，不再想下去。

陆朝朝早已困得睁不开眼，躺在二哥怀中睡得脸蛋通红，众人都温柔地看着她。

"都说陆景瑶聪慧，我瞧她蠢得很。那天若不是她自己开口喊爹娘，恐怕还有得扯呢！"陆元宵撇了撇嘴。

"由俭入奢易，由奢入俭难。"许氏叹息道，"原先陆远泽用我的嫁妆养他们，后来我讨回了嫁妆，他们的日子便不好过了。她自命不凡，更受不得委屈，瞧见侯府的富贵就迷了眼。"许氏倒是能理解陆景瑶的想法。当时事情已无转圜余地，索性捅破窗户纸，再怎么说她也是侯爷的亲女儿，侯府一定要给她一个说法。

"她顶多是个普通人，只不过是千年之后的普通人站在了前辈的肩膀上。"陆砚书淡然道。

"父亲想要陆景淮光宗耀祖，想他三元及第做太子少师，真可笑。"陆政越满脸不屑，"他的文章都是抄大哥以前写的，他们还不知道大哥快要痊愈了！"

"明日便将爹娘即将和离的消息传给裴氏。一切不用咱们操心，自然有人出手。"陆砚书摆了摆手，让小厮推动轮椅，他的最后一句话从门外传来，"该急的不是我们。"

是裴姣姣。

"我跟了他十八年，为他生儿育女，他竟然只想接孩子回府？"裴姣姣听完她在侯府安插的眼线禀报，勃然大怒，"许氏要走便让她走！她要带走子嗣岂不是正好？没人做我儿的拦路虎，陆远泽也休想撇开我！"

"儿啊，你可要为娘争口气。娘为了你们兄妹被人指责谩骂，娘什么都没有了，只有你们！"裴姣姣抱着陆景淮哭得伤心，又紧张地看着儿子，"许氏自己有三个儿子，她怎么会好好对待景淮？"那日与陆远泽被当众抓住时，她就有了预感。陆远泽怕是要抛弃她了，她能依靠的只有儿子。

而陆景淮背对着她，眉头紧锁。

其实他并没有亲眼见到那日的"大场面"。趁众人忙乱，他去寻苏芷清了，谁知道苏芷清避而不见，只是事后同窗看他的眼神极其不堪，他猜了个十之八九。他心高气傲，哪里受得了这委屈？但只敢心里埋怨，不敢说出口。

"娘，您为了我受了诸多委屈，儿子都明白。只有您能做我娘，许氏怎么配？您不入府，儿子便不归宗。将来等儿子三元及第，为您捧回诰命，将许氏踩在脚下！"陆景淮语气真挚，哄得裴氏展开了笑脸。

陆景瑶眨巴眨巴眼睛："哥哥，妹妹再教你一首诗……"

陆景淮的眼睛猛地亮了。他知道，妹妹不是凡人，她所知道的东西远远超过了这个时代。就算妹妹是妖魔鬼怪，又有什么关系呢？她可帮了自己的大忙。当初那首《将进酒》便是妹妹教给他的，让他在京城风头大盛，也让爹决定带他们认祖归宗。

"风急天高猿啸哀，渚清沙白鸟飞回。无边落木萧萧下，不尽长江滚滚来……"

陆景瑶一句句背出《登高》，陆景淮激动得手脚都在颤抖。

陆景瑶眼中满是骄傲，这首千古绝句足够增加哥哥的筹码！该怎么选，父亲还需要迟疑吗？

当夜，一首律诗传遍京城，引得众人狂热追捧，更有人激动得面色通红，直言作者乃不世天才。

宣平帝看着手中的密信，满脸轻蔑："陆景淮才十七岁，竟能写出这等迟暮的心境，不知道又剽窃了何人的大作！"皇帝手一挥，吓得宫人跪了一地。

谢承玺默默地想起了陆朝朝的心声，陆景瑶乃异世之魂，是从未来穿越来的。啧，也不知道抄袭了哪朝哪代的诗人。

而陆远泽毫无觉察，看着许多明里暗里来打听奉承陆景淮的人，终于下定了决心。

"那几个孩子，许氏想带走就带走吧，我倒要看看他们能过成什么样？"

忠勇侯府要乘风而起，他们再也高攀不上了！

第110章 祠堂断亲

"许时芸，你我夫妻十八年，我再给你最后一次机会。你若愿意将景淮和景瑶记在名下，另立景淮为世子，你便还是侯府主母！"陆远泽看着许氏，叹了口气，"你一个和离的女人带着三子一女能过什么好日子？总不能全回许家打秋风吧？"

"景淮是个有出息的，将来必定给你争光。你若愿意承认错误，远泽是个念旧情的，一定再给你一次机会。"老夫人瞥了许氏一眼，瞧见她嘲讽的眼神，不由得心头火起：一个人老珠黄、被赶出侯府的女人，凭什么？

"侯府这泼天的富贵，老太太便自己受着吧。以后可别哭着喊后悔！"许氏嗤笑道，"登枝，族老们可请来了？"

"来了，来了，陆家族长和一众族老都请回来了。"

"陆远泽，上次你承诺的三千两，还差一千两呢，别忘记了！"一进门，族长便开口斥责道。

陆远泽脸色漆黑。

"我看你是疯魔了，这么好的媳妇要和离？他们可都是我陆家的血脉，你就不怕老侯爷从棺材里跳出来扇你？"族长听说他要和离，并且让许氏带走子嗣，顿时气不打一处来。

陆远泽沉着脸不说话。

"我看你是好日子过昏头了！和离了，有你后悔的时候！"族长清楚着呢，当年陆家还未娶许氏的时候，日子过得抠抠搜搜，府邸破旧，每年年底送给他们的瓜果都是不新鲜的。自从娶了许氏，整个府邸焕然一新，送给老宅的年礼都是千两银子起步。

"后悔？我陆家堂堂忠勇侯，还离不开她一个女人？"老夫人不乐意了，"景淮可比那几个孽障有出息！"

"劳烦族老千里迢迢跑一趟，这是芸娘的一点心意。"许氏送上了一个厚厚的红包。

族长捏着红包，看着她，轻轻叹了口气。

坐在轮椅上的陆砚书对着族长点了点头："三叔公。"

族长更心疼了："你是个好孩子，你爹糊涂啊。"当年老侯爷在时便极其喜欢陆砚书，以他为荣。陆远泽这糊涂爹，竟然要把他们三子一女都从族谱上除名，谁家干过这种事？

"砚书是好，可他身体不便，当不得侯府世子。既然愿意跟许氏走，那便走吧。族长，你还未见过景淮吧？"老夫人提起陆景淮，顿时眉开眼笑，"景淮啊，是有真才实学的，比砚书可有福多了。他的文章满京传诵呢。"

此时，正巧裴氏带着两个孩子进了侯府。陆景淮穿着一身青衫，牵着妹妹陆景瑶，进门便对着老夫人磕了个头，齐声道："祖母。"

"哎，哎，祖母的心肝啊，终于能听你们叫一声祖母，堂堂正正养在祖母身边咯……"老夫人喜极而泣，急忙上前把两个孩子扶起来。

陆家的几个孩子簇拥在许氏身边，冷眼看着他们。

族长眉头紧皱，陆景淮瞥都不瞥他一眼，更别提叫叔公了。其实陆景淮进来就看见了他，只不过见他衣着寒酸，并未在意。

一众族老都沉下了脸。养在外头的孩子当真不如许氏的大气。许氏的那几个孩子每年都会恭恭敬敬地给他们磕头，府上有什么好东西也都会送一份给他们。

裴姣姣笑吟吟地对着许氏挑眉，眼中盛满了胜利者的喜悦。

许氏只是牵着陆朝朝，冷冷地看着她。

"人都来齐了吧？"老族长深深地叹了口气。不知为何，他总觉得将来陆远泽会后悔。

"齐了，开祠吧。"许氏淡淡地道。

"开祠。"随着老族长沉稳有力的声音，几个族人推开大门。

族长将从清溪带来的族谱摆在祖宗灵位前，手上握着笔。从来只有添丁加名，他还从未办过族谱除名的事宜，心里难受得很。

"当真要除名？"族长再次问道。

陆远泽转头看向陆砚书："你们当真要随她一起出府？她一个和离妇人，跟着她可就要过苦日子了。"他对亲儿子终究有些不舍。

裴姣姣的脸色变了。她当然巴不得许氏能把几个孩子带走，只怕陆远泽反悔。

陆砚书淡然道："爹嫌砚书瘫痪在床，儿子不碍您的眼。"

陆远泽顿了顿，瞧见裴姣姣的目光，只得点头。

族长冷眼看着，叹了口气，提起笔。

"陆家长子陆砚书，生于……时年十七，除名。"

"陆家次子陆政越，生于……除名。"

"陆家三子陆元宵……除名。"

至于陆朝朝，她压根儿没上族谱，倒省事了。

"断亲书！一定要写断亲书！不然将来哥哥们发达了，他又来打秋风怎么办？又来耍父亲的威风怎么办？"陆朝朝及时提醒道。

许氏唇角勾了勾:"既然侯爷嫌弃孩子是拖累,那便断个干净,写断亲书吧!"

陆远泽猛地抬头看向她。

族长心头一沉:"何至于此?就算你们和离了,远泽也依然是他们的父亲。"真写了断亲书,那便毫无转圜余地了。

"许姐姐,你也要为孩子想一想。将来要是景淮位极人臣,也能帮衬帮衬几位兄弟呢。"裴姣姣捏着手绢,掩住嘴角的笑意,"侯爷,你求求姐姐,断亲书就不必写了吧?"她故意刺激陆远泽,气得陆远泽眼眶发红。

"写!我忠勇侯府不缺他们!"陆远泽当即命人拿来纸笔,"当着陆家众长辈和陆家祖宗的面,我倒要看看你们的骨头有多硬!离了侯府,你们什么也不是!"

三个孩子皆写下了文书,与陆远泽断绝关系,再按上手印。

陆朝朝也不例外。

第111章 活阎王陆朝朝

陆砚书看了一眼小厮,小厮赶紧扶起他。他跟跄着和弟弟妹妹一起跪在堂前,给陆远泽磕了个头:"孩儿不阻侯府前程,祝爹爹得偿所愿。"

陆远泽心头堵堵的,好似失去了什么重要的东西。

老族长看着断亲书,眼皮子狂跳:不孝子,不孝子,他若是老侯爷,棺材板都要压不住了!但腹诽归腹诽,老族长还是写下了和离书,让陆远泽和许氏签下名字,连同断亲书一起送往官府。

"还有我的嫁妆,堂堂侯府,总不至于吞没前儿媳的嫁妆吧?"许氏摆了摆手,登枝便差人送上账册,一共三箱。

老族长都被许氏的嫁妆惊了一跳,难怪花了十八年都没花完。

"谁要你的嫁妆?拿走便是!"老夫人抱着陆景瑶亲了又亲,她可不想被许氏看轻。

"老太太说的是,"登枝故意笑道,"忠勇侯府是有骨气、有脸面的人家。既然要分,那便分得干干净净才是。"夫人就等着她这句话呢,等会儿你们别哭才是。

"和离了就赶紧搬出府去,不属于你的,一丝一毫也不能带走!"裴姣姣在外躲了十八年,如今翻身做主母,欢喜不已。她还不知道侯府的真实情况,生怕许氏带走侯府的财物。"你还愣着做什么?还不给我儿上族谱?误了吉时,有你好看!"裴氏见老族长叹气,又斥道。

老族长面色铁青,陆远泽竟然也不在意。

"那你们认祖归宗吧。我们去按账册清点东西。"许氏带着孩子们,头也不回地离开了祠堂。

"等她吃够苦头，就要回来磕头认错了。"老夫人冷笑道，"一个和离妇人带着四个孩子。许家还能养她们一辈子？"

陆远泽点了点头，他还存有一丝侥幸心理，许氏定是跟自己置气呢。等吃够了苦头，她就会回来认错。

而此刻的听风苑忙忙碌碌。

"满府的家具都是夫人买的，可不能留下。点几个人去德善堂把家具搬走。府里的人工湖也是夫人花钱挖的，填了。还有院里的青石板，全部撬起来，一块石头都不给他们留。"

陆朝朝牵着自己的狗，怀里抱着自己的小箱子。她走路有些晃悠，便找了根绳子，把箱子挂在狗脖子上。

"哇，连院子里的树都挖走了。"

"夫人，连府里的屋顶都是您进门后翻修的，这瓦片还要不要？"登枝指了指房顶。

许氏冷笑道："不要了，摔碎！"当初翻修屋子，她可花了不少钱。

"都听夫人的。"登枝扭头便对着房顶上的小厮喊道："摔！全部摔碎！"

"哐当，哐当，哐当……"

祠堂内，老夫人十分不安，眼皮子跳得厉害。

"娘，族谱已经修完，咱们去门口看着吧。"裴姣姣扶着老夫人道，"万一许氏把侯府的东西带走怎么办？要我说，还是娘您心慈，直接休了她便是，还和离呢！"

"你还好意思说？"老夫人提起此事便来气，"若不是你青天白日缠着远泽干那档子事，能让许氏占这么大便宜吗？"

裴姣姣面色一僵，顿时转移话题，扶着老夫人走得飞快："娘，咱们走快些，可不能让她拿走侯府的东西。"

从明儿起，她就是侯府主母，锦衣玉食的忠勇侯夫人了！本来裴姣姣笑开了花，可才踏出祠堂大门，她的笑意就烟消云散了。

雕栏玉砌，亭台楼阁在她面前轰然倒塌，奢靡华丽的忠勇侯府俨然成了一片废墟。

"啊！"老夫人捂着胸口，若不是裴姣姣扶着，只怕要当场倒地，"你在做什么？"

话音刚落，院里的那棵大树也轰然倒下。

"你们在做什么？"老夫人踉踉跄跄地往前走，气得手脚发麻。

"当然是拿走夫人的嫁妆啊！"登枝笑道，"这府里的一草一木皆是夫人花钱置办的，老太太不会忘记当年侯府是什么样了吧？"

老侯爷是行伍出身，老夫人是乡下农户，侯府本无家底，宅院是先皇所赐，可府里陈设寒酸。许氏过门第二日，便大张旗鼓地采购整修。黄花梨家具，紫檀屏风，亭台楼阁，假山流泉。当初老夫人眼睛都看直了。更别提庄子、铺面，许氏应有尽有，还拿出一部分首饰分送给老夫人和陆晚意。

如今十八年过去了，老夫人早已忘记了侯府最初的窘迫，仿佛被人卡住了喉咙，面色极其难看。

"娘，您就看着她们糟蹋侯府吗？这都成什么样了……"裴姣姣心头在滴血。

"要离，自然离得干干净净。裴夫人是新主母，想来也不愿用前主母置办的东西吧？"登枝笑着摆手。

财物陆陆续续地被送出侯府。宅院空荡荡，犹如灾难现场：瓦片摔了，花草挖了，大树掘了，青石板掀了。

许氏带着儿女站在门外，陆朝朝眨巴眨巴眼睛："侯府的大门是娘亲买的吗？"

许氏这才想起来："大门是我重金打造的，拆下来，带走。"

"娘与我真是心有灵犀一点通！还有，当初祖父的棺材都是母亲买的，不把祖父挖出来吗？"

三个哥哥震惊地看着陆朝朝。

活菩萨没见过，活阎王倒是头一回见。

第112章 入不敷出

"将来你别后悔！带着瘫子和离，我倒要看看你怎么过！"老夫人受不了打击，昏过去前还气急败坏地骂道。

陆朝朝轻哼一声：瘫子？大哥站起来能吓死你们！

"滚！你离了我，能有什么好日子过？"陆远泽站在大门前，冲着许氏放狠话。

而四周围观的百姓才不买他的账，指指点点地嘲笑道："离了许氏，侯府当真是家徒四壁了，只有几面破墙，哈哈哈……"

陆景淮赶紧上前扶住父亲："父亲，一切有景淮。今日之辱，景淮刻骨铭心。将来景淮必定三元及第，为父亲争光，让侯府扬名立万。"

陆远泽紧紧攥着陆景淮的手："对，明日父亲便上奏，另立世子。这些年委屈你了。父亲早该将你接回来！奈何府里……"陆远泽本想说自己掏钱给他们置办些东西，可他兜里空空。平日一切都是许氏打理，成婚十八年，他从来未为钱而操过心。

他想了想，便寻了个钱庄，想支些印子钱。

"侯爷，您是朝廷命官，若被人抓住借印子钱，那是要出事的。"掌柜一见他，便苦着脸道，"况且上次借的三万两，如今已滚到了三万三，您还不曾还呢！"

陆远泽大怒："三万三？这才借了一个月，怎么就多了三千两？"

"侯爷，您借的可是印子钱，利滚利本就如此。"掌柜笑道，"还是先将上次借的还了吧！您怎会缺钱？您家夫人的头面都值上千两呢。"

今天早上，忠勇侯与夫人和离的消息已经传遍了京城，陆远泽知道掌柜在取笑他，沉着一张脸扭头就走。能在京城放印子钱，背后的人不可小觑，他惹不起。

陆远泽想了许久，将侯府早些年的产业清点了一遍，统共三个庄子、三个铺面。许氏打理产业颇有一手，当年半死不活的产业，如今都欣欣向荣。其中温泉山庄最大，本来打算送给陆景瑶，只可惜被许氏讨去给了陆朝朝。

"卖两个铺面吧，先将侯府修缮一番。再置办些家具，莫要委屈了景淮兄妹。"陆远泽只觉得日子捉襟见肘。

卖了两个铺面也只得六千两，修缮侯府花了三千两，还剩三千两，添置些家具，勉强入住。

裴姣姣一进门，脸色便霎时沉了下来，将桌上新摆的茶盏"啪啪"摔了个粉碎。

"为什么账面上只有六百两银子？偌大的侯府，怎么可能只有六百两？是不是许氏吞没了侯府的财产？"裴姣姣瞪着眼睛，吓得一旁的小丫鬟瑟瑟发抖。侯府共有一百三十多个奴仆，其中有一半是许氏买的，现在都带走了，只有侯府的家生子留了下来。小丫鬟可后悔了，早知道让夫人把她们都买走得了。

"侯府的产业本就不多，三个铺子，都是夫……上一任夫人盘活的。还有几个庄子，一年也只夏天过去住几日。侯爷一年的俸禄是两百多两，账面上压根儿没什么银子，都是夫……上一任夫人的嫁妆贴补。"

裴姣姣气得浑身发抖。为什么？她斗赢了许氏，做了主母，侯府却是个空壳子！

小丫鬟顿了顿，顶着裴姣姣仿佛要杀人的目光，又道："夫人，明日，府上要发月银了，大概一百六十两。"府上还有其他开销呢。

裴姣姣眼前一黑，直接气得晕了过去。

此刻陆朝朝却欢喜不已。"娘，我们住在外祖父家吗？"她抱着大狗问道。

许氏摸了摸女儿的脑袋，轻轻摇头。总是皱着眉的她，此刻眉头舒展。"娘在榆林巷买了五进五出的大宅子，早早便置办好了一切，只等搬进去便是。"许氏早已计划和离，怎会窘迫？孩子们大了，有自尊心，她不愿孩子们寄人篱下，即便是她的娘家。榆林巷更靠近皇宫，比侯府位置更好。

"哇，新房子……稀饭！"陆朝朝下车直奔新家。

陆砚书唇角勾起一丝笑。从今以后，这便是他们的新家。侯府看不起他们，他们更要将日子过好才是！

孩子们各自挑选了院子，许氏安排了一桌团圆饭。

忠勇侯府竟然也不甘示弱，为了庆贺陆景淮归宗，陆远泽狠狠心宴请了同僚。虽然老夫人心疼，但还是从棺材本里掏出许氏过去孝敬给她的两千两银子。

"陆朝朝生辰时送了贺礼的，都送个请帖过去。"陆远泽吩咐道。谁知……

"侯爷，尚书大人婉拒了。"

"侯爷，宋大人将小的踢出来了。"

"侯爷，礼部侍郎称病不来。"

送出去的帖子大部分被拒绝了，只有几个与他交好的同僚答应前来。陆远泽也没多想，只以为是自己停妻再娶，不招人待见。

好在陆景淮的同窗来了许多，撑住了场面。

陆景淮多喝了几杯，到回廊上醒酒，竟然遇见了苏芷清。几个月不见，她风情万种，早已没有了当初的青涩。

他摇了摇脑袋，借着酒劲，上前拉住苏芷清的手腕："好哇，你进了侯府，便不再理会我了。怎么，你当真看上陆政越了？"

苏芷清慌了，想要抽回手。

"书信不回，见到我便避开，苏芷清，你别忘了，你是我的女人！"陆景淮挑起她的下巴，"怎么？陆政越有那么好，竟让你动感情了，嗯？"

苏芷清花容失色："混账！现在我是你……"

话音未落，陆景淮便亲了上去。

"啪嚓！"路过的丫鬟手中茶盏落地摔碎，震惊地看着陆景淮。

"混账东西，你做什么？"老族长喝多了出来醒酒，扭头便瞧见陆景淮怀中抱着个女人。

这不是陆远泽的平妻吗？

第113章　乱套了

"你在做什么？那是你小娘！"老族长厉声喝道。

陆景淮立马清醒，猛地松开苏芷清。

苏芷清飞快后退，满脸惊惧，指着他浑身颤抖："你……你……"又见众人靠近，更是面无人色。

"你说什么？她是谁？"陆景淮一个激灵，酒意早已散去，一股凉意直冲天灵盖。

"孽障啊！陆家列祖列宗都要蒙羞啊！"竟然非礼父亲的妾室！就算他们再落魄，也不能坏了清溪陆家的名声啊！老族长气急了，顺手抄起门边的扫帚，朝着陆景淮打去。

陆景淮一时不察，被打了个正着，鼻血"唰"地流了下来。

250

"族长，您这是做什么？景淮做错了什么？"陆远泽匆匆赶来夺过老族长手中的扫帚，见苏芷清拉着衣襟，满脸羞愤，心头"咯噔"一下。

"都是让你惯的！"老族长沉着脸，"你问问他，对自己小娘做了什么？"

陆远泽大惊：苏芷清？和景淮？

突然苏芷清感到肚子里一阵尖锐的疼痛，小脸霎时白了。"啊……"她猛地扶住肚子，"好痛，啊……侯爷，我的肚子好痛！"

陆远泽慌忙上前扶住她。

"啊，夫人流血了，快去请府医！"丫鬟指着苏芷清的腿，雪白的裙子上，刺眼的血迹蜿蜒而下。

陆景淮猛地后退一步。陆远泽的几个同僚对视一眼，纷纷告退，也不听陆远泽解释。

陆远泽快要气炸了，本来明儿一早他还打算请封新世子呢，现在只怕世子请封不成，他先要被弹劾了。

裴姣姣匆匆赶来，瞧见苏芷清弱不禁风地躺在陆远泽怀里，一脸难以置信："这是怎么回事，侯爷抱着这个女人做什么？"

苏芷清是她派来对付陆政越的啊，是她把陆家所有人的喜好都告诉苏芷清，让苏芷清在侯府站稳脚跟的！陆远泽抱着苏芷清做什么？全乱套了！

"什么女人？苏夫人是侯爷名正言顺的平妻！"苏芷清的丫鬟厉声道。许氏每个月给苏芷清三百两银子，愣是让她在府中有了自己的人手。

裴姣姣眼前一黑，想起方才儿子与苏芷清拉拉扯扯，心里更慌了。

府医匆匆赶来，给苏芷清把了脉，摇了摇头："苏夫人怀孕两月有余，但……"

"胎儿可有碍？"苏芷清心头一紧，她进门这段时日，日日盼着子嗣傍身。

"夫人年轻，将来还会有的。这一胎本就不稳，夫人又受了惊吓，好好养着，总会再怀上的。"府医叹了口气。

苏芷清的眼泪"唰"地掉下来了。

陆景淮面色苍白，呆呆地看着苏芷清。

他生为外室子。年幼时，母亲总为父亲伤怀。又因陆砚书天资出众，他被压得死死的，提起陆砚书便害怕。结果陆砚书成了残疾，他借机拿到了陆砚书的手稿，考中秀才。这些年，终于一步步将陆砚书踩在脚下，名声震天，马上要成为侯府世子，却被当众抓住与小娘……

陆景淮又有了当年被陆砚书支配的恐惧。

"混账东西，看错了人，惹出麻烦，还不去祠堂跪着？"陆远泽怒斥道，想用"看错了人"替他开脱，但心里又深恨不已，他连父亲的女人都敢染指？

这一夜，忠勇侯府彻夜未眠，陆朝朝却睡得极好。

更令人开心的是，第二日陆远泽请封世子的折子被皇帝拒了。

朝堂上，一众头发胡子花白的谏官目光灼灼地看着陆远泽："忠勇侯逐嫡子出府，擢外室子为世子，本就不合规矩。更何况……此子目无尊长，不顾礼义伦常，竟对父亲的妾室行不轨之事。此等品行，如何堪当侯府世子之位？"

谢承玺心里暗喜，昨天他特意将此事传到了谏官那里。这群老头儿，只要弹劾的不是自己，听着果然很爽。

"砰！"宣平帝又准确无误地将奏折砸到陆远泽脑门儿上。"忠勇侯治家不严，罔顾伦常，还想另立世子？驳回！"

陆远泽"扑通"一声跪在殿前。

皇帝瞥了陆远泽一眼，既然你们已和离，朕就不用再瞒着了。想着，皇帝坐直了身子，眉宇间多了一丝欢喜。

"陛下，临洛水患，百姓食不果腹。灾民众多，逐渐失控，幸，陆家幼女筹粮两万七千石，解燃眉之急。"大臣奏道。真实情况比奏折里写的更加凶险，流民失控，动手抢夺粮仓，临洛差点儿出了大事，幸亏赈灾的粮食及时运到了。

"幸哉幸哉，"皇帝笑容满面："当赏当赏，筹款赈灾的都该赏，陆朝朝更该赏！"几个老臣满脸惊喜，混到他们这个程度，加官晋爵已经不重要了，重要的是子孙后代。子孙后代入了皇帝的眼，才是家族长盛不衰的关键！

筹款？赈灾？陆远泽大喜。陆朝朝竟然用骗来的红包买了粮食！

可再一想，他马上就愣住了。昨天他与许氏和离了，陆朝朝已经不认他这个爹了。

赏赐没他的份儿，印子钱却要他还！

第114章 侯府的另一个女儿

"恭喜侯爷，贺喜侯爷，女儿才一岁，便拯救了万千黎民。陛下赏不到奶娃娃头上，只怕要给侯爷加官晋爵咯！侯爷当真好福气啊！"下朝时，一众官员对着陆远泽拱手。

话音未落，就有人突然拍起了脑门儿："哎呀！瞧我这记性，侯爷已经与夫人和离了，女儿跟着夫人走了，这泼天富贵不是侯府的！"说完，便摇着脑袋遗憾地走开了。

陆远泽仿佛胸口被插了一刀，眼前直冒金星。

"对对对，应该恭喜侯爷，贺喜侯爷，续娶新夫人，老当益壮啊！"众人促狭地看着他。

回府的路上，陆远泽不断地给自己顺气。

252

半道上，小厮便急匆匆迎上来："侯爷，礼部尚书来了，已经在门口等了好一会儿。"

陆远泽浑身一抖。礼部尚书，这可是朝中重臣！今儿并未上朝，听说称病请了三日假，现在怎么来侯府了？

"怎么回事？尚书大人可有说为何到访？"陆远泽心头一热，难道侯府的机缘来了？老方丈说景瑶乃天命之女，贵不可言，这么快就要飞黄腾达了？

"并未，但尚书大人似乎有事相求。"

陆远泽一听，更加兴奋了，当即命人驱赶马车，急匆匆地回府。许氏，你就等着侯府冲天而起吧！

果然，还未下马车，便瞧见方大人站在侯府门外。

这可是当朝重臣，礼部之首！陆远泽眼睛都亮了，急忙上前行礼。

"贤侄不必多礼，今日来得匆忙，贤侄莫要怪罪。实在……是有求于侯府。"方大人叹了口气，如今他已到知天命的年纪，没想到竟有求人的一天。

陆远泽心头狂跳，强稳住心神道："尚书大人有话直说便是，远泽定当倾力相助。"

方大人便道："说来唐突，上次家中老妻瞧见陆侯爷之女，便心中喜爱，想请令爱过府玩耍。"

方大人与妻子青梅竹马，几十年的情谊，眼下老妻病重，他想求"增寿符"一张。

"能得尚书夫人喜爱是她的福气，这便让她出来。"陆远泽狂喜，转头便道："让人将景瑶抱出来。"心中只感叹老方丈所言不虚，景瑶竟真的有大福气。

陆景瑶眉宇含笑，裴姣姣还特意给她打扮了一番，可刚抱出门，方尚书就愣了："不是她！"

"尚书大人，这便是小女陆景瑶啊。侯府只得这么一个女儿，怎会不是她？"陆远泽急了。

方大人身侧的小童开口了："不是她，是另一个！看着白白胖胖，很有福气，爱笑，对了，爱吃鸡腿的那个！"

"陆……陆朝朝？"

"对，就叫朝朝。"方大人眉开眼笑，"快将朝朝抱出来吧，当我尚书府欠你一个人情。"

"老大人，你寻的是许氏的女儿吧？"有百姓在后头喊道，"昨日许氏与陆侯爷和离，连带着四个孩子都被逐出了门。您去榆林巷寻，他们在那里呢！"

"和离？"方大人笑容一垮，态度急转直下，冷冷地看向陆远泽。

陆远泽有苦说不出，抱着陆景瑶便往方大人跟前送："景瑶聪慧伶俐，比朝朝更讨人喜欢。她去也是一样的。"

方大人瞥了陆景瑶一眼。小小年纪，眼神里就充满算计，忠勇侯是瞎了吗？错把鱼目当珍珠！他知道陆朝朝有多大本事吗？

方大人扭头就走，直奔榆林巷。

陆远泽气得要吐血，他哪里知道，好戏才刚刚开场呢！

陆朝朝穿上了皇帝赏的熊皮袄子。许氏又用熊皮给她做了顶帽子，头上有两个小耳朵，像只小熊。

"谁？方爷爷？"

玉琴记得清楚："您借走了他三岁孙子的五百两压岁钱。"

方大人在前院与陆砚书交谈。如今许氏独居，不便见面。

"朝朝可要去瞧瞧？是方老夫人想见你。"陆砚书问。

"去去去！"陆朝朝记得方老夫人，是个浑身散发功德金光的和善老人。她去骗压岁钱时，老太太还给了她红包。

方老夫人年轻时丢了个女儿，至此便一直行善，只求有一日能惠及遗失的女儿。不过人海茫茫，只是给自己一个慰藉罢了。

"尚书大人严肃，莫要招惹他。"陆砚书叮嘱道。礼部尚书家教甚严，家中几个孩子极其怕他。

陆朝朝点点头，骑着狗便出了府。

方大人瞧见她那模样，眼皮子直跳。便是这小家伙画出了"增寿符"？她也就比毛笔略高一点吧？

"尚书爷爷……"小家伙嘴巴甜得很，见了尚书大人便咧嘴笑。严肃的老大人只得扯了扯嘴角，尽量和善地笑了笑。

"爷爷抱抱……"奇怪了，这小家伙竟不怕他？

方大人将她抱上马车，诧异地问道："你的狗？"

"寄几跑。"陆朝朝看了狗一眼，狗便乖乖地跟在马车后头。

方大人见她才这么大，心头着实怀疑："朝朝，你……的符咒是哪里来的？"

"寄几画的哦。"朝朝拍了拍胸口。

"方爷爷可否再向你求一张'增寿符'？"方大人低声问道。

陆朝朝看了看方大人，摇了摇头："爷爷的寿元还有十八载，用不着……"

方大人猛地捂住了她的嘴巴，一颗心都提起来了："小丫头，以后可别给人看寿元了。"若被有心人发觉，她可要有麻烦了。

陆朝朝露出牙龈："爷爷不似坏人。"

方大人笑了，这小家伙真相信自己啊。"爷爷并不是为自己求符，而是为家中妻子。若能求得几年寿元，方家愿付出任何代价。"方大人抱着她下了马车。

"可，将死之人并不能增寿哦。"

第115章　尚书府大恩人

陆朝朝一句话让方大人惊得僵在原地。

将死之人？他的老妻真的要先去了吗？方大人悲从中来，老泪纵横。

"她一心求死。"朝朝说话口齿不清，但方大人听懂了。

"二十年前，长女三岁，夫人带她出门看灯时不慎走失。自此她便有了心结，也再未怀孕。"方大人是个重情重义的人，也不曾纳妾。"犬子是我收养的，你借钱的小孙子便是他所出。"

方大人好似一下子没了精神，蹒跚地牵着朝朝入了内院。

浓浓的药味扑面而来，还有缠绵病榻之人的将死之气。内院中的奴仆都紧绷着脸，谁都能感觉到方老夫人的生命在快速流逝。

陆朝朝一进门，便瞧见床前跪着个年轻妇人，穿着简朴，未戴一件首饰，手中端着铜盆，亲自给方老夫人擦洗秽物，眉宇间没有一丝不忿。

"这是我的儿媳，朱颜。她从北方逃难而来，夫人心善，收留灾民，救了她一命。更巧的是，与我家安儿修成了正果。"

这些年来，朱颜感念恩德，将方老夫人侍奉得极好。而方老夫人对她亦极其亲近，比对养子还亲。

"娘还是不肯用膳。"年轻妇人声音哽咽，眼眶通红。方老夫人已经三日滴水未进了。

"你回来了？"帘子掀开，床上的老太太声音颤抖，一抬手，方大人便握住了。"几十年夫妻，你知我心意。莫要强留我。为了你，我强撑了二十年，现在撑不住了，我累了……"方老夫人脸上沟壑纵横，眼神浑浊地看着远方，好似在等待什么。

"老婆子，我也只有你了。"朝堂上说一不二的老尚书此刻哭得像个孩子。女儿没了，连老妻也要离他而去吗？

"是我的错，都是我的错！我不曾看好女儿……方家的亲生骨肉不知道在哪里啊！"方老夫人放声大哭。

陆朝朝看着床前默默垂泪的年轻妇人，慢悠悠地道："沃，找到泥女儿咯。"

哭声一滞，方大人猛地抬头看向她："若能寻到老夫的女儿，你便是我尚书府的大恩人！"这些年，他甚至找人冒充过女儿，只为了给方老夫人一线希望活下去，但方老夫人总能发现异样。

陆朝朝咧了咧嘴："泥的女儿，就在眼前呀。"

"你、你说什么？"方老夫人瞧见是个奶娃娃，愣了一下，饶是方大人也糊涂了。

"沃说，泥的女儿，早就回家了！"陆朝朝双手叉腰，下巴微抬。方老夫人行善积德，福报已经来到她身边了。

"啊？"方老夫人突然坐起来。她三日不曾用膳，眼前发黑，方大人急忙扶住她。"你、你说什么？你再说一次？"方老夫人语气急促，声音都在发抖。

"娘，您快躺着！"朱颜急声道。

"泥子女宫圆满，说明儿女绕膝，早已团聚了。"陆朝朝指了指方老夫人，又指了指她身侧的朱颜。

"朱颜？朱颜，你是哪里人，你再说一次？"方老夫人突然明白过来，想要下床，朱颜急忙将她拦住。

"儿媳是北渠县人，十五岁时逃荒被母亲所卖，侥幸逃出，后来被娘收留了啊。"

"以前呢？你三岁之前的事还记得吗？"方老夫人发现之前竟然从未问过。

"儿媳三岁时大病一场。醒来时头疼剧烈，什么都不记得了。但是……"朱颜顿了顿，"曾有邻居戏谑，说朱颜是捡来的。"幼时邻居们总说她是父母从外面捡来招弟弟的，她并未当真。此刻她心头突突乱跳。

"泥女儿，身上有什么几号？"陆朝朝插嘴道。

"有，有！"方老夫人猛地坐直了身子，"我的女儿身上有一块叶形胎记，位置隐秘，外人都不知道。"

"我、我身上就有胎记。"朱颜脸通红，这胎记的位置有些难以启齿。

方老夫人目光灼灼，浑身颤抖，紧紧地攥住朱颜的手："颜儿，你可愿让嬷嬷查看？"

"这……"方大人觉得尴尬，但儿媳妇却一口应下了。

"朱颜愿意。"她知道婆婆思女心切，女儿是婆婆这辈子唯一的心结。每月初一十五她都去上香，祈祷婆婆能找到女儿，却从未想过自己就是她女儿。

"快给我端参汤来！"方老夫人坐起身子，朝嬷嬷喊道。

嬷嬷欢喜得直落泪，少夫人一直嘱咐他们在灶上温着参汤和米粥，此刻正好派上了用场。

方老夫人喝了一碗，便不敢再喝了。老人肠胃虚弱，进补需慢慢来。她还得留着这条命见女儿呢！

陆朝朝坐在椅子上，大狗躺在她脚下，白发苍苍的方大人激动得像个毛头小子似的走来走去。

他的养子方绪安匆匆赶回尚书府，满脸激动："爹，听说寻到妹妹了？"爹娘寻女二十年，中间还被人欺骗过，真真假假，他们早已绝望了。"妹妹在哪里？"

话音刚落，内室突然传来痛哭声。

"我的女儿，是我的女儿啊！"方老夫人号啕大哭，多年的隐忍，多年的绝望在这一刻尽数散去。她的向善，她的所求终于有了回响。命运早已将她心心念念的孩子送回了她身边。

年迈的方大人落下泪来，"吧嗒"跪在了陆朝朝跟前。

"大恩人！"

第116章 不蒸馒头争口气

"大恩人，请上座。"方大人亲自抱起陆朝朝，笑眯眯地将她放到主位上坐下。

方老夫人亲昵地拉着女儿，根本移不开眼睛。

方绪安挠了挠头：哦，养子变女婿了？

方老夫人一边抹泪，一边道："以前总说上天待我不公，原来上天早已将你送到我身边，上天从未亏待我！"

"养母将我卖进窑子给弟弟换粮食，我侥幸逃出，被娘所救。尚书府不嫌弃我出身低微，我进门后样样合心意，却从未想过您竟是我的亲生母亲！"朱颜也不断抹泪。

三岁的小孙子看看爹，看看娘，又看看祖母，拍着手笑道："那以后我到底喊您外祖母还是喊您祖母呀？"

"一样的，咱们啊，是亲上加亲的一家人。"方老夫人喜不自胜："老头子，这回你真干了件好事！咱们的大恩人可有什么要说的呀？"她和蔼地看着陆朝朝，仿佛看着天下最珍贵的宝贝。

一家子诚惶诚恐地等着大恩人训话。而大恩人站在椅子上，深沉地道："来壶牛奶？"

失策了！方绪安亲自出去给她盛了牛奶。

小家伙在方家吃得肚子溜圆，才听到门房来禀报："陆大公子来接人了。"

陆砚书觉得尚书府对他极其客气，客气到令人发指。他一个瘫痪多年的小秀才，尚书大人、尚书夫人，甚至尚书府的公子和少夫人都出来迎接他。他的脸面有这么大？

一行人甚至将他们送到了门外。

"大恩人，若受了委屈便来告诉我，老夫给你讨公道！"方大人挽起袖子，一脸认真。

陆砚书惊愕不已，什么大恩人？

此刻的方大人哪里知道，等陆朝朝上学以后，他便过上了天天被国子监请家长的日子。但凡陆朝朝惹事，朝堂上能空一半，都是去给她撑腰的！

"肥家吧……"陆朝朝打着哈欠。

"嘿嘿，善有善报，方老夫人丢失二十年的女儿找回来咯！"

第二日一早，满京盛传，方尚书的长媳就是他丢失二十年的独女。这下方家的养子成了女婿，小孙子也是正儿八经的方家血脉。

"听说是忠勇侯的小女儿帮忙找回来的。"

"什么忠勇侯的女儿？侯爷与许氏已经和离了！"

"哎呀，那丫头真厉害，才一岁多，一眼就认出她是方家丢失的女儿！"

一大早，方家敲锣打鼓，方大人亲自带着儿女去了榆林巷。

路过忠勇侯府，陆远泽的眼睛都看直了。众人眼睁睁地看着老尚书领着家眷浩浩荡荡去许氏的新宅子门前磕头。

陆远泽咬碎了牙："景淮，明日该报名乡试了。这回你一定要考中解元！给爹爹出口恶气！"

更让人郁闷的是，昨夜长公主产下一儿一女，龙凤胎。她直言是抱了陆朝朝才怀上的。礼部侍郎之妻秦夫人附和道："我也一样。"京城中霎时议论纷纷，想求子就要抱抱陆朝朝。

许氏看着满桌拜帖，脑瓜子疼："把朝朝穿过的旧衣裳整理几件，各家送些，沾沾喜气。"许氏可不敢让别人来抱朝朝。

"对了，乡试马上就要开始了，让砚书记得报考。"

登枝连忙答应。自从搬到榆林巷，大公子便时常扶着墙走动。和离并未让忠勇侯府占一丝一毫的便宜，可他们心中总憋着一股气。

"明儿奴婢便日日拜佛，求佛祖保佑大公子金榜题名。"几个丫鬟都欢喜极了。

"拜菩萨不如拜我。"陆朝朝嘀咕道。

许氏莞尔："你也别忘了。明儿长公主府洗三，她千叮咛万嘱咐，让你一定去呢。"长公主府的第一张帖子便送给了陆朝朝。

"弟弟妹妹……沃，招来的！"陆朝朝得意地拍着胸脯。

"是是是。"许氏含笑看着她。

其实，许老太傅和哥哥们都来寻过她，希望她能回娘家，但她拒绝了。她另立了门户，她这四个孩子绝不比陆景淮差！

不蒸馒头争口气，她心里也憋着一口气呢！

第二日，陆朝朝穿得像个小熊崽子，骑着狗往长公主府去了。

"快让我抱抱！"长公主府的女客们蜂拥而上，陆朝朝脸都绿了，"也让我抱抱！"

"许夫人，忠勇侯没福气，你有没有想过再嫁啊？这世道，女人艰难，有个靠山总是好的。"还有人试图给许氏说亲。

许氏笑着婉拒了。她从未想过，和离之后，她比待字闺中时更抢手。

返程时，正要上马车，又来了个妇人，将许氏请到一边絮絮叨叨地说话。

陆朝朝无聊地站在狗子身边。

这时，质子玄霁川途经长公主府，心里琢磨着姐姐玄音说的话："小朝朝天真纯善，陛下待她极好，远超一般皇子。你若能讨得她的欢心，不论是在北昭还是回东凌，对你都有好处。"

玄霁川并不当一回事，陆朝朝才多大？但姐姐耳提面命，他不得不听。

此刻，他一抬头便瞧见陆朝朝养的大狗蹲在雪地里，身旁还有一头熊崽子虎视眈眈。

眼看着熊崽子离傻狗越来越近，玄霁川精神一振：立功的时候来了，拉好感的时机到了！

他飞身上前，帅气地一脚将熊崽子踩在雪地里，大声问道："傻狗，你主子呢？"救了陆朝朝的狗，姐姐一定会夸他的！

然而，这一刻，他从狗脸上看到了震惊和不可思议。

脚下的熊崽子蠕动着，玄霁川用劲踩住："还不老实？"

熊趴在雪堆里，呜呜直叫。狗嗷嗷直叫，咬着他的裤腿使劲扯。

"傻狗，我救了你，你扯我干什么？你主子呢？"

话音刚落，熊崽子挣扎着抬起小脸，眼神仿佛要喷火。

玄霁川脊背一凉，后退一步。完了，他完了！

第117章 打脸

陆朝朝气疯了，跳起来打了玄霁川一巴掌，但只打到了对方的膝盖。她气自己长得矮，哭得更厉害了。

玄霁川手忙脚乱地道歉，陆朝朝却不再搭理他，让玉琴抱着她上了马车。

爬上马车，小家伙嘀嘀咕咕："诅咒他，诅咒他……"

许氏却心不在焉。她才和离三天，就有人提亲了。扶风山招安来的宋将军，陛下跟前的香饽饽，差人来说合。

谁知更夸张的还在后头。她前脚刚下马车，后脚宫里的赏赐便到了。

王公公眯着眼，笑得一脸和善："许夫人，开春天气渐暖，这是宫里送来的衣服料子，还有些新奇玩意儿，还望夫人莫要嫌弃。"

许氏云里雾里地拜谢皇恩，看着满屋奇珍异宝愣神。宋钰送礼，皇宫也送礼，这是什么意思？

· 259

登枝清点了赏赐，神情微妙："夫人，瞧着不大对劲啊，陛下赏您的东西……"虽然大部分是孩子用的，但里面却夹杂着几对鸳鸯造型的玩器。

"或许他想当我爹爹呢？"

许氏心惊肉跳：不、不可能吧？

陆朝朝撅着屁股玩蚂蚁。怎么不可能？每次进宫，皇帝都问："朕可不可以做你爹爹呀？"她都听烦了。

"娘，您若想再嫁，砚书会支撑门户，娘不要顾忌我们。"陆砚书站在门口，表情坚定，"娘被骗了十八载，他不懂珍惜，自然有人懂。"

许氏"扑哧"笑出了声："娘有你们了，怎会再嫁？别瞎想。明儿要去拜师，你早些休息吧。"许氏从未想过再嫁，至少目前没有想过。

陆砚书轻轻"嗯"了一声。

第二日一早，许氏亲自带着陆砚书和陆朝朝去首辅府上拜会。

袁首辅乃当世大儒，他统共四个弟子，其中三个皆是状元，还有一个私淑弟子，如今是天鸿书院院长。想要拜入他门下之人不计其数。

许氏刚下马车，便在袁家大门前瞧见了一个熟人。

真是冤家路窄。

陆远泽正带着陆景淮在门前候着，也瞧见了许氏。

"许氏，听说和离才三日，就有人上门给你说亲？"陆远泽瞥了她一眼，瞧见她身后的陆砚书，轻轻皱起了眉头，"你这辈子再也找不到比我更好的男人了。"

"是找不到比你更不要脸的男人了吧？"登枝暗骂。

"大公子，小姐，快下来吧。"登枝推着轮椅，将陆砚书请下来。

"怎么？你也来拜师？"陆远泽看了一眼长子，又看了一眼陆景淮，"砚书，你身有残疾，无法赴考，首辅心高气傲，怎会收你为弟子？快回去吧，别自取其辱了。"

陆远泽轻笑一声，从怀中摸出拜帖，敲响了袁府大门。

门房从角门伸出脑袋。

"我乃忠勇侯，携子前来拜会首辅大人，这是我的拜帖。"陆远泽将拜帖递给了门房。许氏一个妇道人家，只怕连大门都敲不开。

门房看了一眼侯府拜帖："今日首辅大人不在家，侯爷明日再来吧。"真是的，什么阿猫阿狗都来拜会首辅。但凡临近科考，首辅的门槛都要被踏破了。

"犬子是陆景淮，在京中颇有才名，仰慕首辅大人已久，只求能得首辅指点。"陆远泽很自信，以陆景淮的才能，定能打动首辅大人。

"侯爷，莫要为难人，首辅大人不在家啊。"门房一日要拒绝几十次，早已没了耐心，"即便是天王老子来了，首辅大人也不在家！"

陆远泽还想再说什么，陆景淮却冲着他轻轻摇头，陆远泽只得憋着火气退了下去。

许氏看也不看他，也上前递上拜帖。

"不自量力，景淮都进不去，你还能进去？"陆远泽想起许氏与他和离，被别人求娶，不自在极了。

"小儿陆砚书，想求首辅大人指点文章，还请小哥通传一声。"

"这位夫人，首辅大人真不在府上。要不，您明儿再来？"见许氏态度和善，不像陆远泽盛气凌人，门房的口气倒也缓和了几分。

陆远泽嘲讽地笑出了声，许氏真以为自己脸面大吗？袁首辅可向来与许家不合。

门房话音刚落。突然，陆朝朝拉了拉他的裤脚，笨拙地从怀里摸出一块月牙形的玉佩。这玩意儿是袁满给她的，今早她费了好大劲才扒拉出来。

"喏，给泥。"陆朝朝踮着脚将玉佩塞给门房，门房差点儿没拿稳。

"您给我行贿也没用啊，再说……"门房低头看了一眼玉佩，方才的漫不经心顿时灰飞烟灭，双手紧紧地捧着玉佩，"等等！贵人啊！"

许氏一愣。

"您等着，您等着，您别走啊，小的去通知首辅大人，开正门！"门房将玉佩塞回陆朝朝手里，连滚带爬地跑了。

这是袁家祖传的玉佩！袁家十代单传，传到了小公子袁满手里。前些日子小公子被拐，老太太哭得差点儿背过气去。幸好他被人所救，将玉佩送给了救命恩人。

袁府的大恩人来了！小厮跑得飞快。

没一会儿，便听到门内传来"咚咚咚"急促的脚步声，然后是中气十足的通报："贵人至，开正门！"

"吱呀"一声，厚重的大门被缓缓推开。许氏朝里望去，乌压压一大片人，惊得她倒退一步。

为首的老太太满脸肃穆，穿戴得一丝不苟，手上牵着个小男孩，身后跟着满府的家眷和奴仆。

袁府的大门，陆远泽没敲开，许氏没敲开。

陆朝朝，满府恭迎。

第118章 大哥站起来了

"嘿嘿，小满子给的玉佩真好使。原来这些破玉佩真的有用啊！我有一大箱子呢！"

"小贵人光临寒舍，迎客来迟，还望小贵人海涵。"袁老夫人朝着陆朝朝露出和善的笑容。这可是袁家的大恩人啊。

袁满也朝着陆朝朝喊道："姐姐。"

许氏急忙上前行了一礼："老太太言重了。"袁老夫人可是一品诰命，陆远泽见了都得行礼。

"你是芸娘吧？"袁老夫人笑眯眯地看着她，"你这丫头端方贤惠，举止有度，是有福气的。有福之女不入无福之门，是忠勇侯没福气。"

袁家和许家是对头，多年在朝堂上互喷口水。许氏小时候遇见袁老夫人，袁老夫人说她小小年纪死板无趣，而现在……许氏好似在做梦。

陆远泽震惊得回不过神来，怎么会？陆朝朝怎么会敲开袁家的大门，还被袁家如此郑重地对待？

"老太太，下官是忠勇侯陆远泽，是朝朝的父亲。今日特意带她哥哥来拜会首辅大人。"陆远泽赶紧站出来。

"他把沃从家里除名啦，他不似沃爹！"

陆朝朝话音刚落，四面八方的嘲讽扑面而来，顿时有人将陆侯爷请到了一边。

袁老夫人左手牵着陆朝朝，右手牵着袁满，带着他们进了正门，一路众人对他们恭恭敬敬。

"还不着人去请老太爷回府？贵客临门，他死在外头了吗？"袁老夫人怒道，小厮急匆匆地出了门。

"不急，不急。"许氏急忙开口。

陆砚书带笑看着妹妹，他的妹妹总能带来许多惊喜。

"奶奶，泥要给朝朝，做主呀……"陆朝朝眼泪汪汪地看着袁老夫人，"首辅爷爷说，沃不认真上学，他打烂沃的手！"

"他反了天了？敢打你，他活腻歪了是不是？也不问问我袁家列祖列宗同不同意？"袁老夫人大怒，"哎哟，小心肝啊，你可别怕！他打你，你就回来告状，我用棍子抽他！"

"好好好。"陆朝朝连连叫好。将来上学就不怕挨打了，嘿嘿！

袁首辅回府时，陆朝朝已经成了袁家的心肝宝贝。

袁首辅本不欲收徒，陆朝朝这个关门弟子是皇帝强塞给他的，现在还未公开呢。但考校一番之后，他对陆砚书上了心。

"你比陆景淮更有真才实学。"袁首辅看着轮椅上的少年，摸着胡子，一脸满意，"我已经收了你妹妹为关门弟子，我可以指点你，但不收徒。你可愿意？"

陆砚书沉声道："砚书愿意。"

袁首辅大笑："好，好！"有个陆砚书弥补他在陆朝朝那里受的气，够了，够了。

袁首辅爱才心切，又怜惜他行动不便，便留他在府中小住几日。
"大哥是个傻子！"陆朝朝背着小包包，迈着小短腿跑了，"被老头子关起来上课，还乐呵呢！"
陆砚书无奈扶额。他这个妹妹上学任重而道远啊。

夜里，玄霁川绝望地坐在地上："真是中邪了，中邪了，快送我去护国寺住几日！"
他刚回家，一泡鸟屎便落在了他头上。他就寝时，好好的房梁塌了！他死里逃生，却被压断了一条腿，就是踩陆朝朝的那一条。
他只好卷铺盖住进护国寺保平安。
而始作俑者早已忘记了随口的诅咒。

开了春，天气很快便暖和起来。
陆朝朝穿上了薄薄的春衫，她已经一岁半，走路稳当多了。
"快快快，买定离手，买定离手啊。距离乡试只有一个月了，快来下注，赌谁是这一届的解元！"
"我押陆景淮！"
"我也押陆景淮。这忠勇侯府可是捡到宝咯。"
众人议论纷纷，陆景淮名声极盛，甚至有人猜测他会连中三元。
"对了，我听说陆家那个瘫子也要参加乡试。"
"怎么可能？瘫子怎么考试？"
……
背着小书包的陆朝朝，踮着脚露出小脑袋，插嘴道："沃要押！"
众人一愣："去去去，谁家小娃娃跑出来了？"
"沃要押！"陆朝朝倔强地看着他们，然后从兜里掏出一把金瓜子，"陆砚书，全押他！"
"陆砚书？哪有这个人……"老板摆了摆手，可随即一愣，突然想起来了，就是他们刚才议论的瘫子。
他见陆朝朝的穿着打扮非富即贵，身后奴仆环绕，便笑着道："押了可不退钱的啊？到时候输了可不许哭鼻子。"
"朝朝才不哭鼻子！"陆朝朝又将兜里的零花钱全倒出来。
老板给伙计使了个眼色："去，把陆砚书的名字挂上。"又让人数了数陆朝朝的金瓜子，折算为一百八十两银子。
陆砚书，一百八十两。陆景淮，四万三千两。

陆朝朝看了一眼，雄赳赳、气昂昂地走了。

今日的忠勇侯府格外热闹。老夫人六十大寿，办了三十桌宴席。
不少人慕陆景淮的名而来，席上倒也热闹。
裴姣姣强撑着笑脸，侯府的库房已经空了，连每个月的开销都支撑不住。她变卖了不少首饰，才勉强应付。更让她生气的是，苏芷清还日日与她争宠。
陆砚书推着轮椅，入了侯府大门："我来拿书。"
门房见着曾经的大公子，也不好阻拦，只得将人请进来。
"景淮兄，听说您的大哥也要参加科举？"有人问陆景淮。
陆景淮皱眉道："大哥已经瘫痪了十年，想来是谣传罢了。"
周围突然安静下来。陆景淮一抬头，便看见陆砚书坐在轮椅上，膝盖上放着一沓书，正漠然地看着他。
陆景淮心脏狂跳。姜云锦站在陆景淮旁边，厌恶地看着他。
"陆砚书，你来干什么？"姜云墨出声道。
陆砚书静静地看着他。姜云锦不吭声，陆景淮也不吭声。
"来取书，备考。"陆砚书双手撑在膝盖上，俊俏清冷的眉头紧锁。
"你考什么？你有本事站起来啊！"姜云墨嘲讽道，"站都站不起来，你怎么去考？"
话音刚落，姜云墨仿佛被人卡住了喉咙，眼睛瞪大，嘴皮颤抖，死死地盯着陆砚书。
轮椅少年如青松一般站立在众人眼前。满堂皆惊。
"站起来了！陆家大公子站起来了！"
少年眼神清澈，虽然身形瘦削，但站得极其稳当。
陆景淮脸上的笑容僵住了："怎么……怎么会这样？"
他又想起了当年被陆砚书支配的恐惧。

第119章 讨国债

姜云墨脸上毫无血色。
"姜少爷，这轮椅就送给您了。"陆砚书的小厮笑眯眯地抛下一句，扶着陆砚书在所有人的注视下走出了侯府。
瘫痪十年的陆砚书重新站起来了。此事在京城掀起了轩然大波。
陆远泽并未在现场，但听到众人大声恭贺，脸上的笑容差点儿保持不住。
"侯爷双喜临门啊，长子瘫痪十年，终于能站起来了，侯爷当真好福气！"

可陆砚书已经不是他的儿子了啊！

姜云锦瞧见陆景淮浑身颤抖，轻轻地拉了拉他："景淮，你怎么了？"她担忧地看着陆景淮。

陆景淮双手冰凉，面色苍白，突然问道："锦娘，你后不后悔退婚？"

姜云锦抿了抿唇，羞涩地看着他："他荒废了十年，即便站起来又如何？难道他还比得上景淮？"姜云锦眼中含着春意，"再说……"陆朝朝周岁那日，她已经是陆景淮的人了。再过两个月，便是他们成亲之日。

陆景淮心不在焉，也没仔细听姜云锦说什么，便丢下一众宾客，急匆匆地出了门。他一路朝着城外而去，直到站在一座破庙外。

破破烂烂的庙内蹲着几个乞丐。瞧见他进来，乞丐们皆警惕地看着他。

陆景淮走到佛像后，一个瞎眼老乞丐正闭着眼睛靠在墙上。

陆景淮从怀中掏出几个馒头，递到老乞丐手里："舅爷爷，吃点东西吧。"

听到他的声音，老乞丐猛地惊醒，顿时张开嘴："嗬嗬嗬嗬……"龇牙咧嘴冲着他吼叫。他嘴里黑漆漆、空荡荡，没有舌头！眼眶凹陷，眼珠子也没有了！

"舅爷爷，你小声些，当心被人抢了馒头。你替景淮做了那等事，景淮心善，才留你一命啊。舅爷爷，你最喜欢景淮，你能原谅我的，对吗？"陆景淮冷笑道，"当年陆砚书落水，他刚爬上岸，舅爷爷便用石头砸他的头，将他重新抛回水中。若父亲知道，你毁了他的儿子，岂会饶你？"

老乞丐如疯了一般冲着他大吼，可惜眼睛口哑，他什么也做不了。

"舅爷爷，那时候我还只是个孩子呢。我怎么会指使你做那种事呢？"

陆景淮恨陆砚书。凭什么他能光明正大地叫父亲？凭什么他能轻而易举地名动京城。而自己被母亲逼着从天亮学到天黑，日日被骂不争气，留不住父亲，是个蠢货，不如陆砚书。他好恨啊！

终于，他将天之骄子拉下了神坛。

陆景淮渐渐恢复了平静："你站起来又如何？我有妹妹，又跑赢了十年，还会怕你吗？"陆景淮低低地笑出声，眼底流露出疯狂。"现在你灰溜溜地滚出了侯府，也该尝尝我当年的滋味。你的一切都将是我的，爹爹、名声、未婚妻、三元及第都是我的！"

陆景淮冷漠地走出破庙，丝毫不理会瞎眼老乞丐的怒吼。

这一切都与陆朝朝无关。

她正双手捧着羊腿，啃得极其开心。

许家人尽数赶来了榆林巷。

"走两步，快走两步，给舅舅看看！"许三爷一脸兴奋，身后跟着他夫人岑氏，眉眼含笑。不知道为什么，往日对她冷冷淡淡的相公，近来对她极其亲昵。

陆砚书不用再扶着墙了，如玉少年挺拔地站立在庭院之中。

"能走了，真的能走了！"许氏的三个嫂子皆欢喜得落泪，"砚书要参加今年秋闱吧？妹妹，你也算熬出头了。"

陆砚书与三个舅舅去了书房。

许二爷的双胞胎儿子正笑眯眯地投喂陆朝朝。

"想喝水。"

许予清给她喂水。

"擦嘴。"

许予衡给她擦嘴。

"这俩孩子时常与朝朝玩耍，如今都能简单地跟人交流了。"许二爷的夫人李氏激动得落泪，他们甚至能叫爹娘了。

许氏想，大概是他们能听到朝朝心声的缘故吧。

"二哥治水还未回来？"许氏问道。

"水患已经结束，可灾民安置才是大难题。"李氏叹了口气，"国库空虚，陛下拿不出钱。听大哥说，陛下正想办法要债呢。不知这差事会落到谁头上，大家都躲着呢……"朝堂上，不少朝臣借了国债，若能讨要回来，定能解燃眉之急。

"要债，要债，北昭的大官可有钱啦。"

陆朝朝还在幸灾乐祸，丝毫没想到要债的差事马上要落到她头上了。

傍晚，宫里便来人了。

"近来陛下头疼，想念朝朝小姐，遣奴才接小姐进宫小住几日。"王公公和蔼可亲地说，他可知道陆朝朝在皇帝心目中的分量。

"凉亲，朝朝明儿回来。"小家伙骑着狗便随王公公走了。

许意霆眉头紧锁："陛下对朝朝是不是太热情了？"

许氏面色尴尬："大哥，他对芸娘也太热情了。"

许意霆："？"

陆朝朝刚到御书房，便听到屋内传来怒吼："废物，全是一群废物！连借出去的银钱都收不回来！朕养你们有什么用？"

宣平帝暴跳如雷，别以为他不知道，这群老臣比他还富，当年先皇借出去的钱至今不曾收回来。

"陛下，微臣只收回来三千两银子，他们都说没钱。"户部侍郎吴大人苦着脸。收债这种事最是吃力不讨好，搞不好还要得罪满朝文武。

"吏部尚书怎么说？当初他借了国库三万两，到现在已经有二十多年了！"皇帝吹胡子瞪眼。

"周大人说，要钱没有，大不了让陛下扣俸禄。"吴大人缩着脖子，抹了把虚汗，他哪里敢问吏部尚书要钱？

"俸禄？那得扣到他下辈子！"

"微臣派人去搜查过了，他府上确实一贫如洗！"

皇帝气得头晕。周朗这个老匹夫总是装出一副清贫的模样，让人抓不到半点把柄。

谢承玺瞧见门外的小身影，立即上前将她抱进来："热不热？"转头便让太监送解暑的瓜果进门。

"嘿嘿，吏部尚书装得可真像……"陆朝朝在心里偷笑，"他家的钱都砌在墙里啦，有一堵黄金墙呢！"

太子："！"

第120章　史上最小讨债鬼

"召那群老匹夫进殿。"皇帝面色难看，拳头紧握。国库空虚，赈灾拿不出钱，这群狗东西还不肯还债！

"宣——"王公公宣来一大群朝臣，皆是头发胡子花白的老臣，低敛着眉，进门便匍匐在地。这群人个顶个的辈分高，都曾为北昭立下汗马功劳。

"陛下，臣愿为北昭鞠躬尽瘁，死而后已。但臣真的没有钱啊！"有人老泪纵横，甚至掀开衣襟给皇帝看他官服下的补丁。进门先哭穷，直接堵住讨债的嘴。

有人直起身子，一脸决绝道："陛下，臣愿捐出三年俸禄，为北昭灾民略尽绵力！"

有人站出来："陛下，臣不敢贪污，每年仅靠俸禄过日子。欠国库的钱，臣怕是还不上了。但臣可以捐出府中宅子，臣……愿带着家眷租房居住。"

"陛下，臣账上还有一千二百两，愿尽数捐出。"

"陛下，臣的发妻还有些嫁妆……"

皇帝见他们说得越发不堪，抬了抬手："朕只问你们，可否每人掏出三万两？"欠国债的总共有十八人，每人掏出三万两，也能讨回几十万。

朝臣皆面露难色，御书房陷入了诡异的寂静。

户部侍郎叫苦不迭："众位大人，还望救救急。你们欠款几十年，多达百万两。如今北昭缺钱，也该还了。"这些都是随着先皇打天下的老臣，当年封侯拜相时，先皇怜悯众位开国功臣一穷二白，都放了国债给他们。

吏部尚书借得不多，只有三万两，但他还从国库中拿了许多名贵字画，无法以金钱衡量。和硕亲王，先皇最小的弟弟，借了足足十万两白银！老国丈，萧太后的生父，借了十五万两！老爷子早就仙逝了，今儿来的是他的儿子，皇帝的亲舅舅。护国公，五万两。礼部尚书，三万两……

林林总总算下来，先皇刚登基，便借出去上百万两，至今无一人偿还。

这庞大的数字看得人头皮发麻。

朝臣跪在底下战战兢兢，陆朝朝手里抓着夹心小饼干，啃得咔嚓作响。她已经长出了九颗牙齿，像小米粒似的，格外可爱，只是咬不了硬东西。

"朕只问你们每人要三万两！"皇帝再次开口。

"臣为北昭竭尽心力，勤勤恳恳，愿为北昭献出生命。但臣真的没有钱啊！"

"臣愿为北昭肝脑涂地，报效朝廷，但三万两……"

就连国舅爷也叹了口气："舅舅实在无能为力。"

"哈哈哈哈哈……他们可以为北昭死，就是掏不出三万两银子。"陆朝朝一边像松鼠一样咔嚓咔嚓啃饼干，一边在心里发出了无情的嘲笑，"因为现在北昭不用他们真的去死，而他们真的有三万两啊！哈哈哈……国舅爷无能为力，他可拉倒吧！最富的就是他了！"

太子轻轻揉着耳朵，这群人都是先皇留下的老辈，话也不能说重了，免得寒老臣的心。

"滚！"皇帝沉着脸，眼睁睁看着老臣退了出去，"一群老不死的东西！仗着辈分压朕！"

太子叹了口气，给皇帝倒了杯茶："父皇，消消火气。当年先皇都讨不回这笔钱，更何况您？"先皇驾崩时，也曾提过这笔钱，可一分也没有讨回来。如今他们已年迈，皇帝不愿落个苛待开国功臣的骂名，便不敢下重药。

"这天下，还是谢家的天下，轮不到他们放肆！一群老东西，倚老卖老！"

"陛下，您何必自己开口讨钱？倒不如让别人去讨，免得伤了君臣之谊。"王公公见皇帝气得厉害，也出言劝道。

"别人？户部那群蠢货只会向朕哭穷！一群废物，朕养他们有什么用？"

户部侍郎默默低下了头，心中叫屈：皇帝都不敢，他怎么敢？

太子瞥了一眼陆朝朝，小家伙坐在椅子上，双脚荡来荡去，吃得可开心了。嗯，他有个大胆的想法。

"父皇，儿臣有一计。既然他们倚老卖老，不讲理，那咱们也派个不讲理的。"太子朝着陆朝朝努了努嘴，"孩子年纪小，不懂事，说错了什么、做错了什么，也不得罪人。再说，朝朝的能力，您可是见过的。"

皇帝狐疑地看着她。让一岁半的孩子去讨债？太子疯了？

谢承玺将陆朝朝抱到书桌上，正好坐在奏折上。"朝朝，能不能帮太子哥哥一个忙？若是成了，太子哥哥给你好处！"太子笑得像个狼外婆。

"什么好处？"她不问什么事，只问好处。

"讨回来的钱分你一成，怎么样？"

陆朝朝瞬间坐直身子，伸出十根肉乎乎的手指头。数完十个指头，又脱了袜子，露出软乎乎的脚丫子。数着数着，总觉得不对劲，气呼呼地敲了敲脑袋。

"如果你讨回十万两，就给你一万；讨回百万两，就给你十万。怎么样？而且，这笔钱，本宫不许你娘收走！"太子朝着皇帝使了个眼色，"你立下如此大功，父皇也给你个恩典，如何？"

"若你真能讨到债，朕……"皇帝眼睛发亮，沉声道，"收你为义女，上玉牒，做正儿八经的公主，如何？"他偷偷搓了搓手，嘿，自己真机智，不仅国债讨回来了，朝朝也如愿成他闺女了。

陆朝朝嫌弃地看了他一眼："凉亲同意才行嗷。"爹爹可不能瞎认，娘亲打人可疼了。

皇帝点了点头："那，行吧。"

皇帝当即下旨，陆朝朝奉旨讨债。

史上最小讨债鬼，一岁半。

第121章　没有秘密可言

"笑话，一岁半的孩子讨债？"萧国舅手中端着酒，美滋滋地摇了摇头，"别说她了，太子都别想要回一分钱！"

他亲自打了招呼，谁都不许还钱。

当年先皇娶了太后，萧家盛极一时，在京中说一不二，谁敢招惹？可自从先皇驾崩，宣平帝登基后，便有意压制萧家。

"姑姑也不管管他！娘家还能害她不成？"国舅爷不悦地骂道，"还有韵儿，是我的嫡女啊。进宫选秀，竟然只封了个妃。"

要是一门两皇后，那该是多大的荣耀？将来萧家至少能再昌盛百年。

"护国公家出了贤贵妃，镇国公一介武夫，族中竟然出了皇后。萧家哪里比他们差了？咱们可是正儿八经的皇亲国戚。我看看谁敢还钱……嗝……谁都不许还！"萧国舅喝得脸通红，醉醺醺地问道，"讨债鬼到哪里了？"

"吏部尚书府。吏部尚书可是块硬骨头，小儿闻名不敢夜啼，那小崽子怕是要哭着出来了。"管家恭恭敬敬地回道。

陆朝朝被抱到了吏部尚书门口。她还没门槛高，头上扎着两个小鬏鬏，身上穿着一身桃粉色的小裙子，脖子上挂着小奶壶。

"讨债啦……"小家伙软软糯糯地喊道。

门房立马通知府中主子，没一会儿，便有人将陆朝朝请进……不，抱进了门。

吏部掌管官员选拔，周大人是个严肃又古板的老头儿。在他面前，任何人不敢放肆。

"小姐可用过膳了？我们一家人正用午膳呢。"周老夫人问道。

"老太太安。还没有。"小人儿嘴巴极甜，又生得玉雪可爱，让人没有一丝防备心。

"午膳简单，小大人可别嫌弃。"周老夫人使了个眼色，下人便将她抱上了桌子。桌子上……嗯，菜色确实极其简单。

"祖母，我不吃馒头咸菜，我要吃鹿肉羹，我要吃樱桃肉！我不吃，我不吃……"餐桌前的小孙子哭闹起来。

"砰！"一声巨响。周大人一拍桌子，眼神犀利，吓得小孙子打了个哆嗦。"不吃就滚出去！"

小孙子打了个嗝，恐惧地闭上了嘴，默默流泪。

周家人食不言，寝不语，只有陆朝朝抱着奶壶吸溜吸溜。她一点也不馋。太子说，要想马儿跑，就要给马儿吃草。让她出门前吃得饱饱的。

众人皆斜眼偷觑陆朝朝，她吃相极好，明明才一岁半，但半点不哭闹。

待用完膳，小家伙才慢悠悠地开口："周爷爷，烦钱啦。"她摊开了小手。

"没钱。"周大人面色淡然，"要钱，没有；要命，你拿去。"

陆朝朝一双漆黑的眼睛幽幽地看着他："泥不要逼沃发火哦，沃很厉害！"陆朝朝鼓起腮帮子，一副"我要发火"的模样。

周大人嗤笑一声。皇帝当真可笑，让个孩子来讨债？他年纪轻轻就糊涂了吗？

"不还，那……沃就要，爆你的秘密咯。"小朝朝天真无害地看着他。

"老夫能有什么秘密？老夫上对得起陛下，下对得起良心，没有任何秘密！"周大人毫无畏惧。他能怕个孩子？

陆朝朝瞥了一眼周老夫人，又瞥了一眼周大人。"泥……泥稀饭穿裙子！"陆朝朝站在凳子上，大声喊道，双手叉腰，一副嚣张模样，"泥偷穿老太太的……呜呜呜！放开沃，泥放开……"

周大人猛地弹起来，冲上来捂住了陆朝朝的嘴，本来淡定无比，此刻一脸惊慌。"等等……你等等。我们去屋里聊。"周大人单手抱起她。素来沉稳的老爷子，此刻手却在颤抖。

周老夫人仿佛听到什么"裙子"，却又没听清，便见老头子将陆朝朝抱进了书房，随即紧紧关上了房门。

"泥奏是偷穿裙子！"陆朝朝的小脸憋得通红，愤怒地喊道，"泥还扎辫子，涂口脂……"

周大人双手合十："小声点，小声点，祖宗！求你了！小声点！"

他转身打开门，厉声喝道："所有人去院外候着，不许靠近。"然后扭头面对陆朝朝，一脸绝望，她怎么会知道？

陆朝朝看了一眼窗台上的鸟。吹来的风，飞来的鸟，天地万物都能告诉我。

年过六十的老尚书年轻时就有个癖好：爱穿女装。但他从不敢泄露，连与他同床共枕四十年的发妻都不知晓。

小朝朝两手插兜看着他："给钱。"

周大人苦着一张脸，似乎还在犹豫。

陆朝朝贼兮兮地指了指他床头的瓷器："秘密……"

周大人面色一白。那是他密室的开关。里面没藏金银，没藏珠宝，全部是他珍藏的女装。那里是他唯一可以做回自己的地方，畅快地穿着女装，自我欣赏。

陆朝朝从凳子上滑下来，打开门，一路蹿进茅房。

她敲了敲茅房外侧的一面墙："沃要！"

周大人眼珠子瞪得溜圆。啊啊啊啊！她怎么什么都知道？

陆朝朝昂首挺胸："还钱！"

周大人面如死灰，欲哭无泪，不仅秘密曝光，连钱都保不住了吗？

"不给，就告诉老太太，告诉泥儿子……告诉泥儿媳，你偷她……"

"还，还！"周大人死死地捂住她的嘴。不就偷了儿媳妇一条裙子吗？"我还，你走！"

"哼！"陆朝朝把脑袋扭到一边，"不信！"

"给你五万两，三万两还债，两万两当我捐的，我捐的，好不好？"周大人乞求道，"你可千万别说出去啊，求你了，你可千万不能说！"他这把年纪，都当祖父了，可不能连面子都守不住。

陆朝朝首战告捷，半个时辰便讨回五万两。

"哈哈哈，老周真是个蠢货，让个孩子把钱要回去了，丢不丢人？"皇帝的小叔叔，和硕亲王谢豫南正在哈哈大笑，"对了，讨债鬼到哪家了？下一个是谁？"

"周大人把她抱到咱家门口了！"

呔！老匹夫！

第122章 哭得最大声

"咱家门口？"和硕亲王猛地跳起来，"老周还了多少？应该不多吧？他可是出了名的抠门儿，铁公鸡，一毛不拔！还了多少钱？三千两？五千两？一定是看她坐在门前哭才给的吧？权当打发小叫花子了。"

"小的去打听了，她没哭。"小厮挠了挠头，"但周大人哭了。据说周大人一把鼻涕一把泪将她送出门，走前还给她抓了两把金瓜子……哦，对了，周大人欠的是三万两，还了五万两。"

亲王差点儿跳起来："你说他还了多少？铁公鸡还了五万？"他瞪大了眼睛。这满朝文武谁不知道周大人最抠门儿啊？同僚出去喝酒，结账时他就尿遁。

"嘿，您不知道呢，原先他家把金子砌进墙里，现在都敲下来抵债了。"

"乖乖，我那皇帝侄儿竟捡了个宝？"亲王眼皮子直跳，"喝着牛奶就把国债讨回去了？"

不过他才不怕，他不像周大人那个铁公鸡一样没出息。他是先皇最小的弟弟，当年先皇打天下时，他才六岁。先皇当他是半个儿子，自幼便宠得厉害。当年年幼的宣平帝都被他打哭过。

"还钱？本王是绝不可能还钱的！想得美，先皇借给我的，他还想讨回去？"

陆朝朝打了个饱嗝，兜里揣满金瓜子。

她被请进王府时，王妃正挺着肚子，满脸笑意地看着她。

"你可不许欺负朝朝。我这一胎还是抱了朝朝才怀上的。"王妃向和硕亲王嗔道。今年她三十来岁了，只有一个孩子，肚子里这第二胎隔了十三年才怀上。

"好好好，我不欺负她。"亲王嘴上答应着，转头笑眯眯地看着陆朝朝："小胖子，听说你爹不要你了？"

陆朝朝气乎乎地说道："不许提他！"

"哟哟哟，还不许提呢！本王就提，你能怎么样？你是怎么说服铁公鸡还债的？告诉我，我就赏你五千两。"他好整以暇地看着陆朝朝，心里琢磨着，这么个奶娃娃到底是怎么把周大人气哭的？

"晓什么情，动什么理。沃和他讲理啦。他还送沃金瓜子……"陆朝朝拍了拍荷包，暗示地看着亲王。

"你还学会中饱私囊了？"亲王差点儿笑出声，"你若能说服我，我就老老实实地还钱，怎么样？若是能把本王说哭，我全还你。"

亲王一边给妻子捏肩，一边逗弄陆朝朝。他是老来子，自小和爹娘不亲，先皇将他抚育长大，但情感上总有点缺失。成婚后，夫妻本无感情基础，但王妃心思细腻，对他温柔包容，两人渐渐融洽至极。王府中有三个侍妾，皆是皇帝赐的，他一年也宠幸不了一回。

陆朝朝看了看漂亮的王妃，双手紧紧捂着嘴巴："现在，不能说！"

"你逗她做什么？她小小年纪便背上这么大的负担，当心长不高！陛下也是，怎么为难一个孩子？"王妃听不下去了。

"你回去告诉皇帝，皇叔没钱，让他打消这心思吧。"亲王起身扶王妃回房。

王妃仿佛想起什么，又叮嘱道："记得把镯子拿回来，唉，都怪我，身子丰腴，戴不上了。"

怀孕后身体发福，手镯戴不上了，她时不时拿出来把玩，失手打碎了。她哭了许久。王爷将碎片一点点捡回来，送去让匠人粘补，还未送回王府呢。

"要不重新给你买一只吧？比那个更好。"亲王定定地看着妻子，眼中满是温柔。

"那怎么一样？那可是我们的定情信物。"

王妃回了房，亲王似乎也魂不守舍了。

"小叫花子，你走吧。本王有事，你去账房领一万两银子也能交差。"

"泥还没哭。"陆朝朝惦记着呢。

"小叫花子，今日本王便教教你，人要识抬举，免得遭人厌烦！"王妃不在这儿了，和硕亲王的和气也没了，"人要有自知之明，本王也是你能惹哭的？送客！"

陆朝朝偏着脑袋，定定道："泥的镯子，不是送给王妃姨姨的！"

亲王猛地回头看向她。

"泥的情书，泥的镯子，都是送给……"

她又被捂住了嘴。

"别说出来！别说出来！"方才一脸嚣张的亲王，此刻面露惊慌，偷偷朝外看了一眼，趴在陆朝朝耳边小声道，"求求你了，小声点，小声点！"

天啊，她怎么会知道？

当年镇国公府和岑家是邻居，一墙之隔，两府的千金，镇国公的女儿容婉儿与岑家的女儿岑弯弯是闺中密友。容婉儿恬静温婉，贤淑大气，但身形瘦弱。岑弯弯性情活泼，珠圆玉润，甜美富态。

那时和硕亲王先看上的是容婉儿，亲手为她打磨了一只手镯。听闻她要参加选秀，他立马入宫，想求先皇下旨将婉儿许配于他，结果晚了一步。

那一日，他刚入宫就接到了圣旨，容婉儿被许配给了当时还是太子的宣平帝，指婚给他的是岑弯弯。

新婚之夜，他如丧考妣，可婚后却渐渐被活泼纯善的弯弯吸引，从此满心都是妻子的一颦一笑，再也没有容婉儿的身影了。

但他心里一直是内疚的。弯弯一直以为，当年他心悦求娶的本来就是自己。

"泥喜欢皇后凉凉！"陆朝朝看着他，一字一顿地道。

"砰！"突然门外传来茶盏打碎的声音。

当夜，和硕亲王府里传来阵阵哭声。

· 273

"弯弯,我错了,我真的错了……弯弯,我没骗你!"不可一世的谢豫南跪在门外,泣不成声,之前多嚣张,现在就哭得多大声。"陆朝朝,你走,你走!呜呜呜呜……"

"泥媳妇,不要你咯……"

第123章 奶娃也要拿抽头

谢豫南哭了,哭得最惨最大声,脸上还留着几个巴掌印。

"你走吧!本王再也不想看见你!"谢豫南一瘸一拐地将陆朝朝抱出了门,"弯弯不要我了,和我闹和离,还想打胎。杀人诛心啊,不如你杀了我!借国库的十万两,明儿就还,你走吧!"他还得回去哄媳妇呢。

陆朝朝死死地扒着门框:"沃不走……"

谢豫南见她依然无动于衷,心中暗恨,咬了咬牙:"给你十五万两!劳烦你亲自跑一趟,再给你装点金瓜子啊!"都怪铁公鸡周大人,让她小小年纪就学会了拿抽头!

侍从端来一盘闪闪发光的金瓜子。陆朝朝干咳一声,小脸微红,放开了门框:"这……这太客气了吧?多不好意思呀……"

"不要了吧?"她一边拒绝,一边撑开口袋,"沃就不要了吧?"

她到底在周家学了些什么?

谢豫南给她抓了两把金瓜子。陆朝朝喊道:"不、不用装满了吧?"

谢豫南直接端起托盘,把金瓜子全部倒进她口袋里。

小娃娃叹了口气:"不是沃要的嗷,是泥非要给的!"

谢豫南连夜把陆朝朝抱到了护国公府门外。

护国公:"?"

好在护国公并未为难陆朝朝,甚至格外给陆朝朝面子。护国公的女儿就是贤贵妃。托陆朝朝的福,贤贵妃唯一的儿子四皇子马上就可以回宫了。贤贵妃已经与娘家通了气,她打算让四皇子和陆朝朝一起读书,今年七月半,也要让四皇子待在陆朝朝身边。

"朝朝,你都会走路啦?上次你哥哥偷偷带你来学堂,我还抱过你呢!你肯定不记得我了。"过了年,李思齐便九岁了。

见陆朝朝的小脸红扑扑的,李思齐便让人给她端来了冰碗。

真好看啊,真可爱。他娘怎么不给他生个妹妹呢?不对,自家爹长得五大三粗,他难以想象,要是有个妹妹该多丑!

"朝朝啊,你喜欢什么样的麻袋?"李思齐笑眯眯地问。

朝朝端着冰碗吃得开怀，仰起头迷茫地看着他。

"收起你那不值钱的样儿。"护国公揉了揉眉心，"朝朝，府上确实欠国库五万两，明日你便带人来清点吧。钱是小事，重点是马上又到七月半了，今年你真能压制邪祟？"他实在信不过啊，这一岁半的奶娃娃，贤贵妃到底怎么想的？

陆朝朝手握小勺子，冰碗里放了牛奶，她吃得嘴巴四周一圈白："朝朝，当然能啦。"

用过晚膳，陆朝朝便在国公府歇了一夜，只让玉书、玉琴两人回榆林巷报平安。

第二日一早，护国公亲自抱着她去了萧国舅府。

"萧国舅脾气不好，你要不到钱就走。"护国公细细地给她分析，"他正和陛下赌气呢，陛下都惹不起他，你可别招他。"

陆朝朝点着头，也不知听没听进去。

小厮敲了许久门都无人来应。护国公抱着陆朝朝站在太阳底下，晒得头晕。玉书急忙找了把伞撑上，才凉爽了几分。

"萧国舅未免欺人太甚，"护国公面色阴沉，"堂堂国舅，难为一个不足两岁的孩子算什么事？"

"不气，不气，气死寄几，对头称心如意。"小家伙伸手将护国公的眉头抚平，笑得天真纯善。

等了半盏茶的工夫，才有人来应门。

萧国舅的夫人郑氏容貌艳丽，鬓间插着一根碧绿的玉簪。身着锦绣长袍，上面绣着繁复奢靡的花纹，裙角飞扬，面带浅浅的笑意，但眼底却没有。

"这便是陛下派来要债的小姑娘吧？"郑氏见了礼，便问道，"小小年纪担此大任，陛下果真看重她。"她瞥了一眼陆朝朝，嗤笑一声。

护国公将朝朝放下，沉声道："陆姑娘不足两岁，若冲撞了国舅爷，莫要怪罪。"

郑氏有些讶异。护国公竟然替一个孩子说话，难道是看许家的面子？可现在的许家早已不比当年了，难道还有什么他们不知道的隐情？

"护国公放心便是，萧家还不至于欺负一个孩子。"郑氏亲自牵着陆朝朝进了门。

护国公一步三回头，十分不放心。唉，这么小的娃娃真的不会被萧家吃干抹净吗？陛下干的什么事啊？

陆朝朝踏入国舅府，府门再次紧闭。

大门关闭的那一刻，郑氏霎时甩开了陆朝朝的手，眉宇间是毫不掩饰的嫌弃。

她摊开手，小丫鬟立马递上热毛巾，给她仔细地擦拭。

"朝朝，不脏的。"陆朝朝摆了摆手，"沃天天洗澡，沃不脏。"

第124章　敬酒不吃吃罚酒

"朝朝，香香哒，泥闻闻……"陆朝朝踮起脚，将自己的小手送上去。

郑氏猛地后退一步。

"放肆！"丫鬟挡在郑氏身前，居高临下地看着陆朝朝，"什么阿猫阿狗也往夫人身边靠？"

今生陆朝朝还是第一次被这般明显地嫌弃，她十分受伤地将手藏在身后，大眼睛里盛满眼泪，却又倔强地不肯落下，低着头呢喃："沃、沃不臭。"

"你臭不臭与我何干？"郑氏冷冷地瞥了她一眼，"给韵儿备好的东西可送进宫了？"

丫鬟屈膝回道："送进宫了。娘娘的事历来最要紧，奴婢从来不敢耽搁。"

"真不知道这小姑娘有什么好的，比宁儿差远了！"郑氏厌烦地瞥了一眼陆朝朝。她的长女萧韵进宫为妃，只生下一个公主谢以宁，今年六岁。以前小公主颇受皇帝喜爱，如今……皇帝却满心满眼都是陆朝朝，萧韵已经送信给娘家抱怨好几回了。

"夫人，以宁公主聪慧灵秀、冰雪可人，哪里是旁人能比的？"

"是了，忠勇侯不要的女儿有什么好的？"郑氏冷笑。

陆朝朝眼泪汪汪地跟在后头。小家伙记仇，又小心眼，郑夫人丝毫不知道接下来要经历什么。

"小乞丐，一个人就敢来萧家打秋风，你胆子可真不小。"一个浓眉大眼、身着华服的年轻男人迎了上来，"就是你抢了我家以宁的宠爱？娘，您还亲自迎接她，给她脸了……"这是郑氏的儿子，萧明耀。

"总要给陛下几分薄面，别让外人笑话。"

"娘，再给我一万两银子，儿子要办大事呢。"萧明耀亲昵地扶着母亲，缠着她要钱。

"钱钱钱，这个月你都花多少钱了？你爹知晓了又要动怒，你就不能争点气？你姐姐在宫中还要靠你帮衬呢！"郑氏恨铁不成钢，看见儿子吊儿郎当的模样便来气。

今年萧国舅五十多岁了，郑氏才三十来岁，典型的老夫少妻。萧国舅的原配生育一子后病逝，她是萧国舅的填房。郑氏好不容易离间了继子和丈夫，继子成婚后便外放做官，多年不曾回京。她专心拉扯自己的一儿一女，女儿入宫为妃，偏生儿子不争气，玩世不恭，是京中有名的二世祖。

"儿子是不是读书的料，您还不清楚？父亲才不会动怒，父亲最宠我了。"萧明耀满脸得色，从郑氏那里哄来了一万两银票，在陆朝朝面前抖了抖，"你跪下给我磕个头，我便给你两张，怎么样？"

"沃不要！沃不跪！"陆朝朝双手环抱，少见地冷了脸。

突然，身后传来一阵"咚咚咚"的声音，她还来不及反应，便被一股力量推倒，直直地撞向桌角。

"啊!"陆朝朝轻轻呼了一声,捂着脸颊,一丝血迹顺着手指溢出。好在避开了脑袋,但脸颊依旧被尖锐的桌角擦伤了。

"给脸不要脸,我看你是欠打!"一个胖乎乎的小男孩恶狠狠地看着她。

"哎哟,小乖乖,我孙子真棒,力气真大!"郑氏拊掌大笑,紧接着大声呵斥道:"你是没吃饭吗?我家禹航只轻轻推了你一下,你便倒在地上了。小小年纪心术不正,你是想诬陷禹航吗?"

陆朝朝踉跄着从地上爬起来,眼神幽深,举起小拳头。

"你还敢打回来啊?哼,如果你在地上学狗叫,我便放过你!"今年萧禹航四岁,生得壮实,是个混世小魔王。

"沃……"陆朝朝头上的小呆毛都竖了起来,"沃跟你拼了!"

只见她如疯了一般朝着壮实的萧禹航冲去,像个小炮弹似的将萧禹航撞翻在地,然后冲上去抱住他的脑袋。

萧禹航想把她拉下来,竟然拉不动。她的力气怎么这么大?

随即,耳朵上传来一阵尖锐的疼痛:"啊!疼疼疼,爹爹,救命啊!"

陆朝朝双手抱着他的脑袋,死死咬住他的耳朵,瞬间便鲜血长流。

"快!"郑氏吓得魂飞魄散,"快把他们分开,快救禹航!"

"快松开,快松开!"众人强行上前拉扯陆朝朝,但是越拉扯,陆朝朝就越使劲,萧禹航的哭叫就越骇人。

"啊,好痛啊,好痛啊!"萧禹航素来是小霸王,只有他欺负别人的份儿,从未被别人欺负过,"呜呜呜,救命啊,救命啊……"

萧国舅被人匆匆请来,便瞧见这惨绝人寰的一幕。

"竖子尔敢!"国舅爷气得浑身发抖。萧禹航是他最疼爱的小孙子。

陆朝朝抬起头,眼神格外凶悍。

"小娃娃有什么错?我替他道歉!你先放开他,他的耳朵要掉了啊!"萧国舅赶紧服软。他知晓郑氏要为难陆朝朝,但他并未阻止。为难陆朝朝便是打皇帝的脸,他故意要气气皇帝呢。谁知道……

"你先松开他好不好?有什么好好谈,他只是个四岁的孩子啊,他还只是个孩子……"

陆朝朝小脸狰狞,用九颗小牙死死咬住萧禹航的耳朵!

敬酒不吃吃罚酒!

第125章　绿帽国舅

"松开，快点松开！"众人压根儿不敢碰陆朝朝，一碰她就咬得更用力了。

"呜呜呜，爹娘救命啊！呜呜呜呜呜……"小胖子哭得撕心裂肺，小脸煞白，哪里还有方才的嚣张？

萧国舅冷汗直流："她没带侍从吗？让他们把人拉开！"

"她一个人来的！"郑氏捏着手帕抹泪。

皇帝和太子本来想派护卫陪她一起讨债。但陆朝朝拒绝了，带着旁人，这钱恐怕是要不回来的。更何况小孩子打打架、撒撒泼多正常！谁敢拉？谁敢管？

"乖孙啊，我的乖孙……"

陆朝朝见他们哭得撕心裂肺，自己也咬累了，干呕一声，一松口，奴仆立马将萧禹航拖走。

"啊，我的耳朵要掉了！祖父，我的耳朵还在不在？耳朵还在吗？"萧禹航声音嘶哑，瞧见陆朝朝便浑身打哆嗦，俨然被打怕了。

"太医！太医哪里去了？还不快来看看我的孙子！"郑氏破口大骂，"陆朝朝，你好大的胆子，竟敢伤我孙子！他不过与你玩耍，力气大了些，你怎么能咬掉他的耳朵？我要入宫，我要面见圣上，我要见太后！"

"去呗！"陆朝朝用看似软绵绵的小手指戳了戳桌子，霎时出现一个窟窿，赶紧拿茶盏挡住。她才不怕打架，从一介孤女混到修真界大能，她怕谁？早在萧禹航进门时，她就听到了脚步声。嘿嘿……她摸了摸自己的脸颊，其实就破了点皮。

把萧家的心肝宝贝打一顿，够他们心疼好久。她遗憾地摸了摸牙齿，可惜没长齐，不然真的把他的耳朵咬下来了。

太医匆匆进门，检查了萧禹航的耳朵，面露难色："虽无大碍，但这裂伤是难以复原了。"

郑氏气蒙了，当即就要上前打陆朝朝。

萧国舅亦气得头皮发麻，但郑氏不懂事，他还能不懂事吗？

"拦住她！"萧国舅命人拦住了郑氏，"但你伤我萧家世子，此事不能就这么算了！老夫这就进宫，请陛下为老夫做主！"他冷冷地看着陆朝朝。

"哦，泥去告状吧……沃好怕好怕……"陆朝朝双手抱着肩膀，故意做出一副怕极了的样子。

"无法无天！别以为我拿你没办法！你、你家朝堂上还有人呢！"萧国舅阴恻恻地说道。

"不许欺负沃爹爹！"突然，陆朝朝大喊一声，眼中满是愤怒，"沃爹爹又没得罪你！"

萧国舅冷笑一声："忠勇侯，好得很！女债父偿，天经地义！敢伤我萧家子孙，即便是皇帝都护不住你！"

"那泥就去试试吧！"

"大言不惭，小小年纪不学好，迟早有人教你懂规矩！"萧明耀眼中恶意涌动。他其实方才瞧见自己儿子朝着陆朝朝伸出了手，但他并未阻止。打了就打了，他的儿子就算打了皇子，也没什么大不了的！

突然，陆朝朝偏着脑袋看向他，嘴角勾起一抹奇异的笑。若是周大人或者和硕亲王看到，恐怕要头也不回地跑掉了。

"叔叔，泥不是萧家的血脉。"孩童清脆的嗓音响起，她直直地看向萧明耀。

郑氏眼皮子微颤。

"荒谬！"萧明耀怒斥，"小小年纪信口开河，信不信我把你的嘴缝上？"

陆朝朝一点也不惧怕地看着萧国舅，指了指萧明耀的右侧肩膀："泥儿子都有胎记！"又指着郑氏道："她的表锅，也有胎记。"

"老头子，就泥没有！"

萧明耀的脸色变了，抬头朝父亲看去。

果然，萧国舅面色陡然一沉，平静地看着郑氏。

萧明耀的右肩上天生就有一块红色斑痕，萧禹航的右肩上也有一块红色斑痕。

陆朝朝默默掏出一顶绿帽子："真配！"

第126章　气哭国舅

"你胡说八道！小小年纪造谣，也不怕被拔了舌头！"郑氏面上浮现出杀意。今年她才三十来岁，平日里注重保养，一张脸吹弹可破，与头发斑白的萧国舅站在一块儿，就像父女。

"父亲，母亲十六岁就跟了您，您怎能怀疑她？母亲多伤心啊！她一个不足两岁的孩子懂什么？只怕有人挑拨离间呢！"萧明耀上前劝道。

萧国舅一巴掌甩在他脸上，打得他一个倒仰，差点儿跌坐在地。

"你做什么啊？你打他做什么？"郑氏红着眼眶，上前扶住儿子，心疼不已。

萧国舅大口大口喘着粗气，死死地盯着郑氏。

郑氏生得美艳无双，所有人羡慕萧国舅好福气。可只有萧国舅明白，随着年纪的增长，他越发有心无力。虽然郑氏不在意，总是温柔地宽慰他，但老夫少妻，他本就多疑。如今……

萧国舅见过郑氏的表哥，名唤楚安民，年轻俊朗，能言善辩，每年都会来萧家住几日。每次来，萧国舅都亲自作陪，安顿得极好。

"将侍候过他的丫鬟叫过来。"萧国舅沉着脸，不搭理郑氏。

没一会儿，几个丫鬟便来到正堂，见堂上气氛紧张，纷纷盯着郑氏看。

"看她做什么？"萧国舅绷着脸，目光阴沉，"楚安民身上有没有胎记？如实说来！若谁撒谎欺瞒主子，统统杖毙！"

丫鬟"扑通"一声跪在地上："有！有！楚公子右肩上有一块红色胎记。"

"胡说，你一个丫鬟怎会知道舅爷肩上有没有胎记！"郑氏强作镇定，她身后的嬷嬷怒骂道。

丫鬟看了一眼郑氏，红着脸，羞愤交加地哭道："他、他强占了奴婢！奴婢不仅知道他肩膀上有胎记，还知道他右边屁股上有三颗痣，正好围成一圈！他还炫耀，说这三颗痣有福气，他楚家的子孙身上皆有！"

郑氏面色微白，身子晃了晃。

"你……你……"萧国舅的手臂抬了又抬，指着郑氏半晌说不出话，"来人啊，扒了萧明耀和萧禹航的裤子！"萧国舅气得浑身发抖，他隐约记得，自己的儿子和孙子身上都有三颗痣。

萧明耀猛地看向母亲，神色惊恐："爹，爹！您可不能怀疑我，我是您正儿八经的儿子！禹航聪明伶俐，像极了爹。我们可都是萧家的血脉……"

萧国舅摆了摆手，看都不愿看他："扒了他们的裤子！"

"祖父您干什么？祖父您不疼我了吗？"萧禹航吓得大哭。

"爹，您怀疑儿子和孙子，以后咱们一家人就再也回不去了！"萧明耀眼泪哗哗地看着他，"您宁愿相信外人，也不相信儿孙吗？"

萧国舅有些动摇，他看了一眼陆朝朝。陆朝朝早已从桌上抓拉了点吃食，一边吃，一边看戏。见萧国舅看她，她一怔，做贼似的将吃食藏在身后："喏，沃走？沃绝不告诉别人！"

萧国舅不想知道陆朝朝是从何处得知的消息，他只恨陆朝朝打破了他完美的幸福家庭，也恨自己为什么不还钱！现在他竟然分不清陆朝朝到底是帮了他，还是害了他？

"脱！"

五大三粗的奴仆当即冲上前来，将萧明耀和萧禹航按在地上。

"祖父，祖父！我是您的孙子呀……祖父！呜呜呜呜……弄疼我耳朵了！"

扒下裤子，所有人都沉默了。

三颗红色小痣绕成一圈，两人身上一模一样。

"对对对，舅爷身上的痣也是这般模样。"丫鬟指着两人道。

"好，好得很！郑容澜，你竟然敢乱我萧家血脉！"萧国舅生生吐出一口血。

郑氏浑身脱力，惊恐地跌坐在地。

"爹！我什么都不知道，我只认您是我爹！儿子是您养大的啊！"萧明耀提上裤子便跪在地上号啕大哭。萧禹航也哭得伤心。

萧国舅老泪纵横，他与原配十六岁成婚，因为是家族联姻，感情不甚融洽。第二年原配便生下长子，他也不以为意。原配去世后，他续娶郑氏，长子比郑氏还大几岁。他真心喜爱郑氏，连带偏爱她的儿女。长子孤零零地长大，闷葫芦似的不吭声，而小儿子萧明耀自小能说会道，得他欢心。他甚至废了长子的世子之位，逼得长子去偏远地区做小县令，多年不曾回家。

结果他偏心的小儿子竟然不是他的骨肉！

"啪！"萧国舅一巴掌扇在萧明耀脸上，"滚！"

"老东西，不许你打我爹爹！"萧禹航满脸怨恨地看着萧国舅。

萧国舅震惊地看着他："你叫我什么？"

"老东西，他叫泥老东西呀！"陆朝朝见他没听清，心善地替他解释。

唉，她可真好心！

第127章　陆朝朝引发的血案

"呜呜呜呜……"两鬓斑白的萧国舅抱着陆朝朝哭得肝肠寸断，"儿子不是我的！孙子也不是我的！"

昨儿他还念着要给陆朝朝好看呢，今儿陆朝朝就给他来了个大的。

"我只是欠了点钱，不想家破人亡啊。"萧国舅只觉喉咙腥甜，又吐出一大口血，强撑着身子站起来，"来人啊，把那个奸夫给我抓起来！"

陆朝朝坐在凳子上扭了扭，好似有话要说。

"你、你还有什么要说？"萧国舅咬了咬牙，大着胆子问。

她朝着萧国舅咧了咧嘴："他住在泥家呢。"

郑氏猛地看向她，眼神惊恐，仿佛见了鬼。

"他在哪儿？你说他在哪儿？"萧国舅瞪大了眼睛。

陆朝朝迈着小短腿，跑出了门。她明明头一回来萧家，但看起来对这里熟悉得很，时不时蹲下身子戳戳路边的小花小草："往右边啊？谢谢泥们哦……"

一群人跟在陆朝朝身后。萧国舅刚刚吐过血，此刻跑得差点儿晕过去。

"这……这不是主院吗？"萧国舅一怔，这是他和郑氏的寝屋啊！

陆朝朝推开门，指着衣柜："泥们住在一块儿咧……"

郑氏早已被人押到现场，此刻瞧见这一幕，呼吸急促，疯狂发抖。"老爷，您饶了我吧，澜儿再也不敢了！老爷，我知道错了……"她"吧嗒"一声跪在地上，慌乱地求饶。

萧国舅瞧见她这模样，哪里还不明白？竟然把情夫藏在府里，还造了一间密室。想起过去无数个夜里，他熟睡之后……不能想！他怕把自己气死。

陆朝朝嘿嘿一笑，推着小凳子，摇摇晃晃地爬上去，三短一长，轻轻敲击墙壁。没一会儿，隔壁便传来一阵轻微的回应。

萧国舅压住火气，仔细检查，才发现这扇门只能从里面打开，难怪他没有发现端倪。

萧国舅沉着脸，丫鬟奴仆押着面色惨白的郑氏、萧明耀和萧禹航，站在密室门口，缓缓推开门。

"澜儿，大白天就想我了？"密室里边传来男子调笑的声音。

陆朝朝默默捂住耳朵，站在墙脚。非礼勿视，非礼勿听，她还是个宝宝呢！

"澜儿……"男子的声音戛然而止，好似被卡住了咽喉。

男人面对着众人，衣衫大敞，裤子褪到脚腕，看向众人，面上的笑容凝固了。

丫鬟奴仆皆瞪大了眼睛，呆呆地看着他。

"真会玩……"不知谁感叹了一句，萧国舅瞬间回神。

"气煞老夫，气煞老夫！"萧国舅撑着桌子才勉强站稳。

陆朝朝眯着眼睛，捂着耳朵，蹲在墙角，背对着众人。

"澜儿，澜儿救我！"楚安民大喊。他连裤子都来不及穿，便被众人抓了个正着。

"表哥……"郑氏慌得直发抖，事发突然，她没有一丝准备。

萧国舅将楚安民一脚踢翻在地，一低头便瞧见他臀部上刺眼的三颗痣，欲哭无泪，心如死灰。

"惊喜？可真是惊喜……"萧国舅大口大口喘着粗气，"把他拖出去，给我打！"

见楚安民被拖出去杖责，萧禹航急了，好不容易包扎好的耳朵又沁出了丝丝血迹："老东西，你放开我祖父！快点放开他，不然我让爹爹打死你！"

"你叫他什么？"萧国舅难以置信，他放在心尖上的孙子竟然早就知道他的亲祖父是谁。

此刻探查密室的下人回来复命，看着国舅的眼神充满同情："密室里面有条通道，一直通到隔壁，隔壁……"

"说！"萧国舅深深吸了一口气，瞥见陆朝朝捂着耳朵蹲在墙脚，一副事不关己高高挂起的模样，更加生气了。

"隔壁的宅子是夫人买下的。隔壁还有许多衣物，皆是……"下人看向萧明耀和萧禹航，"小主子们似乎在隔壁住过。"

萧国舅嘴唇发颤，看着儿子、孙子，哆嗦个不停，指着他们半响说不出话来。

"爹，都是娘的错！是娘逼我的，爹……儿子迫不得已才瞒着您！"萧明耀跪在地上磕头，"爹，饶了儿子吧，儿子知错了。楚安民怎配做我爹？他就是个混混，怎能和您比？"

萧国舅身形佝偻，更显苍老："你们骗我，你们竟然早就知道！"他恨郑氏通奸，更恨萧明耀和萧禹航欺瞒他！"来人，把这对狗男女赶出去，不要让我再看见他们！"

萧明耀浑身哆嗦，嘴里哀哀地喊着爹。

"我不是你爹！你们也滚，永远不要再出现！"从前萧国舅有多宠爱他们，如今就有多恨他们。

屋里霎时空荡荡的，萧国舅成了孤家寡人。

他幽幽地看着陆朝朝，陆朝朝无辜地看着他。

"看沃干啥？沃只是来讨债的！"

第128章 致命的安慰

"呜呜呜……我对她哪里不好了？啊？你说，哪里不好了？她进门时，我怜惜她年纪小，便把府上的姬妾都遣散了，独宠她一人……为了她，我和长子离了心，连世子之位都给了明耀……"萧国舅手中抱着酒瓶，哭得不能自已，"儿子、孙子都不是我的，宫里那个……"

萧国舅顿了顿，还是没敢说下去，自家丢脸就罢了，牵扯上皇室，他活腻了？

萧国舅醉醺醺地端起酒碗，大喊一声："来，走一个……"

对面的小奶娃娃从椅子上站起身，双手晃悠悠地捧起碗和他碰了一下。

"我干了，你随意。"

萧国舅"咕咚咕咚"干了一碗酒，陆朝朝也"咕咚咕咚"喝了一口牛奶。

"呜呜呜，年纪一大把，妻离子散，冤孽啊……"萧国舅想想都觉得悲凉，偌大的萧家就剩他一个老头儿了，"真是谢谢你啊，谢谢你来收债，收得萧家家破人亡、妻离子散！"

陆朝朝也搞不清他到底是什么意思，摸着后脑勺："不、不用谢？都是沃，应该做的！"

"全没咯，儿子没了，孙子没了，人生还有什么意义呢？"萧国舅深深地叹了口气，"全都是骗子！萧某失败啊，一大把年纪，身边竟无一人是真心的。"

"陛下，对泥真心呀！"陆朝朝顿时急了，"他天天盼着泥长命百岁呢！"

萧国舅一怔："真的？"

"陛下一直惦记着泥呢，经常询问太医，泥的身子如何啦。"陆朝朝摇头晃脑地说，

"就怕泥死了!"

"没想到皇帝竟待我这般真心,反倒是我做舅舅的亏待了他!"萧国舅愧疚得眼泪直流。他还以为皇帝恨他总在朝堂上与自己作对呢。若外人说,他定然不信,可陆朝朝一个不足两岁的孩子,她能说谎吗?"他惦记我做什么呢?我不值得!"

"怕泥死了,没人还钱。"小娃娃摆了摆手,严肃地道。

等等?萧国舅泪眼蒙眬地看着陆朝朝。气氛烘托到这儿,我感动得眼泪都出来了,你给我说这个?

"沃,给泥说点好听的吧。"见萧国舅指着自己,手指哆嗦个不停,陆朝朝赶紧找补道,"泥命真硬!她天天给泥下毒咧,庶子死了,泥都没死……"陆朝朝一脸"你真棒真厉害"的表情。

萧国舅手里的酒碗都端不住了,"唰"地坐直身子,怔怔地看着她。他确实有两个庶出的儿子,前些年染病去世了。

"太医?太医,太医啊!"萧国舅跟跟跄跄地站起身,朝门外跑去,在门槛上绊了一跤,"扑通"一声摔在地上。

陆朝朝抱着碗喝了一口牛奶,面露迷茫:咋地?说你命硬也不好吗?

没半个时辰,就听到萧国舅悲恸的哭声从外面传来:"不论我多晚回来,她都亲自替我熬参汤,还……还给儿子也送去……"萧国舅经常在外应酬,不怎么吃夜宵,都让人送去给儿子了。

"此为慢性药,长期服用会导致心脏受损。受到惊吓便会心悸、心慌,甚至猝死。国舅爷服用得不多,调理几年便能恢复正常,只是万万不能再受刺激了。"太医劝道。

"幸好长子不在家,保全了一条命……"萧国舅悲伤地看着陆朝朝:"你走吧,老夫不想再看见你。"自从见到她,便没一点好事!难怪铁公鸡与亲王都痛痛快快地还了钱,还哭着送她出府。

"钱?"陆朝朝紧张地看着他。

"还你,全还你!十五万两,还你二十万,行了吧?走走走,有多远滚多远!"萧国舅听见她的声音就心慌。这些年,萧家借着皇室的名义不知敛了多少财,二十万两并没有到伤筋动骨的地步。

"明儿就全送进宫,不不不,现在,现在就送!"萧国舅绷着脸,只恨没早些还钱,连国舅的架子也不端了,当即抱起她往门外走去。

"饭都不吃了吗?"陆朝朝有些遗憾。

"都家破人亡了,还吃什么饭?"萧国舅额上青筋直跳。

陆朝朝见他发怒,小声道:"亡了也要吃席呀……"

萧国舅一言不发,他没被郑氏气死,迟早得被陆朝朝气死。

他将陆朝朝抱到门外,陆朝朝扒着门不肯松手。

"你还赖在萧家做什么？老夫还钱了！"

"周爷爷给的……"陆朝朝拍了拍左边的口袋，金瓜子叮当作响，又拍了拍右边口袋，"亲王给的……"然后仰起头，眼巴巴地看着萧国舅。

咋地？我家破人亡了，还得给你好处？

"沃还可以告诉泥秘密……唔！"陆朝朝话还未说完，就被萧国舅捂住了嘴。

"别说话！老夫半只脚都进了棺材，真的什么也不想听了！"萧国舅满脸惊恐。

她那张小嘴说不出好话！还是睁一只眼，闭一只眼，糊涂点好！

"没眼力见的东西，快端金瓜子来！"萧国舅吼了一声。

没一会儿，满满一袋金瓜子挂在陆朝朝脖子上，重得她连头都抬不起来了。

"谢、谢谢！泥执意给，那沃就收啦。"

她刚走下台阶，太子的马车便停在了萧家门前。

第129章 抢着还钱

谢承玺满头是汗，知晓今日陆朝朝来萧家讨债，生怕她吃亏，急急忙忙赶来。

"你受伤了？"太子面色猛地一变，"谁干的？他们竟敢伤你？"太子蹲下身子，往朝朝脸颊上轻轻吹着气。

"国舅爷，朝朝尚不足两岁，她若不懂事，您多担待些，怎能同孩子置气？"

"老夫哪里敢打她？"萧国舅大怒。你开什么玩笑！她没玩死萧家都算她开恩了！

"是萧禹航伤了她！"

"萧禹航？那不是您的孙子吗？他人呢？本宫饶不了他！"太子阴沉着脸。

"你问陆朝朝！"萧国舅烦躁地背过身。

"沃没吃亏。"陆朝朝摇头。

"嘿嘿，我差点儿咬掉了他的耳朵！"

"护卫呢？本宫不是给你留了护卫？"太子大惊：你们讨个债这么激烈吗？

陆朝朝大气地摆手："没意思，不要。"

"带着护卫还怎么打架？"

萧国舅的背影格外沧桑："欠债还钱，天经地义。殿下，让人来拿银子吧。"

太子皱起了眉头，萧国舅竟这般轻松地答应还钱，着实不可思议。

"还有十五家没……"陆朝朝掰着手指头数。

"本宫陪你一起。"太子让人拿了药箱，亲自给小家伙清洗伤口。虽然只是一道小擦伤，但他心疼得够呛。

"朝朝，任何人都不值得你受伤，知道吗？"太子蹲在陆朝朝身边，严肃地看着她,"天下众生都有自己的命运。你不欠任何人,你就该痛痛快快地活着……"

陆朝朝偏着脑袋看着他,"哦"了一声。

太子幽幽叹了口气:"走吧,本宫陪你讨债。"有自己在,这群老匹夫怎么也应该多还点吧?

"殿下,李大人进宫去了。"

"殿下,夏大人早进宫去了。"

谢承玺和陆朝朝在众朝臣家吃了闭门羹。

没一会儿,宫人便急忙寻来:"殿下,欠债的朝臣都进宫去了。"

宫中灯火通明。御书房内人头攒动,昨儿还死活咬定没钱的老臣们,这会儿争先恐后地来还债了。

"陛下,老臣的钱还完了,陆朝朝就不必来了吧?"

"陛下,老臣连夜凑齐了欠款,还多捐了些,陆朝朝就不要上门了哦。"

"陛下,臣先还。"

"陛下,陛下,让臣先还,臣先来的。"

御书房像菜市场似的,皇帝一脸蒙:陆朝朝干啥了?

大太监拿着朱笔一条条划去账册上的欠款,朝臣皆心满意足地点头,好似捡了大便宜。

"父皇。"太子抱着朝朝进门,老臣们浑身一凛,纷纷避开陆朝朝的眼神,不敢与她对视,方才吵闹的御书房立马鸦雀无声。

她去吏部尚书府,周大人痛哭流涕地还债。她去和硕亲王府,王妃挺着大肚子跑了,现在还在闹和离。她去国舅府,哈哈,她前脚出门,后脚国舅爷的夫人、世子、孙子全被赶出了家门。

连萧国舅都吃不消,他们哪里来的胆子和陆朝朝作对?

"退下吧。"皇帝摆了摆手。

这群老臣仿佛身后有鬼在追,急急忙忙地跑了。

"朝朝,你追回国债有功,朕要重赏你。"皇帝招了招手,这孩子真合他心意啊。"王元禄,欠款多少?追回多少?这可都是朝朝的功劳。"

王公公笑眯眯地捧着账册念道:"国债统共一百零二万两,收回……"王公公一顿,诧异地瞪大眼睛,急忙将账册递上:"陛下,这数字不对啊?"

皇帝低头一看:"一百三十二万两?"

"他们捐的。"陆朝朝坐在龙椅上,把玩着皇帝的玉玺,从兜里掏出两颗小核桃,用玉玺"哐当"砸开一颗,便盘着腿美滋滋地吃起来。

"好好好!"皇帝眉头舒展,几十年的老债尽数收回,顿时解了燃眉之急。"快,焚香祭天，告诉先皇，朕把陈年旧账讨回来了。陆朝朝，给你的赏赐定不会少。还有说好的分红，一百三十万两，分你十三万两，朕说到做到！"

陆朝朝不关心这些，她只关心："什么时候开饭？"她的肚子已经"咕噜咕噜"直叫唤了。

皇帝立马下令御膳房开饭。

"朝朝，朕做你爹怎么样？"待她吃完，皇帝又低声道，"朕可比陆远泽强多了，普天之下，莫非王土，以后谁都不敢欺负你！明日，朕亲自出宫求你娘，好不好？"

陆朝朝点了点头。

夜里。

"凉亲，我回来咯……"陆朝朝抱着许氏的腿，"凉亲想不想沃呀？"

"啊，一日不见，如隔……如隔……"她的心声结结巴巴。

许氏莞尔，捏了捏她的小脸："兜里鼓鼓囊囊的，是什么？"

"这都是朝朝的宝贝！"陆朝朝紧张地捂紧口袋，"不许凉亲偷看，藏起来！"

她"吧嗒"一声关上了门，踩着椅子踮着脚，将兜里的零嘴全放在书架最高处。

"哼，朝朝的宝贝，谁也找不到！"她双手叉腰。她踩凳子了呢！高高的地方，谁都看不到！

许氏一进门，就看见与她视线齐平的位置摆放着一堆零嘴。

第130章 抓到了皇帝

第二日，陆朝朝刚起床，便听说做生意的二哥回府了。

陆朝朝迈着小短腿便往外跑："二哥，二哥……"

"半年不见二公子，朝朝小姐想他呢。"登枝笑着打趣道。

"二哥，朝朝想泥……"小家伙直直地扑进陆政越怀里。

陆政越风尘仆仆，不过半年的工夫，便褪去了一身少年气，变得成熟许多。

"二哥，你赚到钱钱了吗？"陆朝朝亲昵地在二哥脸上"吧唧"一口。

"赚啦，赚啦，养我家小朝朝绝对没问题。你想买什么，告诉二哥，二哥给你买！"陆政越点了点头，让人呈上一个小箱子，"娘，儿子出门六个月，幸不辱命，赚了八千两。"

陆朝朝抿着唇偷笑："朝朝替皇帝伯伯讨债也赚钱啦……"

"你竟然真的替陛下讨债呀……"陆政越满脸惊叹，低头问道，"那你赚了多少呀？"

"朝朝赚了介么多……"她抬手比了个"一",又比了个"三"。

"十三两?"

陆朝朝摇头。

"一百三十两?"

陆朝朝摇头。

陆政越瞪大了眼睛,难道是一千三百两?

许氏捂住了脸。老二弄得胡子拉碴,疲惫又沧桑,半年挣回八千两,已经算极其厉害了。可……朝朝她不是凡人啊!

"十三万两。"陆朝朝的小嘴里吐出冰冷的字眼。

"多少?"陆政越声音都破了,眼睛瞪得溜圆。

"十三万两!"

陆政越震惊地看着她:"合着我忙碌半年,还没你赚的零头多?"

"她啊,也不知怎么讨的,竟替陛下追回了百万两国债,这些都是陛下赏她的。"许氏想起一会儿要见皇帝,还是有些担忧。

陆政越十分挫败:妹妹也太有能耐了吧!

待陆政越洗漱回院,陆朝朝也跟了上去。

"二哥,泥不开心!"她看着二哥,"是因为朝朝比泥赚得多吗?"

"朝朝,不要瞎想。"陆政越轻轻地叹了口气,"是二哥觉得自己不适合做生意,可二哥必须撑起这个家。"在外半年,他并没有体会到经商的乐趣,但他不敢对大哥说出心事,乡试在即,他不能给大哥压力。

"二哥,你很棒啦。"

"该不该告诉二哥,他是将星命呢?可是从军好辛苦哦。"陆朝朝皱着小脸。

从军?陆政越眼睛一亮。"谢谢你,二哥知道了!"

"知道什么?"陆朝朝一脸迷茫。

"幸好有你。"陆政越笑眯眯地捧着她的脸颊。只听到"从军"两字,他的血液似乎便开始沸腾燃烧。他想,他已经找到自己的使命所在了。

"朝朝,我想去看看温宁……你帮我出个主意好不好?怎么才能让温宁明白我的心意?"陆政越打定主意,等大哥乡试结束,他便参军。"朝朝,你给我当军师好不好?"

"明白心意?"陆朝朝眼珠子一转,"沃知道啦!"

她"噌"地跳起来,拉着二哥就往湖边走,指着湖中央成双成对的鸭子:"送它们!"

"这是什么?"陆政越诧异地看着她。

"鸳鸯!表心意肯定要送鸳鸯呀!"陆朝朝期待地看着他,"凉亲说了,那是鸳鸯！"

陆政越想了想，好像有点道理。上次彰显了实力，这次该表心意了。

"我这就去准备。朝朝，你真是我的亲妹妹，有你是我的福气！"

陆朝朝骄傲地挺胸抬头。

"没吃过猪肉，还没见过猪跑吗？上辈子几千年，实战经验没有，纸上谈兵却不差！"

许氏正在梳妆。接驾可是大事。

"夫人，不知后院湖里那对野鸭子从何处飞来的，可要放生？"

"放了吧，省得朝朝整日想吃烤鸭。"许氏心不在焉地答道。为了防止陆朝朝抓鸭子偷吃，许氏哄骗她那是鸳鸯。

此刻的忠勇侯府亦不平静。

"什么？相亲？"陆远泽猛地站起身，面色铁青，"许时芸要相亲？你从哪里得来的消息？她想得美！"

小厮回道："奴才不清楚，只知道许氏偷偷坐着轿子出门了，神神秘秘的。"

"我忠勇侯不要的女人，谁敢要？"陆远泽沉着脸。许氏还带着陆家的子嗣呢。"难怪她有胆子和离，原来早有奸夫！"

陆远泽带了几个凶神恶煞的护卫，便出门去了。

许氏换了身端庄的衣裳，刻意打扮得老态些。对于皇室，她向来敬而远之。以许家当年的地位，她要入宫早就入了。

今日皇帝穿着一身玄衣，站在帘子后，此事不能泄露出去，他只带了王公公。

许氏带着丫鬟，恭恭敬敬地行了礼。

"陛下，民妇已有三子一女，即将为人祖母的年纪，入不得后宫。民妇愿教导儿女报效国家，为朝廷略尽绵力，还望陛下三思。"许氏跪在地上说。

皇帝沉默。他瞧见许氏如此打扮，心中就已经明了了。只是……陆朝朝绝不能落到外人手里。她的能力若被有心人利用，足以颠覆北昭。他也不是没想过将朝朝许配给一个皇儿，可……一同比尿高，舌头粘柱子，没一个成器的！青梅竹马，两小无猜，压根儿靠不上边。

皇帝在心里哭泣。

许氏十分不安，难道皇帝昏庸到想强取豪夺了吗？不至于吧？

"朕欲认朝朝为义女，册封为昭阳公主，你……"

皇帝话音未落，大门猛地被人踹开。

"许氏，你竟敢与人私会！我不要的女人，我倒要看看谁敢要！"

第131章　偷鸡不成蚀把米

"让我看看谁敢要！"陆远泽面目狰狞地站在门口。

许氏吓得跌坐在地："你来做什么？这里不是你能来的！快滚出去！"陆远泽疯了？他知道里面是谁吗？

皇帝站在帘子后，目光微沉。

"这京城有什么地方我来不得？"陆远泽冷笑一声，三四个壮汉进了门，"许氏，你拖儿带女也敢再嫁？我倒要看看是谁不挑！"

陆远泽一步步靠近，许氏眼皮子狂跳。

"滚出来！我不要的女人，你也敢要？"陆远泽伸手掀开了帘子，"你们这对奸……"

宣平帝静静地看着他，身后王公公面带嘲讽，看他的眼神仿佛看着一个死人。

陆远泽如遭雷劈，呆在原地，嘴唇大张，一个字都吐不出来。

怎……怎么会？陆远泽膝盖一软，跪倒在地，浑身哆嗦个不停。"陛……陛、陛下？"许氏的奸夫是皇帝？

"混账东西！"皇帝一脚踢在陆远泽胸口。

"哎哟……"陆远泽哀号一声，立马又强撑着爬起来，跪在皇帝脚下，"微臣该死，微臣该死，微臣不知……"

方才有多嚣张，此刻就有多慌。陆远泽猛地抬手朝自己脸上扇了一巴掌。"啪！啪！"自个儿左右开弓，一巴掌比一巴掌重，没一会儿便嘴角带血、脸颊青肿，可皇帝不喊停，他就得跪在地上一直扇。

"微臣该死，微臣该死……"

带来的几个壮汉也早已跪倒在地。乖乖，捉奸捉到皇帝头上了？

陆远泽又悔又恨，可心底更多的是震惊，许氏竟然搭上了皇帝？更让他震惊的是，皇帝亲自扶起了许氏。

"许夫人品行端庄，虽为女子，但对北昭赤胆忠心。教女有功，朕要重重赏你。册封公主一事既然说定，便不可再变卦。朕回头便命钦天监择良日。"皇帝畅快地大笑。他终于把陆朝朝拐回家了！

王公公笑着对许氏道："许夫人，塞翁失马，您的福气还在后头呢。"他看了一眼陆远泽，有的人还不知道自己失去了什么。

待皇帝离开，陆远泽依旧跪在地上扇自己巴掌。

"侯爷，你这张脸是得好好扇一扇。我再嫁与否，干卿何事？侯爷真当所有人与你一般不要脸吗？"许氏啐了一口："登枝，我们走。"

陆远泽，你的好日子也在后头呢。

忠勇侯冒犯圣上，官降一级。

忠勇侯府如丧考妣。

许氏回到榆林巷，命人关闭门窗，四处贴上符纸。

"又是中元节了，希望能平安度过。"

只有陆朝朝坐在门口的台阶上，手中拎着一只焦香的烤鸭腿，啃得满嘴是油。

"你哪里来的烤鸭？"许氏问道。

"温姐姐送的……"

陆政越死活想不通：他送温宁一对鸳鸯，为什么温宁回赠他一盘烤鸭？

陆朝朝才不管二哥死活，她有鸭腿吃就行。

"进去吃吧，坐在这里做什么？"许氏催她。

"等君安哥哥……"

许氏想起来了，今儿四皇子谢君安要来榆林巷避难。

"朝朝，你真能护住四皇子？"

"娘亲放心。这世上，我若护不住他，就没人护得住啦！"

许氏还是十分担忧，今年陆砚书要上街驱邪，家里只剩她和年幼的子女了。

"今年驱邪的学子分为两队。一队由大公子带领，皆是他以前的同窗；另一队领头的是陆景淮，听说人多得很，是大公子那边的好几倍。一左一右同时出发，天亮前会合。希望公子平安。"登枝轻轻叹了口气。

是驱邪，更是一场交锋。

这天下午，道路两旁就跪满了人，都忙着烧纸祭祀。

等到太阳落山，京城已经空荡荡的，百姓闭门不出。

一辆马车疾驰而来，冲进榆林巷，终于在天黑前停在了门外。"快快快，快进去。"小厮面色煞白，背着四皇子冲进大门。

最后一缕阳光消失，黑暗笼罩大地，无数邪祟自阴暗处出现，朝着京城而来。

"呼……差点儿赶不上，吓死奴才了。"小厮瘫坐在地，若把四皇子留在户外，不亚于灭顶之灾。

谢君安坐了一天马车，浑身酸疼，依旧强撑着站起身，对着陆朝朝行了个礼："朝朝，谢谢你了。"

朝朝真能护住他吗？

第 132 章 魂兮归来

夜色笼罩大地，邪祟降临人间，忠勇侯府也是一片哭声。

"侯爷，您到底做了什么啊？"裴姣姣哭道。

陆远泽官降一级也就罢了，他被抬回来时，脸都被打烂了，一说话直流口水。至于为什么，陆远泽不敢提，侍从也不敢说。

"你们不是去找许氏了吗？怎会惹得陛下降罪？"裴姣姣眼眶通红，她的命怎么这么苦啊？

"别提了！"陆远泽生怕她联想到许氏和皇帝，赶紧怒斥，"呸……"可是一说话脸就疼。

陆远泽摆了摆手，裴姣姣不甘心地闭上了嘴。他们成婚后，陆远泽从不到她的房间里过夜，一点也不给她正室的脸面。

想到这里，她瞪了一眼苏芷清。明明是她培养来陷害许氏的，竟然倒戈对准了自己！

苏芷清面无表情。她也恨裴姣姣，更恨陆景淮。她的孩子没了，而且，被宾客撞了个正着之后，陆远泽便……再也无法行周公之礼了。

"我的儿啊，陛下怎么这么狠心……"老夫人瞧见他如此惨样，心痛得落泪。

"景淮呢？"陆远泽闭着眼，仿佛没力气睁开。

"上街驱邪了。"裴姣姣朝苏芷清挑了挑眉，面露得意之色，"景淮文采非凡，京中学子推举他领队呢。"

陆远泽点了点头，眼神却落在苏芷清身上，呼吸重了几分。这两人当真清白吗？他的拳头捏紧了。

"娘，您放心，儿子必定平安归来。身为读书人，这是砚书的使命。"

许氏看着陆砚书离开，眼中满是担忧。

黑雾席卷，下人赶紧关门，飞快地躲进了房内。

陆朝朝却坐在窗边，看着天空，轻轻"咦"了一声。

不对劲。

四皇子谢君安浑身哆嗦，七月酷暑，他的睫毛上却挂了一层寒霜。

"不对，朝朝，今夜不对劲。"他往怀里一掏，方丈用心头血画的符咒早已化成一堆灰烬。

四皇子面色大变："师父的符……"

话音未落，玉书和玉琴便身子一软，倒在地上。

"玉书姐姐？"见她们毫无反应，朝朝站起身，奶壶都没带，小脸紧绷，迈着小短腿便出了门。

"凉亲？"许氏的卧房内一点声音也没有，陆朝朝急忙推开门，只见屋内歪歪扭扭倒着一堆人。

"凉亲，凉亲？"陆朝朝摸了摸许氏的鼻息，发现只是昏睡，才松了口气。

她又在府内四处呼喊，发现所有人陷入了昏睡。

四皇子抱着双臂："好冷……好冷，朝朝，好冷。"

陆朝朝眼神凛然，屈指一点，一道微光弹入他的眉心，他浑身的寒意霎时如潮水般退去，暖洋洋的，神志恢复了清明。

四皇子看向朝朝的眼神中满是惊喜。而陆朝朝却不理他，小脸少见地紧绷着，突然问道："我的狗呢？"

"您的狗也睡着了……"

陆朝朝的眼神落在四皇子身上。四皇子瞪大眼睛，指了指自己。陆朝朝缓缓点头，拍了拍自己的小短腿："腿短，跑不动……"

四皇子摸了摸自己的光头，默默蹲下身子，心甘情愿地背起她："去哪里？"

陆朝朝指了指门外。四皇子没有半分迟疑。陆朝朝的能力不容置疑，她的大智慧困在小小的身子里。

果然，京城内静得瘆人，好似天地陷入了沉睡。

"全部睡着了。"四皇子担忧地看向皇宫。黑暗中，雄伟威严的皇宫依旧闪着光芒，仿佛是最后的抵抗。

"这是怎么回事？"陆朝朝低声呢喃。

"我们怕是遇上数百年难遇的大难了。"四皇子的面色越发严峻，"我曾在护国寺藏书阁中看到过一段秘辛。自人间有记录以来，每隔百年或千年，人间便会出现大邪祟。所到之处，整座城市都会陷入昏睡。它好似在寻找什么东西，可谁也不知到底是什么……"

它游走三界，踏遍每一寸土地。每一株草、一棵树、一枝花，它都不放过。有时候它会悄无声息地消失，有时候它会突然失控，轻而易举地粉碎一整座城池，血流成河，尸横遍野……

陆朝朝瞪大了眼睛："那是什么邪祟呀？"她竟然从未听说过。

"那本书只记录了这一段，"四皇子摇了摇头，"其他部分都被撕毁，不知所终了。"

今日，它来到了北昭都城，只怕……北昭危在旦夕。

"那边有声音？走，我们去看看。"四皇子背着陆朝朝一路狂奔，可他才六七岁，到底有些吃力，只能跑一段，便歇息一会儿。

"是驱邪的读书人？"陆朝朝一抬头，就瞧见街上倒下的读书人，为首的便是陆景淮，面色苍白，生死不知。

"大哥……找大哥哥……"陆朝朝心头狂跳。这不是大哥可以对付的邪祟。她指着左边,四皇子满头大汗地跑去。

果然,越是靠近,森冷阴戾之气越发浓重,好似要透过肌肤、钻入骨髓。他们走过拐角便瞧见穿着白衣的少年们瑟瑟发抖地聚在一起,嘴里念叨着什么,周身围绕着一丝丝浅淡的金光,给这漆黑的夜晚带来一线光明。

站在最前面的便是陆砚书。素来淡然的少年,此刻薄唇紧抿,眼神坚定地注视着前方。

陆砚书对面,一个墨衣银发的男子长身而立。周身散发着阴冷之气,眸子里暗藏着无数威压,让人不敢直视。

"魂兮归来……"他垂眸低语,"魂兮归来……"

第133章 叫醒装睡的人

"大胆邪祟,此乃北昭都城,还不速速退去!"少年们一边哆嗦,一边放狠话,"等国师到来,必定将你打得魂飞魄散!"

这个男子到底是谁?他所到之处,所有阴灵皆避让臣服。方才有一只恶灵无意挡道,他只轻轻一挥手,那恶灵便消散在眼前。

"魂兮归来……"他的声音空灵,好似没有魂魄,只低声重复这一句,"魂兮归来……"

"不可再向前了,前方乃北昭皇宫,不得入内!"陆砚书半步也不后退,身上的金光比旁人加起来都更加明亮。

"魂兮归来……"墨衣男子仿佛不将众生放在眼里,执拗地向前。感觉到前方的阻碍,他抬眸朝陆砚书看去。

陆砚书心头猛地一紧,只对视了一眼,他的眼角便溢出了血泪。

这个男子是凡人不可直视的存在!

陆砚书死死撑着,听到身后众人不断倒下的声音,只觉得眼前一阵阵模糊。

"大哥……"他好像听到了妹妹的声音。倒下的那一刻,他好像产生了幻觉,看到了陆朝朝的身影。

不知何时,四皇子也已昏倒在地。

陆朝朝上前摸了摸大哥的脉搏,内息不稳,神魂不安,这是冲撞了……神明?

他,是神明?陆朝朝不解。神明怎会如邪祟一般游走三界,肆意伤害凡人?

他好似没有灵魂,四处游荡,对着路过的一株草、一棵树轻轻唤道:"魂兮归来……"银发飞舞,衣袂翻卷,默默向前,没有焦点,没有方向。

"喂喂喂……泥到底在找什么？"陆朝朝跳起来喊，可对方没有丝毫反应。

　　她想起了四皇子的话。百年前，千年前，都有他的记录。天啊，他不会一直在世间寻找什么东西吧？

　　"泥是神明吗？"陆朝朝跟在他后边，以防他伤人，"泥是哪位神明呀？"

　　对方没有反应。

　　"所有神明，沃都认识哦。泥……"陆朝朝顿了顿。突然她觉得这不是神明的真身，或许是哪位神明的执念？

　　真有存在数千年的执念吗？数千年如一日地寻找？

　　"魂兮归来……"男子在城中漫无目的地游荡。进了皇宫，又离开。游走在每一条街，问过每一个人、每一棵树、每一朵花、每一缕风。

　　陆朝朝跟在他后头，看着他停在忠勇侯府门前，怔了怔。

　　"泥……不会在找我吧？"陆朝朝鼓着小脸，跟在他后面进了忠勇侯府。

　　老夫人倒在了佛堂里，看起来还在拜她的玩偶娃娃。

　　"泥拜佛也不诚心嘛……"菩萨换成了娃娃都没发现。

　　苏芷清在房中哭着睡着了，怀里抱着婴儿的衣裳。

　　男子一路前行，直直地停在陆朝朝曾经住过的房间门口。

　　屋内躺着陆景瑶，满脸怨毒，昏睡前，她的内心大概极不平静。

　　"哼，睡沃的屋！"陆朝朝双手叉腰，表示不服。

　　男子沉默良久，飘了进去。

　　"泥找陆景瑶啊？"陆朝朝小声问道。

　　可对方只看了一眼，就头也不回地离开了。

　　陆朝朝急得挠头，更让她惊讶的是，他飘到了榆林巷，停留在她家门前。

　　"沃家，不行！"陆朝朝当即挡在门前，"泥乃神明执念成魔，沃不伤你，泥速速离开！否则，沃很凶的嗷。"

　　对方还是没有反应。

　　陆朝朝急了，指尖轻弹，汹涌的灵气自四面八方而来，风云涌动。她已再世为人，如果大肆动用灵气，天地亦会压制她。

　　对面的身影感受到外溢的灵气，突然呆住了，缓缓抬头看着陆朝朝，无神的双眼好似注入了灵魂。

　　陆朝朝喋喋不休："泥可以告诉沃，沃帮你找，但泥不能进沃家！泥不听话，沃要打人了哦！泥执念成魔，该散了……泥找多久啦？"

　　"一千年？"

　　没有反应。

　　"两千年？"

没有反应。

"三千年？四……"

对方轻轻点了点头。

"泥找了三千年啊？"陆朝朝满脸惊叹。每一年、每一天、每一时、每一分他都在找吗？到底是哪位神明执念这般重，竟成了魔呢？

"魂已……归来……"

陆朝朝听到一声长叹，好似从虚无缥缈的天空传来。

再抬头，那道身影便消失了。

一声鸡叫，天光乍现，无数来不及退去的魑魅魍魉在阳光下惨叫哀嚎，身上发出"扑哧扑哧"的声音，化作一道道青烟，魂飞魄散，消失于天地之间。

"到底是谁呢？"陆朝朝挠头。现如今供奉的神明大多是她曾经的弟子，但那都是他们小时候的事了，现在就算见着面，她也认不出来。

"让沃知道是谁，扒了他的皮！"

阳光洒落大地，打破满城寂静。

四皇子摸着后脑勺，一步步走回榆林巷："昨儿我也晕倒了？可我怎么有些头疼呢？"

是陆朝朝打晕的，但她不敢说。

"快点，快点，凉亲要醒了。"陆朝朝摸了摸自己的屁股。娘亲的鸡毛掸子打人超疼！神明的屁股都敢打！

回到家里，陆朝朝飞快地跑回寝屋，脱掉衣裳，鞋子一蹬，便躺回床上，装作熟睡。

陆朝朝几次遇险之后，许氏便不许她单独出门了。

此刻，许氏揉着脑袋站在床前，看着她带泥的鞋，不由得露出微笑。

"我听说，睡着的人，双手是举在半空中的……"许氏慢悠悠地道。

在登枝震惊的目光中，陆朝朝缓缓抬起了双手，笔直地伸向空中。

第134章 七个弟子超厉害

"救命啊……"陆朝朝捂着屁股哀号。

"你又偷偷出门！你将娘的话当耳旁风！"许氏拎着鸡毛掸子在后面穷追不舍。

谢承玺正巧进门，陆朝朝急忙躲在他身后，朝着许氏做鬼脸："太纸哥哥，救命，救命……"

许氏跑得上气不接下气："下次还敢偷跑吗？"

"泥怎么发现的？"陆朝朝苦着脸，"沃明明都装睡了！"到底哪里穿帮了，你倒是告诉我啊！

"别管娘怎么知道的，你给我过来！"

太子伸手拦住许氏："许夫人，朝朝还小，本宫来教导她。"

许氏对着太子行了一礼，瞪了一眼朝朝："这丫头性子野，胆子大，似乎毫无惧意……"朝朝越长越大，她护不住了，该如何是好？

太子牵着小家伙，对着许氏露出浅笑："朝朝本是天上月，就该无惧无畏地活着。本宫带朝朝出门，定会平安地将朝朝送回来，夫人放心。"

太子牵着朝朝走在路上，轻声问道："屁股还疼吗？"

陆朝朝摆了摆手："不疼，一点也不疼。"

"嘿，干打雷不下雨呢？"

"太纸哥哥，昨夜来了坏人，"她一边说，一边比画，"身上黑黑的，有杀气。大家都昏倒啦……他是什么呢？"陆朝朝从未见过这样的邪祟。

太子顿了顿，握紧了拳头。

"他是神明吗？"

太子略一迟疑，轻轻点头："祂应该是战神。"

陆朝朝猛地瞪大了眼睛："战神？为什么……会成为邪祟？"

太子轻轻摸了摸她的脑袋："因为他有执念，千年不灭，让他深陷其中，无法醒来。"

陆朝朝大惊："是什么执念呢？"

"他们在找自己的信仰。"太子低声答道。

"信仰是什么？"

"你还小，不需要知道，只需要快乐无忧地长大。"太子拍了拍她的脑袋，抱着她上了马车。

马车行驶起来，陆朝朝掀开帘子往外看。沿路百姓的脸上满是惶恐不安，显然昨夜饱受惊吓。她怎么也想不明白，战神怎会成为人间大邪祟呢？

马车停在了护国寺所在的山脚下，太子只身牵着陆朝朝上山。

小沙弥收到消息，早早候在了大门前："殿下，今日方丈尚未回寺……"

太子抬手："不必惊动旁人。"

护国寺香火灵验，昨夜出现大邪祟，百姓纷纷上山求平安，更兼下个月便是秋闱，庙里香客极多，陆朝朝好像还在人群中看到了裴姣姣和老太太。

太子带着朝朝穿过禅房，径直走向后山。

后山是护国寺禁地，太子掏出玉佩，武僧放行，二人隐入山林之中。

"这是哪里？"朝朝四处张望。

"埋葬信仰的地方。"太子将她抱起，一路向前，穿过禁地界碑，来到一处山脚下。这里鲜花环绕，鸟语花香，竟似人间仙境。

仙境中央立着一座碑，碑后垒着一个小坟包。

"好看吗？喜欢吗？"太子紧张地问。

陆朝朝震惊地看着他：指着一块坟地，问我喜不喜欢？

"问沃做什么？又不是埋沃！"

太子快要流出来的眼泪又被她噎了回去。

"这是埋的谁？"陆朝朝从太子怀里跳下来，靠近石碑细看，碑上竟空无一字。

"是所有人的信仰。"

"为什么没有字？"陆朝朝好奇地问道。

"因为谁都不配书写她的名字。"太子将坟包四周的杂草扯掉，又做了个花环套在无字碑上。

陆朝朝绕着石碑走了一圈，并未注意到太子看着她，满眼欣慰。

"这是什么？"陆朝朝指着坟包后的石壁。

石壁上刻着一幅画，七位神明悲天悯人地跪在地上祈求上苍。

"是神明。"太子的目光落在石壁上。历经岁月变迁，石壁已经残破，但画面依稀可辨。

"神也有所求？"陆朝朝很不解，他们已经是神明了，为什么还要跪下来祈求上天？

太子没说话。因为祂们在祈求上天还给祂们信仰。祂们的信仰献祭了自己，所有人希望寻求她的踪迹。执念仍在。

"昨夜出现的便是战神。"太子指着壁画上的一位神。

祂们为了寻求信仰，游走三界，为她织魂。就算魂已归来，可祂们的执念已成魔，时不时便会失控。

陆朝朝抿了抿唇。

"祂……祂……"陆朝朝看着壁画，突然想起了什么，"祂叫作星回吗？"

太子深深地看了她一眼："嗯，战神名叫星回。"

陆朝朝心头一抖，惊愕地张大了嘴，呆呆地看着石壁，再转头看向空白的石碑。

"七个……神明？"陆朝朝心突突跳，她正好有七个弟子。

"司法神宗白，战神星回，生命之神闲庭，黑暗之神玄玉，四季之神甘棠，时空之神崇岳，还有幸运之神盛禾。三界以这七位神明为主，其中司法宗白为主神。另外，许多年前，时空之神崇岳便不知所终了。"太子瞧见陆朝朝震惊的模样，忍不住莞尔，伸出手捏了捏陆朝朝的脸颊，以前他可不敢捏呢！

陆朝朝只是睡了一觉，七个弟子就全部成了神明！

怎么办？她好想横着走！

第 135 章 赌局

陆朝朝怎么也没想到，昨晚的邪祟竟然是她的三弟子星回！

小时候那般软萌的正太，现在竟然成了战神！记得星回最爱哭了，他真的不会打着打着哭唧唧吗？

陆朝朝抓了抓头发："那这座墓……"

"传闻七位主神皆出自同一位师父门下，这里是她的衣冠冢。当然，只是传说罢了。"太子点燃了香烛纸钱，准备恭恭敬敬地祭拜。

陆朝朝面色古怪。

"你要上一炷香吗？"太子问道。

陆朝朝脑袋摇得像拨浪鼓似的："不了，不了……"给自己上香？好像有什么大病！

陆朝朝看着无字碑前的酒杯和瓜果点心，摇了摇头："下次摆肉，她爱吃。"

太子偷偷抿唇，轻声答应。

"那，那些神明……怎么办？"陆朝朝担忧道。所以自己之所以献祭后又能穿越重生，是七个弟子为她织魂的缘故？

"不必担忧，祂们自有克制之法。不然，三界早已乱套了。"太子祭拜完毕，牵着陆朝朝的手，带她走出禁地。"你就是个奶娃娃，好好长大。少吃肉，多吃青菜。不要总偷鸡腿吃。"小孩子，吃太多荤食不消化。

陆朝朝一步三回头，看着石壁发愣。

"护国寺最是灵验，要不要给你大哥求个签？"

见陆朝朝没什么兴致，太子又道："寺内的斋饭不错。"

陆朝朝眼睛一亮："拜拜拜！"

小沙弥在前方引路，太子牵着她进了大雄宝殿。

"七位神明呢？"陆朝朝踮着脚朝四处看，以她的个头儿，只能看见来往香客的屁股。

太子急忙将她抱起来："此乃佛教圣地，只有如来佛祖。"

陆朝朝似懂非懂。

"你……就不必跪了。"太子亲自替陆朝朝点了香烛。

陆朝朝抱着签筒轻轻摇晃，"唰啦"掉出一支签。

太子捡起签，牵着陆朝朝去解签。

"哟，我当是谁呢？原来是陆朝朝啊！怎么，帮你那残疾哥哥抱佛脚啊？"一个尖酸刻薄的声音响起。

陆朝朝一扭头，便瞧见裴姣姣牵着陆景瑶，也在拜佛。陆景瑶的眼神马上落在太子身上。可太子板着脸，浑身散发着"生人勿近"的气息。

"她的眼睛都快黏在太子身上咯……也对，假如太子被夺了舍，就是陆景瑶的命定男主了！"

"你是何人，在佛祖面前口出恶言？"太子冷笑道。

裴姣姣正想回嘴，陆景瑶偷偷拉了拉她的衣角。

裴姣姣不认识太子，却也看得出来，这一位年纪虽小，但气势不同凡响，得罪不起，只得将矛头对准陆朝朝。

"陆朝朝，你拜佛也无用。你大哥残疾十年，还能考中举人不成？做什么春秋大梦！待我儿高中解元，定要一雪前耻！"

"说得好听，我们打个赌？"陆朝朝眼珠子一转。

"哈哈哈，陆景淮剽窃的是大哥的文章。大哥亲自出马，还能输给他？"

裴姣姣一愣："赌什么？"

"赌谁中解元？"

"我娘与你打赌，岂不是以大欺小？"陆景瑶突然开口。

"好，不用以大欺小，我与她赌！"

陆朝朝一抬头，便见许氏站在殿外，背着光一步一步走进殿中。

"裴姣姣，我与你赌！"今日许氏是来拜佛的，不承想朝朝也在此处。

"大家可听到了？是许氏自愿与我赌的。"裴姣姣轻笑一声，"赌就赌，我赌景淮高中解元。我若赢了，你跪在地上给我磕三个响头！"

许氏眉宇含笑，和离半年，她心头郁气散开，显得更加年轻了，此时相对而立，竟压了裴姣姣一头。

"好，若我儿陆砚书高中，你便跪在街头，大喊三声：'多行不义必自毙！'"

裴姣姣咬了咬牙："赌便赌！"难道景淮还比不过一个瘫子？笑话！

"下个月乡试见分晓！"裴氏牵着陆景瑶，带着人大摇大摆地走了。

"娘亲真厉害，娘亲威武霸气！这份聪明能不能不要用在抓我上？"

陆朝朝讨好地拿出签："我给大哥求签啦……"

老和尚接过签，解读道："众位贵人，此签为上上签。'一朝奋起鲲鹏翅，直上青云啸九天。拨云见日终有时，守得云开见月明。'好兆头啊！"

许氏笑着让登枝添了不少香油钱。

"这位小姑娘，瞧着您……面相极好，不如给自己求一个？"解签的老和尚仔细端详陆朝朝，他从未见过这样的面相，好似笼罩着一层迷雾，看不出丝毫端倪。

陆朝朝迈着小短腿跑回去抱起签筒，"哗啦哗啦"摇起来。

"咔嚓！"谁知没摇两下，签筒竟裂开了，签散落一地。

陆朝朝吓得直摆手："沃没有用力昂……"不是我摇坏的！

"小施主，与你无关。"老和尚双手合十，意味深长地看了一眼陆朝朝。

天机不可泄露。她的命运不容凡人窥探。

第136章　册封公主

陆朝朝下山前，又遇到了一个熟人：宋钰的母亲。

宋母给几人见了礼，便道："我来给钰儿求平安。朝朝，你说……他会平安吗？"

她充满希冀地看着陆朝朝。近来东凌国屡次冒犯北昭，宋钰奉旨出征。儿子走后，她便日日做梦。

"宋奶奶，"朝朝乖巧地喊了一声，仰起头露出笑容，说道："他有自己的因果债哦。他欠的债是要还的。"

宋母身子一晃，几乎站立不稳，身后的小丫头急忙扶住她。

宋母面色煞白，她知道陆朝朝是什么意思。当年扶风村拐卖人口成风，宋钰虽不赞成，但也不约束，追根究底，他有罪。

有罪便自然逃脱不了罚。

陆朝朝头也不回，直接拉着许氏的手往山下走去。

"我以为你很喜欢他。"太子有些诧异，他听和陆朝朝一同被拐的袁满说，曾经朝朝管宋钰叫爹爹。

"我被拐啦，他是山寨头头咧……哄哄他而已。从我上山的那一刻，他就注定要死了。"

陆朝朝清醒着呢。黑就是黑，白就是白。扶风山脚下埋葬着被拐妇女儿童的累累白骨，他们的冤魂在她耳边哭泣，他们的不甘直冲天际。原本宋钰就该葬身火海，留他一命，无非是发挥他最后一丝利用价值罢了。当年在修真界，她眼里便容不得沙子。

"宋钰，要死了。"陆朝朝冷漠地说。

太子惨笑一声："本宫知道。边境已有急报送来，宋钰重伤。"

"只可怜宋老太太无人送终，此刻还在佛前求平安。"登枝轻叹一声。

"她好歹有了体面的晚年。她可怜？被拐的、丢失儿女的人更可怜！"

太子露出了笑容，朝朝还是以前的朝朝。

果然，不出三天，前线便传来宋钰战死的消息。

据说虽然宋母当场晕死过去，但依旧撑起病体替儿子体体面面地办了葬礼。

"老太太收养了几个弃儿，唉，也算为宋家留了后吧。"许氏叹息。

"好在容将军赶往边境接续镇守，否则真要出大乱子了。"登枝满心后怕。

容将军便是镇国公的长子，皇后的亲哥哥。今年三十八岁，尚未婚配，气得镇国公非说祖坟风水不好，将祖坟迁了个地方。

"想当年，容将军还将夫人认作男子，叫您许兄，要和您结拜呢。"登枝捂着嘴偷笑。

许氏瞪了她一眼。

宋钰的死并未在京城掀起任何波澜，反倒是许氏接到了圣旨。

"奉天承运，皇帝诏曰……许家有女，知书识理，贵而能俭，无怠遵循，克佐壸仪，轨度端和，敦睦嘉仁，赐封一品诰命。"

许氏穿着华服，深深拜倒："谢吾皇万岁万岁，万万岁。"

登枝等几个丫鬟皆欣喜不已，京城里谁也不敢再轻视她们夫人了。

"许夫人，恭喜恭喜。"王公公亲切地道喜。许氏让人取来赏银，王公公不收。许氏劝他"沾沾喜气"，他才美滋滋地收下。

许氏看着懵懂的朝朝，深深地叹了口气，她没跟着陆远泽享福，倒是托女儿的福，成了一品诰命。她知道朝朝厉害，但她再厉害也是个不足两岁的孩子，她怎能不担忧？

接下来就是陆朝朝进宫，正式上玉牒了。

陆朝朝穿戴一新，太子亲自抱她上马车。

宫中早已在承祭殿摆上香案，文武百官候在殿前，唯独陆远泽目瞪口呆。

他只听说陛下在民间认了个义女，要将其册封为公主，却从未听说就是他的女儿……不，是被他赶出家门、已经不算数的女儿！

陆远泽被皇帝踢了一脚的胸口又气得隐隐作痛。

陆朝朝一进大殿，皇帝便朝着她抬手："上前来。"

"各位爱卿，可有异议？"皇帝牵着她的手，当众问道。

满朝文武你看看我，我看看你，静默不言。

"陛下，臣有异议！"如今陆远泽只是五品小官，可还是站了出来，"此女乃微臣之女，出身低微，顽劣不堪，还请陛下三思！"

"萧国舅，您说是不是？"陆远泽看向萧国舅，原以为他会反对，谁知他的手摆出了残影，面露恐惧。

"不不不，微臣没有异议。陆姑娘天资聪慧，慈心向善，微臣绝无异议！"萧国舅直接吓得"吧嗒"跪下了。陆远泽，休想害我！

陆远泽一愣，想起礼部尚书眼里最容不得沙子，立马又道："方大人，您觉得呢？"

"微臣无异议。"礼部尚书深感意外。开什么玩笑？陆朝朝替他寻回了女儿，是方家的大恩人！

护国公心中感念她护佑外孙四皇子，自然站了出来："微臣无异议。"

周大人附和道："微臣无异议。"如果我有异议，她揭发我爱穿女装怎么办？

陆远泽面色煞白：他们……他们好像有什么事瞒着我？发生了什么我不知道的大事？

他又看向了未来的亲家姜大人。乡试结束后，姜云锦便要与陆景淮成婚了。姜大人官至二品，又在翰林院当差，自然会与他站在同一边。

"陛下，臣有异议。"姜大人赶紧站出来。

他还未来得及说出缘由，便听皇帝道："朕允你们提出异议。"

陆远泽大喜。

皇帝接着道："但朕不听。"

"你们去殿外候着吧。"

第137章　唯一的封号

宣平帝收陆朝朝为义女，册封为昭阳公主。

消息一出，众臣哗然。

昭阳，北昭的太阳？皇帝可真花了心思，会不会太过了？如今的皇子皇女还都没有封号呢！

一众嫔妃也纷纷眼红起来，萧妃更是咬牙切齿地看了一眼父亲萧国舅。陆朝朝去了一趟国舅府，她的母亲、弟弟、侄儿便都被赶出了家门。而且，她的女儿谢以宁是皇室唯一的公主，还不曾有封号。陆朝朝凭什么？

"陛下，不过是记名公主，封号便不必了吧？陛下喜欢她，认她做女儿，已经是她天大的福气了。"萧妃假意劝道，"真正的皇嗣还不曾有封号，先给一个义女，岂不是让人看轻了皇室？"萧妃艳绝京城，媚眼如丝，看着皇帝，好像马上就要委屈得落下泪来，平日里皇帝最吃她这一套。

而此刻皇帝心头一紧，偷偷瞥了一眼陆朝朝，瞧见她眼神直勾勾地看着供品流口水，这才松了口气。

"朕赐谁封号何须你指点点？朕就是太惯着你了！"皇帝高高在上地瞥了萧妃一眼，"皇子皇女没有封号就被人看轻，那他们是多不成器？自己有本事，怎会怕别人看轻？"

"可陆朝朝……为什么需要？"萧妃还不死心，给陆朝朝封号，她不甘心！

"她非皇室血脉，朕担心她被人轻视。"

萧妃被噎住了，皇帝就是偏心！

"还封不封？"陆朝朝拉了拉皇帝的龙袍，"不封，沃就回家啦？"

"太子哥哥说，封完会有宴席。几个菜啊？我能吃吗？我有十二颗牙齿啦！娘亲总说小孩吃多了不消化，不许多吃油腻之物，要多吃奶和蔬菜。可我真的不想吃菜。如果想吃菜，为什么我不投胎当头牛呢？"

"噗……"太子努力忍住笑。陆朝朝的心声总是来得猝不及防。

皇后瞥了他一眼，太子轻咳一声，又恢复了往日的冷漠。

"封封封。"皇帝摆了摆手，生怕她跑了。

萧妃身侧的小公主气呼呼地瞪着陆朝朝。而陆朝朝根本没注意到，一整套流程下来，她饿得前胸贴后背，只顾盯着供品流口水。

"擦擦口水，马上开席。"太子偷偷提醒道。

陆朝朝的名字被记上玉牒的那一刻，突然无数只喜鹊自四面八方飞来，口中衔着一朵朵娇艳的花朵，在皇宫上空盘旋飞舞。

"快看天上是什么？"宫人纷纷抬头。无数鲜花自空中撒下。

皇帝一怔，低头看向陆朝朝。她正踮脚伸手去够供桌上的烧鸡，偷偷揪下鸡屁股塞进嘴里，脸颊高高鼓起，像一只小仓鼠。

"是祥瑞，是祥瑞！"礼部尚书方大人高呼，"天降祥瑞，天降祥瑞！北昭得此福宝，定会被上天护佑，昭阳公主千岁千岁千千岁！"

"北昭之幸！北昭有福！"文武百官瞧见这一幕，纷纷跪拜。

皇帝一副与有荣焉的模样，抱起陆朝朝望向先祖牌位。

父皇，儿子将她封为公主了！

宴席上，满朝文武都在议论昭阳公主，唯独陆远泽和姜大人被排挤在外。

东凌国质子玄霁川低调地坐在角落里，最近东凌进犯北昭，他的日子不好过。

玄音公主已经指婚大皇子，只待年后成礼。她担忧地看向胞弟玄霁川，他俩在东凌不受宠，否则也不会来北昭受气了。

"玄音姐姐怎么哭啦，是心疼弟弟？"

原本的故事里，玄霁川在北昭受尽屈辱，归国后强势上位，做了东凌王。后来东凌国在他手上变得极其强大，给陆景瑶添了不少乱。

敌人的敌人就是朋友。陆朝朝晃悠悠地站起身，迈开小短腿朝玄霁川走去。

今年玄霁川十二岁，皇帝为了表示仁义，也让他去国子监读书。可国子监中皆是朝臣之子，拉帮结派折辱他，逼迫他跪在地上学狗叫、学狗爬，他不愿，便被打断了肋骨。

此刻，他盘腿坐在席间，呼吸之间好似万箭穿心，痛得直不起腰，握着银箸的手轻轻颤抖，衣袍下更有数不尽的伤，眼眶泛红，像一只隐忍的狼崽子。

"大哥哥，泥流血啦？"陆朝朝软软糯糯地问。虽然他把自己当成熊崽子踩在了脚下，可事后他又送上好吃的豌豆黄赔礼道歉，陆朝朝早就原谅他了。

玄霁川抿着唇没说话，轻轻擦了擦嘴角的血迹。

"大哥哥，谁欺负泥啦？朝朝给泥出气！"陆朝朝双手叉腰，一副凶巴巴的样子，"沃要告诉皇帝爹爹！"她想要拉着玄霁川站起身，可玄霁川的肋骨断了，一动便钻心地疼，额间大汗淋漓。

小家伙攥着他的手暖暖的，驱散了他心头的冰冷。可玄霁川还是摇了摇头，皇帝怎么会为他做主？眼下东凌进犯北昭，他这条命怕是要丢在北昭了。